A la caza DEL DIABLO

A la caza
DEL
DIABLO

KERRI MANISCALCO

Traducción de Estíbaliz Montero

Argentina – Chile – Colombia – España
Estados Unidos – México – Perú – Uruguay

Título original: *Capturing the Devil*
Editor original: JIMMY Patterson Books / Little, Brown and Company
Traducción: Estíbaliz Montero

1.ª edición: noviembre 2021

Photographs courtesy of Wellcome Collection: Bellevue Hospital, circa 1885/1898; post-mortem set, London, England, 1860–1870; Saint Michael the Archangel: the fall of the dragon and the rebel angels defeated by St Michael; Roses, Robert "Variae"; birds of the crow family: four figures, including a crow, a raven and a rook; Typical Victorian Pharmacy, Plough Court Pharmacy 1897. Photographs courtesy of Shutterstock: Part One and Part Two images; New York City, circa 1889; gowns with beading and lace details; skull and rose tattoo image; map of Chicago, circa 1900; Vintage Post Mortem Tools; goat skull with smoky background; wedding invitation background. Photographs courtesy of public domain: newspaper article circa 1893; H. H. Holmes circa 1880s/ early 1890s; Court of Honor, World's Fair, Chicago; murder castle. Photographs courtesy of Alamy: St. Paul's Chapel.

Publicado en virtud de un acuerdo con la autora, a través de
BAROR INTERNATIONAL, INC., Armonk, Nueva York, U.S.A.
© de la traducción 2021 *by* Estíbaliz Montero
© 2021 *by* Ediciones Urano, S.A.U.
Plaza de los Reyes Magos, 8, piso 1.º C y D – 28007 Madrid
www.mundopuck.com

ISBN: 978-84-17854-23-2
E-ISBN: 978-84-18480-27-0
Depósito legal: B-13.739-2021

Fotocomposición: Ediciones Urano, S.A.U.
Impreso por: Romanyà Valls, S.A. – Verdaguer, 1 – 08786 Capellades (Barcelona)

Impreso en España – *Printed in Spain*

Querido lector,
más allá de la vida, más allá de la muerte,
mi amor por ti es eterno.

¡Adiós por siempre y para siempre, Bruto!
Si nos encontramos de nuevo, sonreiremos;
si no, es cierto que bien ha estado el despedirnos.

—*Julio César*, acto v, escena I

William Shakespeare

¡Buenas noches, buenas noches!
Al partir es tan dulce la tristeza,
que daré las buenas noches hasta que amanezca.

—*Romeo y Julieta*, acto II, escena II

William Shakespeare

Nuestros deleites han terminado ya. Estos nuestros actores,
como predije, eran todos espíritus y
se han disipado en el aire, sin dejar rastro:
y, como el tejido infundado de esta visión,
las torres coronadas por nubes, los suntuosos palacios,
los solemnes templos, todo el gran globo,
sí, y cuanto en él descansa, se disolverá,
y, lo mismo que este desfile insustancial que se ha desvanecido,
no dejará rastro alguno detrás. Estamos hechos
de la misma sustancia que los sueños, y nuestra breve vida
culmina con un sueño.

—*La tempestad*, acto IV, escena I

William Shakespeare

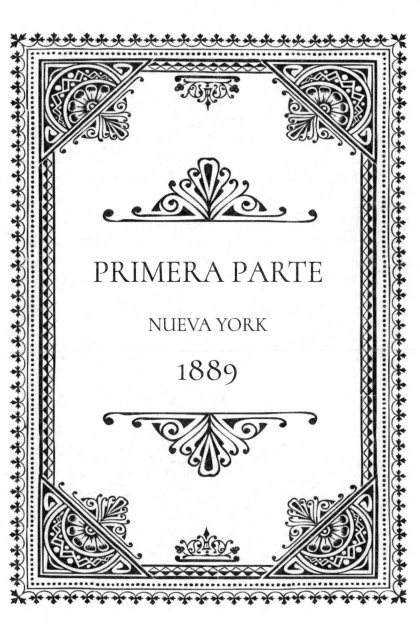

PRIMERA PARTE

NUEVA YORK

1889

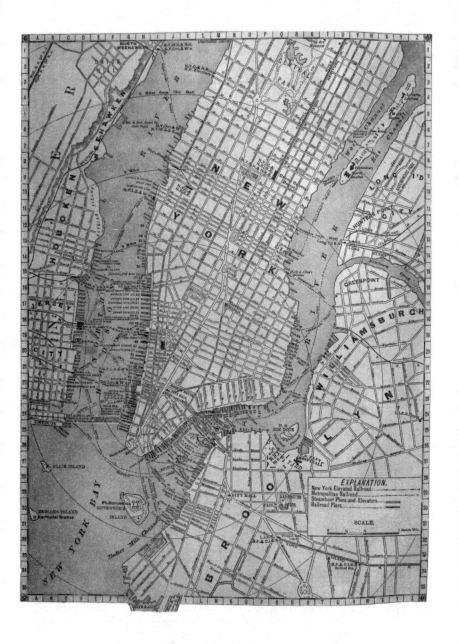

Ciudad de Nueva York, hacia 1889

1

LA MUERTE ACUDE RAUDA

MERCADO DE WEST WASHINGTON
DISTRITO DE LA CARNE, NUEVA YORK
21 DE ENERO DE 1889

Una ráfaga de aire gélido me recibió cuando abrí la puerta del carruaje y salí a la calle, con la atención puesta en el hacha levantada. La débil luz del sol se deslizaba por su filo como si de sangre fresca se tratara, lo cual trajo a mi mente ciertos acontecimientos recientes. Hay quien incluso los llamaría pesadillas. Una sensación parecida al hambre despertó en mi interior, pero me apresuré a reprimirla.

—¿Señorita Wadsworth? —El lacayo me tomó del brazo y se concentró en la multitud cubierta de mugre que se abría paso a codazos por West Street. Parpadeé, casi había olvidado dónde y con quién estaba. Llevaba casi tres semanas en Nueva York y seguía sin parecer real. El lacayo se humedeció los labios agrietados, con la voz tensa—. Su tío pidió que las llevaran a las dos directamente al…

—Será nuestro secreto, Rhodes.

Sin añadir nada más, agarré mi bastón y avancé, con la mirada fija en unos ojos negros y apagados mientras la hoja caía y seccionaba la médula espinal a la altura del cuello con un golpe que astilló la madera. El verdugo, un hombre rubio de unos veinte años, soltó el hacha y limpió el filo en la parte delantera de su delantal manchado de sangre.

Durante un breve instante, con la camisa arremangada y el sudor salpicándole la frente, me recordó al tío Jonathan después de abrir un cadáver. El hombre dejó su arma a un lado y tiró del cuerpo de la cabra hacia atrás, separando limpiamente la cabeza de los hombros.

Me acerqué, sentí curiosidad al ver que la cabeza del animal no se había caído de la mesa de la carnicería como había imaginado que haría, sino que se había limitado a rodar hacia un lado por la inmensa superficie, con la mirada fija en el cielo invernal. Si hubiera creído en el más allá, tal vez habría deseado que estuviera en un lugar mejor. Uno lejos de allí.

Desvié la atención hacia el cadáver de la cabra. La habían matado y desollado en otro lugar, y su carne expuesta era un mapa blanco y rojo que se entrecruzaba donde la grasa y el tejido conectivo se encontraban con la carne tierna. Luché contra el creciente impulso de recitar en voz baja los nombres de todos los músculos y tendones.

No había examinado un cadáver en un mes.

—Qué apetitoso. —Mi prima Liza me alcanzó al fin, entrelazó su brazo con el mío y me apartó cuando un hombre lanzó un pesado saco de arpillera a un aprendiz más joven que estaba en la acera de enfrente. Ahora que prestaba más atención, me di cuenta de que había una fina capa de serrín alrededor de los pies del carnicero. Era un buen método para absorber la sangre con facilidad y después barrer, un método que conocía bien gracias al tiempo que había pasado en el laboratorio de mi tío y en la escuela de medicina forense a la que había asistido en Rumania por un breve período de tiempo. Mi tío no era el único Wadsworth que disfrutaba abriendo a los muertos.

El carnicero dejó de descuartizar a la cabra el tiempo suficiente para mirarnos con lascivia. Deslizó la mirada por nuestros cuerpos y emitió un silbido bajo y apreciativo.

—Puedo abrir corsés todavía más rápido de lo que abro huesos. —Levantó el cuchillo, con la atención puesta en mi pecho—. ¿Está interesada en una demostración, elegante señorita? No tiene más que decirlo y le mostraré qué más puedo hacerle a tan hermosa figura.

A mi lado, Liza se puso rígida. La gente solía llamar «señoritas elegantes» a las mujeres a las que se les suponía una moral cuestionable. Si creía que me sonrojaría y saldría corriendo, estaba muy equivocado.

—Por desgracia, señor, debo decir que no me ha impresionado demasiado. —Saqué un bisturí de mi bolso de mano y disfruté de su tacto familiar—. Verá, yo también eviscero cuerpos. Pero no malgasto el tiempo con animales. Yo descuartizo humanos. ¿Está *usted* interesado en una demostración?

Debió de ver algo en mi cara que lo preocupó. Dio un paso atrás mientras levantaba las manos callosas.

—No quiero problemas. Solo me estaba divirtiendo.

—Igual que yo. —Le dediqué una sonrisa dulce que lo hizo palidecer mientras yo giraba el bisturí de un lado a otro—. Es una pena que no tenga ganas de seguir jugando. Aunque no me sorprende. Los hombres como usted se jactan de forma exagerada para compensar... lo *cortos* que van en otros aspectos.

Liza seguía boquiabierta mientras nos alejaba de allí. Suspiró cuando nuestro carruaje acabó por irse sin nosotras.

—Explícame, querida prima, por qué hemos abandonado ese carruaje tan cálido y lujoso para pasearnos por —señaló con su sombrilla las hileras de carnicerías, cada una de las cuales exhibía diferentes partes de animales envueltas en paquetes de papel marrón— todo esto. De veras, el olor es nauseabundo. Y la compañía es aún más asquerosa. Nunca, en toda mi vida, me han hablado de forma tan desvergonzada.

Me guardé mi escepticismo sobre ese último punto. Habíamos pasado más de una semana a bordo de un transatlántico con un carnaval conocido por su libertinaje. Estar en compañía del maestro de ceremonias durante cinco minutos había demostrado que se trataba de un joven diabólico. En más de un sentido.

—Quería ver el distrito de la carne con mis propios ojos —mentí—. Tal vez me dé una idea para el plato principal perfecto. ¿Qué opinas del cabrito asado?

—¿Antes o después de presenciar su decapitación? —preguntó, con cara de estar a punto de vomitar—. Sabes que para eso están los libros de cocina, ¿verdad? La inspiración sin el trabajo. O sin semejante carnicería. Intuyo que echas de menos estar rodeada de muerte.

—No seas ridícula. ¿Qué te hace pensar tal cosa?

—Mira a tu alrededor, Audrey Rose. De todos los barrios de la ciudad, has elegido justo este para pasear.

Aparté la atención de una gallina desplumada que estaba a segundos de unirse a la cabra desmembrada. Mantuve una expresión reservada mientras observaba nuestro entorno. La sangre goteaba sin cesar por muchas de las mesas de madera que bordeaban los escaparates y salpicaba el suelo.

A juzgar por las manchas multicolores, las calles no se limpiaban ni siquiera después de un ajetreado día de descuartizar animales. Había venas de color carmesí y negro abriéndose paso a través de las grietas de los adoquines: los afluentes de la vieja muerte se encontraban con los de la muerte reciente. El olor a cobre mezclado con el de las heces hizo que me ardieran los ojos y se me estremeciera el corazón.

Esa calle era la muerte hecha tangible, el sueño de un asesino.

Liza esquivó un cubo de vísceras cubiertas de escarcha, su aliento cálido imitaba al vapor que despedía una tetera hirviendo al entrar en contacto con el aire frío. No sabía si la ofendía más la cantidad de vísceras o su estado de congelación. Me pregunté por la oscuridad que se arremolinaba en mi interior, esa parte secreta que no podía conjurar ni una pizca de repulsión ante lo que veía. Puede que necesitara un nuevo pasatiempo.

Temía estar volviéndome adicta a la sangre.

—De verdad, déjame llamar a otro carruaje. De todos modos, no deberías estar fuera con este tiempo, ya sabes lo que ha dicho el tío sobre el frío. Y mira —Liza señaló nuestros pies—, nuestros zapatos están absorbiendo la nieve como si fueran mendrugos de pan en sopa. Nos vamos a morir aquí fuera.

No me miré los pies. No me había puesto mis preciosos zapatos favoritos desde el día en que me habían clavado un cuchillo en la pierna. Mi calzado actual era de cuero rígido y aburrido, sin ningún tacón delicado. Liza tenía razón, la humedad gélida se había colado por las costuras, empapándome las medias e intensificando el dolor sordo y casi constante de mis huesos.

—¡Alto! ¡Ladrón! —Un agente hizo sonar un silbato en algún lugar cercano y varias personas se separaron de la multitud, dispersándose como una plaga de ratas infectadas corriendo por algún callejón. Liza y yo nos apartamos para no convertirnos en víctimas involuntarias de carteristas y ladronzuelos a la fuga.

—Un cerdo asado entero será comida más que suficiente —añadió—. Deja de preocuparte.

—Esa es precisamente la cuestión.

Me apreté contra la pared de un edificio cuando un chico joven pasó corriendo junto a nosotras, con su gorra de repartidor de periódicos en una mano y en la otra lo que parecía ser un reloj de bolsillo robado. Un policía corría tras él, haciendo sonar su silbato y esquivando a los vendedores.

—No puedo evitar preocuparme. El cumpleaños de Thomas es dentro de dos días —le recordé, como si no lo hubiera hecho ya cien veces durante la última semana. El silbido y los gritos del agente se alejaron y reanudamos nuestra lenta procesión por el distrito de la carne—. Es mi primera cena y quiero que todo sea perfecto.

El señor Thomas Cresswell, mi insufrible aunque decididamente encantador compañero en la resolución de crímenes, y yo habíamos dado varias vueltas alrededor del tema del noviazgo y el matrimonio. Había accedido a aceptarlo, si él se lo pedía a mi padre primero, y no había esperado que todo se desarrollara con tanta celeridad como había sucedido. Nos conocíamos desde hacía tan solo unos meses (cinco), pero sentía que la decisión era la acertada.

La mayoría de las jóvenes de mi posición se casaban a los veintiún años, pero me sentía un alma mayor, sobre todo después de los acontecimientos del RMS *Etruria*. Con mi aprobación, Thomas había enviado una misiva a mi padre en la que solicitaba una audiencia para dejar claras sus intenciones. Ahora que mi padre, junto con mi tía Amelia, estaba de camino a Nueva York desde Londres, se acercaba el momento en que iniciaríamos un noviazgo oficial, seguido de un compromiso.

No hacía mucho tiempo, habría sentido que me encerraban tras unos barrotes invisibles ante la idea de unirme a otra persona, pero ahora sentía una preocupación irracional por que algo me impidiera casarme con Thomas. Casi me lo habían arrebatado una vez, y hubiera matado antes de permitir que eso volviera a suceder.

—Además —saqué del bolso la carta del chef de París y se la enseñé a Liza con algo de guasa—, *monsieur* Escoffier fue muy específico sobre conseguir el mejor corte de carne posible. Y tío no es quien va a lidiar con una pierna rígida —añadí, apoyándome un poco más en mi bastón—. Deja que yo me preocupe de eso.

Liza parecía dispuesta a discutir, pero en vez de hacerlo se llevó un pañuelo perfumado a la nariz y fijó la mirada en el toldo mecánico que había sobre nuestras cabezas. Junto a él pasaba una cinta transportadora con ganchos, un bucle constante de engranajes que chasqueaban y metal que tintineaba, y el ruido se sumaba al clamor de las calles mientras los carniceros clavaban en ella corvejones de carne fresca. Observó, aparentemente perdida en sus pensamientos, cómo las piezas desmembradas se abrían paso hacia los edificios, donde sin duda serían desmenuzados aún más.

Era probable que estuviera buscando otra razón para quedarme dentro y descansar, pero ya había descansado bastante en las semanas que llevábamos en Nueva York. No necesitaba que los demás me dijeran lo que podía o no podía hacer con facilidad. Era más que consciente de ello.

Si bien era cierto que quería que el decimoctavo cumpleaños de Thomas fuera especial, había algo más detrás de mi obsesión. Mi tío no me había permitido salir mucho de casa de mi abuela por miedo a que la fractura de mi pierna empeorase, y me estaba volviendo loca por culpa de la inactividad y el aburrimiento. Organizarle una fiesta a Thomas era tanto por él como por mí. Aunque le estaba agradecida a mi prima: ella y Thomas se habían turnado para entretenerme leyéndome mis libros favoritos en voz alta y tocando el piano. Incluso habían representado algunas obras de teatro, para mi inmensa diversión y consternación. Mientras que mi prima tenía la voz de un ruiseñor, Thomas cantaba de forma atroz. Un gato en celo sostenía una nota de forma más agradable que él. Al menos aquello demostraba que sus habilidades tenían un límite, lo que me producía un enorme placer. Sin ellos o sin mis novelas, las cosas habrían sido mucho peores. Cuando me aventuraba entre las páginas de un libro, las cosas que me estaba perdiendo en el exterior dejaban de entristecerme.

—El personal de cocina de tu abuela es capaz de hacer la compra siguiendo las instrucciones del señor Ritz. ¿No fue él quien recomendó al señor Escoffier? Este no es el tipo de ambiente al que una debería someterse antes de una prueba de vestuario. —Liza señaló con la cabeza hacia donde un hombre le sacaba los ojos a la cabra, los colocaba en un cuenco y luego le abría el vientre para extraerle las vísceras—. No importa lo acostumbrada que estés a las cosas macabras.

—La muerte forma parte de la vida. Por ejemplo —hice un gesto con la barbilla hacia la carne fresca—, sin la muerte de esa cabra, nosotras nos moriríamos de hambre.

Liza arrugó la nariz.

—O podríamos aprender a comer solo plantas a partir de ahora.

—Aunque eso suena valeroso, las plantas tendrían que morir para que tú sobrevivieras. —Ignoré el pinchazo de dolor que sentí en la pierna cuando una ráfaga de viento especialmente gélida pasó sobre el río Hudson y se abalanzó sobre nosotras. La promesa de más nieve abultaba el vientre gris del cielo. Parecía que había estado nevando sin parar durante un mes. Me resistía a admitir que mi tío tenía razón: esa noche sufriría las consecuencias de las actividades del día—. De todos modos, mi prueba es en veinte minutos, lo que nos deja tiempo de sobra para…

Un hombre con un chaqué de color marrón oscuro y un bombín a juego se apartó de un salto cuando un cubo de residuos salpicó la calle desde la ventana del piso de arriba, escapando por poco de un baño de lo más desagradable. Chocó contra mí y me tiró el bastón al suelo junto con lo que parecía ser un maletín médico lleno de herramientas familiares. Olvidándose de su maletín, me aferró del brazo e impidió que cayera sobre nuestras cosas y que pudiera empalarme con cualquier objeto afilado.

Mientras recuperaba el equilibrio, observé una sierra de hueso bastante grande que asomaba de su maletín abierto. También había lo que parecía ser un dibujo arquitectónico. Quizá fuera un médico que estaba construyendo su propio consultorio. Después de asegurarse de que no corría peligro de caer, me soltó y recogió el contenido de su maletín a toda velocidad para volver a guardar los instrumentos médicos y enrollar el dibujo.

—¡Disculpe, señorita! M-me llamo Henry. No era mi intención… debería aprender a mirar por dónde voy. Hoy tengo la cabeza llena de un millón de cosas.

—Sí. Debería. —Liza recogió mi bastón del suelo y le dedicó al hombre una mueca de la que la tía Amelia estaría orgullosa—. Si nos disculpa, debemos seguir nuestro camino. —El hombre centró su atención en mi prima y cerró la boca, aunque no estuve segura de si se debía a la belleza de ella o a su temperamento. Liza lo escudriñó sin tapujos mientras él parecía ordenar sus pensamientos—. Si nos disculpa, señor Henry —dijo ella, agarrándose a mi brazo una vez más y echando su cabeza y su melena color caramelo hacia atrás de la manera más altiva posible—, llegamos tarde a una cita muy importante.

—No era mi intención…

Liza no esperó a conocer sus intenciones, nos condujo a través del laberinto de carniceros y vendedores, con su pálida falda de color salvia y su sombrilla en una mano, y yo en la otra. Avanzábamos a un ritmo que me resultaba demasiado difícil de seguir cuando al fin me zafé de su agarre y nos alejé de West Street.

—En nombre de la reina, ¿qué ha sido eso? —pregunté, señalando hacia el hombre del que prácticamente habíamos huido—. No tenía intención de chocar conmigo. Y creo que se ha quedado prendado de ti. Si no fueras tan grosera, podríamos haberle invitado a la fiesta. ¿No decías ayer que querías encontrar a alguien con quien coquetear?

—Sí. Eso dije.

—Y sin embargo… era educado, un poco torpe, pero inofensivo y parecía simpático. Por no mencionar que no resultaba desagradable a la vista. ¿No te gustan los hombres con rasgos oscuros?

Liza puso los ojos en blanco.

—Está bien. Si quieres saberlo, *Henry* se parece demasiado a *Harry*, y no quiero saber nada de hombres cuyo nombre empiece por la letra «H» durante un tiempo.

—Eso es absurdo.

—También lo es pasear por un callejón lleno de carnicerías en pleno enero con un vestido pálido, pero ¿acaso ves que me queje, querida prima? —Arqueé las cejas—. ¡Bueno, no puedo evitarlo! —gritó—. Ya sabes lo nerviosa que estoy por volver a ver a mamá, sobre todo después de haberme escapado durante un *brevísimo* período de tiempo y haberme unido al carnaval.

Al mencionar el Carnaval Luz de Luna, ambas nos quedamos calladas un momento, recordando en silencio toda la magia, las travesuras y el caos que había traído a nuestras vidas pasar tan solo nueve días a bordo del RMS *Etruria*. En ese sentido, el carnaval había estado a la altura de lo que anunciaba en su programa, sin duda. A pesar de los problemas que había causado, siempre le estaría agradecida a Mephistopheles por la lección que me había enseñado, fuera intencionada o no. Al final de ese maldito viaje, cualquier duda que hubiera tenido sobre casarme con Thomas había desaparecido como un mago que lleva a cabo una elaborada ilusión.

La certeza era poderosa.

Liza se envolvió aún más en su capa y señaló con la cabeza hacia la siguiente calle.

—Deberíamos darnos prisa en llegar a la boutique Dogwood Lane —dijo—. Ninguna modista que haya estudiado en la Casa Worth apreciará que la hagan esperar. No querrás que descargue su enfado en tu pobre vestido, ¿verdad?

Giré la cabeza con la esperanza de volver a ver la calle de los carniceros, pero ya habíamos dejado atrás aquella vía salpicada de sangre. Inspiré con calma y exhalé despacio. Me pregunté si el aburrimiento y la fiesta de Thomas eran de verdad las únicas razones de mi fascinación por uno de los barrios más sangrientos de Nueva York. Hacía casi un mes que no trabajábamos en un caso de asesinato. Tres benditas semanas sin muerte ni destrucción y sin ser testigo de lo peor que el mundo podía ofrecer.

Todo lo cual debería haber sido motivo de celebración. Sin embargo, me preocupaba la extraña sensación que persistía en la boca de mi estómago.

Si no me hubiera conocido mejor, habría pensado que se trataba de una punzada de decepción.

Vestidos con pedrería y encaje.

2

DIGNO DE UNA PRINCESA

BOUTIQUE DOGWOOD LANE
DISTRITO DE LA MODA, NUEVA YORK
21 DE ENERO DE 1889

Liza se hizo cargo de mi bastón y lo apoyó contra el papel pintado de flores de lis del salón de la modista, con los ojos a rebosar de ensoñaciones románticas. Yo, en cambio, me imaginé que mi aspecto era el de alguien a punto de desmayarse. En el vestidor más pequeño, situado junto a la habitación principal, hacía un calor asfixiante. Un gran fuego ardía peligrosamente cerca de los estantes llenos de vestidos de raso, seda y gasa. Aunque puede que me estuviera asando debido a las pesadas capas del extravagante vestido que me estaba probando. Estaría impresionante en el cumpleaños de Thomas, siempre y cuando no lo arruinara con tanto sudor.

La chimenea de mármol estaba llena de adornos, acogedores y hogareños, como la mayor parte de la decoración. Una joven nos trajo un servicio de té muy caliente y lo colocó en una mesa junto con algunas pastas, mermelada y crema cuajada. Dos copas de champán se unieron a esas delicias en una bandeja de plata. Unas frambuesas flotaban en la parte superior, tiñendo la bebida de un tono rosa encantador. Conseguí trasladar la mayor parte de mi peso a la pierna sana, aunque el esfuerzo resultó un tanto agotador, porque tuve que concentrarme en no tambalearme.

—Deja de moverte —me ordenó Liza, un poco sin aliento, mientras me arreglaba las capas que podía del vestido. Este era de un color rojizo precioso, las faldas de tul voluminoso con una capa superpuesta de cuentas que comenzaban en el corpiño y caían en cascada a ambos lados como una catarata brillante hecha de cristal. Liza me apretó un poco las cintas del corpiño y luego las cubrió con el volante rosa, que me recordaba a los pétalos de una peonía—. Ya está. Ahora solo te faltan los guantes.

Me los entregó y me los subí despacio hasta los codos. Eran de un color crema tan intenso que me entraban ganas de hacerme con una cuchara y probarla. Estaba de espaldas al espejo gigante y luché contra el impulso de darme la vuelta y ver el resultado final. Como para arrancarme esa idea de la cabeza, Liza meneó la cabeza.

—Todavía no. Primero tienes que ponerte los zapatos. —Se apresuró a entrar en la habitación contigua—. ¿*Mademoiselle* Philippe? ¿Está listo el calzado?

—*Oui, mademoiselle.* —La modista le entregó a mi prima una bonita caja de color verde azulado con un lazo de raso y luego se apresuró a volver a la sala principal para ordenar a sus empleadas que añadieran más cuentas o tul a otros vestidos.

—Aquí están. —Liza se acercó a mí con una sonrisa diabólica—. Enséñame los pies.

—Prefiero no…

Habría discutido, ya que en los últimos tiempos mis zapatos eran demasiado utilitarios y toscos para resultar de mi agrado, pero cuando Liza abrió la tapa y me mostró mis zapatos nuevos, se me saltaron las lágrimas. Eran aún más bonitos que el vestido, si es que era posible. Se trataba de unos zapatos planos de seda bordados con rosas y adornados con piedras preciosas. El color era un rosa pálido tan exquisito que apenas podía reprimir las ganas de ponérmelos. Cuando los toqué, me di cuenta de que no eran de seda, sino de un cuero tan suave que prácticamente hubiera podido dormir con ellos puestos. Liza me ayudó a sostenerme mientras me los ponía, sus propios ojos se empañaron cuando me tambaleé y me aferré más a su hombro.

No pude evitar reírme.

—¿Estás bien? No creí que los zapatos fueran *tan* horribles.

—Sabes que eso no es… —Liza moqueó y me dio un manotazo en la espalda—. Me hace muy feliz verte contenta de nuevo. Sé lo mucho que echabas de menos llevar tus zapatos favoritos.

Al oírlo en voz alta, me pareció una tontería: llorar la pérdida de unos zapatos frívolos e insensibles. Pero a mí me encantaban y siempre había dado por sentada la opción de ponerme lo que quisiera. Me levanté las faldas para poder admirar el reluciente atuendo que llevaba en los pies.

—Has hecho un trabajo maravilloso con el diseño. No se me ocurre ningún detalle que cambiar.

—En realidad —Liza se levantó y se secó los ojos con un pañuelo—, esto ha sido idea de Thomas.

Levanté la mirada con brusquedad.

—¿Disculpa?

—Dijo que, si ya no podías llevar zapatos de tacón, no había razón para que no se pudieran hacer unos igual de bonitos. Si no más. —Me quedé mirándola, sin pestañear, como una tonta. Ella sonrió—. Los ha diseñado él mismo. Incluso ha mandado añadir una capa acolchada adicional en las suelas para ayudar a reducir cualquier molestia. Se ha dado cuenta de que a menudo te estremeces cuando te pones de pie por primera vez. Estos, aunque son preciosos, también servirán para aliviar un poco el dolor que sientes.

Parpadeé varias veces y me vi incapaz de formular algún tipo de respuesta decente que no incluyera llorar y empapar mi bonito vestido nuevo. A alguien sin una lesión hubiera podido parecerle un detalle sin importancia, pero significaba mucho para mí.

—Son muy poco prácticos —dije, mirando hacia abajo—. Se ensuciarán y se estropearán…

—Sobre eso… —Thomas emergió de una esquina con más cajas apiladas en los brazos. Se detuvo el tiempo suficiente para recorrerme con la mirada, de forma lenta y serpenteante. El calor me invadió las mejillas y me acaricié con sutileza la parte delantera del corpiño para comprobar físicamente si salían volutas de humo de mi persona. Por fin me miró a los ojos y sonrió satisfecho—. He mandado hacer unos cuantos pares de más.

—Ah… ¡Qué deliciosa sorpresa, señor Cresswell! ¿Cómo sabía que estaríamos aquí?

Al oír aquello, puse los ojos en blanco. A Liza se le daba casi tan mala actuar como a Thomas cantar. Mi prima me besó en las mejillas y sonrió a Thomas con calidez. Aquel par de conspiradores habían planeado aquel momento. Podría haberlos abrazado a ambos.

—Volveré en unos minutos. Tengo que preguntar por una bata preciosa que he visto ahí fuera.

Thomas asintió cuando ella pasó junto a él y enseguida entabló una conversación en voz muy alta con la modista en la habitación contigua.

—Estás impresionante, Audrey Rose. Toma. —Dejó todas las cajas que llevaba en brazos en el sofá, me tomó de la mano y me guio para que me mirara en el espejo—. Eres un placer para la vista. ¿Cómo te sientes?

No quiero parecer vanidosa, pero cuando me vi por primera vez allí, con un vestido digno de una princesa y unos zapatos diseñados por un príncipe apuesto y perversamente encantador, me sentí como salida de las páginas de un cuento de hadas. Sin embargo, no era el tipo de historia que me ponía en el papel de la doncella indefensa. Aquel cuento era uno de triunfo y sacrificio. De redención y amor.

—No sabía que fueras un zapatero tan talentoso, Cresswell.

Me acomodó un mechón de pelo detrás de la oreja, con expresión pensativa.

—Me estoy esforzando por desarrollar nuevos talentos, en especial si el resultado te da un aspecto tan…

—¿Radiante? —intenté adelantarme.

—Iba a sugerir «como si quisieras destruir mi virtud de inmediato», pero supongo que la tuya tampoco es que sea una deducción terrible.

Thomas presionó sus labios contra los míos en un gesto que pretendía ser dulce y casto. Estaba casi segura de que no pretendía que yo lo acercara e hiciera nuestro beso más profundo. Y dudaba sinceramente de que hubiera planeado alzarme en sus brazos, con las faldas hinchadas a nuestro alrededor, mientras nos acercaba al sofá y me colocaba en su regazo, con cuidado de no tocarme la pierna. Al final resultó que su apreciación era cierta.

Pasé los dedos por sus suaves mechones, permitiéndome un instante de felicidad sin restricciones. En momentos como ese, cuando me acurrucaba en sus brazos, a salvo de asesinatos y cadáveres, encontraba quietud y paz. Mientras me miraba a los ojos, como si yo le ofreciera el mismo alivio, acercó de nuevo los labios a los míos. Recordando dónde estábamos y el peligro de que alguien entrara y nos encontrara en una posición tan indecente, me obligué a incorporarme un poco. Apoyé la cabeza en su pecho y disfruté de la firmeza de sus latidos, que coincidían con los míos.

—Es tu cumpleaños y sin embargo eres tú quien me sorprende con regalos. Me parece que no es así como se supone que funciona.

—¿Ah, no? Creía que quien cumplía años tenía derecho a elegir lo que quisiera. Tal vez desees arrebatarme mi virtud por ser tan irresistible.

Y humilde.

—Gracias por los zapatos, Thomas. —Contemplé la pila de cajas, que ahora se tambaleaban de forma precaria cerca del borde del sofá. Él captó mi mirada y las empujó hacia un lugar seguro—. Por todos ellos. Ha sido un gesto muy dulce. Y muy innecesario.

—Tu felicidad siempre es necesaria para mí. —Me levantó la barbilla y me besó la punta de la nariz—. Encontraremos nuevas formas de navegar por el mundo juntos, Wadsworth. Si ya no puedes llevar tacones, diseñaremos unos zapatos planos que adores. Si algún día descubres que esos ya no te sirven, mandaré hacer una silla con ruedas y enjoyada a tu gusto. Cualquier cosa que necesites, la haremos realidad. Y si prefieres hacerlo por tu cuenta, siempre me haré a un lado. También prometo guardarme la mayoría de opiniones para mí.

—¿La mayoría?

Lo consideró.

—A menos que sea algo del todo inapropiado. Entonces la compartiré con mucho gusto.

Mi corazón dio un vuelco involuntario y estaba segura de que, si no seguía tomándome la situación con humor, lo tiraría al suelo en aquel preciso instante y no volverían a invitarme a aquella boutique.

—Dieciocho. —Suspiré con dramatismo—. Eres prácticamente un anciano. De hecho —inspiré, tratando de ocultar mi sonrisa—, creo que hueles a tierra de tumba. Es terrible.

—Serás mala. —Me acarició el cuello, provocando que se me pusiera la piel de gallina de la mejor manera posible—. En realidad, estoy aquí para invitarte a los barrios bajos, por petición de tu tío.

Nuestro momento íntimo tocó a su fin de manera abrupta. Me fijé en su expresión seria y en la actitud científica y fría que solía adoptar antes de examinar un cadáver. Por primera vez, me percaté de la ropa oscura que llevaba, el abrigo negro y los guantes de cuero a juego que asomaban por su bolsillo, perfectos para asistir al escenario de un crimen. Mi traicionero corazón volvió a acelerarse.

—¿Ha habido un asesinato? —Se le tensó un músculo de la mandíbula mientras asentía—. ¿Has ido ya al lugar de los hechos? —pregunté, suprimiendo cualquier emoción de mi propia expresión.

Me observó con detenimiento antes de responder.

—Sí. Tu tío me ha llamado poco después de que tú y Liza salierais esta mañana. Ya tenía pensado sorprenderte aquí, pero acababas de salir y Liza me había pedido que os diera a las dos al menos una hora. Decidí ir a ver a tu tío primero.

—Ya veo.

—En realidad —dijo Thomas—, creo que no me he expresado con claridad. Tu tío ha estado a punto de arrancarme la cabeza cuando se ha dado cuenta de que no te había llevado conmigo, y me ha hecho salir de inmediato. —Se puso de pie y extendió la mano—. ¿Nos vamos a resolver otro espantoso asesinato, mi amor?

No era mi intención emocionarme tanto con esas palabras, pero no podía negar la sutil emoción que me recorrió, como si unos diminutos cables eléctricos hubieran reemplazado a mis venas. Ansiaba resolver otro asesinato casi tanto como besar Thomas. Y lo ansiaba con frecuencia.

Le arrebaté mi bastón y fui a recoger mi capa cuando Liza volvió a entrar en la habitación con una mirada severa.

—Ah, no. Si crees que te voy a permitir salir corriendo por esa puerta con ese vestido para investigar el escenario de algún crimen y que te manches de sangre…

Cerró los ojos como si la sola idea fuera demasiado horripilante para soportarla. Mi prima se volvió hacia Thomas y señaló la puerta, como un general del ejército que se dirige a sus desobedientes tropas.

—Se reunirá con usted en cinco minutos en el salón principal. A menos que prefiera que aparezca en su fiesta con trapos viejos o solo con sus enaguas. —Thomas abrió la boca, con toda probabilidad para bromear sobre mi ropa interior, pero la cerró ante la mirada de advertencia de Liza—. Esto no es negociable. Márchese, ahora.

3
HABITACIÓN 31

HOTEL EAST RIVER
LOWER EAST SIDE, NUEVA YORK
21 DE ENERO DE 1889

Mientras Liza y yo nos refugiábamos en la tienda de la modista, el invierno había decidido desbocarse en las calles. El cielo, que antes parecía embarazado de precipitaciones, acabó dando a luz a una estruendosa tormenta. Los copos de nieve húmedos cayeron sobre el techo de nuestro carruaje y nos envolvieron en una capa de frío glacial. El viento aullaba mientras se deslizaba por los callejones, obligando a la gente a subirse el cuello de la camisa y a correr lo más rápido posible por las calles cubiertas de hielo.

Aunque me había comprado unas medias nuevas y llevaba uno de los pares de zapatos más cálidos que Thomas había mandado hacer para mí, me empezaron a castañetear los dientes. Apreté la mandíbula, con la esperanza de alejar los escalofríos a base de pura terquedad.

Misión imposible. Los dientes me castañeteaban de la manera más embarazosa posible. Thomas me miró desde el otro lado del carruaje y luego comprobó el ladrillo caliente que había a mis pies con expresión sombría.

—Hay que volver a calentarlo en el fuego —dijo, desabrochándose a medias su abrigo.

Observé cómo su propio cuerpo temblaba antes de acercarme y obligarlo a parar.

—¿Qué pasa con lo de que el calor del cuerpo que es la forma más efectiva de prevenir la congelación? Si te quitas ese abrigo, te congelarás antes de poder ayudarme como un valiente.

Levantó la mirada y la seriedad abandonó sus rasgos de inmediato. Hubiera jurado que había estrellas bailando en sus ojos dorados.

—¿Qué creías que estaba haciendo?

—¿Quitarte el abrigo para ponerlo sobre mis pies?

Sacudió la cabeza, con una expresión pícara.

—Pensaba desnudarme y que tú hicieras lo mismo. *Esa* es la mejor manera de compartir el calor corporal. He pagado al conductor para que dé unas cuantas vueltas a la manzana si es necesario. He pensado que podríamos escabullirnos hasta casa de tu abuela en lugar de retozar en otra escena del crimen. Como ella está de viaje y la casa está vacía, me imagino que podré hacerte entrar en calor con la suficiente celeridad.

Arrastró la mirada por mi cuerpo de una forma que resultó más ardiente que una simple caricia. Sus ojos prometían lo que meses de coqueteo habían insinuado. Y no había ni rastro de broma en su propósito de complacerme. A pesar del descenso de la temperatura en nuestro carruaje, sentí la repentina necesidad de abanicarme. Volvió a centrar su atención en mi rostro, con las comisuras de los labios torcidas hacia arriba.

—Tal vez seas tú quien me haga entrar en calor. En realidad, no me opongo a ninguno de los dos escenarios. Las damas eligen.

Me ruboricé.

—Sinvergüenza.

—Me encanta cuando me susurras cosas bonitas. —Thomas se incorporó para venir al otro lado del carruaje y se sentó a mi lado. Se abrió una de las solapas del abrigo y me pasó un brazo por los hombros para acercarme a él. Me di cuenta de que su atención se había trasladado a la ventana cubierta de escarcha y que toda señal de coqueteo se había derretido más rápido que la nieve. Lo que sea que hubiera visto antes tenía que ser espantoso para que no diera más detalles y coqueteara con tanto descaro. Estaba haciendo todo lo posible por distraerme, lo que nunca era buena señal para la víctima. Pasamos por los almacenes Catherine Slip y giramos por Water Street—. Ya no falta mucho.

Me subí el cuello y respiré el calor de mi propio cuerpo. Los edificios habían pasado de ser de piedra caliza brillante y pálida a ser de ladrillo cubierto de arenilla y todo tipo de lodo. Las calles adoquinadas dieron paso a otras embarradas, congeladas en algunas zonas y de aspecto traicionero por más de un motivo. Vi grupos de niños acurrucados entre los edificios, con los rostros y las extremidades demacrados. Era una mañana despiadada para estar a la intemperie.

Thomas, sin perder detalle, me abrazó más fuerte.

—La mayoría son niños italianos. O bien han huido de sus familias o los han echado para que ganen su propio dinero.

Se me hizo un nudo en la garganta.

—Son muy jóvenes. ¿Cómo van a poder ganar un jornal?

Thomas se quedó muy callado. Demasiado callado para un joven que disfrutaba compartiendo datos sobre todos los temas imaginables. Me di cuenta de que sus dedos tampoco tamborileaban con su incesante ritmo habitual. Volví a mirar por la ventana y de repente supe lo que no se atrevía a decir. Esos chicos, esos niños, no tendrían más remedio que dedicarse a una vida plagada de delitos. Pelearían, robarían o se someterían a horrores peores para sobrevivir. Y algunos no lo conseguirían.

Era un destino que no le hubiera deseado ni a mi peor enemigo, y mucho menos a un niño. Aunque Thomas había mencionado una vez que el mundo no era ni amable ni cruel, no podía evitar sentir que era injusto para muchos. Me quedé mirando sin ver mientras pasábamos, y me sentí impotente.

Ninguno de los dos volvió a hablar hasta que llegamos a nuestro destino. Cuando nuestro carruaje se detuvo, un escalofrío me recorrió la columna vertebral por una razón del todo diferente. Si el distrito de la carne había sido el sueño de un asesino, aquel edificio era la sede del reino de Satán. El exterior parecía más áspero que los hombres y las mujeres que se desplomaban contra él, y dos veces más mezquino. Era muy diferente de la tienda de la modista, que rebosaba calidez y decadencia.

Había reporteros con abrigos negros dando vueltas frente a la puerta, y me recordaron a los buitres cuando se ciernen sobre su próxima comida. Le eché una mirada a Thomas y me percaté de que la misma mirada oscura brillaba en sus ojos. Al parecer, el asesinato era la nueva forma de entretenimiento. Jack el Destripador había despertado en los espectadores una necesidad casi tan aterradora como los crímenes que investigábamos.

—Bienvenida al Hotel East River —dijo Thomas en voz baja—. Nuestro destino es la habitación 31.

• • •

El interior del hotel parecía inhabitable para todo lo que no fueran alimañas. Incluso era probable que las cucarachas y los ratones buscaran pronto un alojamiento que oliera mejor. A cualquiera que cobrara un solo céntimo por el alojamiento y la comida debían enviarlo directo al manicomio. Las ratas se escabullían bajo las escaleras y se arrastraban por las paredes, sin sentirse importunadas por nuestra presencia.

Había excrementos esparcidos por todas partes. Me adentré con cuidado en el vestíbulo, intentando no pensar en las enfermedades que se me adherían al dobladillo mientras mis faldas hacían frufrú sobre el estiércol. El miedo de mi padre a contraer enfermedades era un hábito del que resultaba difícil deshacerse. Estaba lo bastante oscuro como para que tuviera la suerte o la desgracia de no alcanzar a ver la magnitud de la mugre. La única luz del vestíbulo provenía de los rayos de sol que se colaban entre los listones de madera podrida del piso superior.

Había trozos de yeso grisáceo en las paredes que se desmoronaban por sí solos o que acababan siendo las desafortunadas víctimas de los clientes enfadados. Era difícil saber si habían golpeado la pared o si alguien había sido empujado contra ella. Tal vez se hubieran dado ambas situaciones. En el pasillo, el papel pintado estaba medio arrancado, y en el resto de zonas se mantenía en su sitio por pura obstinación. Era oscuro, como el resto del interior. Tan oscuro como los hechos que íbamos a investigar.

Cometí el terrible error de volver a mirar hacia abajo y vi gotas de sangre seca. A menos que la víctima hubiera sido atacada allí, nuestro asesino debía de haber huido en esa dirección. El estómago me dio un vuelco involuntario. Quizá no estaba tan ansiosa por estudiar la pérdida de otra vida como había creído antes. Puede que casi un mes libre de la preocupación que acarrea la destrucción no hubiera sido respiro suficiente.

En los rincones se acumulaban gruesas capas de polvo y telarañas, lo que aumentaba la sensación de que algo se arrastraba por mi espalda. Los cubos de basura atraían a las moscas y otras alimañas que no deseaba inspeccionar demasiado de cerca. Era un lugar horrible donde vivir y un lugar aún más pésimo donde morir.

—¿Hacia dónde vamos? —pregunté, girándome a medias hacia mi compañero.

Thomas señaló hacia la parte trasera del edificio, al final de un pasillo estrecho. Había más habitaciones a cada lado de las que me parecía que cabían en esa planta. Arqueé las cejas, sorprendida de que no hubiera ningún mostrador en la entrada principal. Era extraño tratándose de un hotel.

Cuando avanzamos unos pasos, también observé que los números de las puertas empezaban por el veinte y fruncí el ceño.

—¿Acaso no es la entrada de la planta baja?

—Detrás de esa puerta hay una escalera que lleva al primer piso —respondió Thomas—. El cadáver está en la última habitación de la derecha. Ten cuidado.

Era una distribución extraña. Una que se prestaba muy bien a ocultar a un asesino o a ayudarle a no ser detectado por los testigos.

Antes de entrar en el pasillo, me atreví a mirar hacia arriba y vi a gente que miraba hacia abajo, con una expresión tan sombría como su entorno.

Una madre acunaba a un bebé sobre la cadera mientras varios niños y niñas observaban con la mirada vacía. Me pregunté cuántas veces habrían presenciado cómo la policía entraba en su casa prestada y retiraban otro cadáver como si se tratara de la basura del día anterior.

Recordé mi anterior preocupación por la fiesta de cumpleaños de Thomas y la vergüenza se apoderó de mí. Mientras yo me preocupaba por los postres, las exquisiteces francesas y los zapatos bonitos, la gente luchaba por sobrevivir a pocas manzanas de distancia. Me tragué mi repugnancia, pensando en la persona que había sido asesinada allí. El mundo tenía que ser mejor. Y si no era posible que *él* mejorara, *nosotros*, sus habitantes, debíamos hacerlo mejor.

Me armé de valor y avancé despacio por el pasillo, utilizando mi bastón para comprobar el crujido de las tablas del suelo y asegurarme de que no las atravesaría. Había un policía fuera de la habitación y, para mi sorpresa, asintió cuando Thomas y yo nos acercamos. No había desprecio ni burla en su mirada. No me veía a mí ni a mis faldas como algo inoportuno, lo que reforzó mis primeras impresiones sobre el Departamento de Policía de Nueva York. Al menos por el momento.

—El doctor los está esperando a los dos. —Empujó la puerta y dio un paso atrás—. Cuidado. La habitación está un poco llena.

—Gracias, señor. —Me las arreglé para entrar en la habitación, pero no había mucho espacio libre. Thomas se movió detrás de mí y me detuve lo suficiente para echar un vistazo rápido. Los muebles eran escasos: una cama, una mesita de noche y una colcha hecha jirones y empapada en sangre. De hecho, al adentrarme en la estancia, vi que la ropa de cama no era lo único que lucía salpicaduras de sangre.

Mi tío se encontraba junto al pequeño bastidor de la cama, señalando a la víctima. Se me ralentizó el pulso. Durante un breve instante, me sentí como transportada al escenario del asesinato de la señorita Mary Jane Kelly. Fue el último crimen del Destripador y el más brutal. No tuve que acercarme para ver que prácticamente habían destripado a la mujer. Estaba desnuda de cuello para abajo y la habían apuñalado repetidas veces.

Sentí, más que presencié, que Thomas se movía detrás de mí y me giré para mirarlo. El pícaro casi bailaba sin moverse del sitio, con un brillo en los ojos de lo más aborrecible.

—Hay un cadáver —susurré con dureza. Era increíble que pudiera comportarse como si se tratara de un paseo vespertino normal junto al río.

Thomas se echó hacia atrás y se llevó la mano al pecho. Dejó de mirar el cadáver para mirarme a mí y abrió los ojos de par en par.

—¿Eso es lo que es? Estaba convencido de que era un baile de invierno. Lástima que me haya puesto mi mejor traje.

—Qué listillo.

—Siempre dices que quieres un hombre con un gran…

—Basta. —Levanté la mano—. Te lo ruego. Mi tío está *ahí* mismo.

—Cerebro —terminó de todos modos, sonriendo ante mis mejillas ruborizadas—. De verdad que me asombra la dirección que toman tus sucios pensamientos, Wadsworth. Estamos en el escenario de un crimen, muestra algo de respeto.

Apreté la mandíbula.

—¿Por qué eres tan frívolo?

—Si necesitas saberlo ahora mismo, es…

—Ahí estáis los dos. —Mi tío tenía la mirada de un hombre al borde de un ataque. Nunca supe si la muerte era un bálsamo o una molestia para él—. ¡Despejen la habitación! —Los policías del interior se detuvieron y miraron a mi tío como si hubiera perdido el buen juicio. Él se giró hacia un hombre con traje y enarcó las cejas—. ¿Inspector Byrnes? Necesito unos momentos a solas con mis aprendices para examinar el escenario. Por favor, que sus hombres esperen en el vestíbulo. Ya ha pasado por aquí la mitad de Manhattan. Si se altera algo más, no le seremos de mucha utilidad.

El inspector levantó la vista de la víctima, observó a mi tío, luego a mí y a Thomas. Si a él, un inspector americano, le molestaba que un inglés lo echara de su propio escenario del crimen, no lo demostró.

—Muy bien, chicos. Démosle tiempo al doctor Wadsworth. Id a preguntar a los huéspedes si han visto u oído algo. La gobernanta ha dicho que vio a un hombre, conseguidme una descripción. —Miró a mi tío—. ¿Cuánto tiempo lleva aquí?

Él se retorció las puntas del bigote, sus ojos verdes escudriñaron el cadáver de esa forma clínica que nos había inculcado tanto a mí como a Thomas.

—No más de medio día. Quizá menos.

El inspector Byrnes asintió, como si sospechara lo mismo.

—Los testigos dicen que alquiló una habitación entre las diez y media y las once de anoche.

Mi tío volvió a observar a la víctima y pareció traspasarla con la mirada mientras alcanzaba el estado de calma necesario para localizar pistas. En Londres lo consideraban un desalmado. No entendían que necesitaba endurecer el corazón para ahorrarles el dolor de no saber nunca lo que les había ocurrido a sus seres queridos.

—Sabremos más cuando realicemos la autopsia —dijo, señalando su maletín médico—, pero tras un primer vistazo, el estado actual de *rigor mortis* indica que podría haber fallecido entre las cinco y las seis. Aunque eso puede cambiar una vez que hayamos recabado más datos.

El inspector Byrnes se detuvo en el umbral de la puerta, con una expresión ilegible.

—Usted investigó los asesinatos del Destripador. —Era una afirmación, no una pregunta. Mi tío dudó solo un momento antes de asentir—. Si esto es obra de ese desgraciado… —El inspector negó con la cabeza—. No podemos dejar que esta noticia salga a la luz. No permitiré que cunda el pánico ni se armen disturbios en esta ciudad. Lo he dicho antes y lo repito: esto no es Londres. No vamos a fastidiarla como hizo Scotland Yard. Tendremos un sospechoso, o al puñetero Jack el Destripador en persona, en la cárcel en treinta y seis horas o menos. Esto es Nueva York. Aquí no nos arriesgamos cuando se trata de asesinos depravados.

—Por supuesto, inspector Byrnes.

Mi tío me miró a los ojos. Nunca me había hecho ninguna pregunta directa sobre los acontecimientos de noviembre, pero sabía tan bien como yo que Jack el Destripador no podía ser el responsable de aquel asesinato. Estábamos al tanto de algo que ni el inspector Byrnes ni nadie más sabía.

Jack el Destripador, azote de Londres y del mundo, estaba muerto.

4
EL VIEJO SHAKESPEARE

HOTEL EAST RIVER
LOWER EAST SIDE, NUEVA YORK
21 DE ENERO DE 1889

—Describe la escena, Audrey Rose. —Mi tío puso un diario en manos de Thomas—. Anótalo todo e incluye un boceto. Los inspectores han fotografiado el cuerpo, pero quiero en papel cada detalle, cada mancha. —Dio golpecitos sobre el papel, remarcando cada punto con un poco más de énfasis que el anterior—. No tendremos otra situación de histeria colectiva entre manos. ¿Queda claro?

—Sí, profesor. —Thomas se movió para hacer lo que le pedía.

Eché los hombros hacia atrás y me sumí en la calma fría y familiar que me permitía examinar el cadáver y evitar imaginármela viva y sana. Lo que quedaba de aquella mujer era un rompecabezas que había que resolver. Más tarde, una vez capturado su asesino, podría recordar su humanidad.

—La víctima es una mujer de unos cincuenta y cinco a sesenta años. —Eché un vistazo al escenario del crimen. Ya no me asqueaba la sangre que cubría casi todas las superficies como una capa de lluvia macabra. Un pequeño cubo de madera yacía volcado en el suelo cerca de mis pies. A juzgar por el fuerte olor a lúpulo y cebada, había estado lleno de cerveza. Otro examen rápido de la habitación sugirió que era posible que la mujer se hubiera tomado unas cuantas copas, ya que el alcohol diluía la sangre y dificultaba la coagulación. Aquello explicaría por qué había un exceso de salpicaduras por todas partes.

—Es probable que estuviera demasiado ebria para luchar contra su atacante. —Señalé el cubo volcado. Mi tío, a pesar de la espantosa escena que nos rodeaba, pareció complacido por aquella observación y me indicó que continuara. Me incliné sobre el cuerpo, ignorando el repiqueteo de mi pulso. Había sufrido tantos traumatismos que ya se percibía un olor desagradable. Incluso con el frío que se filtraba por las grietas que había cerca de la ventana, aquel olor pútrido me llegó hasta el fondo de la garganta.

Tragué a toda prisa la bilis que me subió hasta la boca. No había forma de prepararse para ese olor agridulce ni de olvidarlo. El hedor de la podredumbre humana me perseguía casi tanto como las víctimas que examinábamos.

—Las contusiones alrededor del cuello indican estrangulamiento. —Fui a levantar la tela que le cubría la cara, pero me detuve y me giré hacia Thomas—. ¿Has terminado con esta parte del boceto?

—Casi. —Volvió a mirar su diario, lo sostuvo y lo inclinó, comparando la escena que teníamos delante con su dibujo. Después de ajustar la caída de la ropa, levantó la vista—. Ya está.

Sin dudar, le retiré de la cara lo que resultó ser un vestido y le abrí los párpados en busca de pruebas concluyentes de que el estrangulamiento había sido la causa de la muerte.

—Hay signos de hemorragia petequial. Nuestra víctima fue estrangulada antes de… —Hice una pausa mientras mi tío la ponía de lado con cuidado. Mi mirada se detuvo en dos X que tenía grabadas en las nalgas y que me distrajeron durante un momento de mis observaciones. Respiré de forma entrecortada—. Antes de que se llevaran a cabo otros actos viles sobre su persona.

—Excelente. —Mi tío se inclinó, inspeccionó el cadáver en busca de las mismas pistas y luego la colocó con sumo cuidado tal y como había sido encontrada—. ¿Qué opinión te merece el vestido que le cubría la cara?

Me quedé mirando su cuerpo, desnudo excepto por el vestido manchado de sangre con el que el asesino le había cubierto la cabeza. Siempre que practicábamos una autopsia a un cadáver en el laboratorio, mi tío utilizaba tiras de tela para cubrir a las víctimas. Estaban heladas y tumbadas en nuestra mesa esterilizada, pero merecían respeto. Su estado impúdico era otro intento, bastante literal, de despojarla de su humanidad por parte del asesino.

—Puede que se sintiera avergonzado —aventuré, mirando el cuerpo como si yo fuera el asesino. A veces me resultaba demasiado fácil—. Puede que hubiera algo en ella que le recordara a otra persona. Alguien que posiblemente le importara. —Levanté un hombro—. Incluso puede que ella *sea* la persona a la que le tenía cariño.

Mi tío se retorció el bigote. Parecía querer pasearse por la habitación, pero no había espacio suficiente con nosotros tres dentro.

—¿Con qué fin? ¿Por qué una persona que abre un cuerpo de forma tan brutal iba a preocuparse por cubrirle los ojos? ¿Qué nos dice eso de él?

Miré a Thomas, pero volvía a estar perdido en su propia investigación, dibujando todo lo que mi tío había pedido y más. Se arrodilló y captó a la perfección cada puñalada, cada ángulo por el que había entrado la hoja. Me recordó a la vez que estuvo prácticamente metido hasta la nariz en una de las víctimas del Destripador. Un escalofrío me hizo cosquillas en la columna vertebral. No me gustaban las similitudes que había entre los casos.

Volví a centrarme en la escena que teníamos ante nosotros, reflexionando sobre aquel asesino. Tal vez él también deseaba avergonzarla.

—Imagino que él, o ella, no quería contemplar el rostro de su víctima —dije—. Es posible que no quisiera pensar en ella como en una persona.

—Muy bien —me respondió—. ¿Qué más?

Ignorando la sangre que manchaba el cuerpo, me centré en las puñaladas. Quienquiera que hubiera cometido aquel crimen, había estado furioso. Había tantas perforaciones que parecía que la habían acuchillado una y otra vez. Cada encuentro con la hoja era más brutal que el anterior. El asesino estaba furioso, pero si esa furia iba dirigida a la víctima o si simplemente la había proyectado en esa mujer, era un misterio. El asesino podría haberle cortado el cuello de un solo tajo. No había elegido el camino de la misericordia. Ansiaba el dolor, se deleitaba con él.

—La mayoría de las heridas de cuchillo fueron hechas *post mortem*. Junto con las *X* que han sido grabadas en sus… glúteos. —Cerré los ojos un momento. La señorita Mary Jane Kelly, la última víctima del Destripador, revoloteó por mi mente una vez más—. Nuestra víctima también fue destripada, aunque no sabremos qué órganos fueron extirpados hasta que llevemos a cabo un examen interno, si es que falta alguno. Sin embargo, dado el aspecto hundido de su bajo vientre, creo que se han llevado algo.

—Muy bien. Terminemos con la siguiente parte, entonces. —Mi tío se quitó las gafas y se frotó el puente de la nariz—. ¿Qué hace que este asesinato sea diferente de los asesinatos de Londres?

Centré mi atención en él.

—No estará considerando la posibilidad de que sea una de las víctimas de Jack el Destripador, ¿verdad?

Como si lo obligaran a abandonar un libro particularmente absorbente, el tío desvió la atención del cadáver y me sostuvo la mirada. No sabía por qué ninguno de los dos había abordado nunca el tema, pero por alguna razón, a pesar de las cosas grotescas y horrendas a las que nos sometíamos casi a diario, Jack el Destripador era un tema que no nos atrevíamos a tocar.

—¿Cuál es la lección que intento inculcarte con cada caso, Audrey Rose?

—Examinar los hechos —respondí de forma automática. Me concentré en destensar los músculos y descubrí que aquello me despejaba la mente—. Apartar las emociones y analizar las pistas antes de llegar a una hipótesis basada en una suposición.

Mi tío asintió.

—Parte de eso incluye descartar opciones. Nuestra situación es única, puesto que hemos examinado a las víctimas del Destripador. Poseemos un conocimiento detallado de cómo fueron abandonados esos cuerpos, qué heridas habían sufrido. Eso nos da algo con lo que comparar y contrastar, ¿no es así?

—Ah. Ya veo. —Thomas se echó hacia atrás y se apoyó en los talones mientras daba golpecitos con su pluma sobre el diario—. Si esto fuera un experimento científico, tendríamos el control y las variables.

—Examinar las diferencias ayudará a eliminar a Jack el Destripador como asesino —dije, comprendiendo mejor la metodología de mi tío.

—Muy bien. Los dos. Entonces —volvió a señalar el cuello—, ¿qué habría hecho el Destripador? ¿Qué *hizo* con todas sus víctimas?

Durante un breve instante, mi corazón se tambaleó hacia ese lugar oscuro que tanto me había esforzado por dejar atrás. Detestaba pensar en el caso del Destripador, pero ya no podía ocultar mi dolor ni ignorar el mal del último otoño. Habían pasado ya cinco meses desde su primer asesinato, era hora de afrontar la verdad de una vez por todas y seguir adelante.

Thomas giró medio cuerpo en mi dirección y me evaluó de forma rápida y analítica. Sabía que no me interrumpiría ni ofrecería su opinión a menos que yo le diera la señal para que lo hiciera. Aunque era tentador que se enfrentara a ese monstruo por mí, era mi deber. Puede que él fuera el heredero de una dinastía empapada en sangre, pero yo también.

Cerré en un puño la mano que tenía desocupada y con la otra aferré con fuerza el bastón.

—Jack el Destripador estrangulaba a sus víctimas antes de degollarlas. A todas ellas. Incluso a la señorita Elizabeth Stride.

—En efecto. Fue interrumpido durante aquel asesinato, pero aun así le cortó la garganta antes de atacar a la señorita Catherine Eddowes más tarde esa misma noche. Este asesino —señaló a la víctima que yacía ante nosotros— tuvo tiempo más que suficiente para hacer realidad sus más oscuras fantasías. Es de suponer que estuvo aquí con ella durante horas, tiempo más que suficiente para descuartizarla. El cadáver de la señorita Mary Jane Kelly era casi irreconocible como humano. Hay circunstancias similares a las de otro crimen, si establecemos la comparación. Uno que se cometió en el interior. La señorita Kelly era una prostituta. Había estado bebiendo. Sin embargo, este asesino no ha empleado el mismo método que conocemos: cortarle la garganta y descuartizarla con saña. Sí, a esta víctima le falta un órgano, pero no ha sido extraído con el mismo cuidado que en nuestros casos anteriores en Londres. Ahora, dime, ¿qué más no encaja con Jack el Destripador?

Reflexioné sobre los detalles del caso del Destripador. Todos los escenarios del crimen habían quedado grabados a fuego en mi memoria, no tenía que escarbar demasiado para recordar los hechos. Dudaba de poder olvidar esos crímenes. Clavé la mirada en esa víctima. Los hematomas del cuello eran diferentes. En lugar de las señales de huellas dactilares sobre la carne aplastada que dejaba el Destripador, aquel patrón se parecía más a las estrías. Me fijé en un par de medias rotas que había en el suelo.

—Dadas las marcas de su cuello, es probable que esta víctima fuera estrangulada con sus propias medias. El Destripador cometía sus crímenes utilizando las manos. —La expresión de mi tío reveló orgullo una vez más. Su reconocimiento fue bienvenido, pero lo sentí un poco extraño dadas las circunstancias. No estaba segura de querer que mi principal talento fuera decidir sobre los cadáveres, pero había títulos peores—. El cuchillo —lo señalé con la cabeza— también es otra diferencia. Jack el Destripador nunca dejó ningún arma.

—Excelente. —Mi tío respiró hondo—. ¿Cuál es la diferencia más obvia?

Thomas se puso de pie y se guardó el diario en un bolsillo interior de la chaqueta.

—Esta víctima es más mayor que todas las del Destripador, por lo menos en una década.

Dejé de escucharlos mientras intercambiaban teorías como si fueran estadísticas meteorológicas. El atisbo de un recuerdo intentaba salir a la superficie desde las profundidades de mi mente. Sin embargo, me resultaba borroso, como si estuviera mirando un objeto a través de la niebla. Casi podía distinguir su forma...

—El asesinato sin resolver del *Etruria* —dije cuando el recuerdo por fin quedó libre—. La naturaleza de aquel crimen fue similar a la de este.

De hecho, si no recordaba mal, a Thomas y a mí nos preocupaba haber soltado a un asesino que se inspiraba en el Destripador en Estados Unidos. La conversación entre mi tío y Thomas cesó de inmediato. Ambos hombres parpadearon despacio al caer en la cuenta de la conexión. Durante unos instantes malditos, el único sonido fue nuestra respiración yuxtapuesta al silencio absoluto procedente de la víctima tendida en la cama.

—Lo que tenemos que hacer es echar un vistazo a la lista de pasajeros del *Etruria* —continué cuando quedó claro que mi tío y Thomas se sentían desconcertados por mi deducción—. Podría ser la mejor manera de dar caza a este asesino.

—Suponiendo que el asesino usara su nombre real. —Thomas parecía escéptico—. No se requieren pruebas para reservar un pasaje por mar.

—Tienes razón. Dudo que usara su verdadero nombre —dije, apoyándome en el bastón—. Pero, al menos, nos proporcionaría un alias que podría acabar siendo su perdición.

Mi tío se quedó mirando la habitación y me pregunté qué estaba viendo en realidad. Después de un minuto, hizo un gesto hacia el cadáver.

—Vamos a terminar con nuestro examen. Pediré al inspector Byrnes que envíe a alguien a buscar cualquier información que pueda obtener sobre el manifiesto de pasajeros del *Etruria*.

Una vez resuelto aquello, me enfrenté al cadáver e intenté calmar mi pulso acelerado. Me lamí los labios, esperando que el hambre no se reflejara en mi rostro. No era el momento de mostrarme sonrojada y con los ojos brillantes. Aunque si Thomas había podido bailotear antes como si nos hubieran invitado a un gran baile, entonces se me debería perdonar aquella transgresión al decoro.

Sentí la presión de la mirada de Thomas casi con la misma intensidad que si me hubiera tocado. Mi tío podía estar absorto, pero a Thomas no se le escapaba ningún cambio en mi estado de ánimo.

Lo miré, sin avergonzarme. Sus ojos estaban oscuros por la preocupación. Tenía motivos para estar asustado, yo apenas me reconocía. No debería haberme deleitado con toda aquella violencia, pero no podía negar lo extraordinariamente viva que me sentía al estudiar la muerte.

Tal vez era el diablo que había en mí, pidiendo ser liberado. Sin más preámbulos, accedí.

5

UN PASADO EMBRUJADO

APOSENTOS DE AUDREY ROSE
QUINTA AVENIDA, NUEVA YORK
21 DE ENERO DE 1889

Antes de salir del hotel, el inspector Byrnes prometió llamarnos con más detalles sobre la identidad de la víctima, y sin permiso para llevar a cabo u observar la autopsia, Thomas, el tío y yo nos retiramos a nuestra casa a esperar noticias. Después de la cena, me excusé para cambiarme y me fijé en que un sobre con matasellos de Londres me esperaba en mi tocador.

Sentí curiosidad y lo abrí de un tirón para leer la caligrafía pulcra y desconocida del interior.

> *Me han comunicado sus próximas nupcias. Me hallo de camino a Nueva York y llegaré dentro de dos semanas. Dígale a Thomas que deseo hablar con él antes de la ceremonia.*
>
> *Es de suma importancia. Tengo en mi posesión algo que necesita.*

Qué extraño. Ni Thomas ni yo habíamos hablado con nadie más que con Liza y mi padre sobre nuestro deseo de casarnos. Y algo de lo que estaba segura era de que mi padre no le habría contado a nadie que deseábamos comprometernos sin mantener primero una audiencia con Thomas. Había ciertas costumbres con las que cumplir, y debían llevarse a cabo en el orden correcto. Una vez que mi padre accediera, Thomas tendría que escribir a su familia. Hasta que no se hubiera redactado toda la documentación necesaria, nadie ajeno a nuestro círculo familiar más cercano estaría al tanto del compromiso. Y sin embargo… alguien más sabía que era una posibilidad. De hecho, ese alguien parecía tener la convicción de que la boda se celebraría en un futuro inminente.

Menuda sandez.

Arrugué la carta, la introduje por la rejilla ornamentada que cubría la chimenea y observé cómo sus bordes pasaban del negro al naranja antes de quemarse por completo. Esperé a que se convirtiera en ceniza antes de darme la vuelta. Un malestar se instaló en mi estómago y parecía tener la intención de acomodarse ahí. No había nada amenazante en la nota, pero la falta de firma era preocupante.

Si se hubiera tratado de la hermana de Thomas, Daciana, seguramente hubiera firmado con su nombre, y la nota habría sido tan cálida y amistosa como ella. Me imaginaba que, si hubiera tenido un mensaje específico para él, le hubiera enviado una carta directamente. No tenía sentido que me escribiera a mí y me pidiera que transmitiera sus deseos. Si no era Daciana o su querida Ileana, ¿quién pediría hablar con Thomas antes de nuestra boda?

A una parte de mí le preocupó que aquello lo hubiera ideado el pícaro maestro de ceremonias con el que había jugado a un peligroso juego de ilusionismo. ¿Tendría Mephistopheles espías en Nueva York? Inspiré hondo. No era posible que el maestro de ceremonias se volviera a inmiscuir en nuestras vidas. Él sabía que mi corazón pertenecía solo a Thomas. No era *tan* diabólico.

Alguien llamó a la puerta con suavidad y eso hizo que dejara de darle vueltas interminables en la cabeza. Mi imaginación a menudo creaba historias muy elaboradas. Era probable que aquello solo fuera otra más.

—Adelante.

Liza entró con una aromática taza de té en la mano y se detuvo en seco, arrugando la nariz mientras se pasaba la mano libre por la cara.

—Aquí huele a pergamino quemado. No estarás prendiendo fuego a nuestras obras, ¿verdad?

Apoyé el bastón en el sofá y me dejé caer en él. Tracé el patrón de brocado de mi falda aguamarina, presa de las dudas. Ahora todo parecía una tontería.

—He recibido una carta.

Liza cruzó la habitación y me entregó el té.

—Sí, me imagino que con la posible boda que se avecina recibirás bastantes. ¿Has quemado esa carta en particular?

Asentí y tomé un sorbo rápido. Tenía un sabor terroso y a la vez picante que no era en absoluto desagradable. Conseguí beber un poco más antes de responder.

—Yo… parece que soy la destinataria de una posible amenaza velada. Aunque cuanto más lo pienso, más exagerada *puede* haber sido mi reacción. Es posible que esté de los nervios hasta que padre dé su bendición. Eso es normal, ¿no?

Ante esa confesión, a Liza casi se le salieron los ojos de las órbitas. Se apresuró a acercarse y, después de quitarme el té, apretó mis manos entre las suyas, con la cara resplandeciente por la emoción.

—¡Un escándalo! ¡Una intriga! Siempre te llevas toda la diversión. ¿Crees que es alguien despechado que busca venganza?

—¿Qué? ¿Qué te hace pensar eso? —Me quedé mirando el rostro expectante de mi prima y al final cedí—. Bueno, a decir verdad, Mephistopheles se me ha pasado por la cabeza. Le gusta entrometerse, pero no éramos amantes. Y aunque puede que tuviera un lapsus de juicio momentáneo, nunca hubo verdadero peligro de que me enamorara de él.

Liza me miró con tristeza.

—Querida prima, sé que no albergabas sentimientos por Mephistopheles. En realidad, me refería a Thomas.

Abrí la boca y la cerré mientras le daba vueltas a la idea.

—Thomas no ha… —Sacudí la cabeza—. Nunca antes ha cortejado a nadie.

Entre nosotras se extendió un silencio largo e incómodo.

Liza jugueteó con los volantes de su falda.

—¿Estás segura? ¿Te lo ha dicho con esas palabras, o solo lo estás suponiendo?

—Yo… —empecé a discutir, pero como solía suceder en los asuntos que concernían al corazón, mi prima tenía razón una vez más—. Me imagino que a estas alturas ya habría mencionado si hubiera cortejado a alguien en el pasado. Siempre ha sido muy serio en su trabajo con tío. —Liza parecía dispuesta a decir algo más, pero en vez de eso apretó los labios. Suspiré—. Esto es ridículo. Thomas no tiene una antigua amante que pretenda arruinar nuestra boda. Incluso si eso fuera posible, ¿cómo podría saber que planeamos contraer nupcias?

—Rumores. Cotilleos. Sabes que no hay nada tan escandaloso o delicioso como un buen romance. En especial desde que todo Londres habla de ti y de Thomas. Un mayordomo o sirviente podría haber visto la correspondencia y haber iniciado una cadena de secretos mal guardados.

—Si hubiéramos enviado invitaciones o incluso cartas a nuestras familias, podría ser. —Recogí mi té y dejé que su fragante vapor me calmara—. Tal vez se trate de Jian, de Houdini o de alguna otra persona del Carnaval Luz de Luna que nos esté gastando una broma bastante cruel. No me sorprendería que enviaran una carta anónima a alguien. Ya sabes que su sentido del humor es un poco retorcido.

Cuanto más divagaba, más inverosímiles se volvían mis conjeturas y más inquieta me sentía. La expresión de mi prima apenas ayudaba a aliviar mis preocupaciones. Liza esbozó una sonrisa.

—Es probable que tengas razón. Estoy segura de que después de diez días de molestarte, de besarte una vez durante dos segundos y de huir a la siguiente ciudad en busca de otra conquista, el maestro de ceremonias ha mandado espías en tu busca y desea arruinar tu hipotética boda enviando notas a los periódicos del otro lado del charco.

Maldición. Me arrepentía de haberle contado lo de aquel beso tan desafortunado. Thomas, sin embargo, se lo había tomado todo mucho mejor de lo que yo merecía. Solo me había dicho que le hubiera gustado asestarle un rodillazo a Mephistopheles en una parte sensible del cuerpo por aprovecharse de mí.

—Ya es suficiente. —Me terminé el té, recuperé mi bastón y me dirigí a la puerta con toda la confianza que pude reunir—. Ahora mismo le preguntaré a Thomas sobre cualquier enredo romántico y ya está.

—Una idea excelente. —Liza miró las estanterías que tenía cerca de la chimenea—. ¿Quieres que me quede hasta que vuelvas?

Sabía que nada le hubiera gustado más que acurrucarse con una buena novela romántica y no quería que mis preocupaciones le impidieran disfrutar de la velada. Sacudí la cabeza.

—Estaré bien, gracias.

· · ·

Era mucho más difícil deslizarme de noche a escondidas por una casa que desconocía, y el chasquido de mi bastón contra la fina alfombra no me ayudaba a desplazarme de forma sigilosa. Me encogía cada vez que entraba en contacto con el suelo, rezando para que mi tío estuviera ya dormido. Aunque, después de nuestra mañana de investigación, lo más seguro era que estuviera despierto y estudiando las anotaciones de su diario, con la esperanza de que el inspector Byrnes mandara noticias a esas horas.

La señora Harvey se alojaba en la misma planta que Liza y yo y no le hubiera importado pillarme escabulléndome a escondidas. De hecho, era capaz de empujarme hacia los aposentos de Thomas mientras tarareaba en tono agradable para sí misma. Durante nuestra estancia en el RMS *Etruria*, prácticamente había llegado a animarme a escabullirme para visitar a Thomas después de que él me enviara una nota solicitando una reunión a medianoche.

Agradecí mucho que mi padre y mi tía no hubieran llegado todavía. No se podía predecir dónde estaría ninguno de los dos a esas horas. Desde la muerte de mi madre, varios años atrás, mi padre apenas dormía y vagaba por los pasillos de casa hasta altas horas de la madrugada como un fantasma inquieto.

Cuando llegué a la puerta de Thomas, la encontré entreabierta. Me asomé por la rendija, curiosa por saber qué estaría haciendo. No me habría sorprendido que dedujera que iría a visitarlo, aunque no lo hubiera avisado. La lámpara de su mesita de noche estaba encendida y el fuego crepitaba con suavidad en una esquina. La habitación era de un azul intenso, como la zona más oscura del océano.

Con sus muebles de caoba y esa combinación de colores con tanta fuerza, encajaba a la perfección con Thomas. Intenté que mi atención no se detuviera en su cama, pero el desorden que reinaba en ella era difícil de ignorar. Había papeles desperdigados por toda la superficie y diarios apilados en torres caóticas. Casi esperaba encontrarlo apoyado en el cabecero, dormitando como un príncipe cansado que reposa en un trono de libros.

Se me revolvió el estómago un par de veces cuando recordé que estaba leyendo los diarios de Jack el Destripador. Lo había mencionado una vez en Rumania y lo había vuelto a intentar mientras cruzábamos el Atlántico. Yo todavía no estaba preparada para saber lo que mi hermano tenía que decir sobre sus crímenes. Sin embargo, me sentía aliviada al saber que nosotros poseíamos los diarios y que estaban a salvo de cualquiera que pudiera dañarlos o compartir sus secretos.

Me sentía como una intrusa, así que llamé a la puerta.

—¿Thomas? —pregunté con suavidad. Un ligero aroma a canela y azúcar flotaba cerca de allí. Empujé la puerta para abrirla un poco más, con cuidado de que las bisagras no chirriaran—. ¿Cresswell? —Asomé la cabeza al interior de la habitación—. ¿Dónde…?

—Por favor, dime que todas mis fantasías lascivas por fin van a hacerse realidad.

Salté hacia atrás y maldije cuando mi bastón cayó al suelo. Me di la vuelta con toda la elegancia que pude y lo fulminé con la mirada.

—¿Qué haces merodeando por los pasillos a estas horas?

Una sonrisa socarrona se deslizó por las facciones de Thomas mientras me indicaba que entrara en sus dependencias.

—Te das cuenta de la ironía que supone que preguntes eso mientras tú misma estás merodeando por el pasillo a estas horas también, ¿verdad? —Ante mi suspiro molesto, levantó un plato lleno de dulces y cerró la puerta con el pie—. La cocinera ha hecho bollitos de canela bañados en mantequilla derretida y azúcar. Por lo visto, son para mañana, pero no he podido resistirme. —Al ver mi mirada incrédula, añadió, más bien indignado—: Intenta rechazar tú el aroma de la canela y el azúcar y mi amor verdadero: la mantequilla.

Le arrebaté un bollo del plato y gemí de pura felicidad mientras se me derretía en la lengua. El equilibrio de sabores y su dulzura fueron suficientes para hacerme olvidar por qué había ido allí a esas horas. Thomas dejó el plato sobre la cómoda y me miró con la misma clase de hambre y devoción con la que había mirado los dulces.

Sin apartar la vista de mí, se acercó y me limpió un poco de glaseado de la comisura del labio, y a continuación su boca estuvo sobre la mía. Fue un beso cálido y dulce. Y del todo inesperado. El bollo había estado bien, pero aquello era *mucho* mejor. Thomas nos hizo retroceder lentamente hasta el tocador para que pudiera sentarme en él y librarme del peso de la pierna. Mientras nos besábamos, me acunó la cara entre las manos con suavidad, como si yo fuera lo más preciado de su mundo.

De alguna manera, tanto su consideración como nuestra nueva posición despertaron algo indomable en mí. Ansiaba más. Me aparté del mueble e hice que se apoyara contra la cama, disfrutando de su destello de sorpresa cuando profundicé nuestro beso. Thomas se recuperó deprisa y abrió la boca para saborearme mientras sus manos me recorrían la espalda. Después de un momento o dos, ninguno parecía satisfecho con la distancia que quedaba entre nosotros. Sus manos bajaron hasta mis caderas, agarrándolas de una forma tan dulce como posesiva. Deslicé las mías por debajo de su chaqueta y las dirigí hacia la corbata que le rodaba el cuello antes de que él se apartara de golpe.

—Espera —dijo, sin aliento.

Me eché hacia atrás, sobresaltada.

—¿Es... es demasiado?

Thomas me rodeó con un brazo, me acercó a él y depositó besos desde mis labios hasta mi corazón y luego recorrió el camino a la inversa. Al igual que sucedía en el laboratorio, su minuciosidad era lenta y deliberada. Escuchó cada latido de mi corazón, cada inhalación, y utilizó sus poderes de deducción para procurarme placer. Cuando por fin consiguió apartarse de nuevo, su respiración era tan pesada como sus párpados.

—No, Wadsworth. No es demasiado, en absoluto. Es solo...

—Se trata de tu virtud, ¿no es así? —me burlé—. Quieres esperar hasta que estemos casados.

—Dios, no —resopló—. Llevo mucho tiempo queriendo llevarte a la cama. Si fuera una criatura más egoísta, te tomaría en este mismo momento, si consintieses. —Mi atención se desvió de su boca a su cama, considerándolo—. Sin embargo —se sentó en el colchón y acarició el lugar que había a su lado—, puede que no quieras llevar las cosas más lejos esta noche. Yo...

Mis preocupaciones anteriores resurgieron y lo interrumpí antes de perder los nervios.

—¿Has cortejado a alguien más?

—Yo... —Me estudió de esa forma rápida y analítica suya. Esperaba que se riera. En cambio, se inclinó y me dio un beso muy casto—. Nunca he cortejado a nadie de forma oficial ni he pedido permiso para hacerlo. Solo a ti.

Exhalé, aunque el alivio duró poco. Una pequeña puntualización me llamó la atención. Tampoco me estaba cortejando a mí de forma *oficial.* Al menos, no hasta que mi padre diera su aprobación. Thomas se pasó una mano por la cara y por fin me di cuenta de la preocupación que había estado ocultando.

—Hay algo que deberías leer —dijo—. He encontrado esto antes y he estado debatiendo el mejor momento para enseñártelo.

Algo parecido a la histeria se retorció en mis entrañas. También debía de haber recibido una carta anónima. Las palmas de las manos se me humedecieron de repente y la boca se me secó del todo. Alguien nos tenía en el punto de mira por razones que no me atrevía a considerar.

—¿Qué sucede?

—Es… creo que es mejor que lo veas por ti misma. —Hojeó un diario y sacó un sobre, pero no me miró a los ojos mientras me lo entregaba. Por un momento, pareció como si el universo entero contuviera el aliento, esperando mi respuesta. Mi pánico no hizo más que aumentar cuando saqué la carta y me quedé inmóvil al ver la caligrafía.

Era imposible.

Parpadeé, segura de que debía de estar alucinando. No estaba escrita con la misma letra que la carta que había recibido yo. Aquella me era mucho más familiar. La huciera reconocido en cualquier parte.

—¿Qué es esto? —pregunté, con una voz que delataba mi miedo. Thomas negó con la cabeza y permaneció en silencio. Me armé de valor. Su comportamiento indicaba que todavía sería peor después de leerla.

La sangre me rugió en los oídos cuando empecé a leer. En aquel momento comprendí por qué Thomas había interrumpido nuestro momento clandestino. Sentí que mis músculos se debilitaban y no me vi capaz de decidir si deseaba gritar o llorar o una combinación de ambas cosas. Luché contra la agitación que se arremolinaba en mí y confié en no vomitar en aquel preciso instante. Como un sol dorado que se eleva en el horizonte, contemplé el amanecer de una nueva pesadilla.

Mi querido hermano había estado guardando un secreto más.

Y ese secreto cambiaba todo lo que yo creía saber.

Querida hermana,

Si estás leyendo esta carta, significa que me han detenido o que la justicia ya ha ajustado cuentas conmigo. Qué pena. Sospecho que la reina y el Parlamento han estado esperando para destrozarme por los problemas que he causado. Imagino que ha sido un momento duro para ti, pero te pido que tu voluntad y tu mente se mantengan fuertes. A pesar de las circunstancias que nos han traído hasta este punto, espero que te encuentres bien cuando recibas esta nota, aunque quizá te sientas un tanto indispuesta tras su lectura. Me temo que es otro motivo más de arrepentimiento que añadir a la lista.

Sé que es muy probable que no te complazcan mis actos, pero tengo una última confesión que hacer. Me gustaba imaginarme a mí mismo como Jekyll, la verdad. Mi colega, bueno, llamémosle Mr. Hyde, va a volver pronto a América y ha prometido continuar nuestro trabajo allí.

Te quiero, no importa lo que digan los demás, debes saber que esa es la verdad. Lamento lo que he hecho, pero te juro que pronto apreciarás el valor de mi trabajo, aunque no estés de acuerdo con mis métodos. Un día entenderás la verdad de quién es Jack el Destripador. No te olvides de mis diarios, querida hermana. Los escribí para ti y como parte del legado de nuestra familia.

Te querré siempre,

Nathaniel Jonathan Wadsworth

6
UN CRUEL DESCUBRIMIENTO

Eran dos.

Temblé con violencia y casi arrugué la carta al cerrar el puño mientras saltaba del borde de la cama, donde estaba apoyada. El dolor me subió por la pierna como un latigazo abrasador, recordándome que debía tratar a mi cuerpo con gentileza, aunque no había manera de proteger mi corazón. Intenté ignorar la furia punzante que me invadió leyendo la nota otra vez. Y de nuevo, mi pulso se aceleró con cada una de aquellas frases traicioneras.

Eran dos.

No podía ser verdad. No podía serlo. Y sin embargo… No podía respirar. Apenas podía pensar, la cacofonía que reinaba en mi cabeza me lo impedía. Quería arrancarme el corsé y prenderle fuego. Quería huir de aquella habitación y de mi vida, y no mirar atrás.

—¿Audrey Rose?

Levanté una mano para impedir que Thomas dijera lo que fuera que iba a decir. Una enorme presión seguía creciendo bajo mis costillas y el aire me pareció de repente demasiado fino o demasiado pesado. Aquello tenía que ser una pesadilla. Pronto despertaría y todo iría bien. Pronto recordaría que mi querido hermano era Jack el Destripador y que estaba muerto y que mi familia estaba destrozada, pero que poco a poco íbamos recomponiendo nuestras vidas. Estábamos rotos, pero no derrotados. Estábamos... Me pellizqué el brazo y grité. Estaba despierta y aquello estaba sucediendo. Tragué con fuerza.

No podía aceptar lo que decía aquella carta. No podía. Lo que implicaba era demasiado como para soportarlo. Sin más preámbulos, me dejé caer sobre el colchón, la cabeza me daba vueltas. Aunque quizá no fuera mi mente la que estaba siendo atacada: el corazón estaba a punto de rompérseme. Otra vez. ¿Cuántas veces me perseguiría aquel caso? ¿Cuántos secretos había guardado mi hermano? Justo cuando creía que había resuelto un misterio, otro ocupaba su lugar, más brutal y despiadado que el anterior.

Me concentré en inspirar despacio y exhalar. Resultó una hazaña más difícil de lo que hubiera pensado. Jack el Destripador no había cometido sus crímenes solo. Su reinado de terror aún no había acabado. Esa idea me arrancó el resto del corazón del pecho. Jack el Destripador estaba vivo.

Todo ese tiempo... Durante todos esos meses me había convencido de que el horror que había provocado había terminado. Que su muerte podría ofrecer un poco de consuelo a los espíritus de aquellas que había asesinado, aunque, a mí, guardar su secreto no me ofrecía la misma paz a cambio. Todos los fantasmas del pasado contra los que había luchado, todos los demonios de mi imaginación... *todo* se rebeló contra aquella noticia, subiéndome por la garganta, provocándome con un «te lo dije». Su muerte era una mentira más que había que tragarse. Las lágrimas me quemaban los ojos.

Jack el Destripador eran dos hombres depravados y retorcidos actuando como uno solo. Y sabía, *sabía* con cada célula de mi cuerpo que había estado con nosotros en el *Etruria*. Aquel crimen había sido demasiado parecido a los suyos como para que lo hubiera pasado por alto. Había cometido el mismo error que había cometido durante nuestro primer caso: había ignorado los hechos porque no *quería* verlos tal y como eran. Respiré de forma entrecortada una y otra vez.

Jack el Destripador estaba vivo. No podía dejar de repetirlo en mi cabeza.

—Wadsworth… por favor, di algo.

Cerré la boca con fuerza. Si la abría, era capaz de empezar a gritar y no parar nunca. No sabía quién era mi hermano o el verdadero Destripador. Apenas me reconocía en ese momento. ¿Qué otra persona de mi vida no era lo que parecía ser? Cerré los ojos y me obligué a convertirme en un sólido bloque de hielo por dentro. Aquel no era el momento de derrumbarse.

—En el barco —dije con los dientes apretados—. Se sentó en las sombras, noche tras noche, observando, acechando y probablemente disfrutando del caos que sembró y el espectáculo que montó otro asesino. —Sacudí la cabeza, la ira empezaba a llenar el espacio donde momentos antes había residido el dolor. Me pregunté si mi rabia ardía lo suficiente como para prender fuego en otros—. ¿Me conoce? ¿Me estuvo acechando en el viaje por mar, o solo fue el azar el que hizo que nuestros caminos se cruzaran una vez más?

Dejé la carta y agarré el pomo en forma de rosa de mi bastón hasta que se me entumecieron los dedos. Quería pegarle al Destripador en la cabeza con él. Quería…

Thomas colocó su mano sobre la mía muy despacio. La mantuvo allí hasta que esa ansia violenta me abandonó.

—Me temo que hay más. En sus diarios.

Luché contra una risa amarga. Por supuesto que había más. Parecía que aquella pesadilla no había hecho más que empezar. Cada vez que creía haber cerrado un capítulo, había un nuevo giro a la espera de ser revelado. No me molesté en pedir detalles. Si había más, se trataba de otra persona y de otra trágica pérdida de vidas. Otro asesinato despiadado que añadir al sangriento currículum del Destripador.

—¿Quién?

—La señorita Martha Tabram. Era una prostituta que se ganaba la vida en el East End. —Thomas me observó con detenimiento antes de rebuscar en la pila de diarios para encontrar el que había estado leyendo—. Nathaniel guardó varios recortes de periódico en los que se habla de su muerte. Al parecer, la apuñalaron treinta y nueve veces con dos cuchillos diferentes. Se creía que uno era una navaja, y el otro se describe como una daga. A juzgar por lo que sabemos de los otros asesinatos del Destripador, es probable que fuera un bisturí largo y delgado.

Le di vueltas a la información en la cabeza. Las ganas de gritar seguían presentes, pero la necesidad disminuyó al ponerme a pensar en el misterio.

—¿Visitó mi tío el escenario del crimen?

—No. —Thomas sacudió la cabeza—. Llamaron a un tal doctor Killeen para inspeccionar el cadáver en el escenario, y en el segundo artículo citan a otro forense. No estoy seguro de por qué no consultaron al doctor Wadsworth.

—Probablemente porque Scotland Yard no necesitaba su experiencia todavía. —Me quedé mirando el titular. Mi tío era un brillante profesor de medicina forense y a menudo colaboraba en algún caso cuando lo invitaban a ello, pero no era miembro oficial de Scotland Yard—. Como bien sabes, antes de Jack el Destripador, un asesino reincidente era algo bastante inaudito. Imagino que recurrían a cualquier forense disponible y no le daban importancia.

Ninguno de los dos mencionó una razón más evidente por la que no habían llamado a un experto: nuestra sociedad era poco amable con las mujeres. Sobre todo, con las que se veían obligadas a sobrevivir como podían. Los periódicos afirmaban que se habían agotado todas las vías de investigación posibles, pero solo era otra mentira asquerosa contada para blanquear su versión. Para vender más periódicos. Para dormir mejor por la noche.

Inspiré hondo para canalizar mi rabia en algo útil. La ira no resolvía problemas, pero la acción sí. Inspeccioné el primer artículo con la cabeza fría.

EL HORRIBLE Y MISTERIOSO ASESINATO EN GEORGE'S YARD, WHITECHAPEL ROAD.

—«El asesinato del feriado de agosto tuvo lugar en los edificios de George Yard». —Leí las primeras líneas del artículo en voz alta—. «El cuerpo fue descubierto la mañana del siete de agosto». —Se me heló la sangre—. Eso fue casi tres semanas antes de la señorita Mary Nichols.

La primera presunta víctima de Jack el Destripador.

—Lo que es interesante —dijo Thomas, tomando otro diario del montón—, es que la señorita Emma Elizabeth Smith también fue asesinada en un día festivo.

Cerré los ojos, recordando con demasiada claridad que había muerto el 4 de abril. El día del cumpleaños de mi madre. Otro detalle de su caso subió a la superficie de mi mente.

—Vivía en George Street. Este asesinato tuvo lugar en George Yard. Podría significar algo para el asesino.

Thomas parecía intrigado por aquel nuevo hilo del que tirar. Se levantó de la cama y se sentó ante un pequeño escritorio para tomar notas. Mientras él se dejaba absorber por esa tarea, yo volví a prestar atención a los recortes de periódico relativos a la muerte de la señorita Martha Tabram. Mi hermano no reivindicaba su asesinato en su diario (al menos no en aquel volumen), pero su interés no era casual.

El *East London Advertiser* había pregonado lo siguiente:

Las circunstancias de esta espantosa tragedia no solo están rodeadas del más profundo misterio, sino que también existe un sentimiento de inseguridad al pensar que, en una gran ciudad como Londres, cuyas calles patrulla la policía de forma constante, una mujer pueda ser asesinada de forma tan vil y horrenda casi al lado de los ciudadanos que duermen plácidamente en sus camas, sin que quede rastro o pista del villano que cometió el crimen. Parece que no hay el menor rastro del asesino, y de momento no se ha encontrado ninguna pista.

Me masajeé las sienes. No había oído hablar de ese asesinato, aunque si no recordaba mal, la primera mitad de agosto había sido inusual en mi casa. Mi hermano había estado ocupado con sus estudios de Derecho, y mi padre había atravesado una de sus fases especialmente ariscas. Yo había atribuido las ausencias de Nathaniel a la creciente agitación de mi padre y había pensado que mi padre estaba molesto por la proximidad de mi decimoséptimo cumpleaños. Todas las mañanas se llevaba los periódicos y los mandaba quemar antes de que yo pudiera leerlos.

Ahora sabía por qué. No era locura, sino miedo. Pasé a la siguiente página del diario y leí en silencio una cita recortada de un artículo.

«El hombre debe de ser un auténtico salvaje para infligir de esa manera semejante cantidad de heridas a una mujer indefensa». Aquello lo había dicho un tal George Collier, ayudante del forense del distrito.

Garabateado a toda prisa, con la letra frenética de Nathaniel, había un pasaje de nuestra novela gótica favorita, *Frankenstein*.

...si nuestros impulsos se limitaran al hambre, la sed y el deseo, podríamos ser casi libres; pero nos conmueve cada brisa, cada palabra dicha por casualidad o cada imagen que esa palabra nos evoca. Descansamos; una pesadilla tiene el poder de envenenar nuestro sueño. Despertamos; un pensamiento errático empaña nuestro día. Sentimos, concebimos o razonamos; reímos o lloramos, abrazamos la tristeza o desechamos nuestras preocupaciones. Todo es igual, porque, sea alegría o dolor, el sendero de su huida está abierto. El ayer del hombre nunca será como su mañana, ¡nada puede perdurar sino la mutabilidad!

Había leído el libro tantas veces durante las frías tardes de octubre que solo necesité unos instantes para situar la escena. El doctor Victor Frankenstein había viajado a una tierra de nieve y hielo para enfrentarse a su monstruo. Antes de su encuentro con la criatura que tanto despreciaba, había insinuado que la naturaleza podía curar el alma de un hombre. ¿Acaso mi hermano se imaginaba como el doctor Victor Frankenstein?

Siempre había creído que se consideraba a sí mismo el monstruo, basándome en pasajes anteriores que había subrayado meses atrás. Sin embargo, ¿hasta qué punto podía afirmar que le conocía? ¿Cómo de bien nos conocíamos unos a otros en realidad? Los secretos eran más valiosos que cualquier diamante o moneda. Y mi hermano los había poseído en abundancia.

Encontré una plumilla y empecé a garabatear con furia mis propias notas en una página en blanco, añadiendo fechas y teorías que parecían tan inestables e incontrolables como el monstruo de Frankenstein. Quizá yo misma me estaba convirtiendo en una criatura loca y salvaje.

Un movimiento llamó mi atención un segundo antes de que Thomas se arrodillara frente a mí, con una expresión inusualmente amable. Por un momento me pregunté qué aspecto tendría vista a través de sus ojos. ¿Parecía tan salvaje como me sentía? El corazón me latía tan rápido como el de un conejo, pero mi instinto no me impelía a huir, sino a derramar sangre. Thomas me tocó la frente y luego me acarició la línea del pelo con un dedo, deshaciendo un nudo que no me había dado cuenta de que se estaba formando. Me relajé gracias a su contacto. Un poco.

—Tienes una cierta aura de asesina que, para serte sincero, resulta una extraña mezcla entre seductora y preocupante. Incluso para mí. ¿Qué sucede? —preguntó. Le di la vuelta al diario, señalando el pasaje de *Frankenstein*. Lo leyó y me miró a la cara—. Recuerdo que a tu hermano le intrigaban los experimentos de Galvani con la electricidad y las ranas muertas, y Shelley. Pero eso no es lo que te preocupa.

—Según un artículo, las heridas descritas en el cuerpo de Martha se concentraban alrededor de la garganta y el bajo vientre.

Thomas volvió a mirar el pasaje de *Frankenstein* y frunció el ceño ante la aparente brusquedad de mi cambio de tema.

—Se pensó que las heridas de Emma eran muy diferentes a las de los cinco asesinatos que tuvieron lugar en Whitechapel —dije, ganando más confianza a medida que hablaba—. Su atacante no fue a por la garganta ni la apuñaló.

Thomas tragó con fuerza, sin duda recordando con vívido detalle las atrocidades que le habían hecho.

—No, la vejaron de otras formas horribles.

—En efecto. —Alguien le había roto el peritoneo al introducirle un objeto extraño en el cuerpo. Nunca habíamos estado seguros de si era algún aparato u otra cosa lo que había provocado el daño. Se habían encontrado engranajes en la escena del crimen, algo que más tarde nos habíamos dado cuenta de que formaba parte del plan de mi hermano para transmitir electricidad a los tejidos muertos—. Nathaniel habla de Jekyll y Hyde en su carta —continué—, pero este pasaje apunta a su obsesión con el doctor Frankenstein y su monstruo.

—Me temo que no te sigo, Wadsworth. ¿Crees que tu hermano utilizaba novelas góticas como material de partida para sus asesinatos?

—No del todo. Creo que Nathaniel podría ser responsable de la muerte de la señorita Emma Elizabeth Smith. Estaba obsesionado con fusionar máquina y humano. Las circunstancias de su muerte encajan con eso. También encajan a la perfección con los experimentos de Galvani. El doctor Galvani demostró que un poco de electricidad podía hacer que los músculos de una rana se movieran *post mortem*. Nathaniel intentó mejorar su teoría y llevarla aún más lejos: devolver la vida a los seres humanos utilizando una carga eléctrica mayor.

—Creía que ya habíamos establecido que la señorita Smith era una probable víctima del Destripador —dijo Thomas con cautela.

—Sí. Pero no encaja. Incluso aunque su método para matar cambiara a medida que crecieron sus mortíferos talentos, asesinarla no era el objetivo final. No como en los otros casos. La maltrataron de forma horrible, pero no creo que él deseara matarla. Quería que ella viviera. Ese era su principal objetivo. A Nathaniel no le interesaba matar cosas. Lo que él ansiaba era hallar una forma de traerlas de vuelta.

Thomas se quedó callado y perfectamente inmóvil.

—Nathaniel mató a Emma, pero nunca fue Jack el Destripador, Thomas. Fue el hombre que *hizo* a Jack el Destripador. O quizá se hizo amigo de él.

Thomas miró las fechas que había garabateado de forma apresurada. Una batalla de emociones cruzó sus rasgos.

—Si Nathaniel atacó a Emma en abril, puede que su muerte lo perturbara. Es posible que una parte de él no pudiera volver a cruzar esa línea. Al menos no él mismo. —Me miró con detenimiento—. ¿Mostró algún tipo de comportamiento que insinuara una ideología de salvador?

Al principio iba a negar la cabeza, pero luego un recuerdo afloró en mi mente.

—Cuando éramos niños, solía ponerse físicamente enfermo si no podía salvar a un gato o un perro callejero. La idea de que algo muriera le resultaba insoportable. Se quedaba en la cama durante días, llorando o mirando al techo. Era terrible y no había nada que pudiera hacer para hacerle salir de ese lugar oscuro. —Respiré hondo, intentando no perderme en los recuerdos del pasado—. Si la señorita Martha Tabram es de verdad la primera víctima del Destripador, eso significa que Nathaniel tuvo casi cuatro meses para crear su propio monstruo. Dice con sus propias palabras —señalé la carta— que trabajó con otro. Imagino que mi hermano instigó esos asesinatos y aprovechó los órganos adquiridos en beneficio de la ciencia, pero en realidad fue otra persona la que cometió el resto de los asesinatos.

—Eso no convierte a tu hermano en inocente —dijo Thomas con suavidad.

Bajé la cabeza. Si mi teoría era correcta, Nathaniel había convertido a una persona en su espada, lo cual lo alejaba de la inocencia. Y, sin embargo, enfrentarme a su culpabilidad (una vez más) me provocó un dolor visceral que no había previsto. Los humanos no podíamos evitar amar a nuestros monstruos.

—Lo sé.

Thomas movió la cabeza de un lado a otro.

—Todavía existe la posibilidad de que Nathaniel solo siguiera el asesinato de la señorita Smith en los periódicos. Tal vez el verdadero asesino lo buscara a él, o viceversa. Por el momento, son todo especulaciones. Ya sabes lo que opina tu tío sobre eso.

Las especulaciones eran inútiles. Lo que necesitábamos eran hechos. Contemplé las pilas de diarios sobre la cama de Thomas. Mi hermano había escrito volumen tras volumen de notas. Temía que fuéramos a tardar años en desenredar cada nuevo hilo que él había anudado. Thomas se ubicó detrás de mí y me colocó las manos en los hombros para masajeármelos despacio y aliviar la tensión de los mismos.

—Es solo un rompecabezas que necesita ser resuelto, Wadsworth. Lo resolveremos juntos.

Luché contra una nueva oleada de lágrimas y me acerqué para tomar la mano de Thomas entre las mías.

—Yo…

—Si os apetece acompañarnos —dijo mi tío, que entró en la habitación con los ojos relampagueando al ver que la otra mano de Thomas aún reposaba sobre mi hombro—, el inspector Byrnes está en el salón.

Hospital Bellevue, alrededor de 1885/1898

7

MISERY LANE

EL SALÓN DE CASA DE LA ABUELA
QUINTA AVENIDA, NUEVA YORK
21 DE ENERO DE 1889

El inspector Byrnes estaba de pie con sus grandes manos entrelazadas a la espalda y la vista clavada en un retrato de mi abuelo que colgaba como una advertencia sobre la chimenea. A juzgar por la rectitud de su postura y la forma en que sus músculos parecían dispuestos a saltar hacia delante al menor indicio de problemas, sus noticias no eran buenas. No es que esperara que lo fueran.

—Gracias por llamarnos tan tarde, inspector —dijo mi tío a modo de saludo—. ¿Le apetece una copa?

El inspector se giró y sacó un periódico doblado de su abrigo. Se inclinó y lo colocó sobre una mesita auxiliar bastante frágil. Se le oscurecieron las mejillas hasta parecer casi moradas al leer el titular entre dientes.

JACK EL DESTRIPADOR HA LLEGADO A AMÉRICA.

—Al amanecer, todos los repartidores de periódicos gritarán a los cuatro vientos este abominable titular. No sé lo que pasó en Londres, pero aquí no se repetirá. —Se enderezó y se tomó un momento para serenarse—. No dejaré que Jack el Destripador infunda miedo en el corazón de mi ciudad, doctor Wadsworth.

A mi tío se le crispó un músculo de la mandíbula, el único indicio de que se sentía molesto.

—Soy un hombre de ciencia, no hago presagios. Si quiere proporcionarme más detalles, tal vez pueda ayudar a comprender mejor el caso o a elaborar un perfil de quién es este asesino. Las diferencias en las heridas infligidas a la víctima podrían ayudar a calmar la histeria. A menos que comparta sus hallazgos, me temo que no tengo nada más que ofrecer.

—Bien. ¿Quiere más datos? Hemos confirmado la identidad de la víctima, se trata de la señorita Carrie Brown, una put… prostituta local —dijo Byrnes, que a todas luces cambió de palabra debido a mi presencia. Qué caballero tan considerado. Puse los ojos en blanco—. Sus amigos la llamaban el Viejo Shakespeare, ya que solía citarlo cuando llevaba varias copas encima.

Thomas y yo nos miramos. Ahora que había una posibilidad significativa de que el Destripador estuviera vivito y coleando, era difícil ignorar los detalles que encajaban con sus asesinatos anteriores. Era conocido por asesinar a prostitutas que fueran bebedoras empedernidas. Al igual que este asesino.

—Se ha presentado una amiga suya, una tal Alice Sullivan —continuó Byrnes—. Alice dice que vio a Carrie dos veces ese día. Carrie no había comido bien en días, así que esa tarde Alice consiguió bocadillos para las dos en una taberna. Afirma que volvieron a reunirse para cenar en el centro misionero cristiano del barrio antes de irse cada una por su lado en busca de clientes.

—¿Cuándo fue la última vez que la vieron? —preguntó mi tío.

—Alice dijo que alrededor de las ocho y media de esa noche. La vio con un hombre llamado Frenchy.

—¿Fue Alice la última persona que la vio viva con él? —pregunté.

El inspector Byrnes negó con la cabeza.

—Mary Minter, la gobernanta del hotel, la vio llevar a un hombre a su habitación esa misma noche. Ha dicho que llevaba un sombrero negro y que tenía un bigote muy poblado. Muy sospechoso. No miraba a nadie a los ojos, mantenía la cabeza gacha. Como si intentara pasar desapercibido. No podemos confirmar si era Frenchy u otra persona.

—¿Ha localizado alguien a Frenchy? —preguntó mi tío.

—Por lo que parece, anoche fue vista con dos hombres diferentes llamados Frenchy. —Ante la mirada confusa de mi tío, aclaró—: Frenchy es un apodo popular en ese barrio. Uno de los hombres se llama Isaac Perringer. Todavía estamos buscando al otro. Por ahora los llamamos Frenchy número uno y Frenchy número dos. Tengo a mis mejores hombres buscándolos. Los acorralaremos a ambos y haremos que los testigos los identifiquen.

—La mayoría de hoteles, incluso los más cuestionables, exigen que se firme un libro de registro —dijo Thomas—. ¿Alguno de sus hombres ha preguntado al respecto?

—Por supuesto. ¿Qué clase de incompetentes cree que somos? —Byrnes le lanzó a Thomas una mirada mordaz—. Se registraron como C. Nicolo y esposa.

—¿Tiene una fotografía del libro de registro? —pregunté.

Byrnes frunció el ceño. No sabía si era por nuestro interrogatorio sobre su trabajo policial o si la pregunta lo había pillado desprevenido.

—No puedo decir que la tenga. ¿Por qué?

—Un análisis de la caligrafía podría demostrar que no es posible que este asesinato esté relacionado con el Destripador de Londres —dijo mi tío con un rápido asentimiento de aprobación en mi dirección—. Si está tan interesado en silenciar a los periódicos, sería una excelente forma de demostrar que la caligrafía de la persona en cuestión es diferente de la que se le conoce al Destripador. Entre eso y conseguir un testigo que sitúe a cualquiera de los dos «Frenchys» en la escena del crimen, debería ser bastante fácil aplacar la histeria del Destripador.

—Usted espera que un grupo de borrachos, la mayoría de los cuales carecen de la inteligencia adecuada en su mejor momento, sean testigos fiables. —Byrnes se abotonó el abrigo y se puso un bombín. Luché contra el impulso de recordarle que había sido él quien había sugerido «acorralarlos», no mi tío. Y habían sido sus circunstancias, no su inteligencia, las que les habían hecho recurrir a la botella—. Es usted increíblemente ingenuo, u optimista, o ambas cosas, doctor Wadsworth. —Levantó el sombrero a modo de despedida y se dirigió a la puerta—. Buenas noches.

—¿Inspector? —preguntó el tío, interponiéndose en su camino—. ¿Tendremos acceso al cadáver?

Byrnes hizo una pausa, reflexionando.

—Estará en la morgue de Bellevue hasta que lo lleven a Blackwell's Island junto con los demás cuerpos sin reclamar. Si yo fuera usted, iría esta noche. A veces los cadáveres no llegan al día siguiente. Sobre todo en Misery Lane.

• • •

La morgue de la calle veintiséis, que recibía el muy adecuado nombre de calle Miseria, debería haberse llamado más bien cripta. Una de la talla de la macabra imaginación de Poe o el comienzo de una siniestra historia de vampiros. Era oscura, húmeda y olía a podredumbre y a desechos humanos. Si dejaba que mi mente divagara, me convencería de que podía oír el débil latido de un corazón enterrado.

Situada una planta por debajo del premonitorio hospital de arriba, los cadáveres yacían apilados en mesas de madera. Nunca había visto tal desprecio por los muertos y tuve que tragarme mi horror. Los cadáveres estaban tan juntos unos de otros que me pregunté cómo habían trasladado los nuevos cadáveres a las mesas adyacentes sin derribar los demás en el proceso. Mi tío se detuvo en el umbral y su mirada se posó en todos y cada uno de los cuerpos en distintos estados de descomposición. Sacó un pañuelo del bolsillo interior de su chaqueta, con los ojos llorosos. Un cadáver cercano ya había empezado a hincharse, y los dedos de las manos y los pies mostraban el azul negruzco de la muerte.

Un hombre con delantal de carnicero nos miró y luego se dedicó a inspeccionar los cuerpos. Las velas ardían de forma siniestra cerca de los cadáveres. Dos jóvenes vestidos de negro estaban en las sombras, observando al forense a medio camino entre el aburrimiento y el interés. Él les llamó la atención y señaló un cadáver que parecía bastante reciente.

—Este debería servir. Lleváoslo y marchaos ya.

Su aburrimiento se transformó en un destello hambriento que yo conocía bien cuando se adelantaron y reclamaron el cadáver que les ofrecían. Colocaron el cuerpo de un hombre mayor en una camilla con ruedas y se apresuraron a cubrirlo con una sábana mientras lo sacaban de la estancia. El sonido de las ruedas girando retumbó por un pasillo. Al ver mi ceño fruncido, Thomas se inclinó para susurrar:

—Estudiantes de medicina.

—Internos. —El anciano se volvió hacia nosotros, mirando a mi tío con una molestia apenas velada mientras sacaba un reloj de bolsillo. Era casi medianoche—. ¿Es usted el profesor de Londres?

—Soy el doctor Jonathan Wadsworth. —Volvió a echar un vistazo a la habitación, la luz titilante se reflejaba en sus gafas como si fueran llamas. Intenté reprimir un escalofrío. Parecía un demonio vengativo—. Me han dicho que el cuerpo de la señorita Carrie Brown está aquí. ¿Le importaría enseñárnoslo?

—¿La puta? —La expresión agria del forense decía que le importaba mucho la interrupción, sobre todo si era por alguien tan humilde como una prostituta. Apreté los puños—. Si es necesario. —Señaló con el pulgar un largo y estrecho pasillo lleno de cadáveres—. Por aquí.

Thomas, siempre tan caballeroso, estiró su brazo hacia los dos hombres, que se alejaban siguiendo las pilas de muertos.

—Después de ti, querida.

Le dediqué una sonrisa tensa y seguí a mi tío. Mi bastón alternaba los golpes suaves y duros mientras pasaba sobre montículos de serrín y las baldosas del suelo. No me asustaban los cadáveres, me resultaban extrañamente reconfortantes. Pero el ambiente y el desprecio por el estudio científico de los mismos me ponía los pelos de punta. Bueno, eso y los gusanos que se movían alrededor de los pegotes de serrín ensangrentado, que nadie había barrido en mucho tiempo.

Al final de una hilera de cadáveres, cerca de donde una solitaria bombilla zumbaba por encima de nosotros, nos situamos junto a los restos de la señorita Carrie Brown. Para mi consternación, la habían lavado. En las franjas de carne pálida destacaban las venas de un color azul intenso y el único defecto que lucía eran las puñaladas. Mi tío cerró los ojos un momento, probablemente en un intento de controlar su ira.

—La han lavado.

—Por supuesto que sí. No nos haríamos ningún favor al mantenerla sucia y apestosa mientras esté aquí.

Una mentira flagrante. No habían lavado ninguno de los otros cadáveres. Era probable que hubieran intentado limpiarla para vendérsela al médico del quirófano de arriba. Una víctima potencial de Jack el Destripador atraería mucha audiencia. Thomas me agarró del brazo mientras yo daba un paso inconsciente hacia delante. No recurriría a la violencia, pero una parte de mí deseaba estrangular a aquel hombre. La señorita Carrie Brown ya había sido obligada a venderse en vida; aquellos hombres no tenían derecho a subastar su cuerpo después de su muerte.

—¿Fotografiaron el cuerpo antes de limpiar las pruebas? —pregunté.

—¿Es usted enfermera? —El forense me miró con los ojos entrecerrados—. Hoy en día el doctor manda a todo tipo de personas a recoger sus especímenes.

Ensanché las fosas nasales. Thomas se puso a mi lado con cuidado. Estaba preocupado por la seguridad del anciano, no por la mía.

—El talento de la señorita Wadsworth en los estudios *post mortem* es excepcional. Su pregunta es válida, señor. Las manchas de sangre a menudo se pasan por alto, pero nos hemos encontrado casos en los que su estudio ha resultado muy beneficioso para rastrear los crímenes de un asesino.

—¿Acaso esa elegante escuela londinense ayudó a Scotland Yard a encontrar a Jack el Destripador? —Sacudió la cabeza—. Tienen treinta minutos antes de que el transporte para cadáveres venga a por ella. A menos que vayan a seguirla a la isla de los cadáveres no reclamados, les sugiero que se centren en lo que han venido a hacer.

Mi tío levantó una mano, un gesto que era a la vez una orden y una petición para que guardara silencio. Enfurecida por la ignorancia de aquel hombre maleducado, conté en silencio hasta diez. Fantaseé con todas las formas en que *podría* desollarlo hasta que me calmé de nuevo. Mi tío sacó un delantal de su maletín médico y me lo entregó mientras desviaba la atención hacia mi pierna.

—Si esto es demasiado…

—Estoy bien, señor. —Apoyé el bastón contra la mesa de cadáveres y me até el delantal—. ¿Hago la primera incisión o le ayudo mientras la hace usted?

Mi tío se fijó en mi mandíbula firme, en el desafío que brillaba en mis ojos, y me hizo un pequeño gesto de aprobación. Me había enseñado bien.

—No olvides mantener la piel tensa.

8

EL BARÓN DE SOMERSET

EL SALÓN DE CASA DE LA ABUELA
QUINTA AVENIDA, NUEVA YORK
22 DE ENERO DE 1889

—¿Quieres sentarte en mi regazo? —Me giré y la comisura de la boca de Thomas se elevó para esbozar una media sonrisa—. Tus paseos arriba y abajo están ejerciendo un efecto curioso en mi pulso. Si vamos a seguir distrayéndonos de nuestra investigación, hay formas más emocionantes de pasar el tiempo y que mantendrán nuestro ritmo cardíaco elevado.

—Este no es el momento para semejantes… actividades, Cresswell.

—Este podría ser el momento perfecto para esas *actividades*. Tu tío ha acompañado a Liza a dar un paseo por la ciudad. La señora Harvey, bendita sea su previsibilidad, está durmiendo la siesta. Lo que significa que tú y yo tenemos la casa para nosotros. Si lo comparamos con la motivación de un asesino, es una oportunidad demasiado perfecta para dejarla pasar. ¿Te beso yo o prefieres besarme tú primero?

—Ah, sí. Ahora que has comparado nuestra cita romántica con un asesino, besarte es justo lo que me apetece. —Le lancé una mirada llena de incredulidad—. En las últimas veinticuatro horas, hemos descubierto que Jack el Destripador podría no ser quien creíamos que era y que sigue vivo. Una mujer ha sido brutalmente asesinada.

Mi padre estará aquí en pocas horas para decidir nuestro destino, y tú estás descansando en ese sofá, tomando café, mordisqueando *petit fours* y haciendo insinuaciones impropias como si todo fuera bien.

—Solo son impropias si no estás interesada. A juzgar por el rubor de tu cara y la forma en que sigues mirándome la boca con esa mirada de «abalánzate sobre mí ahora mismo», diría que en este momento tienes muchas ganas de arrebatarme la virtud.

—¿Es que no tienes principios?

—No seas ridícula, por supuesto que tengo principios. Uno o dos, tal vez.

—¿De verdad, Cresswell? —No podía creer que bromeara con nuestra situación cuando estaba segura de que el universo se derrumbaba a nuestro alrededor.

—Tienes razón. Tres como máximo.

Thomas se metió otro *petit four* en la boca y estiró las piernas frente a él. El pecho le subía y bajaba a intervalos regulares. Era enloquecedor que pudiera estar tan tranquilo y sereno mientras yo sentía como si una tormenta me azotara por dentro.

Sonrió.

—Tu padre, *lord* Wadsworth, el gran barón de Somerset, me adora y desea verte feliz. No hay nada de lo que preocuparse. Estamos un paso más cerca de descubrir la verdad detrás de los asesinatos del Destripador. Lo cual es motivo de celebración. Esto —alzó su taza— es en realidad una extraña, aunque no del todo desagradable, infusión de hierbas que me ha ofrecido Liza antes de marcharse. —Tomó un sorbo y continuó devorándome con la mirada mientras lo hacía, con la suficiente intensidad como para casi destrozar mi determinación—. Y ha sido una petición genuina, no una insinuación.

—Los caballeros no hacen sugerencias tan burdas a las mujeres a las que aman.

Sus ojos destellaron, pícaros.

—Los canallas lo hacen y se divierten mucho más.

Una parte de mí deseaba caer en sus brazos y besarlo hasta que todas nuestras preocupaciones se desvanecieran, pero eso era poco práctico. Le eché una rápida mirada, admirando el azul intenso de su traje. Thomas podía ser más canalla que caballero, pero siempre vestía como un príncipe. Aquella mañana no era una excepción. Mi atención se desplazó desde los remolinos de su chaleco hasta el cuidadoso nudo de su corbata y luego viajó hasta sus labios carnosos. Los que delataban el placer perverso que sentía. Me ardió la cara al darme cuenta de que me había sorprendido admirándolo.

—Prometo no morderte ni pellizcarte de cualquier manera desagradable. Por favor. —Dio una palmadita al asiento que tenía al lado, con una expresión diabólica y a la vez inocente—. Tengo algo para ti.

—Thomas…

—Lo juro. —Trazó una cruz sobre su corazón.

Se inclinó y sacó un paquete de donde lo había escondido detrás del sofá, con una mirada triunfal. La caja, de color carbón, era larga y delgada, con un precioso lazo negro. Intrigada, crucé la habitación y me instalé junto a él para cambiar mi bastón por la caja. Sin poder evitarlo, agité un poco el regalo. Fuera lo que fuera, estaba bien protegido. No produjo ni un solo ruido.

Thomas se rio.

—Adelante, ábrelo.

Sin necesidad de más estímulos, tiré de la cinta y retiré la tapa. En el interior, sobre un lecho de terciopelo carmesí, un reluciente bastón nuevo reflejó la luz. Por un momento, se me paró el corazón. Había creído que el pomo de ébano en forma de rosa del bastón que ya tenía era espectacular, pero Thomas había encontrado otra forma de impresionarme. Lo saqué de la caja, maravillada por la finura de la artesanía.

Era un bastón de madera oscura, casi negra, con toques de carmesí. Un dragón de plata forjada con sendos rubíes por ojos se enroscaba alrededor del mango, con la boca abierta como si estuviera a punto de escupir fuego sobre sus enemigos. Me sentí ligada a él de inmediato.

—Es de palisandro. Mi madre tenía un juego de ajedrez de palisandro. A veces jugábamos cuando me costaba dormirme. —Thomas se acercó y presionó un ojo de rubí, liberando así un estilete oculto que apareció en el extremo—. Me pareció que te gustaría. Me recordó un poco a Henri, el dragón del que te hablé, el de nuestra casa de Bucarest. —Su voz sonó tímida, insegura. Estudié la forma en que se mordía el labio y jugueteaba con la hoja—. Puede parecer presuntuoso, pero… esperaba que quisieras llevar un símbolo de mi familia. Si no es de tu agrado, he encargado otro, así que no te sientas obligada. Yo…

—Lo adoro, Thomas. —Pasé un dedo por la cabeza escamada del dragón, las palabras se me atascaron en la garganta—. Es un honor que hayas querido compartir el legado de tu familia conmigo.

—No quería que pensaras que estaba marcando territorio.

Me reí sin tapujos.

—Ay, Thomas. Cuánto te quiero.

Cualquier timidez o incertidumbre que hubiera sentido antes había desaparecido. Su mirada era segura y firme, y me inspeccionó sin avergonzarse. Esa mirada pasó de mis ojos a mis labios, donde permaneció un momento. Puedo jurar que tenía la capacidad de hacer estallar en llamas a una persona con una sola mirada ardiente.

—Quiero que siempre tengas opciones.

Opciones. Eso habría sido magnífico. Observé la pila de diarios que nos esperaba en la mesa. Había mucho trabajo por hacer. Muchos misterios por desentrañar. Mi cabeza sabía que debíamos concentrarnos en resolver aquellos crímenes, pero mi corazón deseaba acurrucarse frente al fuego, estrechar a Thomas entre mis brazos y besarlo hasta que ambos fuéramos de lo más felices. Me permití un momento más de esa fantasía: me imaginé que éramos el tipo de pareja que no tenía que preocuparse por nada más que por leer el periódico y atender la casa.

La imagen mental de una mujer abierta en canal me devolvió a la realidad.

Siempre en sintonía conmigo, Thomas me ayudó a ponerme de pie y suspiró.

—Empieza con los diarios, yo traeré más té.

Lo agarré del brazo y le di un beso profundo. Le pasé las manos por el pelo y luego me aparté, complacida por su mirada empañada y sorprendida.

—Trae también bollos y crema agria. Y quizás unos cuantos *petit fours* más. Adoro esas florecillas confitadas que tienen encima.

• • •

Hacia las cuatro, dejé los diarios. Nathaniel había mezclado notas científicas con citas de Dante, Milton y Shelley. Era difícil seguir el hilo de sus pensamientos y parecía que la locura se había apoderado de él, aunque tenía la molesta sensación de que estaba pasando por alto una pista crucial escondida entre sus divagaciones. Por mucho que lo intentara, seguía leyendo la misma frase una y otra vez, y mi mirada ansiosa volvía al segundero del reloj.

Mi tío había salido hacía casi una hora para reunirse con mi padre y mi tía en los muelles.

Cada vez que pasaba un carruaje, el corazón me palpitaba de forma salvaje. Moví mi nuevo bastón de una mano a otra, concentrándome en la suavidad del palisandro y la ferocidad del dragón para calmar mis nervios. Liza y yo nos habíamos puesto vestidos más finos, y mis faldas de color lavanda contrastaban con mi amenazante bastón y su dragón de ojos rojos.

—Recuerda que tu padre me adora, Wadsworth. —Thomas me sacó de mi espiral de preocupación, leyendo como un experto todos los cambios de mi estado de ánimo—. Deja que sea yo quien lo convenza.

Mis labios se movieron hacia arriba.

—Sí, bueno, si eso es cierto, es un claro indicio de que papá está abusando de su tónico otra vez.

—O de que tiene un juicio terrible —añadió Liza, que sonrió ante el ceño fruncido de Thomas—. No se enfade, señor Cresswell. Solo estoy exponiendo los hechos. Ya sabe, esos pedazos de lógica y cruda verdad a los que adora someternos al resto sin cesar.

—Maravilloso —dijo—, ahora las dos sois hilarantes.

—Has empezado tú —dije, ahora totalmente concentrada en él y no en mis nervios.

Thomas sonrió divertido desde detrás del diario en el que llevaba enfrascado todo el día. Le saqué la lengua con mucha madurez y sus ojos se oscurecieron de una manera que hizo que el pulso se me acelerara por otros motivos. A pesar de mis esfuerzos, el rubor me cubrió las mejillas y el muy pícaro me guiñó un ojo antes de volver a concentrarse en su material de lectura. Puse los ojos en blanco.

Liza se levantó varias veces para descorrer la pesada cortina de terciopelo y mirar hacia la calle. Se sentaba a mi lado, recogía su labor de aguja, la volvía a tirar sobre el sofá y prácticamente corría hacia la ventana la siguiente vez que oíamos ruedas. Sus faldas parecían aumentar de volumen en función de su estado de ánimo, y aquel día sus volantes ocupaban un espacio considerable y se expandían a más no poder. Estaba tan nerviosa como yo. Quizás un poco más. La tía Amelia era una fuerza a tener en cuenta en un buen día. Temía que aquel no fuera uno de sus mejores días.

—Esto es ridículo —murmuró Liza—. No es como si nuestros padres fueran a asesinarnos. —Me lanzó una mirada intensa por encima del hombro—. No se saldrían con la suya si intentaran asesinar a sus propias hijas, ¿verdad?

—Depende de lo bien que se deshagan de los cadáveres. —Thomas logró esquivar a duras penas un cojín que pasó volando junto a su cabeza. Sonreí mientras Liza resoplaba unas cuantas maldiciones poco femeninas en voz baja.

En su empeño constante por darme libertad, mi padre me había concedido permiso para embarcarme rumbo a Nueva York con el tío Jonathan y Thomas para ayudar en un caso forense, pero la tía Amelia se había preocupado hasta el punto de sufrir un ataque cuando Liza había desaparecido sin dejar siquiera una nota. Enterarse de que su hija, tan bien educada, se había escapado para unirse a un carnaval flotante probablemente convirtió todo ese miedo en una furia ardiente. Sospechaba que se pondría histérica al ver a Liza. Sería capaz de encerrarla en una torre.

Esbocé mi sonrisa más brillante.

—Tu madre se sentirá muy aliviada al verte.

Aunque seguramente eso sería *después* de soltar una letanía de amonestaciones y encadenar a Liza en su habitación durante el resto de su vida natural. Mi prima me dirigió una mirada que me acusaba de mentir, pero volvió a centrarse en la calle, con el rostro mortalmente pálido.

—Ya están aquí.

—Muy graciosa.

—De verdad. —Liza se llevó una mano al pecho—. Tu padre está bajando del carruaje ahora mismo.

Me sorprendió el repentino remolino de nerviosismo que sentí. Parecía como si mi corazón se hubiera saltado un latido o hubiera dejado de palpitar por completo. Eché un vistazo a Thomas, esperando que pareciera tan inquieto como mi prima y yo, pero se puso en pie con un alegre salto.

Me quedé mirándolo, con la boca abierta, mientras rebotaba de un pie a otro.

Él se fijó en cómo lo miraba.

—¿Qué? ¿No puede un joven disfrutar de un buen salto de vez en cuando sin que lo juzguen?

Sacudí la cabeza.

—¿No te preocupa lo más mínimo?

—¿El qué? —preguntó, frunciendo el entrecejo—. ¿Volver a ver a tu tía y a tu padre?

Para ser casi un genio, podía ser bastante obtuso.

—Ah, no sé. ¿Qué hay de la sencilla tarea de pedirle a mi padre mi mano en matrimonio?

—¿Por qué debería preocuparme eso? —Thomas me ayudó a ponerme de pie, su sonrisa volvía a ser plena—. He estado esperando este día como un niño que cuenta cada segundo hasta la llegada de Papá Noel. Si fuera humanamente posible, habría nadado hasta Inglaterra y habría hecho volar a tu padre hasta aquí en el ornitóptero de Da Vinci en cuanto me confesaste cuál era tu deseo.

—Eres…

—Imposiblemente guapo y absolutamente encantador y sí, sí, te encantaría arrebatarme la virtud en este momento. Ahora démonos prisa, ¿de acuerdo?

Mi prima resopló desde su posición junto a la ventana.

—Ahora entiendo por qué Audrey Rose te describe como insufriblemente encantador, con mucho énfasis en *insufrible*.

Thomas rodeó a Liza con un brazo y nos hizo atravesar la puerta hacia el pasillo.

—Si le parezco intolerable ahora, espere a que también seamos primos. Tengo un talento especial para molestar aún más a los miembros de la familia. No hay más que preguntarle a mi padre.

Ante esto, mi prima pareció desprenderse de los nervios. Thomas no hablaba a menudo de su familia y era motivo de gran intriga.

—¿Cuándo conoceremos a su padre?

Liza no pareció darse cuenta del momento de vacilación, ni de la tensión de su mandíbula, pero yo lo había estado observando con mucha atención. Apareció y desapareció en un instante. No sabía mucho de la rama paterna de su familia, pero de las historias de Thomas había aprendido lo suficiente como para saber que su relación era muy tensa.

—Cuando sienta la necesidad de aparecer y conquistarnos con su encanto —respondió Thomas—. Si le parece que yo soy extraordinario, espere a tener el lujo de conocer a *lord* Richard Abbott Cresswell. Comparado con él, soy una vergüenza. Lo cual le recordará. A menudo.

Liza se detuvo con brusquedad y se quedó con la boca abierta. La preocupación por el desprecio de su madre era ahora lo menos importante en su mente.

—¿Su padre es el duque de Portland? —Me lanzó una mirada acusadora—. ¿Sabías que su padre es un duque?

Negué despacio con la cabeza. La madre de Thomas estaba emparentada con la familia real de Rumania, y yo imaginaba que su padre (cuyo matrimonio, según me había contado, había sido por negocios, no por amor) habría elegido a su esposa con cuidado. *Lord* Cresswell no era el tipo de hombre que se casaba por debajo de su posición. Aunque nunca le había hecho ninguna pregunta directa, había supuesto que era un conde o posiblemente un duque.

Había algunos Cresswell en la aristocracia, solo que no sabía que el padre de Thomas era el de mayor rango. Una punzada de preocupación se deslizó por mi piel. La sociedad cuchichearía aún más sobre mí cuando se enterara. Me llamarían todo tipo de cosas desagradables.

Como si estuviera al tanto de mis pensamientos, Liza exclamó:

—¡Si tú y Thomas os casáis, serás considerada una arribista!

En ese preciso instante, se abrió la puerta principal. La sonrisa que se había dibujado en el rostro de mi padre vaciló.

—¿Quién se atreverá a llamar así a mi hija?

9

UNA PETICIÓN DESESPERADA

VESTÍBULO DE CASA DE LA ABUELA
QUINTA AVENIDA, NUEVA YORK
22 DE ENERO DE 1889

La tía Amelia estaba de pie detrás de la formidable figura de mi padre, probablemente persignándose ante la idea de la condena social. Yo no había tardado más de treinta segundos en atraer su atención. Alcé la mirada hacia la rosa del techo, deseando que me sacara por arte de magia de aquella situación. Liza me lanzó una mirada de disculpa, pero se mordió la lengua. Ahora su madre dedicaría su atención exclusivamente a pulir cualquier imperfección que encontrara en mí. Mi tía jamás podía resistirse a un proyecto de caridad.

—Después de remojarme en agua caliente y librarme de la mugre del viaje transatlántico, deberíamos pasar algo de tiempo practicando tu bordado —dijo mi tía a modo de saludo—. Ser voluntaria para ayudar a los menos afortunados también ayudará a combatir cualquier rumor. Tal vez puedas sacar provecho de tus intereses médicos. Podrías aspirar a ser la próxima Clara Barton.

Mi tío, que había aguardado en silencio y con paciencia mientras todos se agolpaban en el vestíbulo, puso los ojos en blanco.

—Sí, querida hermana, es una sugerencia muy sensata. Si Audrey Rose estuviera versada en el campo de la enfermería, sería una idea aún más sensata. Puesto que su área de especialización son los muertos, tendremos que buscar otros actos de caridad para ella. Los cadáveres no necesitan suministros médicos ni medias de tela.

Mi tía resolló, indignada, y puso mala cara.

—La casa de tu abuela es encantadora. ¿Se unirá *lady* Everleigh a nosotros esta noche?

—No, tía. Según su última carta, está en la India, pero insistió en que nos quedáramos aquí mientras yo… —Miré mi bastón. No había mencionado la lesión a mi padre en ninguna carta, y él había estado muy callado desde que había entrado en la casa. Al ver que su atención se dirigía a mi pierna, con un surco en el entrecejo, supe por qué había permanecido en silencio. Tenía mucho que explicar—. Yo…

—Me alegro mucho de veros a los dos —dijo Liza, entrando en acción. Se apresuró a besar en la mejilla a su madre y alborotó como una gallina en cuanto se apartó—. ¡Parece que han pasado años! ¿Qué tal el viaje? El tiempo aquí ha sido espantoso. La nieve y la aguanieve me han hecho sentir miserable. Los dobladillos de mis vestidos han visto días mejores.

Durante un momento incómodo y prolongado, mi tía no se dignó a responder. Examinó a su hija como si fuera una desconocida que le ofreciera un ramo de excrementos de perro. Liza nunca había desobedecido a su madre de forma abierta, se rebelaba con sutileza. Era a mí a quien la tía Amelia tenía que salvar, con mi fascinación por los cadáveres y mi poco juicio en cuanto a jóvenes pretendientes. Cuando Liza abandonó Londres para cruzar el Atlántico con Harry Houdini sin decir ni pío, no creo que mi tía viera venir esa traición.

Antes de que pudiera comentar nada, Liza llamó al mayordomo.

—Que alguien le prepare un baño a mi madre de inmediato. También tengo lavanda seca y aceite de rosas en el lavabo. —Le dedicó a su madre una sonrisa radiante —. La lavanda es muy relajante, ¿no está de acuerdo? He estado leyendo sobre mezclas de hierbas. ¿Quién iba a saber que había tantos usos para los pétalos?

Tan hábil como siempre, mi prima entrelazó su brazo con el de la tía y la condujo hacia las escaleras, alejándola de mí. Thomas se adelantó e inclinó la cabeza hacia mi padre en un gesto muy cortés.

—Es maravilloso verlo de nuevo, *lord* Wadsworth. Confío en que haya tenido un buen viaje.

Mi tío esquivó a nuestro pequeño trío y sacudió la cabeza mientras desaparecía por el pasillo. Murmuró algo que sonó muy parecido a «buena suerte a los dos», seguido al instante de «idiota pomposo». Lo fulminé con la mirada. Creía que él y mi padre habían dejado de lado su enemistad cuando habían colaborado para que yo entrara en la escuela forense de Rumania. Por lo visto, aún quedaba mucho que trabajar en su relación.

Thomas fingió ignorar la tardía respuesta de mi padre. Yo, sin embargo, estaba a punto de tirarme por la ventana más cercana, al borde de un ataque de nervios. Mi padre inspeccionó a Thomas durante otro largo momento antes de asentir. No fue la bienvenida cálida que esperaba, pero era cierto que tampoco era la peor, dadas las circunstancias. Me había encomendado al cuidado de Thomas, y no importaba que mi pierna rota fuera el resultado de *mi* elección y que Thomas no hubiera podido hacer nada al respecto. Por el contrario, a veces lo veía observarme al cojear y me preguntaba si no desearía haber sido él el blanco del cuchillo en mi lugar y haber muerto.

—Ha sido un buen viaje, sin duda. Aunque no puedo decir lo mismo del de mi hija. —Miró con atención mi bastón—. Imagino que hay una gran historia detrás de esto. —Me miró y su expresión se suavizó—. Si no le importa, me gustaría hablar un momento con Audrey Rose. A solas.

—Por supuesto. —Thomas hizo otra reverencia cortés y luego se enderezó. Me guiñó un ojo y se fue tarareando por el pasillo por el que había desaparecido el tío, dejándome sola para que me ocupara de las muchas preguntas y preocupaciones que vi brillar en los ojos de mi padre.

Respiré hondo. Era el momento de defender mi caso de un posible compromiso.

—¿Pasamos al salón?

* * *

Me resultaba difícil asimilar que habían pasado casi dos meses desde la última vez que había visto a mi padre. Estaba más robusto de lo que recordaba, su rostro tenía más color y los ojos le brillaban. Había desaparecido la palidez cenicienta que se aferraba a él como una segunda piel. Exhalé despacio. No me había dado cuenta de lo preocupada que había estado de que en mi ausencia volviera a caer en sus adicciones. La tristeza seguía presente en las esquinas, pero ahora parecía dominarla en lugar de dejarse dominar por ella.

Se sentó en un escritorio de gran tamaño y tamborileó con los dedos mientras contemplaba esa nueva versión de su hija. Me quedé tan quieta como pude.

—No has mencionado el bastón en ninguna de tus cartas.

Tragué con fuerza y me concentré en el pomo con forma de cabeza de dragón. Un pensamiento me asaltó mientras sacaba fuerzas de ese símbolo de la casa de Thomas: había encontrado la manera de estar conmigo, de aliviar mis nervios mientras hablaba con mi padre. La verdad era que pensaba en todo.

—Mis disculpas, señor. No quería molestarlo de forma innecesaria. Yo…

—Mi dulce niña. —Mi padre sacudió la cabeza—. No era una recriminación. Estoy preocupado. Cuando te fuiste, estabas de una pieza, y ahora…

—No se equivoque, padre. Todavía estoy de una pieza. Ni una cojera ni un bastón podrán conmigo.

—No era mi intención ofenderte. —Sonrió con amabilidad—. Veo que te estás adaptando bien. Dame tiempo para hacer lo mismo. Sabes que puedo ser un poco…

—¿Controlador? —pregunté, sin maldad—. Lo único que necesito es amor y aceptación.

—Entonces tendrás ambas cosas en abundancia. —Se le empañaron los ojos—. Bueno, ahora que eso ya está resuelto, pasemos a otros asuntos. Jonathan me ha dicho que avanzas de forma satisfactoria en tus estudios forenses. Cree que tu habilidad superará a la suya en un futuro próximo.

Parpadeé ante la repentina sensación de picor en los ojos.

—No me lo había mencionado.

—Y me atrevo a decir que no lo hará. No hasta que esté seguro de que no se te subirá a la cabeza. El muy tonto. —Los ojos de mi padre brillaron—. También me ha dicho que Thomas es un buen pretendiente. Debo admitir que cuando acepté enviarte a Rumania, no esperaba recibir una solicitud de audiencia con él. Al menos, no tan pronto. No sé si es prudente pensar en un cortejo o en esponsales ahora. Todavía eres joven.

Allí estaba. Agarré el dragón con más fuerza.

—Para ser sincera, señor, no había planeado sentir algo tan fuerte por otra persona. Intenté luchar contra ello, pero de verdad creo que he encontrado a mi igual. No puedo imaginar un compañero más perfecto con el que caminar de la mano por la vida.

—Por favor. Siéntate. —Mi padre me indicó el sillón de nudo que tenía enfrente. Una vez que me senté al borde, continuó su inspección—. Eres casi mayor de edad, pero me temo que hay muchas cosas a las que estarías renunciando. ¿Por qué no vuelves y me lo preguntas dentro de un año? Si vuestro amor es verdadero, no se verá obstaculizado por unos meses más. Si acaso, florecerá con más fuerza.

Sentí como si alguien me hubiera dado un golpe en el pecho. En todas las veces que me había imaginado ese momento, no se me había ocurrido que mi padre pospondría nuestro compromiso. Hacía unos meses, había intentado emparejarme en secreto con un inspector de policía que provenía de una familia notable. Ahora quería que esperara. Ninguna de esas situaciones contemplaba lo que *yo* deseaba.

—Con el debido respeto, padre, Thomas y yo hemos experimentado situaciones a las que la mayoría de las parejas nunca se enfrentarán. Hemos sido puestos a prueba, y ningún golpe, torcedura o grieta nos ha roto. Solo ha hecho más fuerte nuestro vínculo. Podría esperar otro año o dos o diez, pero no importaría. La verdad es que estoy enamorada de Thomas Cresswell y elijo compartir mi vida con él.

—¿Qué pasa con tus estudios? ¿Dejarás aquello por lo que tanto has luchado solo para convertirte en la señora de la casa? —Tomó un sorbo de vino de una copa en la que no me había fijado—. Es cierto que Thomas proviene de un buen linaje, así que tu casa será lujosa. ¿Es eso lo que quieres de la vida? Si decides no casarte, serás la heredera de nuestras propiedades. —Me miró con detenimiento. Aquella era otra opción. Un barrote más que desaparecía de mi jaula—. Cuando te cases, todo pasará a ser de tu marido. Y él podrá hacer lo que le plazca sin tu consejo. ¿Estás segura de que eso es lo que deseas? ¿Conoces a Thomas lo suficiente como para confiar en él en tales asuntos?

Aguardé a que me asaltara el temblor del miedo. El familiar estruendo de la histeria cobrando fuerza en mi interior, instándome a huir. No llegó. En todo caso, mi determinación ardió con fuerza antes de endurecerse y transformarse en algo irrompible.

—Confío plenamente en él. No se ha limitado a decirme cosas bonitas para ganarse mi afecto y confianza con palabras, ha demostrado quién es con sus actos. Nunca más que cuando viajamos hasta aquí el mes pasado. Thomas y yo escribiremos nuestras propias reglas. Yo no dejaré de estudiar y él tampoco. Nuestro amor se basa en el respeto y la admiración mutuos. Amo a Thomas por lo que es. No desea cambiarme, ni enjaularme, ni convertirme en una muñeca perfecta de la que presumir. —Volví a respirar hondo—. En el caso de que nuestro matrimonio se disolviera, él nunca me quitaría mi casa ni mis propiedades. Pero —añadí con rapidez, viendo que mi padre estaba a punto de aprovechar esa apertura—, no creo que la nuestra sea una unión infeliz. Al contrario, creo que este es el comienzo de nuestra historia. Nos esperan innumerables aventuras.

Mi padre se reclinó en su asiento, arrancando un crujido al cuero, y tomó otro sorbo de vino. Permanecimos en un silencio cómodo, mirándonos el uno al otro durante unos momentos. No era desagradable. El fuego crepitaba en un rincón y el aroma del cuero y el sándalo flotaba en el ambiente. Era acogedor y me sentí bien al estar de nuevo cerca de mi padre. Al final, respiró hondo y pareció tomar una decisión. Su expresión era totalmente ilegible.

—Por favor, haz entrar a Thomas.

—¿Señor? —pregunté, odiando el rastro de preocupación en mi voz—. Accederá, ¿verdad?

—Tal vez.

El alivio se apoderó de mí. Prácticamente me levanté a trompicones de mi asiento y le eché los brazos al cuello a mi padre.

—¡Gracias! ¡Muchas gracias, padre!

Me abrazó, riéndose.

—Ya, ya, niña. Guarda tus agradecimientos para más adelante. Primero escuchemos lo que tiene que decir tu señor Cresswell.

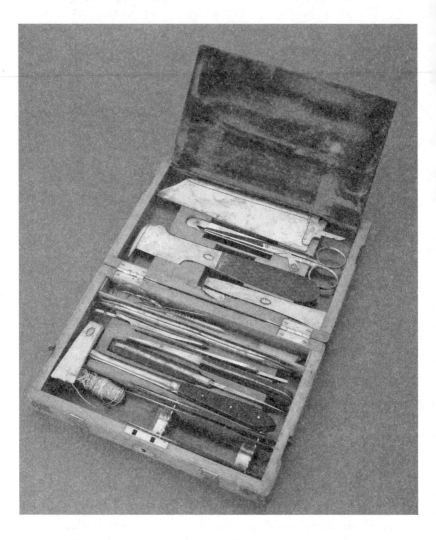

Herramientas para autopsia, Londres, Inglaterra, 1860-1870

10
ENTREGA DE CADÁVERES

PASILLO DE CASA DE LA ABUELA
QUINTA AVENIDA, NUEVA YORK
22 DE ENERO DE 1889

Salí al recibidor, abrí la puerta de golpe y vi a Thomas de pie al otro lado de la misma, cuadrando los hombros como si se preparara para la guerra. Supuse que era una especie de batalla: lucharía por mi mano contra un padre que no quería renunciar a ella todavía. Necesité todo mi autocontrol para no ir hacia él. Parecía decidido, pero la forma en que miraba la puerta cerrada denotaba sus propios nervios. No había muchas cosas que pudieran aplacar la fanfarronería de Thomas, aunque parecía que la presencia de mi padre estaba haciendo un magnífico trabajo al respecto. Yo le había hecho una petición más a mi padre, y ahora le tocaba a Thomas ganar aquella contienda por los dos.

Mi tío apareció por la esquina del pasillo, con el delantal en la mano.

—Están trayendo un cadáver por la parte de atrás. He preparado las cosas para la autopsia en la cochera. Id a por vuestras herramientas y reuníos conmigo de inmediato.

Me sonrojé cuando Thomas inclinó la cabeza en nuestra dirección. El sigilo se había ido al traste.

—¿No puede esperar? —Hice un gesto hacia la habitación en la que Thomas por fin desapareció. Mi tío sabía perfectamente lo que estaba pasando y lo importante que era—. Thomas va a…

—Perder el tiempo con asuntos del corazón cuando tenemos un deber más importante que cumplir. —Me fulminó con la mirada en señal de advertencia—. No me recuerdes vuestras caprichosas prioridades. A menos que queráis ser apartados de este caso o de cualquier caso futuro, os sugiero que reajustéis vuestras preferencias. Ambos estáis actuando como jóvenes enamorados en vez de como estudiantes serios de medicina forense. Resolved vuestros asuntos personales en vuestro tiempo libre.

Después de eso, pasó junto a mí y cerró la puerta principal de un portazo. Me mordí el labio y eché otra mirada al salón. Ansiaba ir corriendo a ver a Thomas y averiguar exactamente qué había decidido mi padre, pero mi tío tenía razón. Aquel caso era el más importante de mi vida. Si Jack el Destripador seguía vivo, tenía que encargarme de aquello antes de que se siguiera hablando de bodas o de amor.

Pedí que llevaran mi maletín médico y me dirigí a la cochera y al nuevo cadáver que aguardaba para contarnos sus secretos.

• • •

—¡Concéntrate! ¿Cuánto pesa el riñón izquierdo? —preguntó mi tío, prácticamente gruñendo.

Otra joven yacía en nuestra improvisada mesa de exploración, en silencio, a diferencia del ruido sordo de la calle que se abría paso hasta la cochera. Sin embargo, el traqueteo de las ruedas de madera sobre los adoquines y otro cadáver destrozado no eran las únicas causas de mi distracción. Me dolía mucho la pierna. Me había quitado el abrigo y los guantes para ser eficaz en mi trabajo, y el frío era inclemente. El aliento me salía en pequeñas nubes blancas mientras sopesaba el órgano entre el castañeteo de mis dientes.

—Ciento dieciséis g-gramos, señor.

Mi tío desvió la atención del cadáver abierto para centrarse en mí y enseguida se fijó en los escalofríos que ya no podía ocultar. Mi pesada bata de terciopelo negro con ribetes escarlata era lo bastante cálida para sentarme dentro de casa con una taza de té caliente y un buen libro, pero era enero en Nueva York y el tiempo era tan cruel como la persona que dejaba cadáveres como nieve caída en los barrios bajos.

—¡Grieves! —gritó, llamando al pobre mozo de cuadra al que había atrapado para aquella horripilante tarea. El joven apareció en la puerta, echando miradas de reojo a la mujer asesinada, con la tez casi teñida de verde—. Atiende el fuego. Pero ten cuidado de que no caliente demasiado. No queremos acelerar la descomposición del cuerpo, ¿verdad que no? —El chico sacudió la cabeza, ya no parecía solo verde, ahora parecía a punto de vomitar ante la idea de un cadáver podrido en la cochera de su señora. Si su miedo era por mi abuela o por el cadáver, era difícil de discernir. Ya había palidecido hasta un tono malsano cuando mi tío le había exigido que retirara los tres carruajes de la abuela y los sustituyera por una mesa de exploración. Quizá le preocupaba acabar como el cadáver que estábamos cortando cuando la abuela se enterara—. ¡Entonces, vete!

Los caballos relinchaban con tranquilidad desde el edificio contiguo, dando pisotones de agradecimiento o de fastidio mientras el muchacho añadía carbón a la ornamentada estufa de hierro de la esquina. La propiedad de la abuela era bastante lujosa para las viviendas de la ciudad, ya que contaba con cochera y establos. El fuego caldeó un poco el espacio donde trabajábamos, aunque el suelo parecía deleitarse enviando ráfagas de aire helado entre mis faldas. Me sacudí el entumecimiento de los dedos, sabiendo que no me servirían de nada si permanecían tan rígidos como si experimentaran el *rigor mortis*.

—¿Lista? —preguntó mi tío con una mueca.

—Sí, señor. —Me palpitaba la pierna, aunque apreté los dientes y guardé silencio al respecto, no fuera que el tío me apartara de mi tarea—. El riñón derecho es un poco más grande: pesa ciento veinte gramos.

Me tendió una bandeja de muestras y deposité el órgano escurridizo. El corazón se me aceleró cuando casi se cayó de la resbaladiza superficie metálica.

—Con cuidado.

Mi tío colocó la bandeja junto a un frasco de muestras. Eché un vistazo al formol que estaba esperando a ser utilizado y limpié mi bisturí con ácido carbólico antes de elegir otra herramienta de entre las que estaban dispuestas en una pequeña bandeja. Era el momento de sacar el estómago y examinar su contenido para ver qué secretos guardaba.

Unos cuantos cortes en las zonas correctas acabaron con el estómago sobre la mesa, listo para ser explorado más a fondo. Dudé al encontrarme con la mirada hambrienta de mi tío recorriendo el cuerpo. Por primera vez reconocí su expresión por lo que realmente era: curiosidad. Después de todo, era un rasgo heredado. Señaló el órgano con la cabeza, fracasando a la hora de mantener a raya esa insaciable sed de conocimiento. Con cuidado, llevé a cabo una incisión en el centro del estómago, haciendo todo lo posible para evitar que la hoja se hundiera demasiado y destruyera cualquier prueba que pudiéramos encontrar.

Él me entregó unas pinzas dentadas y señaló las dos solapas que había creado con el corte.

—Bien. Ahora tira de ellas hacia atrás. Excelente. Bien hecho. —Se subió las gafas—. Presta atención al olor.

Aunque no era la parte más atractiva de nuestro trabajo, me incliné hacia el cadáver y respiré hondo.

—Para ser sincera, huele un poco a cerveza. ¿Es eso… posible?

Mi tío movió la cabeza en señal de afirmación.

—En efecto. En los casos en los que una víctima ha ingerido demasiada bebida antes de morir, no es inaudito oler el alcohol en su sangre.

Sin quererlo, hice una mueca. Algunos hechos científicos, por muy intrigantes que fueran, eran horribles y espantosos.

—Entonces, ¿por qué no nos dimos cuenta de eso en la habitación de la señorita Brown?

—Puede que fuera demasiado débil y quedara enmascarado por la cerveza derramada. O es posible que pensáramos que era el cubo volcado. —El tío se ajustó el delantal y se lo volvió a atar—. Es imprescindible tener siempre en cuenta el escenario. Hay pequeños detalles que puede parecer que no están relacionados, pero a menudo son piezas que aún no hemos encajado en el rompecabezas.

Thomas entró en la cochera, su rostro una máscara ilegible. Me quedé allí, con el delantal salpicado de vísceras, intentando diseccionar cualquier indicio de cómo había ido su encuentro con mi padre. Era como si los meses que había pasado aprendiendo sobre sus peculiaridades se hubieran desvanecido de golpe. Al parecer, me había concedido ese conocimiento y ahora me había retirado ese lujo.

Intenté llamar su atención, pero se obstinó en fingir que no se daba cuenta. No pude evitar sentir un ligero escozor. Thomas Cresswell podía seguir siendo esa misma persona fría en el laboratorio y con la sociedad, solo que no había esperado que siguiera siendo así conmigo. Y menos el día en que le había pedido a mi padre mi mano en matrimonio. Por fin me prestó atención un instante, antes de centrarse en el cadáver. Estaba claro que todo seguía igual.

—¿Quién es? —preguntó en un tono neutro, curioso—. ¿Es otra…?

No le hacía falta preguntar en voz alta lo que todos temíamos. Me cuidé de que mi propia expresión estuviera tan impoluta como mi bisturí, y luego me encogí de hombros.

—¿A primera vista? No. Sin embargo —pasé del estómago a la cabeza, señalando las marcas en su persona— ha sido estrangulada. Hay hemorragia petequial, así como ligeras abrasiones alrededor del cuello. Mira.

Thomas se acercó, con la atención puesta en las heridas.

—¿Dónde la encontraron?

—No muy lejos de donde se descubrió el cuerpo de la señorita Brown —dijo mi tío—. Aunque a ella la arrojaron en un callejón cerca de la calle Mulberry.

—¿En los suburbios italianos? —preguntó—. ¿Sabemos quién es?

Mi tío negó con la cabeza.

—La policía no ha podido localizar a nadie que la conociera. Podría ser una recién llegada.

—Ya veo. —La cara de Thomas traicionó el más mínimo indicio de emoción—. No buscarán demasiado, ¿verdad?

Volví a centrar mi atención en ella, con el ceño fruncido.

—¿Por qué no iban a hacerlo? Tiene todo el derecho a la misma clase de investigación que cualquier otra persona.

Mi tío me dirigió una mirada triste.

—No siempre les gusta perder el tiempo con los inmigrantes.

—¿Perder el tiempo? —En mi interior, algo bulló al rojo vivo. Temblaba tan fuerte que el bisturí se me resbaló de la mano y casi me corté con él—. Es una persona, merece que su historia sea contada. ¿Qué importa dónde haya nacido? Es un ser humano, igual que el resto de nosotros. ¿No le garantiza eso una investigación adecuada?

—Si el mundo viviera con esa idea, todos podríamos encontrar la paz. —Mi tío señaló un diario—. Veamos. Asegúrate de anotar todos los detalles, Thomas. Démosle a la policía una razón más que suficiente para seguir buscando a su familia o a sus seres queridos. —Mi tío volvió a mirarme y entrecerró los ojos mientras yo volvía a concentrarme poco a poco en el estómago—. Deberías ponerte un rato junto al fuego, si no la pierna te lo hará pasar muy mal después.

Ya lo estaba pasando fatal, no veía ninguna razón para que mi pierna no se uniera también a la celebración. Levanté la barbilla.

—Sobreviviré.

—No tanto como te gustaría, si mantienes esa actitud —me respondió con frialdad—. Veamos. Si todos nos sentimos menos intratables, continuemos con el examen.

Molesta con mi tío, con Thomas y con las costumbres del mundo, aferré mi bisturí y busqué la justicia de la mejor manera que conocía.

Tatuaje de una calavera y una rosa

11
CALAVERA Y ROSA

APOSENTOS DE AUDREY ROSE
QUINTA AVENIDA, NUEVA YORK
22 DE ENERO DE 1889

Era demasiado testaruda para admitirlo, pero mi tío volvía a tener razón: esa noche me dolían los huesos más de lo normal. Estar de pie durante mucho rato ya me costaba bastante sin que el clima invernal hundiera sus garras en mí y causara más estragos.

Después de coser aquel último cadáver, presenté mis excusas a mi familia y pedí a la cocina que me enviaran una bandeja con la cena a mi cuarto, con la esperanza de que la habitación caldeada y mis gruesas mantas me ayudaran. Cuando terminé de comer, me senté frente a la chimenea con un té hirviendo en una mano, lo cual solo consiguió que me quemara los dedos. Los escalofríos se negaban a desaparecer. Sabiendo que me dolería más por la mañana, cojeé hasta el baño y abrí el grifo de cobre con la intención de llenar la bañera y darme un buen baño caliente.

Me quité la bata y me metí en el agua con cautela, haciendo una pequeña mueca de dolor hasta que me aclimaté al calor. Apoyé la cabeza en el borde de la bañera de porcelana, con el pelo recogido en un moño flojo, e inhalé el agradable aroma a hierbas. Liza se había aficionado a preparar algo más que mezclas de té: me había hecho las mejores sales aromáticas, alegando que sus propiedades medicinales ayudarían con diferentes dolencias. Me había dicho que aquella mezcla en particular me ayudaría a eliminar las toxinas y a calmar los nervios, entre otras cosas.

Fuera cierto o no, el olor era sublime. El vapor se elevaba en fragantes bucles de lavanda, melisa y eucalipto, y relajó tanto mis músculos como mi alma. En los últimos tiempos estaba siempre en constante movimiento, corriendo de un problema a otro sin tomarme un momento de pausa para reponerme. No estaba acostumbrada a tener sumo cuidado con cada uno de mis movimientos, y ese aprendizaje me resultaba tedioso en el mejor de los casos. Aunque mi cuerpo era un profesor severo, me hacía saber cuándo estaba harto y continuaba impartiendo la misma lección hasta que me convertía en una alumna aplicada. Tenía que aprender a ir a mi ritmo o sufriría las consecuencias.

Muerte. Asesinatos. Ni siquiera mientras me relajaba podía escapar de tales horrores. Cerré los ojos, intentando borrar de mi mente las imágenes del cadáver mutilado más reciente. Detestaba que una mujer pudiera ser maltratada por su asesino y luego por los hombres que investigaban el crimen. Era un mundo injusto que no tenía piedad alguna con los que más la necesitaban.

Con la esperanza de que las sales de baño alejaran esos pensamientos, me sumergí en el agua, que ahora me cosquilleaba en los lóbulos de las orejas. La puerta exterior de mi habitación se abrió y se cerró, y el suave chasquido me recordó al de una bala que se desliza en la recámara de una pistola.

Suspiré. Robar unos momentos de descanso a solas era demasiado pedir. ¿Era la doncella, que venía a avivar el fuego? Recé en silencio para que mi tía no hubiera venido a leer algún pasaje de las escrituras. Me sumergí más en el agua y fingí que no la había oído entrar para concentrarme en cambio en desentumecer todos los músculos. Pronto se acercaron unos pasos y le deseé mil disgustos al intruso.

—¿Wadsworth? —llamó Thomas en voz baja, luego abrió la puerta y se detuvo cuando casi lo salpiqué en mi prisa por cubrirme. De entre todas las…

Me crucé de brazos en un pobre intento de modestia.

—¿Has perdido el sentido común?

—Si no lo había hecho antes, ahora seguro que sí. —Parpadeó despacio, intentando no mirarme fijamente en la bañera. Ni siquiera tuvo la cortesía de sonrojarse, parecía verdaderamente anonadado. Como si nunca hubiera visto un cuerpo sin ropa. Tal vez era solo que nunca se había topado con uno cuyo corazón aún latiera. Me habría sentido halagada por su reacción si no hubiera estado tan nerviosa.

—¡Fuera! —susurré con dureza—. Si mi tía o mi padre te descubren aquí...

—No pasa nada. Estamos comprometidos. —Se sacudió el estupor de encima y se arrodilló a mi lado, con una pequeña sonrisa diabólica jugando en sus labios—. Es decir, si todavía lo deseas.

—¿Padre está de acuerdo? —Olvidándome del decoro, casi salté del agua a sus brazos, pero me detuve en el último momento—. ¡No puedo creer que me lo hayas ocultado toda la tarde! —Me eché hacia atrás y su atención se centró en el punto en el que mis hombros desnudos se encontraban con el agua. Su mirada se oscureció de forma peligrosamente seductora y despertó en mí una creciente necesidad—. Al menos sé un caballero y date la vuelta.

Su expresión daba a entender que estaba lejos de ser un caballero en ese momento y una rápida inspección de mi cara me confirmó que aquello me gustaba. Me recorrió una oleada de excitación. No podía negar que disfrutaba del poder de sus deducciones cuando trataban sobre mí, y me puse a imaginar lo que se sentiría con esa extrema atención al detalle centrada por completo en mi cuerpo.

—Como pareja debidamente comprometida, se nos permiten algunas libertades más. Por ejemplo, podemos pasar tiempo a solas, a puerta cerrada. —Echó un vistazo adrede a todo el baño e hizo un gesto con la cabeza en dirección a la puerta—. Sería una pena desperdiciar esas libertades.

El sinvergüenza tuvo el *descaro* de indicar que me acompañaría en el baño. Al darle vueltas a ese pensamiento, todo mi cuerpo se calentó, y no tenía nada que ver con el agua humeante. La idea de bañarnos juntos me resultaba… me salpiqué agua en la cara. Cuando lo miré de nuevo, noté un leve surco en su frente.

—¿Querías algo más?

—¿Además de informarte de que por fin estamos comprometidos de verdad, querida prometida? —Asentí mientras aquella palabra me producía un pequeño escalofrío. Como si recordara que tenía un propósito más importante que el de coquetear, se sacó del bolsillo de la chaqueta un pequeño monedero de color azul intenso, en el que ahora tenía puesta su atención—. Mi hermana ha llegado con regalos.

Estuve a punto de saltar de nuevo de la bañera, pero me conformé con torcer el cuello para mirar más allá de Thomas y ver si su hermana también hacía acto de presencia en mis aposentos.

—¿Daciana está aquí?

—Ella e Ileana han llegado poco después de la cena. Tenía intención de sorprenderte.

Acarició el monedero de terciopelo con el pulgar, parecía perdido en otro tiempo y lugar.

—¿Cresswell? —Le di un apretón suave, cada vez más preocupada—. ¿Qué es?

—Una carta.

Sonaba tan triste que casi se me rompió el corazón. Señalé la pequeña bolsa, con la intención de arrancarlo de su desesperanza.

—Es la carta más extraña que he visto nunca.

Levantó la cabeza y me miró a través de unas gruesas pestañas. Un destello de humor brilló en sus ojos antes de que apartara la vista.

—En lugar de sentirse aterrorizada por su muerte inminente y pensar solo en la oscuridad, mi madre nos escribía cartas. No sobreviviría para vernos casados, pero… —Sacudió la cabeza y tragó con fuerza. Tenía las emociones a flor de piel, a diferencia de lo que ocurría durante una autopsia, cuando parecía frío y distante—. Me escribió una para que la leyera cuando me comprometiera.

Olvidando cualquier maldita regla del mundo, me acerqué, haciendo que el agua goteara sobre las baldosas hexagonales, y entrelacé mis dedos con los suyos.

—Ay, Thomas. ¿Estás bien?

Una sola lágrima resbaló por su mejilla mientras asentía.

—Casi había olvidado lo que era. Escuchar los consejos de mi madre. Su voz. Ese acento suave que tenía, que nunca fue del todo británico o rumano, sino que se hallaba en algún punto intermedio. La echo de menos. No pasa un solo día en el que no desee pasar otro momento con ella. Lo atesoraría para siempre, sabiendo lo preciado que sería.

Le apreté la mano con suavidad. En esa circunstancia tan desafortunada, nos entendíamos demasiado bien. Yo misma echaba mucho de menos a mi propia madre. Aunque estaba encantada de que mi padre hubiera aceptado por fin nuestro compromiso, planificar y celebrar la boda sin ella me resultaría difícil. Su ausencia (junto con la de la madre de Thomas) había desempeñado un papel importante en nuestra segunda petición a mi padre. Esperaba que también hubiera aceptado esa parte.

—Poder esperar sus cartas es un regalo —dije—. Son pequeños recuerdos de valor incalculable, la prueba de que algunas cosas son realmente inmortales. Como el amor.

Thomas se pasó el dedo por la nariz, sonriendo, aunque su expresión seguía siendo demasiado abatida para mi gusto.

—Más allá de la vida, más allá de la muerte. Mi amor por ti es eterno.

—Eso es precioso. ¿Lo pone en la carta?

—No. Es lo que siento por ti.

Juraría que mi corazón se saltó un latido. El joven que según la sociedad londinense no era más que un frío autómata había creado poesía. Thomas abrió deprisa el monedero de terciopelo y volcó su contenido en la palma de la mano. Un anillo de oro engastado con una gran joya carmesí yacía allí como una gota de merlot derramado o sangre cristalizada. Me quedé boquiabierta cuando lo puso a la luz. Aquella piedra inmaculada era impresionante de verdad.

—Los diamantes rojos son los más raros del mundo. —Lo giró hacia un lado y luego hacia el otro, mostrando su magnificencia. No podía dejar de mirarlo—. Mi madre me dijo que hiciera caso a mi corazón, sin importar lo que otros me aconsejaran, y que le diera esto a quien eligiera para casarme. Me dijo que representa una piedra angular eterna, una sobre la que esperaba que construyera la confianza y el amor. —Respiró hondo—. Ya había anotado esas líneas para ti: *Más allá de la vida, más allá de la muerte; mi amor por ti es eterno.*

Al admitirlo, se sonrojó.

—Cuando Daciana me ha traído esta carta hoy, el mismo día en que tu padre nos ha dado su bendición, y he leído esa frase, he sentido como si mi madre estuviera aquí, ofreciendo su propia bendición, no solo a mí, sino también a ti. Te habría acogido como a una hija.

Tomó mi mano izquierda entre las suyas mientras me sostenía la mirada. Lo conocía lo suficientemente bien como para darme cuenta de lo serio que se había puesto, de lo importante que serían las siguientes palabras. Su frialdad de esa tarde en el laboratorio improvisado era autoconservación, se estaba preparando para abrirse más que el cadáver al que habíamos desollado.

Me quedé quieta, como si un simple movimiento inesperado pudiera espantarlo.

—Este anillo es un regalo de mi madre, a quien se lo dio su propia madre y así durante varias generaciones. Una vez fue propiedad de Vlad Drácula. —Sin dejar de sostenerme la mirada, señaló la joya con la cabeza—. Ahora es tuyo. —Se me puso la piel de gallina en los brazos, y eso captó su atención—. Lo entenderé si prefieres otro diamante. Mi legado familiar es más bien…

—Majestuoso e increíble. —Le acaricié la cara y noté que le recorría un ligero temblor. Sabía que no tenía nada que ver con el agua del baño. Thomas Cresswell seguía sin creer que fuera digno de ser amado. Creía que su linaje era una especie de maldición oscura. Yo creía que había desterrado sus dudas al final de nuestro viaje en barco. Por lo que parecía, algunos monstruos eran más difíciles de matar.

—Thomas, he sentido escalofríos porque me honra que compartas tus más profundos temores conmigo. —Con aquel diamante rojo como la sangre, me estaba entregando otro pedazo de su corazón. Era un regalo más único y más valioso que la piedra que deseaba colocarme en el dedo—. Lo llevaré con orgullo y lo atesoraré siempre.

Me quité el diamante en forma de pera de mi madre y me lo puse en la otra mano, con el pulso acelerado mientras Thomas deslizaba su reliquia familiar en mi dedo anular. Encajaba como si siempre hubiera estado destinado a ser mío. Me besó en todos los nudillos, y luego yo le pasé el brazo por el cuello, sin importarme que se le mojara la camisa.

—Te quiero, Audrey Rose.

Sin preguntar, lo rodeé con el otro brazo. Mis hombros estaban ahora completamente fuera de la bañera y estaba peligrosamente cerca de quedar más expuesta, pero no me importaba. El cuerpo de Thomas era a la vez un escudo y un consuelo mientras lo estrechaba contra mí con firmeza.

—Te quiero, Thomas. —Cuando nos besamos, la tierra tembló y las estrellas ardieron con más intensidad. Thomas se zafó de mi agarre el tiempo suficiente para meterse en la bañera, completamente vestido, y me colocó en su regazo. El calor me recorrió ante el inesperado pero bienvenido contacto—. ¿Estás loco? No llevo ropa —susurré, riéndome mientras él se sumergía en el agua y luego sacudía la cabeza como un perro. Un montón de gotas me salpicaron—. ¡Mi tía se va a morir del escándalo!

Él me apartó un mechón de la cara y luego movió con lentitud los labios desde mi mandíbula hasta mi oreja y luego a la inversa, besándome la piel desnuda hasta que me convencí de que estábamos empapados, ilesos, en un charco de fuego, y todos mis miedos y preocupaciones de que nos descubrieran se esfumaron.

—Entonces no deberíamos hacer ningún ruido.

Me alzó y lo miré fijamente a los ojos, perdiéndome en la sensación de pasar los dedos por su pelo húmedo. Me miraba como si fuera una diosa, como si fuera fuego, magia y hechizos combinados en forma humana. Bajé un dedo hasta el cuello de su camisa y desabroché el primer botón. De repente quise ver más de él, lo *necesitaba*. Le quité la chaqueta de un tirón y le dejé la camisa puesta, aunque también podría habérsela quitado. Empapada, dejaba poco a la imaginación. Una tenue imagen en la parte superior de su pecho se transparentaba a través de la tela. Me incliné hacia él.

—¿Qué es eso?

Miró hacia abajo como si no tuviera ni idea y luego se encogió de hombros. Se desabrochó los primeros botones y se abrió la camisa para revelar un tatuaje. Se habían vuelto bastante populares entre la clase alta, pero no se me había ocurrido que a él le interesaran esas modas. No es que me importara. Era… seductor. Lo toqué con las yemas de los dedos, con cuidado de evitar las manchas rojas de los bordes que indicaban que era bastante reciente. Él me observó, muy concentrado, mientras yo lo inspeccionaba.

—¿Una calavera y una rosa? —pregunté al final—. Es muy bonito. ¿Qué significa?

—Muchas cosas. —Se echó hacia atrás, exhalando, con una sonrisa autocomplaciente—. Más que nada, es un estudio de contrastes: luz y oscuridad, muerte y vida, decadencia y belleza. —Su expresión se volvió reflexiva—. Para mí también simboliza el bien y el mal. Colocarla sobre mi corazón demuestra que el amor lo vence todo. Por supuesto, también necesitaba una rosa en mi cuerpo para siempre. —Me besó, lenta y sensualmente, como para asegurarse de que no malinterpretara su insinuación—. Cuando viste los tatuajes del príncipe Nicolae parecías intrigada, así que deduje que te gustaría. Espero que sea cierto.

Lo miré con desconcierto.

—Eres libre de adornar tu cuerpo como gustes. No necesitas permiso.

—La verdad es que me pareció que sería una buena razón para que me quitaras la camisa.

Sonreí. Thomas disfrutaba diciendo cosas impactantes para evaluar mi respuesta. No había razón para que no pudiera igualarlo en ese aspecto.

—Puede que tus deducciones no sean tan acertadas como crees si opinas que me falta motivación, Cresswell.

Decir que se quedó boquiabierto es poco. Inmensamente satisfecha, agaché la cabeza y besé la zona entintada sobre su corazón. Con o sin el tatuaje de la rosa como marca permanente, Thomas Cresswell era mío. Cuando se le escapó un pequeño jadeo, cubrí su boca con la mía, reclamándolo por completo.

12
UNA SORPRESA DE CUMPLEAÑOS

EL SALÓN DE CASA DE LA ABUELA
QUINTA AVENIDA, NUEVA YORK
23 DE ENERO DE 1889

—¡Qué alegría volver a veros! —Envolví primero a Daciana y luego a Ileana en un cálido abrazo—. Os he echado mucho de menos a las dos. Sentaos, por favor. —Señalé el sofá del salón.

Faltaban unas horas para la fiesta de cumpleaños de Thomas y quería tener un rato solo de chicas, así que había pedido que nos llevaran un servicio de té. No pude evitar recordar la cantidad de veces que mi tía había deseado que yo fuera la anfitriona a la hora del té y lo incómoda que me había sentido. Las amigas de verdad eran lo que marcaba la diferencia.

—¿Cómo van las cosas en la academia después de todo lo ocurrido? —pregunté. Ileana se había hecho pasar por una criada para ayudar a descubrir quién podría estar asesinando a la gente en el castillo de Bran y sus alrededores. Era el lugar donde nos habíamos conocido por primera vez y me parecía que habían pasado años, más que semanas, desde la última vez que las había visto.

Ileana se sentó al borde del sofá y Daciana, a su lado.

—Se están recuperando bastante bien. Moldoveanu es tan atento con sus alumnos como siempre.

Sonreí. Era muy cortés al decir algo así, habida cuenta de que el director era tan agradable como una cabeza llena de piojos. Les serví a ambas una taza de té.

—¿Y la Orden del Dragón?

Los ojos de Daciana se iluminaron mientras aceptaba la taza de Earl Grey que le ofrecí.

—Siempre es interesante. Aunque lo sería el doble si tú y Thomas os unierais a nuestras filas. Sé que antes no parecía muy interesada, pero nos encantaría teneros a los dos. Tenemos tantos casos que estamos sobrecargados.

Por muy tentadora que fuera su oferta, no deseaba pertenecer a ninguna organización, ni siquiera a una secreta que buscara justicia tanto como yo. Tendríamos que viajar a donde la Orden considerara necesario e infiltrarnos en varios lugares como lo había hecho Ileana. A bordo del *Etruria* había aprendido lo difícil que era ir de incógnito y sabía que entre mis talentos no estaba el de actuar.

—Lo tendré en cuenta para el futuro, aunque no deberías confiar en ello —dije con cuidado, ya que no quería ofenderla—. Me conformo con elegir mis propios casos forenses. Pero siempre estaré aquí para escuchar y ofrecer consejo si lo necesitas.

Daciana dejó su taza de té y me abrazó de nuevo. Le devolví el abrazo, luchando contra un repentino acceso de lágrimas.

—Da igual si os unís o no, pero por favor, volved a Bucarest. La casa está muy vacía sin vosotros.

Un momento después, Liza entró en la habitación con una cajita dorada bajo cada brazo. Blandió las cajas como si fueran un botín de guerra.

—¿Quién quiere un poco de chocolate?

Pasamos la mayor parte de la mañana hablando de nuestro trabajo y nuestras vidas, y Liza las hizo estallar en carcajadas con las historias de sus desventuras en el campo. Por primera vez en mucho tiempo, estaba rodeada de una familia bulliciosa y feliz. La muerte y la tristeza no invadieron aquel espacio sagrado: fue un momento para reír y disfrutar de la vida. Quería capturar aquel momento y guardarlo en mi corazón para siempre. Tenía la inquietante sensación de que no iba a durar.

• • •

Miré el reloj del salón, mi pulso imitaba el ritmo del segundero a medida que pasaban los instantes. Había comprobado dos veces que todo estuviera preparado a la perfección en el comedor. El cerdo asado yacía orgulloso sobre un lecho de hierbas. Pero la verdadera joya era la zona de postres.

Estaba repleta de pasteles, *petit fours* y *macarons* franceses del color de los pétalos de rosa, azul hielo, amarillo y verde pálido. El chef incluso había conseguido un impresionante tono lila que nunca antes había visto. Había pastelillos de limón con glaseado de lavanda, pudines, bollos de canela cubiertos de glaseado y ciruelas confitadas. También me había ocupado de que más tarde sacaran una cesta Catherine, un dulce hecho de helado con forma de fruta colocado sobre una bandeja de plata cubierta de hojas de helecho. No era el único postre a base de helado que había encargado: había diseñado una réplica de un cisne de tamaño casi real para añadir un toque de fantasía a la mesa. El postre perfecto para un hombre insaciablemente goloso.

—¿Señorita Wadsworth?

Me giré al oír la voz del mayordomo.

—¿Sí?

—Acaba de llegar el correo. —Me entregó una carta. Era un sobre de color crema sin remitente. Enarqué una ceja.

—Esto tiene matasellos de la semana pasada —dije al darle la vuelta.

—El tiempo ha dificultado el trabajo del servicio postal, señorita Wadsworth. —Señaló con una mano enguantada hacia un mueble majestuoso—. Encontrará un abrecartas en el cajón superior del escritorio.

—Gracias. —Esperé a que cerrara la puerta antes de acercarme al mueble ornamentado. Como todo lo demás en casa de la abuela, los bordes estaban decorados con una fina filigrana hecha de oro. Encontré el abrecartas y rasgué el misterioso sobre.

Ha pasado demasiado tiempo, pero no te preocupes, te veré pronto.

Prepárate.

Le di la vuelta a la tarjeta, buscando alguna pista sobre el remitente, pero eso era todo. Dos líneas solitarias. No reconocí la caligrafía, pero tenía un aire femenino, si es que tales cosas pueden aplicarse a un poco de tinta sobre eun pergamino. Me maldije por haber arrojado la carta anterior a las llamas. Ahora no había forma de estar segura de si la había enviado la misma persona.

Daciana e Ileana estaban comprando sus regalos para Thomas, así que les preguntaría cuando volvieran. Como el correo se había retrasado, era probable que ellas hubieran llegado antes que su carta. Exhalé. Eso debía de haber pasado. Los nervios por la fiesta de Thomas, y por el anuncio de nuestro compromiso, daban permiso a mi imaginación para desbocarse.

Para aliviar mi preocupación, volví al comedor con el objetivo de repasarlo todo una vez más. Cuando la tía Amelia entró, su aguda mirada se posó como un golpe en cada detalle de la habitación. Empecé a juguetear con mis guantes, pero me detuve. La fiesta de cumpleaños sería un éxito porque estábamos celebrando a Thomas. Mi tía no sabía que también íbamos a celebrar la noticia que compartíamos. No quería arruinarme la velada con acidez de estómago porque los manteles no estuvieran planchados a la perfección.

Esa noche, lo único que destacaría en nuestros recuerdos sería el estar rodeados de nuestros seres queridos. Al cabo de diez años, recordaría las mariposas que revoloteaban en mi interior, la tranquila expectación que sentía por desvelar la mesa de postres y mi anillo.

Reconfortada por lo que era importante de verdad, mi propia mirada recorrió la habitación con la misma seguridad con la que evaluaba a los muertos. En el laboratorio me sentía confiada. Y también me sentiría así allí. No había ninguna razón por la que no pudiera unir ambas partes de mi vida.

—Es precioso, ¿verdad? —pregunté con alegría. Mi tía frunció los labios, pero asintió—. Thomas estará encantado con el cerdo asado. Aunque sospecho que los dulces lo hipnotizarán. —Levanté el bastón para señalar la mesa llena de postres de todos los rincones del mundo—. Imagino que se saltará el plato principal por completo.

La tía Amelia tomó una larga inspiración. La idea de comer solo dulces rompía todo tipo de reglas de la sociedad educada, aunque ella era demasiado educada como para discutir si Thomas deseaba cenar pasteles. Su rango era superior al de todos los demás en esa casa, aunque él nunca actuara como si así fuera.

Se aclaró la garganta con delicadeza.

—El cisne de helado de crema es excepcional. No puedo ni llegar a imaginar el arte que requiere elaborar un molde semejante. El detalle de poner semillas para simular los ojos es… —La tía se humedeció los labios y pareció pensar largo y tendido en sus siguientes palabras. Era un milagro—. Es una hazaña que inspiraría incluso a Su Majestad, estoy segura.

—Gracias. —Me sonrojé, complacida por su merecido elogio. Me acerqué a la escultura de tamaño natural. Sí que era magnífica. Liza me había regañado por haberme puesto nerviosa, pero el resultado final era espectacular—. En realidad, son gotas de regaliz. También contraté a un pastelero.

Al oír aquello, mi tía pareció bastante impresionada. Levantó la barbilla en señal de aprobación.

—Un toque encantador. ¿Has visto la carta de vinos? Tendrás que maridarlos bien con cada plato. Aunque —pasó los dedos enguantados sobre el lino— tal vez prefieras evitar servir tinto esta noche.

Había dado a mi prima toda la libertad que quisiera para elegir los maridajes. Yo me había centrado en pedir champán y pétalos de rosa para nuestro brindis. No sabía por qué mi tía se oponía a una mezcla de tintos. Antes de que pudiera preguntar, continuó, arrugando la nariz.

—Nadie necesita que recuerde a la sangre. Especialmente después de ese horrible artículo.

Aquello captó toda mi atención.

—¿Qué artículo?

Parecía irritada por haber sacado el tema, pero se acercó al aparador y me puso un periódico en las manos. Me temblaron un poco cuando leí el titular.

UN ASESINATO ATROZ.
Otro crimen al estilo de «Jack el Destripador» en Nueva York.

Sin darme la oportunidad de terminar aquel espantoso artículo, me arrancó el periódico de las manos.

—Le mencionaré la situación del vino al mayordomo. ¿Estás segura de que todo lo demás está listo?

—Sí, tía. —Mi respuesta sonó rígida incluso en mis propios oídos, pero temí que la máscara de tranquilidad que me había puesto se estuviera desvaneciendo. Aquello era una pesadilla. No importaba lo lejos que viajara o lo mucho que lo apartara de mi mente, Jack el Destripador me acechaba, invadiendo todos los aspectos de mi vida. Antes de que pudiera causar mayor revuelo en mis nervios, agaché la cabeza—. Discúlpeme. Necesito tomar un poco de aire antes de que comience la celebración.

• • •

Detrás de la casa de la abuela había un patio pequeño, bordeado por todos lados por los edificios de la propiedad. La hiedra cubierta de nieve trepaba por las paredes y me imaginé que en verano estaría llena de flores silvestres que se mecerían con la brisa del río Hudson.

Demasiado pronto, mis pensamientos se transformaron en algo siniestro. Imaginé esas mismas lianas envolviendo el cuello de una víctima desprevenida, estrangulándola antes de que las espinas se clavaran con avidez en su piel y derramaran sangre. Mi visión se hizo tan real que casi olí el inolvidable aroma del cobre.

—Jack el Destripador está aquí de verdad —me susurré a mí misma, con la respiración entrecortada por el frío. Me estremecí al pensar en lo que mi mente podría imaginar ahora que el Destripador volvía a hacer de las suyas. La última vez, me habían perseguido hombres lobo y vampiros.

Una estatua de mármol claro de un ángel captó mi atención, me sorprendió por su tamaño. Recuperé el aliento y me reprendí a mí misma por haberme puesto nerviosa. Se confundía con la nieve y las paredes de piedra, aunque ahora que la miraba de cerca, no podía comprender cómo había pasado por alto algo tan majestuoso.

Las plumas estaban talladas con sumo cuidado, las alas alzadas recordaban a una paloma al vuelo. La nieve resbalaba por el rostro del ángel, semejante a unas lágrimas. Había una tristeza en su rostro que me hizo preguntarme si de verdad era un ángel. Puede que fuera uno de los caídos.

El repiqueteo de unas botas me alertó de su presencia antes de que me diera la vuelta. Me recompuse todo lo deprisa que pude, con la esperanza de que los temblores restantes se confundieran con una reacción al frío. Me giré para mirar a Thomas con una expresión neutra. Sabía que no lo engañaría con una sonrisa, pero mis nervios podían deberse fácilmente a su fiesta. Él sabía que me sentía más cómoda con un bisturí en la mano que recitando un brindis y me adoraba aún más por ello. Me sorprendió que no estuviera solo.

Un gato negro como la noche trotaba detrás de él. Entrecerré los ojos y me di cuenta de que tenía una mancha blanca bajo el cuello.

—Cresswell, ese gato te está siguiendo. —Busqué en el patio una escoba o algún otro objeto con el que espantar a la fierecilla. Golpeé el suelo con mi bastón como último recurso, lo que provocó que el gato moviera las orejas, molesto. Miró a Thomas y, o bien mis delirios habían comenzado a hacerse realidad, o el gato callejero estaba a punto de atacar—. Va a abalanzarse sobre ti.

—En realidad, está esperando a recibir una invitación. Observa. —Thomas se dio una palmadita en el hombro. Sin dudarlo, el gato saltó, se posó en su hombro y me miró con suficiencia—. Wadsworth, te presento a *sir* Isaac Miauton. *Sir* Isaac Miauton, esta es la humana especial de la que te he hablado. Serás amable con ella o no habrá más masajes en tu futuro.

Abrí la boca y la cerré. Las palabras me abandonaron. Al menos ya no estaba a punto de caer en el abismo de Jack el Destripador... Thomas había conseguido, una vez más, apartarme de mi perdición. Solo que esta vez no era consciente de la ayuda que me estaba prestando.

—¿*Sir* Isaac *Miauton*? —Cerré los ojos—. ¿De verdad esperas que me dirija a esta criatura de esa manera? ¿Dónde lo has encontrado?

—No seas absurda. ¿Acaso me llamas a mí su alteza real *lord* Thomas James Dorin Cresswell? *Sir* Isaac es lo bastante adecuado. Me ha encontrado él a mí unas calles más allá. Su dominio de la gravedad rivaliza con el de su tocayo.

Me planteé empezar a llamar a Thomas «Su Real Grano en el Culo».

—No podemos quedarnos con él.

—*Sir* Isaac —corrigió.

Suspiré.

—No podemos quedarnos con *sir* Isaac. ¿Cómo vamos a cuidar de él en nuestros numerosos viajes?

Thomas frunció el ceño. Creí que apreciaría la lógica de mi afirmación. Al parecer, me equivocaba.

—¿Esperas que le dé la espalda a esta carita? Fíjate en esta mirada tan astuta. —Acarició al gato, que seguía posado en su hombro y cuyos ojos dorados me observan con recelo—. ¿Me estás negando mi único y verdadero deseo de cumpleaños?

—Creí que el regalo de mi presencia era tu único y verdadero deseo —dije con indiferencia.

Hizo una mueca.

—Imagina que llegas a casa después de un largo día de trabajo, te quitas el delantal salpicado de sangre y te sirves una taza de té caliente. Entonces *sir* Isaac salta a tu regazo, da vueltas, una, dos, posiblemente tres veces, antes de acurrucarse y formar una bola caliente y peluda. —Le rascó la cabeza al gato, cosa que le arrancó un ronroneo tan fuerte que podría alarmar a los vecinos—. Dime que tener el cariño de un gato y un buen libro en el regazo no suena a la velada ideal.

—¿De verdad eso es todo lo que quieres que imagine? Si esa es una velada ideal, entonces, ¿cómo encajas tú en ella exactamente?

—Tú estarías con poca ropa en mi regazo, *sir* Isaac estaría en el tuyo. —Thomas sujetó al gato mientras esquivaba la bola de nieve que le lancé—. ¿Qué? ¡Es mi fantasía para nuestro futuro!

Me limpié la nieve de los guantes, cediendo.

—Está bien. *Sir* Isaac se queda. Supongo que ahora es un Cresswell-Wadsworth.

La ligereza desapareció de la expresión de Thomas.

—¿Estás pensando en adoptar mi apellido en parte? No creía que… ¿es eso lo que quieres?

Me quité una pelusa imaginaria de los guantes para ganar tiempo.

—No, creo que no lo haré. —Me fijé bien en él y percibí su ligero destello de decepción antes de que lo hiciera desaparecer. Sonreí—. Al menos, no *en parte*.

Levantó la mirada a toda prisa, la esperanza se coló entre las grietas de su armadura emocional. Su reacción me hizo estar aún más segura de mi decisión.

—¿Significa eso que…?

Me mordí el labio inferior mientras asentía.

—He pensado mucho en ello. Si nunca se me hubiera ofrecido la posibilidad de elegir, tal vez me sentiría de otra manera. Pero… no estoy segura de cómo describirlo. Quiero compartir un nombre contigo. Thomas no me queda del todo bien, aunque tú serías una Audrey Rose encantadora.

Su risa fue auténtica y alegre. El gato movió la cola y saltó al suelo, molesto porque ya no era el centro del mundo de Thomas. Una vez que mi amado se serenó, se acercó y tomó mis manos entre las suyas.

—Me pondría tu apellido, si quisieras conservarlo.

También lo decía en serio. Lo atraje hacia mí y le di un beso rápido.

—Y esa es precisamente la razón de que me haga feliz convertirme en una Cresswell. Ahora, vámonos. Tenemos que asistir a una fiesta de cumpleaños y hacer un anuncio bastante divertido. —Miré al gato—. Tú también, *sir* Isaac. En marcha. Tengo que ponerme el vestido y estoy segura de que podré encontrar un lazo lo bastante elegante para ti.

Que el Señor me amparara, pero el gato pareció animarse ante la idea. Era un Cresswell hasta la médula.

13
CAOS DESATADO

COMEDOR DE CASA DE LA ABUELA
QUINTA AVENIDA, NUEVA YORK
23 DE ENERO DE 1889

Entrelacé el brazo con el de Thomas y lo conduje hasta el comedor, donde nuestras familias esperaban apiñadas. Mi prometido se detuvo con brusquedad y casi me hizo perder el equilibrio mientras observaba todas las mesas de postres. *Sir* Isaac Miauton siseó desde su hombro, disgustado bien por su pajarita de seda azul o bien porque Thomas se hubiera detenido de forma tan repentina. Saltó al suelo y nos rodeó para irse directo al cuenco de crema que había pedido al lacayo que le dejara.

—Eres una mujer preciosa, brillante y maravillosa —susurró Thomas, con los ojos muy abiertos mientras metía el dedo en el pastel más cercano y probaba el glaseado. Sacudí la cabeza. Tenía los modales de un gato callejero y la disposición de un niño—. Dios mío. ¿Es cobertura de café? Nunca... —Me inspeccionó de esa forma suya tan Cresswell—. ¿Es una creación tuya?

—Era solo una idea: sé lo mucho que te gusta el café y va tan bien con el chocolate...

Thomas me besó, un beso intenso y profundo, y solo se detuvo cuando alguien carraspeó. Nos separamos, ambos sonrojados y saludamos con timidez a los miembros de la familia. La tía Amelia, con toda probabilidad la culpable de la amonestación, emitió un siseó reproba-torio.

—Gracias por acompañarnos en la celebración del cumpleaños de Thomas —dije, una vez que todos tomamos asiento alrededor de la gran mesa de caoba—. Por favor, levantad vuestras copas en un brin-dis. El señor Cresswell ha cumplido dieciocho años. Ojalá su sabiduría se correspondiese un poco más con su edad.

—Puede que esperes ese día durante toda la eternidad, Audrey Rose. —Daciana dio un codazo a su hermano y sonrió con ternura. Las risas recorrieron la mesa.

Nos dimos un festín con el cerdo asado y las patatas a las finas hierbas, olvidando el protocolo para las cenas sobre quién tenía que hablar con quién, y nos limitamos a disfrutar de estar juntos. Cuando empezaron a llegar los postres, Thomas llamó mi atención y enarcó una ceja. Había llegado el momento.

De repente, al mirar los rostros de nuestros seres queridos, mis nervios volvieron con fuerza. No sabía por qué tenía la boca seca, ni por qué el corazón me latía tres veces más rápido. Aquellas personas nos querían, no iban a juzgarnos. Y, sin embargo, no podía detener el aleteo descontrolado en que se había convertido mi pulso. Estaban llegando los últimos dulces, y no tendría más remedio que ponerme de pie y anunciar nuestro compromiso. Todo era muy real, yo…

Thomas me agarró la mano por debajo de la mesa y entrelazó nuestros dedos de la misma forma que nuestras vidas estarían entrela-zadas pronto.

Me dio un apretón tranquilizador, luego me soltó y se puso de pie mientras levantaba su copa de vino.

—Por Audrey Rose, por el tiempo y el cuidado que ha invertido en la planificación de esta velada. Es posible que yo sea la persona más afortunada de la historia. Y no solo porque haya hecho hornear para mí todos los postres conocidos por la humanidad. —Todos levantaron sus propias copas para chocarlas con alegría. Thomas se aclaró la gar-ganta, demostrando al fin que estaba nervioso—. Es para mí un gran honor anunciar nuestro compromiso. Por alguna razón mágica y misteriosa, ha aceptado mi proposición.

El silencio que temía no se produjo. Al instante, nuestras familias aplaudieron y nos felicitaron.

—¡Oh, que día tan feliz! —La señora Harvey prácticamente se cayó de espaldas a causa de la emoción. Se apresuró a rodear la mesa, tambaleándose un poco, y me abrazó con fuerza—. ¡Felicidades, querida! Sabía que usted y mi Thomas eran una pareja ideal. La forma en que la mira, como si viera debajo de todas esas capas y…

—¡Gracias, señora Harvey! —Le devolví el abrazo a la carabina de Thomas con fuerza y me encontré con la mirada brillante de mi padre al otro lado de la mesa. Él sonrió, con calidez y orgullo. Estaba claro que no entendía hacia dónde se dirigían los pensamientos de la señora Harvey. Gracias a Dios por los pequeños favores. Una vez que Thomas consiguió que la señora Harvey volviera a sentarse, me puse a su lado. Hice un gesto para que sacaran el champán y esperé a que todos tomaran las copas llenas de pétalos de rosa.

—Tenemos un pequeño anuncio más —dije, respirando hondo. Thomas volvió a estrechar mis manos con la que le quedaba libre, dándome otro apretón de ánimo. No había momento como el presente para desatar un poco de caos—. Queremos casarnos dentro de quince días.

Había una teoría científica reciente que afirmaba que el sonido cesa justo antes de que se produzca una explosión. Antes no había pensado mucho en ello, pero imaginé que sería similar al silencio que se produjo en el comedor después de que hiciera esa última declaración. Por lo general, los preparativos de las bodas llevaban mucho tiempo, sobre todo debido a todos los asuntos legales que había que resolver. Dos semanas era algo inaudito. Una vez superada la sorpresa de nuestras próximas nupcias, todo el mundo empezó a clamar al mismo tiempo.

—¿Una quincena? —gritó la tía Amelia—. ¡Imposible!

—¡Las flores! —añadió Liza, horrorizada—. El menú…

—El vestido —dijo Daciana, sorbiendo de su flauta de champán con entusiasmo—. Es una locura organizar una boda tan rápido. A menos que… —Su mirada se posó en mi vientre.

Puse una mueca y me gané una tímida mirada de disculpa. No estaba embarazada. Thomas y yo no habíamos consumado. El corazón se me aceleró al recordar nuestro escandaloso baño de la noche anterior. Aunque él había explorado *mucho* más mi cuerpo de lo que lo había hecho antes, no habíamos cruzado esa línea.

Thomas se puso a mi lado, sacudiendo la cabeza.

—Dada la naturaleza de nuestro trabajo, puede que tengamos que viajar solos. Muy pronto. Nos sería más fácil hacerlo si estuviéramos casados.

—¡Por supuesto! —La tía Amelia levantó las manos—. Vuestras carreras. Qué poco razonable por nuestra parte olvidar que Audrey Rose ha elegido actividades oscuras en lugar de atender un hogar digno. —Se frotó la frente—. Esta fiesta estaba muy bien planeada. Creía que habías superado esa fascinación morbosa e impropia tuya.

Thomas se envaró, pero le puse una mano en el brazo. Reconocí la regañina de mi tía por lo que era: nervios y preocupación.

—Sé que es pedir mucho a todo el mundo, tía —dije con calma—. Sin embargo, si alguien puede llevar a cabo una hazaña imposible, son las personas presentes en esta sala. —Miré a mi tía, a Liza, a la señora Harvey, a Daciana e a Ileana. La calidez llenó el vacío de tristeza que había sentido al echar de menos a mi madre—. Mi madre estaría muy agradecida por el amor y el apoyo que todos me habéis mostrado. —Me volví hacia Thomas y esbocé una sonrisa tímida—. Que nos habéis mostrado.

—Al ser un plazo tan corto para celebrar una boda —añadió Thomas—, nos gustaría que fuera muy sencilla. Nuestro único deseo es estar rodeados de nuestros seres queridos. Y de tarta. Más concretamente, de ese brebaje de chocolate y café que me ha robado el corazón y los sentidos por completo. —Le di un codazo—. Casi por completo. Unas pocas cerezas o frambuesas maceradas también serían bienvenidas. No dudéis en traernos muestras. A menudo.

Por la expresión de Liza, parecía como si hubiéramos pedido bailar cubiertos de sangre de oveja en cuarto creciente durante Samhain.

—¿*Sencilla*? —espetó, mirando a su alrededor en busca de ayuda—. ¿Qué hacemos, coser tu vestido con manteles? —Elevó el tono hasta un nivel preocupante. Mi padre y mi tío levantaron la cabeza, mirando al techo de una manera que me resultaba demasiado familiar—. ¡No puedo trabajar con estas condiciones y limitaciones! No es razonable pedirnos eso.

Abrí la boca, aturdida.

—Liza… no queremos causar molestias. Es…

—…nuestro deber divino como tu familia hacer esto tan espectacular como sea posible. ¿Cómo te atreves a creer, ni por un instante, que sería una *molestia* hacer que tengas un día espectacular?

Tras eso, se volvió hacia sus hermanas de armas para planear nuestra boda. Thomas se inclinó, con una sonrisa en la voz.

—Recuérdame que nunca me enfrente a tu prima. Es más temible que mi padre.

Todo el mundo hablaba a trompicones, asintiendo un momento y negando con la cabeza al siguiente. Era fascinante verlos. De verdad eran como un ejército, elaborando un plan de ataque con tanta premura como si hubieran practicado esa formación durante años, sin que yo o Thomas lo supiéramos.

—Se puede modificar el vestido que lleva ahora —aportó Ileana, señalando con la cabeza el conjunto rojizo que llevaba—. Ya es casi un vestido de novia. La pedrería es excepcional.

Miré el vestido de princesa que me habían confeccionado en la aclamada Dogwood Lane Boutique. *Sería* ideal. Liza y Daciana se echaron hacia atrás, llevándose las manos al corazón.

—¡No! ¡De ninguna manera! —dijeron al unísono.

Luego, Daciana explicó:

—Su vestido debe ser nuevo, confeccionado expresamente para un día tan especial. Será blanco, como el de la reina, con capas de gasa fluida y cristales cosidos en el corpiño.

Los argumentos iban y venían tan rápido que me sentí mareada. Encontré un asiento vacío junto a mi padre y mi tío.

—Gracias, padre. Sé que no está del todo cómodo...

—He descubierto que estoy más contento cuando mi hija es feliz. —Me abrazó—. Además, tu Thomas es un joven muy valiente. Mira cómo desafía a tu prima con los colores de las flores. —Mi padre negó con la cabeza, sonriendo—. Es único. Lo bastante único como para hacer que seas tan feliz como ahora durante el resto de vuestras vidas, estoy seguro.

Mi tío gruñó.

—Sabía que emparejarlos traería problemas.

—Me alegro de que haya desempeñado un papel tan importante. —Lo besé en la mejilla, sorprendiéndonos a ambos. Mi tío se sonrojó mucho—. Conocer a ese molesto estudiante en su laboratorio el pasado otoño resultó ser uno de los mejores encuentros fortuitos de mi vida.

Mi tío murmuró algo y salió a toda prisa de la habitación.

Cuando se fue, mi padre se rio y sacudió la cabeza.

—Mi querida niña. Si crees que fue un encuentro casual, tienes mucho que aprender. En especial sobre tu tío.

El ruido de la charla amistosa y el tintineo de los tenedores contra los platos de porcelana se desvanecieron en el fondo mientras daba vueltas a sus palabras en la cabeza.

—Debes de estar equivocado. La noche que conocí a Thomas, él se presentó sin invitación.

Los ojos de mi padre bailaron con alegría.

—Mi dulce niña. Jonathan es más apto para leer a la gente que Thomas. Supo, mucho antes de que el chico entrara en ese laboratorio, que los dos teníais el potencial de cambiar el mundo juntos. Debes saber esto: aceptó a Thomas como aprendiz porque es y siempre ha sido el Wadsworth que creía que el amor podía salvar la barrera entre la vida y la muerte. Si me consideras un viejo tonto y romántico, mi hermano lo es el doble, en ambos aspectos.

• • •

Pasaron doce días y el tiempo se nos escapó entre las manos como un astuto asesino. Las mujeres de nuestras familias (junto con mi padre, que, sorprendentemente, disfrutaba de todos los preparativos y las compras) trabajaban desde el amanecer hasta el atardecer, planificando, encargando y modificando sus listas de tareas. Thomas y yo intentamos ayudar, pero nos echaron. Los asesinatos no disminuían en la ciudad, aunque no se había producido ninguno más que pareciera haber sido cometido por la mano del Destripador. Debería haber sido una ocasión alegre, pero la agitación y la inquietud que habitaban en mí pensaban de otra manera.

Si Jack el Destripador ya no estaba en Nueva York, estaba acechando otra ciudad. No me engañaba creyendo que simplemente había dejado de matar. En todo caso, había estado experimentando con nuevas variaciones de sus métodos. Algo inusual y preocupante cuando se trataba de un asesino. Ya era una máquina asesina eficiente, con más práctica y métodos alterados, puede que nunca lo detuviéramos.

Mi tío arrojó su bisturí en un cubo de ácido carbólico, sin preocuparse por que el líquido pudiera salpicar.

—¡Nada! Es como si hubiera desaparecido.

Dejé el bastón y levanté el cubo para recuperar la herramienta médica. Su enfado llevaba días cociéndose a fuego lento y estaba llegando a un punto de ebullición enloquecedor. Nunca lo había visto descargar su frustración con sus bisturíes.

—Yo… —Hice una pausa para reunir el valor necesario—. Puede que sepa de un modo con el que podríamos averiguar más.

La atención de mi tío se desplazó hacia mí.

—¿Cómo?

Miré a Thomas, de repente insegura de querer compartir aquello con el tío. Mi prometido asintió, dándome su apoyo, pero no quiso opinar sobre el asunto. Era un secreto que debía revelar yo y solo yo. Era extraño sentir que estaba a punto de traicionar a mi hermano. No podía reconciliarme con mi impulso innato de proteger a la persona que no había protegido a los demás.

—¿Y bien? —preguntó mi tío, perdiendo la poca paciencia que le quedaba.

Me preparé para más ataques de ira.

—Los diarios de Nathaniel. Contienen mucha información. Con respecto a los asesinatos.

No hacía falta detallar qué asesinatos.

La mirada de mi tío se volvió distante y enderezó la postura.

—Tu hermano no sabía nada que valiera la pena con respecto a esos asesinatos.

—Estoy bastante segura de que...

—Fue otra víctima desafortunada, aunque sé que a muchos les costará creerlo.

Apreté los labios, negándome a discutir cuando él estaba claramente en fase de negación. Conocía muy bien ese sentimiento y no le robaría esa paz testaruda, por muy equivocado que estuviera.

Tanto si mi tío quería enfrentarse a su propia verdad como si no, un hecho permanecía inmutable: Nathaniel sabía más sobre Jack el Destripador que cualquiera de nosotros.

14
CORTEJAR A UN CRESSWELL

APOSENTOS DE AUDREY ROSE
QUINTA AVENIDA, NUEVA YORK
5 DE FEBRERO DE 1889

—¿Has decidido cómo vas a llevar el pelo mañana? —me preguntó Daciana mientras comprobaba su propio peinado en el espejo—. Si te lo peinas así, podrás lucir ese escote tan llamativo que tienes.

—O puedes llevarlo suelto y que no te importe lo que piensen los demás —añadió Ileana, su acento rumano tan bonito como siempre. Miró a Daciana de forma mordaz mientras se peinaba el cabello—. De todos modos, el velo lo tapará.

—Sí, pero *después* de la ceremonia se pavoneará sin toda esa tontería del velo. —Daciana se puso una flor en el pelo—. Tal vez nuestra amiga prefiera llevar el pelo recogido y apartado de la cara para las actividades posteriores a la boda.

Movió las cejas de forma sugerente y, sin ni siquiera mirar por encima del hombro, tuve la certeza de que la tía Amelia estaba a punto de caerse mientras se santiguaba con fiereza al bajar las escaleras.

—¡Señorita Cresswell! —Mi tía se hizo con un abanico que había sobre la cómoda y lo agitó ante su rostro enrojecido, frenética. En su frente, una vena palpitaba de forma más que preocupante—. Ese lenguaje, por favor.

—Mis disculpas, *lady* Clarence. A la señorita Cresswell le gusta la verdad. —Ileana soltó un suspiro y casi me hizo sonreír a pesar de mis esfuerzos. Solo ella sabía lo que era cortejar a una Cresswell y vivir para contar lo indecente que había sido el proceso.

—Pronto estarán casados —dijo Daciana—. Imagino que harán algo más que darse la mano en la cama. La forma en que se miran cuando *creen* que nadie está mirando podría dejarla embarazada en el acto. *Eso sí* que es indecente, sobre todo cuando están tomando sopa.

Toda la habitación pareció contener la respiración a la vez. Daciana levantó un hombro y volvió a evaluar su propio cabello como si no hubiera hecho insinuaciones sobre asuntos tan privados y casi le hubiera provocado una embolia a mi tía. Mencionar cualquier cosa relacionada con el embarazo o la ciencia que hay detrás de cómo ocurre tal cosa era algo que simplemente no se hacía en compañía educada.

Ileana puso los ojos en blanco, como si comunicara en silencio que enseñar sutileza a un Cresswell era una causa perdida.

—Mira. Esto te irá perfecto. —Liza había abierto una revista de moda y señalaba una ilustración de un complicado peinado para distraer a todo el mundo—. ¿Ves cómo las ondas sueltas caen con naturalidad sobre el hombro, pero la mitad superior está trenzada en una corona? Es muy decorativo y divertido. Estoy segura de que podemos entretejer flores de azahar en tus trenzas y luego añadir joyas. Parecerá que llevas una corona hecha de flores y piedras preciosas.

Inspeccioné el peinado mientras me mordía el labio. Podría considerarse moderno y elegante, pero me recordaba a un nido de gorriones bastante mal hecho. Solo faltaban algunas ramitas y hojas secas. Elevé una oración silenciosa para agradecer que la boda no se hubiera programado para otoño, de lo contrario podría haber acabado con esos mismos adornos clavados en el pelo. Thomas se caería del altar de tanto reírse. Lo que casi valdría la pena.

Al darme cuenta de que Liza esperaba una respuesta, solté a trompicones el mejor cumplido que podía ofrecer.

—Es muy… interesante.

Daciana e Ileana resoplaron, pero una rápida mirada de mi prima hizo que ambas se llevaran las manos a la boca, lo cual no consiguió ahogar sus risas. Les dediqué mi mirada más suplicante: tanto adorno y acicalamiento estaba empezando a ponerme los nervios de punta.

—Si nos disculpáis. —Daciana se puso en pie con elegancia—. Voy a ver a mi hermano y luego me retiraré a dormir. —Tomó mis manos entre las suyas y me besó las mejillas—. Buenas noches, Audrey Rose. Que duermas bien. Mañana nos convertiremos oficialmente en hermanas. No puedo expresar lo feliz que me hace que vayas a formar parte de mi familia. No sé quién está más emocionado, si Thomas o yo.

Ileana suspiró ante la teatralidad Cresswell de Daciana y me dio un abrazo de buenas noches.

—Nos veremos por la mañana. Intenta dormir bien. Tu boda será inolvidable, te lo prometo.

Respiré hondo para tranquilizarme.

—¿Tú crees?

Ella asintió.

—Caminarás hacia Thomas con un vestido precioso, intercambiaréis los votos, comeréis un poco de pastel y luego empezaréis un nuevo capítulo de vuestras vidas. Juntos. Todo será maravilloso, ya lo verás.

—Gracias. —La abracé con fuerza.

Cuando se fueron, Liza volvió a señalar la imagen de la revista.

—¿Y bien?

Tragué con fuerza, esperando que mi expresión no traicionara mi creciente horror.

—Tal vez lo mejor sea un peinado sencillo. El vestido ya es lo bastante recargado con toda esa pedrería y bordados, y la tiara de diamantes es otra declaración audaz… —Me interrumpí al percibir que tanto mi tía como mi prima parecían flagelarse mentalmente ante mi falta de visión—. Tienes razón. Vamos a encargarnos del pelo y por la mañana veremos cómo quedan las ondas antes de decidir.

Una vez resuelta la crisis, mi prima me hizo sentarme en el banquito de terciopelo frente al tocador y se puso a trabajar, retorciendo y fijando pequeñas secciones de mi pelo. Intenté no hacer una mueca de dolor cuando, sin querer, me arrancó algunos mechones al retorcerme el pelo con un entusiasmo excesivo.

—No debes entrecerrar tanto los ojos —me regañó la tía Amelia, inclinándose y pellizcándome para que mis mejillas adquirieran color hasta que tuve la certeza de que todos mis vasos sanguíneos habían estallado y que, de hecho, podría morir de un sangrado interno antes del amanecer—. Te saldrán arrugas y parecerás un ganso demasiado cocido antes de cumplir los veinte años. ¿Acaso quieres tener un marido que deje de desearte tan pronto?

Respiré hondo y me permití contar mentalmente hasta tres antes de responder.

—¿Porque deseará un ganso de Navidad en vez de a mí? —Enarqué las cejas—. Dicen que el mejor camino al corazón de un hombre es a través de su estómago.

Liza tosió para ocultar una carcajada y volvió de golpe a rebuscar entre las cosas de mi baúl. Volví a respirar hondo y conté hasta que sentí que la siguiente réplica se disolvía en mi lengua. Dudaba mucho que alguien tuviera una discusión así con Thomas la víspera de nuestra boda. Los hombres se enorgullecían de envejecer. Podían perder el pelo y engordar, seguir siendo considerados un magnífico partido y casarse con alguien veinte años menor que ellos. Sin embargo, que el cielo no permitiera que una joven llegara a la vejez y se enorgulleciera de las arrugas de su rostro, las mismas que cuentan la historia de una vida bien vivida. Cómo se nos ocurría vivir felices y sin disculpas. Fruncí el ceño ante mi reflejo.

—Siéntate derecha. —La tía Amelia me dio un golpe suave en el trasero con el abanico—. No tienes la postura adecuada. Si mañana te desplomas, la tiara se te caerá de esa elegante cabeza tuya. Quieres gustarle a tu novio, ¿no? No puedo…

—Lo que madre *intenta* decir es que te quiere y que solo protesta porque le preocupa que algo salga mal y no tengas un día maravilloso.

¿No es así, madre? —Sin esperar una respuesta, Liza me entregó una caja con un gran lazo rojo. La acepté, curiosa. A juzgar por su peso, parecía una prenda de vestir—. Es una cosita que vi en el distrito de la moda. Es para tu noche de bodas, pero quizá quieras probártelo antes para asegurarte de que te queda bien. —Fui a desatar el lazo, pero ella puso su mano sobre la mía para detenerme—. Ábrelo después.

Fingiendo que no había oído esa última instrucción, la tía Amelia se dedicó a dividirme el pelo en pequeñas secciones y a asegurarlo con horquillas con rapidez y eficacia, aunque podría jurar que vi una ligera humedad en sus pestañas antes de que la hiciera desaparecer. Cuando colocó el último pasador, levanté la mano para estrechar la suya.

—Gracias, tía —dije, de todo corazón—. Mañana será un día perfecto.

15
TUYO ES EL REGALO

APOSENTOS DE AUDREY ROSE
QUINTA AVENIDA, NUEVA YORK
5 DE FEBRERO DE 1889

Una vez que la tía Amelia y Liza se retiraron a sus aposentos, me senté frente al tocador para ajustar los cientos de horquillas que me habían clavado en el pelo por cuestiones de moda, preguntándome si el resultado final de unas ondas suaves y «naturales» valdría la pena la incomodidad de dormir sobre ellas esa noche. No, sin duda. Ahora parecía que gran parte de la boda era un espectáculo, como si Mephistopheles y su tropa se hubieran apoderado del diseño y hubieran creado otra función para el Carnaval Luz de Luna.

Aunque no podía negar que las extravagantes flores de invernadero y el vestido de princesa eran bastante encantadores, deseaba llegar al altar como yo misma. Solo quería estar con Thomas, y eso no requería pompa y circunstancia. Me habría conformado con pronunciar mis votos sin público, aunque sabía que mi familia y mis seres queridos habían trabajado duro para hacer que el día fuera especial para nosotros, y quería compartir su espíritu de celebración y su buen humor. Con algunos límites.

Empecé a quitarme las horquillas y vi cómo se desenrollaban las secciones de pelo oscuro como una cuerda de ébano y me caían sobre la clavícula. Era mucho mejor disfrutar de un sueño reparador y sentirme bien descansada para el día siguiente que sufrir y fingir estar alegre por la mañana.

—Resultar agradable para mi prometido, ya lo creo. —Sacudí la cabeza. La tía Amelia no entendía en absoluto al señor Thomas Cresswell. Resoplé ante la sola idea de que me exigiera comportarme o tener un aspecto determinado para sentirse satisfecho.

A Thomas no le importaría que me presentara en la iglesia con mi delantal de laboratorio, el serrín pegado al dobladillo y el bisturí en la mano. De hecho, era posible que el muy pícaro lo prefiriera. Me quería de verdad por lo que era.

Entre nosotros no había ninguna de esas tonterías de «me amaba a pesar de». Thomas veía quién era yo (con defectos incluidos) y yo era más que suficiente para él, como él lo era para mí. No necesitábamos *completarnos* el uno al otro, nos *complementábamos* el uno al otro. Él y yo estábamos completos por separado, lo que nos hacía mucho más fuertes cuando nos combinábamos que dos mitades simbólicas unidas para crear un todo. Nuestro vínculo tenía el doble de fuerza. Nada podía romperlo. Y después de mañana, nada lo haría.

Dejé que mi atención se centrara en mi nueva bata, o en la falta de ella. En cuanto mi familia se marchó, desenvolví el regalo y comprendí de inmediato por qué Liza me había advertido que esperara. Me había regalado una bata con transparencias de color crema bordada con flores silvestres colocadas en zonas estratégicas para ocultar ciertas partes de mi anatomía. Venía con un camisón a juego hecho por completo de encaje transparente. Si me ponía las dos prendas a la vez, estas insinuaban desnudez, pero llevadas por separado hacían alarde de mi forma.

En lugar de sentirme como un escándalo andante, me sentí segura cuando me las probé. Mi silueta era visible mientras la luz del fuego parpadeaba a mi espalda. Me até los lazos del escote y luego pasé las manos por los laterales de mis curvas suaves mientras contemplaba mi reflejo. En menos de un día, llevaría aquello en el lecho conyugal. El reloj dio las doce campanadas, desbaratando de inmediato los pensamientos sobre los arreglos para dormir del día siguiente. Volví a mi tarea. Se hacía tarde y tenía que intentar dormir antes del amanecer.

Cuando me había quitado ya la mitad de las horquillas, me incliné hacia delante, inspeccionando en el espejo aquella versión de mí misma antes de la boda, buscando cualquier rastro de pánico o de ganas de huir. Lo único que vi al devolverme la mirada desde el espejo fue emoción. Pura y radiante. Tenía las mejillas sonrojadas y mis ojos verdes despedían un brillo innegable. Por fin me había convertido en la rosa de pétalos suaves y espinas afiladas que mi madre siempre me había dicho que podía ser. La constante punzada de nervios que me asolaba al pensar en el matrimonio había sido sustituida por una calma serena. Un vacío absoluto de preocupaciones o dudas.

Estaba preparada para convertirme en *lady* Audrey Rose Cresswell.

Me sentía poderosa con aquel nombre, tal vez porque lo había elegido yo misma: ya no era algo con lo que había nacido, o algo que mi marido esperaba de mí. Thomas había dejado claro mil veces que era libre de ser quien quisiera, y que el mundo podía irse a paseo si no le gustaba. Mi padre no parecía muy entusiasmado con la idea, pero se plegó a mi futuro marido, que se negaba a imponer su voluntad a nadie más que a sí mismo. El poder residía en la elección. Y yo elegiría a Thomas en todas y cada una de las vidas, si eso fuera posible.

Sonreí para mis adentros.

—Me has hechizado de verdad, Cresswell.

—Siempre es agradable oírlo, aunque no es del todo sorprendente, Wadsworth.

Me sobresalté y dejé caer la última horquilla a la vez que me encontraba con la expresión traviesa de Thomas en el espejo mientras se colaba en mi habitación y cerraba con rapidez la puerta tras de sí.

—¿Has visto lo guapo que estoy con este traje?

Me llevé una mano al corazón, que latía con fuerza mientras me recuperaba de la conmoción que suponía que respondiera a un sentimiento que no debía escuchar.

—Audrey Rose. —Hizo una profunda reverencia y se incorporó, con la mirada clavada en mi bata. Cualquier ocurrencia que hubiera estado a punto de decir lo abandonó mientras yo giraba en el banco, dejando que la luz del fuego iluminara el contorno de mi cuerpo. Intenté no reírme al ver el ligero rubor que asomaba por encima del cuello de su camisa o el movimiento de su garganta cuando tragó saliva con rapidez—. Yo... —Exhaló despacio, como si estuviera poniendo en orden sus pensamientos—. Tú...

—¿Sí? —pregunté cuando pareció que no iba a decir nada más. Nunca creí que llegaría el día en que Thomas Cresswell se quedara sin palabras, y disfruté mucho de aquella versión torpe de él.

—Me he dado cuenta de que ya no podré llamarte Wadsworth.

—No me digas. ¿Y has decidido que colarte en mi habitación a medianoche para contármelo era la mejor opción? —Di una palmadita en el espacio que había a mi lado en el banquito del tocador. Tras un instante de vacilación, cruzó la habitación y se sentó junto a mí. Observé el fuego que crepitaba en la chimenea frente a nosotros—. ¿Eres tú quien quiere echarse atrás ahora?

Una mirada de suficiencia sustituyó a los nervios que había mostrado.

—Lamento decepcionarte, mi amor, pero esta noche me siento excepcionalmente seguro y cómodo. —Thomas levantó las piernas y movi sus brillantes zapatos. Se retiró los pantalones, dejando al descubierto un grueso par de calcetines de punto—. Es solo que llamarte Cresswell va a requerir un período de adaptación. Voy a creer que estoy hablando conmigo mismo, y no es que sea un mal conversador. Al contrario, la mayoría de días disfruto sosteniendo acalorados debates conmigo mismo.

Hizo una pausa, inquieto. Me di cuenta de que estaba evitando mirar en mi dirección durante demasiado rato. Con todas las veces que había coqueteado con sumo descaro conmigo, no podía creer la timidez que lo invadía cuando se enfrentaba a un camisón. No había estado tan nervioso durante nuestro baño. Tal vez fuera la cama, que se cernía en silencio a nuestro lado, lo que lo ponía nervioso.

—Antes he intentado llamar «Wadsworth» a *sir* Isaac. —Esbozó una sonrisa rápida—. Me temo que no se ha mostrado muy de acuerdo.

Solté una carcajada.

—¿Por qué no me sorprende?

Thomas tomó mi mano y la giró con suavidad para trazar las líneas de mi palma, su expresión seria de repente. Tensó la mandíbula.

—Sabes que todavía hay tiempo, si has cambiado de opinión. Sobre… todo esto. Sé que ha ido todo mucho más rápido de lo que te hubiera gustado. La mayoría de los compromisos duran al menos seis meses, y luego está la cuestión de la edad. Si prefieres esperar…

Me moví para poder tomar su cara entre las manos y asegurarme de que su mirada estuviera fija en la mía. Le pasé el pulgar por la mandíbula, maravillada por lo bien que me sentía al tocarlo.

—Nunca he estado más segura o preparada para algo en toda mi vida, Thomas Cresswell. —Parecía dispuesto a discutir, así que le di un beso rápido—. De hecho, mañana no puede llegar lo bastante rápido. Nunca hemos hecho nada según las reglas de nadie más que las nuestras. ¿Por qué empezar a preocuparse ahora?

Parecía escéptico.

—¿Estás segura?

—¿De nosotros? Por supuesto que sí.

—¿Cómo sabes que estás preparada?

—Bueno, hay muchas razones —dije con cuidado.

—Cuéntame la más escandalosa. —Su petición pretendía ser desenfadada, pero el deje de preocupación seguía ahí. Thomas no había renunciado a sus temores de ser inadecuado.

Me incliné hacia él y respiré su aroma a café con un toque de licor. Me pregunté si mi padre le había ofrecido whisky o si había estado lo bastante agitado como para servirse un poco él mismo.

—Quiero dormirme contra tu pecho y despertarme en tus brazos. Anhelo ser libre para abrazarte o besarte cuando quiera, durante el tiempo que quiera. Quiero conocer el sonido de tu respiración mientras te rindes el sueño. Quiero… —Me eché hacia atrás y cualquier otra declaración poética se marchitó en mi lengua. El muy tonto estaba prácticamente rebotando en su asiento—. ¿Por qué sonríes así? Estoy intentando tener un momento serio y parece que tú necesites ir al baño o que, de algún modo inexplicable, te has sentado sobre un hormiguero en medio de mi habitación.

—Mis disculpas. —Cayó de rodillas ante mí, con esa sonrisa tonta pegada a su cara mientras tomaba mis dos manos entre las suyas—. No me estoy burlando, es que no has bajado la mirada ni has aumentado la presión de tu agarre en absoluto.

Miré hacia el cielo, planteándome si quería pedir una aclaración.

—En nombre de la reina, ¿qué tiene que ver mi agarre con mi declaración de amor, Cresswell?

—Todo.

—Yo…

Capturó mi boca con la suya. A diferencia de otros besos robados, que empezaban lentos y dulces, en aquel había un calor apasionado. Cada vez que nuestros labios o lenguas se juntaban, se encendía otra chispa, hasta que pronto sentí que todo mi cuerpo estaba en llamas. A juzgar por la creciente intensidad de su beso, y por los atrevidos lugares en los que nuestras manos se tocaban, ninguno de los dos quería controlarse por más tiempo. Nos encontrábamos en terreno peligroso, lo que solo hacía más emocionante la caída.

Thomas seguía arrodillado ante mí, así que lo acerqué y sus brazos me rodearon la cintura mientras apretaba instintivamente su cuerpo contra el mío. Pronto abandonó mis labios para besarme el cuello y sus manos subieron por mis costados, sin dejar ningún lugar desatendido. Casi perdí el sentido cuando me inclinó la cabeza hacia atrás con suavidad, exponiendo mi garganta para tener mejor acceso, con mi pelo enredado en su puño. No estaba segura de quién había hecho el siguiente movimiento, si él o yo, pero de repente su chaqueta estaba en el suelo y mi bata se unió a ella.

Un escalofrío me recorrió la piel y no pude evitar un jadeo. La bata había sido la única prenda que me mantenía semidecente. Mi camisón no dejaba nada a la imaginación. Incluso con la luz tenue, mis formas eran claramente visibles. Como si acabara de darse cuenta, Thomas se balanceó sobre los talones, con la respiración acelerada e irregular, como la mía.

Durante una fracción de latido, pareció inseguro.

—¿Esto es todo lo que se necesita para silenciar esa boca malvada que tienes? —Arqueé una ceja, esperando que la ocurrencia disimulara mis crecientes nervios. Estábamos solos en mi habitación, con poca ropa, la noche antes de nuestra boda. Me esforcé por encontrar una razón para echarlo—. Si lo hubiera sabido, me habría puesto esto hace años.

Thomas me miró a la cara. Su expresión estaba llena de un deseo tan crudo que perdí mi inútil batalla con la moral victoriana. Parecía un hombre que había descubierto el anhelo más profundo de su corazón hecho carne y deseaba reclamarlo de inmediato. Me di cuenta de que la única atadura que lo mantenía en su sitio era su respeto por mí y por mi libertad de decisión. Un pequeño movimiento de cabeza lo desataría.

Se me aceleró el pulso mientras le daba permiso en silencio, deseando con tantas ganas que me tocara de nuevo que casi me dolía. Thomas Cresswell nunca decepcionaba. Se inclinó hacia mí, con su cuerpo contenido entre mis muslos.

—Tu camisón es precioso, pero tu mente es lo que me atrae y cautiva. —Sus ojos se apartaron de los míos y serpentearon por el delicado encaje, encendiendo una nueva oleada de deseo mientras agarraba la tela transparente de mi cadera. Su tacto era embriagador. No pude evitar arquearme contra él, ansiando más—. Tu cuerpo…

Su atención se centró en los lazos. Yo disfrutaba de la elegancia de la prenda y de cómo me sentía a la vez atrevida y dulce al llevarla. Thomas parecía apreciarlo por otras razones y ya no disimulaba lo mucho que me deseaba. Respiré hondo y luché contra el impulso de desvestirlo por completo. Si seguía mirándome así, perdería el control.

—Tu espíritu.

Thomas arrastró su mirada abrasadora por cada centímetro de mi piel, sin ignorar ningún recoveco, y su respiración se entrecortaba cuanto más bajaba. Si las miradas podían consumir, él acababa de devorarme. Y yo quería más. Una cálida sensación comenzó en los dedos de mis pies y subió como miel por mi cuerpo. Parecía que Thomas había deducido exactamente dónde se extendía el calor y no le importaba seguir el rastro de esa dulzura con la boca. Esa imagen casi me detuvo el corazón. Me agarré a los laterales del banquito en un intento infructuoso de contenerme.

Al juzgar mal mi respuesta, se quedó inmóvil.

—Debería irm…

Me quedé mirando su boca, tratando de contener mis emociones. *Debería* irse a sus aposentos. Y yo debería dejarle. Nuestras virtudes podrían consumirse en pocas horas, *después* de casarnos.

Pero, en lugar de aceptar, le eché la mano a la cinturilla de los pantalones y lo atraje contra mí. No quería esperar más. Lo necesitaba. Repentinamente tímida por lo que estaba pidiendo, desvié la mirada.

—Quédate aquí conmigo esta noche. Por favor.

Me levantó la barbilla para sostenerme la mirada y supe con total certeza que me daría todo lo que quería y más.

—Para siempre, Audrey Rose.

Esa vez, cuando empezamos a besarnos, lo hicimos con cuidado y de forma deliberada, pero sin restricciones. No había ataduras que nos contuvieran. No había nada que nos alejara de nuestros instintos más básicos. Verme desnuda y vulnerable desencadenó una parte de Thomas que no sabía que existía. No pensé en nada más que en la sensación de sus dedos y labios. En cada lugar que tocaban, exploraban, acariciaban. La sociedad desapareció. Las reglas desaparecieron.

No existía nada ni nadie excepto nosotros dos, perdidos del todo en nuestro propio universo, nuestros cuerpos galaxias desconocidas por explorar.

Cuando Thomas se apartó y me miró a los ojos, supe que veía la respuesta a su pregunta no formulada reflejada en ellos. Sin necesidad de palabras, me levantó en volandas del banquito de terciopelo, me tumbó en la cama y luego acomodó su cuerpo sobre el mío.

Ninguno de los dos había hecho aquello antes, ninguno había amado con tanta ferocidad o libertad, y en lugar de preocuparme por los detalles, me entregué por completo a mis sentimientos.

—Te quiero, Audrey Rose.

Su mano me recorrió desde el tobillo hasta la pantorrilla, provocando que se me pusiera la piel de gallina cuando me quitó las medias y sintiera el cosquilleo más glorioso a su paso. La suavidad que empleó hizo que pareciera el acto más natural del mundo. Repitió el movimiento con mi pierna dolorida, con cuidando de ser lo más gentil posible, lo que solo hizo que lo deseara más. Acercó sus labios a mi cicatriz, mostrando la máxima ternura con cada rincón.

Con dedos ligeramente temblorosos, le desabroché los botones de la camisa, maravillada por lo hermoso que era tanto por dentro como por fuera. Su tatuaje estaba curado del todo y era una verdadera obra de arte. Como si necesitara algún otro adorno para refinar su ya exquisito cuerpo.

—¿Cómo es que estás tan... definido? —pregunté, pasando las manos por la sorprendente dureza de su pecho—. ¿Acaso recibes lecciones secretas de esgrima de las que debería estar enterada? Esto... —le señalé— no tiene sentido.

—¿Quieres la verdad? —Thomas se rio, y aquello pareció aliviar un poco sus propios nervios—. Levanto cadáveres todos los días en el laboratorio. Todo ese asunto de transportar cuerpos me mantiene bastante en forma y saludable. Además —me besó desde el cuello hasta la clavícula, prestando especial atención a la zona más cercana al corazón—, tomo clases de esgrima, por deseo de mi padre. —Al ver mi mirada de sorpresa, sonrió—. Te lo he advertido: te espera una vida llena de sorpresas, mi amor.

Aquellas palabras me hicieron vibrar. De verdad tendríamos toda una vida para desentrañar todos y cada uno de los misterios que el otro guardaba. Me incorporé sobre los codos y presioné los labios contra su piel, explorando su pecho. Su respiración se entrecortó y mi respiración le hizo eco a aquel sonido mientras él tiraba de las cintas de mi camisón, sin que su atención abandonara mi rostro, buscando constantemente cualquier indicio de vacilación, cualquier súplica silenciosa de que se detuviera.

No lo encontraría, ni siquiera utilizando sus más que impresionantes dotes deductivas. En unas horas estaríamos casados, y yo estaba dispuesta a reclamarlo por completo.

En lo que parecieron ser solo segundos, ambos nos habíamos desnudado. Una nueva sensación de calor me inundó, casi indescriptible por su intensidad, mientras Thomas profundizaba nuestro beso y bajaba despacio y con cuidado. Nuestros cuerpos se juntaron y yo caí totalmente rendida ante el hechizo de nuestro amor.

El corazón me latía con fuerza, la piel me ardía. Cada roce y cada caricia me provocaban un centenar de sensaciones diferentes que competían por mi atención a la vez. Sin tener que esforzarse, nuestros cuerpos sabían exactamente qué hacer, cómo reaccionar, y cualquier atisbo de incomodidad desapareció mientras nos movíamos juntos, perdidos en nuestros besos. Había imaginado que me mostraría torpe o poco natural mientras avanzábamos a tientas por todo el proceso, me había quedado petrificada pensando que mi mente empezaría a pensar en diagramas anatómicos, alejándome del momento al preocuparme por la mecánica. Pero no tenía por qué angustiarme. Me consumía demasiado la sensación de contacto sin restricciones entre nuestras pieles. La sensación de él. De nosotros. Agarré las sábanas a ambos lados de mi cuerpo, haciendo todo lo posible para no gritar su nombre.

—Audrey Rose —susurró, haciendo una pausa breve.

Mi respuesta fue un beso, una súplica. La cuidadosa atención que Thomas prestaba a sus deducciones se centraba ahora por completo en mí: cada inhalación, cada exhalación. Escuchaba con empeño, reaccionando y cambiando para provocar las mismas oleadas de éxtasis hasta que tuve la certeza de que debía de haber abandonado mi cuerpo y haberme convertido en una estrella que atravesaba el vasto universo.

16
UNA MARAÑA DE EXTREMIDADES

Después, nos tumbamos en una maraña de extremidades y sábanas mientras nuestros pechos subían y bajaban al unísono. Thomas dibujó círculos ociosos sobre mi estómago. Cerré los ojos y dejé que aquella satisfacción pura cayera sobre mí como una manta. No podía imaginar una experiencia más perfecta. Me entristecía pensar que a veces se instruía a las jóvenes nobles para que se recostaran y «pensaran en Inglaterra» al consumar sus matrimonios. El amor debería ser un placer mutuo.

Thomas desvió la atención de mi estómago para centrarse en mi pelo y pasó los dedos entre mis mechones sueltos. El movimiento era lo suficientemente relajante como para que mis párpados me parecieran de repente demasiado pesados para mantenerlos abiertos. Cerré los ojos y disfruté de todas sus cuidadosas caricias. Me hubiera encantado pasar una eternidad durmiendo *y* despertando así.

—Creo que nunca he estado más satisfecha.

Thomas se inclinó y me besó la parte superior de la cabeza.

—Bueno, se me ocurre al menos otra ocasión en la que *yo* me he sentido perfectamente satisfecho. Y puede que fuera cuando te propasaste en la bañera. O aquella vez en la biblioteca. —Le di un manotazo, lo cual le arrancó una risa profunda —. Cierto, eso solo ocurrió en mis sueños. Este es, con mucho, uno de mis recuerdos más felices.

Lo rodeé con los brazos.

—Siento haber tenido tanto miedo, Thomas.

—¿Sabes? Se me da extraordinariamente bien descifrar las cosas, pero esto es un poco misterioso incluso para mí. Además, no es en absoluto lo que había imaginado que dirías justo después de nuestra primera expresión física de amor. —Jugó con mi pelo en silencio durante unos instantes, haciendo girar los mechones alrededor de sus dedos como si fueran la mayor maravilla del siglo xix—. ¿De qué, exactamente, has tenido miedo? ¿De mí? ¿O de mi intimidante hombría?

—Por supuesto que no. —Sacudí la cabeza, mirando hacia arriba, sin querer hacer caso de su otro comentario pervertido—. De caer. Yo… Me atemoriza.

Una sonrisa curvó sus diabólicos labios.

—Nunca te he tomado por una torpe, Wadsworth.

—No seas tonto. —Me acerqué más a él—. Ya sabes lo que quiero decir.

—Sin embargo, estaría bien escucharlo. Para demostrarme que he acertado, por supuesto.

Suspiré, pero cedí.

—Es… Me resulta mucho más fácil ser valiente cuando se trata de confiar en mi mente. Sé de lo que soy capaz. Las cosas que puedo mejorar. Aprender y cometer errores no me aterra… No estoy segura de cómo expresarlo. Me alimenta, supongo. ¿Pero el amor? Dejarme llevar y caer me petrifica por completo. Cuando soy vulnerable, me siento como si mi estómago cayera en picado hacia mis rodillas y el mundo diera vueltas sin control. A diferencia de la ciencia y las matemáticas, no hay fórmulas que pueda utilizar para crear un resultado absoluto. Caer es el caos.

—¿Te asusta incluso sabiendo que estoy a tu lado?

—Creo que eso me asusta más. Me aterra pensar que me ames tanto como yo te amo. ¿Qué pasará cuando uno de los dos muera? Trabajamos con la muerte casi todos los días. He perdido a tantas personas a las que he amado… Si pienso en perderte a ti, a veces, soy incapaz de respirar. Si me abro a amarte, a caer por completo y sin asomo de duda, temo lo que pueda pasar. No por algo que hagamos tú o yo, sino la vida. Una se siente mucho más segura al aislarse de eso.

—En esta vida no hay nada garantizado, Wadsworth. —Thomas respiró hondo—. Hay fuerzas externas que siempre escaparán a tu control. Lo que sí puedes controlar es cómo eliges vivir. Si te levantas por la mañana con miedo de todo lo malo que *podría* ocurrir, te pierdes lo bueno. La muerte se nos llevará a todos algún día. Preocuparse por el mañana solo consigue arruinar el presente.

Se puso de lado y sostuvo mi mano contra su corazón.

—El amor es inmortal. La muerte no puede tocarlo ni robarlo. Sobre todo, cuando es verdadero. Añadamos otra promesa a nuestra cuenta —dijo—. Prométeme que te levantarás cada día y encontrarás la alegría allí donde puedas, por pequeña que sea. Siempre habrá épocas difíciles, épocas que nos pongan a prueba y épocas de tristeza, pero no dejaremos que esos días destruyan el aquí y el ahora. Porque ahora mismo… Estoy aquí. —Me besó en la coronilla—. Y tú estás aquí. —Presionó los labios contra mis nudillos—. Y el presente es más glorioso que el futuro y todas sus incógnitas.

—¿Cómo es que aún no has descubierto la fórmula del amor? —me burlé.

—¿No tienes fe en mi portentoso cerebro? Por supuesto que he trabajado en una ecuación solo para nosotros. —Thomas sonrió—. Mi amor por ti será una constante en un mar de variables desconocidas. Podremos pelearnos o enfadarnos el uno con el otro, pero nuestro amor nunca se desvanecerá ni se marchitará. Confía en eso. Confía en nosotros. Olvida el futuro. Olvida las preocupaciones. Lo único que me aterra es la posibilidad de vivir con arrepentimiento. No quiero despertarme nunca y preguntarme cómo podría haber sido la vida contigo en ella. No quiero arrepentirme nunca de haberme abstenido de amarte tan plena y abiertamente como sea posible.

Buscó en mis ojos y una parte de mí deseó caer en la profundidad de la adoración que vi en su expresión y nadar en ese sentimiento para siempre.

—A menos que hayas cambiado de opinión… —Bajó la mirada a toda prisa—. Yo…

—Thomas, nunca. —Le incliné la barbilla hasta que nuestras miradas se encontraron y las sostuvimos—. Te quiero. Ahora y siempre.

Antes de que pudiera dudar o discutir, lo besé. Unos instantes después estábamos explorando nuestra nueva forma de comunicación silenciosa, y el resto del mundo y las preocupaciones se desvanecieron. Celebramos nuestro amor hasta que salió el sol y ya no pudimos arriesgarnos a estar rodeados de los brazos del otro. En pocas horas nos convertiríamos oficialmente en marido y mujer.

Entonces podríamos quedarnos en la cama por toda la eternidad.

Thomas se levantó de mala gana y se puso los pantalones, con el pelo revuelto de una forma que me hizo mirar el reloj para asegurarme de que no podíamos quedarnos un rato más. Él captó mi mirada y sonrió.

—Es usted un auténtico demonio, señorita Wadsworth. Menos mal que pronto me convertirá en un hombre honesto. Mi reputación está por los suelos. Si sigue mirándome así, nunca llegaremos al altar.

—Te encanta —dije mientras metía los brazos en la bata y salía de la cama—. Y yo te quiero. —Lo atraje hacia mí y lo besé con fuerza—. Ahora, vete. Te veré pronto, en la iglesia.

Se quedó contemplando mi bata, su mirada auguraba todo tipo de travesuras mientras recorría mi figura despacio.

—Estoy seguro de que podemos hacer tiempo… ¡De acuerdo! Vale, me voy. —Thomas hizo una pausa, sus dedos golpearon la puerta mientras me admiraba abiertamente por última vez—. ¿Recuerdas cuando te tomé el pelo con lo de llevarte a la iglesia? —Asentí, recordando nuestro primer caso juntos. Sonrió, esa sonrisa infantil y vulnerable—. Después de decirlo, nunca deseé nadad más.

El corazón estaba a punto de estallarme. Tal vez pudiéramos robar unos momentos más...

Una hora más tarde, Thomas salió por fin de mi habitación, silbando en silencio mientras me dejaba dormir un poco. Ambos tendríamos que levantarnos pronto para prepararnos para nuestro día. La próxima vez que lo viera sería al final de un pasillo, cuando empezáramos un nuevo capítulo.

Uno en el que escribiríamos nuestras propias reglas de aquel momento en adelante y para siempre.

Me volví a meter entre las sábanas, convencida de que no podría dormirme, y caí en un sueño inmediato y profundo. Comenzó con un sueño encantador: un anticipo de nuestras próximas nupcias. Llevaba mi traje de novia, con el velo flotando como una nube detrás de mí.

El joven que esperaba en el altar iba vestido de negro. Desde su traje color medianoche hasta su silueta hecha de sombras. Incluso las puntas de sus cuernos retorcidos, que brillaban como dos cuchillas de obsidiana.

Se me heló la sangre. Eso no era...

Me agité, intentando despertarme. El hombre que me esperaba no tenía rostro, ni otros rasgos discernibles más allá de los cuernos de la cabeza. En mi sueño empecé a temblar, el ramo de rosas que sostenía me pinchaba las manos. La sangre goteaba por mi vestido hasta el suelo, donde se mezclaba con los pétalos ya esparcidos. No hablaba ni se movía, se limitaba a esperar. Silencioso. Inquietante. Amenazador. Clavé los talones en el mármol liso de la capilla. Pero fue inútil. Tiraba de mí hacia él como si fuera un imán que me atrajera contra mi voluntad.

Era solo una silueta, pero lo reconocí. Nuestros destinos parecían conducirnos a ese momento. Como si hubiéramos seguido el mismo camino toda nuestra vida y todas mis decisiones hasta llegar a ese momento hubieran sido una mera farsa para divertirlo. Quise gritar, pero no pude.

Era la primera noche que soñaba con el diablo, y temía que no fuera la última.

Artículo de periódico, alrededor de 1893

17
SIGUE EN LIBERTAD

APOSENTOS DE AUDREY ROSE
QUINTA AVENIDA, NUEVA YORK
6 DE FEBRERO DE 1889

Estaba sentada en la más absoluta inmovilidad, sin haber tocado siquiera mi té, mientras Liza y Daciana me arreglaban el pelo a la perfección. Mi vestido de novia estaba cubierto con una gran manta para evitar derramar nada sobre él, aunque se entreveían algunas capas de las faldas de color rosa pálido y blanco.

Confeccionado con seda y tul, el vestido de manga larga era exquisito, como algo sacado de un cuento de hadas, con piedras preciosas brillantes cosidas tanto en el corpiño como en la falda, a diferentes intervalos. Cuando caminaba, parecía que las estrellas parpadeaban por culpa de la luz del sol, demasiado emocionadas como para esperar a que cayera la noche y permanecer ocultas. También había diminutos pétalos rosados alrededor del borde de mi recatado escote, con más bucles que llegaban hasta el suelo, uniendo los dos colores del tul de forma experta. Era extravagante, pero elegante. Un faro brillante y maravilloso.

A diferencia de mi estado de ánimo, que cada vez era más sombrío.

Por mucho que deseara lo contrario, la alegría que había sentido cuando Thomas se había ido esa mañana había sido sustituida por una sombra. Sus bordes arañaban mi buen humor. Entre la pesadilla y las noticias que acababa de recibir, no podía calmar el frenesí de mis pensamientos.

Incluso la mañana de mi boda, Jack el Destripador me perseguía. Había pedido que me llevaran la bandeja del desayuno en la habitación y que me trajeran el periódico. No sé por qué no había tenido en cuenta la última sensación del momento, la que aparecía en primera plana. Me arrepentí de no haberlo tirado a la chimenea de inmediato. Quería *un* día libre de muerte. Ansiaba pensar solo en la vida mientras celebrábamos nuestra unión. Ahora que el artículo me miraba fijamente, apenas podía pensar en otra cosa.

AÚN NO HA SIDO APRESADO.
Muchos arrestos, pero el Destripador de Nueva York sigue en libertad.

—¿Ves? —Daciana me ahuecó el pelo sobre un hombro—. Llevar la mitad suelto te da un aspecto un poco más delicado. Hace juego con la sensación que provoca el vestido. Muy etéreo. —Me tiró de una de las trenzas para que levantara la mirada hacia ella. Enarcó las cejas—. Parece que hayas visto un fantasma.

Intenté ofrecer una sonrisa, pero me preocupó que fuera más bien una mueca. A juzgar por el ligero entrecerrar de ojos de Daciana, no se tragó mi deficiente actuación.

—¿Liza? —la llamó, con un tono especialmente dulce—. He olvidado las perlas en mi habitación. ¿Te importaría traérmelas? Quedarán exquisitas en su peinado, ¿no crees?

—¡Oh! —Liza dio una palmada. Su vestido era de un rosa intenso que hacía juego con los pétalos cosidos en mis muchas capas de ropa—. ¡Qué idea tan maravillosa!

Salió corriendo por la puerta, empeñada en embellecer cada centímetro de mí hasta que brillara más que todos los diamantes y las joyas tejidas en mi atuendo. Suspiré. Y yo que pensaba que Daciana estaba de mi… Me incliné hacia delante, me fijé en las perlas que había en el tocador y levanté la mirada.

—Has mentido.

—Como tú. —Me dedicó una sonrisa conspiradora—. Ahora, dime, ¿qué es lo que provoca que estés tan pálida?

—No es nada. Es… —Me apresuré a rebuscar entre mis preocupaciones. No quería empezar una conversación sobre los asesinatos del Destripador, eso llevaría a demasiadas preguntas adicionales. Y no quería compartir los detalles de mi estúpida pesadilla. Lo que solo dejaba una pregunta que tenía pensado hacerle de todos modos—. Recibí una o dos cartas extrañas que venían sin firma. Me estaba acordando ahora.

—¿Una carta? —preguntó mientras añadía unas perlas a mis trenzas—. ¿Te refieres a la nota que te envié? —Se rio—. Disculpa, querida hermana. Ileana y yo teníamos tanta prisa que apenas tuve tiempo de garabatear una nota para avisarte de que veníamos.

—Pero mencionabas tener algo que Thomas necesitaba.

Me cogió la mano y la hizo girar para que el diamante carmesí captara la luz.

—Quería que se declarara con el anillo de mamá. Es muy sentimental, aunque nunca lo demuestre. Sabía lo mucho que significaría para él tener sus cartas y su bendición. Te adoro y quiero muchísimo a mi hermano. No pretendía causar ningún conflicto.

Dejé escapar un suspiro. Una cosa menos por la que preocuparse. Mi mirada se deslizó hacia el periódico antes de apartarla de nuevo con brusquedad. Ahora, si pudiera dejar de permitir que Jack el Destripador pasara de mis pesadillas a la realidad, todo iría bien.

Liza volvió a entrar en la habitación con el rostro enrojecido.

—¿Estás segura de que las perlas estaban ahí? No he podido encontrarlas.

Daciana levantó un mechón, con una mirada tímida. Estudié la forma en que se mordía el labio y entrecerraba los ojos. Era bastante convincente.

—He debido de traerlas y olvidar que ya las había dejado en el tocador.

Ileana entró en mi habitación, con los ojos brillando cuando me vio acabada de vestir.

—¡Estás guapísima! —Me abrazó con fuerza—. Quería darte algo. Bueno, en realidad es de parte de Thomas —enmendó, sonriendo ante mi confusión—. Toma. Ha mandado hacer esto.

Abrí la caja que sostenía y saqué del papel de seda un impresionante par de zapatos azul turquesa. Llevaban diamantes cosidos que brillaban como estrellas en un cielo sin nubes. Me tapé la boca con la mano, intentando no llorar para no estropear el kohl que Liza me había aplicado con tanto cuidado.

—Son increíbles.

—Algo azul y nuevo —murmuró Daciana—. Tu anillo es algo viejo.

—¡Ah! —Liza correteó por la habitación, casi tropezando con sus faldas—. ¡Casi lo olvido! —Levantó un collar de diamantes con una piedra solitaria del tamaño de un globo ocular arrancado de la cabeza de alguien, una imagen encantadora para el día de la boda—. Esto es de madre. Ha dicho que te lo podía prestar para la ceremonia.

Daciana me levantó el pelo y lo sujetó.

—Ya está todo listo.

Liza, Daciana e Ileana dieron un paso atrás y juntaron las manos mientras me inspeccionaban. Sus ojos brillaban con lágrimas no derramadas. Mi familia. Si seguían así, aquello acabaría en desastre y sollozaríamos todas juntas. Llamaron a la puerta y, de repente, el artículo del periódico se convirtió en una preocupación menor en mi mente. El corazón se me aceleró mientras me ponía en pie.

Daciana dejó entrar a mi padre y este se detuvo al verme. Era difícil distinguir las emociones exactas que se reflejaban en sus rasgos, pero el tono de su voz era inconfundible.

—¿Estás lista, Audrey Rose?

Inspiré hondo y exhalé despacio.

—Sí.

Por fin había llegado el momento de encontrarme con mi marido en el altar. Ni el diablo, ni una pesadilla, ni ninguna otra cuestión infame nos arruinaría el día.

A 14　St. Paul's Chapel, N. Y. City.

Capilla de San Pablo, Nueva York

18
MI VOTO PARA TI

*CAPILLA DE SAN PABLO
BROADWAY, NUEVA YORK
6 DE FEBRERO DE 1889*

Mi padre me tomó del brazo, con los ojos empañados mientras me ponía el velo en la cara.

—Estás preciosa, mi dulce niña. Tu madre se sentiría muy orgullosa. Hoy te pareces mucho a ella. —Se ajustó el corbatín con diamantes y se inclinó hacia mí para susurrar—: Hay un carruaje esperando en el callejón por si cambias de opinión. Me encargaré de los detalles.

Me reí y luego parpadeé muy rápido para evitar derramar unas lágrimas. Cuando estuve segura de que no estropearía el kohl, miré a mi padre y sonreí. Me sacaría de aquella capilla de inmediato, sin preguntarme ni juzgarme, si elegía un destino diferente. Y lo quería por ello. Intenté no concentrarme en la repentina y abrumadora tristeza de cerrar un capítulo y empezar uno nuevo. Por mucho que anhelara la libertad, era extraño dejar de estar bajo el techo de mi padre. Otro brote de emoción me arrolló, amenazando con derramarse por mis mejillas. Me abaniqué la cara sin que sirviera de nada, imaginando lo enfadada que estaría la tía Amelia si arruinaba el maquillaje llorando.

Como si hubiera creado una herramienta mágica para leerme la mente, mi padre me abrazó y me dio palmaditas en la cabeza.

—Ya está, ya está, Audrey Rose. Siempre serás mi niña querida. Si eres feliz, yo también lo soy. Solo quería que supieras que tienes opciones. Que puedes elegir. Lo que quieras, lo haré realidad. Como debería haber hecho hace mucho tiempo.

Acepté un pañuelo y me limpié los ojos.

—Apenas sé por qué estoy llorando —dije, incapaz de detener el flujo de lágrimas una vez iniciado. Estaba claro que la tía Amelia me asesinaría si no estuviera ocupada con algunos detalles de última hora—. Quiero esto. Más que nada. Solo que... todo va a ser diferente ahora, eso es todo.

—Ah. —Mi padre me quitó el pañuelo con suavidad y se lo volvió a guardar en el bolsillo—. Hacerse mayor significa dejar atrás algunas cosas. No puedes avanzar si nunca das esos primeros pasos en terreno nuevo. Es el momento de ser valiente, hija. Caminar hacia el futuro significa confiar en ti misma, incluso cuando no puedes ver lo que hay a tu alrededor. Mientras estés segura de que esto es lo que quieres, todo irá bien.

Primero Thomas y ahora mi padre. Si aquello hubiera sido una de las novelas de Liza, lo más probable habría sido tener que enfrentarme a esa pregunta otra docena de veces antes de completar mi viaje. Escuché el ritmo constante de mi corazón, a la espera de un susurro de duda o un resquicio de incertidumbre.

De pie, con mi vestido de novia, el pelo cayendo de forma escandalosa por mi espalda en ondas sueltas, con flores trenzadas y perlas enroscadas en una corona, miré el diamante escarlata que brillaba en mi dedo.

—Cuando imagino mi vida sin Thomas, entonces es cuando me preocupo. —Abracé a mi padre—. Estoy segura de lo nuestro, aunque me da pena dejarle.

—A mí también. Nos visitaremos a menudo. —Mi padre moqueó y me hizo una corta y brusca inclinación de cabeza mientras se enderezaba—. Entonces vamos a casaros, ¿eh?

—Le quiero, padre.

Me miró una vez más, con los ojos llenos de emoción, y me pregunté si por su mente pasaban los mismos recuerdos que por la mía. Yo subiéndome a su regazo mientras él fabricaba juguetes mecánicos en su despacho. Los dos corriendo por los jardines y el laberinto de setos de nuestra casa de campo, Thornbriar. Toda nuestra familia (madre, Nathaniel, padre y yo) sentada en el césped de Hyde Park, disfrutando de un pícnic junto a las hadas que, según padre, nos rodeaban. Él juraba que el folclore contenía elementos de verdad, que las pruebas estaban ahí, esperando a que los niños curiosos desentrañasen el misterio de las hadas y otras criaturas mitológicas más oscuras.

Todo parecía haber ocurrido el día anterior. Y, sin embargo, también parecía que habían pasado cien años. Contemplé mi ramo y el relicario en forma de corazón de mi madre, que Liza había colocado con cuidado alrededor de los tallos. Esperaba que hubiera un «para siempre» y que mi madre y mi hermano me estuvieran sonriendo. Los echaba de menos, así como a todos los recuerdos que nunca tuvimos la oportunidad de crear.

—¿Lista? —preguntó mi padre mientras me apretaba la mano con suavidad.

Respiré hondo y asentí. Era el momento de crear nuevos recuerdos juntos. Lo haríamos por nosotros mismos y por nuestros seres queridos. Cuando nos acercamos al pasillo, un órgano empezó a tocar la *Marcha nupcial* de Mendelssohn. Agarré con fuerza el brazo de mi padre mientras todos los asistentes se giraban para vernos entrar. Me detuve un momento, con la respiración entrecortada, cuando por fin pude ver por primera vez la capilla.

Desde las flores hasta la exuberante vegetación y los colores elegidos, todo era precioso y a la vez un poco peligroso. Era luz con un toque de oscuridad. Como si los rayos del sol se deslizaran sobre un bosque cubierto de musgo en lo más profundo de Irlanda o en otra tierra más mágica.

—Es como el bosque encantado del que nos hablabas —me susurró mi padre. Parpadeé para que no se me escaparan las lágrimas. Liza debía de recordar lo mucho que adoraba esas historias cuando era niña. Antes de que la muerte me cambiara.

A lo largo de los bancos había guirnaldas de hojas de helecho, de eucalipto, orejas de cordero y rosas blancas. Un dosel de pétalos de peonías colgaba a distintos intervalos de las vigas. En el altar, un jarrón enorme con rosas rojas ocupaba un lugar majestuoso, un centro de mesa que exigía atención. En lugar de colocar las flores hacia arriba, Liza había optado por sumergirlas en el agua, dejando que los tallos y las espinas apuntaran hacia el cielo. Era extrañamente hermoso y totalmente único.

También había unas orquídeas y más peonías púrpuras y rosas entretejidas en el diseño floral. Mis flores favoritas se mezclaban con las de Thomas, todas unidas para crear algo magnífico. Había mucho que ver, pero lo único que mi mirada buscaba con desesperación era...

Thomas.

El sacerdote se apartó y reveló a mi amado en todo su esplendor. De repente me olvidé de cómo se respiraba. Sentí que la mirada de todos se posaba en mí, oí su respiración entrecortada, pero solo pude concentrarme en no agarrarme las faldas y correr hacia el joven que estaba de pie al final del pasillo encantado. Mi príncipe oscuro.

De alguna manera, mi padre y yo por fin llegamos al final del camino sembrado de pétalos. Di el último paso, me despedí de mi padre con un beso y apenas respiré mientras él colocaba mi mano en la de Thomas. No me pasó por alto que tenía el aspecto del heredero de una dinastía.

Thomas Cresswell parecía más regio que el príncipe Alberto. Su traje negro se ajustaba a su figura a la perfección, abrazando esos ángulos y esas líneas tan marcadas que hacían que una se planteara arrodillarse y suplicar. Tenía que ser un ángel enviado desde el cielo.

Llevaba el pelo peinado con pomada y sus ojos estaban llenos de una templanza que no sabía que había estado deseando hasta que bebí de ella. Vi una orquídea espolvoreada con purpurina (mi flor favorita) prendida en su solapa, y toda la tensión que quedaba en mí abandonó de inmediato mis extremidades. Ese detalle tan atento era típico de Thomas, y tuve que recordarme a mí misma que no debía besarlo a destiempo. Parecía un cuadro de su creación, una orquídea con estrellas entre sus pétalos. Tras deducir lo mucho que me gustaba la flor, había combinado nuestras dos pasiones. Como nosotros estábamos a punto de hacer.

Le di un apretón y él respiró hondo con un estremecimiento. Mi mirada se dirigió de inmediato a sus labios y se detuvo ahí. Me pregunté si por su mente estaban pasando destellos de la noche anterior o si en realidad era yo la única desviada.

—Estás magnífica, Audrey Rose —susurró.

Me permití una última evaluación, indecentemente larga, de su figura, para consternación del sacerdote. Su traje se tensaba sobre los anchos hombros, y un hilo plateado adornaba el cuello de la camisa, a juego con las espirales plateadas de su chaleco gris oscuro. Estaba magnífico. Recordé otra vez que había tenido pensamientos similares en Rumania. Entonces no había sido sincera. Ahora no le ocultaría mi corazón.

—Tu belleza es arrolladora, Thomas.

Su sonrisa fue tan radiante que prácticamente brilló. El sacerdote se aclaró la garganta, con su libro de oraciones en la mano, probablemente para recordarnos que estábamos en la casa de Dios y que aún no estábamos casados. Si se sentía tan molesto por nuestras miradas apreciativas, era probable que soltara fuego y azufre si supiera que ya habíamos consumado nuestro matrimonio. Tres veces la noche anterior.

Y una vez aquella misma mañana.

—¿Acepta, Thomas James Dorin cel Rău Cresswell, tomar a Audrey Rose Aadhira Wadsworth como su legítima esposa, para tenerla y mantenerla, desde hoy, en lo bueno y en lo malo, en la riqueza y en la pobreza, en la salud y en la enfermedad, para amarla y respetarla, hasta que la muerte los separe?

Thomas pasó el pulgar por mis nudillos con mucha suavidad.

—Acepto.

El sacerdote asintió.

—Muy bien. Audrey…

—Te amaré y honraré cada segundo, cada minuto, cada hora de cada día —continuó Thomas, acercándose—. Prometo buscar tu consejo en todos los asuntos, tanto grandes como pequeños, y atesorarte con cada aliento de mis pulmones. Prometo no cometer nunca el mismo error dos veces, hacer que mi deber diario sea verte sonreír y sostener tu mano en cada desafío, en cada victoria y en cada nueva aventura que la vida nos depare. —Deslizó una alianza junto a mi anillo de compromiso, sin apartar su mirada de la mía—. Desde hoy hasta mi último día, juro amarte y respetarte como mi igual en todos los sentidos, Audrey Rose.

En los bancos, alguien jadeó ante su impactante declaración. Oí que se abría y cerraba una puerta, pero no era capaz de apartar la atención de Thomas. Se suponía que una mujer debía honrar y obedecer a su marido en todo. Lo que Thomas había prometido era libertad y respeto para el resto de nuestras vidas. Lo había dicho muchas veces en privado, pero hacerlo delante de toda una capilla llena de testigos…

Tragué con fuerza, con las lágrimas a flor de piel, cuando asintió para darme ánimo. Prácticamente pude ver las palabras que me había dicho mil veces antes bailando en su expresión. *Espera una vida llena de sorpresas.*

—Sí, bueno. —El sacerdote se volvió hacia mí, con expresión severa—. Audrey Rose Aadhira Wadsworth, ¿acepta a Thomas James Dorin cel Răuু Cresswell como su legítimo esposo, para tenerlo y mantenerlo, desde hoy, en lo bueno y en lo malo, en la riqueza y en la pobreza, en la salud y en la enfermedad, para amarlo, respetarlo y *obedecerlo* hasta que la muerte los separe?

Sentí que el corazón estaba a punto de estallarme en el pecho mientras le sostenía la mirada a Thomas. Tomé su otra mano entre las mías y di un paso que me dejó tan cerca de él como para tener que inclinar la cabeza hacia atrás mientras colocaba despacio el anillo en la punta de su dedo, esperando a que nuestros votos estuvieran completos antes de deslizarlo hasta el final. Habíamos elegido anillos a juego: dos serpientes entrelazadas en un símbolo del infinito.

Y si alguien hubiera mirado con suficiente atención, habría reconocido que en realidad eran dragones, símbolo del linaje de su madre. Thomas me sonrió, con una expresión abierta sin reparos. Le di un ligero apretón mientras respiraba hondo.

—Acepto. —Lo acerqué aún más, ignorando el gruñido de desaprobación del sacerdote—. Prometo amarte y retarte, recordarte que debes lucir tu calidez tanto como ese exterior frío y científico que tanto adoro. Prometo seguir siendo siempre la mujer de la que te enamoraste. Te honraré no teniendo nunca miedo de expresar mi opinión, de amarte sin límites y de decirte todos los días de nuestra vida lo increíble que eres. Lo amable, gentil e inteligente que eres. Prometo amarte con todo lo que soy desde ahora hasta nuestra próxima vida. Te quiero, Thomas James Dorin cel Răn Cresswell, ahora y siempre.

Sonaron unos pasos detrás de nosotros, pero no me importaba a quién hubiéramos ofendido con nuestras declaraciones. Que se marcharan. Ese momento era nuestro. A pesar del entorno del bosque encantado, estar allí, frente a Thomas, era la boda sencilla que habíamos deseado siempre, un día en el que podíamos hablarnos de corazón como si estuviéramos solo nosotros dos.

El sacerdote inspiró largo y tendido.

—Si nadie considera oportuno objetar a esta… *ceremonia*…, entonces les declaro marido y…

—Perdonen la interrupción —dijo una voz nueva—. Me temo que esta boda no puede seguir adelante.

Thomas y yo (junto con el resto de la iglesia) nos giramos, con el sonido combinado del crujido de las sedas como el de las alas de una bandada de pájaros flotando en la capilla. Una atractiva joven con un vestido de viaje granate estaba en mitad del pasillo, avanzando hacia el altar mientras aferraba un sobre con sus manos enguantadas.

—¿Quién es esa? —Volví a mirar a Thomas, esperando un encogimiento de hombros. En cambio, se había puesto increíblemente pálido. Su reacción hizo que saltaran las alarmas en mi cabeza—. ¿Thomas?

Su garganta se estremeció cuando tragó algún tipo de emoción: ¿miedo?

—Dios misericordioso.

—¿Qué ocurre? —pregunté, pasando la mirada entre él y aquella joven. El corazón se me había acelerado. Me latía con tanta fuerza que sentí que me desmayaba—. ¿Quién es? ¿Qué está pasando?

Se quedó mirando, sin pestañear, durante lo que pareció un minuto entero antes de pronunciar una respuesta. Tal vez creyó que era un sueño. O una pesadilla, dada la forma en que había dejado de respirar.

—Esa es la señorita W… Whitehall.

—No por mucho tiempo, tonto. —La señorita Whitehall, que había continuado su lenta marcha hacia nosotros, dirigió una deslumbrante sonrisa al sacerdote—. Verá, Thomas y *yo* estamos comprometidos.

—¿Qué? —Mi voz resonó en la capilla. El anillo de Thomas se me cayó de las manos, el sonido metálico resultó demasiado fuerte en un espacio tan grande. Nadie se movió para recogerlo. Hubiera podido jurar que la tierra se había inclinado sobre su eje o que Liza me había apretado demasiado el corsé. Sonaba como si hubiera dicho que estaba prometida con Thomas. Mi Thomas. El hombre al que me había entregado la noche anterior. El hombre que hacía unos momentos había jurado amarme para siempre. El hombre con el que acababa de intercambiar anillos. Bueno, casi. Todavía podía percibir el sonido de la banda de oro, hasta que se detuvo. Era extraño escuchar algo tan insignificante mientras mi corazón se resquebrajaba y quedaba abierto de par en par.

Lo miré, pero su atención estaba fija en lo que llevaba la señorita Whitehall en la mano, el músculo de su mandíbula tenso. Cerré los ojos un breve instante, esperando que fuera una pesadilla. Que mi subconsciente estuviera torturándome con mis peores temores antes de nuestro día. Aquello no podía estar ocurriendo de verdad. No cuando por fin había superado mis reservas.

No después de haber pasado la noche juntos…

Sin dejarse impresionar por las miradas mortíferas de nuestros amigos y familiares, la señorita Whitehall subió los últimos peldaños hasta el estrado y entregó al sacerdote el sobre que había estado agitando como una declaración de guerra. Lo único que pude hacer fue mirar, horrorizada, cómo el sacerdote abría la maldita carta.

—Tengo la correspondencia oficial como prueba. ¿Lo ve? —Inclinó su cabeza rubia sobre el documento y señaló una línea para el sacerdote—. Lo dice justo… ahí.

Él intentó recuperar el control, o quizá buscaba una respuesta de Dios sobre cómo proceder. Lo vi escudriñar el documento dos veces, como si esperara que lo que estaba escrito allí hubiera cambiado.

—Eh… dice que ustedes dos son… —El sacerdote nos miró, con el ceño fruncido—. ¿Cuándo se comprometieron usted y la señorita Wadsworth?

El corazón me latía con fuerza. Thomas me agarró la mano y se dirigió al sacerdote.

—Di a conocer mis intenciones de noviazgo en diciembre. La señorita Wadsworth aceptó el compromiso en enero.

Apreté la mano de Thomas hasta estar segura de que debía de dolerle, pero no pareció importarle ni darse cuenta. Me devolvió el agarre con la misma fuerza, como si al aferrarnos el uno al otro nuestro vínculo no pudiera romperse. Esperamos, fundidos, mientras la mirada del sacerdote volvía a la carta y su boca se tensaba.

—¿Y el anuncio? —preguntó el sacerdote, con una expresión cada vez más sombría—. ¿Cuándo declararon su compromiso formal?

Thomas se quedó mirando el sello roto del sobre.

—Hace quince días —dijo en tono cortante.

—Lo lamento. —El sacerdote negó con la cabeza, y paseó la mirada de la carta a nosotros—. Esto tiene matasellos de la primera semana de diciembre. No tengo autoridad legal para casarles hoy. —Tragó con fuerza, y vi que un arrepentimiento sincero brillaba en sus ojos—. Ni nunca, si esto sigue siendo un acuerdo vinculante.

La señorita Whitehall desvió su atención hacia mi prometido con una sonrisa recatada.

—Sorpresa, señor Cresswell. Espero que esté contento de verme de nuevo. Dese luego, yo le he echado de menos.

19
HECHO AÑICOS

Me senté al borde de la cama, con las voluminosas capas de tul del vestido por delante en caso de que cediera a la conmoción que aún me invadía y me dejara caer en esa dirección. Para ser sincera, me sorprendió sentir algo que no fuera vacío donde antes latía mi corazón. No alcanzaba a comprender cómo se habían desarrollado los acontecimientos de la última hora. Un día lleno de esperanza y sueños hecho añicos en un instante.

Liza me había puesto al corriente de lo que me había perdido después de huir a mis habitaciones. Incluso ahora, la historia resultaba inconexa y estaba llena de conjeturas. Al parecer, había sido el padre de Thomas quien había llevado a cabo el maldito acuerdo, pero presuntamente, había una carta firmada por mi prometido solicitando permiso para casarse con la señorita Whitehall. En aquel momento, había un acalorado debate sobre su autenticidad.

Thomas y yo habíamos estado muy seguros el uno del otro, muy seguros de que habíamos luchado contra nuestras propias dudas y que saldríamos victoriosos. No habíamos considerado que los enemigos se inmiscuirían y destruirían la vida que habíamos deseado construir juntos. El futuro que estaba tan cerca que casi lo había rozado con los dedos. Apreté la mandíbula mientras la escena se repetía en mi mente, cada espantoso detalle cortaba como un cuchillo.

Thomas estaba comprometido. Con otra.

No podía ser cierto. Y sin embargo... cada vez que cerraba los ojos, veía a la señorita Whitehall agitando ese presagio de fatalidad, con una expresión de regocijo en el rostro. Hasta esa mañana, nunca había oído pronunciar su nombre. Ni una sola vez. Había mirado a Thomas en busca de respuestas, pero él se había revestido con esa apariencia gélida que no permitía que nadie viera su corazón. La euforia absoluta que había visto antes en sus ojos había desaparecido, se había ido tan rápido que era como si nunca hubiera existido. El joven que estaba en el altar ya no se parecía al hombre afectuoso y cariñoso con el que había compartido mi corazón y mi cuerpo. Aquel Thomas era distante y frío. Sabía que aquel era su escudo emocional, aunque eso no evitó el escozor de que me dejara sola en mi devastación.

Una vez que el sacerdote había declarado válido el compromiso de la señorita Whitehall y Thomas e invalidado el nuestro, mi tía y mi prima habían entrado en acción de inmediato. Me sacaron de la iglesia, alejándome del horror de que el día de nuestra boda había quedado arruinado.

Ahora yo también estaba arruinada. Al menos según la estrechez de miras de la sociedad. Tenía las manos húmedas y frías cuando las cerré en puños, mis uñas dejaron lunas crecientes en las palmas. Me había deshecho de los guantes en algún punto del camino de vuelta a mis aposentos. Lo más seguro era que también estuvieran manchados de forma irreparable. Al igual que... Apenas podía respirar.

Aquello *no podía* estar pasando. Thomas y yo nos habíamos entregado nuestras respectivas virtudes la víspera de nuestra boda, incapaces de imaginar que todo se iría al infierno en unas pocas horas. *Él* estaría bien. No es que deseara lo contrario, mi ira estaba focalizada en otra parte. La sociedad nunca condenaba a los hombres por su participación en los encuentros románticos desafortunados. Las mujeres eran arpías y advenedizas, mientras que los hombres eran experimentados y sabios. Uf, cómo detestaba el mundo.

Cuando me imaginé que nuestro encuentro secreto quedaba expuesto por accidente... Mis pensamientos viajaron hasta Liza al instante, aquello podría afectar a su propio futuro. La gente susurraría sobre la puta de su prima. Sería el hazmerreír en los círculos sociales.

Aunque no es que fueran a invitarla a ningún sitio, dado el escándalo. Me cubrí la cara, como si eso pudiera bloquear el creciente malestar de todo lo que había salido mal. Parecía un cruel giro del destino que algo nacido del amor pudiera evocar tal odio.

Mi padre y mi tío se habían quedado atrás, discutiendo los hechos y resolviendo la situación, según la interminable charla de mi tía cuando entraba a ver cómo estaba en algún momento u otro. Se estaba gestando otro debate sobre si la señorita Whitehall había compartido o no la noticia con su extensa familia. Si no había pruebas públicas de su supuesto compromiso con Thomas, entonces se podría hacer que desapareciera sin involucrar a los tribunales. Si ella había enviado cartas, entonces no había nada que pudiéramos hacer hasta que el asunto se resolviera por los procedimientos legales adecuados. *Si* se podía resolver por la vía legal. Thomas podría ser incapaz de romper el acuerdo.

No pude retener nada de lo que se dijo después de esa declaración. Los matrimonios rara vez sucedían por amor. Eran transacciones comerciales y, como tales, había muchas normas y reglamentos una vez que se entraba en ellos. Imaginar a Thomas legalmente vinculado a otra... me incliné sobre mis faldas, rezando por no vomitar sobre el vestido.

Primero la conmoción por lo de mi hermano y un segundo Jack el Destripador... y ahora aquello. Me froté las sienes.

La tía Amelia y Liza me habían dejado en mi habitación con promesas de té, vino especiado y otras cosas que no repararían mi corazón destrozado. Nada de lo que trajeran podría calmar la creciente tormenta que se desataba en mi interior. Si hubiéramos esperado unas horas más, aquella sería una situación horrible, pero al menos tendría una cosa menos por la que sentir náuseas. Una vida arruinada menos.

Dejando a un lado la preocupación por mi virtud desechada y por cómo podría afectar eso a mi familia si alguien se enteraba, no tenía ni idea de qué hacer con aquella situación. No creía que Thomas hubiera cortejado a nadie más. Sin embargo, había sabido quién era la señorita Whitehall nada más verla. Debían de haber tenido algún tipo de interacción o encuentro. Lo que era seguro era que ella parecía familiar con él y que le gustaba. Y la forma en que me había sonreído, como si fuera una rival...

Me froté un poco más las sienes, intentando recordar con exactitud la respuesta que me había dado cuando le había preguntado por su historia sentimental. Estaba bastante segura de que había afirmado que solo me amaba a mí. ¿Pero qué significaba eso en realidad? Si lo analizaba a fondo, no se había hecho mención a sentir *interés* por otra persona. Bien podría haber cedido a un romance con ella. Tal vez no había tenido importancia para él, pero estaba claro que sí había sentimientos por parte ella. O, por lo menos, negocios.

Me limpié las lágrimas. Quería estrellar contra la pared el jarrón de orquídeas que alguien había colocado en mi mesita de noche. Era sorprendente lo rápido que mi vacío se llenaba de ira. Mi dolor necesitaba una salida y la furia al menos me hacía sentir algo que no fuera aquel vacío. No me importaba si había habido alguien más, pero las mentiras o la falsedad eran harina de otro costal. Sobre todo, después de que hubiera preguntado a Thomas por aquel tema unas semanas atrás. Puede que él no hubiera estado de acuerdo con que pasara tiempo con Mephistopheles, pero yo le había advertido de antemano. Thomas conocía mi plan de infiltrarme en el carnaval y acercarme al maestro de ceremonias, simplemente no le había gustado esa decisión.

Lo cual había sido el motivo de mi resquicio de duda. Había sido la primera vez que me había preocupado que no fuera la persona que decía ser. Que su insistencia para que procediera de otra manera fuera un anticipo de lo que sería la vida a medida que se sintiera más cómodo a mi lado. Temía que solo fuera a empeorar, que empezara a ejercer su control en las cosas pequeñas hasta que al final él me indicara cómo debía sentirme. Los hombres de nuestra sociedad eran criados en la falsa creencia de que sabían más que nosotras. Por supuesto que había sentido una pizca de duda. Sin querer, Thomas había abierto un agujero en mi miedo más profundo. ¿Pero aquello? Aquello era impensable.

Puede que yo hubiera dudado un poco, que hubiera temido confiar en nosotros, pero nunca había disimulado mi indecisión. Le había dicho la verdad a Thomas incluso al admitir mis dudas. Aquello casi nos había destrozado a los dos, pero le había confesado todos los temores de mi corazón, sin escatimar detalles. Le había dado a elegir si podía seguir amándome, a pesar de mi confusión. Mi elección nunca había dependido de otra persona. Aunque era cierto que Mephistopheles había intentado manipular mis sentimientos, mi lucha siempre había girado alrededor de la dirección en la que iba mi vida y en lo bien que me conocía a mí misma.

La señorita Whitehall no era una dirección. Era un recordatorio vivito y coleando de que Thomas y yo nos conocíamos desde hacía solo unos meses. Había muchas cosas sobre él que aún desconocía. Casi me encogí al pensar qué otros secretos le quedaban por revelar.

—¿En qué nos has metido ahora, Cresswell? —susurré.

Era médicamente imposible, pero mi corazón traqueteaba en lugar de latir, los pedazos dentados me hacían cortes por dentro con cada movimiento. Mi interior era un desastre desgarrado y ensangrentado. Por fuera, me temía que no me iba mucho mejor. No podía decidir qué emoción estaba ganando: la ira o el vacío más absoluto. Qué tonta era al creer en los finales felices cuando vivía y respiraba en la oscuridad.

Debería haberlo sabido. Los cuentos de hadas no terminan bien para la princesa impostora. Ninguna cantidad de arte, musgo y flores astutamente colocadas podría hacer realidad mi bosque encantado.

Estaba maldita. Ya puestos, podría ser la heredera del diablo. Al menos así no tendría que ocultar quién o qué era.

—¿Cómo estás? —Liza entró en mi habitación sin llamar, con la expresión más solemne que jamás le había visto. En cierto modo, su estado de ánimo era un alivio: parecía que una parte de mí había muerto y que la llorábamos juntas. Me reí, un sonido que resultó histérico para mí oídos. Por supuesto. Yo tenía que ser la que planeaba una boda pero acababa con un funeral. Era la reina de la muerte. La princesa de los cadáveres. Todo lo que tocaba se descomponía.

Mi risa quedó interrumpida de inmediato, sustituida por unos sollozos incontrolables. Agradecí no derramar lágrimas. Solo tuve hipo y casi me ahogué al reprimirlas. La mirada de Liza se detuvo en mi rostro, reflejando la devastación que sentía. Me pregunté cómo de rojos tenía los ojos. Lo abatida que debía de parecer. No había que fingir, no había que esconderse detrás de una máscara. Mi corazón estaba roto del todo.

Liza tomó mi mano entre las suyas y me la apretó hasta que dejé de centrarme en los pétalos cosidos en la falda. Era un vestido muy bonito. Ansiaba destrozarlo con mis escalpelos.

—¿Me ayudas a quitarme este vestido? —Mi voz sonó rasposa y áspera, como si hubiera tragado agua de mar. No tenía ni idea de cuánto tiempo llevaba sentada allí, perdida en la prisión de mi miseria. Me habían parecido siglos—. Me está haciendo rozaduras.

Mi prima vaciló y dejó caer la mano a un costado.

—Esto es un obstáculo pasajero, nada más. —Sonaba firme, aunque detecté un ligero temblor de preocupación que desmentía su determinación. No había garantía de que aquello se arreglara. Al menos no de forma favorable. Liza lo sabía tan bien como yo—. Está claro que se ha cometido un error, y Thomas lo rectificará de inmediato. Deberías haberlo visto. No sabía que podía ser tan… intimidante.

—Levanté la vista al oír eso—. No con nosotros. Su ira estaba centrada por completo en la situación. Ahora mismo está escribiendo un telegrama a su padre.

Respiré de forma entrecortada, sin sentirme preparada para saber la respuesta a mi siguiente pregunta, pero incapaz de seguir en la oscuridad por más tiempo.

—¿Hubo…? ¿De verdad hay un acuerdo escrito? ¿Entre Thomas y… y ella?

Liza puso una mueca, estaba claro que no era una noticia que quisiera darme. No mientras pareciera un cadáver parlante.

—Sí. Thomas le ha dicho a tu padre que nunca lo había visto. Que se ha cometido algún error, pero ha confirmado que era su firma. —Me observó con detenimiento y yo volví a prestar atención a mi vestido—. Si vieras cómo está Thomas, sabrías que no hay nada de lo que preocuparse. Con firma o sin ella, él lo arreglará.

Asentí con la cabeza, que se tambaleaba por su propia voluntad. Ansiaba tener la misma fe que mi prima, pero en mi interior anidaba un malestar matemático. Los números no me cuadraban. Estaba claro que el padre de Thomas había llegado a un acuerdo por escrito con la señorita Whitehall, lo que significaba que habría repercusiones legales a la hora de resolverlo todo.

Si es que se *podía* resolver.

La cabeza me daba vueltas mientras la misma conclusión daba vueltas en mi mente una y otra vez. La señorita Whitehall se llevaría a Thomas y ya no nos perteneceríamos el uno al otro y él acabaría casándose con ella y… Era como si me ardiera la piel. Tiré del escote de mi vestido de novia.

—Por favor —medio grité, apartando la tela de mi cuerpo. Podría jurar que había cobrado vida y se deleitaba en asfixiarme. En mi piel aparecieron manchas rojas como pétalos. Mi propio ramillete de arrepentimiento—. ¡Quítame este vestido antes de que me lo arranque!

Sorprendida por mi tono o por las ronchas, Liza comenzó a desatarme el corpiño tan rápido como pudo. Mis respiraciones profundas no ayudaban, mis costillas se dilataron cada vez más hasta que mi prima me rodeó y me abrazó con fuerza. Me estremecí bajo su contacto, incapaz de controlar el torrente de lágrimas. Thomas estaba prometido con otra. Nuestra boda era una farsa. Lo estaba perdiendo. No podía respirar. Me atraganté con las lágrimas, que se negaban a cesar.

—Respira. Tienes que respirar, Audrey Rose. —Liza me abrazó con fuerza. Cerré los ojos e intenté ordenar a mis pulmones que respiraran al ritmo de las constantes inspiraciones de mi prima. Me costó unos cuantos intentos, pero conseguí recuperar la compostura. Liza me hizo girar y me sacudió un poco—. Para un momento. *Piensa.* ¿Qué es esto?

Las lágrimas amenazaban con derramarse de nuevo, me temblaban los labios.

—El peor día de mi existencia.

—Sí, pero *piensa.* Concédete un momento y piensa en ello con frialdad. —Le dirigí una mirada incrédula. Como si pudiera apagar mis emociones en aquel momento. Liza apretó la mandíbula, decidida. Ella sería mi fuerza cuando yo no pudiera convocar la mía. Casi provocó otra ronda de lágrimas. Había oído que las novias lloran en las bodas, pero aquello no era lo que había imaginado—. Esto es un misterio que debéis resolver los dos. ¿Entendido? Y, en caso de que lo hayas olvidado, tu señor Cresswell es uno de los mejores resolviendo misterios. ¿De verdad crees que permitirá que esto continúe así? Parecía listo para desatar el infierno sobre el mundo. El mismo Satán temblaría. Anímate, prima. Todo saldrá bien.

A pesar de sus palabras tranquilizadoras, capté un destello de duda cruzando sus rasgos, lo cual me hizo caer en mis propias preocupaciones una vez más.

20
UN ARREGLO POCO CONVENIENTE

APOSENTOS DE AUDREY ROSE
QUINTA AVENIDA, NUEVA YORK
6 DE FEBRERO DE 1889

Una hora, o quizá cinco, después, me acurruqué envuelta en mi bata de seda mientras tomaba otro brebaje parecido al té de hierbas que Liza me había llevado antes de escabullirse para hablar con nuestra familia. Mientras inhalaba la fragancia y me concentraba en las diferentes notas herbales, descifré el significado más profundo que había detrás de ellas.

Aunque no había indagado en mis asuntos personales, habría apostado cualquier cosa que a Liza le preocupaba un embarazo y que el té lo evitaría. Llevaba semanas ingiriéndolo, así que era muy probable que pudiera tachar una preocupación de la lista, que cada vez era más larga. A mi prima se le daba muy bien leer a la gente y hacer magia con los enredos románticos. No sabía si reír o llorar, pero le agradecía enormemente su sagacidad y sensatez.

Me había propuesto sentarnos en mi habitación a comer chocolate y beber champán, pero le rogué que bajara y mantuviera a todos alejados, incapaz de soportar su compasión. O sus palabras de esperanza. No sabía qué me dolía más. Su convicción de que todo iría bien, o mi lucha con la verdad: que no sería así.

Thomas podía resolver ecuaciones imposibles, pero ni siquiera él podía hacer que dos y dos fueran cinco. Sorbí el té y saboreé su acidez.

Era casi tan amargo como mi estado de ánimo. Me había acostumbrado al sabor de las hierbas frescas y estaba deseando respirar su aroma.

Me resultó especialmente tranquilizador sentarme en el centro de mi propio desastre. Mi vestido de novia yacía desechado a un lado, un montón de tul, pétalos y fantasía. Contrastaba con mi material de lectura. Los diarios de Nathaniel yacían esparcidos por lo que debería haber sido mi cama matrimonial, sus notas dispersas y lúgubres como mis pensamientos en aquel momento. Contemplé la pila y me estremecí. Por accidente, había manchado de tinta mi vestido de novia. Era una pérdida más que añadir al recuento de aquel día.

Sacudí la cabeza. La muerte invadía hasta el más sagrado de los espacios de mi vida.

Si pretendía acompañarme en mis horas más oscuras, bien podía darle la bienvenida. Hojeé una entrada, leyendo la información, pero sin absorberla. Estaba segura de que Thomas iría a visitarme, pero a medida que pasaban las horas, no podía dejar de preguntarme si su devoción era otra fantasía más que yo había conjurado.

Cuando por fin llamaron a la puerta, me senté más erguida en la cama y retorcí las sábanas entre los dedos mientras la puerta se abría con un chirrido. Thomas se detuvo junto al marco de la puerta y se apoyó en él como si lo retuviera un hechizo mágico, con una expresión recelosa en el rostro.

Después de su inspección inicial, no me sostuvo la mirada. Menuda diferencia con aquella mañana, cuando me había mirado a los ojos, con nuestros cuerpos fundidos en uno. Mil imágenes se abrieron paso en mi mente: sus manos en mi pelo, sus labios en mi garganta, mis dedos en su espalda, nuestras caderas apretadas. Había sido maravilloso, y ahora…

Apreté la mandíbula para no llorar delante de él. Los mismos miedos volvían a rondarme como buitres, hurgando en los huesos de mi tristeza. Mi reputación, mi futuro. ¿Qué importaba todo eso? No quería pensar en casarme con otro. Que todo el mundo hablara de mi conducta desviada; de todos modos, ya lo hacían. Me temblaron los labios, y eso acabó con las ataduras que mantenían a Thomas inmóvil donde estaba.

Cruzó la habitación en unas pocas zancadas y me envolvió en sus brazos.

—Lo siento mucho, Audrey Rose. Yo… entiendo que me odies o que desees acabar con nuestro…

—¿Odiarte? —Me separé de su abrazo, buscando cualquier indicio sobre sus verdaderas emociones. Mantenía su expresión cuidadosamente controlada, incluso en un momento como aquel—. ¿Cómo podría odiarte? No eras consciente del compromiso, ¿verdad?

Thomas me soltó para mostrarme la carta que la señorita Whitehall había sacado de su chaqueta, sosteniéndola con dos dedos como si fuera un apestoso trozo de carne podrida que quisiera lanzar bien lejos. Lo había visto metido casi hasta la nariz en más de un cadáver putrefacto y su comportamiento no había reflejado tanto rechazo. Se pasó la mano que tenía libre por el pelo, despeinándolo de una manera muy poco propia de Thomas.

—Te juro que no tenía ni idea de que mi padre había organizado este compromiso. —Tiró el papel al suelo y lo fulminó como si su mirada infernal pudiera hacerlo arder. Aquello disipó una pizca de mi preocupación. Pero solo una pizca. Aunque a Thomas le disgustara la noticia, dependiendo de los términos del compromiso, quizá no pudiera hacer nada al respecto: su firma estaba en la carta. En Inglaterra, una carta solicitando un compromiso era tan aceptable y vinculante como si Thomas lo hubiera hecho en persona.

Quería hacerle cientos de preguntas, pero me abstuve. Observé cómo su gélido exterior se derretía poco a poco y revelaba la verdadera profundidad de su propia desesperación y preocupación.

—Aunque, dada una de nuestras últimas discusiones en agosto —continuó—, no estoy tan sorprendido como debería. A mi padre le molestó que no me esforzara más en cortejar a la señorita Whitehall. No había… —sacudió la cabeza—. No había considerado sus motivaciones para hacerlo. Queda claro que fue un error por mi parte. Es la hija de un marqués. Mi padre cree que el matrimonio no es más que una transacción comercial inteligente. De hecho, intentaba enseñarme esa lección la noche que te conocí.

—¿Cómo…? —Sentí que mis emociones volvían a brotar. Un marquesado estaba varios rangos por encima del señorío de mi padre en la nobleza británica. Para el padre de Thomas, que era duque, aliarse con mi familia sería una jugada mucho peor. Volví a respirar hondo—. ¿Cómo conociste a la señorita Whitehall? Creía que no habías cortejado a nadie.

Levanté la vista a tiempo para ver cómo se estremecía.

—Nunca fue… —Se frotó la cara. Parecía cansado, casi demacrado—. Mi padre exige que asista a ciertas reuniones a lo largo del año. Sobre todo, a una o dos fiestas horrendas organizadas por sus amigos. Conocí a la señorita Whitehall en su baile de presentación.

Dudó, lo que solo hizo que mis nervios se agitaran más. Cuando parecía que no iba a haber más información, reuní fuerzas. Merecía saberlo.

—¿Y?

Thomas se levantó y dio vueltas por mi pequeña habitación, casi como si, de forma inconsciente, buscara una vía de escape.

—Sabía que mi padre quería que mostrara interés, pero aquello no podía alejarse más de lo que yo deseaba. —Me echó una mirada furtiva acompañada de una mueca—. Quería que me dejaran en paz. Consideraba la ciencia mi único y verdadero amor. La señorita Whitehall era irritante. Me acorraló junto al bufé y no dejó de hacerme una pregunta tras otra. —Al recordar eso, una sonrisa se dibujó en su rostro antes de que pareciera recordar el horror de nuestro día—. Se mostró de acuerdo con todo lo que dije de una forma sumamente molesta. Sus ojos se deslizaban por encima de mi hombro hacia otro joven. Empecé a entender que estaba interesada en el título de mi padre. Que me diría cualquier cosa que yo quisiera escuchar. Cuando imaginé cómo se desarrollaría nuestra vida, no podía pensar en algo más miserable para ninguno de los dos. Sabía que tenía que poner fin a su persecución de inmediato. —Tomó aire—. Sugerí que corriéramos desnudos por las calles y ella se desmayó sobre el postre. Me fui poco después, y esperaba no volver a oír su nombre ni verla de nuevo.

Me tomé unos momentos para asimilar su historia.

—¿Así que nunca… hubo ningún… cariño… por tu parte?

—Nunca. Apenas pasé una hora con ella. Y nuestra interacción se basó sobre todo en que yo me comporté de forma odiosa y ella me escuchó a medias. —Thomas se acomodó a mi lado en la cama—. ¿Estás segura de que no estás enfadada conmigo?

Consideré su historia y cómo me sentía.

Al fin, respiré hondo.

—Cuando prometiste una vida llena de sorpresas, esto no era exactamente lo que tenía en mente.

Thomas resopló como si se hubiera quitado un peso de encima.

—Si te sirve de consuelo, tampoco es lo que yo tenía en mente. —Me levantó la mano con timidez y trazó el contorno del diamante rojo que aún llevaba en el dedo anular—. ¿Lamentas… te arrepientes de lo que pasó entre nosotros?

Me ardieron las mejillas cuando los recuerdos de nuestros cuerpos unidos de la forma más íntima posible cruzaron mi mente. Sus labios y sus manos rindiéndome homenaje de una manera que nunca había soñado. Lo increíblemente bien que me había sentido al entregarme a él por completo.

—No, no —tragué con fuerza, medio ahogándome—, no del todo.

Él se puso rígido y yo quise reprimir las palabras, pero no podía negar mis emociones descontroladas. Aunque se sintiera incómodo, debíamos compartir nuestros miedos más íntimos. Si algo había aprendido de nuestro tiempo en el carnaval, era el poder de compartir las partes de mí misma que me preocupaba que pudieran asustarle. Entrelacé nuestros dedos, poniendo énfasis en la fuerza de que estuvieran entrelazados como uno solo.

—No me arrepiento de haber compartido la cama contigo. Ni ahora ni nunca. Me siento incómoda por no saber lo que viene a continuación. ¿Qué pasará si *tienes* que casarte con la señorita White-hall? ¿Qué pasará entonces? —Tomé aire para tranquilizarme—. Si compartes su cama, no puedo ser tu amante, Thomas. No me haré eso, por mucho que poseas mi corazón.

Se quedó callado un momento. Casi tan silencioso como los muertos. Me armé de valor y lo miré. Vi lo tenso que se había puesto.

—¿Crees que te haría algo así? ¿Que permitiría que mi padre nos lo hiciera?

La peligrosa calma de su tono me puso la piel de gallina. Liza tenía razón. Nunca había visto ese lado de Thomas. No le temía, temía la guerra que podría librar por mí. Thomas era un joven que había encontrado la felicidad y se aferraría a ella hasta que su cuerpo se convertía en polvo.

—¿Cuáles son los términos del compromiso?

—Ninguno que no pueda romperse —dijo, con su voz tan fría como el hielo.

No me tragué su bravuconería ni por un momento. Levanté la mirada con brusquedad y lo estudié. Allí. En la ligera curva de su ceño.

—¿Puedo ver la carta? —Dudó un instante, pero se inclinó para recogerla. La leí rápido y en silencio, y maldije al terminar. Era mucho peor de lo que había temido—. Thomas… te repudiará. No tendrás título, ni dinero, ni casa.

La enormidad de la situación amenazaba con derribarme.

—No puedes… —Me obligué a sentarme recta, a que mi columna vertebral fuera como el acero—. No puedes renunciar a eso. No por mí.

Thomas se puso de pie y se inclinó para mirarme a los ojos.

—Podrá arrebatarme mi título inglés, pero el hogar ancestral de mi madre no le pertenece. Ella se encargó de que pasara a manos de Daciana antes de que yo alcanzara la mayoría de edad. Por mucho que desee hacerlo, no puede quitarme mi linaje rumano. Si la elección es entre tú y un título que no me interesa… Tengo clara mi respuesta.

—¿De verdad podrás vivir en paz si renuncias a ello? —pregunté—. ¿O plantarás aquí una semilla de resentimiento —le toqué el corazón— que crecerá con el tiempo hasta que te arrepientas de tu decisión?

El silencio se alargó entre nuestras respiraciones, esperando a ser desterrado, pero parecía que él lo agradecía. Quería que Thomas negara mis temores, que los calificara de ridículos, pero se quedó allí, jugueteando con mi anillo, sin palabras. Era fácil creer que uno podía renunciar a su nombre en favor del amor, en teoría. Cuando uno se enfrentaba a las consecuencias, que caían como piedras por un acantilado, no era tan sencillo. Por suerte (o por una nueva desgracia, era difícil distinguir entre ambas) alguien llamó a mi puerta. Ya no me importaba quién nos viera sentados juntos a solas.

—Adelante —grité.

Daciana entró como una tormenta que desciende sobre la orilla, erosionando el resto de mi calma. Los ojos le destellaban.

—No eres el único al que nuestro querido padre ha escrito. —Llevaba una carta apretada en el puño y la sostuvo en alto para que la viéramos—. Me ha amenazado.

—No seas absurda. —El tono ligero de Thomas no se correspondía con la mirada temerosa de sus ojos. Imaginé que otra piedra echaba a rodar en la avalancha que su padre había iniciado.

—Subestimas a nuestro padre. —Una lágrima resbaló por la mejilla de Daciana—. Si no aceptas sus condiciones, me casará de inmediato con ese amigo suyo viejo y podrido.

Paseé la mirada entre ellos y me fijé en que el poco color que quedaba en la cara de Thomas se desvanecía por completo.

—¿Quién? —preguntó, con la voz ya impregnada de temor.

—Ese cuyas anteriores esposas han desaparecido. —Ahora, Daciana parecía más dispuesta a sacarle los ojos a alguien que a llorar—. Y nuestra casa de Bucarest pasará a manos de mi nuevo marido, como dicta la ley. A ti y a mí no nos quedará nada de madre.

21
UNA POSICIÓN IMPOSIBLE

APOSENTOS DE AUDREY ROSE
QUINTA AVENIDA, NUEVA YORK
6 DE FEBRERO DE 1889

Thomas se quedó quieto de forma antinatural, lo cual trajo a mi memoria los rumores sobre vampiros que corrían en su familia. Se me erizó el vello de la nuca. Una extraña energía crepitaba en el espacio que nos rodeaba, una carga que esperaba la más mínima chispa para explotar. Estaba de pie, con las manos inmóviles a los lados, su pecho apenas se movía. Imaginé que por dentro era una maraña de energía caótica. Era la única explicación para lo espantosamente tranquilo que estaba. Thomas siempre daba golpecitos con los dedos o se paseaba. Nunca estaba quieto. No así.

Por fin, parpadeó.

—Tengo dieciocho años. La amenaza de padre no tiene sentido. Por decreto de madre, la propiedad es ahora mía. Y como yo estoy al mando, digo que puedes rechazar el matrimonio y vivir en la casa de nuestra familia para siempre. Ileana también. —Me miró, con un atisbo de esperanza en su expresión—. Wadsworth y yo también viviremos allí. Si ella quiere. No tenemos que preocuparnos por la sociedad londinense ni por los tribunales ni por las promesas de matrimonio indeseadas. Podemos dejarlo todo atrás. Padre no nos seguirá a Rumania. En todo caso, se alegrará de ver sus problemas resueltos.

A Daciana se le aguaron los ojos. Dejé escapar un suspiro. Thomas y yo podríamos seguir juntos. Nos mudaríamos a Rumania. Todo saldría bien. Si aquello hubiera sucedido apenas unas semanas atrás, hubiéramos tenido muchos problemas. Todavía no estaba segura de cómo me sentía respecto a Dios, sin embargo, si Él resolvía aquello tan rápido…

—No lo entiendes. —A Daciana le tembló la voz—. No me amenaza solo a mí. —Le tembló un poco la mano al extender la carta—. Ha amenazado a Ileana. Si no nos plegamos a su voluntad, le hablará a su familia de nuestra relación.

Siempre había imaginado que los iris de Thomas eran cálidos como el chocolate derretido. En aquel momento me recordaron a carbones encendidos. La rabia repentina los había dejado casi negros.

—No puede demostrar…

—Ha estado leyendo mis cartas —interrumpió ella—. Las ha rastreado y ha hecho copias. Así se enteró de tu creciente afecto por Audrey Rose. —Thomas soltó una letanía de maldiciones—. E Ileana… es una Hohenzollern, Thomas —susurró Daciana—. El escándalo no solo destruirá a su familia, sino también su puesto en la Orden. La expulsarán de sus filas. Caer en desgracia la destruiría.

—¿Has dicho que es una Hohenzollern? —Estuve a punto de caerme hacia delante. Sabía que Ileana pertenecía a la nobleza rumana, pero no tenía ni idea de qué rango ostentaba su familia. Era una princesa de Rumania. Nuestra situación había pasado de mala a pasable y de nuevo a desesperanzadora en unos pocos instantes. Lo que estaba haciendo su padre era deplorable.

Miré a Thomas y me puse tensa al ver la expresión de dolor que lucía. Si aquello era un juego, su padre lo había superado con éxito. No había ninguna otra carta que pudiéramos jugar, ningún truco que pudiéramos emplear para salir de aquel lío. Thomas se casaría con la señorita Whitehall o la ruina caería sobre todos sus seres queridos, dejándome a mí al margen. Yo solo estaba arruinada de una manera diferente.

Era una posición imposible. Si me elegía a mí, estaba condenando a su hermana y a su amada y perdería sus dos hogares ancestrales.

También perdería su título. Y perdería su futuro. Si hacía lo que su padre le ordenaba, me rompería el corazón y el suyo propio. No había ganadores en aquel juego.

Excepto su padre y la señorita Whitehall. Ellos tendrían todo lo que deseaban.

Esperé, apretando las manos con fuerza contra mi cuerpo, preguntándome cuándo sentiría que me habían vuelto a dar un puñetazo en el corazón. Saber que la señorita Whitehall solo buscaba un matrimonio de conveniencia debería haberme hecho sentir mejor. Que su padre no me odiaba, sino que anteponía el estatus a la felicidad de su hijo. Saber todo aquello no atenuó el dolor cada vez más intenso que sentía.

Miré a Thomas y el vacío de mi pecho se ensanchó. Parecía estar lidiando con la misma verdad que yo, sopesando cada decisión y sus consecuencias. En su rostro vi la ausencia de esperanza. Nuestro futuro estaba condenado.

Daciana se desplomó en mi sofá, con la cabeza entre las manos.

—No hay manera de evitar esto. Ojalá Ileana y yo hubiéramos sido más discretas...

Thomas se puso delante de su hermana de inmediato, con expresión feroz. La agarró de las muñecas con suavidad y le apartó las manos del rostro surcado de lágrimas.

—No te culpes nunca a ti, ni a Ileana. Tenéis todo el derecho a amaros con tanta libertad como cualquier otra persona. Está jugando a este juego de la forma más sucia posible porque no le quedan opciones. Si las tuviera, se habría guardado estas amenazas para algún otro plan terrible. Padre es retorcido y brutal y el problema es *suyo*, no tuyo. ¿De acuerdo?

Ella sorbió y dirigió su mirada suplicante hacia mí.

—Audrey Rose, nunca podré disculparme lo suficiente, ojalá...

—Thomas tiene razón. —Interrumpí antes de que cediera a la histeria y yo acabara uniéndome a ella—. Esto no es culpa tuya. No es culpa de nadie. —Me pasé la mano por el pelo, tirando un poco para aliviar el dolor de cabeza que se estaba formando—. Por favor, no te disculpes ni te sientas responsable.

Thomas se sentó en el suelo, perdido en sus pensamientos. Liza había estado en lo cierto al decir que no dejaría de intentar resolver aquel rompecabezas hasta encontrar la forma de hacerlo. Se atravesaría a sí mismo con una espada antes de darse por vencido.

—¿Y si...? —Daciana se frotó las sienes—. ¿Y si te casaras con la señorita Whitehall? —preguntó, y levantó la mano cuando Thomas pareció dispuesto a soltar una diatriba—. No tendrías que consumar, ni vivir nunca con ella. Sería un matrimonio solo de nombre. Entonces tú y Audrey Rose podríais vivir juntos en Bucarest. O viajar por el continente. No es necesario que os quedéis en un solo sitio, no fuera que tu supuesta «esposa» acudiera a buscarte. ¿Quién sabe? Si no consumas, tal vez ella misma pida la anulación. Es raro, pero se han dado algunos casos.

Había llegado mi turno de quedarme muy quieta.

Thomas abrió la boca y la cerró. Observé cómo toda una serie de emociones cruzaban sus facciones, estaba demasiado agitado como para molestarse en enmascararlas o adoptar esa apariencia fría que tanto lo caracterizaba. O tal vez elegía no hacerlo delante de mí y de su hermana. Éramos las únicas dos personas en todo el mundo con las que podía ser él mismo. Se mordisqueó el pulgar.

—No es lo ideal, ni mucho menos —dijo por fin—. Y preferiría sacarme un ojo con una cuchara oxidada, pero puede ser la única manera de que todos vivamos como queremos. Te regalaría la casa de Bucarest, y tú nunca permitirías que la señorita Whitehall entrara.

—Me sentiría más que feliz de cumplir ese trato.

Los dos hermanos Cresswell me miraron con las cejas alzadas. Les sostuve la mirada a ambos mientras pensaba en que tendría que vigilar mi tono. Iba a ser difícil devastar sendas expresiones de esperanza. Contemplé mi vestido de novia arruinado. La tinta manchada se asemejaba a la sangre seca y parecía presagiar la muerte violenta de un futuro prometedor.

—¿Sería tu amante, entonces?

Thomas palideció.

—No... no en mi corazón. Siempre serás...

Mi mirada lo hizo callar. Lo cual fue extraño, teniendo en cuenta que no era mi intención Estaba perdiendo el tenue control que tenía sobre mis emociones, tenía que esforzarme más por volver a ponerme mi propia máscara.

—Seré una lacra para la sociedad para siempre. No es que me importe demasiado lo que piensen los demás, pero ¿qué pasa con mi familia? —pregunté en voz baja—. ¿Qué pasará con mi padre? ¿O mi tío? ¿Y sobre todo con Liza? ¿Acaso la mancha de haberme acostado con un hombre casado no ensuciará sus propias perspectivas? ¿Debo condenarla también a una vida de desprecio? —Sacudí la cabeza con tristeza—. Puede que no me importe lo que el mundo susurre a mis espaldas, pero ¿cómo podría abandonar a todos los que quiero? —Me levanté de la cama y me acerqué a él de forma inestable, deteniéndome cuando se puso en pie, con los ojos brillantes. Vi que sabía que yo tenía razón, aunque lo detestaba—. La razón por la que tienes que casarte con la señorita Whitehall es la misma por la que yo debo rechazar tu oferta. No importa cuánto desee no tener que hacerlo. No puedo condenar a mi familia más de lo que tú puedes condenar a la tuya. Soy muchas cosas, ¿pero ser tan egoísta? Es inconcebible.

Una lágrima resbaló por su mejilla. Me acerqué y la aparté primero con la mano y luego con un beso. Él me estrechó y enterró la cara en mi pelo, en mi cuello, su aliento cálido y desgarrado sobre mi piel.

Susurró su miedo más profundo.

—¿No me amas?

Lo rodeé con más fuerza con los brazos, intentando memorizar lo bien que me sentía al tener su cuerpo tan cerca del mío. El aroma a café, azúcar y canela que desprendía Thomas. Esas eran solo algunas de las cosas que echaría terriblemente de menos una vez que ya no las tuviera. Pero había que cortarlas de raíz, extirparlas como un tumor antes de que pudiera crecer. Aunque me estaba matando, tenía que apartarlo de mí. Por el bien de ambos. Si no, los dos recorreríamos un camino en el que haríamos daño a nuestros seres queridos. No dejaría que se convirtiera en un demonio, como tampoco permitiría que mi propia oscuridad tomara el control.

—Te amaré hasta que el mundo deje de girar o mi corazón deje de latir, Thomas Cresswell. Incluso entonces no estoy segura de que mi amor se conforme con dejarte. Pero nunca compartiré cama con alguien que pertenece a otra. No importa cuánto lo anhele. Por favor, no me pidas eso.

Oí el crujido de unas faldas, que me recordó que Daciana seguía presente, y fui a zafarme de su abrazo. Thomas se aferró a mí, sin querer que ese momento terminara.

—Os dejo a solas. —Daciana recorrió la habitación y luego se detuvo—. Si me necesitas, Audrey Rose, no dudes en buscarme. No importa la hora que sea.

El suave chasquido de la puerta nos indicó que estábamos solos de nuevo. Juntos con nuestra miseria compartida. Las lágrimas de Thomas humedecieron el cuello de mi bata, haciendo que se me pusiera la piel de gallina con cada una de sus inestables respiraciones.

Su mano pasó de mi cintura a mi pelo, y se enredó de una manera muy agradable. La dejó ahí, sin tirar de mi cabeza hacia atrás, pero su intención quedaba clara. Pedía que pasáramos la noche juntos, envueltos en un capullo de mantas y una maraña de miembros. Deseaba hacer desaparecer nuestras preocupaciones con besos y caricias, retrasándolas hasta el día siguiente. Aplazando lo inevitable: el momento en el que tuviéramos que despedirnos de nuestra historia de amor.

Hacía como si nadie hubiera invadido nuestro mundo y lo hubiera puesto patas arriba. Lo único que quería era unirme a él en su fantasía. Irme a la cama y despertarme como si aquel día nunca hubiera tenido lugar. Sería muy fácil volver a ser como antes. Enrosqué mis dedos alrededor de su cuello, luchando contra lo que me parecía natural. Era difícil recordar que solo habían pasado unas horas desde que nos habíamos reído y besado en esa misma cama. Cuando nuestro mundo era feliz y sencillo.

Lo único que tenía que hacer era levantar la barbilla y sus labios se posarían sobre los míos, me reclamarían como yo lo había reclamado a él. Lo deseaba. Más que nada. Quería abrazarlo y sentirme segura en nuestro abrazo, protegida del mundo exterior y de cualquier invasión que amenazara con separarnos. Pero eso solo haría más difícil nuestra separación, que ya era insoportable. Porque por mucho que deseara que las cosas fueran diferentes, debíamos separarnos. La idea era suficiente para que atrincherara los dedos en la chaqueta de su traje. Imaginar mi mundo sin su sonrisa torcida y sus dulces besos… Enterré la cabeza contra él.

Estaríamos unidos para siempre, por nuestro trabajo y por mi tío, y compartir más de mí me arrancaría el alma. Lo quería, pero tenía que cuidarme a mí misma. Llevé la palma de la mano a su pecho y la apoyé contra su corazón durante unos preciosos latidos, imaginando el tatuaje que tenía allí, y luego me aparté. Me tragué mis propias lágrimas, aliviada en cierto modo por haber llorado tanto antes. Parecía que por fin me había quedado seca. Thomas intentó acercarme de nuevo, con sus propias lágrimas apenas empezando a caer, pero me aparté, negando con la cabeza.

Fue el acto más duro y traicionero que jamás había tenido que cometer. Aunque en realidad yo no era la que se lo había hecho. Esa culpa recaía únicamente en su padre.

—Debemos ser fuertes los dos. —Me miré los pies, las zapatillas que con tanto cariño había mandado hacer para mí. Aquellas nuevas eran de color azul pálido con pequeñas orquídeas blancas—. No puedo soportar que sea de otra manera. No puedo… —Tragué con fuerza—. Por favor, Thomas. Por favor, no hagas esto más difícil de lo que es. Temo que vaya a derrumbarme.

Thomas se quedó ahí quieto un momento más, con las manos inertes a los lados. No creía que él supiera tampoco qué hacer o a dónde ir. Habíamos luchado el uno por el otro, habíamos pasado por mucho y habíamos crecido juntos, solo para que un enemigo al que no habíamos visto venir nos arrebatara nuestro futuro en un instante. Su silencio era inquietante. Me atreví a levantar la mirada y me encontré con una expresión feroz. Tenía una mirada combativa que me sobresaltó. Esperé, conteniendo la respiración, a que hablara. Que declarara que nuestra historia de amor no terminaba así.

Hizo un gesto con la barbilla y se dirigió con rigidez hacia la puerta. Me quedé mirando mientras desaparecía por ella, sus pasos alejándose por el pasillo, y descubrí que me había equivocado una vez más. Era capaz de derramar muchas más lágrimas. Una gota, seguida de otra, golpeó la parte superior de mis zapatillas de raso, manchas de un tono más intenso. Me las quité de una patada y me sumergí bajo las sábanas mientras escuchaba cómo el corazón se me partía por la mitad.

En aquel día, uno que se suponía que debíamos atesorar para toda la eternidad, lloré encima de los diarios de Jack el Destripador. No pude controlar mi dolor y lloré hasta que salió el sol, tiñendo el cielo de un rojo intenso y malicioso. Acabé agotada y caí en un sueño irregular e involuntario.

Allí, el diablo me aguardaba, sus labios dibujaban una mueca. Una vez más, había caído en mi propio infierno. En aquella ocasión no sabía qué era peor: mis sueños o mi realidad.

El arcángel san Miguel: la caída del dragón y los ángeles rebeldes
derrotados por san Miguel

22
LLEGA UNA REINA

COMEDOR DE CASA DE LA ABUELA
QUINTA AVENIDA, NUEVA YORK
7 DE FEBRERO DE 1889

Después de mucho debate interno, entré en el comedor con la cabeza alta, dispuesta a enfrentarme a Thomas tras el fracaso de nuestra boda, y casi me tropecé con la falda de terciopelo que llevaba puesta ante la inesperada visión que me aguardaba allí. Me mordí el interior de la mejilla para asegurarme de que no estaba sufriendo una alucinación. Una descarga de dolor me indicó que, en efecto, estaba despierta. Casi habría preferido estar viendo cosas de nuevo.

Allí, con el aspecto de una reina en su trono, estaba sentada la abuela. Y no parecía contenta. Mi mirada se dirigió hacia el periódico que tenía delante y eché un vistazo rápido al titular.

NUESTRO JACK EL DESTRIPADOR DESTRIPA A UNA MUJER EN NUEVA YORK.

———

Su firma es una cruz cortada en la columna vertebral:
la policía está desconcertada, pero está trabajando duro.

—Abuela. —Le ofrecí mi reverencia más humilde. Deseaba correr hacia ella, arrojarme a sus brazos, sentarme en su regazo y que aliviara todas mis preocupaciones. Pero ella no toleraría tales cosas. Al menos, no delante de las demás personas que había en la sala—. Qué maravillosa sorpresa.

—Mientes como una Wadsworth.

Mi sonrisa permaneció congelada en su sitio. No creía que su mal humor se debiera por entero a la desagradable noticia de un cadáver mutilado. No me cabía la menor duda de que había sido informada de los acontecimientos del día anterior, y el temor me invadió. Primero la señorita Whitehall, ahora la abuela. Si la familia de Thomas era la siguiente en llegar, puede que me viera obligada a recurrir a la religión después de todo.

Mientras ella me inspeccionaba de pies a cabeza, yo hacía lo mismo con sutileza. La seda de su vestido era de un color turquesa intenso con costuras plateadas, y los detalles del diseño me recordaron a los tejidos de su India natal. Unos diamantes brillaban en sus muñecas, orejas y cuello cuando la luz incidía en ellos. Iba vestida de forma impecable, como siempre. Elevé una silenciosa oración de agradecimiento por haber elegido mi propio vestido con cuidado. Aunque me apetecía ponerme un saco de arpillera a juego con mis nuevas ojeras, al final me había decantado por un atrevido diseño de inspiración francesa de la boutique Dogwood Lane.

Era de un color escarlata muy vivo con un delicado encaje dorado, y los colores resaltaban el verde de mis ojos y el negro de mi pelo. Me había puesto unos de los extravagantes (aunque funcionales) zapatos que Thomas había mandado hacer: negros con flores y vides doradas bordadas, con los dedos de los pies asomando de forma deslumbrante.

Si estaba destinada a que me dejaran plantada, debía lucir el mejor aspecto posible en el proceso. Era mezquino, sobre todo porque la situación no era del todo culpa suya, pero imaginar a la señorita Whitehall viéndome vestida como una diosa del inframundo me ofrecía una punzada de satisfacción que necesitaba con desesperación.

La abuela siguió observándome, con una expresión imposible de descifrar. Me enderecé bajo su mirada, esperando parecer menos nerviosa de lo que estaba. Su mirada era atenta y aguda como la de un halcón. Y ya estaba harta de sentirme como una presa.

—¿Qué tal el viaje? —pregunté con dulzura—. Hacía tiempo que no volvía a la India.

Hizo un gesto con una mano nudosa para que me acercara, como si no me hubiera inspeccionado ya hasta el último centímetro. Hacía años que padecía artritis, y en aquel momento parecía dolerle mucho. Noté que hacía una mueca de dolor después de cada movimiento.

—Parece que te han mandado a cortar cebollas como castigo. Tienes los ojos demasiado rojos. —Me agarró del cuello y me acercó lo suficiente como para olerme de forma dramática—. Hueles a hierbaluisa. Y a pena.

—He bebido una taza de té en mi habitación —mentí—. Me he quemado.

Nos miramos fijamente un momento, sus ojos marrones eran de un tono tan intenso como el moca. Me llegó el olor de los caramelos de menta que le gustaba chupar y ese aroma me hizo recordar mi infancia. Al mirar su rostro arrugado y de color marrón claro, me pareció que había pasado toda una vida.

—¿Qué tal has dormido? —me preguntó Liza en tono alegre, intentando cambiar de tema. Me atreví a echar un vistazo a la habitación. La tía Amelia tuvo la gracia social de no apartar la vista de su taza de té y fingir que no pasaba nada, que una boda no se había ido al traste y que mi abuela no me estaba interrogando. En ese momento, me entraron ganas de abrazarla—. ¿Quieres que te prepare un poco de esa infusión que te gusta?

—No, gracias. —Sonreí con desgana—. Me gustaría tomar un poco de jengibre. Tengo el estómago algo revuelto esta mañana.

La mirada de Liza se dirigió a mi estómago, como si pudiera localizar la causa de mi dolencia mediante un cuidadoso análisis. Mis sospechas sobre su mezcla de hierbas habían sido acertadas. Tenía el corazón roto y no estaba embarazada. La tía Amelia cacareó y golpeó la mano de su hija.

—¿Cómo vas con el zurcido? Esta mañana me gustaría visitar el orfanato.

—¿De verdad, madre? —preguntó Liza, exasperada—. ¿Vamos a seguir como si ayer no hubiera pasado nada desagradable? Audrey Rose necesita nuestro apoyo.

Me serví un poco de té y coloqué un bollo del aparador en mi plato, que unté con una generosa ración de crema cuajada y mermelada de frambuesa antes de unirme a ellas en la mesa. No estaba segura del motivo, pero los dulces siempre parecían bajar con facilidad, por mucho que a uno le doliera el corazón.

—En realidad —dije, entre bocado y bocado, cosechando una rápida mirada de reproche tanto de mi tía como de mi abuela—, preferiría hacer como si no hubiera pasado nada. —Eché un vistazo alrededor de la habitación, aliviada de que solo estuviéramos nosotras cuatro—. ¿Dónde están todos?

En mi fuero interno esperaba que la señorita Whitehall hubiera cambiado de opinión durante la noche y hubiera retirado su parte del compromiso. Quizá Thomas, Daciana e Ileana habían tenido la amabilidad de enviarla a ella y a sus baúles de vuelta a Inglaterra. Sola.

—Tu padre tenía asuntos que atender. Jonathan está en el estudio, tirando libros por ahí, si es que el ruido puede servirnos de indicación. —Mi tía apretó los labios, estaba claro que desaprobaba esa conducta. Era probable que los negocios de mi padre fueran una excusa para librarse del ceño fruncido de la abuela. No tenía en alta estima a la rama Wadsworth de la familia y no se había ablandado mucho con los años. Para ser sincera, jamás había entendido por qué le disgustaba mi padre. No era porque fuera inglés. Después de todo, ella misma se había casado con un inglés—. Thomas y su hermana, así como Ileana, se han marchado en carruaje esta mañana. Solo han dicho que volverían esta tarde.

Consideré la extraña combinación de alivio y decepción que sentí. Era enloquecedor ver que podía experimentar ambas cosas por igual.

Un pensamiento traicionero se abrió paso en mi mente. Me pregunté si habrían ido a apelar a la señorita Whitehall. Luego me pregunté a dónde habría ido ella después del caos que había desatado.

A decir verdad, no había prestado atención a nada más que a acordarme de respirar. Imaginaba que, como en la mayoría de casos de trauma, una vez superada la conmoción inicial, tendría que enfrentarme a un montón de preguntas desagradables. Algunas se colaron entre las barreras que había levantado y trajeron consigo una repentina renovación del miedo. ¿Estaba Thomas intentando disuadirla de su compromiso? ¿O había decidido hacer lo que su padre le pedía? Sentí como si las paredes se acercaran. La cabeza me daba vueltas por la preocupación.

Me concentré en la respiración, aunque no sirvió de mucho para poner fin a mi pulso desenfrenado. Sabía que mi familia fingía no darse cuenta y eso solo me hacía sentir peor. Si no podía actuar de forma adecuada delante de ellas, no quería ni pensar en cómo me comportaría con Thomas.

Empujé un trozo de bollo hasta la crema cuajada.

—Deja de fruncir el ceño —me regañó la abuela—. Lo único que conseguirás son arrugas.

Mi tía estuvo de acuerdo y yo casi puse los ojos en blanco. El día se presentaba muy largo y eran poco más de las nueve. Puede que, después de todo, escapar al piso de arriba para remendar calcetines fuera divertido. Di un sorbo a mi té y me concentré en el sabor picante del jengibre.

Al menos la abuela consiguió distraerme de mi creciente histeria interna. Sentía su mirada penetrante, pero fingí no darme cuenta. Hacía años que no nos veíamos y, al igual que sabía que mi aspecto atormentaba a mi padre, era probable que a ella también le recordara demasiado a mi madre. Cuanto más crecía, más me parecía a ella.

—¿Quién es ese chico que está prometido con otra? —preguntó al fin.

Dejé la taza en la mesa y la porcelana tintineó en el repentino silencio.

—Se llama Thomas Cresswell —dije con educación. Era mejor responder con los mínimos detalles posibles.

La abuela golpeó la tetera con el tenedor y el estruendo fue lo bastante fuerte como para que mi tía se sobresaltara en su asiento.

—He preguntado quién es, no cómo se llama. No juegues conmigo, niña.

Seguí su mirada cuando la posó en mi bastón. Sin haberme parado a pensar en el simbolismo, aquel día había cogido el del pomo con cabeza de dragón.

Me concentré en la abuela. Era verdad que no se le escapaba nada. Thomas tenía competencia en el área de las deducciones. No acababa de decidir si sería interesante o francamente aterrador cuando por fin interactuaran.

Miré a mi tía y a mi prima, que sorbían cortésmente de sus tazas y parecían haberse aficionado al arte de leer las hojas de té. Aunque sabía que estaban escuchando con gran interés. El linaje de Thomas era una historia que le pertenecía a él. Había sido cuidadoso con lo que la gente de Londres sabía, y no quería ser yo quien divulgara su secreto. Todavía tenía mucho que aprender sobre su familia. Mi tía no tenía mala intención, pero le gustaba charlar con los conocidos a la hora del té. No quería que, sin querer, convirtiera a Thomas en el centro de más cotilleos.

—¿Y bien? —presionó la abuela—. ¿Me dirás quién es antes de que me vaya a la tumba?

—Es el hijo de un duque.

Entrecerró los ojos. Aunque se había enamorado de un inglés con título propio, no le gustaban ni los ingleses ni su nobleza. No dejaba que nadie olvidara que los ingleses (la mayoría de ellos, al menos) no eran más que colonizadores que deseaban erradicar ciertas culturas en lugar de enriquecer la suya propia aprendiendo de las costumbres de los demás. Decía la verdad con libertad, cosa que incomodaba a los demás. Enfrentarse a los demonios nunca es una tarea agradable, en especial cuando se trata de los propios.

—¿Un duque? —repitió ella, curvando los labios.

—El duque de Portland —dije, malinterpretando a propósito lo que quería decir—. Es un hombre bastante formidable, por lo que he oído.

—Imagino que es cierto, teniendo en cuenta lo repugnante que debe de ser, puesto que arruina la felicidad de su heredero. ¿Cómo de taimada tiene que ser la persona que organiza unos esponsales de tan dudosa naturaleza? —Sacudió la cabeza—. Es mejor que no hayas pasado a formar parte de esa familia. Serán de los que roban la plata y la apuestan en las salas de juego. Piensa en todas las libras que te ahorrarás al no tener que reponer la plata.

Suspiré, mirando con nostalgia mi bollo. La mermelada de frambuesa ahora se parecía a los restos ensangrentados de mi corazón, como si hubieran sido arrastrados por el plato. Aparté mi desayuno. Era una baja más de las últimas veinticuatro horas.

—¿Qué tal en la India?

—Si su majestad, la emperatriz imperial y grandísimo grano en el culo, decidiera mantenerse al margen de nuestros asuntos, podría haber ido bien.

La tía Amelia se persignó con sutileza. Hablar mal de la reina era traición, pero yo estaba de acuerdo con mi abuela en ese punto. Invadir otro país, guerrear con su gente y luego obligarla a adoptar tus costumbres era el epítome de la barbarie. Un término que a menudo se utilizaba para referirse a la gente inocente que había sido conquistada por los verdaderos bárbaros. Mi abuela amaba a mi abuelo con todo su corazón, pero eso no significaba que fuera a olvidar nunca quién era o de dónde procedía. Creo que él la quería aún más por la firmeza de sus convicciones.

—He oído… —Cerré la boca de golpe cuando el tío abrió la puerta de sopetón, con las gafas torcidas. Reconocí su mirada de inmediato. O bien había un nuevo cadáver esperando a que nuestros escalpelos lo exploraran, o bien había un nuevo avance en nuestro caso del imitador del Destripador.

—Necesito hablar contigo. —Señaló con un dedo en mi dirección—. ¡De inmediato! —ladró cuando no me moví al instante. Como si se diera cuenta de repente de la presencia de las otras mujeres en el salón, les dedicó un asentimiento y su atención se detuvo en mi abuela—. Buenos días, *lady* Everleigh. Confío en que esté bien.

—Pff —gruñó ella, sin molestarse en dar más detalles—. Cuida tus modales, Jonathan. Son pésimos.

—Sí, bueno. —Él giró sobre sus talones y dejó que la puerta se cerrara tras él. Como si mi vida no hubiera alcanzado ya un crescendo de confusión, las cosas estaban en ebullición donde quiera que mirara.

Me despedí de mi abuela y me apresuré a seguirlo, con el bastón repiqueteando al ritmo de mi corazón. El día acababa de empezar y ya anhelaba la comodidad de mi cama.

· · ·

—Ese tonto de remate ha arrestado a un hombre. —Mi tío dejó el periódico sobre el gran escritorio de la biblioteca de la abuela—. Al parecer, Frenchy número uno ha sido el desafortunado elegido.

EXTRA.
Frenchy N.º 1

————

¿Es el hombre que asesinó a Carrie Brown en el hotel del East River?

————

Detenido el pasado viernes y en la Jefatura de Policía desde entonces.

————

Manchas de sangre en sus manos, ropa y en su habitación.

————

Ojeé el artículo del periódico *Evening World* mientras negaba con la cabeza.

—Mencionan que se encontró sangre en el pomo de su puerta, pero eso no es cierto.

Pensé en la escena del crimen. Los periódicos afirmaban que el hombre que había sido detenido, un tal Ameer Bin Ali, había alquilado la habitación que estaba frente a la de la de señorita Brown, y habían encontrado manchas de sangre en el interior y exterior de su puerta. La única sangre que recordaba fuera de la habitación de la víctima eran las gotas del pasillo, que se alejaban mucho de la escena del crimen y de la propia puerta del supuesto asesino.

—¿Le han preguntado por su profesión? —pregunté, recordando las carnicerías situadas no muy lejos del hotel—. Por lo que saben, podría tratarse de sangre animal. Si es que había sangre.

Mi tío se retorció el bigote, centrado en sus propias reflexiones. Tras otro momento de debate interior, me tendió un sobre.

—Esto ha llegado de Londres. Llega tarde, ya que viajó primero a Roma antes de que lo enviaran a Nueva York.

Un sobre liso, por lo demás anodino, con un gran sello rojo en el que ponía CONFIDENCIAL para indicar su importancia. Miré a mi tío y él me indicó que lo abriera. Dentro había un informe *post mortem* firmado por un tal doctor Matthew Brownfield. Me apresuré a leerlo.

Tenía las fosas nasales ensangrentadas y había una ligera abrasión en el lado derecho del rostro... En el cuello había una marca que a todas luces había sido causada por un cordón tensado alrededor del cuello, desde la columna vertebral hasta la oreja izquierda. Una marca de este tipo la haría un cordón de cuatro hilos. También había impresiones de los pulgares y de los dedos corazón e índice de alguien claramente visibles a cada lado del cuello. No había presencia de lesiones en los brazos ni en las piernas. El cerebro estaba inundado de una sangre fluida casi negra. El estómago estaba lleno de carne y patatas, que habían sido ingeridas pocas horas antes. La causa de la muerte fue el estrangulamiento. La fallecida no pudo haberlo hecho ella misma. Con toda probabilidad, las marcas que tenía en el cuello se debían a que intentó quitarse el cordón. Él pensó que el asesino debió de situarse detrás y a la izquierda de la mujer y, con los extremos del cordón alrededor de las manos, se lo pasó por la garganta, cruzó las manos y así la estranguló. Si lo hizo así, eso explicaría que la marca no rodeara todo el cuello.

Fruncí el ceño.

—Si esto lo escribió el doctor Brownfield, ¿por qué se refiere a «él» en el texto?

Mi tío dio un golpecito en la frase por la que había preguntado.

—El doctor Harris, su ayudante, examinó el escenario. El doctor Brownfield redactó después el informe. —Movió el dedo para señalar la fecha del ataque—. El veinte de diciembre.

Thomas y yo estábamos todavía en Rumania, en la academia, y mi tío probablemente se estaba preparando para ir a buscarnos. Lo que explicaba por qué no había sido convocado en el escenario ni se había enterado.

—Todo esto es lamentable —dije despacio, echando un vistazo al informe una vez más—, pero me temo que no lo entiendo. ¿Por qué Scotland Yard le envió esto con tanta urgencia?

—Lo envió Blackburn. —Me miró con una expresión adusta. Blackburn era el joven inspector que había trabajado en el caso del Destripador con nosotros. Había intentado cortejarme como parte de un acuerdo secreto con mi padre que no terminó bien para el inspector Blackburn cuando descubrí su plan—. La víctima era una prostituta llamada Rose Mylett. Conocida por algunos como Lizzie la Borracha. Fue asesinada no muy lejos de Hanbury Street y colocaron sus miembros de cierta forma que hizo que el sargento de policía que la encontró se acordara del Destripador. —Se me heló la sangre—. También le pareció que su estrangulamiento, aunque difícil de detectar a simple vista, recordaba bastante a las lesiones de la señorita Chapman.

Rodeé el escritorio hasta dar con la silla y me desplomé en ella con toda la gracia de un saco de patatas.

—Si Jack el Destripador estuvo en Londres el veinte de diciembre, eso significa que muy bien podría haber estado en el *Etruria* el primero de enero. Con nosotros.

También significaba que mi hermano no podía haber cometido ese crimen. Mi tío asintió lentamente.

—No se me escapa que esta víctima se llamaba Rose. Espero que no haya sido una advertencia, pero tendremos mucho cuidado en los próximos días y semanas.

Lo miré a los ojos. Por un breve momento pareció casi tan asustado como lo había estado mi padre. Pero aquello desapareció con rapidez. Ignorando los escalofríos que arrastraban sus dedos enjutos por mi carne, volví a centrar la atención en el informe. Era una prueba más de que Jack el Destripador estaba vivo.

Puede que algunos monstruos fueran inmortales, después de todo.

Rosa sylvestris flore pleno.

Rosas, Robert «Variae»

23
¿QUÉ HAY EN UN NOMBRE?

SALA DE ESTAR DE CASA DE LA ABUELA
QUINTA AVENIDA, NUEVA YORK
7 DE FEBRERO DE 1889

Me sentía tonta merodeando en el pasillo frente al salón privado de mi abuela, pero no me atrevía a cruzar el umbral. Me quedé mirando la puerta, con el pulso acelerado mientras levantaba la mano para llamar, y me detuve justo antes de entrar en contacto con la madera tallada. Otra vez. Lo cual era una tontería tan grande que podría haber gritado. No tenía *miedo* de mi abuela. La había echado muchísimo de menos. Sin embargo, no estaba segura de poder soportar más preguntas sobre Thomas o la boda.

Conociendo a la abuela, estaba segura de que no le satisfacía mi falta de explicaciones sobre el asunto y exigiría conocer hasta el último doloroso detalle. Solté un suspiro. No había forma de escapar de aquella conversación, así que debía afrontarla sin más rodeos. Al menos Thomas seguía fuera, saber que no estaba merodeando por allí facilitaría las cosas. Me sacudí las dudas y llamé a la puerta con los nudillos. Lo mejor era atacar con rapidez, antes de perder los nervios.

—Entra, Audrey Rose Aadhira.

Empujé la puerta y enseguida me sorprendió la colorida paleta que la abuela había elegido para aquella habitación. Turquesa y fucsia, verdes brillantes y amarillos intensos. Todo ello ribeteado en oro, decadencia pura y, sin embargo, muy acogedor. Desde la alfombra finamente tejida hasta el resplandeciente papel pintado y los tapices, era como entrar en un sueño muy vívido.

Un juego de té de plata desprendía un agradable aroma a especias que flotaba en el aire. Además, era precioso: la tetera, la jarra para la leche y el azucarero estaban decorados con intrincados remolinos que parecían vides y hojas de cilantro. Debía de haber traído el juego de la India, sin duda. Me observó de esa manera suya tan atenta que decía que no se le había escapado nada. La calidez invadió sus rasgos.

—Es tuyo, si lo quieres. —Señaló el juego de té—. No te he comprado ningún regalo por tu boda. Aunque tampoco recibí invitación.

Frunció la boca como si hubiera chupado un limón y no pude evitar reírme. Casi se me cayó el bastón en mi prisa por rodearla con los brazos y respirar su reconfortante aroma. En esa ocasión, sin público, me abrazó con cariño. Me sentí bien al abrazarla, habían pasado demasiados años. Sabía que era difícil para ella: entre su aversión hacia mi padre y la pérdida de mi madre, nunca se quedaba mucho tiempo en Inglaterra. El abuelo había fallecido unos años antes que mi madre, y solo podía imaginar lo profundo que era su propio dolor. Me acurruqué junto a ella en su sofá, que estaba tapizado con una tela de pavo real bastante bonita.

—Envié la invitación, abuela. No es culpa mía que sea más difícil de localizar que un fantasma. —Mi breve momento de frivolidad estalló como un globo cuando me imaginé a la señorita Whitehall marchando con su carta—. Además, la boda… —Me tragué el nudo que se me formó de repente en la garganta—. Sabe que fue…

Mi abuela se apartó y suavizó la mirada.

—Le quieres mucho.

—Sí. —Jugueteé con mis guantes, incapaz de mirarla a los ojos por miedo a desencadenar un nuevo berrinche—. Le quiero de una forma que a veces me asusta.

Ella me atrajo hacia el círculo que formaban sus brazos y me acarició el pelo como solía hacer cuando era una niña. No recordaba que hubieran empezado, pero en aquel momento las lágrimas corrían en silencio por mi cara. La abuela fingió no darse cuenta mientras me arrullaba.

—Ya está, ya está, niña. Por mucho que me disguste admitirlo, te llamaron así por dos mujeres feroces. Tu abuela Rose y yo. —Me abrazó con más fuerza cuando los sollozos empeoraron—. Ya sabes que a tu madre le encantaba el nombre de Audrey. —Podía oír la sonrisa en su voz, y aunque ya había escuchado esa historia muchas veces, me encontré escuchando de nuevo, como si fuera la primera vez—. «Noble fortaleza». Malina deseaba que fueras fuerte de voluntad y mente. Creo que se sentiría complacida al verte perseguir tus pasiones. Quería que fueras amable como tu abuela Rose. Tan franca como tu abuela favorita, yo. Y sin miedo a ser tú misma. Como ella. ¿Recuerdas lo que solía decir sobre las rosas?

Me limpié las últimas lágrimas y asentí.

—Que tienen pétalos y espinas.

—Ahora no tengas miedo, niña. —La seguridad en la voz de mi abuela fue un bálsamo para mi corazón roto—. Provienes de un largo linaje de mujeres con huesos de acero. Tu madre te diría que fueras valiente, aunque te sintieras todo lo contrario. Ella querría verte feliz.

—La echo de menos —susurré, y me di cuenta de que hacía mucho tiempo que no lo decía en voz alta—. Todos los días. Me preocupa pensar que a lo mejor no le complacería la vida que he elegido. No es demasiado convencional…

—¡Bah! Convenciones. —La abuela rechazó la palabra—. No te preocupes por algo tan aburrido como las convenciones. Conozco a mi hija. Estaba orgullosa de ti y de Nathaniel. Erais las estrellas más brillantes de su universo. Amaba a vuestro padre, sin duda, pero vosotros, niños, erais lo que hacía resplandecer su alma.

Nos quedamos en silencio durante un rato, era probable que cada una de nosotras estuviera perdida en sus propios recuerdos de ella. Los últimos me atormentaban. Mi madre se había quedado a mi lado mientras yo ardía de fiebre, hacía varios años. Se había negado a encomendar la tarea a otra persona, había insistido en atenderme personalmente.

Gracias a sus incansables cuidados, me había recuperado de la escarlatina. Ella no. Su corazón, ya debilitado, no había sido capaz de combatir la infección. Luchó lo suficiente para verme recuperada antes de fallecer en mis brazos. Incluso rodeada por mi padre y mi hermano, nunca me había sentido tan sola como aquel día. Su muerte había sido mi principal motivación para dedicarme a la ciencia y la medicina.

A veces, en mis momentos más íntimos, me preguntaba quién sería yo si ella hubiera vivido.

La abuela por fin exhaló y yo me tensé por lo que sabía que era la verdadera razón de aquella visita.

—He hecho ciertos... arreglos... en mi testamento —dijo. Eso captó toda mi atención. No era en absoluto lo que creía que iba a decir. Me dedicó una sonrisa socarrona—. Todo debía repartirse entre tu hermano y tú de forma equitativa, pero ahora que él no está... —Tomó aire. Su mirada afilada se clavó en mí como un cuchillo: le habíamos ocultado los detalles de la muerte de Nathaniel, y su expresión me hizo saber que era más que consciente de ello, pero me permitiría guardar mis secretos. Por ahora—. Tendrás que cuidarte de cualquiera que te susurre palabras bonitas al oído.

—¿Se puede saber qué quiere decir? —No podía ni siquiera considerar la posibilidad de iniciar un cortejo con alguien. Era impensable—. ¿Quién va a pretenderme tan pronto?

La abuela resopló.

—Espero que no sea pronto. Abandonar el mundo no entra en mis planes todavía. Pero cuando lo haga, dentro de muchas lunas, te convertirás en una heredera. Todo esto —señaló la habitación, aunque sabía que también se refería a la casa— será tuyo. Al igual que mis propiedades de París, Londres, la India y Venecia.

Mi ritmo cardíaco disminuyó.

—Abuela... No puedo... es muy generoso por su parte, pero...

—¿Pero qué? ¿Harás que me llene los bolsillos en mi lecho de muerte y que me lleve mi dinero a la otra vida? —Resopló como si se sintiera herida—. La respuesta correcta es «gracias».

Me sacudí la conmoción y apreté sus manos entre las mías.

—Gracias, abuela. De verdad.

Si me quedaba soltera, heredaría la totalidad de los bienes de mi abuela. Puede que no me casara con el amor de mi vida, pero estaría felizmente comprometida con mi profesión y viviría con comodidad, sin depender de nadie. Volví a quedarme atónita por una razón completamente nueva.

—Ya está, ya está. No llores sobre la seda, querida. —Me entregó un pañuelo de un amarillo tan atrevido que casi desafiaba a quien lo usara a permanecer triste—. Háblame de tu Thomas.

Me dejé caer sobre el sofá y eché la cabeza hacia atrás. Me quedé mirando el techo, pintado a juego con el cielo nocturno. Distinguí varias constelaciones antes de reconocer algunas del cuadro de la orquídea que Thomas había pintado para mí cuando estábamos en Rumania.

—Como sabes, está prometido con otra —dije, sin querer entrar en detalles. Me pellizcó la rodilla y grité de sorpresa. La fulminé con la mirada y me froté el punto de dolor antes de ceder—. No es un tema que me resulte muy agradable en este momento —dije—. ¿Qué importa si sabes más sobre él o no? No podemos seguir adelante con nuestro matrimonio. Por ley, le pertenece a ella. Pensar en ello solo me hace sentir peor de lo que ya me siento. Y me siento abatida de una forma inconmensurable.

—Bien. —Hizo un gesto de asentimiento con la barbilla en señal de aprobación—. Tienes que dejar salir esas emociones rancias. Cuanto más las encierres, más se enconarán. No quieres que la infección se extienda a otras áreas de tu vida, ¿verdad?

Curvé el labio con disgusto. Qué idea tan atractiva. Comparar el dolor de corazón con un absceso que hay que sajar.

—Lo hecho, hecho está. No tengo más control sobre la situación del que tiene Thomas. No puede ir contra su padre, el duque lo ha hecho casi imposible. Así que, ¿qué sugiere que provocará revivir esas pútridas emociones? Recrearme en las cosas que nunca podré tener solo lo empeora todo.

La abuela me arrebató el bastón y lo estampó contra el suelo de forma imperiosa.

—Pelea. Lucha por lo que quieres. No te regodees ni te rindas. La lección no consiste en tumbarse y dejarse apuñalar, niña. Consiste en levantarse y luchar. —Le brillaron los ojos—. Te has caído. ¿Y qué? ¿Te vas a quedar ahí, llorando sobre las rodillas desolladas? ¿O te sacudirás el polvo de la falda, te arreglarás el pelo y seguirás adelante? No renuncies a la esperanza. Es una de las mejores armas que posee cualquiera.

Cerré la boca. No había necesidad de discutir. Estaba claro que la abuela no entendía lo imposible que era nuestra situación. Di un sorbo al té y me obligué a esbozar una sonrisa. No iba a destruir su optimismo como había quedado destruido el mío. Ella sacudió la cabeza, no se dejó engañar por mi actitud, pero no volvimos a hablar de cosas imposibles.

24
UN ESTUDIO DE CONTRASTES

Hacía tiempo que el sol había cedido su reino a la luna cuando Thomas regresó a casa de mi abuela. Los rayos de luz plateados jugaban con su cara, otorgándole un aspecto de otro mundo mientras cortaban líneas irregulares en sus ya angulosas facciones. Luz y oscuridad. Un estudio de contrastes fuertes, como nuestro trabajo.

Si no hubiera entrado por sí mismo, sin necesidad de una invitación, pronto podría haber creído que los vampiros vagaban por la tierra. Parecía haber envejecido mil años desde la última vez que lo había visto. Me pregunté si yo tenía el mismo aspecto.

La tensión se apoderó de él como si lo hubiera seguido al interior desde el frío de fuera. Su abrigo goteó nieve derretida sobre las baldosas hexagonales del vestíbulo, lo que hizo que el mayordomo frunciera un poco el ceño mientras cogía la prenda y el sombrero.

Yo estaba a medio camino entre el pasillo que conducía al salón y la gran escalera cuando él irrumpió y su atención recayó en mí al instante. Por un momento, ambos nos quedamos inmóviles, sin saber qué decir. No parecía que hubiera esperado verme tan rápido.

Un pedazo de mi corazón se marchitó. Thomas y yo nunca nos quedábamos sin palabras.

El silencio se prolongó de forma incómoda mientras asimilaba su expresión recelosa y la ligera tirantez de su boca. Me tragué mi repentina emoción.

—Mi abuela está en casa y quería darme las buenas noches. —Levanté una taza de té a modo de explicación, haciendo la situación aún más incómoda—. Rosa e hibisco con una cucharada de miel. Es muy agradable en las noches invernales.

Thomas ni siquiera parpadeó. Su rostro estaba desprovisto de toda emoción, no había nada que yo pudiera leer en él. Debería haberle dejado en paz, estaba claro que eso era lo que quería, pero no pude evitar alargar nuestro tiempo juntos unos instantes más.

—¿Dónde están Daciana e Ileana? —pregunté, tratando de sonar agradable. Se encogió de hombros y dio un golpecito con la punta del zapato en el suelo en el que ahora tenía puestos los ojos. Me rendí. Ya era bastante difícil estar en su presencia sin que exhibiera aquel comportamiento tan frío—. Bueno, entonces... M-me alegro de que estés en casa. Bueno. —Me encogí en silencio. Necesitaba huir de inmediato—. Buenas noches.

—Audrey Rose, espera. —Extendió la mano y señaló con la cabeza el refrigerio que llevaba—. ¿Puedo? —Ansiaba quedarme a solas con mi desgracia, pero le pasé la taza y observé cómo se estremecía un poco por la temperatura—. ¿A dónde quieres que lleve esto?

Esperé medio segundo antes de responder. Seguramente, mi Thomas soltaría alguna ocurrencia inapropiada, alguna sugerencia impropia. Insinuaría algo sobre mis aposentos u otros rincones más lascivos en los que robar besos. Su expresión continuó del todo inexpresiva.

Las lágrimas no derramadas hacían que me picaran los ojos. No podía dejar de imaginarlo visitando a la señorita Whitehall. Pasando una tarde entera conociéndola, regalándole la sonrisa que había usado conmigo.

—Hay un estudio en el segundo piso —dije, subiendo despacio por las escaleras. Esa noche había mucha corriente y el frío me calaba los huesos y empeoraba mi siempre presente rigidez—. Puedes dejarla ahí, iré en breve.

Los pasos del piso de arriba repiqueteaban de un lado a otro, seguidos por el sonido de una puerta que se abría y se cerraba. Incliné la cabeza, esperando que la tía Amelia estuviera buscando su licor para dormir. Me estremecí por dentro. Las cosas iban realmente mal entre nosotros si deseaba que mi tía nos interrumpiera. Nos detuvimos en el rellano del segundo piso y señalé con la cabeza a la derecha.

—Es la segunda puerta.

El fuego crepitó y chasqueó cuando Thomas abrió la puerta. Me quedé en el umbral, admirando la habitación mientras un poco de calor me besaba la cara. Era pintoresca en tamaño y acogedora, aunque el mobiliario estaba sacado de un palacio dorado. El fuego ardía con entusiasmo, ahuyentando cualquier atisbo de frío. Era lo más parecido a sumergirse en una bañera. Mis músculos se relajaron poco a poco, aunque la pierna me seguía molestando.

Me acomodé en un sofá acolchado y acepté mi té.

—Gracias.

En lugar de salir corriendo de mi recién adquirido saloncito, Thomas echó un vistazo alrededor. Podría haber sido una escultura de mármol, dado lo frío e inalcanzable que parecía.

Examiné todos los lugares en los que centraba la atención. Desde el papel de pared de color bronce hasta el intrincado tejido de la alfombra turca. Todas las sillas mostraban un patrón de un esmeralda intenso que combinaba de forma encantadora con el hilo de oro y plata. Sin embargo, lo más espectacular era el sofá en el que me hallaba sentada. Unas cortinas de terciopelo cobalto colgaban del techo, recogidas en el centro con una corona dorada, y luego fluían a ambos lados, casi como si estuviera dentro de una cascada.

Su atención pasó por encima de mí, lo que no hizo más que aumentar la presión que se acumulaba en mi pecho. Deseaba que hablara o se fuera. Aquel Thomas remoto era casi tan insoportable como los pensamientos y las preguntas que se arremolinaban en mi cabeza.

¿Dónde has estado? ¿Por qué no me miras?

Se acercó a otra pared en la que había estanterías del suelo al techo, repletas de libros encuadernados en cuero de todos los tonos de las joyas, con los títulos grabados en oro. Los libros versaban sobre ciencia, filosofía y romance. La abuela los coleccionaba todos. Liza ya había elegido varios libros románticos y se había encerrado en su habitación para leer toda la noche. Yo habría hecho lo mismo, pero tenía cosas mucho más macabras que estudiar y no quería arruinar su momento de tranquilidad.

—Hoy mi tío ha compartido conmigo un nuevo hallazgo bastante interesante sobre el Destripador.

—A tu abuela deben de encantarle los libros —contestó Thomas, con voz rígida. Formal. Insensible. Ignoró por completo el asunto del Destripador. Me pregunté si eso significaba que había decidido no colaborar más en el caso. Un cuchillo me retorció las entrañas.

—Mi abuelo solía regalarle un libro de cada lugar al que viajaban —dije—. Él no se daba cuenta de que ella ya se había regalado a sí misma diez o más para entonces, pero nunca se quejaba cuando tenían uno o dos baúles más repletos de libros. —Levanté mi bastón para señalar los estantes, aunque no importaba. Seguía sin mirarme—. Esos son los volúmenes extra, los que no caben en la biblioteca principal de abajo.

Sir Isaac apareció por allí y encontró la almohada que le había dejado en el suelo. La inspeccionó con minuciosidad antes de dejarse caer para lavarse. No quería decirlo en voz alta, pero su presencia gatuna me había reconfortado toda la tarde. Me había ayudado a llenar ese vacío miserable que sentía mientras me preocupaba por Thomas y la señorita Whitehall y todos los pensamientos terribles sobre ellos que me asaltaban.

Después de rascarle un poco detrás de las orejas a *sir* Isaac, Thomas se acercó a las estanterías y pasó los dedos por los lomos.

—¿Vas a preguntarme por mi día? —inquirió, sin mirarme—. ¿No sientes la menor curiosidad? Llevo horas fuera.

Su pregunta me pilló desprevenida por la franqueza con la que la formuló. ¿Acaso era tan tonto como para creer que no me había vuelto casi loca de tanto elucubrar? Mi mente había conjurado todo tipo de escenarios. Desde uno en el que se enfrentaba a la señorita Whitehall, pasando por otro en el que discutían su futuro hasta que él aceptaba a regañadientes su destino. Apenas había recordado que teníamos otros asuntos importantes (como los asesinatos del Destripador) de los que ocuparnos. O la noticia del brutal asesinato de Rose Mylett que me había dado mi tío. Casi todos mis pensamientos de aquel día se habían centrado en dónde estaría él. Detestaba lo distraído que había estada.

—¡Claro que tengo curiosidad, Thomas! Yo… Temo que si descubro otra cosa desagradable… —Respiré hondo para recomponerme—. Ya me siento como si me hubieran arrancado el corazón a la fuerza. ¿No es suficiente con que hayan estropeado nuestra boda? ¿Debo sufrir ahora oyendo hablar de la señorita Whitehall? —Sentí que las lágrimas se me acumulaban en los ojos, calientes y vergonzosas mientras me rodaban por las mejillas—. A menos que estés a punto de decirme que ha abandonado su plan de casarse contigo, no deseo hablar de ella, ni de tu padre, ni escuchar más sugerencias sobre tener una aventura a espaldas de tu prometida. No puedo soportar más decepciones. Me están *destruyendo*.

—¿Crees que hoy he estado con *ella*? ¿Cortejándola? ¿Después de lo que pasó ayer? ¿Te has vuelto loca?

Su tono me enfureció.

—¿Cómo voy a saberlo si no has estado por aquí? ¿Qué se supone que debo pensar?

—No deberías pensar, deberías *saber* que te amo. —Thomas se giró, con los ojos desorbitados—. ¿Y si no sigo adelante con el matrimonio y sigo prometido? ¿Por qué no consideras estar conmigo, pase lo que pase? ¿Por qué el tipo de libertinaje y estilo de vida de Mephisto eran menos atroces que mi oferta? ¿Te arrepientes de no haberte ido con el carnaval? ¿Te arrepientes de haberlo dejado? No importa que usara tácticas de manipulación, que se aprovechara de tu buena voluntad y que hubiera seguido haciéndolo. ¿Por qué mi oferta no es suficiente?

Si me hubiera dado una bofetada, me habría dolido menos que la devastación que escuché en su voz. Se me aceleró el pulso. Su comportamiento salvaje era mucho peor que su frialdad. En aquel momento me di cuenta de que la había utilizado para encubrir la profundidad de su propio dolor. Thomas había perdido por fin el control de sus emociones y parecía que estas se estaban desbordando.

—Thomas… —Miré al techo, buscando grietas o fisuras. Seguramente estaba a punto de derrumbarse, como todo lo que me rodeaba—. Ya hemos pasado por esto. No puedo cambiar el hecho de que cometí errores durante esa investigación. Creí que podía representar un determinado papel y me perdí en el proceso. Está claro que fue una decisión equivocada. No soy perfecta y nunca he pretendido serlo. Lo único que puedo hacer es intentar aprender de mis errores y crecer.

—Eso no responde a mi pregunta. —Su voz era demasiado tranquila.

Volví a mirarlo. Tenía la vista clavada en mí.

—¿De verdad quieres hablar de Mephistopheles? ¿Ahora?

Sacudió la cabeza en lo que supuse que era un asentimiento.

—¿Por qué saltarte las reglas de la sociedad por él y no por mí?

Exhalé. Estaba herido y yo había contribuido a infligirle esa herida. Deseé que no existiera un abismo tan grande entre nosotros. Lo único que quería era abrazarlo y besar sus miedos. Y también quería que él me abrazara, para hacerme olvidar el dolor y la miseria de las últimas veinticuatro horas. Pero esos gestos no resultarían apropiados entre nosotros en aquel momento. Debía recordarlo.

Aunque fuera en contra de todos los impulsos naturales de mi cuerpo.

—Sabes que nunca consideré que Mephistopheles fuera un pretendiente real. *Él* nunca me atrajo. Era la idea de vivir por completo al margen de la sociedad. De tirar todas las reglas y restricciones por la borda y vivir la vida según mis términos y solo los míos. Claro, puede que fuera él quien me transmitiera esa idea, pero me da miedo que tú y yo vayamos a revivir esa semana para siempre. Mephistopheles no se ganó mi corazón. No era lo bastante inteligente, atractivo y misterioso como para alejarme de ti. Si quieres la verdad, tenía miedo de las dudas que había en mi corazón. Me aterrorizaba la idea de no ser nunca lo bastante buena para ti. Tú estás muy seguro de nosotros y has tenido experiencias románticas previas…

—No tengo experiencia en lo que respecta al amor, Wadsworth.

—¿Ah, no? —Enarqué una ceja—. ¿Es que la señorita Whitehall simplemente surgió de nuestras imaginaciones cuando agitó ese acuerdo de matrimonio? —Suspiré cuando sus hombros se desplomaron. No íbamos a arreglar nuestros corazones rotos de esa manera—. La verdad es que sí, es posible que él usara mi ingenuidad en mi contra. Hasta hace poco, vivía protegida en exceso, no tenía más amigos que Liza. Tú eras el único joven con el que había hablado aparte de mi hermano. Todavía estoy aprendiendo sobre mí misma. Mientras interpretaba ese papel e intentaba obtener información sobre el asesino, yo… fue la primera vez que hice otros amigos. Gente fuera de mi pequeño círculo. Les gustaba la ciencia, bailaban sin preocupaciones y eran extraordinariamente libres. Una parte de mí quería ser como ellos. Aunque fuera una mentira y complicara las cosas. Quería olvidarme de lo que todos querían o esperaban que fuera. Siento mucho haberte herido en el proceso.

Levantó la mirada con brusquedad.

—Eres libre de elegir, siempre he dicho…

—Sí, sí. —Agité la mano—. *Tú* siempre lo has dicho. Mi padre siempre lo ha dicho. Mi tío *siempre* lo ha dicho. —Incapaz de mirarlo a los ojos, contemplé mi mano, y me di cuenta de que aún no le había devuelto su anillo familiar. Dejé de mirarlo y me centré de nuevo en Thomas—. Una cosa es que los demás te *digan* qué es lo mejor, pero ¿sin experiencia propia? —Sacudí la cabeza—. No soy perfecta y nunca aspiraré a serlo. Los defectos son los que construyen el carácter. Nos hacen más humanos. Más…

—¿Susceptibles al desamor?

—Bueno, sí, supongo que es cierto. —Clavé la mirada en él—. Si viviera el resto de mis días preocupada por la perfección o por alcanzar el estándar de *El ángel de la casa* de lo que deben ser las mujeres… Esa es una jaula en la que no me meteré. Siento haberte herido, Thomas. No puedo disculparme lo suficiente por mis dudas, aunque fueran pasajeras. Pero mi lucha siempre fue por *qué* vida quería para mí, no con qué *hombre* quería compartirla. Acusas a Mephistopheles de manipulación y no te equivocas. Nunca fingió que sus tratos no fueran a su favor. Me dijo bien claro que es un oportunista. Yo lo sabía. Tiene defectos, pero enséñame a una persona que no los tenga. Tengo la esperanza de que aprenda su propia lección en el futuro. Tiene miedo de ser vulnerable, creo que tú sabes un par de cosas sobre eso.

—¿Qué hay de mi oferta de vivir conmigo al margen de la sociedad?

—Rechazo tu oferta porque tienes un compromiso oficial con otra mujer para que sea tu esposa, Thomas. Si no estuvieras comprometido y si no perjudicara a nuestras familias, podría considerar vivir nuestra vida como quisiéramos. Sin reglas. Sin atenernos a los términos de la sociedad. Solo tú y yo. Te aceptaría sin anillo ni casa ni documento alguno que declarara que eres mío. Esa no es la situación en la que nos encontramos ahora mismo. Y esa es la *única* razón por la que tu propuesta de libertinaje no me conviene. Por mucho que él intentara cortejarme, *yo* nunca he deseado un noviazgo con Mephistopheles. Para mí siempre has sido tú, incluso cuando ya no sabía ni quién era. *Siempre* serás tú, Thomas. No importa quién intente interponerse entre nosotros. Tú eres mi corazón. Nadie puede robarlo.

Thomas me miró un momento y luego se dejó caer en una silla, con la cabeza entre las manos.

—Detesto esto.

—Es una situación horrible, lo sé. Pero lo superaremos. Tenemos que hacerlo.

—No, no. —Thomas levantó la vista—. Detesto ser el que tiene un dilema emocional. Es mucho más agradable ser el que te consuela.

Ni siquiera te has ofrecido a dejar que me siente en tu regazo. Esto se te da fatal.

Nos sonreímos con timidez. Nuestras sonrisas desaparecieron tan rápido como habían llegado, pero era un comienzo. Por mucho que aborreciera la idea de empezar de nuevo con Thomas Cresswell.

—En fin. —Busqué algo más que hacer o decir en el incómodo silencio. Mi faceta curiosa, que siempre parecía ganar, ya no podía contenerse por más tiempo—. ¿Qué has hecho hoy?

Me evaluó de pies a cabeza, prestando especial atención a mi rostro. Sabía que estaba estudiando cada pequeño movimiento y diseccionando mis emociones. Su propia máscara impenetrable volvía a estar en su sitio. Esperaba parecer lo bastante fuerte como para resistir cualquier cosa que dijera. El ligero ceño que se le escapó me hizo pensar lo contrario.

—Yo… He ido a ver a la señorita Whitehall…

—Está bien. —Levanté una mano con brusquedad. Cerró la boca, con una expresión tensa—. Por favor. No quiero ser grosera, pero no me siento bien. Ahora mismo no puedo escuchar esto o podría vomitar. Es demasiado.

La atención de Thomas se desvió hacia mi estómago, una línea de preocupación apareció en su frente.

Por el amor de la reina, *no* estaba embarazada. Mi siempre vigilante prima me había hecho beber esa mezcla de hierbas durante semanas. Mucho antes de que Thomas y yo hubiéramos consumado nuestro… suspiré. Necesitábamos encontrar otro objetivo.

—¿Querrías…? Voy a estudiar los diarios de Nathaniel. Eres bienvenido, si deseas ayudarme. —Levanté la vista a tiempo para ver su expresión de dolor—. Si quieres.

Se golpeó el muslo con un ritmo ansioso mientras reflexionaba. Por fin, acercó su silla y puso un diario frente a él. Puede que hiciera bromas sobre mi curiosidad, pero la suya estaba igual de despierta. Una pequeña sensación de alivio floreció en mi pecho. Las cosas eran más fáciles entre nosotros cuando teníamos un misterio que resolver.

—*Le bon Dieu est dans le détail* —dijo, en un tono reverente. Al ver mi ceño fruncido, añadió—: Flaubert.

Era por la frase, Cresswell. —Sin poder evitarlo, puse los ojos en blanco. Era típico de Thomas citar al autor de *Madame Bovary*, en francés, en un momento como aquel. Su teatralidad no tenía límites—. El «Dios» que está en los detalles debería cambiarse por el «Diablo».

Se rio.

—Es cierto. Desde luego, no hay nada sagrado en estos diarios del diablo.

25

VIVISECCIONES Y OTROS HORRORES

ESTUDIO DE CASA DE LA ABUELA
QUINTA AVENIDA, NUEVA YORK
7 DE FEBRERO DE 1889

Unas horas más tarde, Thomas y yo habíamos caído en un ritmo de trabajo familiar y tranquilo. *Sir* Isaac trató de ayudarnos en nuestro empeño un par de veces tirando mis plumillas por la mesa. Yo lo fulminé con la mirada mientras Thomas aullaba de risa. Después de robar la pluma favorita de Thomas, el gato se apoltronó de nuevo su cojín y pasó a asearse de forma despreocupada.

Pero ahí se acababa nuestra frivolidad. Nuestro material de lectura hizo que el estómago se me retorciera y formara intrincados nudos. A duras penas podía obligarme a leer sobre esa parte secreta y horrible de mi hermano. En más de una ocasión, tuve que cerrar uno de sus diarios y reafirmarme en mi propósito antes de seguir adelante. Era una tarea monumental: había más de cien cuadernos, algunos llenos de principio a fin con una letra pequeña, mientras que otros tenían fragmentos de ideas salpicados cada pocas páginas. La letra cambiaba según el estado de ánimo de Nathaniel. Cuanto más descabellada y extravagante era la idea, más ilegible se volvía su caligrafía.

Sin embargo, sus bocetos seguían siendo espeluznantes, con sus líneas precisas y un sombreado hecho con sumo cuidado. Mi hermano siempre había sido un perfeccionista. Desde su pelo cuidadosamente engominado hasta sus trajes de la confección más fina. A pesar de lo que había hecho, lo echaba de menos.

Mi té de rosas e hibisco estaba intacto, y su vapor hacía tiempo que había dejado de dispersar su fragancia en el aire. Ahora parecía una taza de sangre fría. Un recuerdo de otro tiempo y lugar pasó por mi mente. Nathaniel había tenido una botella de sangre congelada en su laboratorio. Ahora me preguntaba si animal o humana.

—No puedo creer que llevara a cabo tantos experimentos espantosos. —Tiré con fuerza de una manta de chenilla—. Vivisecciones. —Casi me atraganté con uno de sus dibujos de un animal vivo desollado, mi hermano no había escatimado en detalles de su tortura—. No lo entiendo. A mi hermano le encantaban los animales. Era el único que lloraba hasta quedarse dormido si no podía salvar a un animal abandonado. ¿Cómo pudo hacer esto? ¿Cómo no fui capaz de ver antes la maldad que habitaba en él?

Sin levantar la cabeza de su libro, Thomas suspiró.

—Porque lo querías. Es normal racionalizar las rarezas de su comportamiento. El amor es maravilloso, pero como la mayoría de las fuerzas de la naturaleza, contiene tanto luz como oscuridad. Creo que, en algunos casos, cuanto más grande es el amor, más ignoramos hechos que resultan obvios para otros. No viste las señales porque no *podías*. No fue ineptitud por tu parte, era simple autopreservación.

Resoplé.

—O negación.

—Tal vez. —Thomas se encogió de hombros—. Si aceptaras la verdad sobre tu hermano, te verías obligada a enfrentarte a tu propia oscuridad. Descubrirías que tu moral no se define en términos como blanco o negro, bueno o malo. La mayoría rehúye ese nivel de introspección. Nos hace darnos cuenta de que somos villanos. Al menos en parte. También tenemos la capacidad de ser héroes. Todos. La señorita Whitehall puede pensar que soy un villano por intentar romper nuestro compromiso, mientras que tú me crees un héroe por eso mismo. En algún momento, todos somos el héroe de alguien y el villano de otro. Todo es cuestión de perspectiva. Y eso cambia con tanta frecuencia como los ciclos lunares.

Era un pensamiento bastante morboso. Uno en el que no quería profundizar.

—Toma. —Le pasé el sobre marcado como CONFIDENCIAL—. Mi tío ha recibido esto antes. Es un indicio bastante claro de que el Destripador cometió otro asesinato el 20 de diciembre.

Thomas leyó el informe mientras yo volvía a los diarios de Nathaniel. O lo intentaba.

—Cuéntame todo lo que ha dicho tu tío. —Habló con la suficiente calma como para que me diera cuenta de que en su interior se estaba desatando una tormenta. Necesito conocer todos los detalles.

—De acuerdo... —Le conté todo lo que recordaba sobre la muerte de la señorita Rose Mylett. Me escuchó con atención y en silencio, con la mandíbula tensa y una expresión perfectamente serena. Exigió de forma educada que le dijera lo que el tío había dicho sobre Blackburn, y luego estudió con detenimiento los diarios, leyéndolos con la singular atención de un perro hambriento que roe un hueso.

No lo dijo en voz alta, pero en sus facciones vi grabado el mismo miedo que había relampagueado en el rostro de mi tío. De alguna manera, Rose Mylett podría haber sido una sutil advertencia dirigida a mí. Fuera cierto o no, me negaba a ceder ante un loco que se aprovechaba de las mujeres.

Pasó una hora, el reloj de la chimenea dio diez campanadas. Levanté las manos por encima de la cabeza y me estiré hacia un lado y luego hacia el otro. Aquellos días crujía más que algunas sillas de madera.

—No estoy segura de si encontraremos algo que nos sea útil para descubrir la identidad o la posible localización de Jack el Destripador —dije—. Hasta ahora es más inquietante que otra cosa.

—No es tan inquietante como otro posible asesinato del Destripador. —Thomas me miró como para asegurarse de que seguía allí, sentada a su lado, con el ceño fruncido.

Otra media hora pasó volando. Parpadeé, sorprendida al encontrar ante mí un plato repleto de trozos de tarta y dos tenedores. Chocolate con glaseado de chocolate y frambuesas maceradas en el centro. A su lado había un vaso de leche espumosa.

Una parte de mí anhelaba un bocado de la tarta, hasta que recordé que era la que se habría servido en nuestra boda. Aparte de eso, me horrorizaba la idea de comer mientras leía pasajes tan grotescos, pero al cabo de un rato, cedí y me comí dos porciones.

Thomas sonrió.

—Te aterrorizan los payasos y las arañas, pero no devorar una tarta de chocolate mientras te sumerges de lleno en la lectura unos diarios morbosos. Ciertamente, estás hecha para mí, Wadsworth.

Elevé la comisura de los labios, pero la réplica fácil murió con rapidez. Puede que yo estuviera en su corazón y él en el mío, pero ya no era para él. Al menos, no de la manera que ambos deseábamos.

Su propia sonrisa se desvaneció y volvió al trabajo, el momento de despreocupación desapareció como una hoja llevada por el viento. Reanudé mi propia investigación, centrada por completo en identificar cualquier indicio o pista que pudiera ayudarnos a localizar al verdadero Jack el Destripador. Hasta el momento, Nathaniel se había cuidado de no nombrar a su camarada asesino.

Un dedo helado me provocó un escalofrío al recorrerme la columna vertebral cuando pasé a otra inquietante sección con páginas y más páginas de diagramas que mostraban intrincados mecanismos fusionados con tejidos y órganos vivos. Un corazón con engranajes, un par de pulmones hechos con la piel curtida de un animal. Otros órganos eran más difíciles de identificar, aunque uno de ellos parecía un útero. También había manos, extrañamente parecidas a la que había encontrado en nuestra casa, que funcionaban como una máquina de vapor. En cierto modo, sus bocetos me recordaban a Mephistopheles, que tenía un talento excepcional para la ingeniería. En otra vida podrían haber sido amigos. Tragué con fuerza, abrumada de repente por la emoción.

Thomas dejó su diario sobre la mesa, con la cabeza inclinada hacia un lado.

—¿Qué pasa?

Me pellizqué el puente de la nariz.

—No vas a disfrutar de mis pensamientos.

—Al contrario, los encuentro bastante atractivos. En especial cuando son desagradables.

Aquello, al menos, me hizo sonreír. Leer sobre locuras científicas y asesinatos explícitos parecía ser justo el tónico que Thomas necesitaba para seguir coqueteando con descaro. Mi sonrisa se desintegró.

—Estaba pensando en Ayden.

—¿Mephisto? —Thomas entrecerró los ojos—. Bueno, pues espero que te lo estés imaginando completamente vestido con una de sus máscaras ridículas y una chaqueta llamativa. —Sonrió con demasiada sinceridad y me preparé para saber qué había provocado esa mirada tan alegre—. Imaginártelo cubierto de larvas también podría ser divertido. ¿Recuerdas cuando le pasó eso al príncipe Nicolae? Fue uno de los mejores momentos de mi vida, la verdad. Lo juro, a veces reproduzco su expresión cuando salieron disparados de ese cadáver y se abalanzaron sobre él y eso me levanta el ánimo todo el día. Deberías probarlo cada vez que te sientas deprimida. —Esbozó una amplia sonrisa—. Lo estoy haciendo ahora mismo y es maravilloso.

—Si quieres que te diga la verdad, apenas me acordaba de eso, y por una buena razón. —Sacudí la cabeza—. Además, por cierto, ¿estamos en medio de una investigación y todavía te molesta la elección de Mephistopheles respecto a las chaquetas de lentejuelas?

—No. —Thomas se enfadó—. Me molesta haberme olvidado la mía y no haber podido pavonearme también con mis mejores galas de carnaval. Aparte de sus chistes mediocres, no tenía nada más a su favor. Tal vez fue para mejor que no lo eclipsara en ese aspecto también.

Al ver mis ojos en blanco, levantó las manos. Lo que estaba claro era que el muy sinvergüenza había aligerado mi pésimo estado de ánimo y él lo sabía. Tal vez pudiéramos hacer que aquella amistad posboda funcionara. No sería fácil, pero la mayoría de las cosas en la vida no lo eran.

—Está bien, está bien —cedió—. ¿Qué estabas pensando?

—Que él y Nathaniel habrían sido buenos amigos. —Di la vuelta al diario abierto y reanudé mi exploración de aquel material tan oscuro—. Puede que si mi hermano hubiera encontrado a alguien más que disfrutara de la fabricación de mecanismos… tal vez habría hecho un mejor uso de su habilidad. Quizá todavía estaría vivo. —Reseguí su letra con un dedo—. Tal vez esas pobres mujeres nunca habrían sido asesinadas.

Thomas se levantó de su asiento en menos de lo que dura un parpadeo. Se sentó a mi lado y me rodeó los hombros con un brazo.

—No vayas por ese camino, Wadsworth. Solo obtendrás un corazón roto. *Puede que, tal vez, quizás, sí.* Todas ellas deberían ser eliminados del mundo. Al menos en nuestro mundo deberían ser proscritas. —Posó los labios sobre mi sien, su calor impactante y agradable—. Nathaniel tomó sus propias decisiones. Con independencia de los infinitos caminos que *podría* haber tomado, es posible que siempre acabara en ese laboratorio, accionando esa palanca. Esas mujeres, por brutal que parezca, siempre habrían estado en peligro por la naturaleza de lo que se vieron obligadas a hacer para sobrevivir. Si tu hermano no las mató él mismo, si de verdad otra persona empuñaba el cuchillo, entonces su destino podría haber estado decidido desde siempre. Ninguna cantidad de cambios en algunos hechos podría cambiar eso.

—¿De verdad lo crees?

—Por supuesto. —Thomas asintió con vehemencia—. Antes has hablado de las elecciones y los errores. Nathaniel eligió su camino. Es cierto que fue un error que resultó fatal, pero tenía todo el derecho a cometerlo. No importa lo equivocados que sepamos que fueron sus actos.

—Sí, pero…

—Si es cierto para ti y para mí y para cualquier otra persona que comete errores —dijo Thomas—, entonces también es aplicable a tu hermano. El hecho de que los suyos hayan sido a una escala mayor y más horrible no niega ese hecho básico. Si puedes perdonarte a ti misma y aprender, entonces tienes que ver esto como lo que es. Un terrible error, a muchos niveles, que terminó en tragedia para mucha gente.

Algo en lo más profundo de mi ser se desenroscó despacio al principio, luego con más rapidez. Culpa. Solo en su ausencia me di cuenta de lo mucho que me había aferrado a ella. La culpa me había perseguido desde la muerte de mi madre y me había seguido más de cerca tras la muerte de mi hermano. Me culpaba de la muerte de ambos. Me había acostumbrado tanto que casi me aterraba librarme de ella.

Olvidando las novias secretas y todas las razones por las que debería mantener las distancias, me hundí contra Thomas, utilizando su firmeza como apoyo.

—Es difícil —dije, tragando con fuerza—. Dejarlo ir.

—No tienes que soltarlos nunca. —Thomas me frotó el brazo para tranquilizarme—. Pero debes aprender a separarte tanto de la culpa como de la culpabilidad. Si no lo haces, se aferrarán como sanguijuelas sedientas y te desangrarán.

—Lo sé. A veces me gustaría poder cambiar el pasado. Solo una vez.

—Ah. Eso podría ser una imposibilidad matemática por ahora, pero puedes alterar el futuro. Si tomas lo que aprendiste ayer y lo pones en práctica hoy, puedes construir un mañana mejor. —Se inclinó más cerca y sonrió contra mi cuello—. Y hablando de un futuro mejor. He estado pensando en soluciones para nuestro problema. Al menos para…

—Padre llegará en una hora —dijo Daciana a modo de saludo. Tenía la cara de un color escarlata brillante cuando entró en la habitación—. Ha venido a llevarte de vuelta a Inglaterra. Con… con la señorita Whitehall.

26

EL DUQUE DE PORTLAND

A la abuela no le gustaba que la interrumpieran, ya fuera mientras leía un buen libro o mientras elegía su siguiente movimiento en una partida de ajedrez. Desde luego, aborrecía que la despertaran a una hora indecente y la obligaran a recibir a los invitados que deseaba arrojar a las calles cubiertas de nieve.

Inspeccionó a Thomas de una manera que me hizo reconsiderar si creía o no en el poder de la oración. Después de lo que me pareció una eternidad, emitió un asentimiento seco.

—Más vale que merezcas todos los problemas que estás causando.

Thomas mostró su sonrisa más encantadora. La misma que había utilizado con mi padre para que me concediera permiso para asistir a la academia en Rumania y luego en el viaje en tren hasta allí. Una hazaña que todavía me impresionaba, teniendo en cuenta la reputación de Thomas como autómata insensible en la sociedad londinense. Debido a su negativa a seguir las reglas, desde el principio se había rumoreado que era el despiadado asesino que buscábamos. Algunos todavía susurraban su nombre en relación con los crímenes. La idea de que Thomas pudiera ser el famoso Jack el Destripador era demasiado ridícula como para considerarla.

—Le aseguro, *lady* Everleigh, que soy lo bastante guapo como para compensar las cualidades menos atractivas.

Cerré los ojos, preparándome para que la abuela le rompiera las rodillas con su bastón. En lugar de eso, se rio.

—Bien. Me gustas. Ahora, veamos si podemos devolverle los problemas a tu padre por un tiempo.

—Nada me proporcionaría mayor placer. —Thomas se llevó una mano al corazón—. Es un hombre muy táctico. Cualquier alteración en su plan cuidadosamente trazado le causará la mayor de las angustias. Y resulta que eso es algo en lo que mi hermana y yo somos bastante hábiles.

—Mmm —fue todo lo que respondió la abuela.

El tiempo pasó terriblemente despacio, lo cual agitó aún más a mi abuela. Contuve la respiración mientras ella golpeaba el suelo con el bastón cada cierto tiempo y murmuraba lo que imaginé que serían maldiciones en urdu.

Aunque no podía oírlo desde el vestíbulo, imaginé que la farola del exterior silbaba ante el elegante carruaje negro que se detuvo de repente ante la pasarela. Contuve la respiración. Una cortina se descorrió, aunque los ocupantes estaban envueltos en sombras, ocultos a la vista. Era extraño llegar a casa de alguien después de medianoche sin que hubiera una fiesta u otro evento que lo justificara. Puede que la hora tardía fuera un método elegido a propósito para resultar amenazante. El padre de Thomas se estaba posicionando como la figura dominante, alguien que elegía las reglas que más le convenían, sin importar lo problemáticas que pudieran resultar sus elecciones para los demás.

Esperamos, mi abuela, Thomas, el mayordomo y yo, de pie como soldados que se preparan para la guerra. Daciana e Ileana se habían hecho cargo de la lectura de los diarios, para ayudarnos y también para mantenerse al margen de lo que seguramente sería un encuentro desagradable.

Nadie bajó del carruaje. Pasó otro momento. Luego otro. Los segundos del reloj avanzaban, avanzaban, avanzaban, al ritmo de mi corazón.

—¿A qué están esperando? —pregunté, casi tan molesta como mi abuela.

Thomas se golpeó las manos contra los costados.

—Padre sabe que alargar un momento provoca expectación. Desestabiliza. Cualquier bravata se desvanece cuando lo que esperamos que ocurra se tuerce.

—Bueno —la abuela entrecerró los ojos—, no sabe contra quién está jugando. Intentar desquiciar a una pobre anciana. —Sacudió la cabeza—. ¿A qué ha llegado el mundo?

Al oír aquello, sonreí. Puede que la abuela fuera mayor, y su artritis, devastadora, pero llevaba esos años como una armadura bruñida. Solo un tonto la consideraría una anciana desvalida. Era la mujer que había enseñado a mi madre a afilar su mente como si fuera una cuchilla.

Por suerte, el cochero bajó del pescante, consultó con alguien del interior del carruaje y se dirigió a la puerta principal. El mayordomo esperó a que llamara antes de abrir.

—¿Sí?

El joven se quitó la gorra y la retorció entre sus manos.

—He venido a buscar al señor Cresswell para su padre.

La abuela se puso delante del mayordomo, con el ceño fruncido.

—¿Te parece un sabueso, muchacho?

—Señora, yo… por supuesto que no. Es solo…

—No permitiré que se trate así a ningún invitado que se aloje bajo mi techo. Puedes volver a una hora más decente. —Le hizo un asentimiento a su mayordomo y este le cerró la puerta en la cara al pobre cochero—. Ahora vamos a ver cómo disfruta tu padre de tal hospitalidad. La grosería de algunos hombres solo se ve eclipsada por su arrogancia. Vamos —golpeó el suelo con su bastón—, volvamos a la cama. Recibiremos al duque por la mañana. A primera hora, estoy segura.

• • •

Liza se coló bajo mis sábanas, con los ojos muy abiertos mientras le contaba todos los detalles de la llegada del padre de Thomas.

—¡Qué descaro! —susurró—. Debería temer a tu abuela y a su bastón. Menuda forma tiene de mover esa cosa. —Sacudió la cabeza—. ¿Cómo crees que irá?

Bostecé y me puse de lado. El sol estaba a punto de salir, lo que significaba que tenía que imitarlo. El duque de Portland llegaría pronto, sin duda.

—Es un Cresswell —dije—. No se sabe cómo va a salir.

Demasiado pronto, Liza me ayudó a ponerme un atuendo bastante complejo para lo temprano que era.

Teniendo en cuenta el trabajo de laboratorio que había que hacer con el tío, era irremediablemente poco práctico. Estaba destinado a ser usado después de mi boda (Daciana había insistido en que me cambiara para la cena de la noche), así que era un capricho de ensueño. Demasiado bonito para desayunar. Aunque me mostré de acuerdo en que era mejor parecer lo más regia posible al conocer al padre de Thomas por primera vez. No importaba todo el daño que me hubiera causado, deseaba causar una buena impresión.

Aunque solo fuera para que se arrepintiera de su intromisión.

—Dos trenzas entrelazadas sujetas en la coronilla dejarían a la vista el relicario de tu madre. —Liza me levantó el pelo para demostrar el efecto—. ¿Ves?

—Queda precioso —asentí, aferrándome al collar. Me reconfortó saber que mi madre estaría allí de alguna manera, ofreciéndome su fuerza.

Liza acababa de recogerme el último mechón de pelo cuando Thomas entró en mi habitación. Se detuvo en seco y su atención se dirigió de inmediato a mis caderas. El encaje dorado se me ajustaba al cuerpo a la perfección y permitía que las faldas de tul se desplegaran a su alrededor. El efecto era como el de un amanecer asomando a través de una nube tenue. A juzgar por su expresión, Thomas lo aprobaba.

Hice girar el anillo de compromiso alrededor de mi dedo y fruncí el ceño.

—Uy. S-se me sigue olvidando devolvértelo.

Me lo quité con torpeza, pero Thomas negó con la cabeza.

—Te pertenece a ti. Además, mi padre debería verlo en tu dedo. Donde permanecerá, independientemente de sus exigencias. —Miró a mi prima, que se afanaba en arreglar sus propias faldas.

Ella lo miro a los ojos, con las cejas alzadas.

—¿Os gustaría tener un momento a solas?

Empecé a decir que era innecesario, pero Thomas respondió con rapidez.

—Por favor. Gracias.

Cuando cerró la puerta tras ella, me costó no correr a sus brazos. Él también se había vestido con esmero esa mañana, con un traje elegante y a la moda.

—Antes de que conozcas a mi padre, hay algo que me gustaría que supieras. —Esa vez no dudó al cruzar mi habitación, la confianza volvía a él con cada paso. Se detuvo ante mí—. Si aún me aceptas, no hay nada en este mundo, ninguna amenaza lo bastante poderosa, que me aleje de ti. Quiero que mi padre nos vea como un frente unido y que sepa que no nos romperán.

—Thomas…

—Rechazaré a la señorita Whitehall justo después de esta reunión con mi padre. Ayer visité a un abogado originario de Londres y discutí la posibilidad de que se tratara de una falsificación. Yo no escribí esa carta. Ya he tenido noticias de él y no se me puede responsabilizar, ni el compromiso se sostendrá ante un tribunal. —Thomas tomó mi mano entre las suyas—. Cuando bajemos, te presentaré como mi futura esposa.

• • •

El duque de Portland, *lord* Richard Abbott Cresswell, me recordó a una versión un poco mayor y más astuta de Thomas. Resultaba intimidante no solo por su estatura, sino también por el brillo inteligente de sus ojos. Un revoloteo de inquietud se instaló bajo mi piel. Su pelo oscuro era un tono o dos más claro, pero la estructura de sus rostros era inconfundible. Me miró como si fuera un jarrón lleno de flores recién cortadas. Agradable, pero no merecedora de mucha atención más allá de una mirada superficial.

Intenté no removerme con nerviosismo en el sofá al que Thomas nos había guiado. Mi padre y mi abuela se habían colocado a ambos lados de nosotros, sentados con pompa regia en dos sillas de respaldo alto. El duque estaba en el sofá de enfrente. *Sir* Isaac, poco impresionado por *lord* Cresswell, se acurrucó cerca de los pies de Thomas. Lo único que nos faltaba era un pintor para capturar aquella incómoda unión de nuestras familias. Debía de estar cerca de la histeria, porque la idea casi me hizo reír.

—¿De verdad era todo esto —el duque señaló la habitación— necesario? Creía que ya habías superado tu teatralidad. Lo que es seguro es que la familia de la señorita Whitehall no aprobará este comportamiento. Los asuntos privados no requieren una audiencia. Deberías mostrar mejores modales. Es asombroso que la familia de la señorita Wadsworth te haya tolerado hasta ahora.

—Al contrario. —Mi padre dejó su té—. Encontramos a su hijo muy agradable, su excelencia. Ha sido una agradable incorporación a nuestra casa y ha sacado lo mejor de mi hija.

—Como ella ha hecho conmigo, *lord* Wadsworth —dijo Thomas, la viva imagen de unos modales impecables. Imaginé que con el uso de «lord» estaba recordando a su padre que mi familia también formaba parte de la nobleza—. Por eso estoy encantado de que haya viajado hasta aquí, padre. Ahora ha tenido el placer de conocer a su futura nuera, la señorita Audrey Rose. Lástima que se pierda la boda. ¿Cuándo regresa a Inglaterra?

El duque adoptó la mirada pesarosa de alguien que odia tener que compartir malas noticias, aunque había un cierto brillo en sus ojos que revelaba el hecho de que era probable que disfrutara dándolas. Volvió a posar en mí esa mirada calculadora.

—Es usted excepcionalmente encantadora, señorita Wadsworth, y me gustaría poder darle la bienvenida a nuestra familia, de verdad. Pero me temo que Thomas ya está prometido con otra. Es muy desafortunado, y embarazoso, involucrar a su familia en esto, aunque estoy seguro de que entiende que no puedo negarme a los deseos del marqués. Sería muy... poco práctico.

Tomé aire, esperando poder contenerme antes de saltar al otro lado del salón y estrangular al duque delante de demasiados testigos. Qué poco práctico era casarse por amor, desde luego. Si mi título hubiera sido el de duquesa o marquesa, estaba segura de que me habría recibido con increíble rapidez.

Fue mi abuela (que creía que las correas eran para los chuchos, no para las personas) quien habló primero.

—Confío en que conozca el sistema de paridad de la India —dijo, levantando la barbilla en señal de desafío—. El mismo que su majestad imperial tuvo la *amabilidad* de implementar después de ese complicado asunto de la guerra entre nuestros países.

Thomas me apretó la mano con la suya. El tono de la abuela era bastante cordial, aunque la forma en que se sentaba con la espalda bien recta en la silla y golpeó el suelo con el bastón al decir «guerra» daba a entender lo contrario. *Lord* Cresswell parpadeó despacio, dándose cuenta de que se acercaba a una trampa de algún tipo, pero sin poder localizar una salida.

—En efecto. Su majestad tenía razón al nombrar caballeros a algunas familias que lo merecían.

—Mmm. ¿Sabía que también concedió una baronía a unos pocos elegidos? —preguntó, con un ronroneo felino. El duque negó con la cabeza—. Ah, bueno. Supongo que los asuntos exteriores son bastante aburridos para un hombre como usted. Debe de estar muy ocupado dando órdenes a la gente.

—Cuando no estoy viajando por el continente, paso la mayor parte del tiempo en Londres. —Sonrió con desgana—. El aire de la ciudad me sienta mejor que el del campo. Por desgracia, hay demasiadas granjas de cerdos para que sea agradable en verano.

—Imagino que estar en compañía de cerdos debe de ser repugnante —dijo la abuela.

Thomas me cogió la mano con tanta fuerza que casi perdí la sensibilidad en los dedos. Le eché una mirada y me di cuenta de la alegría que había en su cara. Puede que se hubiera enamorado de mi abuela. Mi padre pidió otro servicio de té, con cara de querer un brandy en su lugar.

—Bueno —*Lord* Cresswell dio una palmada—, ha sido un placer. Me temo que mi hijo y yo demos despedirnos…

Thomas sacó la carta que había recibido del abogado y se la pasó a su padre con satisfacción.

—Mis disculpas, padre, pero me temo que tendrá que viajar de vuelta a Inglaterra solo. A menos que prefiera quedarse aquí. Siempre podría enviar esta información a la Cámara de los Lores. Estoy seguro de que la falsificación y el chantaje no son cualidades de las que la nobleza disfrute abiertamente.

Observé al padre de Thomas con atención, esperando ver alguna señal externa de derrota. O de miedo. Thomas lo había declarado prácticamente un criminal delante de mi familia. El mero escándalo podría causarle un problema bastante desagradable. Él volvió a doblar la carta con tranquilidad y la deslizó por la mesa, con una expresión neutra.

—Ay, Thomas. Deberías prestar más atención a los detalles. —Se puso de pie y se recolocó la chaqueta del traje—. Esa carta no era falsa. Dejaste una curiosa cantidad de hojas firmadas en tu habitación antes de irte a Rumania. Yo me limité a rellenar el resto según tus deseos verbales.

—¡Eso es mentira! Yo nunca…

—¿Nunca has desechado por descuido hojas firmadas en una de nuestras casas? —preguntó—. ¿Nunca? ¿Ni siquiera en ese escritorio tuyo atrozmente desordenado? —Negó con la cabeza—. Sinceramente, Thomas. ¿Sabes lo que el personal podría haber hecho con eso? Podrían haber hecho contigo lo que quisieran. Debes tener más cuidado con tus cosas.

Thomas apretó los puños a ambos lados.

—¿Por qué preocuparse por nadie más cuando tengo un padre como tú? Entonces, ¿todo esto es una lección? Si admito que has demostrado tu teoría, ¿anularás el compromiso con la señorita Whitehall?

—Es terrible que continúes con esta farsa. No finjas que no me rogaste que enviara esa correspondencia por ti.

—¿Yo estoy llevando a cabo una farsa? —preguntó Thomas, la rabia reflejada en su voz—. Sin embargo, es usted quien miente a todo el mundo en esta sala.

—Eres un degenerado. No importa cuántas veces intente inculcarte un comportamiento respetuoso, lo llevas en la sangre. Intenta mostrar a los Wadsworths algo de respeto y finge que eres un caballero.

—Qué decepción. —Debió de hacer falta una fuerza de voluntad monumental, pero Thomas consiguió transformar su enfado en otra cosa más rápido de lo que yo tomé mi siguiente aliento. Levantó la mano y se inspeccionó las uñas con una mirada de aburrimiento grabada en sus rasgos—. Me han llamado cosas más mordaces, sobre todo usted. Seguro que puede mejorar lo de «degenerado».

El duque inclinó la cabeza hacia mi padre.

—Ha sido un placer conocerlo, *lord* Wadsworth, *lady* Everleigh. Lamento que haya sido en circunstancias tan ignominiosas. —Volvió a centrar su atención en mí y en Thomas, con un destello de triunfo en la mirada—. Les daré unas horas para que se despidan. La señorita Whitehall y yo nos reuniremos contigo en los muelles a las seis. Buenos días.

27
UNA PARTIDA RÁPIDA

VESTÍBULO DE CASA DE LA ABUELA
QUINTA AVENIDA, NUEVA YORK
8 DE FEBRERO DE 1889

—Bueno. —La abuela se puso de pie, rechazando la oferta de ayuda de mi padre—. Ha sido tan encantador como lo había imaginado. Tu padre es tan arrogante como tú, hijo mío, pero carece de todo tu encanto. Edmund, ayúdame a buscar pluma y tinta. Tengo correspondencia que atender.

Mi padre y mi abuela se fueron en busca del material de escritura y nos dejaron a Thomas y a mí solos tras la salida del duque. Miré el reloj del abuelo. Eran casi las diez. Teníamos menos de ocho horas para encontrar una salida a aquella situación abismal, o Thomas se vería obligado a subir a ese barco de vuelta a Londres. Sin mí. No podía imaginarme que se fuera, como tampoco podía imaginarme resolviendo sola el caso del Destripador.

—No es de extrañar que odiaras a Mephistopheles —dije, reacomodando mis faldas doradas y crema por cuarta vez—. Tu padre es como una versión más vieja y cruel de él. Sin los tratos divertidos y los disfraces de circo. Lo retuerce *todo* a su favor.

—No es retorcerlo exactamente. —Thomas apoyó la cabeza en el sofá—. Busca la debilidad como yo inspecciono los zapatos de la gente en busca de marcas de rozaduras para deducir dónde ha estado el portador. Sus poderes de observación son, bueno, sinceramente, mejores que los míos. Siempre está dando lecciones, siempre señala aquello en lo que he fallado. Flancos que he dejado desprotegidos. Debería haber quemado esos papeles. Pensé que como me había enviado al piso de Piccadilly, estarían seguros. Nunca visita ese sitio.

Junté las manos en el regazo para dejar de pagar mi inquietud con mis faldas.

—¿Por qué tenías papeles en blanco con tu firma?

Se quedó callado un momento.

—Estaba practicando.

—Practicando. —No lo planteé como una pregunta, aunque él respondió.

—Antes de irnos a Rumania, pedí una audiencia con tu padre. Sabía lo mucho que se preocupaba por ti, así que incluí todas las razones por las que estudiar en el extranjero te convendría. Quería... No estaba seguro de cómo firmarlo una vez que lo hubiera escrito. No quería parecer pomposo, pero me preocupaba que, si simplificaba demasiado, no me tomara en serio como pretendiente en el futuro. —Exhaló—. Nunca me había preocupado por cosas tan tontas. Debí de firmar diez páginas diferentes, todas ellas cerca de la parte inferior para poder colocar mi carta encima y así tener una buena idea de cómo quedaría. Al final, en la carta que envié a tu padre firmé como «Thomas». ¿Quién iba a saber que mi nombre podía causar tantos problemas?

—Me ha causado problemas desde que nos conocimos —bromeé.

Thomas no me devolvió la sonrisa. En lugar de eso, se enfrentó a mí, con una expresión mortalmente seria. Tomó mis manos entre las suyas.

—Huyamos, Wadsworth. Podemos fugarnos y cambiarnos los nombres. Escribiremos a tu familia una vez que nos hayamos instalado. Si nos vamos ahora, no hay nada que mi padre pueda hacer para detenernos. En unos años podemos volver a Inglaterra. Para entonces la señorita Whitehall seguramente habrá encontrado un partido mejor. ¿Y si no? No podrá hacer nada, ya que estaremos casados.

Mi respuesta inmediata fue *¡Sí! Huyamos de inmediato*. La emoción me invadió. Huir simplificaría mucho nuestras vidas. Podríamos quedarnos en América, instalarnos en un nuevo pueblo o ciudad, comenzar una nueva vida. En unos años tal vez podríamos crear nuestra propia agencia, una en la que asistiéramos en casos forenses y misterios en apariencia irresolubles. Ansiaba decir que sí. Lo deseaba más que cualquier otra cosa. Y sin embargo…

—No puedo, Thomas. —Odiaba esas palabras, pero seguían siendo tan ciertas aquel día como el anterior—. Huir… no evitaría la ruina a mi familia. Resolveríamos tu problema solo para garantizar el mío. ¿Serías capaz de negarlo?

Apretó la mandíbula, pero negó con la cabeza.

—¿Y qué hay de Jack el Destripador? —pregunté, liberando mis manos de su agarre con suavidad—. ¿Huiríamos de resolver eso también?

Se encogió de hombros. Thomas hubiera prendido fuego al caso, y al mundo, para que pudiéramos estar juntos. No por maldad o insensibilidad, sino por su amor y devoción hacia mí. No sería fácil para él, pero lo haría. Por mucho que yo deseara lo contrario, no podía darle la espalda ni al caso ni a mi familia, estaría dando la espalda a entender a mi hermano y a hablar en nombre de todas las mujeres que habían perdido la vida. Y por todas las demás que era probable que murieran en el futuro si no lo deteníamos. Puede que Thomas creyera en aquel momento que podía librarse de ello, pero yo sabía que acabaría por arrepentirse. Al igual que yo.

—¿Recuerdas lo que hablamos, cuando llegamos a Nueva York? ¿Sobre nuestro trabajo? —pregunté.

—Por supuesto.

Estaba a punto de clavarme un bisturí en mi propio pecho y retorcerlo.

—Entonces debes de saber que nuestro trabajo tiene que ser lo primero. No podemos huir de este caso. No cuando nos queda tanto por hacer. Lo empezamos juntos, debemos encontrar la manera de terminarlo. —Miré hacia la ventana, viendo cómo la nieve caía en copos más pesados—. Si no se puede razonar con tu padre, quizá la señorita Whitehall cambie de opinión cuando vea lo importante que es tu trabajo para ti. Quizá no le importe que la odies, pero sí que le moleste un marido que prefiera diseccionar cadáveres que tocarla. Lo más seguro es que odie los murmullos que habrá en Londres sobre tu desinterés.

Se quedó callado un momento, asimilando mis palabras. Esperaba que no lo viera como un rechazo hacia él. Daría cualquier cosa por tener una vida sencilla juntos. Exhaló.

—Detesto cuando eres razonable. —Se cruzó de brazos, aunque torció la boca—. Algún día estaría bien que te mostraras de acuerdo con alguno de mis grandes gestos románticos.

—Algún día, cuando no tenga nada mejor que hacer, puede que lo haga.

Entornó los ojos y se inclinó hacia delante, con una nueva mirada.

—Las relaciones se basan en el compromiso, ¿no es así?

Desconfié de inmediato de hacia dónde se dirigía con aquello.

—Sí, pero… nuestro efímero noviazgo está técnicamente terminado.

Apartó el tecnicismo como si fuera una mosca.

—Nuestro *matrimonio* está comprometido por culpa de mi padre y sus amenazas de desheredación. Pensémoslo bien. Si no puedo encontrar pruebas de su engaño, solo me queda una opción, según mi padre. Estoy legalmente vinculado a la señorita Whitehall y subiré al próximo barco. Que sale —consultó el reloj— en unas horas.

Todavía con desconfianza, asentí con la cabeza.

—Cierto.

—Tu teoría de que el Destripador se ha trasladado a otra ciudad… si tuviéramos una buena razón para abandonar Nueva York, una con la que tu tío estuviera de acuerdo, podríamos escabullirnos antes de que mi padre se dé cuenta de que no estaré en los muelles y venga a recogerme. ¿Correcto?

—Thomas… —Involucrar a mi tío en aquel lío era lo último que deseaba hacer.

—Audrey Rose —dijo con urgencia—, si podemos deducir a dónde ha ido y continuar nuestra investigación allí, eso nos proporcionará una razón legítima para retrasar mi partida. Tendríamos más tiempo para resolver el asunto de la señorita Whitehall sin arruinar el nombre de tu familia. De lo contrario, tengo dos opciones. O ser repudiado y perseguido si no me subo a ese barco esta noche, o estar legalmente atado a otra. ¿Puedes vivir con eso?

Cerré los ojos y me imaginé a Thomas subiendo a un barco, saludando a su padre y a su futura esposa. La imagen era tan nítida, tan real, que me quedé sin aliento.

—Tu padre no se dará por vencido y volverá a Londres. Irá a buscarte. ¿Y quién sabe lo que hará entonces?

Thomas volvió a tomar mis manos entre las suyas, con el rostro serio.

—Lidiaré con su ira. Necesito saber que esto es algo que quieres.

—Por supuesto que lo quiero. —Que pudiera pensar que quería otra cosa iba más allá del sentido común o la lógica. Una nueva oleada de pánico inundó mi sistema—. ¿Qué pasa si no podemos encontrar una buena pista sobre el Destripador? ¿Y si no tenemos ninguna otra ciudad en la que investigar para cuando tengas que irte?

Thomas me abrazó.

—Ya se nos ocurrirá algo.

Sacudí la cabeza.

—Mi tío no se irá de aquí por un capricho. Lo conozco. Necesitará pruebas convincentes que demuestren que hay una buena razón para irse.

—Tenemos unas horas. —Por primera vez, Thomas sonó un poco inseguro sobre aquel plan desesperado—. Encontraremos algo. Tenemos que hacerlo.

—¿Y si no lo conseguimos?

Se quedó callado un momento.

—Entonces huiré. Desapareceré tan a conciencia que mi padre nunca tendrá la oportunidad de encontrarme.

Nos miramos el uno al otro, absorbiendo aquel destino. Si Thomas huía de su padre y de su responsabilidad, también me dejaría atrás a mí. Mi cabeza se llenó de preocupaciones, pero también tenía que hacer algo. El tiempo se nos escapaba entre los dedos.

—Démonos prisa. Destruiremos los diarios si es necesario. O buscaremos en las notas del caso de la señorita Tabram. Tiene que haber una pista en alguna parte. —Acepté la mano de Thomas mientras me ayudaba a levantarme. Recorrimos el camino hacia el pasillo cogidos del brazo y me pregunté si su corazón latía con tanta furia como el mío—. ¿Y si...?

—Nada de eso, Wadsworth. —Thomas me dio una palmadita en la mano—. Cuando. *Cuando* encontremos la información, se lo diremos a tu tío. Cuando estemos lejos de aquí, nos preocuparemos de las consecuencias. Por ahora, centrémonos en nuestra preocupación más inmediata. Iré a hablar con tu tío y le contaré nuestra teoría sobre que el Destripador ha salido de Nueva York. Tú empieza con nuestras notas o diarios.

Daciana estaba junto a la escalera y se agarraba a ella con fuerza. Los círculos oscuros le marcaban la piel debajo de los ojos. No había dormido mucho desde que la boda se había ido al traste.

—Ileana y yo queremos ayudar. Se nos da muy bien encontrar pistas ocultas. Es... —Tuve la impresión de que estaba eligiendo sus siguientes palabras con cuidado, pero yo estaba demasiado inquieta y preocupada como para reflexionar sobre ello—. Hemos practicado con la Orden. Si queréis, nos encargaremos de los diarios y vosotros podéis encargaros del último caso de asesinato. Dividir el trabajo entre todos nos ayudará.

Thomas se lo pensó durante un instante. Asintió con energía, con un ligero brillo en los ojos.

—Gracias, Daci. Los diarios están en el despacho de Audrey Rose. Tendréis que daros prisa, hay... muchos.

Los hermanos Cresswell se miraron durante un minuto, comunicándose en silencio. Un instante después, Daciana se agarró las faldas y subió corriendo las escaleras, llamando a su amada mientras llegaba al pasillo.

Thomas me dio un beso en la cabeza y fue en busca de mi tío mientras yo recogía las notas tanto del asesinato de Martha Tabram como del de la señorita Carrie Brown. Aunque la policía había detenido a Frenchy número uno, yo sabía que no era el responsable. Se trataba de nuestro Destripador y apenas estaba comenzando a dejar su último rastro de asesinatos. Me instalé en una sala de estar del primer piso con páginas y más páginas de notas esparcidas a mi alrededor.

Intenté no mirar el reloj, pero lo único que oía era el miserable *tictac, tic-tac* del segundero, contando las horas que nos quedaban. El tiempo no era nuestro aliado. Parecía correr más rápido que mi pulso. En algún momento, Thomas vino también a la sala de estar, y su pila de notas era más desordenada que la mía. Mi tío había accedido a cambiar de ciudad, siempre y cuando le diéramos un buen argumento de a dónde. El caso del Destripador también lo atormentaba y deseaba acabar con ello.

De alguna manera, a pesar de concentrar toda mi energía en nuestra tarea y desear que el reloj se ralentizara, solo quedaba una hora antes de que Thomas tuviera que marcharse. Todos los músculos de mi cuerpo estaban tensos, a punto de romperse. Él se echó hacia atrás y lanzó un suspiro.

—Tengo que preparar mi equipaje, Wadsworth. No puedo arriesgarme a quedarme más tiempo, o sin duda mi padre aparecerá por aquí y estoy seguro de que habrá contratado *ayuda* para llevarme a ese barco. No confiará en que llegue allí por mi cuenta.

Se puso de pie, la derrota era evidente en las líneas que le rodeaban la boca. Todo aquello me parecía mal. Me puse de pie, con el corazón acelerado.

—Huyamos —dije, y un sollozo se abrió paso a través de mis palabras. Thomas se quedó paralizado durante un momento antes de alzarme en brazos y abrazarme con fuerza. Si Thomas y yo nos fugábamos, eso ayudaría a calmar el escándalo. También lo haría el hecho de que estuviéramos en Estados Unidos y los rumores llegaran más tarde. No era lo ideal, pero podría funcionar. Tenía que hacerlo. Así podríamos seguir juntos las pistas de Jack el Destripador—. ¿Estás seguro de que tenemos suficiente tiempo para preparar el equipaje?

Thomas me soltó y miró el reloj con expresión sombría.

—Muy poco. No te lleves muchas cosas. Nos reuniremos en veinte minutos. Haré que el cochero prepare un carruaje ahora mismo.

Me besó en la mejilla y corrió hacia la puerta. No me entretuve. Subí las escaleras tan rápido como me lo permitieron mis piernas, con el pulso palpitando al ritmo de los segundos. Metí los vestidos, los cepillos y mis innombrables en un baúl, aliviada de haber dejado guardado ya una buena parte. Terminé con unos minutos de antelación y llamé a un lacayo para que recogiera mi equipaje. Mientras esperaba, garabateé una nota para Liza y luego otra para mi padre. No tenía tiempo para despedirme, ni quería involucrarlos en nuestro plan.

Ya estaba esperando a Thomas en el pasillo de abajo cuando él se hizo cargo de nuestros baúles y ayudó al lacayo a moverse con más rapidez.

—¿Estás preparada? —me preguntó. Asentí con la cabeza, demasiado asustada para decir algo más. No podía creer que estuviéramos huyendo. Lo malo y lo bueno se mezclaron hasta que ya no sabía qué emoción era la dominante. Él parecía sentir lo mismo. Levantó la barbilla en una imitación de asentimiento y luego indicó la salida trasera—. Démonos prisa. No queremos…

—¡Esperad!

Daciana e Ileana bajaron corriendo las escaleras, casi tropezando en su prisa por alcanzarnos.

—¡Lo hemos encontrado! —dijo Daciana, jadeando—. Sabemos hacia dónde se dirige.

28
LOS COMPAÑEROS DE SATÁN

VESTÍBULO DE CASA DE LA ABUELA
QUINTA AVENIDA, NUEVA YORK
8 DE FEBRERO DE 1889

—¿Quién? —preguntó Thomas, dejando nuestros baúles en el suelo—. ¿Padre? Creo que hasta el Vaticano sabe a dónde se dirige. Lo ha dejado muy claro.

—Jack el Destripador. —Ileana parecía un poco más reservada en su juicio—. Estamos casi seguras —enmendó—. Las pistas parecen apuntar a una determinada ciudad. Aquí.

Me entregó uno de los diarios de Nathaniel, abierto por una página con otra cita. La leí e identifiqué de inmediato que se trataba otro pasaje de *Frankenstein*. Mis hombros se desplomaron mientras leía en voz alta.

—Contemplé un chorro de fuego que salía de un viejo y precioso roble que se encontraba a unos veinte metros de nuestra casa; y en cuanto se desvaneció la deslumbrante luz, vi que el roble había desaparecido, y no quedaba más que un tocón destrozado. Cuando fuimos a verlo a la mañana siguiente, encontramos el árbol destruido de una manera singular. La corteza no se había resquebrajado por el impacto, sino que había quedado completamente reducida a astillas de madera. Nunca he visto nada tan destrozado.

Le pasé el diario a Thomas. Enarcó una ceja.

—¿Habéis deducido una ubicación basándoos en esto? —Su tono era escéptico—. Quizá deberíais dedicaros a la adivinación. Conozco un carnaval que necesita de estos servicios. Tal vez convenzáis al mundo de que los vampiros, las brujas y los demonios vagan por la tierra.

Ileana y Daciana compartieron una larga mirada, una que hablaba de secretos compartidos. Entrecerré los ojos. ¿Qué sabían ellas de los vampiros y otras leyendas que pudiera incomodarlas? En Rumania no parecían tener miedo del folclore. Al final, Daciana se volvió hacia nosotros y nos entregó otro diario.

—No os sintáis demasiado impresionados con nosotras todavía. Tomad esto.

—«Satán tenía a sus compañeros, compañeros demonios, para admirarlo y animarlo, pero yo estoy solo y me aborrezco». —Otra cita de nuestra novela gótica favorita. Los fragmentos subrayados no parecían merecer la pena antes, y, francamente, no estaba tan emocionada como parecían estarlo Daciana e Ileana. En todo caso, el pesado peso de la derrota se instaló sobre mis hombros como un manto de realidad.

Elegí con cuidado mis siguientes palabras.

—Esto es… interesante, pero me temo que mi hermano sentía bastante entusiasmo por esta novela. La citaba a menudo.

—Al principio, también temimos que no fuera nada, pero mira más de cerca —instó Daciana mientras me entregaba otro diario—. Ahora lee esto.

Me encantó el aspecto de la cabaña, allí la nieve y la lluvia no podían penetrar; el suelo estaba seco; y se convirtió entonces en un retiro tan divino y exquisito como el Pandemonio se lo pareció a los demonios del infierno después de sus sufrimientos en el lago de fuego… Era mediodía cuando me desperté, y atraído por el calor del sol, que brillaba en el blanco suelo, decidí reanudar mis viajes.

Contemplé la expresión esperanzada de Daciana y deseé poder reunir el mismo nivel de entusiasmo. No quería ser descortés, pero estábamos desperdiciando los últimos momentos que teníamos en tonterías. Thomas y yo necesitábamos escabullirnos antes de que fuera demasiado tarde.

—El fuego y viajar a través de la nieve… Me temo que no veo la conexión.

Daciana se volvió hacia su hermano.

—¿Y tú?

—¿Demonios de vacaciones en una ciudad de fuego? —preguntó, sonando molesto—. ¿No es eso el infierno? O tal vez sea una descripción pintoresca de su casa de verano.

Ella volvió a coger el diario y le indicó a Ileana que los dejara en el orden en que los habíamos leído. Como una profesora que enseña a sus alumnos revoltosos, los señaló uno por uno para resaltar su significado.

—Mirad las fechas de cada uno. Cuando se leen en orden, los pasajes subrayados se refieren a personas que viajan a un lugar. ¿Dónde hubo un gran incendio en este país? ¿Qué recibe ahora el apodo de «blanco»?

—¿Un gran incendio? ¿Cómo voy a…? —Y lo comprendí. Esa semana había leído un artículo en el periódico sobre la contribución de Olmsted a los recintos feriales de Illinois. Sobre lo magníficos y fascinantes que eran. La Ciudad Blanca. El gran incendio. Thomas y yo intercambiamos nuestra primera mirada esperanzada en días. Volví a centrar la atención en Daciana, compartiendo por fin su entusiasmo y el de Ileana—. Chicago. El Destripador se dirige a la Exposición Mundial Colombina.

Por supuesto. Llevaba meses siendo la comidilla del mundo, un lugar donde la invención científica y la industria podrían brillar y atraer a cientos de miles de visitantes. Habría tanta gente deambulando por allí que sería…

Cuando comprendí la horrible verdad, la emoción se extinguió tan deprisa como había llegado. Quienquiera que hubiera asesinado y acechado las calles iluminadas con gas de Londres estaba a punto de desatar más terror en una nueva ciudad. Por el momento había terminado con Nueva York. Había puesto la mira en un escenario aún más grande. Uno en el que las víctimas pudieran desaparecer con facilidad. La exposición mundial sería un lugar muy interesante para el asesinato y el caos.

Con un nuevo peso en el corazón, me dirigí a la puerta.

—Le diré al tío que compre billetes para Chicago.

Thomas asintió.

—Date prisa. No queremos encontrarnos con mi padre y la señorita Whitehall. Aunque sería bastante satisfactorio verlos desde la ventanilla de nuestro tren.

—No. Que ni se te pase por la cabeza esa tontería. —El tono de Daciana no admitía discusiones—. Iré al barco y le diré a padre que vienes detrás de mí. Así tendréis tiempo para huir sin que él venga de inmediato. Tenéis que estar en el próximo tren a Chicago o no saldréis de Nueva York por voluntad propia. Y no podéis encontraros con padre u os perseguirá y os arrastrará de vuelta.

—Llévate esto contigo. —La abuela salió de su salón y señaló con la cabeza al mayordomo. Se adelantó y le entregó a Daciana un telegrama—. Es para tu padre.

Thomas frunció el ceño y el miedo se reflejó en sus facciones al ver quién era el remitente. Tenía mucho que aprender sobre mi abuela. Me alegré de que ya hubiera dejado los baúles en el suelo o se le habrían caído a los pies.

—¿Es de… la *reina*?

—Por supuesto que sí. —La abuela estampó su bastón contra el suelo—. Su majestad imperial estaba bastante encariñada con mi marido. Sobre todo, después de que le presentara a mi familia. —Giró sus intensos ojos marrones hacia mí, tan astutos como siempre—. No se lo has dicho, ¿verdad?

Sentí la atención de Thomas sobre mí, estudiando con atención cada emoción que yo intentaba controlar, y contemplé la posibilidad de esconderme bajo mis faldas. Era demasiado observador como para perderse nada.

—No vi ninguna razón para compartir *sus* asuntos personales, abuela.

Ella soltó un resoplido.

—A mi padre se le concedió el título de rajá. Prestaba dinero a los ingleses de la Compañía de las Indias Orientales. Teníamos mucha influencia en el comercio. —Sacudió la cabeza—. Mi nieta heredará todos mis bienes cuando yo falte, muchacho. Puede que no ostente el título de marquesa, pero su dote podría comprar el precioso título de tu padre mil veces. Simplemente pedí la bendición de su majestad para vuestro compromiso. Para mi *nieta*.

—¿Y? —pregunté, sabiendo que había más. Siempre lo había con la abuela.

—Podría haber sugerido que una nueva ala dedicada a la reina quedaría bien en Oxford. Victoria no puede resistirse a esas cosas. Ahora, marchaos. —Hizo un gesto para que nos fuéramos, con un brillo triunfal en los ojos—. Necesito algo de paz en esta casa.

Ignorando sus deseos, la besé en ambas mejillas.

—Gracias, abuela.

Thomas y yo aún no éramos libres para casarnos, pero ella había hecho todo lo posible para ayudarnos en nuestro empeño. Ahora dependía del padre de Thomas y de la reina. No tenía mucha fe en ninguno de ellos, pero sin duda era lo mejor que podíamos esperar, dadas las circunstancias. Tendríamos que limitarnos a esperar y ver qué pasaba. Pero esperaríamos y observaríamos desde un lugar secreto, con suerte, demasiado lejos para que el duque nos encontrara.

—Sé valiente. —La abuela me acarició la mejilla con cariño—. Ahora, ve, salva el mundo y a ese príncipe diabólico tuyo.

SEGUNDA PARTE

CHICAGO

1889

Los placeres violentos encuentran finales violentos
y en su triunfo mueren, como fuego y pólvora,
que, al besarse, estallan.

— *Romeo y Julieta*, acto II, escena VI

William Shakespeare

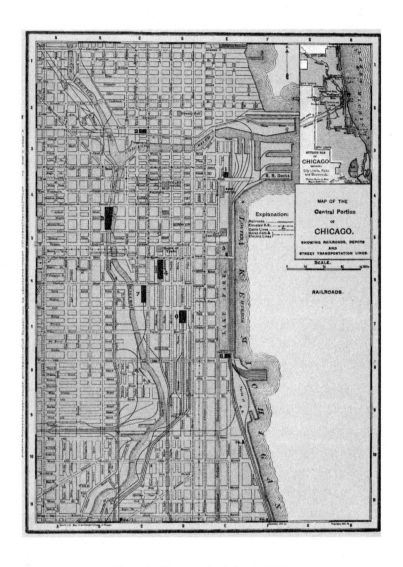

Mapa de Chicago, alrededor de 1900

29
LA SEGUNDA CIUDAD

DEPÓSITO CENTRAL
CHICAGO, ILLINOIS
10 DE FEBRERO DE 1889

Había leído en los periódicos todo tipo de cosas desagradables sobre Chicago: cómo olía a cerdo sacrificado, a humo y a excrementos. Algunos decían que las calles estaban rojas por la sangre y negras por la ceniza. Y no era nada raro encontrarse con una cabeza o un miembro cercenado en las vías, un peligro diario para los que se acercaban demasiado a las locomotoras. Era una ciudad que había que temer y evitar.

Aunque algunas de esas cosas eran ciertas, Chicago me pareció encantadora a pesar del olor a humo que flotaba en el aire. Desprendía una cierta esencia de determinación mezclada con esperanza que se colaba en una persona y la hacía creer que ella también podía llegar a ser quien quisiera ser. Todo era posible. Era una ciudad que había sufrido la destrucción, que se había convertido en cenizas y que había resurgido de ellas como el fénix mitológico. Parecía que abría los brazos, en un gesto de desafío y bienvenida a la vez. *Ven y entra si te atreves. Ven y vive con libertad.*

Bienvenido a Chicago.

Yo estaba de pie en el exterior de la estación de tren, con los ojos muy abiertos, contemplando los edificios que se alzaban hacia el cielo. Relucían como cuchillas bajo el sol poniente. *Chicago.* La ciudad inhalaba y exhalaba al ritmo de los trenes que entraban y salían de ella. Era como un sistema mecánico nervioso, en las vías había movimiento constante, vida. El viento jugó con mi pelo a pesar de ser una brisa helada que hizo que me castañetearan los dientes. Había mujeres jóvenes que se apresuraban a recorrer las calles con pequeñas maletas de cuero, vestidas con largas faldas oscuras y elegantes. Me di cuenta enseguida. Iban solas. Parpadeé, completamente asombrada ante la idea de que las mujeres se desplazaran, sin acompañante, a trabajar. Me apoyé en mi bastón, boquiabierta. Aquello tenía que ser un sueño.

Thomas se puso a mi lado, observó mi expresión y luego las vistas. Alzó una de las comisuras de su boca.

—Es difícil estar seguro, pero pareces casi tan entusiasmada con la ciudad como yo con ese pastel de chocolate con glaseado de café expreso.

—No seas ridículo, ese pastel no era de este mundo. —Le di un codazo—. Mira. —Giré despacio—. ¿Te imaginas? ¿Vivir en un lugar en el que no se necesita acompañante para ir a ningún sitio?

Thomas me miró con un poco de tristeza y me di cuenta de que sí sabía lo que se sentía. No estaba obligado a tener a alguien que vigilara todos sus movimientos cuando salía de su casa.

Un hombre que tocaba una campana ponía muecas al ver a la gente que salía de la estación de tren.

—¡Pecadores! En esta ciudad vive el diablo. Criaturas malvadas, perversas y descontroladas. ¡Volved al sitio del que habéis venido! Huid a la seguridad de vuestros hogares o los demonios que acechan estas calles os llevarán. —Se giró en mi dirección, con una mirada tan salvaje como el fuego indomable—. ¡Tú! Vuelve a casa con tu madre, niña. Sálvate a ti misma.

Mi emoción y mi sonrisa se evaporaron. Clavé la vista en él, toda calidez desaparecida de mis rasgos y de mi tono.

—Mi madre ha muerto, señor.

—Ven. —Thomas me guio con suavidad hasta el extremo del paseo. Esperamos, en silencio, asimilando el ruido de la calle mientras mi tío se encargaba de llevar nuestros baúles y el equipo médico a nuestro alojamiento temporal. El hombre continuó con su diatriba. Apreté los dientes.

—¿Por qué grita ese hombre sobre pecadores y demonios? —pregunté mientras lo veía agitar la campana ante una joven que pasó corriendo junto a él, con la cara girada a propósito—. No se refiere a las mujeres, ¿verdad?

—Me imagino que sí. —Thomas lo inspeccionó—. No todo el mundo cree que Chicago sea un lugar tan mágico y progresista. Leí un artículo que la describía como una ciudad donde la decencia perece. Es una ciudad sitiada: la maldad está sustituyendo a la moral. Al menos, según algunos. —Señaló con la cabeza a otra joven que caminaba sola—. Los hombres se empeñan en culpar a las mujeres del aumento del pecado. Es algo que aqueja a la humanidad desde que la Biblia acusó por primera vez a Eva de tentar a Adán. Como si él no hubiera querido probar el fruto prohibido antes de que ella se lo ofreciera. Todo el mundo parece olvidar que Dios le dijo a Adán que la fruta estaba prohibida. Creó a Eva después.

—¿Puedo serte sincera? —resoplé—. No me había percatado de que eras tan versado en asuntos religiosos.

Thomas colocó mi mano en el pliegue de su brazo y empezó a ir hacia mi tío, que acababa de salir de la estación.

—Me gusta causar disgustos cuando me obligan a asistir a fiestas. Deberías oír las discusiones que se desatan al decir algo tan supuestamente blasfemo. La única pregunta que nadie puede responder nunca es que, si Adán había sido advertido, ¿por qué no transmitió el mensaje a su esposa? Parece que él tuvo más culpa que ella. Sin embargo, Eva es siempre la villana, la malvada tentadora que nos maldijo a todos.

—¿Quién *eres* tú? —pregunté, solo medio en broma.

Dejó de caminar.

—Soy el hombre que te amará para siempre. —Antes de que pudiera desfallecer o reprenderle por su coqueteo, añadió a toda prisa—: También soy un estudiante observador. Y un hermano. La verdad, señorita Wadsworth, es que he visto a mi hermana navegar por el mundo de los hombres. Y lo hace con más gracia de la que yo jamás podría, si estuviera en su lugar. Te he visto a ti hacer lo mismo. Morderte la lengua cuando yo no querría otra cosa que morder al agresor. Me encanta señalar las áreas en las que el hombre ha fallado, incluso si solo consigo cambiar una opinión. O si no cambio ninguna. Al menos siento que estoy luchando del lado de las mujeres, no contra ellas. Todo el mundo tiene que asumir la responsabilidad por sus propios fallos.

Me aferré a su brazo con más fuerza.

—Eres extraordinario cuando decides serlo, Cresswell.

Me miró y una expresión pensativa cruzó sus rasgos.

—Anhelo vivir en un mundo en el que la igualdad de trato no sea algo digno de elogio.

Mi tío se metió las manos en la capa y apartó la cara del viento, que cada vez era más fuerte.

—Hay tranvías disponibles, pero he contratado un carruaje para llevar nuestros baúles. —Se fijó en el hombre que seguía gritando sobre Satanás. Tensó la mandíbula cuando el hombre señaló a nuestro grupo, maldiciendo a mi familia por llevarme a aquel antro de pecado. Mi tío suspiró—. No debes salir sin compañía bajo ninguna circunstancia, Audrey Rose. Ya no estamos en terreno conocido, y no puedo estar preocupado por tu paradero mientras investiguemos este caso. ¿Está claro?

—Sí, señor.

—¡Satanás viene a por vosotros! Viene por todos vosotros. Hasta el último pecador será quemado vivo. —El hombre cargó contra una mujer joven y agitó una cruz en su cara. Cuando ella no se inmutó, él se arrodilló—. ¡Ángel de la venganza! ¿Has venido a salvarnos?

Me acerqué a Thomas de forma involuntaria mientras la mujer se agarraba las faldas y salía corriendo para alejarse de él. Estaba claro que sufría de alguna aflicción mental si de verdad creía que los ángeles y los demonios andaban entre nosotros.

—Aquí está nuestro transporte. —El tío señaló un carruaje—. Vamos a estar en nuestro...

—Profesor —comenzó Thomas—, ¿le parece bien que nos encontremos allí dentro de una hora? Me encantaría ver el Canal Sanitario y de Navegación.

—Sospecho que estás pidiendo permiso para llevarte a mi sobrina. Al canal. —Se pellizcó el puente de la nariz cuando Thomas asintió con entusiasmo—. Una hora.

Thomas ayudó al tío a subir al carruaje, probablemente prometiendo a su primogénito si no nos llevaba a ambos a casa sanos y salvos en una hora. Una vez que los caballos se alejaron, Thomas me tendió el brazo, con una sonrisa casi contagiosa. Dudé solo un momento antes de aceptarlo.

—Tenemos que trabajar en tus habilidades de cortejo, Cresswell —dije—. Me temo que visitar un canal sanitario no es la forma más romántica de pretender a alguien.

Se rio mientras avanzábamos por la calle, alejándonos de la campana del religioso. Noté la tensión de sus músculos bajo mi mano.

—Es una de las hazañas más notables de la ingeniería: han invertido el flujo del río para alejarlo del lago Michigan.

—¿Desde cuándo estás tan enamorado de la ingeniería? —Lo miré, con el ceño fruncido—. No encaja del todo con tu ciencia y tus deducciones.

—¡Señorita Wadsworth! —gritó una voz casi familiar—. ¡Señor Cresswell!

Sobresaltada, busqué entre la multitud, lo que resultó una tarea imposible. Las cinco de la tarde en Chicago era una hora terriblemente concurrida. La gente se apresuraba a salir de los elegantes trenes metálicos, de los tranvías de color verde y crema y de todo tipo de carruajes, tanto rápidos como más lentos. Las aceras bullían de trabajadores que salían de los edificios y suponían añadir varias docenas de personas a las calzadas ya abarrotadas. Nos quedamos quietos, formando parte de la multitud como si fuéramos rocas que sobresalen de un río embravecido. Nadie vino a por nosotros. Thomas se encogió de hombros y me guio con amabilidad hacia el edificio más cercano.

—En Bucarest —dijo a modo de explicación—, mi madre solía decir: «Si te pierdes, quédate quieto. Correr como un ganso desplumado no servirá de nada».

Fruncí el ceño.

—¿Los gansos no se despluman *después* de haberlos matado?

—Sí, sí, Wadsworth. —Thomas me dio una palmadita en el brazo—. Ni siquiera a los ocho años tuve el valor de comentarle a mi madre el error de su afirmación. Aunque —dijo, como si se diera cuenta de algo nuevo—, tal vez la absurdidad de tal imagen estuviera destinada a que se me grabase en la mente.

Al fin vi a un joven conocido de piel oscura y sonrisa brillante que se dirigía hacia nosotros, moviéndose a contracorriente entre la multitud. El señor Noah Hale. Nuestro amigo de la academia forense de Rumania. No podía creer nuestra suerte.

Cuando se acercó, Thomas prácticamente soltó mi brazo para correr hacia él. Rectificó en el último momento y se aseguró de que yo estuviera bien antes de saludar a nuestro amigo.

—¡Noah!

—¡Thomas! —Los dos jóvenes se saludaron, se dieron palmadas en la espalda y se agarraron de los codos. Puse los ojos en blanco. Los hombres siempre parecían tener un ritual secreto en lugar de limitarse a darse un abrazo. Una vez que terminaron de saludarse, Noah sonrió en mi dirección—. ¡Qué sorpresa! Me alegro de veros a los dos. Moldoveanu no lo admitió, pero creo que os echó de menos. La academia no fue la misma después de que os fuerais.

—Estoy bastante segura de que nuestro antiguo director solo echa de menos descargar su hostilidad contra mí —dije, devolviéndole la sonrisa. Moldoveanu había despreciado a casi todo el mundo en nuestro curso de medicina forense, aunque se había ensañado más conmigo y con Thomas por el imperdonable pecado de resolver los asesinatos que tenían lugar en su escuela—. Hablando de él, ¿por qué no estás en la academia?

No es que no me complaciera verlo. El señor Noah Hale era uno de mis compañeros favoritos. Me maravillaba la suerte de habernos cruzado con él allí.

La alegría de Noah decayó. Vi cómo el brillo abandonaba sus ojos oscuros, sustituido por algo mucho más triste.

—Mi madre enfermó. Tuve que volver para ayudar a la familia. Mi padre trabaja de sol a sol y los pequeños me necesitaban.

Agarré su mano entre las mías.

—Lo siento mucho. ¿Cómo se siente tu madre ahora?

Una de las cualidades que admiraba de Noah era que nada parecía detenerlo por mucho tiempo. Una sonrisa volvió a iluminar su rostro.

—Mejor, gracias. No os sintáis muy mal porque no esté sufriendo bajo el yugo de Moldoveanu. —Se abrió una solapa del abrigo y señaló una insignia que llevaba cosida en el chaleco. Era un ojo con la leyenda NUNCA DORMIMOS alrededor. No me resultaba familiar, pero Thomas parecía impresionado mientras silbaba por lo bajo—. Me han invitado a ser aprendiz de los Pinkerton. Por ahora me han dado un caso de relleno, pero es interesante.

—¿Los Pinkerton, la famosa agencia de detectives? —preguntó Thomas, animándose aún más—. ¿Los que detuvieron el complot de asesinato contra Lincoln?

—¿Cómo lo sabes? —Me quedé mirándolo con incredulidad—. ¡Eso fue antes de que nacieras!

—Al igual que los romanos, pero también aprendemos esa parte de la historia —dijo Thomas con naturalidad. Volvió a centrarse en Noah, haciendo todo tipo de deducciones Cresswell—. No te han causado ningún problema, ¿verdad?

—El señor Pinkerton tenía una cabaña a unos cincuenta kilómetros al norte de aquí que solía ser una parada del Ferrocarril Subterráneo. Lo único que le importa es contratar a los mejores para el trabajo. —Noah volvió a abotonarse el abrigo y sopló dentro de los guantes.

Empezó a nevar, los copos giraban en todas direcciones mientras caía al suelo. Nueva York había sido fría, pero Chicago parecía haber nacido del hielo—. ¿Habéis venido para la exposición?

Thomas me miró, quizá buscando un permiso que no necesitaba. No había reglas ni restricciones entre nosotros.

—A mi tío lo llamaron a Nueva York para un caso —dije—. El trabajo ha dado algunos giros extraños y nos ha traído aquí.

—¿De veras? ¿No será por el asesinato de esa mujer en Nueva York? ¿El que dicen que cometió Jack el Destripador? —preguntó. Noah siempre había sido especialmente astuto, sobre todo cuando se trataba de recopilar detalles de cosas que no se decían—. Creía que habían declarado culpable a alguien.

—Sí, bueno, es lamentable, pero no creo que sea la primera vez que un hombre es condenado de forma injusta por un crimen —dije—. ¿Has mencionado que estás trabajando en un caso? ¿Vas a usar tus habilidades forenses?

—Por desgracia, no. No hay cuerpo, no hay escena del crimen o evidencia de algún acto malicioso en su casa. Ni siquiera estoy seguro de que se haya cometido un crimen. —Noah se apartó del camino de un hombre de negocios con aspecto de estar agobiado—. Es como si simplemente se hubiera desvanecido.

—¿Vive cerca su familia? —La mirada de Thomas recorrió a nuestro amigo, sin duda deduciendo detalles del caso antes de que Noah los ofreciera—. Por eso estás aquí. ¿Cuánto tiempo lleva desaparecida? —Noah no tuvo tiempo de abrir la boca antes de que Thomas asintiera. Era impresionante, incluso para él—. Ah. No mucho. ¿Una semana?

—Es un poco desconcertante cuando haces eso, ¿sabes? —Noah se rascó un lado del cuello y sacudió ligeramente la cabeza—. La señorita Emeline Cigrande fue a trabajar hace cinco días. Se fue a almorzar y nunca regresó. Su padre la esperaba en casa para la cena, ella se encargaba de cuidarlo. Cuando no regresó… —Seguí la mirada de Noah cuando se posó en el hombre que tocaba la campana y hablaba de demonios—. Pobre señor Cigrande. Ha estado fuera de sí, no ha dormido desde que desapareció. Sigue tocando esa campana como si eso fuera a traerla de vuelta a casa sana y salva.

Me ablandé ante el infierno que debía de estar librándose dentro de la mente del señor Cigrande. Su hija había desaparecido, él estaba mal. No era de extrañar que creyera que el diablo era el culpable.

—De todos modos, no hablemos más del asunto. ¿Habéis estado ya en la exposición? —preguntó Noah, cambiando de tema de forma bastante brusca. Sacudí la cabeza y volví a centrar mi atención en el presente—. Tenéis que visitarla cuando se pone el sol. El agua de la Gran Cuenca parece lava.

—No tendremos mucho tiempo para ver los lugares de interés una vez que nuestra investigación esté en marcha. —Thomas parecía intrigado—. Primero tendremos que pedirle permiso al profesor, pero ¿por qué no vamos esta noche?

—Si lo hacéis, me apunto —dijo Noah—. Tengo que hablar con el señor Cigrande y repasar su historia una vez más. Eso debería daros tiempo a ambos para enviar un telegrama. Reuníos conmigo cerca de la Estatua de la República alrededor de las seis y media. No os arrepentiréis.

Tribunal de Honor, Exposición Mundial, Chicago

30
ILUMINACIÓN

TRIBUNAL DE HONOR
EXPOSICIÓN MUNDIAL COLOMBINA
10 DE FEBRERO DE 1889

Nos quedamos en el puente que daba a la Gran Cuenca, admirando la cúpula del edificio de la Administración, esperando a que el sol se hundiera con elegancia en una reverencia, sus rayos un rico tapiz de color salmón, mandarina y dorado intenso. Unas barcazas cubiertas cruzaban de un lado a otro del Tribunal de Honor, deslizándose por las aguas, por lo demás tranquilas, del estanque reflectante. Las banderas americanas ondeaban con la ligera brisa, y su sonido quedaba ahogado por la gran multitud. De vez en cuando caía un chaparrón del cielo, como si la madre naturaleza añadiera un poco de su propia magia a aquella ciudad resplandeciente.

Mi mirada se desplazaba de una maravilla a la siguiente, bebiendo de cada detalle. Desde los orgullosos toros de piedra orientados hacia el este en la orilla hasta la *Estatua de la República* que teníamos delante, podría pasarme la vida viajando de edificio en edificio.

Noah y Thomas charlaron sobre arquitectura y comentaron el agradable efecto estético de que todas las cornisas estuvieran construidas a la misma altura. Lo que me llamó la atención a mí fue el diseño neoclásico: el tono blanco cremoso de todos los edificios y la forma en que cambiaban a tonos aún más suaves mientras el crepúsculo proyectaba su red de color opalino sobre la exposición. Parecía como si algún artista celestial hubiera pintado los edificios ante nuestros ojos y hubiera tenido cuidado de dorar los bordes.

—Es increíble —dije—. ¿Cómo crearon un palacio así de rápido?

—Espera a que empiece la verdadera magia —dijo Noah mientras contemplaba un barco que surcaba el agua—. Desde que volví, he venido al atardecer al menos una vez por semana y nunca deja de sorprenderme.

Inhalé la fragancia que flotaba en el aire. Para mi sorpresa, había tiestos con flores en plena floración en todas las direcciones, pero la brisa fresca también transportaba otros aromas. Una pareja que se encontraba en las inmediaciones masticaba con entusiasmo una nueva golosina, Cracker Jack, palomitas de maíz recubiertas de caramelo. El Tribunal de Honor no se parecía a nada que hubiera visto antes, era más etéreo y hermoso incluso que la Catedral de San Pablo. Los edificios resplandecían incluso a esa hora. Me moría de ganas de verlos con el sol de la mañana. Me resultaba imposible describir en su totalidad la vasta extensión de edificios que se extendían a nuestro alrededor, o lo enormes que eran. Los gigantes podrían correr de un extremo a otro e incluso sus largas piernas se agotarían mucho antes de llegar al final del recinto de la exposición.

Si el cielo existía, aquella ciudad debía de haber sido modelada a su imagen.

Pensé en el señor Cigrande, el hombre cuya hija estaba desaparecida, en su insistencia en que todos caminábamos a ciegas hacia el infierno. Solo tenía que entrar en aquella Ciudad Blanca para sentir la presencia de un poder superior. Incluso alguien como yo, que no estaba segura de en qué creer, se sintió conmovida.

—…no tenía mucho que añadir. Cuenta la misma historia todas las veces. Para ser sincero, no sé qué creer. He preguntado por ahí y sí, tenía una hija, aunque los vecinos recuerdan haberlos oído discutir a todas horas. Platos rotos…

Sintonicé la conversación de Thomas y Noah, sin querer que ningún indicio de oscuridad invadiera aquel espacio tan sagrado. Era egoísta, pero después del fracaso de nuestra boda y el horror que veíamos en nuestro trabajo, anhelaba disponer de una hora para dejarme llevar por lo fantástico que era nuestro entorno. Mientras el sol continuaba su lenta procesión por el horizonte, estudié la *Estatua de la República*, mi folleto decía que medía casi veinte metros de altura. Con una mano sostenía en alto un globo terráqueo con un águila, mientras que con la otra agarraba un báculo. Era tan fiera como una diosa e igual de intimidante.

—Ya casi es la hora. —Noah dio saltitos sobre las puntas de los pies. El sol luchaba por su último aliento antes de que la luna ascendiera a su trono celestial. Una luz pura y dorada palpitaba antes de la llegada del crepúsculo—. Preparad vuestros pañuelos.

Thomas hinchó el pecho, sin duda dispuesto a soltar toda una letanía sobre por qué eso sería innecesario, cuando se encendieron las luces eléctricas por todo el recinto. Me quedé boquiabierta. Me fallaron las palabras. Mi mente, centrada en la ciencia, comprendía la ingeniería que había detrás de semejante hazaña, pero mi corazón se aceleró ante aquella genialidad. Nunca, en toda mi vida, había presenciado un acontecimiento semejante.

Miles de farolas colocadas a intervalos regulares de un extremo a otro del terreno, desde cada edificio hasta donde alcanzaba la vista, lo iluminaron todo al unísono. La luz blanca y brillante se reflejaba en el estanque, que resplandecía con intensidad. Alcancé la mano de Thomas en el mismo momento en que él me la daba.

—Es… —Me escocieron los ojos mientras luchaba por expresar mis sentimientos con palabras

—Mágico. —La expresión de Thomas era de puro asombro—. La magnitud…

Noah nos ofreció una sonrisa de complicidad, pero me fijé en que también tenía los ojos empañados.

—Hay más de doscientas *mil* bombillas incandescentes, según el programa. La corriente alterna de Nikola Tesla va a ser algo enorme. Deberíais ver qué más ha hecho en el edificio eléctrico.

—¿Tesla? —pregunté mientras me secaba los ojos con el pañuelo de Thomas—. ¿Está aquí? —Había leído sobre sus experimentos mecánicos, sobre cómo llevaba a cabo hazañas sin precedentes para los clientes de su laboratorio. Agarré a Thomas, dispuesta a arrastrarlo hasta la sala de exposiciones para conocer a un hombre que de verdad hacía magia con la ciencia. A Nathaniel le habría encantado verlo. Me moría de ganas… Respiré de forma entrecortada. A veces, incluso a aquellas alturas, olvidaba que mi hermano había muerto. Mi estado de ánimo se ensombreció un poco, pero una mirada a las luces brillantes y el sonido de los gritos de la gente que nos rodeaba mantuvieron a raya mi tristeza.

—Tesla está aquí, sin duda. —Noah sonrió—. Ha venido a exhibir su sistema polifásico. Ha metido cuatro metros de bobina y osciladores en el edificio eléctrico. Hay vapor siseante y las chispas vuelan por todas partes. Es increíble. La última vez que estuve allí, una mujer se quedó inmóvil durante casi una hora. Creyó que había visto a Dios.

—Imagino que debe de dar esa impresión.

Miré de un edificio a otro. Había mucho que hacer y ver y deseaba con desesperación hacerlo todo. Hubiera sido desalentador intentar cubrir tanto terreno, sobre todo con tanta gente por allí. No quería retrasar a mis compañeros. Thomas me observó de esa extraña forma suya.

—Dar un paseo en barca por el estanque sería divertido. Me apunto si tú lo haces, Wadsworth.

Me mordí el labio. Habíamos avisado a mi tío y le habíamos preguntado si podíamos quedarnos un rato más para visitar la exposición, y él nos había indicado que no pasáramos allí más de dos horas. Ya habíamos estado esperando una hora para contemplar la iluminación nocturna. A juzgar por el tamaño de la multitud, para cuando cruzáramos el puente y nos dirigiéramos a una barca, pasaríamos al menos otra hora solos. Tenía muchas ganas de ir, pero quería respetar los deseos de mi tío.

—Quizá la próxima vez, Cresswell. Por mucho que desee pasar la eternidad en esta ciudad celestial, tenemos un diablo al que atrapar.

• • •

Nuestro carruaje se detuvo frente a una casa estirada que parecía burlarse de nuestra llegada. Enarqué las cejas. Era un diseño interesante, todos los arcos estaban profusamente ornamentados, lo que me recordaba un poco a…

—¿Soy yo, o parece que la dueña de esta propiedad es una bruja que está sacándoles los ojos a unos niños y guardándolos en frascos para sus hechizos mientras hablamos?

—Thomas —lo reprendí mientras le daba un golpe en el brazo—. Eso es muy… gótico.

Resopló.

—Qué magnánimo por tu parte, Wadsworth. Las espirales parecen colmillos.

—No hables mal de la casa —le advertí—, o podría morderte.

Tras ignorar el nuevo comentario de Thomas, dejé de lado su valoración. Era una gran finca, un favor de la abuela. Lo había arreglado todo para nosotros tras afirmar conocer el lugar perfecto para nuestros asuntos. No tenía ni idea de que tuviera una propiedad allí, pero era una mujer llena de sorpresas. Era demasiado grande para nosotros tres, aunque después de dejar atrás el caos y el clamor de nuestras familias, el espacio extra sería más que bienvenido. Un respiro muy necesario de duques entrometidos y prometidas vengativas. Sonreí para mis adentros. La abuela siempre sabía lo que necesitaba.

Acepté el brazo de Thomas mientras bajábamos del carruaje y solo me tambaleé un poco antes de recuperar el equilibrio gracias al bastón. Exhalé asustada al ver que no estábamos solos y el aliento humeante formó una nube delante de mí. Mi tío se paseaba por el exterior de nuestro alojamiento temporal, sin darse cuenta o sin preocuparse, de la nieve que había empezado a caer con fuerza.

Thomas y yo cruzamos miradas. Mi tío tampoco parecía haberse dado cuenta de nuestra llegada. Estaba en un momento de introspección, con las manos entrelazadas a la espalda, y movía los labios para formar palabras que no podíamos oír. Thomas se aclaró la garganta y mi tío se giró hacia nosotros, con una expresión severa. Toda la magia y la alegría que había sentido al salir de la Ciudad Blanca se desvaneció. Thomas me ayudó a subir las escaleras, su atención dividida entre asegurarse de que yo no resbalara sobre los adoquines y mi cada vez más iracundo tío.

—¿Profesor? ¿Qué ocurre?

—Me he pasado la tarde caminando de una comisaría a otra, por todo Chicago.

Me arrebujé en mi abrigo, intentando ignorar los fragmentos de escarcha que me salpicaban la piel. No tenía ni idea de cuánto tiempo llevaba mi tío allí fuera, pero se iba a morir si no entraba.

—Tío, deberíamos…

—Lo que me preocupa es la falta de cadáveres. —Dejó de moverse el tiempo suficiente para observar el suave resplandor de una farola—. ¿Sabéis qué es lo que más me molesta?

—¿Que no está congelado a pesar de estar aquí fuera sin abrigo? —preguntó Thomas—. ¿O soy solo yo?

Mi tío le dirigió una mirada de advertencia antes de volverse hacia mí.

—¿Y bien?

—N-no es t-tan inusual en una ciudad, ¿no? Q-quizá los c-cuerpos estén en el canal —tartamudeé. Me apoyé en el bastón, el frío me mordía la pierna sin piedad—. ¿Podemos hablar de esto dentro? Mi p-pierna…

—No hay cuerpos. No hay partes desmembradas —continuó mientras nos hacía pasar al interior. Thomas mantuvo la mano en la parte baja de mi espalda mientras atravesábamos la ornamentada puerta principal—. Incluso en una ciudad de este tamaño, los cadáveres acaban por aparecer. El cuerpo de la señorita Brown, por ejemplo, fue descubierto a las pocas horas de su asesinato. ¿Por qué, entonces, no hay cadáveres?

Un lacayo me ayudó a quitarme el abrigo.

—El té está esperando en el salón, señorita Wadsworth. Su abuela también dispuso un surtido de pastas.

Me dirigí tan rápido como pude a la habitación y me quedé de pie ante el fuego, empapándome de su calor, con la mente revuelta por las posibilidades.

—Nuestro asesino… podría tener algún laboratorio secreto para guardar los cuerpos. —Acepté una taza de té que me ofreció Thomas y me giré para encontrarme con las expresiones de preocupación de ambos hombres—. Podría desmembrarlos y luego arrojarlos al río. O a cualquiera de los canales o lagos de la Exposición Colombina. —Miré a Thomas. La anterior belleza de la exposición adquiría ahora un aura siniestra—. Había muchos canales. Tal vez se hayan quedado atrapados en las máquinas submarinas.

—Las teorías están bien, Audrey Rose, pero los hechos son mejores en esta coyuntura. No hay ropa ensangrentada, ni bufanda, ni abrigo, ni trozo de tela, ni falda, ni zapato, ni una sola pista o rastro de que aquí se haya cometido algún crimen relacionado con los asesinatos del Destripador. —Se dejó caer en un sillón de cuero acolchado mientras se retorcía el bigote—. ¿Acaso suena eso a el Jack el Destripador que conocemos? ¿El mismo que envió cartas escritas con sangre a los inspectores de la policía? ¿El que jugaba a cortar partes del cuerpo y órganos?

Thomas y yo nos quedamos en silencio. Por mucho que deseara lo contrario, el argumento de mi tío era muy sólido. No parecía tratarse del hombre que buscaba atención y que nos había aterrorizado en Londres. Tampoco parecía similar al asesinato de Nueva York. Todos esos asesinatos habían sido un espectáculo en sí mismos, una forma de que el asesino mostrara su habilidad para frustrar los esfuerzos de la policía.

—Me temo que abandonar Nueva York ha sido impulsivo —dijo el tío—. Los fragmentos de poesía y los recortes de periódico pegados en los diarios no indican que Jack el Destripador siga vivo. O que haya elegido *esta* ciudad para aterrorizar a continuación, de entre toda

América, si es que ha sobrevivido. Quiero que los dos destrocéis esos diarios si es preciso, que me encontréis una prueba irrefutable de que esto no es una locura conjurada por vuestra necesidad de escapar de tu padre, Thomas. —Centró su atención en mí y me marchité bajo su mirada despectiva—. Espero sinceramente que no hayas insistido en venir aquí para poder eludir tus propias responsabilidades y vivir en pecado.

Thomas ni siquiera se atrevía a respirar.

Me puse en pie.

—Deseaba venir aquí porque pensaba que aquí era donde estaba el Destripador. Mi corazón no me gobierna, señor. Tampoco huyo de mi desamor. Venir a Chicago no ha tenido nada que ver con lo que pasó en Nueva York. —Incluso mientras lo decía, sabía que eso no era del todo cierto. Me había alegrado mucho de salir corriendo de Nueva York sin pensarlo dos veces. Pero lo que había dicho sobre Thomas… Di un paso adelante, con los puños apretados a los lados—. ¿Y está sugiriendo que Thomas se inventó una pista solo para sacar provecho? Lo conoce mejor que eso, tío. Nunca abusaría de su confianza ni de nuestros privilegios…

—No sería la primera vez que un joven tergiversa la verdad para conseguir lo que más desea. —Levantó una mano para impedirme hablar. Estaba tan enfadada que temía que me saliera vapor por las orejas—. Encontradme una prueba de que aquí es donde está cazando Jack el Destripador ahora o volveremos a Nueva York a finales de semana. —Miró a Thomas a los ojos—. Por muy brillante que seas, Thomas, te llevaré de vuelta a Londres personalmente en caso de que esto haya sido una elaborada maniobra para corromper a mi sobrina.

31
LA GUARIDA DEL DIABLO

FINCA DE LA ABUELA
CHICAGO, ILLINOIS
10 DE FEBRERO DE 1889

La aguanieve caía sobre el tejado de hojalata de nuestra casa prestada, las gotas eran constantes y rítmicas. Al principio me costó acos-
tumbrarme, pero pronto se convirtió en un cómodo ruido de fondo
que casi me adormecía a pesar de nuestra nueva tarea. Tomé un
sorbo de té de menta y degusté su sabor fresco y limpio. Se oyó un
trueno en la distancia que iluminó la habitación con un resplandor
blanco. Me envolví bien en el chal. Aunque en los últimos tiempos
no había conjurado imágenes de lobos u otras criaturas oscuras acechando en la noche, en tardes como aquella mi mente me jugaba
malas pasadas.

Un segundo trueno me hizo contener la respiración. Miré por la
ventana mientras el cielo nocturno se incendiaba. Unas líneas finas de
hielo habían invadido el cristal de la ventana, tan delicadas como el
encaje. La madre naturaleza era una buena costurera, sus puntadas estaban tan bien dadas como las mías al cerrar un cadáver. Thomas levantó la cabeza de su propio trabajo, con una sonrisita en la cara.

—¿Te dan miedo los truenos, Wadsworth? —Le dirigí la mirada
más desagradable de la que fui capaz, sin dignarme a responder. Ya se
burlaba suficiente de lo de los payasos y las arañas—. No me

importaría abrazarte bajo las sábanas hasta que pase la tormenta. Me sentiría muy caballeroso.

Inhalé con brusquedad y me pareció que la habitación también lo hacía. Las imágenes de la noche anterior a nuestra boda inundaron mi mente. Thomas me observaba con atención, con una expresión que combinaba la esperanza desesperada y el miedo irremediable. La esperanza de que le devolviera las bromas siguiendo nuestra dinámica habitual. Y el miedo de que no lo hiciera, de que su padre hubiera conseguido separarnos para siempre. Mi pausa duró solo un momento, pero me pareció eterna.

—Te ofrecerías a hacerlo, ¿verdad? —dije, recomponiéndome por fin—. Me sorprende que no hayas sugerido que lo hagamos sin la ropa. Estás perdiendo tu toque Cresswell.

El alivio sustituyó al instante la creciente tensión que reinaba en la habitación.

—En realidad, estaba a punto de sugerirlo a continuación. Y tampoco por razones egoístas. —Su expresión era demasiado inocente, lo que indicaba problemas—. ¿Sabías que acurrucarse piel con piel libera endorfinas que ayudan a aumentar la actividad cerebral? Si decidimos renunciar a la ropa y abrazarnos hasta que pase la tormenta, podríamos resolver este caso más rápido.

—¿En qué revista médica has leído eso? —Entrecerré los ojos—. Creía que poner piel contra piel había demostrado ser eficaz para combatir la hipotermia.

—No te enfades conmigo. —Thomas levantó las manos—. No puedo evitar citar hechos científicos. Si prefieres tener pruebas, podríamos llevar a cabo un experimento. A ver quién tiene razón.

—Si fuera un hecho científico real y no un intento de locura sin sentido, puede que hubiera accedido.

—¿Es que hay un tipo mejor de locura?

Mi atención se desvió hacia sus labios, pero desterré cualquier tipo de interés por ellos a toda prisa. Si no nos esforzábamos por demostrar que Chicago era el lugar más probable en el que Jack el Destripador cometería el siguiente crimen, tendría que ver cómo se marchaba a Inglaterra para casarse con la señorita Whitehall.

Ignorando esa posibilidad tan horrible, aparté el diario.

—Tal vez mi tío tenga razón. Quizás el Destripador esté muerto de verdad y estemos persiguiendo su fantasma.

—O tal vez esté aquí, como creen Daciana e Ileana, y esté esperando su momento antes de darse a conocer. —Thomas se revolvió en su silla, y sus dedos se movieron por el tablero de la mesa—. No sé si te has dado cuenta, pero mi hermana y yo somos bastante impresionantes cuando se trata de ver lo obvio y compilar un escenario completo a partir de los indicios más mínimos.

—Tu humildad también es una cualidad atractiva —murmuré. Thomas frunció el ceño y yo suspiré—. Estabas a punto de impresionarme. O estabas presumiendo para ti mismo, a veces es difícil de distinguir.

—Eso es porque a menudo hay un poco de ambas cosas, mi amor. —Sonrió y luego hizo una mueca. Recordar que no debía llamarme así estaba resultando difícil. Me pregunté si su reacción se debía a algún cambio en mi expresión. Sentía que esa fuerza invisible me golpeaba el corazón todas y cada una de las veces. Se miró las manos antes de volver a levantar la vista—. He estado pensando en Noah.

—Muy productivo pensar en un caso diferente mientras intentas demostrar que no inventaste una excusa para dejar atrás Nueva York y a tu prometida.

Al oír la palabra «prometida», sus ojos se oscurecieron. Puede que no le gustara el término ni su intención, pero hasta que encontráramos la manera de que se librara de ella, le pertenecía a otra.

—El caso de Noah ha hecho que se me ocurriera una idea sobre el nuestro. Un ángulo que no hemos considerado. Tu hermano tiene varios recortes de mujeres desaparecidas entre sus notas. —Le dio la vuelta a su diario y me mostró un artículo. Su coqueteo había desaparecido, sustituido por una firme determinación—. ¿Por qué? ¿Por qué se molestaría en anotarlo si no fuera responsable o si no estuvieran conectadas?

Pensé en aquel hombre, el señor Cigrande, que estaba convencido de que el diablo había salido del infierno y le había robado a su hija. Era muy probable que ella se hubiera hartado de sus arrebatos religiosos y hubiera abandonado su antigua vida. Eso era lo que Noah intentaba determinar.

—Admito que los artículos sobre mujeres desaparecidas en Londres son un poco extraños, incluso para mi hermano —dije—. Pero me temo que no será una prueba suficiente para mi tío. Necesitamos algo más grande, algo a lo que él no pueda poner pegas. —Jugué con el anillo de mi madre—. No dudará en cumplir su promesa. Si cree que le hemos mentido, te arrastrará de vuelta a Inglaterra encadenado si es necesario. No soporta los engaños.

—No he engañado a nadie. De hecho, soy yo quien ha sido engañado. —Thomas soltó un suspiro de frustración y se pasó la mano por el pelo—. Detesto las complicaciones.

Volvimos a sumirnos en el silencio, con el sonido de la tormenta y el pasar de las páginas como únicos compañeros de conversación. Encontré unas cuantas mujeres londinenses desaparecidas más y añadí sus nombres a mis notas, sin esperanzas de que tuvieran importancia para el caso americano, pero desesperada por encontrar algún vínculo. A medida que pasaba el tiempo, Thomas se mostraba más inquieto que de costumbre. Se puso de pie, se paseó por la habitación y murmuró para sí mismo en rumano. Me preocupaba que se estuviera agitando demasiado para encontrar su calma y ver esas pistas que solo él podía ver. Si no encontrábamos pronto un hilo del que tirar, todo ese caso se desenredaría ante nuestros ojos.

Le toqué el brazo con suavidad, lo cual lo sobresaltó.

—¿Quieres vivir una aventura mañana, Cresswell?

—¿Sientes eso? —Su agitación se disipó con la siguiente respiración. Llevó mi mano a su pecho. Su corazón latía con energía—. Haces que mi oscuro corazón cante, Wadsworth. —Me giró la mano con cuidado y me dio un beso en la palma. Todas y cada una de mis terminaciones nerviosas se vieron inundadas de electricidad. Ansiaba tocarlo de nuevo, explorar como lo habíamos hecho hacía unas pocas noches. Cerré la mano en un puño. No podía desearlo tanto como lo hacía—. La verdadera pregunta es, ¿te gustaría vivir una aventura conmigo *esta noche*?

Tuve la sensación de que no estaba sugiriendo que diéramos un paseo en trineo. Mi atención se desvió hacia sus labios. Hubiera sido muy fácil fingir que los últimos días no habían sucedido. Pero no era cierto. Sacudí la cabeza.

—Sabes que no puedo hacer eso, Thomas.

—¿Por qué? —preguntó con el ceño fruncido.

—Ya sabes por qué —siseé—. Estás prometido con otra. No podemos sucumbir a los placeres desenfrenados. Piensa en lo que eso les haría a nuestras familias.

—¿De verdad no podemos? —Me pasó el pulgar por el labio inferior, su voz suave y seductora en la penumbra—. Si el mundo cree que vamos directos al infierno, más vale que disfrutemos del viaje hasta allí. Prefiero bailar con el diablo que cantar con los ángeles. ¿Tú no?

El granizo golpeó los cristales de la ventana, esperando mi respuesta. No estaba segura en cuanto a ángeles o demonios, pero pasar unas horas con Thomas, a solas, olvidando nuestras crecientes preocupaciones, era una opción más atractiva de lo conveniente.

Al sentir mi vacilación, Thomas depositó otro beso en mi muñeca y fue moviéndose muy lentamente hacia arriba, con los ojos fijos en los míos. Era difícil saber quién necesitaba más una distracción. Pensé en las notas que había tomado, en las chicas que habían desaparecido en Londres. La mayoría eran de mi edad o un poco mayores. Ninguna había tenido la oportunidad de vivir de verdad. De explorarse a sí mismas o el mundo que las rodeaba. La vida era corta, preciosa. Y algún villano podría arrebatárnosla cuando menos lo esperáramos. Si no se podía contar con la promesa del mañana, entonces aprovecharía el momento presente.

Me acerqué con timidez y le pasé los dedos por el pelo. Si no dábamos con la información que necesitábamos, pronto desaparecería de mi vida. No quería pasar más noches sin él a mi lado. Nuestro tiempo podría extinguirse en un instante. Si había aprendido algo durante nuestros últimos casos, era a vivir cada día en el presente. Enredé los dedos en su pelo, tiré de él y las preocupaciones por los compromisos y las complicaciones se desvanecieron en el pasado. Tenía razón. Ya estábamos condenados al infierno, era una tontería no disfrutar al menos de nuestro descenso.

Le rocé los labios con los míos, saboreé la forma en que su mirada se oscureció con el mismo anhelo que yo sentía. Le levanté la cara, deseando caer en la profundidad de sus ricos ojos marrones.

—Sí. —Lo besé de nuevo, con más intensidad—. Me gustaría mucho vivir una aventura contigo.

Me agarró por la cintura y me apretó contra la mesa, abrazándome cada vez con más fuerza, hasta que me preocupó que no pudiéramos salir de aquella habitación antes de arrancarnos la ropa el uno al otro. De repente, se apartó, con la respiración agitada.

—Ponte el abrigo. Iré a preparar el carruaje. —Sus ojos brillaban con picardía mientras se frotaba las manos—. Tú, mi amor, vas a llevarte una buena sorpresa.

Me quedé allí, boquiabierta, tratando de recomponerme. Parecía que nuestros conceptos de aventura nocturna eran muy diferentes, aunque aquel giro resultaba intrigante, como mínimo. Tras respirar con calma, pedí mi capa.

• • •

La nieve sustituyó al hielo y la lluvia en nuestro recorrido por la ciudad, convirtiendo los edificios en un derroche de color. Era magnífico ver las luces multicolores de los teatros y las tabernas sobre un fondo puro. El vicio contra la moral, la lucha definitiva de aquella ciudad.

Miré a mi alrededor, con una mano agarraba el bastón y con la otra, la capa. Mientras que yo nos había imaginado acurrucados en la cama, Thomas me había llevado a un establecimiento bastante cuestionable. La nieve cubría gran parte del edificio deteriorado como una gruesa capa de maquillaje escénico que ocultaba las imperfecciones. Las ratas hacían crujir los cubos de basura del callejón más cercano.

—¿Y bien? —preguntó—. ¿No estás emocionada?

Tenía frío, los copos de nieve se colaban por todos los resquicios de mi armadura invernal y no tenía ni idea de cómo aquello podría ayudar en la investigación que nos traíamos entre manos. Puede que nos hubiera llevado hasta allí para que nos apuñalaran por diversión.

—Me has traído a una taberna de mala muerte, Thomas. No estoy segura de cómo me siento.

Sonrió como si guardara más secretos y extendió un brazo.

—Cuando hayas bebido un poco de brandy y estés bailando sobre las mesas, estoy seguro de que te sentirás bien.

—Vamos a ver, ¿por qué tienes esa obsesión por beber licores y bailar encima de una mesa? —Negué con la cabeza, pero lo seguí al interior de la taberna, había despertado mi curiosidad.

Si la Ciudad Blanca había sido angelical, aquella taberna, con el apropiado nombre de «La guarida del diablo», sin duda era su opuesto en todos los sentidos. El interior era como entrar en una cavidad corporal vacía o en una caverna profunda: cortinas de color ciruela, paredes de ébano y una larga barra de una madera tan oscura que podría haberse inspirado en la más negra de las noches. La contemplé casi sin pestañear y me di cuenta de que había tallas de diablos con alas de cuervo decorando cada extremo.

Los candelabros eléctricos parecían telarañas sobre nosotros, con todas las bombillas fundidas. Las botellas de absenta emitían un brillo verde sobrenatural, mientras que los espejos que tenían detrás magnificaban su carácter etéreo. Esperaba que hubiera música, algún tamborileo hedonista, pero la única sinfonía era el sonido de las voces.

Hombres y mujeres charlaban con alegría, aunque un poco borrachos. Algunas mujeres llevaban disfraces burlescos, otras iban engalanadas de los pies a la cabeza. Había una mezcla de personas de todas las clases, aunque algunas parecían más inquietas que otras. Había algo casi familiar en… Un joven de pelo oscuro chocó conmigo y se disculpó con demasiado ímpetu.

—No pasa nada. —No le dediqué más que una mirada rápida. Me preocupaba demasiado que me arrastrara a bailar el cancán como me había pasado con el Carnaval Luz de Luna. Y aquello me recordaba justo a la fiesta de artistas a la que había asistido en el *Etruria*. Thomas me observó con detenimiento, con la boca crispada en una sonrisa.

—¿Qué? ¿Por qué sonríes así?

Se encogió de hombros y su sonrisa se hizo más ancha.

—Déjeme invitarla a algo para compensar mi descortesía —insistió el joven. Ya me había olvidado de él—. ¿Ha probado el hada verde? Está bastante deliciosa.

Desviando la atención de la expresión divertida de Thomas, me volví hacia el borracho, haciendo todo lo posible por contener tanto la lengua como el bastón.

—De verdad que no será… ¿*Mephistopheles*?

32
UNA ESPINA EN EL COSTADO

LA GUARIDA DEL DIABLO
CHICAGO, ILLINOIS
10 DE FEBRERO DE 1889

Parpadeé como si fuera una ilusión. No lo era. Allí estaba el joven maestro de ceremonias del Carnaval Luz de Luna, tan orgulloso como un pavo real, prácticamente atusándose el plumaje.

—¿Qué demonios estás haciendo aquí? —pregunté. Miró a Thomas, con las cejas enarcadas, y me preparé. En cualquier universo, que estuvieran conspirando juntos significaba problemas—. ¿Has organizado tú este encuentro? —Thomas me dirigió una mirada tímida. Dejé pasar esa anomalía y estudié al maestro de ceremonias—. ¿Dónde está tu máscara?

—Guardada y a salvo para cuando empecemos a viajar de nuevo. —Se rio—. También es un placer volver a verla, señorita Wadsworth. —Sus ojos oscuros se dirigieron al anillo que llevaba en el dedo mientras se tomaba la libertad de besarme la mano—. ¿O ahora es *lady* Cresswell?

Puede que me lo imaginara, pero su pregunta parecía contener una nota de tristeza. Aunque estaba fuera de lugar, teniendo en cuenta que solo nos conocíamos de poco más de una semana.

—Tranquilo, Mephisto —interrumpió Thomas—. No le interesan sus juegos ni sus tratos irrisorios de poca monta.

—¿*Mis* juegos? —preguntó, poniendo los ojos en blanco—. Si no recuerdo mal, señor Cresswell, usted fue el que solicitó esta reunión. Y ella parecía bastante satisfecha con nuestro último trato. Creía que nos habíamos convertido en buenos amigos. —Bufó como si se sintiera herido—. Es bastante grosero venir a mi función, derramar mi bebida y hacer alarde de su hermosa novia.

Antes de que pudieran entrar en una de sus ridículas batallas de ingenio, intervine.

—¿Tu función? ¿Qué está pasando? —Desvié la atención—. ¿Thomas?

En lugar de responder de inmediato, estudió al maestro de ceremonias. Cruzaron otra mirada silenciosa. Me di cuenta de que no me interesaba en absoluto aquella nueva camaradería. Los dos eran demasiado para mí por separado, no quería saber lo que podían desatar juntos.

—¿Recuerdas lo que has dicho antes sobre Tesla? —preguntó Thomas, pillándome por sorpresa—. ¿Sobre sus inventos?

—Por supuesto. Pero sigo sin entenderlo.

Mephistopheles hizo una señal a alguien que estaba al otro lado de la habitación.

Unos relámpagos falsos recorrieron la sala oscura, silenciando de golpe a la multitud. Un trueno artificial retumbó, seguido por el sonido de las olas al estrellarse. La gente se movió y se dirigió a un escenario en el que no había reparado. Un tapiz de un océano revuelto colgaba de todas las paredes de la estancia, como si nos encontráramos en medio de una violenta tormenta.

Miré a Thomas.

—¿Qué…?

—¡Contramaestre! —gritó un actor que se apresuró a entrar en escena, lo cual silenció mis preguntas.

—Presente, capitán: ¿cómo va?

—¿Ahora haces obras de teatro? —Volví mi atención hacia Mephistopheles, con el ceño fruncido—. ¿*La Tempestad*?

—*Romeo y Julieta* me parecía demasiado macabro, aunque estos últimos meses he necesitado desahogarme. —Señaló a alguien antes de inclinarse para quedar más cerca de mí, su aliento me hizo cosquillas. Me aparté.

Jian, el Caballero de Espadas, me dio una palmada en la espalda a modo de saludo y luego le entregó al maestro de ceremonias una chaqueta tachonada con piedras preciosas transparentes. Estrellas engastadas en constelaciones. Me di cuenta de que era el antiguo traje de Andreas. Mientras se lo ponía a toda prisa, vi un fino alambre entrecruzado en la parte interior de la chaqueta. Eso era nuevo. Tenía trucos nuevos en la manga.

Mephistopheles sonrió.

—Nikola es un buen hombre. Y un hombre del espectáculo aún mejor.

—¿Conoces a Nikola Tesla? —Me quedé con la boca abierta—. ¿El verdadero Nikola Tesla?

—Bueno, desde luego no era Nikola el impostor. Me han dicho que ese tipo es bastante aburrido en comparación. Hemos pasado algún tiempo juntos, intercambiando impresiones. —Señaló con la cabeza un artilugio que colgaba sobre el escenario—. Asumo que has oído hablar de la bobina de Tesla.

—Por supuesto —dije, tratando de entender el hecho de que Mephistophles hablara de Tesla como si fueran mejores amigos—. Se supone que es increíble.

Los vientos falsos aullaron y las luces se atenuaron.

—Ah —Mephistopheles hizo una reverencia—, esa es mi señal. Disfrutad del espectáculo.

Las cortinas se cerraron tras la primera escena y el maestro de ceremonias del Carnaval Luz de Luna desapareció tras ellas. Miré a Jian.

—¿Qué ha sido eso?

—Yo también me alegro de verla. —Me dedicó una sonrisa sardónica—. ¿Sabe? Estuvo deprimido durante varias semanas. Las emociones humanas son difíciles para él. —Jian cruzó sus enormes brazos—. Ahora verá lo que ha estado haciendo. Le gusta dedicar su energía a los inventos, le ayuda a tener la mente ocupada.

Las cortinas volaron hacia atrás como si las hubiera agitado una fuerte brisa. Mephistopheles apareció, con las manos extendidas, mientras los truenos y relámpagos artificiales se estrellaban y golpeaban a su alrededor y al nuestro. Era como si todos formáramos parte del escenario… Los relámpagos golpeaban el suelo en forma de estallidos.

Echó la cabeza hacia atrás y levantó los brazos hacia el cielo. Unas venas de electricidad zumbaron desde el artilugio del escenario, serpentearon por sus manos y salieron disparadas. Él giró sobre el escenario, con la electricidad fluyendo a su alrededor y desde las puntas de sus dedos como si solo él controlara la furiosa tormenta. Como si él fuera la tempestad.

—Próspero —susurró Thomas—. Por supuesto que aceptaría el papel de un hechicero malvado.

Dirigió su atención hacia mí, aunque yo apenas podía apartar los ojos del escenario. Era magnífico ver una máquina como esa de cerca. Eso explicaba los cables de la chaqueta del maestro de ceremonias: atraía la electricidad hacia él. Ansiaba alcanzar y tocar yo misma un látigo de electricidad blanquiazul, solo para ver si hormigueaba como imaginaba. Había leído que las bobinas de Tesla no hacían daño a nadie, la electricidad salvaje que desprendían era solo parte del espectáculo.

Thomas me besó en la mejilla justo en el momento en que las chispas salían como purpurina de las manos de Mephistopheles. Sentí que sonreía contra mi piel.

—Mira eso, Wadsworth, cuando nos besamos saltan chispas, literalmente.

Me giré, le cogí la cara y me reí mientras nos besábamos de nuevo.

—Está claro se te da bien hacer posible lo imposible. Gracias por esto. Sé que no te importa Ayden.

—Me alegro de que esto no… te moleste —dijo, mordiéndose el labio—. No estaba seguro de si sería otro terrible error de cálculo.

Aparté mi mirada de la magia y noté la preocupación grabada en sus rasgos.

—¿Por qué creías que me disgustaría? ¿Por Mephistopheles?

—Tu hermano…

Dejó que las palabras flotaran el tiempo suficiente para que yo pudiera descifrar su significado. Inhalé con fuerza. El laboratorio secreto de mi hermano. La electricidad que había atravesado su cuerpo, dejándolo convulsionando en el suelo. Su muerte había sido brutal. No había pensado en aquello en absoluto. Aparté la mirada, avergonzada. Puede que de verdad fuera malvada. Debería haber sido mi primer pensamiento, no el último. Thomas me rodeó con un brazo.

—Que no se te pase por la cabeza siquiera. Significa que te estás curando, Audrey Rose. Apréialo. No te tortures por seguir adelante, o por vivir.

Besé a Thomas con dulzura y luego me puse delante de él, con sus manos anclándome, mientras Miranda salía al escenario, exigiendo a su padre que pusiera fin a la tempestad que había iniciado. Apoyé la cabeza en el pecho de Thomas, observando cómo arreciaba la tormenta. Si hubieran existido los hechiceros, habría pedido un conjuro para encontrar al diablo antes de que volviera a atacar.

• • •

—Señorita Wadsworth, señor Cresswell, me gustaría presentarles a la señorita Minnie Williams. —Mephistopheles nos llevó entre bastidores, donde los artistas estaban sentados con batas de seda, tomando té o licor y celebrando el éxito de su espectáculo nocturno—. Es una Miranda excepcional, pero, por desgracia, se va a marchar a tierras más tranquilas.

Minnie se limpió el maquillaje y sus mejillas enrojecieron al restregarse el paño húmedo.

—A Henry no le gustan los espectáculos. Cree que somos mejor que eso. Nos vamos a casar esta semana y no puedo ir por ahí disgustándole.

Se arrancó una hoja del pelo y la dejó sobre el tocador. Debía de ser un resto de la tempestad artificial. Fiel a su atención a los detalles, Mephistopheles había creado toda una isla mágica entre las cuatro paredes de la taberna. No era de extrañar que «La guarida del diablo» fuera el destino más popular en aquella parte de la ciudad.

—Además —continuó Minnie—, no es que no vaya a tener nada que hacer. Me ha prometido que puedo ser taquígrafa. No es el escenario, pero es un trabajo importante.

—Mmm. Mucho. —Mephistopheles puso las botas sobre la mesa, el cuero reluciente como siempre—. ¿Y? ¿Qué tal la bobina? Tiene esa capacidad de deslumbrar de la que siempre habla Houdini. Un verdadero espectáculo. En las últimas actuaciones, media docena de mujeres, y hombres, han pedido sales aromáticas después de ver cómo la electricidad se mueve como una serpiente.

—Es bastante… impactante. —Eso se ganó un gemido tanto de Thomas como del maestro de ceremonias. Estaba claro no apreciaban el buen humor—. ¿Harry está aquí? —pregunté, pensando en mi prima. No había tenido más remedio que quedarse en Nueva York con mi tía. No estaba segura de cómo se hubiera sentido de haber sabido que Houdini estaba aquí y ella no—. No he visto a los demás.

—No te preocupes, querida. Siguen siendo todos empleados de un servidor. Esta es una parada temporal para el Carnaval Luz de Luna. A continuación, iremos a París. Los tengo repartidos por otros espectáculos, aprendiendo nuevos trucos que nos harán mejorar. Siempre es mejor estudiar a la competencia y luego destruirla.

—Así que les pagas para que espíen por ti.

—Espiar, aprender… —Se encogió de hombros—. ¿Hay alguna diferencia? Anishaa ha estado estudiando esas tonterías del Salvaje Oeste que ha montado Buffalo Bill Cody. —Soltó un suspiro—. Se ha hecho amiga de una de sus tiradoras. Una tal Annie o algo así. Ahora Anishaa quiere practicar el tiro al blanco con Jian. Supongo que ella podría echar fuego mientras dispara, eso podría darle un giro a la actuación. ¿Qué te parece un dragón que echa fuego por la boca y dispara?

—Yo…

—No quiero interrumpir —dijo Minnie mientras metía los brazos en un abrigo pesado—, pero debo irme ya. Ha sido un placer conocerlos a los dos. —Sonrió a Thomas y luego me besó en ambas mejillas—. Si alguna vez pasan cerca de la calle sesenta y tres, pásense a charlar. Estaré trabajando en el mostrador de la farmacia mientras estudio un curso. Me encantaría volver a verla. Acabo de mudarme aquí desde Boston y sería maravilloso tener una amiga.

—Me encantaría —dije, esperando poder cumplir mi promesa.

Mephistophefeles le hizo un gesto para que se fuera.

—Una mujer más que huye con otro hombre. Estoy perdiendo mi toque.

—¿Ha considerado que podría ser una espina en su costado? —preguntó Thomas—. Lo cierto es que puede ser un cap…

—Thomas —susurré con dureza, pellizcándole en el interior del codo.

—Qué ingenioso —dijo Mephistofeles con indiferencia—. Convertir mi apellido, Thorne, en un juego de palabras. ¿Qué otra genialidad cómica se le ocurrirá ahora? Me gustaría poder decir que he echado esto de menos —señaló entre él y Thomas—, pero ese tipo de mentiras no pagan las facturas.

—Tampoco las piedras preciosas de esos trajes —murmuró Thomas.

—¿Todavía está celoso de mis chaquetas? —Mephistopheles sonrió.

—Por el amor de la reina —dije, interrumpiendo antes de que se enzarzaran en algo serio—. Pasemos a temas más estimulantes, ¿te has enterado del asesinato en Nueva York?

El personaje frío y arrogante que Mephistopheles interpretaba desapareció en el instante en que sus botas golpearon el suelo. Se levantó con tanta brusquedad que su silla se cayó.

—Uy, no. No, no, no, querida. Ha sido un placer verte, y habría sido más placentero todavía si hubieras dejado a este en casa —hizo un gesto con la barbilla hacia Thomas—, pero no puedo involucrarme más en ese libertinaje tuyo.

—¿*Mi* libertinaje?

—*Desafiar* a la muerte es maravilloso. La muerte por sí sola es horrible para mi negocio.

—Por favor —dije—. Tú solo escúchanos.

Mephistopheles se cruzó de brazos.

—Dime por qué debería hacerlo.

—Te necesito —dije, odiando estar tan desesperada como para pronunciar esas palabras.

Durante unos instantes, ni siquiera parpadeó. Cuando por fin lo hizo, su labio se curvó en una sonrisa diabólica mientras lanzaba una mirada burlona hacia Thomas.

—Ah. Veo que aún no he perdido mi encanto. La mayoría de las mujeres con las que me encuentro dicen lo mismo, aunque suelen llevar menos ropa. ¿No deberíamos quitarte alguna de esas molestas capas? Me ayudará a despejar la mente. Me pondrá de buen humor para ser caritativo.

—Solo si quieres que te estrangule con ellas.

—Veo que sigues siendo muy violenta. —Se encogió de hombros—. Estoy seguro de que haces a Thomas un hombre muy feliz. Siempre imaginé que sus gustos eran un poco depravados, con todo eso de los cadáveres. —Thomas esbozó su propia sonrisa, pero permaneció en silencio. Mephistopheles entrecerró los ojos—. ¿*De verdad* os enamorasteis rodeados de cadáveres?

—No seas ridículo. Nosotros… —Cerré la boca. Si lo reducíamos a lo básico, Thomas y yo habíamos coqueteado en el laboratorio. Podría decirse que nos habíamos enamorado mientras abríamos a los muertos. La idea era inquietante.

—Ambos estáis retorcidos de formas que resultan demasiado horripilantes incluso para mi mente. —Mephistopheles sonrió como si me leyera la mente—. Lo cierto es que sois el uno para el otro.

—Estás evitando mi pregunta —dije.

Su sonrisa se desvaneció como si nunca hubiera estado allí. No pude evitar estremecerme. Tenía talento para crear ilusiones, casi demasiado.

—¿De veras? Y yo que creía que había sido perfectamente claro.

Nos hizo salir por las puertas traseras del teatro, se metió dos dedos en la boca y silbó para llamar a nuestro carruaje. Una sombra se desprendió de la pared y avanzó hacia nosotros. Cerré los ojos un instante, preocupada por si me lo había imaginado. Los abrí y ya no estaba.

Los latidos de mi corazón seguían acelerados a pesar de que no había nadie al acecho en la oscuridad, esperando para atacar.

—Aunque detesto poner fin a nuestra pequeña cita, tendrás que resolver por tu cuenta el lío en el que te has metido esta vez. Lo siento mucho, señorita Wadsworth, pero debo cuidar del Carnaval Luz de Luna. Tuvimos suerte de recuperarnos de ese maldito viaje con solo una baja. Mezclarnos con más casos de asesinato nos enviará directos a la tumba. Y no estoy bromeando.

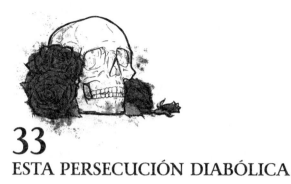

33
ESTA PERSECUCIÓN DIABÓLICA

FINCA DE LA ABUELA
CHICAGO, ILLINOIS
11 DE FEBRERO DE 1889

Cuando la doncella terminó de ayudarme a ponerme la ropa para dormir, me recosté en la cama, repasando los acontecimientos de la noche. La reacción de Mephistopheles había sido extraña, sobre todo para el normalmente escandaloso maestro de ceremonias. Nunca había parecido importarle causar problemas o involucrarse en ellos, aunque tal vez su reticencia se debiera simplemente al miedo. La última investigación estuvo a punto de acabar con su carnaval para siempre. Supuse que debía alegrarme por él: había reconstruido sus ilusiones y le iba bastante bien. Sin embargo, no podía dejar de sentirme incómoda.

Thomas se deslizó como una sombra por las esquinas. Sacudí la cabeza y encendí la pequeña lámpara, observando cómo equilibraba en una pequeña bandeja un pastel entero y dos vasos de leche. Me acerqué, haciendo sitio en la cama para nuestro capricho de medianoche. Me dio un tenedor, con una sonrisa amplia y brillante.

—No sé tú, pero yo estoy agotado.

—No estás demasiado agotado para el pastel —dije. O para colarse en mi habitación.

—Nunca estoy demasiado cansado para el pastel. Sobre todo, si es de chocolate.

Lo observé mientras hurgaba en el postre esponjoso, concentrado en la tarea de cortarlo sin cuchillo. Solté una carcajada y le entregué un bisturí de mi bolso.

—Gracias por esta noche, Thomas. Me ha gustado mucho la obra.

Me miró y se encogió de hombros ante el cumplido.

—Ser desinteresado es terriblemente agotador. Te sugiero que no lo intentes.

Le quité el tenedor y probé el pastel. Esa noche era de chocolate y cereza. Me llevé otro trozo a la boca, disfrutando de su sabor intenso.

—Me sorprende que no hayas traído champán. ¿No es cierto que siempre andas por ahí emborrachándote y bailando de la forma más inapropiada?

—¿Por qué caer en el alcohol cuando no hay nada más celestial que el chocolate?

—Mmm. —Tenía razón. Nos sentamos en medio de un silencio agradable, cada uno se terminó su porción. Era agradable tenerlo allí por la noche, estar sentados juntos y haciendo algo tan mundano como darse un capricho nocturno. Terminó su trozo y se quedó mirando con nostalgia mientras yo saboreaba mis dos últimos bocados. Si el muy diabólico creía que conseguiría un trozo de mi pastel, estaba muy equivocado. Me mostré muy poco femenina mientras lamía el tenedor para apurar el glaseado. Su mirada oscura se quedó de repente embelesada con el movimiento y me di cuenta de mi error. Me sonrojé.

—¿Por qué me has llevado a ver ese espectáculo esta noche? —pregunté, entregándole mi plato vacío—. No ha sido por la bobina de Tesla, ¿verdad?

—¿La verdad? —Thomas apiló nuestros platos y los dejó en mi mesita de noche—. Quería que vieras a Mephisto de nuevo. Sobre todo, después de todo lo que pasó con mi padre y la señorita Whitehall. Yo… —Miró su dedo anular vacío casi con pesar—. Me enteré de que estaba aquí y no quería ocultártelo.

Entrecerré los ojos.

—¿Y?

—Lo cierto es que cada vez se te da mejor descifrarme, Wadsworth. Lo haces demasiado bien. —Se apoyó en el cabecero de madera, sonriendo—. Todavía alberga sentimientos por ti. Eso es obvio. Esperaba poder convencerlo de que al menos estuviera atento a cualquier noticia sobre los asesinatos. Tiene ojos y oídos en todas las partes bajas de la ciudad. Si alguien puede descubrir algo, por mucho que me disguste admitirlo, es él.

—Ya veo. ¿Así que has decidido utilizarme como cebo en tu pequeño plan? Tus gestos románticos son dignos de mención, Cresswell. Ten cuidado. Podrías matarme a base de desmayos.

Su mirada pasó de mis brazos cruzados a la mueca de mi boca. No le hizo falta su habilidad para las deducciones para darse cuenta de lo molesta que estaba. Levantó las manos.

—La razón principal era enseñarte la bobina de Tesla. Sé lo mucho que deseabas ver a Tesla utilizarla en persona. No voy a negar la ventaja añadida de hablar con Mephisto sobre el caso y ver si podía ayudar. —Thomas se acercó más—. Créeme, no quiero ser desinteresado. No contigo. Pero siempre me haré a un lado para que tengas el espacio necesario para tomar tus propias decisiones.

La sinceridad de su voz y su expresión suavizaron mi ira. Tenía mucho que aprender sobre el compañerismo y sobre cómo hacer las cosas de forma más respetuosa, pero me quería lo suficiente como para intentarlo.

—No más conspiraciones a menos que yo sea parte de ellas, ¿de acuerdo? —Asintió—. ¿Crees que Mephistopheles se involucrará en esto? No parece probable, teniendo en cuenta lo rápido que nos ha echado cuando se lo hemos pedido.

Thomas levantó las mantas, una invitación a mi propia cama. Me quedé mirando el lugar que había a su lado, con el pulso desbordado por un torrente de emociones. No se movió, ni me presionó de ninguna manera para que me uniera a él. Mantuvo su mirada fija en mí, esperando a ver si me decidía a acurrucarme a su lado.

—Thomas…

—Si quieres que me vaya, lo haré. Sin preguntas ni culpas.

Hizo el intento de levantarse, pero le puse la mano en el brazo para detenerlo. Me mordí el labio y miré la habitación vacía. Me dije que éramos lo bastante maduros como para poder acurrucarnos uno al lado del otro y, sin más vacilación, me metí en la cama junto a él. Nos arropó con cuidado a los dos, su atención era tan palpable que podría haber jurado que me desnudaba por sí sola.

Estábamos jugando a un juego peligroso. Tendría que levantarse e irse a su propia habitación antes de que la criada acudiera a encender el fuego. O antes de que mi tío nos llamara.

—¿No te has dado cuenta de que silbaba? —preguntó, cambiando de tema. Parpadeé e intenté concentrarme en algo más importante que los latidos de mi corazón. O en la curva de la boca traicionera de Thomas cuando notó que toda mi atención estaba puesta en él.

—Por supuesto que me he dado cuenta. Casi hace que me revienten los tímpanos con todo ese ruido. —Me froté la oreja como si aún pudiera escuchar el silbido fantasma—. Estaba llamando a un carruaje.

—¿Ah sí? —Thomas se acercó. Su calor era mucho más tentador que cualquier fuego. Me acurruqué contra él, saboreando la paz total que me proporcionaba—. ¿Era eso lo que estaba haciendo? Es extraño, porque yo había pedido a nuestro cochero que nos esperara en ese callejón. Y aún más extraño es que, cuando ha vuelto a entrar, otra persona se ha deslizado detrás de él.

Se me aceleró el pulso y no tuvo mucho que ver con nuestra conversación. Recordé lo que había sentido cuando Thomas había presionado sus labios sobre la sensible piel de mi garganta. Y lo mucho que deseaba que lo hiciera de nuevo. Cada vez era más difícil concentrarse con él tan cerca.

—¿Crees que se informará por nosotros, a pesar de sus protestas?

Thomas jugó con los lazos de mi camisón, su mirada fija en la mía.

—No por nosotros. Por ti. Espero tener noticias suyas una vez que haya hecho sus propias averiguaciones.

Agarró una cinta y tiró un poco de ella. No tenía claro de qué intentaba distraerme. Quizás él tampoco podía seguir conteniéndose. Puede que ambos estuviéramos cansados de luchar contra nuestros malvados corazones. Esperó, siempre caballeroso en ese aspecto, a que yo cambiara de opinión. No importaba que hubiéramos compartido una cama antes; pedía permiso cada vez. Tal vez fuera su consideración, o tal vez fuera mi propio deseo, pero moví el hombro, permitiendo que mi camisón se deslizara hacia abajo y dejara al descubierto una franja de piel, reavivando con éxito el fuego de su mirada. Debería haberle dicho que se fuera. Que durmiera en su propia habitación. Que dejara aquella diabólica persecución hasta que ambos fuéramos libres de hacer lo que quisiéramos, cuando quisiéramos.

Estábamos siendo imprudentes con nuestros corazones y eso solo haría que acabaran aún más rotos. Tenía que irse de inmediato. En lugar de eso, le desabroché la camisa.

Yo no era un demonio, pero tampoco pretendía ser un ángel.

—Me viene la mente una conversación sobre otra aventura. —Acercó su boca a la mía, suave, burlona y absolutamente embriagadora—. Antes de irnos a ver el espectáculo, parecías querer…

—A ti, Thomas.

Lo atraje hacia mí y lo silencié con un beso. No necesitó más instrucciones ni permiso. Esa noche iba de olvidar las reglas. No existía lo bueno ni lo malo. Solo éramos nosotros dos, entregándonos a nuestros deseos más básicos. Hizo que ambos nos quedáramos desnudos con más rapidez y eficacia que cualquier hechicero.

—Audrey Rose.

Susurró sobre mi piel, murmurando mi nombre hasta que perdí el sentido del tiempo y el espacio. Me aferré a él, deseando no separarnos nunca. Elegiría el infierno las veces que hiciera falta si eso significaba experimentar aquella sensación con él. Aquella euforia. Me negaba a pensar en la oscuridad y en las malas acciones.

Esa noche me centraría en la forma en que nuestros cuerpos creaban lo más parecido al cielo que podía imaginar en la tierra. Había intentado hacer lo correcto: lo había alejado y mi corazón se había partido en dos. Estaba cansada de negar lo que sentía que era correcto. Él y yo éramos dos piezas de nuestro propio rompecabezas privado: encajábamos a la perfección.

Si eso nos convertía en seres malvados y libertinos, que así fuera. Acepté con gusto mi destino.

34
ALMAS MALVADAS

ESTACIÓN CENTRAL
CHICAGO, ILLINOIS
12 DE FEBRERO DE 1889

Noah observó los diarios amontonados en nuestra mesa con el ceño fruncido. Los míos estaban apilados en un montón ordenado delante de mí, mientras que los de Thomas estaban amontonados de forma desordenada, listos para caerse si él estornudaba siquiera. Noah negó con la cabeza.

—Esperaba que pudiésemos hablar largo y tendido de algunos de estos hechos.

Me fijé en la cartera que llevaba bajo el brazo. Unos papeles arrugados asomaban por la parte superior, tratando de escapar de todo lo que había metido en el pequeño estuche de cuero. Miré a Thomas. Si no convencíamos al tío de que estábamos en la ciudad correcta para cazar al verdadero Jack el Destripador, nos encontraríamos en un tren hacia Nueva York antes de que pudiéramos parpadear.

—Noah, lo siento. Te ayudaríamos si pudiéramos, es que —señalé el desorden que nos rodeaba— estamos enterrados en este momento.

Thomas dejó su diario. Al parecer, el reto de resolver otro misterio le resultaba demasiado atractivo. Extendió la mano.

—¿Qué tienes?

—No hay muchos datos, pero sí mucho caos. —Noah sonrió y se apresuró a rodear la mesa mientras sacaba sus notas y las esparcía como vísceras. Volví a mi propia tarea, ignorando la punzada de preocupación que me decía que tal vez estuviéramos condenados a dejar escapar al Destripador una vez más—. El señor Cigrande dice que el diablo se llevó a su hija, ¿verdad? Que los demonios andan sueltos y van por ahí capturando mujeres para convertirlas en presas. Parecen los desvaríos de un loco, hasta que uno se fija en esto. —Me entró curiosidad y levanté la mirada mientras él empujaba un periódico hacia Thomas—. Aquí hay otra mujer. Desaparecida. La misma edad y apariencia que la señorita Cigrande. —Sacó otro papel—. Y esta mujer. Y esta otra. Todas las semanas, la policía recibe múltiples denuncias de mujeres desaparecidas, pero no se hace nada.

Thomas leyó los periódicos con el ceño fruncido.

—¿Dice que el señor Cigrande afirmó haber presenciado cómo el diablo o un demonio secuestraba a una mujer?

—Sí. —Noah asintió, tragando saliva—. Dijo que vio a un demonio engatusar a una joven en un tranvía, la ayudó a llevar un paquete, se comportó como un caballero.

—Imagino que es cierto. —Thomas echó su silla hacia atrás, las patas chirriaron al entrar en contacto con la madera noble. Se acercó a la chimenea, con la mirada perdida en las llamas. Era apropiado verlo perderse en el fuego mientras hablaba de ir a la caza del diablo.

Intrigada del todo por aquel nuevo misterio, me incliné sobre la mesa. Si había tal cantidad de mujeres desaparecidas, era posible que por fin hubiéramos hallado una conexión con nuestros crímenes. Puede que el Destripador *sí* estuviera involucrado. Quizás había cambiado de táctica, como habíamos temido antes, o quizás estuviera mejorando a la hora de ocultar los cadáveres.

—¿Te importa si le echo un vistazo?

—En absoluto —dijo Noah, que sonó aliviado—. Cualquier ayuda o idea que puedas ofrecer será de gran utilidad. Por más que lo intento, soy incapaz de averiguar dónde buscar a continuación.

Rebusqué en la cartera de cuero, que contenía página tras página de informes sobre mujeres desaparecidas. Se me heló la sangre en las venas. Había casi una docena de familias que rogaban ayuda a Chicago para encontrar a sus hijas y esposas.

—¿La policía no ha investigado nada de esto? —pregunté mientras ojeaba más documentos.

—Ni un solo caso. —Noah negó con la cabeza—. El señor Cigrande, por muy loco que parezca, se presentó en nuestra agencia exigiendo que encontráramos a su hija. Luego empezó con el sinsentido de la caza de demonios, pero tras hurgar un poco, no parece tan descabellado.

Puede que no fuera un demonio el que acechaba las calles de Chicago en busca de presas, pero podía tratarse de un tipo diferente de monstruo.

—Radu. —Thomas se giró hacia nosotros de golpe, con la mandíbula desencajada.

Noah y yo intercambiamos miradas de preocupación. Tal vez Thomas necesitara descansar un poco, había estado sometido a un gran estrés y era evidente que le estaba afectando al juicio.

—Era un hombre interesante —dije. En realidad, estaba siendo amable. El profesor Radu había sido nuestro profesor de folclore en la academia forense de Rumania. Nos había llenado la cabeza con historias de vampiros y hombres lobo, leyendas y mitos que, según él, no eran mera fantasía. No se me ocurría por qué Thomas pensaba en él en un momento como aquel. Aunque, conociéndolo, tendría sus razones—. Creía que estabas pensando en las mujeres desaparecidas. ¿Cómo encaja Radu con ellas?

—Las historias fantásticas sobre sucesos horribles sacan a la persona de su terror, la alejan de él, por lo que debemos prestar mucha atención a los monstruos que describe. No son una fantasía en absoluto. —Thomas recogió su capa del respaldo de su silla y se dirigió a Noah—. Necesito hablar en persona con el señor Cigrande. ¿Nos llevarás hasta él?

· · ·

El señor Cigrande se hallaba encorvado contra el viento, sin guantes en las manos, con la piel reseca y agrietada, mientras agitaba su campana ante las jóvenes que salían de la estación de tren.

—¡Volved a vuestras casas, paganas! ¡El diablo viene a por vosotras! Corred. Corred mientras podáis.

El constante repiqueteo de la campana me provocaba un enorme dolor de cabeza y el viento helado que azotaba la avenida no ayudaba a aliviar mi creciente malestar. Me sujeté a Thomas con una mano y a mi bastón con la otra mientras Noah caminaba a nuestro lado.

—Vamos a indagar sobre un demonio, ¿os parece? —pregunté.

Thomas esbozó una media sonrisa, pero no nos entretuvo ni a mí ni a Noah con su habitual ingenio. En aquel momento, su mente estaba centrada en resolver aquel nuevo misterio. Ojalá nos proporcionara también otra pista. *Tenía* que existir una conexión entre ambos casos.

Noah fue el primero en dirigirse al señor Cigrande y lo saludó con la mano mientras todos nos reuníamos a su alrededor.

—Señor Cigrande, me gustaría presentarle a…

—¡Paganos! —El pobre hombre se estremeció—. No hablaré con almas malvadas.

—A estas almas malvadas se les da bien localizar pistas imposibles. Si quiere tener una oportunidad de encontrar a su hija, reconsidérelo —dijo Noah, con un tono agudo—. Le convendría hablar con ellos.

El señor Cigrande nos lanzó una mirada sospechosa. Conté mentalmente hasta cinco, pincharle con el bastón no resolvería mi problema de ser considerada una pagana. Busqué una forma de alejarnos de la calle y de las distracciones. Un cartel con forma de tetera colgaba del toldo de un negocio cercano. Eché los hombros hacia atrás, adoptando mi mejor postura para intentar tranquilizarlo.

—¿Le gustaría hablar en un lugar cálido? Hay un salón de té justo ahí. —Señalé con la cabeza dos puertas más allá, dando las gracias por la cercanía del establecimiento—. Anuncian que tienen chocolate fundido y leche. Podría ser fortificante si tiene planeada una larga tarde de…

Me mordí el labio, sin saber cómo describir sus gritos a las jóvenes. Por suerte, la madre naturaleza nos ayudó abriendo los cielos y dejando caer nieve y hielo de las nubes. Helado, abatido y ahora empapado, el señor Cigrande nos siguió a regañadientes hasta el cálido salón de té. Los bollos recién horneados y el olor a mantequilla nos dieron la bienvenida. Apenas había aspirado el aroma cuando Thomas se dirigió a un expositor de cristal lleno de tartas y pastas.

—Cuando hayas terminado tu impío coqueteo con el postre, puedes unirte a nuestra mesa, Cresswell.

—No estés celosa, mi amor. Te aseguro que nada sabe tan dulce como tú.

Sus ojos brillaron con diversión mientras yo hacía mi mejor imitación del señor Cigrande y lo maldecía en voz baja. Me apresuré a llevar a Noah y al señor Cigrande a una mesa en un rincón, confiando en que estuviéramos lo bastante lejos de cualquier pobre cliente desprevenido que pudiera ser acosado por un fanático religioso o por mi travieso Thomas.

Unos cuantos camareros se acercaron a nuestra mesa y nos ofrecieron opciones de desayunos fríos y calientes, junto con pasteles, galletas y todo tipo de cremas y pudines. Pedí unos trozos de beicon, una naranja y un bollo de pan de soda. Fue un auténtico placer disfrutar de una naranja en aquella época. No sabía cómo se las habían arreglado para conseguir la fruta, pero me sentía inmensamente agradecida por su magia. Otro camarero nos presentó un tarro de chocolate y yo asentí con rapidez, con la boca hecha agua por la deliciosa combinación del chocolate derretido y la leche espumosa. Thomas no era el único que disfrutaba de los dulces.

—Me gustaría saber un poco más sobre los demonios —dijo Thomas sin rodeos una vez que se hubo sentado. Se metió una baya en la boca y luego se sirvió un poco de chocolate caliente en su taza—. ¿Qué recuerda de ellos?

—¿*Ellos*? —El señor Cigrande miró a Thomas como si se hubiera escapado de un manicomio—. ¿Qué ellos? Solo he visto un demonio. Y ver un demonio es suficiente para cualquiera.

—Mis disculpas —dijo Thomas—. Descríbame al demonio. Intente recordar todos los detalles, incluso los más insignificantes.

El señor Cigrande se aferró a su taza de chocolate caliente, su expresión era cuidadosa.

—Parecía un hombre normal. Un hombre joven. Atractivo, como usted, pero no era cómo se suele describir a Lucifer en las sagradas escrituras. Sin embargo, sus ojos… Tenían algo. Así es como supe que era un demonio.

A Noah se le entrecortó la respiración, pero permaneció en silencio mientras Thomas negaba de forma sutil con la cabeza.

—¿Qué había en sus ojos que le permitió conocer su verdadero ser?

El señor Cigrande permaneció con la mirada fija en su bebida, con la boca fruncida. Sin su campana y su enfado, parecía un hombre que tenía tantas arrugas como canas. Estaba desgastado y frágil, con la cara tapada con un bigote blanco. Mucho menos imponente de lo que parecía mientras gritaba a los transeúntes.

—Cuando me miró… —dijo, mirándonos a todos a los ojos—. Fue como mirar a los ojos de un hombre muerto. Hace frío, pero esos ojos… —Se arrebujó en su abrigo—. Me entraron escalofríos. Eran como cuchillas. Como si pudiera ver todos mis pensamientos y supiera exactamente cómo arrancármelos.

—Mmm. Apuesto a que sus ojos eran tan pálidos como el océano —dijo Thomas, haciendo esa cosa tan desconcertante en la que medio se metía en la mente del supuesto demonio y medio leía las pistas imposibles que nadie más se molestaba en ver.

El señor Cigrande se levantó de la mesa de golpe.

—¿Cómo lo ha sabido?

—¿Acaso no son los ojos azules claros la mejor manera de detectar a un demonio? —preguntó Thomas, sin ahondar en la complicada ciencia de sus deducciones.

—No era solo un demonio —dijo el señor Cigrande—. Era el mismísimo diablo. Solo una criatura del infierno podría tentar a esas pobres chicas. —Sacudió la cabeza, el rubor de sus mejillas se intensificó—. Lo observé durante un rato. Una vez que supe lo que era. Lo observé muy de cerca. —Se inclinó sobre la mesa, echando un vistazo al bullicioso salón de té—. No actúa como un demonio, eso es seguro. Cuando robó el alma de la última chica parecía tan angelical como el que más. Preguntó si necesitaba ayuda, si era nueva en la ciudad. Se aprovecha de las descarriadas. De las de moral relajada que se han alejado de Dios y sus familias. Son fáciles de elegir. Por eso trato de ahuyentarlas.

—¿Cree que las mujeres buenas que se quedan en casa y memorizan las escrituras están a salvo del diablo? —preguntó Thomas. Sus ojos se encontraron con los míos, pidiéndome en silencio que permaneciera callada. Yo me sentía más que feliz de concederle el placer de mantener aquella conversación por su cuenta—. ¿Las malvadas son las únicas que están en peligro?

—No diga locuras —dijo el anciano—. ¿Por qué iban a estar las malvadas en peligro? Ya son malvadas. —Dobló y desdobló su servilleta—. Las mujeres están a salvo en casa. Se las puede vigilar, cuidar. No saben qué clase de pecados les esperan en el mundo. El diablo no quiere a las malvadas, señor. El diablo quiere llevárselas antes de que se vuelvan malvadas por sí mismas. Las necesita buenas. Si no, ¿qué le queda por corromper?

—¿Y los demonios? ¿Qué quieren?

—Llevarle más almas al diablo. Quieren complacerlo para que no practique con ellos sus desagradables trucos.

—¿Qué clase de trucos desagradables cree que está llevando a cabo? —pregunté—. Aparte de los secuestros.

—¿Qué más? —El señor Cigrande se movió en su asiento y se me encaró—. Las lleva a su castillo en el infierno y nunca regresan.

· · ·

Noah envió al señor Cigrande a su casa con la promesa de llamarle en cuanto tuviera noticias de su hija desaparecida. Thomas y yo subimos a nuestro carruaje y, mientras esperábamos a que nuestro amigo se reuniera con nosotros, Thomas acomodó el ladrillo calefactor para que yo pudiera apoyar la pierna sobre él.

—¿Y bien? ¿Qué opinas del demonio? —pregunté, reprimiendo un gemido. El calor era muy agradable.

Él acomodó la manta a nuestro alrededor y luego miró la acera.

Seguí su mirada y me fijé en que los remolinos que formaba la ligera capa de nieve. Me recordaron a serpientes deslizándose por ella.

—Vio a un hombre de ojos azules hablar con una mujer en la calle —dijo Thomas—. Eso creo que es un hecho. De lo que no estoy tan seguro es de su afirmación de que vio al mismo hombre con otra mujer, haciendo lo mismo.

—¿Crees que se lo ha inventado?

—No. Su comportamiento era bastante fácil de leer. ¿No te has fijado…? —Thomas sacudió la cabeza al ver mi ceño fruncido—. Mis disculpas, Wadsworth. Lo que quiero decir es que cuando le he preguntado por cómo actuaba el demonio, el señor Cigrande ha sido capaz de contestar de inmediato. Cuando le he preguntado por el demonio o sus deseos, ha tenido que pensar. Inventar su propia idea de lo que podría buscar Satán. No era información que tuviera de primera mano. No puedo discernir si de verdad presenció que el mismo hombre atraía a otra mujer, o si lo había reproducido en su mente tantas veces que confundía los hechos.

—Discutamos los hechos, entonces —sugerí—. Si lo que afirma es correcto, ¿cómo nos ayudará eso a encontrar al hombre que él afirma que es el diablo?

Noah volvió al carruaje a todo correr, frotándose las manos para entrar en calor.

—Lo siento. ¿Qué opináis?

—Estábamos intentando aclararlo justo ahora —dije—. Es algo.

El conductor del carruaje tiró de las riendas y puso a los caballos al trote.

—Si recuerda dónde vio al hombre secuestrar a esa primera mujer —Thomas se cruzó de brazos para equilibrarse—, deberías sentarte cerca de allí y esperar. Ver si el secuestrador es lo bastante descarado como para volver. Puede que diga la verdad sobre que el demonio vuelve a visitar ese mismo lugar. Merece la pena investigarlo, como mínimo.

Noah le lanzó una mirada escéptica y esbozó una mueca.

—No veo cómo iba a ser tan tonto como para cometer el mismo delito dos veces en el mismo lugar.

—Es parte de la diversión —dijo Thomas—. La caza es emocionante, pero también lo es la posibilidad de ser atrapado. Ese hombre está obsesionado con lo desconocido. Le resulta peligroso. Tentador. Hace que su corazón lata con fuerza y las entrañas le ardan de deseo.

Arrugué la nariz, sin querer pensar en las entrañas de nadie, en llamas o no. El silencio llenó nuestro carruaje, interrumpido solo por el repiqueteo de los cascos sobre los adoquines. Le di vueltas a los acontecimientos de aquel nuevo misterio en mi mente, intentando desentrañar todos los detalles extraños. Por mucho que odiara pensar en algo así, si tuviéramos un cadáver que estudiar me hubiera sentido más segura de mis propias teorías.

—¿Crees que las tiene cautivas? —pregunté, temiendo de antemano la respuesta que sabía que iba a recibir.

Thomas bajó la mirada para encontrarse con la mía.

—Quizá por un tiempo.

—¿Y? —preguntó Noah—. ¿Qué hace luego? ¿Dejarlas ir?

—Las asesina. —Thomas no se dio cuenta de que el color de la cara de nuestro amigo se desvanecía. O si se dio cuenta, no le dio importancia. No había lugar para la delicadeza cuando se trataba de un asesinato—. Siento decirlo, amigo mío, pero se trata de un asesino que disfruta de lo que hace. Es probable que no sea un simple caso de personas desaparecidas.

Miré a Thomas, buscando en su expresión algo que no estuviera diciendo. Cuando me miró a los ojos, se me cayó el alma a los pies. Aquel asesino era sin duda el mismo que buscábamos.

El pobre Noah no sabía que ahora estaba siguiendo al asesino más famoso de nuestra época.

35
CRIATURAS OSCURAS

FINCA DE LA ABUELA
CHICAGO, ILLINOIS
12 DE FEBRERO DE 1889

Parecía un contraste terrible sentirse tan a gusto y cómodo mientras se leía sobre mujeres desaparecidas que era probable que estuvieran muertas. Clavé la vista en mis notas y casi me quedé bizca tratando de encontrar una pista sustancial que pudiera relacionar nuestro caso con el de Noah. Las mujeres desaparecidas tenían edades comprendidas entre los diecinueve y los treinta años. El color del pelo y la complexión variaban tanto como sus orígenes. La única conexión que parecían compartir era que, un buen día, todas se habían levantado, habían desaparecido y no se había vuelto a saber de ellas.

No me había dado cuenta de que estaba apretando la pluma con fuerza hasta que la tinta salpicó la página. Levanté la mirada con timidez, pero Thomas parecía más preocupado que divertido. Para ser sincera, yo también estaba más preocupada con cada hora que pasaba.

Las sombras negras violáceas bajo mis ojos delataban lo poco que había dormido. Aunque estaba agotada todas las noches, mi mente no descansaba. No dejaba de dar vueltas, en constante tensión. Nathaniel. Jack el Destripador. La señorita Whitehall. Su excelencia, *lord* Cresswell. Las mujeres desaparecidas. Thomas. Mi tío. Cada persona me hacía evocar una serie de preocupaciones, hasta que me incorporaba en la cama, jadeando.

—Creo que deberíamos dejarlo para mañana —dijo Thomas, cuya atención seguía fija en mi cara. Conociéndolo, era probable que leyera todos mis pensamientos antes de que yo misma los tuviera—. Se está haciendo tarde y aunque tu belleza no necesite un descanso, a mí me gusta mantenerme lo más guapo posible.

Casi resoplé. Descansar. Como si pudiera deslizarme tan feliz en brazos del sueño cuando mi mundo estaba sumido en el caos. Pasé a la siguiente página del diario de mi hermano y dudé. Era la única página que estaba doblada sobre sí misma, casi como si estuviera escondida.

O señalando el lugar para que alguien lo encontrara con facilidad.

—¿Audrey Rose?

—¿Eh? —Levanté la vista un segundo y volví a concentrarme en el diario. Una nota garabateada por mi hermano me miraba fijamente. Casi parecía un poema, aunque solo era la misma frase escrita en diferentes líneas a distintos intervalos.

Una sensación de ardor me royó la boca del estómago.

Soy culpable de muchos pecados,
aunque el asesinato no es uno de ellos.
Soy culpable de muchos pecados,
aunque el asesinato no es uno de ellos.
Soy culpable de muchos pecados,
aunque el asesinato no es uno de ellos.

Si aquello era cierto… Cerré los ojos contra la repentina sensación de que el techo se caía. Inspiré despacio y solté el aire. Si no me calmaba, volvería a experimentar esos terrores nocturnos. Pero si Nathaniel estaba siendo sincero…

—He dicho que me voy a retirar por esta noche, Wadsworth. ¿Te gustaría acompañarme?

—Mmm. —Golpeé la mesa con la punta de mi pluma, era extraño que mi hermano tuviera tantos artículos sobre mujeres desaparecidas si él *no* les hacía daño. Todavía no entendía su papel en aquel embrollo, pero no había asesinado a nadie por su propia mano. Que se le pudiera creer o no era otra historia. Podría tratarse de otra máscara bien construida que había creado para disfrazar quién era en realidad.

—He decidido criar arañas. Creo que entrenarlas para que bailen al ritmo de canciones del mundo del espectáculo me reportará una buena suma. También puede curarme mi fobia. A menos que creas que los gallos bailarines son mejores.

Me acomodé un mechón de pelo detrás de la oreja, medio escuchando a Thomas y medio mirando la confesión de mi hermano. Cuanto más descubría, menos sabía con certeza.

—Una vez, me colgué desnudo boca abajo de las vigas y fingí ser un murciélago. ¿A que es interesante?

—¿Mmm?

—Wadsworth. Tengo que confesarte algo. Es algo que debería haber mencionado antes. Soy un adicto sin remedio a las novelas románticas. Incluso puedo derramar una o dos lágrimas al terminarlas. ¿Qué puedo decir? Me encantan los finales felices.

—Lo sé. —Aparté mi atención del diario y luché contra una sonrisa—. Me lo dijo Liza.

—¡Esa escoria! —Fingió estar molesto, pero estaba claro que se sentía satisfecho de haberme arrancado del trabajo—. Prometió no decir ni una palabra.

—No te preocupes, amigo mío. Solo me ha enseñado tu escondite secreto bajo la cama. *Cautiva y voraz* parecía una lectura interesante. ¿Te gustaría hablar de ello?

Una sonrisa problemática apareció en sus labios. Si esperaba que se sintiera tímido por sus gustos literarios, no podría haber estado más equivocada.

—Preferiría enseñarte cómo termina.

—Thomas —le advertí. Hizo la pantomima de cerrar la boca y, en lugar de tirar la llave imaginaria, se la guardó en el bolsillo interior y palmeó la parte delantera de su chaqueta—. ¿Qué opinas de esto? *Soy culpable de muchos pecados, aunque el asesinato no es uno de ellos.*

—¿Eso escribió tu hermano? —Thomas se rascó de la cabeza—. Si quieres que te diga la verdad, no sé qué pensar. Nathaniel parecía ser Jack el Destripador, sobre todo cuando nos enfrentamos a él aquella noche en su laboratorio. Dado que tenemos más asesinatos cometidos por la misma mano y que con toda seguridad ha fallecido, ahora sabemos que su participación en los asesinatos reales fue una mentira. Al menos en parte. ¿Quién sabe en qué más mintió?

Frustrada, volví a mi trabajo. No estaba segura de cuánto tiempo había pasado, tal vez solo unos minutos, pero por fin encontré una similitud que me llamó la atención. Dejé mi diario a un lado y busqué en el periódico. *Allí.* Un buen número de mujeres, tanto en Londres como en Chicago, iban a trabajar o estaban pidiendo empleo. Era una conexión minúscula, pero era la única que podía merecer la pena seguir. Leí por encima el artículo sobre la última mujer desaparecida en Chicago.

Su último paradero conocido era la salida del tren cerca de la Exposición Mundial. Anoté sus datos y odié que no hubiera nada más que hacer. Quería recorrer las calles, llamar a las puertas y exigir que la gente se diera por enterada. Eran hijas. Hermanas. Amigas. Eran personas a las que alguien quería y echaba de menos. Unos momentos después, encontré otra noticia de desaparición. Una tal Julia Smythe. Ella y su hijita, Pearl, no habían sido vistas desde Nochebuena.

Garabateé otra nota. Thomas se quedó dormido en la mesa, con los brazos extendidos frente a él y emitiendo ligeros ronquidos. A pesar del trabajo que tenía, sonreí.

Una hora después, lo despertó un estallido del fuego de la chimenea. Miró a su alrededor, alerta como si alguien se hubiera colado en la habitación y nos hubiera atacado. Una vez que se relajó y se despertó del todo, fijó su atención en mí.

—¿Qué pasa?

Le pasé varios recortes de los periódicos.

—¿Por qué no le importa a la policía? —pregunté—. ¿Por qué no hay más gente patrullando las calles? —Levanté mi pergamino. Solo en él había casi treinta mujeres, desaparecidas en el lapso de unas pocas semanas—. Esto es absurdo. A este ritmo, en un año habrán desaparecido unos cientos de mujeres. ¿Cuándo será suficiente para que investiguen?

—¿Recuerdas lo que pasó cuando las luces se encendieron todas a la vez en la exposición? —preguntó Thomas, ya sin ningún rastro de cansancio.

Fue una transición extraña, pero asentí con la cabeza y le seguí el juego.

—La gente lloraba. Algunos decían que era mágico, lo más hermoso que habían visto.

—¿Sabes por qué lloraban? Esa exposición es, literalmente, un logro resplandeciente en términos de arte y ciencia. Las personas con más talento de América han derramado sangre, sudor y lágrimas para convertirla en uno de los lugares más surrealistas que jamás se hayan visto. Solo la noria es una de las proezas más increíbles de la ingeniería. Pueden subirse a la vez más de doscientos pasajeros y los elevan a casi noventa y dos metros de altura. Si se puede hacer algo tan grande, todo es posible. ¿Qué es la Edad Dorada, sino sueños bañados en oro y fantasías extravagantes que cobran vida? —Sacudió la cabeza—. Si la policía admitiera que hay un número alarmante de mujeres jóvenes desaparecidas, eso ensuciaría este lugar, el sueño americano definitivo. Su Ciudad Blanca se convertiría en un antro de pecado. Una reputación que Chicago está desesperada por limpiar.

—Es horrible —dije—. ¿A quién le importa si la Ciudad Blanca se mancha? Un hombre, con toda probabilidad Jack el Destripador, está cazando mujeres. ¿Cómo es que eso no tiene prioridad sobre una tontería de sueño?

—Imagino que es algo similar a lo que pasa con la guerra: siempre hay víctimas y sacrificios. Resulta que vivimos en una época en la que las mujeres jóvenes e independientes son consideradas prescindibles cuando hay que escoger entre ellas y la codicia. ¿Qué son unas cuantas mujeres «moralmente comprometidas» frente a los sueños?

—Maravilloso. Así que la avaricia de los hombres puede condenar a las mujeres inocentes y todos debemos sentarnos en silencio y no decir ni una palabra.

—Por desgracia, no creo que sean solo los hombres los que quieren mantener esa ilusión. Esta es una nación puritana, construida sobre nociones religiosas estrictas del bien y del mal. Admitir que el diablo camina por estas calles sería reconocer sus mayores temores. Algo que parecía el Reino de los Cielos es en realidad el dominio del diablo. ¿Te imaginas lo que provocaría esa admisión? Ningún lugar volvería a parecer seguro. La esperanza sería reemplazada por el miedo. Caería la noche eterna. Si hay algo que el hombre aprecia por encima de la codicia, es la esperanza. Sin ella, la gente dejaría de soñar. Sin soñadores, las civilizaciones se derrumban. Acuérdate del inspector de policía de Nueva York. Una insinuación de que el Destripador estaba en su ciudad y cayó en una espiral de caos.

Me quedé mirando la chimenea, observando la forma en la que las llamas se agitaban y devoraban las sombras. Luz y oscuridad, siempre en conflicto. Nuestra tarea me pareció de repente más desalentadora que de costumbre. Conocía la confianza de sostener un bisturí y exigir pistas a la carne. Pero no había cadáveres que examinar. Ningún misterio físico que diseccionar.

—¿Qué pasa con esas mujeres desaparecidas? ¿Qué pasa con sus sueños? —pregunté en voz baja—. Se suponía que esta ciudad también iba a ser su salvación.

Thomas se quedó callado un momento.

—Lo cual es una razón más para que ahora luchemos por ellas.

Volví a abrir el periódico, mi empeño en nuestra misión renovado. Si lo que buscaba aquel asesino era una pelea, eso era justo lo que obtendría. No me rendiría hasta que mi último aliento abandonara mi cuerpo.

Era casi medianoche cuando me di cuenta de un detalle que había pasado por alto. La señorita Julia Smythe, la mujer desaparecida junto con su hija, había sido vista por última vez al salir de su trabajo en el mostrador de una farmacia en el sector Englewood de Chicago. Me froté los ojos. No era mucho, pero al menos teníamos un objetivo para el día siguiente, un indicio de un plan. Podíamos indagar en aquel barrio y preguntar si alguien había visto algo fuera de lo común.

Thomas me observó con una expresión interrogante mientras recogía los recortes de periódico y los metía en los diarios de Nathaniel, que también contenían mujeres desaparecidas.

—Voy a llevarle esto a mi tío —dije—. Él es quien nos ha enseñado que no hay coincidencias en los asesinatos. Aunque no estuviera seguro del código de Frankenstein, esto le resultará un poco más difícil de ignorar. Aquí está pasando algo. Es solo cuestión de tiempo que aparezcan los cuerpos.

Aves de la familia de los cuervos: cuatro imágenes, entre ellas un cuervo, una corneja y un grajo

36
UNA BANDADA DE CUERVOS

ZONA SUR
CHICAGO, ILLINOIS
13 DE FEBRERO DE 1889

Mi tío, Thomas y yo entramos en la jefatura de policía. Aparecimos como una bandada de cuervos, abalanzándonos con nuestras capas negras y nuestros ojos afilados. El sonido de mi bastón me recordaba al repiqueteo del famoso cuervo de Edgar Allan Poe. Esperaba que la policía de Chicago temiera que les persiguiéramos para siempre si ignoraban nuestras pruebas. Alguien tenía que pedirles cuentas por su falta de esfuerzo. Me encantaba que mi tío volviera a estar de nuestro lado.

No había tardado mucho en empezar a retorcerse las puntas del bigote cuando le había mostrado cada nueva prueba que teníamos. Se había mostrado de acuerdo: no había duda de que había un asesino experimentado acechaba aquellas calles. Las mujeres jóvenes no desaparecían por sí solas. Al menos, no una cantidad tan alarmante de ellas como en las últimas semanas. Alguien las estaba cazando.

La ausencia de cadáveres preocupaba a mi tío. Se preguntaba dónde los guardaba el asesino. No era posible que hubiera cavado más de treinta tumbas en Chicago. Entonces, ¿dónde estaban? No quería relacionar los crímenes con Jack el Destripador sin más pruebas, pero ni siquiera él podía negar la sospecha subyacente de que nos estábamos acercando. Y ahora estábamos a punto de exigir respuestas.

Mi tío se detuvo ante un escritorio en el que estaba sentada una mujer joven que escribía a máquina la correspondencia.

—Buenos días. Soy el doctor Jonathan Wadsworth, forense de Londres. He llamado hace un rato. —Se aclaró la garganta al ver que ella seguía sin levantar la vista—. ¿Está el inspector?

La mirada de la joven se deslizó sobre mi tío y pasó a Thomas antes de posarse en mí. Negó con la cabeza. En Inglaterra, el nombre de mi tío significaba algo. Ya no estábamos en Inglaterra y su mirada perdida indicaba que nunca había oído hablar del famoso forense. Era extraño, ya que se lo mencionaba en relación con los asesinatos del Destripador en todo el mundo.

—Lo siento —dijo, aunque no sonó a disculpa en absoluto, pero aun así fue cortés—. El señor Hubbard se encuentra indispuesto en estos momentos. ¿Desean dejarle un mensaje?

Estudié a la chica. Joven. Independiente. Alguien que ansiaba labrarse su propio camino sin depender de nadie más. Imaginé que no era originaria de la ciudad y que había dejado atrás la comodidad y la familiaridad de sus seres queridos. Era justo el tipo de persona que atraía a nuestro asesino. Ella bien podría ser la siguiente. Cualquiera podría serlo.

—Es bastante urgente —dije—. Creemos disponer de información que podría resultar beneficiosa para él en relación con varias mujeres desaparecidas.

Pareció vacilar al escuchar aquello y me recorrió con la misma curiosidad que yo había mostrado por ella. Yo debía de parecerle igual de intrigante: una joven que trabajaba con un forense. Por un momento, creí que rompería el protocolo por nosotros.

—De verdad que se encuentra indispuesto —dijo al final—. ¿Tienen una tarjeta o una dirección que pueda utilizar para ponerse en contacto con ustedes?

Mi tío se quedó atrás para asegurarse de que había tomado nota del mensaje y la dirección mientras Thomas y yo esperábamos fuera del edificio. El sol intentaba colarse a través de un grueso muro de nubes. Su intento de abrirse camino iba tan bien como el nuestro en esos momentos.

—¿Qué se supone que debemos hacer? —pregunté, haciendo agujeros en la nieve con mi bastón—. ¿Sentarnos, tomar té y comer pastas, hasta que aparezca un cuerpo?

—Podríamos intentar hablar con las amigas de las mujeres desaparecidas. —Thomas me observó patear la nieve—. Aunque quizá podamos esperar un poco.

Lo fulminé con la mirada.

—No estarás sugiriendo que no soy capaz, ¿verdad?

Sin preocuparse por la gente que pasaba a nuestro lado en la calle, Thomas me tiró del abrigo hasta que estuvimos lo bastante cerca como para compartir el aliento.

—Tú, querida, eres más capaz que cualquier persona que haya tenido el placer, o el disgusto, en la mayoría de los casos, de conocer. —Me dio un beso en la frente—. Sugiero que escuchemos lo que Noah ha venido a decir.

—¿Noah?

Me sonrió.

—Ha enviado un telegrama esta mañana. Tiene información nueva que quiere compartir en persona.

—¡Eh, vosotros dos! —Noah corría por la nieve con su sonrisa contagiosa. Se agarró el sombrero mientras cruzaba la concurrida acera y se detuvo frente a nosotros—. ¿Habéis tenido suerte? —Señaló con la cabeza hacia la comisaría. Después de escudriñar los agujeros que había hecho yo en la nieve, respondió a su propia pregunta—. No te lo tomes como algo personal. En esta ciudad, nadie quiere reconocer que están ocurriendo cosas malas. Creen que eso ahuyentará a la gente de la ilustre Ciudad Blanca. Como si algo fuera a alejar a la gente de la noria. —Puso los ojos en blanco—. Voy hacia allí ahora y he pensado que os gustaría venir conmigo.

Thomas le echó una rápida mirada evaluadora a Noah e imaginé que ya sabía la respuesta antes de hacer la pregunta, pero intentaba ser cortés.

—¿Otra mujer desaparecida?

—Sí. —Noah se rascó un lado de la cabeza mientras asentía—. Trabajaba en la exposición. Se me ha ocurrido que podía ir a husmear y ver qué podía encontrar. La guardia colombina está siendo muy reservada al respecto.

—¿La guardia colombina? —pregunté—. ¿Qué es eso?

—Una división de élite de la fuerza policial. —Noah no parecía impresionado en absoluto—. La Ciudad Blanca es tan grande que necesita su propia policía. También llevan unos uniformes estúpidos. Y los completan con capas. El consejo pensó que quedaría bien para, ya sabes, estar en consonancia con el ambiente regio del lugar.

Dejando a un lado la elección de los uniformes, miré a Thomas. Él hizo un leve asentimiento con la cabeza. Bien podíamos seguir aquel rastro prometedor.

Inhalé un poco de aire helado y me sentí un poco más enérgica.

—Volvamos a la Ciudad Blanca, ¿de acuerdo?

Después de que Thomas entrara corriendo e informara a mi tío de nuestros planes, nos pusimos en marcha hacia la Exposición Mundial.

• • •

A pesar de las nubes que cubrían el cielo, la enorme noria cortaba la penumbra como una cuchilla con su gran poderío. De hecho, era difícil creer en algo que no fuera magia en la Ciudad Blanca. Incluso sabiendo lo que sabía sobre las mujeres desaparecidas, no podía dejar de soltar jadeos sorprendidos mientras contemplaba a la gigantesca noria girar en lo alto. Llevaba a dos mil personas hasta el cielo. Y aunque veía que estaba sucediendo delante de mis narices, me resultaba imposible de creer. Me habían impresionado las imágenes que había visto de la Torre Eiffel durante la Exposición Universal de París, pero aquello era lo más magnífico que había presenciado jamás.

Thomas estaba de pie a mi lado, observando cómo giraba la enorme rueda. Cuando me miró a los ojos, vi un atisbo de tristeza antes de que lo disimulara. Me acerqué y le di la mano. No necesitó pronunciar una sola palabra, yo sabía lo que sentía. Lo que anhelaba. Yo también lo anhelaba.

Sería maravilloso ser el tipo de pareja joven que podía comprar cajas de palomitas y hacer la cola eterna que había para la atracción gigante. Podríamos hablar con entusiasmo de los ataques escenificados a la diligencia de Buffalo Bill y maravillarnos de lo auténtico que parecía todo con las mejillas arreboladas por la emoción. Cuando por fin subiéramos a la noria y nos eleváramos hacia el cielo, tal vez Thomas me robaría un beso. Pero no éramos esa pareja. Teníamos una investigación de asesinato que llevar a cabo.

Seguimos a Noah entre la multitud, Thomas se aferró a mí para que no nos separaran las masas. A pesar de los edificios y la nueva tecnología que se exhibía, en realidad la multitud podría ser el espectáculo más destacable. Decenas de miles de personas deambulaban por la zona. Era el número más elevado de personas que había visto nunca en un mismo lugar.

Nos llevó casi dos horas avanzar a paso de caracol, pero por fin llegamos a un pequeño edificio escondido detrás del Tribunal de Honor. Unas plantas gigantescas lo ocultaban de la vista de los transeúntes, y si Noah no hubiera sabido a dónde dirigirse, estoy segura de que habríamos pasado de largo.

Llamó a la puerta, unos golpes que sonaron como a código Morse, y luego se apartó mientras unos pasos pesados se dirigían hacia nosotros. Un hombre corpulento con las mejillas rojas nos saludó.

—¿El señor Hale, supongo?

Noah se adelantó y se quitó el sombrero.

—Gracias por reunirse conmigo, señor Taylor. Estos son mis socios, el señor Cresswell y la señorita Wadsworth. —Movió el brazo para incluirnos. El hombre mayor entrecerró los ojos—. Están aquí para observar —aclaró Noah. Una mentirijilla—. ¿Le importa que entremos, o deberíamos hacer esto aquí afuera?

El señor Taylor parpadeó como para despejar la mente y luego nos indicó que entráramos.

—Es mejor no llamar la atención. Pasen.

En el interior me sorprendió encontrar una oficina pequeña pero bien organizada. El espacio limitado se había aprovechado bien: cuatro escritorios dividían la estancia en partes iguales a cada lado, creando un pasillo. Tres de ellos estaban ocupados por jóvenes mecanógrafas. El señor Taylor nos llevó a un quinto escritorio parcialmente oculto gracias a un ornamentado biombo. Acercó una silla y la colocó junto a otras dos que ya estaban allí.

—Siéntense, por favor.

Una vez acomodados, Noah se lanzó a hacer preguntas.

—¿Qué puede decirme sobre la señorita Van Tassel? Cualquier cosa sobre la última vez que la vio, su estado de ánimo, si hubo algo raro. Incluso el detalle más insignificante podría ser útil. Su familia se muere de la preocupación.

El señor Taylor se sentó en su escritorio, con las manos juntas por delante.

—Nunca faltó al trabajo. Siempre venía con una sonrisa. Creo que solo llevaba unos meses en la ciudad, pero era muy reservada, así que nadie sabía gran cosa de su vida fuera de aquí.

—¿No habló con ninguna de sus otras mecanógrafas sobre sus asuntos personales? —presionó Noah—. Sobre alguien que pudiera estar cortejándola…

El señor Taylor negó con la cabeza.

—Cuando llamó usted antes, convoqué una reunión con todos. Les pedí que me dijeran todo lo que supieran. Antes de trabajar aquí, tenía un empleo en una farmacia de la calle sesenta y tres. Nunca le contó a nadie por qué lo dejó, supusimos que por el sueldo. Solo llevamos algo más de una semana trabajando en este local.

Thomas se golpeó el muslo con los dedos, pero no interrumpió el interrogatorio de Noah. Noah nos miró y pude ver la derrota que yo misma sentía reflejada en sus ojos.

—¿Alguna vez vino alguien a buscarla o la acompañó hasta aquí?

—No, me temo que… —El señor Taylor se echó hacia atrás, con el ceño fruncido—. En realidad, hubo alguien. Un joven pasó por aquí hace dos días. Llevaba un bombín y un abrigo a juego. Parecía un tipo de buena reputación. No estoy seguro… ¿Dolores? —llamó con brusquedad, tras lo que nos dirigió una mueca de disculpa. Una joven asomó la cabeza por encima del biombo—. ¿Recuerda por qué vino ese caballero? ¿El que habló con Edna?

La joven frunció un poco el ceño y luego se animó.

—No pude escuchar mucho, pero mencionó que tenía su dinero. —Se encogió de hombros—. Creo que era su antiguo empleador, pero ella no dijo mucho una vez que se fue.

Noah le dio las gracias al señor Taylor por su tiempo y salimos de nuevo al exterior. Thomas me ofreció su brazo y yo lo acepté. Nos separamos de Noah cerca del Tribunal de Honor. Tenía que pasar por la oficina de los Pinkerton y esta se encontraba en el lado opuesto de la ciudad.

Estábamos paseando, cada uno perdido en sus propios pensamientos, cuando un pequeño detalle, casi insignificante, me vino a la mente.

—Espera. —Detuve a Thomas, recordando algo que había visto en un mapa de Chicago—. Calle sesenta y tres, creo que está en Englewood. Tenemos que ir a esa farmacia de inmediato. Hasta ahora, dos mujeres desaparecidas fueron vistas por última vez en ese barrio, o tenían una conexión con una farmacia de allí: Julia Smythe y su hija, Pearl, en Nochebuena, y ahora la señorita Van Tassel.

Y la señorita Minnie Williams, la actriz de Mephistopheles, acababa de empezar a trabajar allí. No la conocía bien, pero no quería que se cruzara con nuestro asesino, sobre todo porque parecía acechar ese barrio.

Thomas señaló al cielo con la cabeza. Era de un rosa oscuro teñido de púrpura y negro. Me quedé mirando cómo el sol se hundía en el horizonte, preguntándome cómo no me había dado cuenta de lo tarde que se había hecho. Thomas llamó a un carruaje.

—Me temo que nuestra aventura tendrá que esperar hasta mañana. La mayoría de las tiendas cierran al anochecer.

Quise discutir, señalar que a nuestro asesino no le importaba la hora del día, que seguiría con sus siniestras persecuciones, pero antes de que pudiera pronunciar una sola palabra, el cielo se abrió. El granizo repiqueteó a nuestro alrededor, asegurando que nadie estaría al acecho en la noche.

Thomas me tapó la cabeza con su abrigo, tratando de protegerme de la peor parte antes de llevarme a toda prisa hasta nuestro carruaje. Los dos nos quedamos callados mientras veíamos cómo la Ciudad Blanca se desvanecía a nuestras espaldas. Desde allí, los edificios sobresalían en el horizonte, como dedos rotos que se extendían hacia el cielo. Era un pensamiento morboso.

Mientras las ruedas repiqueteaban sobre las piedras y la lluvia helada golpeaba el techo, deseé que no fuera un presagio de cosas peores.

Típica farmacia victoriana, Farmacia Plough Court, 1897

37
UN SISTEMA DE REDES

ZONA SUR
CHICAGO, ILLINOIS
14 DE FEBRERO DE 1889

Exhalé un suspiro mientras miraba de una avenida a otra. Las calles de Chicago parecían devorar a los que no estaban familiarizados con ellas y no dejaban ninguna migaja.

—Menuda tontería —maldije en voz baja. No tenía ni idea de por qué me había parecido tan fácil ir en tranvía en lugar de alquilar un carruaje. Thomas me había dejado plantada en la esquina mientras entraba en la tienda más cercana para preguntar por nuestro destino. Al menos no estaba sola en mi falta de orientación.

—Señorita, ¿se ha perdido? —Un hombre de unos veinticinco años que llevaba un abrigo elegante y un bombín a juego se me acercó, pero no de forma indebida.

—Esta ciudad es imposible. —Levanté una mano para señalar toda la zona—. Al menos Nueva York está diseñada en forma de cuadrícula. Hay prácticamente una docena de calles «Washington».

—En realidad, Chicago también es una cuadrícula, y es bastante fácil navegar por ella una vez que se tiene algo de práctica. —Los ojos le brillaron con diversión—. Los municipios se ven absorbidos, por eso hay tantas calles con los mismos nombres. Supongo que es usted de Inglaterra.

—De Londres —confirmé.

—Está un poco lejos de casa. —Me miró de forma amistosa—. ¿Está aquí por la exposición?

—Mi prometido y yo hemos venido por varias razones. —Parecía demasiado admitir ante un perfecto desconocido que estaba allí para cazar al diablo de la Ciudad Blanca—. ¿Sabe dónde puedo encontrar esta farmacia?

Le mostré la dirección que Minnie Williams había garabateado después de que nos presentaran en el espectáculo teatral de Mephistopheles.

—Creía que esto era Wallace, pero me parece que me he desviado. Me quitó la nota y se giró.

—Está justo ahí. ¿Ve esa joyería? —Miré hacia donde señalaba y apenas vislumbré un cartelito. El edificio quedaba todavía a una buena distancia. Tenía que ser la misma tienda donde la señorita Smythe había sido vista por última vez—. ¿Su prometido está con usted? ¿O se has escabullido por su cuenta?

Me recorrió una sensación de incomodidad. Observé con discreción al joven, que era del todo normal. Excepto por el tono casi cobalto de sus ojos, que eran bastante hipnotizantes. Intenté imaginarlo secuestrando a mujeres en las calles, o haciéndolas pedazos, si fuera el escurridizo Destripador. El señor Cigrande afirmaba que el demonio que se había llevado a su hija tenía los ojos claros, pero los de aquel hombre eran de un azul intenso.

—¿No deberíamos contarle esto a su prometido? —presionó.

—Mi…

Thomas dobló la esquina en ese mismo momento y se fijó de inmediato en aquel joven de su forma habitual. Sabía que estaba identificando cada detalle y catalogándolo para su uso futuro. Su expresión seguía siendo ilegible.

—Usted debe de ser el prometido —dijo el joven, subiendo el voltaje de su sonrisa—. Estaba vigilando a su dama.

—Sí, bueno, mi dama no necesita que la vigilan. —Thomas no le devolvió la sonrisa al hombre—. Me gusta la obediencia en mis perros, no en mi mujer. Ella es libre de hacer lo que quiera.

Intenté no soltar un suspiro. Me encantaba que Thomas nunca renunciara a compartir sus opiniones más íntimas, pero en el futuro habría que trabajar un poco más en su forma de transmitirlas.

—No pretendía ser un insulto. —El joven alzó las manos—. Si alguna vez ha habido una ciudad en la que las jóvenes son libres de hacer lo que quieran, es Chicago. —Sonaba bastante sincero—. Espero que ambos disfruten de su estancia. Asegúrense de visitar la exposición por la noche, es espectacular.

Tras una rápida inclinación de cabeza en nuestra dirección, cruzó la calle y desapareció en la siguiente manzana. Thomas observó cómo se marchaba antes de entrelazar su brazo con el mío.

—Al parecer, tú y yo desentrañamos los detalles de los asesinatos de forma soberbio, pero se nos da fatal la localización de escaparates. La dirección que estamos buscando está…

—Justo ahí —terminé yo con una sonrisa—. Mejor no hablarle a nadie sobre nuestro pésimo sentido de la orientación.

Una campana tintineó de forma agradable sobre nosotros cuando entramos en la farmacia. Thomas me abandonó al instante en favor de una mesa llena de montañas de terrones de azúcar. Levantó una cajita y aspiró su aroma como si fuera un ramo de flores frescas. Puse los ojos en blanco. Estábamos allí por una corazonada de que el Destripador frecuentaba aquel establecimiento y allí estaba él, hipnotizado por los dulces.

—Caramelo de limón. —Eligió otro—. Menta. —Los apretó contra el pecho y miró en mi dirección—. ¿Te imaginas el sabor que le darán al café o al té?

—Esos terrones de azúcar infusionados son lo que más se vende. —Una joven conocida se acercó a la mesa, con una sonrisa contagiosa—. Señorita Wadsworth. Señor Cresswell.

—Señorita Williams —saludé mientras le daba a Minnie un abrazo cariñoso—. Es un placer volver a verla. ¿Está disfrutando de su curso de taquigrafía?

—Sí. Siempre hay mucho que hacer, así que estoy bastante ocupada. Divido mi tiempo entre eso y vigilar el mostrador aquí hasta que

Henry contrate a otra chica. Alquilamos unas cuantas habitaciones en el piso de arriba y puedo asegurarle que no doy abasto. Últimamente es difícil encontrar empleados de confianza. Todo el mundo quiere estar en la exposición, no atrapado detrás de un mostrador. —Minnie esbozó una sonrisa, aunque no le iluminó la cara como lo había hecho la obra de teatro—. Basta de hablar de trabajo; ¡estoy muy contenta de que hayan venido a verme! Miren esto. —Levantó la mano y nos mostró una alianza preciosa—. Nos casamos hace unos días. Fue algo íntimo, pero no podría ser más feliz. Henry ha encontrado una casa en Lincoln Park. Ya estamos casi instalados, y me encantaría que vinieran a visitarnos. Él estará de viaje por un tiempo y estaré yo sola en esa gran casa. No es que me queje, es de lo más encantadora. —Su atención se desvió hacia donde Thomas seguía levantando cajas de azúcar e inhalando sus aromas—. Puede llevarse unas cuantas a casa, señor Cresswell. Estoy segura de que a Henry no le importará.

Thomas buscó mi mirada, con expresión esperanzada.

—Soy tu prometida, no tu guardián, Cresswell.

En realidad, si nos poníamos técnicos, tampoco era su prometida. Debí de fruncir el ceño, porque sus ojos se oscurecieron y se convirtieron en dos pozos llenos de problemas. Me preparé para lo que fuera a salir de su boca para distraerme. Olvidó los terrones de azúcar, los tiró a un lado y me dio un rápido pellizco en la oreja.

—¿Quién necesita azúcar cuando tú ya eres lo bastante dulce para satisfacerme, Wadsworth?

La pobre Minnie parecía de lo más incómoda. Le puse los ojos en blanco a Thomas de forma muy exagerada y negué con la cabeza.

—¿Quieres echar un vistazo a cualquier otra cosa que pueda llamarte la atención? —Arqueé las cejas para insinuar nuestros motivos ulteriores—. Tal vez encuentres algo de interés.

Thomas parecía dispuesto a deslumbrarme con otro de sus cumplidos, y antes de que pudiera decir alguna tontería, me volví hacia Minnie.

—La farmacia es preciosa. Nunca he visto tantos tónicos en un solo lugar. Debe de haber más de cien frascos diferentes.

—Ay, Dios. —Minnie miró los estantes mientras salía de detrás del mostrador. Había botellas llenas de polvos y diferentes líquidos de colores acumuladas en dos y tres filas de profundidad—. ¡Hay más de trescientos! A Henry no le faltan elixires. Tiene tónicos para los dolores de cabeza y de espalda e incluso cremas para suavizar la piel. Viene gente de toda la ciudad a comprar sus tinturas.

—Bueno, con una colección tan bien surtida, no me extraña. —Paseamos por la tienda, mi bastón producía un agradable chasquido contra el suelo—. Minnie —empecé despacio, sin querer asustarla—, ¿ha oído hablar de una tal señorita Julia Smythe? ¿O de su hija, Pearl?

Frunció el ceño.

—No, no me suena ninguno de los dos nombres. ¿Son amigas suyas? Podría preguntar por ahí, si lo necesita.

Llamé la atención de Thomas, que estaba al otro lado de la tienda, y me hizo un ligero movimiento de cabeza. Una advertencia para no revelar demasiado.

—No, uno de nuestros amigos se encontró con su foto en un periódico. Julia trabajaba en el mostrador de la joyería de la calle sesenta y tres y fue vista por última vez en Nochebuena. Su familia está bastante preocupada. La señorita Van Tassel trabajaba aquí y también desapareció hace poco. ¿Ha oído hablar de ella?

—¡Eso es horrible! —La expresión de Minnie no cambió, aunque su tono sí—. Henry no ha mencionado a nadie con ese nombre, aunque la farmacia de enfrente la dirige un hombre extraño. Me pregunto si es allí donde trabajaban las dos. También vende joyas. —Parecía preocupada de verdad—. Le juro que hay algo raro en él… Es por la forma en que observa cada movimiento que hace una persona, como si todo el mundo estuviera dispuesto a robarle. Henry me advirtió que no llamara su atención.

Me quedé sorprendida un instante. No había contado con que hubiera dos farmacias muy próximas entre sí. Ahora no sabía si la señorita Van Tassel y la señorita Smythe y su hija estaban relacionadas con aquella en la que nos encontrábamos o con la otra.

—¿Ha tenido mucho trato con él?

—Dios, no. —Sacudió la cabeza—. Le hablé a Henry de la última vez que pasé por allí y me dijo que me mantuviera alejada de ese desgraciado y de su tienda. —Se estremeció—. Mi Henry nunca habla mal de nadie, así que me tomé en serio su advertencia.

Thomas había inspeccionado casi cada centímetro de la farmacia y ahora estaba lo bastante cerca como para escuchar nuestra conversación.

—Espero que encuentren a esa mujer desaparecida y a su hija —añadió Minnie—. Si trabajaba para él, no me sorprendería que las hubiera enterrado en su sótano. Parece del tipo que tiene una colección de objetos blasfemos.

Eso parecía encajar con nuestro sospechoso.

—Gracias, Minnie, ha sido muy útil. Sin embargo, debemos seguir nuestro camino. Tenemos que hablar también con el propietario de esa farmacia.

—No está —dijo ella, señalando con la cabeza hacia el escaparate gigante—. Las cortinas están corridas y el cartel de CERRADO lleva una semana colgado. Nadie parece saber dónde se ha metido. Sin embargo, no puedo decir que me importe. Cuanto menos lo vea, mejor.

Thomas y yo intercambiamos miradas. Nos estábamos acercando, lo notaba en la forma en que se me ponía la piel de gallina en los brazos. O bien se nos había escapado por una semana, o bien seguía dentro, acechando en el oscuro edificio. Oculté mi escalofrío mientras miraba de nuevo a Minnie.

—Siento molestarla con una pregunta más —dije—, ¿pero ocurrió algo inusual justo antes de que desapareciera?

Minnie ocupó su lugar detrás del mostrador y pasó los dedos por la ornamentada caja registradora.

—Nada extraordinario. Excepto… —Se mordió el labio—. Excepto que Henry tuvo unas palabras con él por haberme asustado.

Le dijo que dejara de tener ideas sucias y que íbamos a casarnos pronto. Me lo contó todo, fue terriblemente romántico.

Le agradecí a Minnie su tiempo y le prometí que pasaría a tomar el té a la tarde siguiente. Una vez que anoté su dirección, seguí a Thomas al exterior. La nieve decidió unirse a nosotros, cayendo en alegres montones. Nos quedamos bajo el toldo a rayas de la farmacia, inspeccionando la de enfrente. Ninguna luz parpadeaba tras las cortinas, no había contornos dorados que insinuaran que alguien estaba encerrado allí a cal y canto. Todo estaba muy tranquilo de una forma que suscitaba inquietud, como si nos estuviera vigilando.

Thomas tamborileó con los dedos en el costado, con el ceño fruncido.

—Si se está llevando a las mujeres desaparecidas y las tiene prisioneras, entonces no es descabellado pensar que podría tener algún tipo de… calabozo… en el sótano.

—Eso explicaría por qué cerró la farmacia. No querría que nadie escuchara ningún grito de auxilio —dije—. ¿Se quedaría aquí, después de ser confrontado por alguien? Si Henry notó un comportamiento extraño y lo amenazó, podría haber temido que avisara a la policía. Tal vez se escabulló en plena noche. Podría estar en cualquier parte.

Thomas evaluó el edificio y luego centró la atención en el callejón de al lado.

—Todavía hay alguien dentro, fíjate en los cubos de basura. Están desbordados.

—Sin embargo, eso no prueba que sea él quien los haya llenado.

—Es cierto. Pero el número pintado en ellos coincide con el número sobre la puerta. —Thomas levantó la barbilla—. El cubo de basura de al lado también está lleno y coincide con el del edificio de la izquierda. Aunque es *posible* que alguien más se haya aprovechado y haya puesto su basura en su cubo, no es demasiado probable. Un simple vistazo al interior podría proporcionarnos una respuesta mejor.

Los copos de nieve se acumularon con rapidez sobre los fríos adoquines. El sol estaba a punto de ponerse y cada vez hacía más frío y resultaba más desagradable estar fuera. Rebuscar en la basura de alguien no parecía el tipo de paseo nocturno del que disfrutar con tu enamorado. Suspiré. Los deseos no tenían prioridad cuando había mujeres desaparecidas y un asesino despiadado suelto.

—Bien. —Extendí el brazo. Al menos ese día no me había puesto mis guantes favoritos—. Vamos a ver qué pistas podemos encontrar en la basura.

• • •

Dos horas después, la policía se arremolinaba como un enjambre de abejas furiosas alrededor de una colmena. Thomas estaba apoyado en la pared de la farmacia, con los brazos cruzados, mientras veía cómo se llevaban la sábana ensangrentada. Tuvo la decencia de no pronunciar nada parecido a un «te lo dije», lo cual era bueno para su salud. Tenía frío y me sentía abatida, y mi estado de ánimo cayó en picado junto con la temperatura. Me estremecí bajo la manta de crin de caballo que me ofreció un policía y los dientes me castañetearon mientras la nieve seguía cayendo y amontonándose. El viento azotaba las calles, levantando melenas sueltas y poniendo la piel de gallina.

El inspector general Hubbard salió del edificio con una expresión más sombría que cuando había desaparecido por las puertas. Intenté no mirar en su dirección, aunque él era la razón por la que estaba helándome a la intemperie, en lugar de investigando el escenario. Que el cielo me librara de contemplar un cuerpo en cualquier estado indecente, como el de la muerte.

Hizo un gesto para que sus hombres se reunieran a su alrededor.

—Déjenlo todo donde lo han encontrado. Aquí no hay indicios de ningún delito. —Me miró brevemente, aunque no me sorprendió que no lo hiciera durante mucho rato. Se dirigió a Thomas—. Parece ser un… —Vaciló y puse los ojos en blanco—. Hay un espacio en el sótano que parece haber sido utilizado como cámara de abortos.

Puso una mueca y toda su expresión se tornó amarga. Su tono daba a entender que lo que le molestaba no era el procedimiento médico, sino las mujeres que buscaban ese servicio. De inmediato deseé poder golpearle con la punta de mi bastón.

—Había herramientas médicas y sábanas manchadas de sangre. No hay pruebas de ningún asesinato. No hay cuerpos. —Se metió los dedos en la boca y silbó. Un carruaje se detuvo frente a nosotros y él abrió la puerta y nos hizo subir—. Tal vez sea mejor que se limiten a estudiar los cadáveres que descubramos a partir de ahora. Es mejor que nadie pierda el tiempo. No volveremos a hacer el ridículo. En especial, no por un par que parece que solo busca la fama.

—¿Perdón? —preguntó Thomas, que sonó demasiado confuso para estar enfadado.

—He oído hablar de ustedes dos —dijo el inspector general con desprecio—. Y de ese médico con el que van. Creían que podían venir aquí y empezar con esa tontería de Jack el Destripador en mi ciudad, ¿verdad? —Señaló con la mano el carruaje abierto, con una mirada ausente de toda cortesía—. No quiero que me causen más problemas. ¿He sido claro? Una metedura de pata más y los detendré a ambos.

Thomas y yo nos miramos. No tenía sentido discutir con aquel hombre: ya había tomado una decisión sobre quiénes éramos, aunque lo que creía no podía estar más lejos de la realidad. Como no quedaba nada más que decir, Thomas me ayudó a subir al carruaje.

Parecía que ahora teníamos una complicación más que añadir a nuestra lista interminable.

38
QUE SEAS MÍA

FINCA DE LA ABUELA
CHICAGO, ILLINOIS
14 DE FEBRERO DE 1889

Me sentía tan abatida después de nuestro encuentro con el inspector que apenas me fijé en la comida que tenía en el plato. Apuñalé las verduras, perdida en mi estado de ánimo cada vez más sombrío. Thomas y yo estábamos solos en el gran comedor mientras mi tío se recluía en su nuevo e improvisado laboratorio del sótano, preparando sus herramientas de la manera que le gustaba.

Le habíamos ofrecido nuestra ayuda, pero la mirada feroz de sus ojos nos había hecho volver a subir las escaleras a toda prisa. Era mejor dejarlo a solas con su trabajo, no fuera a ser que empezara a arrojar escalpelos y sierras para huesos, molesto por la intrusión.

Me llevé el tenedor a la boca, todavía sin prestar atención a la comida. Levanté mi copa de vino, bebí un pequeño sorbo y esperé que mi expresión no se volviera tan agria como la bebida. Thomas suspiró desde el otro lado de la mesa. Lo miré, no entendía la expresión de su cara.

—¿Estás bien? —pregunté, incapaz de discernir si estaba triste o enfermo. Tal vez se tratara de ambas cosas. Lo miré, lo miré *de verdad* y vi unas manchas oscuras bajo sus ojos. El cansancio había invadido sus hermosas facciones. No era la única que no estaba durmiendo bien—. ¿Qué pasa?

Él dejó los cubiertos en la mesa y juntó las manos como si estuviera rezando. Tal vez estuviera pidiendo ayuda a nuestro Padre Celestial.

—Odio cuando estás alicaída, Wadsworth. Me hace... —Arrugó la nariz—. Hace que yo también me sienta bastante mal. Es detestable.

Enarqué las cejas: me di cuenta de que había algo más. Sus ojos no tenían ese brillo habitual de emoción de cuando se burlaba de mí.

—Odio sentirme fuera de control —dije, con la esperanza de que admitir mis temores lo animara a hacer lo mismo. Di un sorbo al vino, ya no me molestaba su acidez—. El inspector cree que estamos exagerando o que somos unos aficionados que quieren aparecer en los titulares. No hemos podido ayudar a Noah en su empeño. Y luego —me paré al llegar a nuestro drama personal, incapaz de pensar o hablar del matrimonio fallido más de lo que ya lo hacía—, está la confesión de Nathaniel y sus diarios. No hacen más que aumentar mi confusión y mi sensación de dar vueltas sin ton ni son, fuera de control.

Solté un fuerte suspiro. Había algo más detrás de mi creciente ansiedad. Cosas que no había querido compartir con él ni admitir ante mí misma. Me quedé mirando el delicado encaje del camino de mesa. Era tan hermoso que me dieron ganas de cortarlo con mi cuchillo.

—Luego están mis pesadillas —susurré, sin mirarlo a los ojos—. Por la noche, veo a un hombre con cuernos curvados. Siempre es una silueta. No habla. No se mueve. Se queda ahí, en las sombras, como si estuviera... esperándome. —Un escalofrío recorrió cada una de mis vértebras. Por fin me atreví a mirar a Thomas. Su rostro era el vivo retrato de la preocupación, peor que hacía unos momentos. Asintió para que continuara—. Viene a por mí todas las noches, se cuela en mis momentos más íntimos. Sé que no es real, pero es difícil no pensar...

Cerré la boca de golpe, de repente no estaba segura de querer ser tan vulnerable. Sabía que Thomas no me acusaría de estar loca, pero no quería aumentar *su* creciente preocupación admitiendo toda la verdad. Me pregunté si el diablo de mis sueños no me estaba acechando, sino que estaba esperando a que me acercara a él de buen grado. Que aceptara mi papel como su amante oscura. La orden silenciosa que emanaba de él era sencilla: *ríndete*, parecía decir sin palabras. Una parte de mí temía haber puesto en marcha aquel inevitable camino en el momento en el que había decidido seguir mis propios deseos.

Thomas podría ser el heredero de Drácula, pero yo era la que tenía ansia de sangre. Yo era la que disfrutaba más de lo que resultaba razonable cuando hundía mis bisturíes en carne muerta. A veces, si cedía terreno a mis temores secretos, me preocupaba que hubiera algo deformado y retorcido en mí. Tal vez nuestra boda había acabado en desastre porque mi verdadero compañero era Satán y mi destino era todo lo traicionero.

Thomas se movió con prontitud alrededor de la mesa y se sentó a mi lado para tomarme en sus brazos. Me acunó allí, contra su corazón palpitante, como si pudiera mantener mis demonios a raya con la sola fuerza de su voluntad.

—¿Desde cuándo tienes pesadillas?

Dudé. No porque no lo recordara, sino porque no estaba segura de que debiera admitir que habían empezado la misma noche que habíamos compartido cama por primera vez. Justo antes de nuestra boda fallida. No quería que interiorizara nada, que pensara que mi subconsciente me estaba condenando por nuestros deseos carnales. Temía que se mantuviera alejado de mi alcoba para siempre, que se culpara a sí mismo sin importar lo equivocado que estuviera. Y aunque no debía echar de menos su presencia en mi cama, ya que estaba prometido con otra, todavía no estaba preparada para despedirme de él.

—Unas semanas.

Él aspiró con fuerza. Casi podía oír los engranajes de su mente girando en torno a la información.

—¿Cómo puedo hacer que desaparezcan? —preguntó, con la boca contra mi pelo—. Dime cómo puedo ayudarte, Audrey Rose.

Mi primera reacción fue fingir que podía manejarlo por mi cuenta, pero la negatividad bullía en mi mente. No podía soportar aquel bombardeo constante sin un respiro. Lo rodeé con los brazos, sin importarme que estar sentada torcida en nuestras rígidas sillas de comedor no fuera la posición más cómoda.

—Dime algo que no sepa de ti. —Recordando algo que había dicho durante una de nuestras anteriores aventuras, cuando las cosas se habían puesto demasiado serias para su gusto, añadí—: Que sea escandaloso.

Sonrió contra mi cuello antes de plantarme un beso casto ahí. Sin duda él también estaba recordando el momento en que me había dicho eso: estábamos escondidos detrás de los helechos en la finca de su familia en Bucarest. Me pasó la mano por la columna vertebral, con suavidad y dulzura.

—Antes de conocerte, estaba convencido de que el amor era una debilidad y un peligro. Solo un tonto se dejaría atrapar por los ojos de alguien, escribiría sonetos dedicados a ella y soñaría con la fragancia floral de su cabello. —Hizo una pausa, pero fue breve—. La noche que nos conocimos me había peleado con mi padre. Estaba lívido conmigo por haber arruinado otro posible compromiso.

Ahora su tono era amargo, y recordé que me había dicho que su la discusión había sido por la señorita Whitehall. Me abrazó más fuerte como por instinto.

—Mi padre me llamó monstruo —admitió—. Lo peor fue que le creí, creí que era menos que humano, incapaz de *sentir* cosas como los demás. Acepté su valoración de mí, lo que me hizo albergar una mayor animadversión hacia el amor. ¿Por qué anhelar algo que nunca sería mío? Si no creía en ello, podía escapar de la inevitable decepción que seguiría si alguna vez me pasaba. No era posible que nadie me quisiera de verdad, a un monstruo. Más obsesionado con la muerte que con la vida.

Quise retorcerme en mi asiento para verle la cara, pero me di cuenta de que como no *podía* vérsela, le era más fácil confesar. Me quedé muy quieta y confié en no romper el hechizo del momento.

—No eres un monstruo, Thomas. Eres una de las personas más increíbles que conozco. En todo caso, te preocupas demasiado por los que te rodean. Incluso por los desconocidos.

Respiró de forma entrecortada y esperó un minuto antes de responder.

—Gracias, mi amor. Una cosa es que otra persona te diga que eres bueno, pero cuando tú mismo no te lo crees… —Se encogió de hombros—. Durante mucho tiempo creí que *era* un monstruo. Oía los susurros que circulaban por Londres. La forma en que la gente se burlaba de mi comportamiento y me acusaba de ser Jack el Destripador. A veces me preguntaba si tenían razón, si un día me despertaría y me encontraría sangre en las manos sin recordar cómo había llegado allí.

Enrosqué los dedos en sus solapas y las agarré con fuerza. Yo también recordaba esos rumores. Me había encontrado un poco de esa animosidad en una reunión para tomar el té en la que había sido la anfitriona, lo que parecía que había sucedido hacía una eternidad en lugar de unos meses atrás. Acababa de conocer a Thomas (y no lo soportaba la mayor parte del tiempo) y, sin embargo, lo había defendido en lugar de quedarme cruzada de brazos y mostrarme de acuerdo, para consternación de mi tía.

Detestaba la forma en que la gente que se autodenominaba noble de nacimiento difundía rumores sobre él como la peste. Cuando se descubrió que la señorita Eddowes, una de las víctimas del Destripador, tenía un pequeño tatuaje en el que se leía *TC*, se volvieron locos con las teorías. Eran crueles e inexactas. Thomas nunca podría hacer daño a nadie. Si le hubieran dado una oportunidad, habrían visto lo que yo…

—De todos modos, esa noche hice un voto al cielo. Juré que solo me casaría con la ciencia. Me negué a entregar mi corazón o mi mente a nadie. Nadie puede pensar que eres un monstruo si no te conoce. ¿Y los que ya lo pensaban? ¿Por qué iba a importarme? No significaban nada. Me negué a dejar que lo hicieran.

Depositó un beso en mi cuello, provocándome una encantadora sensación de cosquilleo por toda la piel.

—Cuando entré en el laboratorio de tu tío, estaba muy absorto en la intervención quirúrgica que íbamos a llevar a cabo. Era la distracción perfecta para mi oscuro estado de ánimo. Al principio no me fijé en ti. Luego lo hice. —Inspiró hondo, como si se preparara para revelar el secreto que yo ansiaba—. Estabas allí, bisturí en mano, con el delantal salpicado de sangre. Por supuesto que me fijé en tu belleza, pero eso no fue lo que me pilló desprevenido. Fue la mirada en tus ojos. La forma en que sostenías esa hoja en alto, como si fueras a clavármela. —Se rio, el sonido retumbó en su pecho—. Me sobresaltó tanto como se me aceleró el pulso, y por poco me caí de bruces sobre el cadáver abierto. Fue una imagen mental horrible. Me perturbó todavía más cuando me di cuenta de que me importaba lo que pensarías de eso. De mí.

Me acarició el pelo con suavidad durante unos instantes.

—Nunca antes había experimentado una respuesta física a alguien —dijo con timidez—. Tampoco me había sentido nunca intrigado por nadie. Y ahí estabas tú, una hora después de mi declaración contra el amor, como burlándote de mi decisión. Quería gritar: «¡No me convertiré en un monstruo por ti!». Porque una parte de mí quería secuestrarte y quedarme contigo para siempre. Fue algo muy animal. Quería aborrecerte, pero me resultaba imposible.

Resoplé al oír aquello.

—Sí, por supuesto, parecía que te hubiera embrujado. Con ese recibimiento tan gélido. Ni siquiera me hablaste.

—¿Sabes por qué? —preguntó, sin esperar respuesta—. Porque supe, de inmediato, que solo había una razón detrás de los latidos acelerados de mi corazón traicionero. Pensé que, si podía combatirlo, fingir que el sentimiento desaparecía, congelarlo si era necesario, podría ganar la batalla contra el amor. —Se movió detrás de mí, girando mi cara hacia la suya con mucha suavidad. Esa vez, quería confesarse conmigo—. Desde el momento en que posé los ojos en ti, supe que podíamos tener algo especial. Quería olvidarme de la cirugía y también de ponerme un delantal. Quería lanzarte el mismo hechizo que tú habías lanzado sobre mí. Por supuesto, eso no era lógico. Necesitaba recordar quién era yo: el monstruo, incapaz de ser amado. Mi frialdad estaba dirigida por entero a mí mismo. Cuanto más tiempo pasábamos juntos, más difícil era negar el cambio que se había producido en mis emociones. No podía fingir que mis sentimientos desaparecerían, ni culpar a una extraña enfermedad.

Puse los ojos en blanco.

—Qué excepcionalmente sentimental el creer que tu afecto por mí no era más que una infección.

La calidez de su risa borró la preocupación que me quedaba. Casi me olvidé de la vorágine que había en mi cabeza.

—Tenía la impresión de que podrías sentirte así. Por eso he escrito esto para ti.

Lo miré unos instantes, con el pulso acelerado.

—¿Has escrito algo para mí?

Sacó un pequeño sobre de color crema del bolsillo y me lo entregó con una expresión que rozaba la timidez. Mi nombre estaba escrito con esmero, con una letra más bonita que su caligrafía apresurada habitual. Un rubor adorable le subió por el cuello.

Con la curiosidad de saber qué podía provocar en él una emoción tan inusual, lo abrí a toda prisa y leí.

Mi querida Audrey Rose,

Los poemas y los sonetos deben rimar, pero me veo incapaz de escribir otra cosa que no sea el anhelo más profundo de mi alma. Mi mundo era oscuro. Estaba tan acostumbrado a él que me había habituado a deambular por los tramos solitarios de tierra desolada.

Cuando entraste en mi vida, brillabas más que el sol y las estrellas juntos. Calentaste los rincones gélidos que había en mí, los que temía que no sería posible descongelar. Estaba convencido de que tenía un corazón tallado en hielo hasta que

sonreíste... y entonces empezó a latir con fuerza.
Ahora no puedo imaginar mi mundo sin ti,
porque tú eres todo mi universo.

Feliz día de San Valentín, Wadsworth. Eres
y seguirás siendo por siempre mi verdadero y
único amor. Espero, aunque no tenga derecho a
hacerlo, que seas mía.

Como yo siempre seré tuyo.
Thomas

Los ojos se me llenaron de lágrimas no derramadas y apreté la mandíbula para no llorar. No creía que la forma adecuada de agradecerle su consideración fuera mancharle el traje de mocos. El horror se reflejó en las facciones de Thomas. Me tensé, sin saber qué había provocado ese cambio repentino.

—No quise decir… no tienes que… —Se pasó una mano por el pelo, despeinando sus oscuros mechones—. No pasa nada si no quieres ser mía. Entiendo que nuestras circunstancias no son ideales. Es…

El alivio se apoderó de mí. Había malinterpretado el origen de mis lágrimas. Era increíble que su capacidad de deducción estuviera tan perdida cuando se trataba de leer mis emociones. Le toqué la cara con suavidad, coloqué la mano en la curva de su mejilla y acerqué sus labios a los míos. Le mostré, sin palabras, lo mucho que significaba para mí.

Thomas no necesitó más explicaciones. Profundizó nuestro beso, sus manos me agarraron con más fuerza (pero no de forma incómoda) mientras eliminaba el espacio entre nosotros. Cada vez que me abrazaba así, con su cuerpo ajustado de forma tan perfecta contra el mío, yo perdía el sentido. El mundo y todos sus problemas se quedaban en un rincón lejano. Solo estábamos nosotros dos.

Le mordí el labio inferior y sus ojos cambiaron al tono del chocolate fundido, cosa que provocó un incendio en mi interior. Me cogió en brazos, golpeando mi bastón en su prisa por salir de la habitación y huir de cualquier posible interrupción de los lacayos si venían a comprobar cómo íbamos con la cena.

Tuvimos la suerte de llegar a mi habitación antes de expresar nuestro amor más a fondo. Le abrí la camisa de un tirón, haciendo saltar los botones en todas direcciones, y le sonreí con picardía mientras me tendía en la cama. Parecía de todo menos perturbado por mi euforia cuando me devolvió el favor y me quitó el corsé. Esa noche no se molestó en tirar despacio de los cordones, sino que prácticamente lo desgarró.

Tracé el contorno de su tatuaje primero con las yemas de los dedos y luego con los labios, sin cansarme del modo en que jadeaba bajo mi delicado contacto.

Si hubiera vivido mil años, nunca me habría parecido suficiente tiempo con él.

—Te quiero, Audrey Rose. Más que a todas las estrellas del universo.

Thomas eliminó todo el espacio entre nosotros y me miró como si yo fuera la persona más perfecta que existiera. Cuando me besó de nuevo, fue tan dulce que casi olvidé mi propio nombre. Fue una suerte que no dejara de susurrármelo contra la piel.

Recorrí con las uñas su columna vertebral y volví a subir, maravillada por la piel de gallina que se levantó a mi paso, la sensación parecía volverlo tan loco como a mí. Repitió mi nombre como un hechizo, en un tono tan reverente como el de los que alaban a los dioses. Adoró mi mente y mi cuerpo hasta que yo también me convertí en creyente. Entonces nos llevó a los dos a otro reino, uno en el que no éramos más que amor en su forma física más pura.

Horas más tarde, después de haber profesado nuestra adoración, mientras yo yacía acunada en la seguridad de los brazos de Thomas, el diablo me esperaba. Silencioso y vigilante como siempre, me dio la bienvenida a sus dominios oscuros.

39
UNA DESAPARICIÓN EXTRAÑA

1220 DE LA AVENIDA WRIGHTWOOD
CHICAGO, ILLINOIS
15 DE FEBRERO DE 1889

—¡Señorita Wadsworth! —Minnie me saludó con cariño en la puerta—. Es muy amable por su parte visitarme. Dígame, ¿ha tenido noticias de Mephistopheles? No he podido localizar a ese canalla en ningún sitio.

Fue un recibimiento bastante extraño, pero le entregué mi capa a la criada y negué con la cabeza.

—Me temo que no he hablado con él desde la última vez que lo vi con usted. —Estudié su expresión, cómo se mordisqueaba el labio inferior, el pliegue de su frente—. ¿Va todo bien?

—Seguro que sí. Acabo de escuchar un rumor de que nadie ha visto a mi suplente desde hace mucho. Es un poco extraño, dado lo mucho que le gustaba interpretar ese papel. —Se animó de nuevo—. Venga. Harry me ha permitido decorar el salón a mi gusto. ¿Tomamos té y café allí?

Yo deseaba volver al tema de la joven desaparecida, pero me llamó la atención otra cosa.

—¿Harry?

Minnie parpadeó despacio, como si despertara de un sueño.

—¿He dicho Harry? Dios mío, *Henry*. Mi Henry es un hombre encantador. Espere a ver el papel pintado. Es de *París*.

Entramos en un saloncito azul y blanco precioso, con una tela tan exquisita como cualquier postre elegante. Un hilo dorado ribeteaba las rayas azul marino y crema de nuestras sillas. Unas pequeñas borlas doradas ataban las cortinas azul oscuro, que parecían hechas de terciopelo. Nos trajeron sin tardanza un servicio de té azul y blanco a juego y unas cuantas galletas recién horneadas.

Todo hogar que se precie siempre presume de plata pulida, pero Minnie lo llevaba aún más lejos. De los brillantes candelabros caían ristras de cristales y había fragantes flores de invernadero en jarrones que eran casi del tamaño de un perro. Era todo un espectáculo de excesos.

—Las flores son preciosas —dije, señalando la habitación—. ¿Se deben a alguna ocasión especial?

—Henry es un hombre refinado y con mucho gusto. —Minnie sirvió: té para mí y café para ella—. Le gustan las cosas bonitas.

Su sonrisa pareció congelarse, como si hubiera algo que no estaba diciendo. Acepté mi taza de té con cuidado.

—¿Eso la pone triste?

—No, no es eso. —Dejó la taza y el plato en su regazo y contempló los remolinos que formaba la nata—. Es que… el otro día mi hermana dijo algo poco halagador cuando le conté que nos habíamos casado. No he podido quitármelo de la cabeza. Estoy segura de que estoy siendo una tonta. —Volvió a mirar el servicio de té—. ¿Azúcar?

—No, gracias. —Le di un sorbo a mi té, disfrutando del sabor de la vainilla y de algo más intenso. Ella añadió unos terrones a su café con unas pinzas de plata, aparentemente perdida en sus pensamientos—. Si quiere hablar de lo que dijo su hermana, estaré encantada de escucharla.

Me dedicó una sonrisa de agradecimiento.

—Las hermanas son maravillosas, de verdad. Nadie más en el mundo te abraza cuando te rompes y te hace entrar en razón al mismo tiempo.

Aunque no tenía una hermana de sangre, pensé en Liza y en todas las formas en que hacía que aquello fuera cierto. No había nadie que estuviera a tu lado y se enfrentara a los demonios contigo como lo hacía una hermana. Luego te daba una patada por haber sido una estúpida y por haberte mezclado con los demonios, pero una hermana siempre estaba ahí cuando hacía falta. También me vinieron a la mente imágenes de Daciana e Ileana. Me alegraba poder considerarlas también mis hermanas, a pesar de que la boda hubiera acabado en desastre.

—¿Qué dijo que tanto la ha molestado?

Minnie respiró hondo.

—Sé que no soy… como he dicho antes, a Henry le gustan las cosas bonitas. Sé que soy del montón. Mi pelo es de un marrón apagado, mis ojos son del todo ordinarios. A menudo me pregunto cómo llamé su atención, pero cuando Anna dijo que estaba siendo tonta… que si él era tan guapo y encantador como lo había descrito… —Moqueó—. Bueno, ella no cree que sus intenciones sean muy puras. Verá, tenemos una pequeña herencia. Y empecé a pensar que…

En ese momento, un hombre con bombín y traje marrón a juego entró en la sala. Empezó a avanzar, pero se detuvo al verme. Casi se me cayó el té cuando reconocí sus llamativos ojos azules. Era el joven que me había indicado cómo llegar a la farmacia.

Esos mismos ojos se fijaron en mi cara y se ensancharon ligeramente antes de parpadear. La calidez inundó sus rasgos.

—Minnie, querida, no sabía que tenías compañía. Siento haber interrumpido con tanta brusquedad. —En unas pocas zancadas cruzó la habitación y se inclinó para besar a su esposa. Se volvió hacia mí con una ligera sonrisa—. La señorita Wadsworth, ¿no es así?

Asentí con la cabeza, impresionada de que hubiera recordado mi nombre.

—Mis disculpas, pero no recuerdo…

—Por favor, llámeme Henry. —Ante la expresión confusa de Minnie, explicó—: Me encontré con la señorita Wadsworth y su prometido cuando iban de camino a la farmacia el otro día. —Se volvió hacia mí, con expresión educada—. ¿Encontró lo que buscaba?

La sábana manchada de sangre pasó por mi mente. Era casi alarmante cómo podía imaginar cosas tan estridentes con sorprendente claridad y fingir normalidad.

—No. Me temo que no. —Entrecerré un poco los ojos—. No mencionó usted que era el dueño de la farmacia.

—Cierto. No me gusta presumir de mis propiedades y negocios. Tengo varios solo en Chicago. Bueno —dijo, y su atención se dirigió al reloj de la chimenea—, debo irme. Solo quería despedirme de mi mujer como es debido.

Besó a Minnie en la coronilla y la calidez volvió a sus facciones. Lo estudié, tratando de encontrar lo que preocupaba a la hermana de Minnie. Si me fiaba de las apariencias, parecía preocuparse de verdad por Minnie. El brillo de sus ojos no parecía falso. Aunque no era tan perfecto como ella lo había hecho parecer. Era de complexión y altura medias, aunque un poco bajo. Su rostro era del todo anodino, excepto por su astuta mirada azul. Era sorprendentemente magnética. Imaginé que no llamaría la atención en una habitación llena de hombres de complexión similar.

—No me esperes despierta, querida —dijo—. Esta noche tengo una reunión en la zona sur y ya sabes cómo pueden ser. Si se hace demasiado tarde, puede que pase la noche en las habitaciones que tenemos allí.

Tras otra cortés despedida, nos dejó a solas. El comportamiento de Minnie había cambiado, su preocupación se había evaporado como el rocío de la mañana al sol. Sus mejillas tenían un rubor encantador, y me pregunté por qué no se consideraba bonita. Cuando me miró, toda su cara se iluminó.

—¿Y bien?

—Es muy agradable —dije—. Estoy segura de que ambos serán increíblemente felices. —Ella suspiró con aire soñador. Quise preguntar más acerca de las preocupaciones de su hermana de que él estuviera interesado en su dinero, pero no quise molestarla de nuevo. En cualquier caso, él tenía varios negocios, así que parecía que le iba bastante bien por su cuenta—. Ha mencionado que no se sabe nada de su suplente. ¿Es algo propio de ella? ¿Desaparecer durante unos días?

—Uy, no. Trudy quería demasiado ese papel. Fue una suplente paciente, pero una siempre puede ver ese anhelo, ¿sabe? —Se recolocó las faldas—. Miraba el escenario como si fuera la fuente misma de su vida. Cuando miraba la máquina de electricidad que Mephistopheles creó era como si hubiera visto un ángel. No puedo imaginarla renunciando a ella, no ahora. Y no puedo entender por qué se iría sin decírselo a nadie.

—¿Viajó a algún lugar fuera de lo común?

—No que yo sepa. A Trudy nunca le ha gustado ir sola a ningún sitio, incluso hacía que uno de los otros artistas la acompañara al tranvía después de un espectáculo. Siempre ha sido muy cautelosa.

—¿Tenía miedo de que la siguieran?

Minnie se encogió de hombros.

—No estoy segura de por qué insistía en que la escoltaran a la ida y a la vuelta de su pensión. Me imaginé que era por la creencia de su familia de que una mujer no acompañada era un pecado. Supongo que había ciertas reglas que no quería romper.

—¿Cuándo fue la última vez que la vio?

—Hace unos días, cuando me casé —dijo Minnie—. Vino al juzgado para ser mi testigo.

Reflexioné sobre esa información. Era difícil ignorar que, si de verdad había desaparecido, se trataba de otra joven relacionada con el espectáculo de Mephistopheles. Habíamos eximido al Carnaval Luz de Luna de cualquier delito en el *Etruria*, pero aquella coincidencia era demasiado. Además de estar presente en el barco, en Nueva York y ahora en Chicago, donde se estaba produciendo la sucesión de crímenes, eso también era una coincidencia. Y sabía bien lo que decía mi tío de que no había coincidencias cuando se trataba de un asesinato.

Me puse a pensar en el enigmático maestro de ceremonias y en su nombre artístico, en cómo se basaba en *Fausto*. En esa leyenda, Mephistopheles era un demonio al servicio del diablo, enviado a robar almas. Ese personaje utilizaba el engaño para conseguir lo que quería y manipularlo todo a su favor. Al igual que el maestro de ceremonias hacía con sus tratos a medianoche. ¿Era posible que los temores de Thomas fueran ciertos? ¿De verdad era Ayden un demonio escondido a la vista de todos?

Y si Mephistopheles no era el diablo de la Ciudad Blanca, ¿había alguna posibilidad de que supiera quién era y lo estuviera ayudando? Había habido un circo en Londres durante los asesinatos del Destripador; mi hermano y yo habíamos asistido. Un escalofrío me recorrió la columna vertebral. No era tan descabellado pensar que el maestro de ceremonias también hubiera estado presente.

—¿Audrey Rose? —Minnie agitó la mano cerca de mi cara, con el ceño fruncido—. Parece que ha visto un fantasma. ¿Debería llamar al carruaje?

40
INFERNO

FINCA DE LA ABUELA
CHICAGO, ILLINOIS
15 DE FEBRERO DE 1889

—El señor Cresswell ha dejado esto para usted, señorita.

—¿Está mi tío? —pregunté a la criada mientras me ayudaba a quitarme la capa.

—No, señorita. Él y el señor Cresswell han salido. ¿Quiere un poco de café?

—Té, por favor. Lo tomaré en la biblioteca.

Los estadounidenses bebían café como los ingleses se entregaban al té. Thomas estaba encantado, se tragaba casi tres tazas al día. A veces más, cuando yo no estaba. La cafeína extra era lo último que necesitaba, aunque su energía nerviosa era una molestia que yo adoraba. Sonreí, recordando que solía fumar para obtener esa inyección. Menos mal que había abandonado ese hábito.

Me quité los guantes y me dirigí a la biblioteca mientras leía la nota escrita con sus garabatos apresurados. Él y mi tío se iban a reunir con un forense que quería hacer una consulta sobre un caso. No era nada fuera de lo común, tal vez se tratara de una muerte causada por la exposición a los elementos. Volverían pronto.

Perdida en mis propios pensamientos, de repente sentí un beso helado a lo largo de la columna vertebral mientras recorría el pasillo. Hacía un frío terrible en aquel extremo de la casa.

Cuando llegué a la puerta de la biblioteca, fui a abrirla y dudé. El pomo de hierro parecía un bloque de hielo tallado. La inquietud se apoderó de mis sentidos. Aunque nadie hubiera encendido el fuego, el pomo estaba demasiado frío para estar en el interior. Antes de perder los nervios, empujé la puerta para abrirla. Me aferré a mi bastón, dispuesta a blandirlo contra lo que fuera que acechara dentro de la habitación.

Las cortinas se agitaron en mi dirección como dos brazos pálidos que me recordaron a unos fantasmas en busca de su próxima víctima. El pánico se apoderó de mí. Alguien había entrado en la casa de la abuela. Seguro que… Cerré los ojos. Mi imaginación volvía a hacer de las suyas, sin duda.

Haciendo acopio de valor, miré a mi alrededor y me fijé en la madera recién pulida y en un palo que era probable que se hubiera utilizado para quitar el polvo de las alfombras colocadas contra la pared. Misterio resuelto. Ningún ente maligno o asesino había entrado en nuestra casa. La habitación solo estaba limpia. Habían dejado la ventana abierta para dejar salir el olor a los productos de limpieza y a humedad. Nada más.

Exhalé, mi aliento como una nube de tormenta, mientras cerraba la ventana y corría las cortinas. Algún día conseguiría controlar mi imaginación desbocada. Descorrí la cortina otra vez y miré hacia la calle. La noche había caído por completo, cubriendo la ciudad de sombras. Las lámparas ofrecían esferas de calor, aunque no podía evitar pensar en ellas como ojos relucientes, siempre vigilantes, esperándome. Un rostro pálido brilló ante mí, con dos cuernos retorcidos sobre la cabeza. Un demonio.

Retrocedí y chillé al sentir el calor de la carne detrás de mí. Me giré y me encontré cara a cara con el espectro de la ventana.

—¡Señorita! —La sirvienta dejó caer la bandeja con estrépito, con los ojos tan abiertos y redondos como los platillos que había roto—. ¿Está usted bien?

Me miré las manos temblorosas. No era un demonio. No había cuernos. Simplemente había visto su reflejo en el cristal: la gorra que llevaba creaba una forma extraña. Los recuerdos de los delirios que me habían perseguido resurgieron y se burlaron de mí. Estaba sucediendo de nuevo.

Al darme cuenta de que seguía esperando allí, con expresión de preocupación, me recompuse.

—Estoy un poco nerviosa esta noche —dije—. Siento mucho haberte asustado. Y haber provocado este desastre. —Sentí que la histeria empezaba a asomar la cara—. Yo... Me voy a mi habitación a echar una siesta. Por favor —interrumpí antes de que se ofreciera a ayudarme—, estaré bien sola.

Salí corriendo de la estancia y cojeé por el pasillo, los escalofríos eran compañeros constantes que me recorrían el cuerpo. La casa parecía deleitarse con mi terror. Los candelabros parpadeaban cuando pasaba a toda prisa, como si aplaudieran con unas manos cubiertas de llamas. Tomé aire una y otra vez, con el estómago revuelto. ¿Por qué ahora? ¿Por qué me asaltaban esos fantasmas cuando no había hecho nada para provocar su ira? Subí las escaleras, con la mente agitada. ¿Había ingerido algo alucinógeno? Tenía que haber una razón... No podía...

Me detuve en la puerta.

—Señor, ten piedad.

Las sillas estaban rotas, había patas esparcidas por todas partes. La ropa y las joyas estaban desparramadas por el suelo. Los cristales rotos cubrían la mayor parte de la alfombra turca, mil pequeñas versiones de mí me devolvían la mirada, horrorizadas por lo que veía en mi cama a través de una bruma de copos de nieve que se arremolinaban en el aire.

Me mordí los nudillos para no gritarle a la máscara semihumana con cuernos de oro apoyada en el cabecero. Era chillona y evocaba imágenes de obras de Shakespeare con criaturas desagradables que se comportaban de forma maliciosa. A lo lejos, oí el rugido de un fuego, pero no pude apartar la mirada del reguero rojo que goteaba por mi mesita de noche.

—Esto no es real —susurré, cerrando los ojos. No podía ser real. Me pellizqué el interior del brazo, haciendo una mueca cuando el dolor se extendió por toda la zona. Sabía que no estaba imaginándome aquella escena. Me desplomé contra el marco de la puerta, las rodillas se me doblaron mientras mis antiguos miedos resurgían y me torturaban.

Thomas estaba fuera con mi tío. Estaba a salvo. Mi tío estaba a salvo. Habíamos dejado a *sir* Isaac en casa de mi abuela en Nueva York, así que estaba a salvo. No era la sangre de mis seres queridos. Me repetí en silencio esa certeza hasta que se me estabilizó el pulso. Me obligué a mirar el charco rojo una vez más. Parecía sangre. Pero había dejado mi taza de té de hibisco casi sin tocar esa mañana, y ahora la alfombra estaba manchada de rojo donde se había derramado.

Un poco más tranquila, cerré los ojos y me concedí un momento para convertirme en la científica que era. Cuando volví a inspeccionar la habitación, lo hice como si se tratara de un cadáver mutilado con el que me hubiera topado. La descripción era escalofriantemente adecuada. Había un desgarrón en mi diván que parecía una herida.

Los cortes de la tela eran limpios y precisos, como el trabajo del cuchillo que pertenecía al hombre que yo conocía como Jack el Destripador. Las tripas de algodón habían sido arrancadas y colgadas del marco. Alguien había destrozado mi habitación buscando Dios sabía qué.

Al principio estaba demasiado sorprendida para percibir el olor a cuero quemado, o para comprender que las suaves partículas blancas y grisáceas que bailaban en la brisa no eran nieve, sino ceniza. A medida que iba registrando esos detalles, una sensación de temor se apoderó de mis extremidades.

—No. —Cojeé hasta la chimenea, sin sentir apenas la sacudida de dolor que me atravesó la pierna al caer sobre mi rodilla buena—. No. No. ¡No! —Metí las manos en las llamas y grité mientras las retiraba, vacías. Unos pasos resonaron por las escaleras y el pasillo.

—¿Wadsworth? —gritó Thomas.

—¡Aquí! —grité, armándome de valor para recuperar las pruebas una vez más. Volví a meter las manos, siseando cuando las brasas me chamuscaron la carne.

Thomas me rodeó con los brazos y me alejó de la chimenea.

—¿Estás loca?

—Se acabó. —Enterré la cara en su pecho, sin poder evitar que las lágrimas le empaparan la camisa—. Han desaparecido. Todos ellos.

Me meció, sus manos me acariciaron la espalda a intervalos uniformes. Una vez que dejé de sollozar, me preguntó:

—¿Qué ha pasado?

—Los diarios de Nathaniel —dije, sintiendo que mis emociones me superaban una vez más—. Los han quemado todos.

• • •

No recordaba cómo había llegado a acurrucarme al borde de la cama de Thomas, envuelta en una manta, con una taza de chocolate caliente en las manos vendadas. Tampoco podía concentrarme en la conversación susurrada que tenía lugar en la habitación. Mi mente me torturaba con imágenes de llamas y papel. Ceniza y destrucción. No quedaba ni un solo diario. Alguien había saqueado mi habitación. Habían quemado la única prueba que teníamos de Jack el Destripador. Habían quemado lo que quedaba de mi hermano; no importaba el conflicto que hubiera sentido por sus acciones, era como perderlo de nuevo.

—…tendremos que informar a la policía —oí decir a Thomas como si fuera parte de una pesadilla—. Hay que dejar constancia de esto.

No me molesté en apartar la mirada de la taza que tenía delante mientras esperaba la respuesta de mi tío. No necesitaba verle la cara para saber que se estaba retorciendo el bigote.

—Me temo que no nos servirá de nada. ¿Qué diremos? ¿Que encontramos pruebas sobre Jack el Destripador? ¿Que en lugar de entregarlas de inmediato, las guardamos en la habitación de una joven? —Al oír aquello, me centré en lo que decía—. Nadie nos creerá.

—Alguien tiene que hacerlo —argumentó Thomas.

—¿Parecía el inspector con el que hablasteis muy dispuesto a considerarlo? —preguntó mi tío—. ¿Qué hay del inspector Byrnes, en Nueva York? ¿Os pareció el tipo de persona que aceptaría nuestra palabra de que Jack el Destripador ha estado aquí?

—Entonces, ¿debemos dejarlo pasar sin más? —Thomas parecía consternado—. El mundo merece saberlo todo sobre el Destripador.

—Estoy de acuerdo, Thomas. Eres libre de hacer lo que consideres conveniente, pero te pido que dejes mi nombre al margen de este lío. —Mi tío negó con la cabeza—. No digas que no te lo advertí cuando quieran encerrarte en el manicomio.

—Eso es ridículo —dijo Thomas, aunque sonaba inseguro. *Sí* habían encerrado a mi tío en un manicomio durante la primera investigación del Destripador. Me estremecí al recordar el paseo por los desolados pasillos de Bedlam. Lo habían drogado y enjaulado como a un animal.

Dejé mi taza en la mesita con una mueca por el dolor que sentía en los dedos. Pensé en el Frenchy número uno de Nueva York, en cómo la policía había falsificado pruebas para encarcelarlo. Les había preocupado más evitar la histeria colectiva que detener al verdadero asesino. Encontrar a la persona que había asesinado a la señorita Brown de forma tan despiadada no había sido su objetivo principal. Recordé lo que la Ciudad Blanca significaba no solo para Chicago, sino también para Estados Unidos. Allí era donde los sueños daban el salto de la imaginación a la realidad. No me cabía duda de que el tío tenía razón: el inspector Hubbard no dudaría en meter a Thomas en un manicomio, achacando sus desvaríos a la locura.

—Ha ganado —dije, sobresaltándolos a ambos—. Ni siquiera sabemos quién es y nos ha robado nuestra única oportunidad de resolver el misterio. —Desenvolví el extremo de la venda y lo volví a enrollar—. Tiene razón, Thomas. No podemos contarle a la policía que teníamos los diarios que detallan los asesinatos del Destripador. Pensarán que nos lo estamos inventando o que estamos locos. Sin pruebas que respalden nuestras afirmaciones, no tenemos nada. A nadie le interesan los rumores. Querrán hechos.

—Entonces yo mismo escribiré las entradas en un nuevo diario. —Thomas me miró a los ojos con obstinación—. Recuerdo suficiente de lo que decían. Cuando lo atrapemos, será su palabra contra la nuestra. ¿Quién notará la diferencia?

—Tú. Y yo. —Le hice un gesto para que se acercara y se sentara a mi lado—. No podemos sacrificar lo que somos para que se haga justicia. Si falsificamos los diarios, no seremos mejores que la policía que hizo eso mismo con Frenchy número uno. Debemos buscar otra forma de dejarlo al descubierto.

Thomas se dejó caer a mi lado, con los hombros caídos.

—Esa es la cuestión. Sin esas pruebas, no hay nada que vincule a este asesino con los crímenes de Londres.

—Podríamos convencerlo para que confiese —sugerí, aunque no me lo creía ni yo. Ni Thomas ni mi tío se molestaron en señalar lo disparatada que era esa ocurrencia. Una frágil esperanza revoloteó en mi pecho—. Hay una cosa que no destruyó, y puede que sea la más importante.

—¿Y de qué se trata? Estaba bastante seguro de que había borrado de un plumazo lo que quedaba de nuestra dignidad, Wadsworth.

Una sonrisa floreció en mis labios.

—No ha logrado quebrar nuestro espíritu. Mira cómo hablamos: «*cuando* lo atrapemos». No debemos perder la esperanza todavía.

El tío se dirigió a la puerta, su propio semblante reflejaba de todo menos esperanza.

—Al margen de si lo atrapamos o no, o de que podamos relacionar estos crímenes americanos con los ingleses, hay un hecho irrefutable: nos ha encontrado.

Dejó que el peso de esa afirmación se asentara a nuestro alrededor. Thomas se giró para mirarlo, con los ojos muy abiertos. Yo había estado tan absorta en el horrible descubrimiento que aún no me había asustado el hecho de que hubiera estado en *mi* habitación, destrozando mis cosas como si fueran sus nuevas víctimas. El miedo me sopló su aliento gélido en la nuca, se me puso la piel de gallina de golpe. Jack el Destripador había estado acechándonos.

—Se ha colado en nuestra casa y ha destruido pruebas —continuó el tío—. El personal no escuchó nada, a pesar del caos y la devastación que reinan en la habitación. Lo que significa que esperó a que casi todos estuvieran fuera, haciendo recados, antes de atacar. —El tío tragó con fuerza—. ¿Sabéis cómo lo consiguió?

—Vigilando la casa. —Me estremecí—. Debe de llevar bastante tiempo observándonos.

A mi lado, Thomas se quedó muy quieto.

—Acechando, no observando. Ha estado jugando con nosotros todo este tiempo. Pero ahora se está cansando del juego, ansía algo más tangible que nuestro miedo. —Se giró poco a poco hasta que estuvimos cara a cara, con expresión seria—. Te garantizo que no es a mí ni al profesor a quien persigue. No cuando sus víctimas han sido todas mujeres.

—Thomas —dije despacio—, no lo sabemos con certeza.

—No. —Tragó con fuerza—. Pero pronto lo sabremos. Es una mera cuestión de cuándo… Sospecho que va a dejar claras sus intenciones en una dramática demostración.

Busqué en mi corazón el miedo que debería estar presente. El terror que antes había corrido por mis venas con tanta facilidad como la sangre. Un asesino violento que había matado a más mujeres de las que probablemente sabíamos tenía sed de mi sangre. Un cosquilleo comenzó en mi centro y se desplegó poco a poco hasta que los zarcillos llegaron a los dedos de mis pies. Lo más preocupante era su causa. La determinación, no el miedo, se instaló en mi pecho como un león furioso. Me habían acechado y dado caza, y hasta el momento había salido indemne.

Ahora sería yo quien le tendería una trampa a aquel monstruo.

—No es el único que se ha cansado de este juego. —Me puse de pie, con el mentón firme, mientras Thomas me entregaba el bastón—. Que venga a por mí.

41
CONTRA LA PROPIA NATURALEZA

FINCA DE LA ABUELA
CHICAGO, ILLINOIS
15 DE FEBRERO DE 1889

Años atrás, en Londres, me sentaba en Hyde Park con mi hermano para ver cómo los pájaros cruzaban volando el estanque, preparándose para el invierno. No iban en contra de su naturaleza, nunca ignoraban la voz interior que los instaba a buscar tierras más cálidas. Su sentido innato de autoconservación los impelía a huir hacia el calor y la seguridad.

Hacía un tiempo, me había preguntado por qué las mujeres que se habían encontrado con la punta del cuchillo de Jack el Destripador no habían escuchado sus propios sistemas de advertencia innatos, los que susurraban que corrían peligro. En aquel momento, mientras miraba la máscara dorada con forma de cabeza de carnero que había dejado para burlarse de mí, entendía por qué.

Odiaba la forma en que los cuernos se retorcían como serpientes sobre las orejas de cabra. Parecía una máscara de diablo del folclore de Europa del Este. Una en la que la cabra y el hombre se habían transformado en una criatura terrible. De hecho, estaba casi segura de haber visto algo similar durante nuestra estancia en el castillo de Bran. Dejé de pensar en la máscara y volví a hacer la maleta. Unas campanillas de advertencia tintinearon en mi mente, llamándome tonta. Pero ya había tenido suficiente. No podía quedarme en aquella casa, esperando, no, *escondiéndome* de mi destino. No dejaría que el miedo me convirtiera en su prisionera.

Metí los últimos vestidos en un baúl y me senté sobre él para cerrarlo bien. Thomas llamó a mi puerta y su atención se centró enseguida en mi desordenado equipaje. Enarcó las cejas.

—¿Nos vamos y soy el último en saberlo?

—Nosotros no. Yo —resoplé mientras me agachaba para manipular los cierres, sin suerte. Aquella maldita cosa era una bestia gracias a los atrevidos diseños que Liza había metido en un principio como parte de unas vacaciones sorpresa posboda. Eran preciosos, pero muy poco prácticos para viajar. Thomas se cruzó de brazos. Su mirada prometía un debate y ya estaba harta de tenerlos—. Es más probable que ataque si estoy sola. Sabes que es cierto, aunque no te guste la idea. Iré a alquilar una habitación en algún lugar cerca de la Exposición, o veré si a Minnie le queda alguna habitación encima de la farmacia. Vagaré por las calles durante el día. Al final, seguro que capto su atención.

—Por supuesto que no me gusta la idea, Wadsworth. No me entra en la cabeza que a alguien le pueda gustar.

—Es un poco imprudente, pero también es una buena forma de provocarlo para que actúe.

—Por favor. *No* lo hagas. Te das cuenta de lo que me estás pidiendo, ¿verdad? Me estás pidiendo que me quede esperando a que un astuto asesino vaya a por ti. Como si perderte no me fuera a romper. —Se agarró al marco de la puerta como para no precipitarse hacia mí—. No te pediré que te quedes. Pero te pediré que consideres cómo te sentirías si fuera yo quien marchara hacia la muerte. ¿Te quedarías atrás y no lucharías por mí?

La imagen de él sacrificándose como cebo hizo que un escalofrío me recorriera el cuerpo. Hubiera preferido encadenarlo a una mesa de laboratorio antes de permitirle hacer algo así. Tenía mérito que me permitiera elegir cuando yo le habría robado la posibilidad sin pensármelo dos veces.

—Thomas...

Vi cómo se tragaba el miedo, vi cómo se imponía su determinación. No me detendría. Me vería salir por la puerta y desaparecer en la noche. Se sentiría aterrorizado, pero le conocía lo suficiente como para saber que mantendría su palabra. Ya habíamos recorrido aquel camino juntos. Uno en el que nuestras ideas sobre cómo proceder durante un caso divergían. La vez anterior, había elegido mi propio camino en lugar de confiar en el equipo que formábamos. Había sido un error. Uno que no tenía intención de volver a cometer. Me aparté del baúl, desanimada. Una lágrima me resbaló por la mejilla y me la enjugué con rabia.

—No sé qué más hacer —confesé mientras extendía las manos. El aroma de la lavanda flotó en el aire, el aceite curaba y calmaba mis quemaduras—. ¿Cómo podemos atrapar a alguien que bien podría ser un demonio nacido de otra dimensión?

Thomas cruzó la habitación en un instante y me tomó en sus brazos.

—Enfrentándonos juntos a él, Wadsworth. Resolveremos este misterio y lo haremos como un frente unido.

—Por muy conmovedora y nauseabunda que sea esta pequeña escena —dijo Mephistopheles desde mi puerta, con las manos metidas en los bolsillos—, tengo cierta información que podría ayudar en vuestro empeño.

El maestro de ceremonias entró en mi habitación y se acomodó en la cama como si fuera el alto rey del Hado reclamando su trono. Colocó su sombrero de copa sobre la máscara dorada de cabeza de carnero y apoyó en la cama las botas, cuyo cuero relucía de forma muy molesta.

—Bonita máscara. Te la pones para crear ambiente o...

—Estás absolutamente ridículo.

—¿Es la primera vez que te das cuenta de eso? —Mephistopheles arqueó las cejas—. Y yo que creía que eras brillante, mi amor no correspondido.

—¿Dónde has estado? —pregunté, volviendo a detectar indicios de mi anterior sospecha. No podía dejar de pensar en lo talentosos que eran los asesinos. Eran amigos, amantes, familiares. Todos llevaban vidas normales en apariencia, excepto por un monstruoso secreto—. Minnie te ha estado buscando.

—Ella…

—Déjame adivinar —dije, perdiendo la paciencia e interrumpiéndolo. Su respuesta habitual siempre incluía una mención a sus… encantos. No estaba de humor para bromas—. No sería la primera mujer u hombre que lo hace. ¿Puedes ser serio por una vez?

—Lo que iba a decir, señorita Wadsworth —dijo, la diversión patente en sus ojos oscuros—, es que no debe de haber buscado demasiado. No he estado en ningún sitio más que en mi teatro. De hecho, hoy he ido a visitarla y el servicio no la ha encontrado. Tal vez no ha podido soportar volver a ver una cara tan atractiva.

Miró por encima de mi hombro hacia donde Thomas estaba apoyado en la pared con cara de aburrimiento. Me sacudí una sensación de mal presagio de encima. Había visto a Minnie hacía un par de horas y parecía estar bien. Si él la había visitado después, eso significaba que era la última persona que se sabía que había estado en la casa. Tal vez ella lo había visto llegar y le había pedido al servicio que lo echara. O tal vez él se la hubiera llevado…

—Sin embargo, he logrado reunir cierta información que puede que encontréis interesante —continuó Mephistopheles, sin darse cuenta de mi creciente preocupación.

—Ah, perfecto. Por fin un propósito para salir arrastrándose de su escondite. —Thomas esbozó una dulce sonrisa, sus ojos brillaron de placer cuando la mandíbula de Mephistopheles se tensó.

—¿No fue usted el alma humillada que pidió la ayuda de *mi* experiencia? —dijo—. ¿Para qué otras tareas no está a la altura? O —una sonrisa ladina y hostil se extendió por su rostro— ¿debería preguntárselo a Audrey Rose?

—¡Ya es suficiente! —exclamé—. Sois un par de críos. Dejad de provocaros el uno al otro y centraos. ¿Qué has descubierto Ayden?

Tal vez fuera por el uso de su verdadero nombre, pero por fin capté la atención del maestro de ceremonias.

—De acuerdo. —Se quitó una pelusa imaginaria del traje, con expresión dolida—. Hay dos mujeres y una niña que fueron vistas por última vez en el barrio de Englewood, en la esquina de las calles sesenta y tres y Wallace. Se sabe que están relacionadas con una farmacia de allí.

Sentí que se marchitaba cualquier emoción o esperanza que hubiera sentido. Aquello no era nada nuevo. Ya habíamos visitado la farmacia y la policía no había encontrado ninguna prueba de delito. Mis hombros se desplomaron hacia delante. De repente me sentí agotada. Ni siquiera sabíamos con certeza si las mujeres desaparecidas de Noah estaban relacionadas con nuestro caso, aunque yo seguía creyendo que sí.

—Gracias por…

—Tengo personas, llamémoslas especialistas en información, que también han mencionado algo sobre la Exposición Mundial.

—Qué original. —Thomas se cruzó de brazos—. ¿Acaso hay alguien que no hable de ello?

—La mejor pregunta que podéis haceros no es quién, sino qué. ¿Qué es lo que no dicen de la exposición? ¿Qué les preocupa cuando se apagan esas bonitas luces? No puede ser la sangre que encontraron cerca de los muelles. O el pañuelo ensangrentado ante el gran e impresionante Tribunal de Honor.

Mephistopheles quitó el sombrero de la máscara de cabeza de carnero, se lo pasó por el brazo y se lo colocó en la cabeza con una floritura de inspiración carnavalesca. Era difícil saber dónde terminaba el hombre del espectáculo y dónde empezaba el verdadero joven que había bajo los trajes de lentejuelas. Puede que no llevara una máscara visible, pero eso no significaba que no tuviera una.

—Se rumorea que… hay un cuerpo. Lo tienen bien guardado en la morgue cerca del lago Michigan. La guardia colombina no se aparta de la puerta, ni de día ni de noche. —Sonrió ante nuestras expresiones de asombro—. Parece extraño, ¿no? Que un cuerpo de policía creado exprofeso para la exposición vigile un cadáver en una morgue. Sobre todo, si es una doña nadie.

—Hablando de cadáveres. —Lo miré con desconfianza—. Minnie ha mencionado que su suplente ha desaparecido. ¿Qué has oído al respecto?

Saltó de mi cama con la elegancia de una pantera y se acercó.

—He oído que ese cadáver que hay en la morgue podría ser el suyo. Ahora necesito que *tú* me lo asegures.

Lo miré con el ceño fruncido.

—No habrías venido aquí si no te beneficiaras de la información, ¿verdad? —La sonrisa que me brindó en respuesta me dijo todo lo que necesitaba saber sobre sus motivaciones—. ¿Nunca haces las cosas por simple decencia?

Una antigua tristeza inundó su mirada un momento, extendiéndose mucho más allá de lo que sus diecinueve años debían conocer. Se me erizó el vello de los brazos.

Entonces Mephistopheles parpadeó y sus ojos volvieron a llenarse de alegría. Debía de necesitar más descanso del que pensaba. Mis pesadillas nocturnas se estaban colando en mi mente despierta.

—Intenté lo de la decencia una vez. —Arrugó la nariz—. No lo recomiendo. Deja un sabor amargo en la boca.

—Creía que eso solo lo hace la derrota —añadió Thomas, intentando (aunque no lo consiguió) no parecer engreído—. He oído que eso tampoco es muy agradable. Aunque no tengo forma de saberlo.

Con una aparente gran contención, Mephistopheles se volvió hacia mí y tomó mi mano entre las suyas. Se inclinó hacia delante para presionar los labios contra mis nudillos, su mirada clavada en la mía.

—Espero que seas feliz, señorita Wadsworth. Y aunque me encantaría quedarme y que me entretuviera el tonto que tienes por pretendiente —enseñó los dientes en lo que pretendía ser una sonrisa para Thomas—, es hora de que me vaya.

Tuve una extraña premonición de que una vez que saliera por la puerta, sería la última vez que mis ojos lo verían.

—Te vas para siempre, ¿no? Creía que el Carnaval Luz de Luna acababa de llegar.

—Pero ¿acabamos de llegar? —Un secreto bailó en sus ojos, uno que no tenía intención de compartir. Su expresión se volvió seria de nuevo—. Cuando la sangre empieza a fluir, incluso el más angelical de los lugares pierde su atractivo, señorita Wadsworth. —Se centró en lo que había a mi espalda—. Cuidado con confiar en las criaturas hermosas. Esconden las sorpresas más perversas.

Thomas se adelantó y me rodeó con los brazos mientras yo temblaba. Intenté ignorar el efecto que las palabras de Mephistopheles habían causado en mi mente cada vez más supersticiosa, pero no pude evitar sentir que hablaba del futuro. Uno que él había visto tan claro como un día sin nubes cuando el resto de nosotros tropezábamos en la niebla.

—¿Qué pasa con Trudy? —pregunté, buscando desesperadamente una razón para que se quedara—. ¿No quieres descubrir si el cuerpo de la morgue es el suyo?

—Confío en que lo resolverás como mejor sabes hacerlo.

Se tocó el sombrero de copa adornado con lingotes y desapareció por última vez. Solo cabía esperar que no acabáramos de dejar libre a un asesino una vez más.

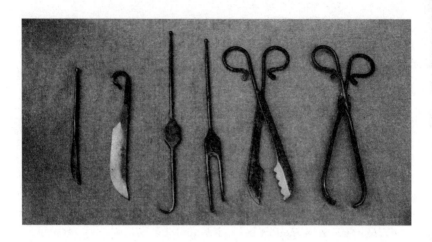

Herramientas *post mortem* de época

42
LA CIUDAD BLANCA TEÑIDA DE ROJO

EXPOSICIÓN MUNDIAL COLOMBINA
CHICAGO, ILLINOIS
16 DE FEBRERO DE 1889

Uno nunca adivinaría, al caminar por la ciudad celestial de arriba, que debajo de ella había una red laberíntica de túneles que utilizaban los trabajadores y obreros que prestaban servicio a la exposición. Sin embargo, tenía sentido. Para mantener la ilusión, los asistentes no debían preocuparse por cosas tan mundanas como la recogida de basura o la limpieza de los baños.

Mientras seguíamos a los miembros de la guardia colombina bajo tierra, pasamos por salas llenas de utilería y artículos sobrantes para la exposición. En una de ellas había una gran cantidad de flores; en otra, cubos de pintura blanca y un extraño aparato de pulverización. Aparatos eléctricos, máquinas de palomitas de maíz y cosas con las que deleitarse, todo pulido y listo para usar. Había cajas de palomitas Cracker Jack, que todo el mundo estaba comiendo la última vez que habíamos estado allí. El olor a caramelo mezclado con sal nos siguió mientras bajábamos y atravesábamos otro pasillo.

Incluso en las entrañas de la gran ciudad de arriba, me sentí sobrecogida por la majestuosidad de todo aquello. Luego estaba la cámara secreta a la que nos dirigíamos. La que no se mencionaba en ningún panfleto o periódico. Bajo el corazón palpitante del Tribunal de Honor

379

había un puesto de mando más grande que el de un ejército. Dentro de sus muros bien fortificados, había una morgue.

El guarda que nos guiaba se detuvo frente a una puerta que no tenía ningún nombre grabado. A diferencia de las demás, estaba cerrada y con las luces apagadas. Supe dónde nos encontrábamos antes de que introdujera la llave en la cerradura y entráramos en el espacio fresco que había al otro lado. Encendió una luz y el ligero zumbido fue el único sonido de la habitación. Arrugué la nariz por el fuerte olor que detecté. Olía a lejía. Los ojos me lagrimearon y me ardió la garganta. Me pregunté si se les había caído un bote de diez litros o si habían usado tanta a propósito.

Cualquiera que hubiera sido su razonamiento, era extraño. Casi como si intentaran borrar cualquier mancha de las brillantes calles, incluso a tanta profundidad.

Thomas parpadeó, pero aparte de eso, no mostró ninguna molestia. Estaba alerta y recorrió la habitación desde el techo hasta el suelo, pasando por los grandes cajones colocados en la pared del fondo. Los que contenían cadáveres, sin duda. Yo también examiné la estancia y absorbí todo lo que pude de aquel espacio estéril. También allí era todo blanco. Incluidas las baldosas que se extendían desde el suelo hasta la parte superior de las paredes. Todo estaba construido con piedra fría y lisa, excepto el techo.

Una manguera montada en una pared mostraba una manivela ornamentada, el único elemento de belleza en un lienzo que, por lo demás, estaba vacío. Alcancé a ver herramientas médicas familiares y delantales que asomaban por la puerta abierta de un armario. Había tres mesas plateadas espaciadas de forma uniforme y los agujeros de la parte superior indicaban que estaban destinadas a autopsias. Debajo de cada una de ellas había un cubo de plata y luché por reprimir mi repugnancia al comprender su propósito. No vi serrín, y el olor a lejía cobró sentido. Los fluidos corporales caían por los agujeros y se recogían en los cubos.

El guardia que había abierto la puerta se aclaró la garganta.

—El doctor Rosen vendrá en breve para responder a sus preguntas.

Y con eso, retrocedió hacia la puerta e hizo una seña con la cabeza a alguien que había al otro lado. Thomas y yo nos estremecimos cuando cerró la puerta tras de sí con un chasquido que pareció retumbarme en el pecho.

Inhalé y exhalé despacio, ignorando el ardor que sentía en la garganta.

Odiaba las jaulas.

—¿Por qué nos encierran aquí?

Thomas se quedó callado un momento, reflexionando. Al final, dijo:

—Me pregunto si lo que les preocupa es encerrarnos a nosotros o evitar que otros entren.

—¿Crees que nuestro asesino es un empleado de la exposición?

Thomas se encogió de hombros.

—Hasta que no examinemos el cuerpo, no sabremos si se trata de la misma persona que ha matado en Nueva York y en Londres. ¿Deberíamos abrir el cajón y ver qué encontramos?

Una sensación de calma irradió a mi alrededor mientras me acercaba a los cajones. Mi bastón resonaba con fuerza en la pequeña sala, aunque mi pulso ya no se aceleraba al mismo compás. Me detuve ante el único cajón con etiqueta: señorita Trudy Jasper. La mujer desaparecida que había trabajado para Mephistopheles.

Apoyé el bastón en la pared y tiré del cajón para abrirlo. Al principio no se movió, entonces Thomas se acercó y ambos conseguimos abrirlo gracias a nuestro esfuerzo conjunto.

Nos encontramos con un cuerpo blanco como el mármol. Su pelo era de un precioso tono castaño, que me recordó un poco a las llamas. Tenía los ojos cerrados, aunque por alguna razón los imaginé de un fascinante tono avellana. Nadie se había molestado en cubrirla, y sus heridas resultaban bien visibles.

Agradecí haber dejado el bastón apoyado o, de lo contrario, se me habría caído mientras me aferraba al borde del cajón metálico flotante que la contenía. Cerré los ojos con fuerza, a sabiendas de que no serviría de nada para detener las imágenes que estaba viendo. Los recuerdos me desbordaron.

De repente, ya no estaba de pie en aquella extraña cripta bajo la Ciudad Blanca. Estaba de vuelta en Londres, en un callejón lleno de niebla. La luna colgaba sospechosamente baja en el cielo, amarilla como el ojo de un gato, observando el caótico mundo de abajo como si fuera un ratón con el que jugar.

—¿Audrey Rose?

La voz de Thomas parecía tensa, tal como me imaginaba su expresión. Sacudí la cabeza, no estaba preparada para responderle. No era débil. La verdad que tenía ante mí me superaba. No me quedaba ninguna duda de que la confesión de mi hermano era cierta. Nathaniel no era Jack el Destripador. Lo sabía porque las heridas de aquella mujer eran casi *idénticas* a las de la señorita Eddowes. La segunda y desafortunada víctima del infame asesinato doble. Lo sabía incluso con un vistazo rápido. Estaba convencida de que una inspección detallada demostraría que mi teoría era correcta.

Abrí los ojos de golpe. No le dejaría ganar. Jack el Destripador había dejado aquel cuerpo para nosotros, estaba enterado de nuestra tenue conexión con ella. Aquello era una proclamación y un desafío. Se sentía intocable y se burlaba de nosotros. Me enderecé despacio y le dediqué a Thomas una sonrisa tensa mientras caminaba alrededor del cadáver y me fijaba en todos los detalles de su violento fallecimiento. Tenía un pequeño moretón en la mano izquierda, un detalle que en Catherine Eddowes no se había descubierto hasta que el cuerpo había sido lavado. A Trudy le habían cortado un trozo de la oreja, una vez más, igual que a Catherine Eddowes. Las familiares puntadas negras de la incisión *post mortem* en forma de Y parecían descolgadas, igual que la piel de su abdomen. Hubiera apostado mi alma a que le faltaba el riñón, junto con al menos uno o dos tramos de intestino.

Tragué con fuerza. Era como si volviera a ver el cuerpo de la señorita Eddowes. Al final desvié la mirada hasta su garganta. Un tajo hecho con furia había acabado con su vida. Le habían seccionado la carótida, lo que indicaba que se había desangrado muy deprisa. Tenía otras heridas que habían sido infligidas después de la muerte.

Levanté la vista y me di cuenta de que Thomas me observaba con atención. Me pregunté si le preocupaba que me sintiera sobrepasada. Si sentía la necesidad de protegerme de la tormenta que creía que se estaba desatando en mi interior. No tenía forma de saber que yo no tenía miedo.

La sangre me latía con furia en las venas. Meses de devastación se deslizaron por mis huesos y envolvieron mis sentidos hasta que todo lo que vi fue rojo. La ira era una bestia que no podía ser domada.

Había creído, sin el menor asomo de duda, que mi hermano era el diablo. Su muerte me había dolido, pero sentía que se había hecho justicia. Había encontrado la paz al pensar que nunca podría hacer daño a otra persona. Daba igual lo mucho que ese pensamiento me hubiera desgarrado el corazón y me hubiera torturado. Había pasado *meses* luchando con mi propio sentido del bien y del mal, creyendo que el mundo debía saber que él era el monstruo que había acechado las calles de Whitechapel y que estaba a salvo de él para siempre.

Me había mordido la lengua, preocupada porque mi padre no soportara el dolor de un escándalo público como ese. Él había estado muy frágil en aquel entonces. Y, de forma egoísta, una parte de mí quería proteger a Nathaniel del odio y el desprecio, incluso en la muerte. Después de todo, yo solo lo había conocido como un hermano devoto. Lo quería.

Volví a deslizar la mirada por el cadáver que había sobre la mesa. Trudy, como las mujeres que la habían precedido, no merecía morir.

Thomas no había dejado de fijarse en mí, su preocupación era evidente. Sabía que reconocía con tanta facilidad como yo que las heridas de Trudy habían sido infligidas por el Destripador. Antes de que pudiera asegurarle mi compostura, se abrió la puerta. Entró un hombre con un delantal almidonado. Si lo sorprendió nuestra juventud, no lo dejó ver. Aquel debía de ser el doctor Rosen, un antiguo alumno de mi tío.

—¿El señor Cresswell y la señorita Wadsworth, supongo? —preguntó. Asentimos con la cabeza y él pareció esforzarse por seguir los formalismos. Miró el cadáve sin cambiar de expresión—. Soy el doctor Rosen. El doctor Wadsworth ha enviado un telegrama esta mañana.

Hice un gesto afirmativo con la cabeza.

—Nos ha indicado que le transmitamos sus disculpas, pero no ha podido acompañarnos.

—Desde luego. Veo que ya han visto el cuerpo. —El doctor Rosen señaló la mesa.

No había ningún reproche en su tono, sino que compartía los hechos con frialdad. En todo caso, parecía satisfecho de no tener que prolongar nuestra visita. En ese sentido, me recordaba a mi tío. Me daba la sensación de que se llevaba mejor con los muertos. Se dirigió al armario de suministros y sacó un pedazo de papel rasgado. Después de eso, me dio la impresión de estar desplazándome por unas arenas movedizas. Observé cómo extendía el brazo poco a poco y el papel cambiaba de color mientras lo levantaba y le daba la luz. Entonces me di cuenta de que no estaba cambiando de color en absoluto: lo que estaba viendo eran manchas de sangre.

Thomas era lo único que no estaba suspendido en unas arenas movedizas, se movió a lo que me pareció una velocidad inhumana alrededor de la mesa y le arrebató la carta antes de que el médico me la entregara. Di gracias en silencio por su capacidad para leerme. Necesitaba un momento para recomponerme. El cuerpo, la nota... me provocaban un extraño zumbido en los oídos. Por suerte, solo duró unos segundos, algo apenas perceptible para nadie que no fuera mi antiguo prometido, que era muy observador.

Él esperó a que me recompusiera y se puso a mi lado para que pudiéramos leer la nota juntos. La letra me resultaba familiar: había rondado mis sueños en más de una ocasión. No era la letra de mi hermano. Era la de Jack el Destripador.

*«Los placeres violentos encuentran finales violentos
Y mueren al triunfar, como
fuego y pólvora,
que al besarse se consumen».
Una rosa con cualquier otro nombre
no merece vivir.
¿Por qué crees que es así?*

Me quedé mirando la nota en silencio. Había esperado una gramática deficiente y otra referencia a Milton. Parecía ser el favorito de Jack en Londres. Era incapaz de decidir si me molestaba más el hecho de que citara *Romeo y Julieta* o que lo hubiera escrito con sangre. ¿Qué demonios estaba sugiriendo ahora? Miré a Thomas, pero se había quedado muy pálido. De hecho, hubiera jurado que el cadáver de la señorita Jasper tenía más color, incluso sin sus fluidos.

Ajeno o indiferente a la reacción que la carta había provocado, el doctor Rosen cerró el cajón de la morgue para apartar el cadáver mutilado de nuestra vista.

—La nota estaba metida en su corpiño. La encontramos después de que la trajeran aquí. —Pareció deliberar consigo mismo sobre sus siguientes palabras—. En realidad, se la habían clavado en el cuerpo junto con una rosa.

Thomas había estado distraído con la nota, sin duda reviviendo las burlas enviadas a la policía el otoño anterior. En ese momento, desvió la atención del papel.

—¿Dónde? —Su tono cortante no era ni cortés ni meramente inquisitivo. Nunca le había oído exigir nada. Podía ser arrogante y algo odioso durante una investigación, sí, pero siempre había cierta ligereza en su comportamiento. Ahora no había rastro de esa ligereza en su voz. Sonaba al príncipe oscuro que era—. Describa con precisión en qué parte de su persona estaba.

El doctor Rosen nos miró de frente y cruzó los brazos sobre el pecho.

—La tenía clavada en el corazón. —Su mirada pasó de Thomas a mí mientras tomaba otra decisión—. No se mencionará en los periódicos. Ustedes están aquí como un favor que le debo al doctor Wadsworth. No me hagan lamentar mi generosidad. —Señaló con la cabeza a uno de los guardias que se veía por una ventana recortada en la parte superior de la puerta—. Hablando de eso, he oído que hay otro cuerpo de camino a su residencia mientras hablamos. En realidad, se trata de una joven que trabajaba aquí. Como no la encontraron en el recinto, no han querido que la examine yo. Tal vez quieran darse prisa. Estoy seguro de que el doctor Wadsworth estará esperando.

Agradecí al doctor Rosen que nos hubiera permitido entrar a ver el cadáver, aunque Thomas no había pronunciado ni una sola palabra después de exigir la información sobre la nota. Se mantuvo al margen mientras seguíamos a los guardias por los pasillos, y solo reaccionó cuando pareció que yo resbalaba sobre el suelo liso en mi prisa por salir de la metrópolis subterránea. Mantuvo la mano en la parte baja de mi espalda, como si me estuviera ayudando y asegurándose de que todavía estaba allí al mismo tiempo. Dudo que fuera consciente de que lo estaba haciendo. Su mente parecía estar a cien kilómetros de distancia.

Esperé a subir al carruaje antes de indagar en su negro estado de ánimo. Se sentó frente a mí y me dirigió una mirada oscura. Me estremecí.

—¿Qué te ocurre? —pregunté. A mí me inquietaba que nuestras dudas sobre Jack el Destripador se hubieran disipado, pero a él le pasaba algo más.

Se había transformado de nuevo en ese extraño Thomas. El que no se movía, el que parecía estar congelado por fuera mientras un núcleo fundido bullía por dentro. Tardó un momento, pero al final liberó la tensión que había estado acumulando. Estiró las piernas en el carruaje, pero este seguía sin ser lo bastante grande como para que estuviera cómodo. Tuvo cuidado de no golpearme la pierna, aunque no estaba segura de si era porque le preocupaba hacerme daño o porque no deseaba tocarme. En cualquier caso, lo identifiqué por lo que era: una muestra de despreocupación que no sentía.

—¿Thomas? —volví a preguntar—. Cuéntamelo.

Se inclinó hacia delante y yo, por instinto, también lo hice. En lugar de susurrarme al oído, golpeó la ventanilla del carruaje para llamar la atención del conductor.

—¿Señor? —preguntó el conductor.

—A la zona norte. Cerca del distrito de los teatros. Le indicaré dónde es cuando estemos cerca.

—Sí, señor. Hacia la zona norte pues.

Thomas se acomodó en su asiento, observando cómo asimilaba yo nuestro cambio de destino.

—¿No deberíamos ir directos a ver a mi tío? —Intenté no dejar que la inquietud se colara en mi tono—. No deberíamos perder el tiempo. Ya sabes cómo se pone cuando hay un cadáver que examinar.

Algo que nunca había visto dirigido a mí se reflejó en las facciones de Thomas antes de que lo reprimiera. Ira. Una correa que no me había dado cuenta de que llevaba puesta había resbalado, aunque solo hubiera sido durante una fracción de segundo. Thomas estaba furioso.

—Estoy seguro de que lo entenderá. Sobre todo, cuando le informemos de que ya no hay duda de que Jack el Destripador ha vuelto. Tampoco le importará cuando descubra que nuestro asesino ha puesto los ojos en otra persona. Es probable que la haya deseado desde el principio.

Apretó tanto la mandíbula que me preocupó que pudiera romperse un diente. Me acerqué a él, tratando de calmar sus ánimos.

—Thomas…

—Tenía una rosa clavada en el corazón, Wadsworth. —Parecía estar al borde de la combustión. Me di cuenta de que su ira no estaba dirigida a mí. Estaba dispuesto a atacar al hombre responsable de todas aquellas muertes. Me eché hacia atrás y me arrebujé más en mi abrigo. No me hubiera gustado encontrarme con aquel Thomas en un callejón oscuro. Aquel Thomas parecía totalmente letal e imprevisible—. ¿No te parece un poco extraño? ¿Que dejara un regalo tan dramático?

—¿Un regalo?

—Sí. Un regalo. Te ha enviado su propio ramo morboso. Presentado con un cadáver que nunca confundirías con la obra de nadie más que la suya.

Thomas soltó un suspiro. Esa acción le devolvió parte de su autocontrol. Sabía que nunca me haría daño, pero seguía siendo chocante verlo transformarse en alguien tan letal. Una cosa me quedó clara: Thomas ya no se limitaría a deslizarse en la mente de un asesino en caso de que me ocurriera algo. Se convertiría en uno. Destruiría a los que me hicieran daño y no sentiría nada durante su metódica matanza. Quería reprenderlo, pero sabía que yo sentiría lo mismo si alguien le hacía daño. Despedazaría el mundo y me bañaría en su sangre si alguien lo asesinara.

Éramos una pareja retorcida.

—Audrey Rose. ¿Quién tiene en marcha una obra de Shakespeare? ¿Quién sabía dónde estaba ese cadáver?

—Thomas —empecé despacio, tratando de alejar mis propias sospechas de nuevo—, sabemos que no cometió los asesinatos del *Etruria*.

—No cometió esos crímenes en particular, pero hubo otros crímenes a bordo. —Thomas negó con la cabeza—. No digo que sea el responsable, pero quiero ver su reacción cuando le demos esta noticia.

En eso podía estar de acuerdo. Lo mejor era desencadenar a Thomas y sus deducciones sobre Mephistopheles. Eso nos tranquilizaría a ambos y nos ayudaría en nuestra investigación.

No hablamos durante un rato, ambos perdidos en nuestros pensamientos. Sabía que la reacción de Thomas era por la preocupación. Nunca se perdonaría a sí mismo si me ocurría algo. Pero no me atrevía a creer que la rosa y la nota fueran *solo* para mí. Parecían más bien dirigidas a Thomas. Me daba la impresión de que habían sido puestas en escena para agitarlo lo suficiente como para que cometiera errores.

Jack el Destripador había tenido muchas oportunidades de atacarme si lo deseaba. Desde Londres hasta el *Etruria*, Nueva York y ahora allí en Chicago, no siempre me había aventurado a salir con escolta. Si de verdad me deseaba, como Thomas temía, se habría dado a conocer. Conocía a mi hermano, de eso estaba segura. Tenía motivos para estar en mi casa. No podía imaginarlo frenando su mano asesina por tanto tiempo.

A menos que su objetivo nunca hubiera sido yo.

Nos detuvimos frente al teatro que habíamos visitado la semana anterior. Thomas maldijo en voz baja. La puerta y las ventanas estaban tapiadas, las luces estaban apagadas. Un cartel toscamente pintado decía SE ALQUILA.

Aunque me preocupaba que aquello pudiera ocurrir, aún tenía la esperanza de que el maestro de ceremonias cambiara de opinión y esperara hasta que investigáramos la muerte de su artista desaparecida. Pero Mephistopheles no había perdido el tiempo en recoger su carnaval y trasladarse a otra ciudad, dejando que las esquirlas sangrientas cayeran donde pudieran.

43
FRÍA COMO EL HIELO

FINCA DE LA ABUELA
CHICAGO, ILLINOIS
16 DE FEBRERO DE 1889

Me quedé mirando el cuerpo, la carne del color de la nieve recién caída. Apreté los dedos contra su mandíbula con suavidad y le giré un poco la cabeza para buscar marcas. La piel me ardía por la frialdad de la muerte. No se veía ni una sola mancha, ni una laceración, ni una herida exterior. Apoyé el bastón en la mesa con ruedas que contenía nuestras herramientas *post mortem*. Teníamos que llamar a Noah pronto. Aquella mujer había sido identificada como la señorita Edna Van Tassel, una de las mujeres cuya desaparición había estado investigando.

—¿Ha estado expuesta a los elementos? —pregunté. Era poco probable, dado que no había signos de congelación. Ni dedos ennegrecidos ni ampollas en la piel. Parecía como si se hubiera quedado dormida y no se hubiera despertado.

Mi tío negó con la cabeza.

—No. El inspector general ha dicho que la dueña de la pensión donde tenía alquilada una habitación no la vio bajar a desayunar, así que fue a buscarla. La dueña se enfadó bastante por que desperdiciara la comida y subió a regañarla. Cuando entró en su habitación, la encontró vacía. Pasaron unos días y llamó a la familia de la señorita Van Tassel, para que recogieran sus cosas.

Inhalé.

—Entonces su familia explicó que no había vuelto a casa.

—Correcto. —Mi tío asintió—. Fue entonces que contrataron a los Pinkerton a través de las conexiones que tenían.

Así se había visto Noah involucrado en el caso.

—Después de estar desaparecida durante una semana, nuestra víctima fue encontrada en su cama, metida bajo las sábanas, y su ropa estaba doblada con cuidado sobre una silla. La casera está convencida de que debió de volver a colarse para recuperar sus cosas y luego murió mientras dormía.

—¡Eso es absurdo! ¿Por qué no pensó que había ocurrido algo más perverso? —Fruncí el ceño—. ¿Oyó alguna cosa extraña?

Mi tío negó con la cabeza.

—No hubo ningún ruido de pelea. En realidad, no se oyó ningún sonido procedente de esa habitación. La casera la encontró cuando iba a enseñar la habitación.

—¿Había señales de forcejeo? —preguntó Thomas—. ¿Faltaba algún objeto personal?

Le eché una mirada furtiva. Apenas había hablado durante todo el viaje de vuelta a casa, perdido en su interior. Lo poco que había dicho no habían sido cosas alegres. Había dicho que no quedaba ninguna duda de que Jack el Destripador me buscaba a mí. Luego había apagado sus emociones y se había sumergido en esa tierra de hielo y escarcha. Todavía no había regresado a la calidez.

—Si faltaba, la casera no se dio cuenta. —El tío se quitó las gafas y las limpió con la esquina de su chaqueta de tweed—. Lo único raro era que la señorita Van Tassel no llevaba puesto el camisón. La dueña de la pensión ha dicho que nunca hubiera dormido de forma tan indecente, pero tampoco lograba entender qué clase de chica se iba una semana sin decir nada y volvía a entrar a hurtadillas.

Thomas inclinó la cabeza. Por fin. Estaba volviendo en sí. Miró el cuerpo.

—Sospecho que el baño era compartido y que estaba en un pasillo o en otro nivel de la casa, lo que significa que es poco probable que se quitara ella misma la ropa antes de acostarse. —Miró a mi tío en busca de confirmación. Él asintió—. Independientemente de sus preferencias a la hora de dormir, lo más probable es que se dejara el camisón puesto por si necesitaba levantarse por la noche. Por no mencionar que aquí, donde las temperaturas son gélidas, no tiene sentido dormir sin varias capas. Al menos no en esta época.

Se paseaba por el pequeño laboratorio del sótano, con las manos en un movimiento casi frenético mientras tamborileaba con los dedos en los muslos. Sabía que se estaba esforzando, tratando de encajar las piezas de aquel rompecabezas imposible con la esperanza de evitar que el Destripador acechara a alguien más. A alguien como yo.

Esperé que la preocupación se apoderara de mí, que entorpeciera mi propia capacidad de investigación. Casi sentí alivio, como si por fin hubiera entendido una parte de su juego que no sabía que existía. Si Jack el Destripador me quería a mí, entonces podríamos encontrar una forma de engañarlo para que creyera que había ganado. No había compartido esa idea con Thomas, a juzgar por el desenfreno de sus ojos y la promesa de violencia, no consideré necesario hacerlo todavía. Dejaría que se calmara antes de abordar el tema. Y luego idearíamos un plan juntos.

—Estuvo desaparecida durante una semana, pero no muestra signos de descomposición… —Thomas murmuró observaciones en voz alta para sí mismo, sin esperar una respuesta—. Una persona joven que muere mientras duerme sin indicios de enfermedad o trauma. Él la mató, pero ¿cómo? ¿Y por qué devolverla a sus aposentos? ¿Cuál era el propósito?

Aceleró el paso mientras se fusionaba poco a poco con nuestro asesino, mientras se metía en el papel de un demonio. Mientras continuaba su descenso a la mente de un asesino, una criada con los ojos como platos trajo un servicio de té con montones de tartaletas de limón y frambuesa, y se detuvo a considerar sobre qué superficie podría colocarlo. Sus ojos se detuvieron en el cadáver casi desnudo y, aunque su expresión era perfectamente inexpresiva, su garganta se estremeció por la emoción reprimida. A nadie le gusta que los muertos se exhiban, al menos no de la forma en que los disponíamos como carne para trinchar.

—Ahí, en el aparador, por favor —dije, en el tono más tranquilo posible—. Gracias.

Cuando se retiró escaleras arriba, me dirigí a la tetera y serví tres tazas. Un toque de Earl Grey y de rosa enmascaró el leve olor a muerte. Puse dos terrones de azúcar con aroma a rosa en la taza de mi tío y cuatro en la de Thomas, puesto que sabía que el dulzor extra parecía ayudarle en sus deducciones. Yo estaba demasiado nerviosa para el azúcar y no eché nada en la mía. Dejé las pinzas de plata y el cuenco a un lado, y llevé con cuidado una taza y una tartaleta cada la vez. Así tenía algo que hacer mientras daba vueltas a mis propios pensamientos. Si lograba convencer a Thomas de que estaría a salvo, tal vez pudiéramos tenderle una trampa. ¿Sería capaz el Destripador de mantenerse alejado de una oportunidad de llevarme?

—Gracias. —Mi tío aceptó su taza y le dio un sorbo de inmediato. Prácticamente se la había terminado cuando le entregué la suya a Thomas. Miré el reloj. Hacía rato que nos habíamos perdido la cena.

Thomas solo detuvo su paseo el tiempo suficiente para dar un par de mordiscos a su tartaleta antes de beber té.

—¿Sabemos con quién estaba o qué hacía antes de su muerte? Nos mencionaron que era posible que fuera a cobrar el sueldo de su antiguo empleador.

—La policía lo estaba investigando cuando me dijeron que me llevara el cadáver. También han avisado a los Pinkerton, así que ellos informarán a vuestro socio.

—Hay algo que estamos pasando por alto. —Thomas parecía más agitado con cada segundo que pasaba—. ¿Qué más? ¿Había algo en la habitación que no debería haber estado allí? Cualquier cosa que la dueña mencionara, aunque fuera de pasada.

—Rosas —dijo el tío—. Mencionó un jarrón lleno de rosas frescas en la mesita de noche. —Thomas ni siquiera respiró mientras se daba la vuelta y su mirada se posaba en mí. Sin darse cuenta de la súbita tensión en la habitación, o tal vez debido a ella, el tío nos entregó a Thomas y a mí los delantales—. Concentraos los dos. Vamos a ver qué respuestas podemos encontrar por nuestra cuenta.

Miré mi tartaleta, que seguía sin tocar, antes de dejarla a un lado. Era mejor que llevara a cabo aquella parte de nuestro trabajo sin el estómago lleno de cuajada de limón dulce. Puse las manos sobre la carne como me habían enseñado y presioné con mi bisturí con la suficiente fuerza para que la piel se separara como ondas de rubí mientras arrastraba la herramienta desde el hombro hasta el esternón y dejaba al descubierto las capas rojas de carne.

Una sensación de calma se asentó en la estancia cuando repetí el proceso en el otro lado, mi incisión en forma de Y casi completa mientras deslizaba la hoja por el torso. Sin esperar más instrucciones, rocié mi trapo con ácido carbólico y limpié mi instrumental antes de volver a hundirlo en la carne. En unos instantes extraje el corazón y las vísceras, y se las entregué al tío para que Thomas los pesara y catalogara.

Captó mi atención un instante al levantar la vista de sus notas, con una expresión ilegible. Me fijé en la materia líquida que salpicaba mis mangas de terciopelo de color salvia pálido como pequeños pétalos bordados. Tan rápido como me había mirado, volvió a su trabajo, con el ceño fruncido en señal de profunda concentración. Tal vez solo me había imaginado que se fijaba en mí.

Una vez que tomamos nota de todos los detalles, me acerqué a la bandeja que contenía el estómago mientras me preparaba para hacer una disección completa del mismo. Buscaría cualquier signo de veneno. Una gota de sudor golpeó la superficie metálica, seguida rápidamente por otra. Levanté la vista. Mi tío se sacó un pañuelo del bolsillo y se secó la frente. Hacía bastante frío en el sótano de aquella casa, sobre todo en pleno invierno.

Unos pétalos rojos florecieron en sus mejillas. No era vergüenza. Parecía estar ardiendo de una fiebre repentina.

—¿Se encuentra bien? —pregunté, tratando de alejar la preocupación de mi voz. Lo último que deseaba era molestarlo—. Thomas y yo podemos encargarnos de esto si quiere descansar…

—No es nada. He vuelto a olvidar el abrigo y he cogido frío. —El tío hizo caso omiso de mi preocupación—. Ocúpate de tu trabajo, Audrey Rose. El estómago se resiente. Ábrelo ya, por desgracia no tenemos toda la noche para estudiar el cuerpo. El inspector Hubbard llegará dentro de una hora y esperará respuestas. Sugiero que intentemos no enfadarlo de nuevo.

—Muy bien, señor. —Elegí otro bisturí y me preparé para diseccionar el estómago. Intenté ignorar las manos de mi tío mientras se agarraba al borde de la mesa de exploración, con los nudillos tan blancos como los huesos que yo acababa de exponer. Con movimientos rápidos y cuidadosos, abrí las capas externas del órgano.

—Parece que… ¡*Tío*! —grité mientras se desplomaba contra la mesa y los instrumentos médicos caían al suelo a su alrededor—. ¡Tío!

Me acerqué a su lado a la carrera y pasé las manos por debajo de sus brazos para intentar levantarlo. Fue inútil, había perdido el conocimiento. La cabeza le cayó hacia delante, con las gafas torcidas. Miré a Thomas.

—¿Un poco de ayuda, Cresswell? —Incliné la cabeza del tío hacia atrás y le busqué el pulso con los dedos. Era débil, pero estaba ahí. Debía de encontrarse peor de lo que había dicho. Sus párpados se agitaron, pero no volvió a abrir los ojos—. ¿Thomas?

Levanté la mirada. Thomas estaba de pie contra la pared, agarrándose el estómago con el puño y con la cara contraída por el dolor. El mundo se convirtió en un pasillo estrecho, sin sonido. Un horror irracional se extendió por mis miembros y me hundió tanto como el peso de mi tío.

Veneno.

—¡Thomas! —grité, mientras observaba, impotente, cómo se tambaleaba por la sala, tratando de llegar a mí. Deposité a mi tío en el suelo con suavidad, asegurándome de que estaba de lado por si empezaba a vomitar. No quería que se asfixiara con el vómito. Me levanté de un salto, con el corazón latiéndome diez veces más rápido, mientras cojeaba y atrapaba a Thomas justo antes de que cayera al suelo. Lo agarré con fuerza, como si pudiera protegerlo de ese demonio invisible—. Estás bien —dije, frenética, mientras le retiraba el pelo húmedo de la cara—. Te vas a poner bien.

Una tos lo sacudió y soltó una carcajada.

—¿Eso es una orden?

—Sí. —Le sostuve la cara entre las manos y lo miré a los ojos. Vi cómo se le dilataban las pupilas. Obligué a mi voz a no temblar, no quería asustarlo—. Te lo ordeno, y si hay un Dios, también se lo ordeno a Él y a sus ángeles. No morirás por mí, Thomas Cresswell. ¿Lo entiendes? Si mueres, te mataré.

Otro ataque de tos hizo que temblara con violencia. Ya no podía hablar.

—¡Ayuda! —grité tan fuerte como pude—. ¡Que alguien venga ya!

Abracé a Thomas con fuerza, obligando a mi mente a convertirse en el líder que mi corazón necesitaba con desesperación. Estaba claro que los habían envenenado. Me concentré en identificar el tipo de veneno. Mi tío se removió en el suelo, con la respiración entrecortada. Tenía la cara llena de manchas, igual que Thomas. Casi perdí la batalla contra las lágrimas mientras lo estudiaba.

Thomas se agarró el estómago, indicando así que lo habían ingerido. *Piensa*. Era a la vez una orden y una súplica para mí misma. Si identificaba el veneno, podría encontrar un antídoto.

—¿Señorita? —La sirvienta de antes se detuvo en seco, su atención rebotó de Thomas a mi tío y luego a mí, sentada allí, acunando a mi amor mientras estaba moribundo. Una mirada de puro miedo apareció en sus rasgos. No sé si creyó que yo era el monstruo responsable de aquello—. ¿Están...?

—¡Llame a un médico enseguida! —ordené, agradeciendo a las maravillas de la tecnología el tener un teléfono en aquella vieja casa—.

Dígale que ha habido dos envenenamientos. Posiblemente por arsénico, dados sus síntomas, pero está actuando en su sistema a un ritmo
acelerado. Podría tratarse de belladona o algo similar. Tal vez incluso
alguna extraña combinación de todos ellos. Dígale que debe venir *de
inmediato*. ¿Lo ha entendido?

Asintió demasiadas veces, el cuerpo le temblaba. Hice que mi voz
fuera más dura de lo necesario para despertarla de su propio aturdi-
miento.

—¡Deprisa! No les queda mucho tiempo.

44

UN ÁNGEL VENGADOR

Un corazón era una cosa curiosa. Muy contradictoria. Sentía dolor con lo bueno y lo malo. Saltaba de alegría y se detenía a causa de la tristeza. Podía latir de forma intensa y violenta tanto por placer como por dolor. En aquel momento, mi corazón permanecía estable. Demasiado estable, mientras observaba cómo la sangre goteaba en un cuenco, las salpicaduras rítmicas impactaban al ritmo de mi respiración. Tal vez estuviera conmocionada. Era la única explicación racional para la calma que sentía.

El médico debió de sentir mi mirada sobre él, inquisitiva. Me prestó atención, con los dedos cubiertos de sangre húmeda —la sangre de *Thomas*— antes de volver a centrarse en su paciente. Se llamaba doctor Carson y parecía tener un millón de años.

Todos sus movimientos eran lentos y deliberados, un rasgo excelente en un médico, pero algo horrible de presenciar cuando dos de las personas a las que amaba necesitaban atención inmediata. Quería sacudirlo para que entrara en acción, pero me obligué a quedarme quieta, a no hacer ningún movimiento. Temerosa de lo que haría si empezaba a moverme.

Primero había atendido a mi tío. No quise detenerme a pensar lo desgarrada que me había sentido ante esa decisión. Limpió las heridas que había hecho en el antebrazo de Thomas, con expresión tensa. Agarré el bastón con más fuerza, como si pudiera aplastar mi preocupación con el puño.

La preocupación no era la única emoción que sentía. Cuanto más pensaba en que alguien había intentado asesinar a mi tío y a Thomas, y probablemente a mí, más crecía la llama de mi interior. La ira era buena. Significaba que aún quedaban cosas por las que luchar. La alimenté, la mimé, rogué que saliera a la superficie, que encendiera el fuego que necesitaba para acabar con el asesino. No había garantías de que Thomas o mi tío sobrevivieran.

Si Thomas moría…

El médico se aclaró la garganta, molesto, como si no fuera la primera vez que intentaba captar mi atención. Me deshice de aquel remolino de pensamientos con una sacudida de cabeza.

—¿Perdón?

—La sangría es el mejor método para eliminar el veneno —dijo, con voz ronca. Al igual que la sirvienta, que se había quedado pálida, era probable que creyera que yo era la asesina. Al fin y al cabo, yo era la única que había salido indemne—. Sin embargo, está débil. No puedo purgar más veneno sin incurrir en un riesgo mayor.

Tiró un trapo sucio en el segundo cuenco de sangre y me quedé mirando cómo añadía un astringente de olor penetrante y le prendía fuego. Quizá le preocupaba que yo fuera un vampiro o un demonio sediento de sangre. Como si fuera a engullir sangre contaminada, aunque fuera cierto.

—¿Se pondrá bien? —pregunté, apartando mis pensamientos traicioneros—. ¿Hay algo más que pueda hacer?

El médico estudió mi rostro con atención. Hice lo posible por ocultar todos mis pensamientos terribles, por suavizar mi ira para que no la confundiera con culpa. Entrecerró los ojos.

—Si es usted una mujer piadosa, le sugiero que rece, señorita Wadsworth. Desde luego, no le queda nada más por hacer en esta tierra.

Cerró su maletín con brusquedad y salió de la habitación sin decir nada más. No me molesté en acompañarlo. Me quedé en el extremo de la cama, vigilando a Thomas. Tenía la piel cetrina, de un amarillo enfermizo y más pálida de lo que yo hubiera visto nunca. Incluso cuando habíamos estado a punto de ahogarnos en aquellas trampas acuáticas bajo el castillo de Bran, cuando estábamos empapados y congelados, siempre me había mirado con aquella media sonrisa perversa suya, con las mejillas sonrosadas y rebosante de vida.

Thomas Cresswell no podía morir. Si lo hacía... una oscuridad tan completa que era realmente aterradora surgió dentro de mí. No sabía en qué me convertiría si lo perdía. Pero Satán temblaría al acercarse a mí.

Observé cómo su pecho se elevaba de forma inestable y sus párpados se agitaban como lo habían hecho antes los del tío. Agradecí aquel movimiento: era el único indicio de que todavía no era un cadáver. Esperé a sentirme como si fuera a desmoronarme en aquel mismo momento, en aquel mismo lugar. Ya había perdido a demasiada gente a la que quería; temía derrumbarme bajo el peso de mi dolor. Lo único que sentía era rabia, una rabia ardiente, teñida de carmesí. El calor recorrió mis extremidades en torrentes que se movían con rapidez, apreté los puños de forma automática. Si hubiera sabido quién había hecho aquello, lo habría perseguido hasta el fin del mundo, sin importar las consecuencias.

Thomas rodó hacia un lado entre gemidos. Me quedé allí, impotente, sintiéndome como si tuviera doce años otra vez y estuviera viendo cómo la vida de mi madre se desvanecía hasta que lo único que quedaba era el fantasma de sus recuerdos. En aquel entonces había rezado. Había rogado a Dios que la perdonara, que concediera una bendición en mi nombre y que entonces me dedicaría a Él para siempre. Le había prometido cualquier cosa, cualquier cosa que Él quisiera a cambio de su vida. Incluso habría dado la mía. Dios ni había pensado en mí al llevarse a mi madre. Tenía muy poca fe en que escuchara mis súplicas en el presente.

Thomas empezó a temblar tan fuerte que parecía estar teniendo convulsiones. Me apresuré a ir a su lado y le subí la colcha hasta la barbilla, aunque se le cayó enseguida cuando siguió agitándose. Murmuraba, sus palabras eran demasiado bajas y confusas para entenderlas.

—Chist. —Me senté a su lado, haciendo todo lo posible por calmar su ataque—. Estoy aquí, Thomas. Estoy a tu lado.

Ese hecho solo pareció inquietarlo más. Agitaba las extremidades, con movimientos convulsos y espasmódicos. El arsénico atacaba el sistema nervioso y temía que el veneno hubiera alcanzado su objetivo. Susurró algo, una y otra vez, y su cuerpo se agitaba más con cada exhalación.

—Thomas… por favor, no te preocupes. Lo que tengas que decirme puede esperar.

Tosió y todo su cuerpo volvió a temblar.

—R-rose… r-rosa.

Apreté su mano contra mi corazón y deseé que no sintiera cómo se me rompía. Su piel estaba tan húmeda y fría como esquirlas de hielo.

—Estoy aquí.

—H-hotel.

—Estamos en la casa de la calle Grand —dije con suavidad—. La que tú, el tío y yo pedimos prestada a la abuela. Es esa casa grande que te recuerda a los libros de cuentos. ¿Te acuerdas? Una de esas en las que las brujas preparan tónicos para los niños malos.

Thomas balbuceó. Aunque sus labios se movieran, su voz ya no era audible. Entonces recé. Unas palabras rápidas a un Dios del que no estaba segura.

—Por favor, Señor. Te lo ruego. No me lo quites. Cúralo. O si no puedes, concédeme la capacidad de atenderlo yo misma. Por favor, por favor, no dejes que nuestra historia termine así.

Un golpe en la puerta mató lo que quedaba de mis oraciones.

—Adelante.

La sirvienta sostenía una bandeja con tapa.

—Es caldo normal, señorita. El doctor ha dicho que podría ser beneficioso intentar darles un poco a los dos.

Se me erizó el vello de la nuca. Era la misma joven que nos había servido antes el té y las tartaletas. Me negaba a confiar en nadie hasta descubrir quién había envenenado a mis seres queridos.

—¿Ha hecho usted el caldo?

—No, señorita. —Sacudió la cabeza con vehemencia—. Ha sido la cocinera. Tiene un plato ligero preparado para usted... Ha creído que no le apetecería comer nada pesado.

—¿Ha probado el caldo? —pregunté.

—Por supuesto que no, señorita. La cocinera no lo permite.

Respiré hondo. Una parte oscura y odiosa de mí deseaba presenciar cómo la cocinera tomaba una cucharada, para estar segura de que no era ella quien había echado el arsénico en nuestro té. Me obligué a desterrar esos pensamientos y adopté una sonrisa en su lugar. Le hice un gesto para que me pasara la bandeja.

—Me gustaría probar ambos platos primero.

Con cara de confusión, asintió con la cabeza y fue a buscar la segunda bandeja, destinada a mi tío. Thomas gimió a mi lado. Balanceé la bandeja sobre mi regazo, quité la tapa y sumergí la cuchara en el caldo claro y aromático. En él flotaban unas inocentes hojas verdes de perejil.

Me llevé la cuchara a la cara y olfateé, aunque no tenía ningún sentido. El arsénico era inodoro e insípido. Sin dudarlo, di un sorbo a la sopa. Me aseguré de que había tomado suficiente antes de dejar la bandeja a un lado. Miré el reloj. Ahora solo quedaba esperar.

• • •

Una hora más tarde me sentía tan bien como antes del caldo, así que acuné la cabeza de Thomas con suavidad, le incliné la cara hacia arriba y conseguí meterle unas cuantas cucharadas en la garganta. Le besé la frente y lo dejé para atender a mi tío. Su piel tenía un aspecto un poco mejor que la de Thomas, pero el rubor de su rostro indicaba que tenía fiebre. Esperaba que eso quemara las toxinas.

Me senté con él un rato más, observando en silencio cómo se movía cada vez menos y caía en un sueño profundo y reparador. Cuando me aseguré de que estaba bien, salí de su habitación y volví junto a Thomas.

Abrí su puerta con algo de brusquedad, esperando contra todo pronóstico que estuviera despierto. Era la esperanza de una ilusa. En todo caso, su piel parecía más cenicienta, como si el veneno estuviera bebiendo cada pedacito de vida de su cuerpo con avidez, gota a gota.

—¿Abigail? —Llamé por el pasillo, olvidando que podría haber tocado el timbre de servicio de la habitación de Thomas.

Unos pasos se apresuraron a subir las escaleras, y apareció la criada.

—¿Sí, señorita?

—Me gustaría disponer de más mantas para Thomas y mi tío —dije—. Y si se pudiera avivar un poco el fuego, eso ayudaría a que sus habitaciones no estuvieran tan frías.

Con una rápida inclinación de cabeza, salió corriendo a cumplir con las nuevas tareas que le había asignado. Una vez resuelto aquello, volví a la habitación de Thomas, con la mente agitada. Lo que tenía que hacer era elaborar una lista de sospechosos, todos con motivos para hacernos daño. Me senté con cuidado, prestando atención a mi pierna y al cuerpo de Thomas, y me apoyé en el cabecero de la cama. En Chicago, el inspector Hubbard no era nuestro mayor admirador. Había dejado claro que no le gustaban nuestras pesquisas y que deseaba que dejáramos de hacer ruido y disfrutáramos de la magia de la Ciudad Blanca como los otros millones de visitantes.

Aunque dudaba que nos envenenara, no podía eliminarlo de la lista.

El señor Cigrande, el hombre que había perdido a su hija y creía que los demonios vagaban por la tierra, podía estar loco, pero no era capaz de imaginármelo entrando a hurtadillas y envenenando nuestra comida. A menos que su locura fuera fingida… pero no podía imaginármelo haciendo algo tan diabólico. No sin llamar la atención en el proceso.

Noah. Mephistopheles. Nos estaban ayudando. Pero podría ser una treta, en especial en lo que se refería al maestro de ceremonias. Tampoco podía olvidarme de los miembros del servicio de nuestro alojamiento. No sabía nada de ellos, ni de sus vidas, ni de quiénes eran sus conocidos. Era muy posible que nos desearan el mal por razones que yo ni podía explicar. Tal vez conocieran al hombre al que dábamos caza.

Suspiré. Casi todo giraba en torno a nuestro caso. La gente de la periferia siempre era sospechosa, por la naturaleza de su implicación, pero yo quería a la persona del centro. Si averiguaba quién era Jack el Destripador, podría detenerlo de forma definitiva y revelar al mundo sus pérfidos actos.

—R-rosa. —Thomas se revolvió, tenía otro ataque—. Te-terrones.

Me dolía el pecho.

—Thomas… Yo no… ¿Terrones de rosa…?

Los engranajes de mi mente hicieron *clic* cuando el rompecabezas empezó a encajar lentamente. Terrones. Terrones de azúcar. Los que estaban empapados en agua de rosas. Thomas también había murmurado antes «hotel». Durante nuestra investigación, solo había habido un lugar donde habíamos encontrado terrones de azúcar perfumados.

No estaba segura de si era un hotel de verdad, pero el marido de Minnie alquilaba habitaciones encima de su farmacia. El mismo lugar que vendía terrones de azúcar infusionados con agua de rosas. La farmacia del otro lado de la calle había sido una artimaña por parte del marido de Minnie. Mis pocas interacciones con él chocaron en mi mente. Nos había sorprendido a Minnie y a mí durante el té, así que sabía que yo estaría lo bastante lejos al allanar la casa y quemar los diarios de Nathaniel. También tenía una conexión con Trudy, ya que la conocía a través de su esposa. El temblor que me recorrió la columna vertebral confirmó que su farmacia era el lugar donde vivía el diablo.

Pronto, una vez que le presentara *mis* armas blancas, sería el lugar de su muerte.

Thomas tuvo una arcada y yo le acerqué un cubo. Una vez que hubo terminado, le aparté el pelo de la frente con unas caricias cariñosas y planeé el asesinato en silencio.

HOLMES' "CASTLE" (63d St, Chicago, Ill.)

El «castillo» Holmes

45
PEOR QUE ÉL

FINCA DE LA ABUELA
CHICAGO, ILLINOIS
16 DE FEBRERO DE 1889

Fue reconfortante, en cierto sentido, comprender por fin la razón de que la oscuridad anidara en mi alma.

Era todo muy sencillo. Para detener al diablo, tenía que ser peor que él. Cerré los ojos e imaginé cada paso que debía dar para prepararme. Si había una lección que había aprendido de Thomas Cresswell era la de entregarme por completo a ese horrible lugar. Desconectar de mi mente y mi juicio y convertirme en lo que más temía.

Tenía que considerar cada uno de los movimientos del asesino antes que él. Tenía que asumir como propios sus deseos, sus anhelos. Todas sus fantasías depravadas se convertirían en las mías, hasta que tuviera tantas ansias de su sangre como él de derramar la mía. Visualicé mi bisturí trazando las líneas de su cuerpo, brillando a la luz de la luna. Un rayo solitario que iluminaba mi acto oscuro.

El deseo corría por mis venas. Diferente del deseo que sentía cuando estaba entrelazada con Thomas, pero no menos seductor o satisfactorio. Lo pondría sobre una mesa, drogado pero vivo, para que supiera cómo era sentir verdadero horror. Dejaría que me mirara mientras las lágrimas se deslizaban por sus ojos.

Sed de sangre. Si era la droga que le gustaba, se convertiría en la mía. Multiplicada por diez.

Puede que el Destripador hubiera estado practicando sus artes oscuras esos últimos meses, pero yo también. No me había quedado de brazos cruzados, esperando a que hundiera sus garras en otra persona. Mientras él perfeccionaba su mortífera seducción, yo había hecho lo mismo. Él era una herramienta para asesinar, pero yo dominaba la caza de monstruos. Ya no era la chica ingenua y solitaria que se escabullía en las calles de Londres hacía tantos meses. Ahora sabía que los monstruos jamás quedaban satisfechos. Thomas había tenido razón todo el tiempo: probar la sangre caliente una sola vez nunca era suficiente.

Todos los casos anteriores me habían servido de práctica para enfrentarme al villano definitivo y derrotarlo. Había dejado atrás mi inocencia y mi rechazo a ver la verdad de las personas durante la primera investigación del Destripador. Estudiar en el castillo de Drácula me había enseñado a confiar en mí misma, por mucho que costara ver más allá de las distracciones. Mientras navegaba en aquel transatlántico maldito, había interpretado un papel que había convencido a todos, incluso a Thomas, de que mis afectos habían cambiado. Había dominado la manipulación emocional, me había convertido en una prestidigitadora viviente.

Una vez, había jurado que sería mejor. Que nunca mataría. Que mi trabajo solo estaba destinado a ayudar a mantener a la gente con vida. A aquellas alturas había visto lo suficiente del mundo para saber que a veces, para luchar contra la oscuridad, tienes que convertirte en una espada forjada con fuego celestial.

El diablo era un monstruo, pero yo me convertiría en su pesadilla.

—Si es una guerra lo que anhelas —le susurré al demonio que no podía ver—, llevaré la batalla hasta ti.

A una parte de mí le preocupaba perder los nervios. Una pizca de miedo o una mínima muestra de piedad me costarían más que mi propia vida. Condenaría a los que más quería. Había perdido a mi hermano a manos de aquella criatura depravada, fundaría un reino en el infierno si se atrevía a tocar a Thomas o a mi tío de nuevo.

Era el momento de enfrentarme a mis propios demonios.

Busqué debilidad en mi corazón y no la encontré. Iba a poner fin a todo aquello. Yo sería la que clavaría un cuchillo en la carne del Destripador y lo retorcería hasta tener las manos cubiertas de sus pecados.

Thomas se revolvió de un lado a otro, angustiado y febril incluso en sueños. Por mucho que lo quisiera conmigo mientras me enfrentaba al mismísimo Satán, lo amaba demasiado como para involucrarlo en aquella traicionera persecución. Estaba cazando al diablo y, cuando lo encontrara, le arrancaría su ennegrecido corazón.

—W-Wads… W-Wadsworth…

Apoyé los labios en su frente y fruncí el ceño ante la humedad que encontré en ella. Por fin le había bajado la fiebre. Le aparté unos mechones de pelo de la cara, deseando no tener que dejarlo en ese estado. Abrió los ojos. Tardó un momento, pero se acercó a mí despacio, con un ligero temblor en el brazo. Seguía terriblemente pálido. Me tragué una oleada de emoción. Solo conseguiría que se preocupara si leía el miedo en mi cara.

—¿Wadsworth? ¿De verdad estás aquí? —dejó caer la mano, su cabeza rodó hacia un lado—. He soñado…

—Chist. —Le retiré el pelo hacia atrás—. Estoy aquí, Thomas.

Su pecho subía y bajaba, su respiración era entrecortada e irregular. Bajé la mano hasta su muñeca y comprobé su pulso con sutileza. Seguía siendo demasiado débil para mi gusto, aunque había mejorado un poco. Pero no mucho. Thomas aún no se había librado de las garras de la muerte.

—He soñado que estabas atrapada en un castillo —dijo, y sus respiraciones superficiales se volvieron más rápidas—, bajo tierra. Había cuerpos y murciélagos. Monstruos. He visto… He visto al diablo, Audrey Rose.

Apreté los labios contra su sien, la piel le ardía como una llama. Aquello encendió la chispa que necesitaba para consumir los temores que persistían en mi interior. Asesinaría al hombre que había dañado a mi familia. No tendría piedad.

—Es solo un recuerdo, Thomas. Un recuerdo horrible. Ya no estamos en el castillo de Bran. Estamos en Chicago. ¿Recuerdas que vinimos en tren? ¿O el *Etruria*?

—No me dejes. —Buscó mi mano a tientas, incapaz de abrir los ojos—. Por favor. Prométeme que no me dejarás.

—Nunca. —Me quedé mirando el paño y la botella de cloroformo que había descorchado y puesto en la mesilla de noche una hora antes. Thomas estaba demasiado débil para usarlo con él. Quería que durmiera, no que muriera por mi propia mano mezquina. Se agitó, con la camisa de dormir empapada. Añadí otra manta a la cama y lo arropé lo mejor que pude.

—Wadsworth. Wadsworth. Debes prometerlo. No me dejes.

—Solo en la muerte. —Le acaricié el pelo hasta que se le calmó la respiración—. Incluso entonces no me apartaré de tu lado. Espero que no te importe que te persiga.

Movió los labios, pero la sonrisa nunca llegó a formarse del todo en su boca provocativa. Esperé unos instantes, no quería dejar de pasar los dedos por la suavidad de su pelo.

—Pero hay algo que debo hacer —susurré mientras los sonidos lentos, constantes y rítmicos del sueño recorrían la habitación—, y tengo que dejarte aquí. Hay un viaje que debo hacer por mi cuenta. Cuando regrese, te prometo que nunca más nos separaremos. No si Dios no quiere.

Esperé unos cuantos latidos más, observando y escuchando su respiración. Había caído en un sueño profundo y dudaba mucho que fuera a despertarse antes del día siguiente a mediodía. Memoricé la forma de su rostro, la estructura ósea que me había cautivado desde el primer momento en que me había fijado en él.

En la clase de mi tío, había pensado que me recordaba a una pintura o escultura hecha por Da Vinci. Todo ángulos y líneas, lo suficientemente fuertes y afilados como para arrancarle el corazón a una persona si esta se aventurara a acercarse demasiado. Una sonrisa acudió a las comisuras de mis labios. Había luchado mucho para no enamorarme de él, sin darme cuenta de que ya me había tumbado en el suelo y miraba hacia arriba hacia mi futuro.

—Te quiero, Thomas Cresswell. —Le di un beso suave antes de enderezarme. Me permití otro momento robado a solas con él y me obligué a ponerme de pie y a dejar su compañía. Tenía que terminar mi tarea y llegar a casa antes de que despertara.

Porque *volvería* a casa con él.

Salí de su habitación de puntillas, prestando atención a cada crujido del suelo al pasar ante la habitación de mi tío. Me detuve en su puerta y oí las mismas respiraciones rítmicas que indicaban un sueño profundo. Esperaba que ambos siguieran recuperándose. Si perdía a alguien más que me importaba...

La venganza se instaló a mi alrededor como un demonio sobre mi hombro. Me metí en mi habitación y cerré la puerta tras de mí, aunque no estaba segura de a quién estaba dejando fuera. Abandoné mi creciente preocupación y revolví entre la ropa de mi baúl, buscando una bolsita de cuero. Tenía que estar allí, en alguna parte, nunca viajaba sin ella.

Después de sacar casi todos mis vestidos y ropa interior del baúl, levanté el objeto que había estado buscando. Desabroché las hebillas con prisas y coloqué el cinturón para el bisturí sobre la cama. Hacía tiempo que no me lo ponía en la pierna. Lo dejé a un lado, me puse unos pantalones con los que resultaba fácil moverse y lo volví a coger.

Me temblaron los dedos mientras me ajustaba el cinturón del bisturí. Por mucho que deseara erradicar mi miedo, parecía que no estaba dispuesto a abandonarme. Respiré con calma un par de veces. Ahora no podía perder los nervios. No cuando tantas vidas dependían de mí.

Pensé en la señorita Nichols. Y en la señorita Chapman. La señorita Stride y la señorita Eddowes. La señorita Kelly, la señorita Tabram, la señorita Smith. La señorita Jasper. La señorita Van Tassel. Y en todas las mujeres que aún no nos habíamos relacionado con él.

Me recogí el pelo en un moño bajo, comprobé el arma que llevaba en el muslo y cogí el bastón.

—Voy a por ti, Jack —me susurré en el espejo. Puede que fuera un truco de la iluminación, pero habría jurado que mi reflejo tembló.

. . .

—Hola, ¿ha venido por uno de los famosos tónicos del doctor Holmes o está interesada en una habitación en el lujoso Hotel de la Exposición Mundial?

La joven que estaba junto a la ornamentada caja registradora era sin duda otra víctima en espera. Observé sus mechones de un rubio pálido, sus labios pintados por manos expertas, su juventud. Era atractiva de la forma en que parecía importarle a Henry o a Harry o a quienquiera que aquel hombre dijera ser. Por lo que Minnie había mencionado durante el té, la apariencia externa era lo que más valor tenía para él, aunque las vidas no importaban ni la mitad, esas las podía desechar sin miramientos.

—En realidad soy amiga de la esposa del doctor Holmes —dije, observando cómo entrecerraba los ojos de forma sutil al oír la palabra esposa. Por lo visto, aquella información también la había guardado en secreto. No tenía que preocuparse. Estaba bastante segura de que su nueva esposa estaba muerta—. Esperaba poder hablar con él. No he podido ponerme en contacto con Minnie y necesito la dirección de su hermana. ¿Está aquí?

Ella frunció los labios. Después de un momento de reflexión, me ofreció otra sonrisa cortés.

—Me temo que se ha ido hace unos momentos. No volverá hasta muy tarde, o es posible que hasta mañana por la mañana. Es solo mi primer día trabajando aquí, pero el doctor Holmes parece ser muy misterioso en lo que se refiere a sus asuntos privados.

Su sonrojo me hizo pensar que él ya había empezado a tejer una red plateada en la que quedaría atrapada. No sabía que era una araña venenosa y no un apuesto príncipe.

—Alquilaré una habitación para esta noche, entonces. —Le di una moneda extra y abrió los ojos de par en par—. Me gustaría que me avisara enseguida cuando llegue. Tengo otras noticias más... urgentes.

Se quedó mirando la moneda durante un momento, con el hambre brillando en su mirada. Holmes podía ser un libertino decadente, pero al parecer su generosidad no se extendía a su cartera. Deseé que la ira que se retorcía en mi interior no se reflejara en mi rostro. Miró detrás de mí antes de arrebatarme la moneda y guardársela en el escote. Me entregó una llave con una etiqueta de latón que tenía el número 4.

—Le mostraré su habitación, señorita...

—Wadsworth —dije con una cálida sonrisa—. ¿Y usted es?

—La señorita Agatha James.

Al parecer, su hospitalidad estaba siendo puesta a prueba. Su respuesta fue cortada, como si cada palabra le supusiera un esfuerzo. Me hizo un gesto para que la siguiera hasta el final del mostrador de los tónicos y otros artículos de botica que cubrían las estanterías y las paredes. En la esquina más alejada de la tienda, una puerta se abría para dar paso a una estrecha escalera. El corazón me latía con furia, pero no dejaría que el miedo me impidiera hacer lo que me había propuesto. No importaba que estuviera planeando asesinar a un hombre que había evadido a la policía y que ya había asesinado a un número incontable de mujeres.

—¿Será esta su primera noche en el Castillo?

—¿Castillo? —pregunté, pensando en la imponente fortaleza de Vlad el Empalador en Rumania y en los pasillos que parecían ansiar sangre. Un escalofrío se formó en la base de mi cuello y bailó hasta los dedos de mis pies. En su sueño febril, Thomas había hablado del castillo de Bran—. Creí que había dicho que se llamaba Hotel de la Exposición Mundial.

—Así es.

Sonrió con recato mientras subíamos por las escaleras. Era un pasillo horrible. Las paredes estaban cubiertas de papel pintado de color carbón, y habría jurado que se inclinaban un poco sobre nosotras a medida que subíamos. Tuve la extraña sensación de estar atrapada en una casa de la risa. Esa impresión se acrecentó cuando me di cuenta de que había calaveras cuidadosamente dibujadas en el diseño del papel pintado. Una elección peculiar para un hotel.

—Pero los lugareños lo llaman el Castillo. Es tan grande, con más de cien habitaciones… ¿Sabía que ocupa la manzana entera? El doctor Holmes es todo un hombre de negocios. Y muy inteligente. Comenzó a construirlo justo antes de que anunciaran que la Exposición Mundial se celebraría aquí. Ya predijo que sería un hogar encantador y seguro para las jóvenes que vendrían a trabajar aquí. ¿No es muy amable por su parte?

Reprimí mi respuesta inmediata al tema de su *amabilidad*. Ese monstruo se había cansado de acechar a las mujeres en la calle. Su nuevo juego consistía en atraerlas a lo que ellas creían que era un santuario, y entonces daba rienda suelta a sus deseos más sangrientos.

Cuando llegamos a la cima de la escalera, pasé la mano por la pared del largo pasillo y con la otra apreté el bastón, que me tranquilizaba con su presencia. Los candelabros estaban colocados a intervalos irregulares, lo que aumentaba la sensación de inestabilidad que me había acompañado al subir las escaleras. Casi daba la sensación de haber bebido demasiado champán.

El sudor me recorría la frente. No me sentía bien. A lo lejos, oí el siseo bajo de unas serpientes. Entorné los ojos hacia los apliques, habían sido diseñados en forma de cobras. Las bombillas sobresalían donde se enroscaban sus cuerpos, con los colmillos al descubierto. Era una decoración espeluznante, lo bastante apropiada para un asesino.

A pesar de usar mi bastón como apoyo, tropecé hacia delante. La joven me atrapó antes de que cayera al suelo, con el ceño fruncido.

—No tiene buen aspecto, señorita Wadsworth. Vamos a llevarla a la cama para que descanse un poco.

Respiré con dificultad, me ardía el pecho.

—¿Por qué no estás…? —Se me cerraron los párpados y se me aletargó la mente. Me tambaleé contra ella. La vista se me nubló y el pánico se apoderó de mí, produciendo crujidos y chasquidos a lo largo de mi columna vertebral. Amodorrada, volví a centrarme en las serpientes sibilantes. Si entornaba los ojos, podía distinguir un débil rastro de niebla. Ay, no. No había planeado exponerme a un contagio aéreo. Las preocupaciones de mi padre volvieron a aparecer—. Pero no he comido ni he bebido nada aquí.

Creía que estaba preparada para aquella confrontación, pero él había creado unas reglas que nunca había imaginado. Veneno en el aire. Dejé de moverme. Necesitaba volver a las escaleras. La mente me daba vueltas tan rápido que tuve que meter la cabeza entre las rodillas para no vomitar.

—Agatha… no me encuentro bien.

—¡Uy! —Agatha me agarró del brazo y evitó que cayera en la oscuridad y escaleras abajo—. Los vapores del limpiador podrían no sentarle bien. El doctor Holmes todavía está perfeccionando la fórmula. —Se señaló la nariz—. Algodón. Casi lo olvido. —Se ató una bufanda en la cara—. No todo el mundo reacciona a él, pero yo soy bastante sensible a la mayoría de olores fuertes. Por eso el doctor Holmes me recuerda que use el algodón. No le seré útil si me pongo enferma.

Me tambaleé unos pasos más, con las rodillas temblando. Aquello no era un limpiador. Al menos ninguno con el que yo me hubiera topado antes.

—¿Por qué no se lo da a sus clientes?

—No dirige una organización benéfica, señorita. Si repartiera algodón entre todos los que alquilan una habitación aquí, se quedaría sin dinero. Además, no le sucede a todo el mundo. Me dijo que solo limpia los pasillos así de vez en cuando. Hoy parece ser una de esas raras ocasiones.

Me dejó y avanzó con rapidez para detenerse al final del pasillo y abrir unas puertas que juraría que estaban tapiadas. Me dejé caer contra la pared, luchando contra la oscuridad que se colaba en las esquinas de mi visión. Tenía que salir de aquel lugar. De inmediato. Mi sentido de la autoconservación me gritó que me diera prisa, pero lo que fuera que me estaba envenenando actuó muy rápido.

Con un último impulso, retrocedí unos metros hacia las escaleras. La cabeza me daba vueltas mientras un gigantesco retrato se cernía ante mí. Me dio la impresión de que los ojos me seguían mientras me desplomaba en el suelo, en un intento desesperado de arrastrarme por donde habíamos llegado. Oí que me crujían las rótulas, el dolor cegador de la furia. Un par de manos me levantaron.

—Ya, ya, señorita Wadsworth —dijo una voz fría—. Deje de luchar contra mí.

Pensé débilmente en el bisturí que llevaba enfundado en el muslo. Ahora no me servía de nada. Todos mis preparativos, mi certeza. Desaparecidos.

—Es hora de que conozca a su verdadera pareja.

Su voz fue lo último que me atormentó antes de sumirme en la negrura.

46

CAUTIVERIO: PRIMERA NOCHE

EL CASTILLO DE LA MUERTE
CHICAGO, ILLINOIS
16 DE FEBRERO DE 1889

Sentía la garganta como si me hubieran hecho tragar carbón caliente. De mis ojos goteaban lágrimas, como si estuvieran de luto.

Era como si mi cuerpo lo hubiera entendido antes que yo. El diablo había acudido a reclamarme.

Y moriría pronto.

Un siseo procedente de algún lugar que quedaba por encima de mí se coló en la habitación y me robó la conciencia.

Un sueño, profundo e interminable. Una bendición escondida en las entrañas de la maldición.

47

CAUTIVERIO: SEGUNDA NOCHE

EL CASTILLO DE LA MUERTE
CHICAGO, ILLINOIS
17 DE FEBRERO DE 1889

La oscuridad me recibió cuando abrí los párpados. Opresiva como el calor del verano. Me removí, desesperada por despertarme de aquel sueño antinatural. Por un momento, no fui capaz de recordar dónde estaba. Luego algunos recuerdos fragmentados acudieron a mí. Antes de incorporarme, oí el chirrido de una puerta. Un rayo de luz amarilla se derramó como entrañas por el suelo. Cerré los ojos con fuerza.

Conté mis respiraciones.

Aquello era una pesadilla. Como las que me habían perseguido esos últimos meses. Una mala pasada de mi mente. No era real. No podía ser real.

Abrí los ojos, solo para gritar.

Había una figura con cuernos situada sobre mí y, aunque no podía estar segura, me pareció que siseaba justo antes de que la oscuridad cumpliera su voluntad una vez más.

48
CAUTIVERIO: TERCERA NOCHE

EL CASTILLO DE LA MUERTE
CHICAGO, ILLINOIS
18 DE FEBRERO DE 1889

Ploc. Ploc.
   Ploc.

El olor a gasolina mezclado con el moho y otros olores nocivos me revolvió el estómago. Era diferente de la última vez que me había despertado. Otro olor me saludó, un viejo conocido. Cobre, monedas y metal. Distraída, me pregunté si el goteo que oía era de sangre. Algo repiqueteó cerca. Sonaba a huesos. Demasiados. Imaginé que un ejército de muertos vivientes venía a buscarme. Me agité, furiosa, mientras el siseo comenzaba con ahínco. Sabía lo que significaba. Me estaba drogando de nuevo. Jugando conmigo hasta que se aburriera.

Grité, el sonido resonó a mi alrededor, aunque había algo extraño en él. Como si estuviera sumergida en una cámara bajo el mar. Tenía la creciente sospecha de que nadie podía oírme. Solo él. Dondequiera que estuviera, ningún sonido escapaba de allí.

A lo lejos, hubiera jurado que oía al diablo reírse con deleite.

Una pesadilla. Estaba teniendo una pesadilla y pronto despertaría. Fue el último pensamiento que tuve antes de que Satán me arrastrara de vuelta al infierno.

49

CAUTIVERIO: CUARTA NOCHE

EL CASTILLO DE LA MUERTE
CHICAGO, ILLINOIS
19 DE FEBRERO DE 1889

Ploc. Ploc. Ploc.
   Un goteo incesante me arrastró a la superficie de un sueño agitado. Antes de abrir los ojos, fui consciente del frío glacial que se filtraba en mi cuerpo. La superficie que tenía debajo era tan dura como el hielo.
   Ploc. Ploc. Ploc.
   Ordené a mis ojos que se abrieran, pero se negaron, los párpados seguían resultándome demasiado pesados para levantarlos. El pánico empezó a surgir en las esquinas de mi conciencia y fue adentrándose en ella cada vez más. El cansancio no podía explicar mi incapacidad para despertarme. Pasados unos momentos, mis pensamientos eran confusos y a la vez estaban llenos de urgencia. Me faltaba una pieza del rompecabezas. Los temblores me recorrían el cuerpo mientras el pelo desatado me hacía cosquillas en el cuello. ¿Cuándo me lo había soltado? Me daba la sensación de que había serpientes o gusanos arrastrándose por mi piel. Tal vez incluso larvas. Y no podía hacer nada al respecto. Las paredes imaginarias parecían temblar y desmoronarse con cada respiración. ¿Estaba enterrado en una tumba?
   Ploc. Ploc. Ploc.

¡Abre los ojos!, pensé, furiosa por el hecho de que mis labios se negaran a formar las palabras. ¿Acaso ya no estaba en mi cuerpo? No podía entender por qué nada parecía funcionar. Mi mente estaba despierta, pero el resto de mí permanecía inmóvil. Entonces todo encajó. Me habían drogado. Intenté sentarme, pero sentí como si una fuerza malévola me clavara las rodillas en la espalda, empujándome hacia abajo.

Tras unos momentos aterradores, crispé los dedos. Reafirmada por aquel avance, extendí las manos contra el colchón, solo para darme cuenta de que me habían dejado en el suelo en algún momento de la noche. Mis dedos se deslizaron sobre lo que parecía tierra compactada. Me puse de lado, palpé el suelo en busca de más pistas y retiré la mano. Había tocado algo húmedo.

—¿Thomas? —logré susurrar al fin, buscando en la oscuridad un ancla que me mantuviera en esa vida, en ese presente, en ese tiempo. No quería volver a ese lugar lleno de nada. No quería contemplar la sangre que, estaba segura, cubría mis manos.

Ploc. Ploc. Ploc.

Unas imágenes de Thomas tumbado boca abajo, destripado y desangrado, asaltaron mis sentidos. ¿Eran recuerdos fragmentados? El miedo me impulsó a levantarme y a salir de la niebla. O quizá fuera el amor. No hay fuerza mayor en la tierra, nada tan poderoso como el amor. Ni el odio ni el miedo podrían aspirar a tener la misma fuerza. Junté esos pensamientos, los apreté con fuerza y me obligué a sentarme y a observar la habitación oscura.

Una vela solitaria titilaba en algún lugar por detrás de mí. Parpadeé cuando mi entorno cobró sentido. Parecía que estaba en una especie de almacén o sótano. Por lo que deduje, el ruido, por suerte, era solo una vieja tubería que goteaba.

Me desplomé, concentrándome en la mayor preocupación de todas: cómo había llegado hasta allí y por qué me habían drogado. Me vinieron más imágenes, aunque no estaba segura de que fueran reales. Un hombre con cuernos. Siseos. Una habitación sin sonido. Ahora que estaba despierta, parecían fantasías.

Excepto que mi ubicación actual era definitivamente una pesadilla.

Me miré la ropa —un camisón fino— y me quedé helada. Los pantalones que había mandado hacer en Rumania habían desaparecido. Al igual que mi cinturón con el bisturí. Alguien me había desnudado. Me habían tocado y no podía permitir que mi mente procesara esa violación de mi persona o perdería el control. La repulsión me retorció el estómago hasta que tuve que tragarme la bilis. Cerré los ojos y me obligué a respirar. Para no perderme en el horror. Sobreviviría y le haría sufrir.

Levanté la mano con cuidado, palpando por si había algún bulto o lesión. Tenía el pelo suelto y me habían quitado el moño y las horquillas. Fruncí el ceño y pasé los dedos por los enredos, con la esperanza de desprender alguna de las horquillas. Nada.

Me obligué a sentarme más erguida, el movimiento hizo que mi cuerpo entrara en estado de alerta. A lo cual siguieron muy deprisa las náuseas. Me doblé y me concentré en encontrar de nuevo la calma, en respirar despacio hasta estar segura de que no iba a vomitar.

Empecé a enfocar la sala, y me sentí más despejada a medida que la droga iba desapareciendo de mi organismo. Lo que al principio me había parecido un sótano tenía un aspecto similar al de una especie de laboratorio. Una esquirla de miedo se alojó bajo mi piel.

—No.

Apreté los ojos, sintiéndome una cobarde. Entonces me obligué a recordar qué me había llevado hasta allí para empezar. Por quién estaba luchando. Me resultó más fácil recordar ser valiente ante el miedo. Era capaz de mucho más de lo que nunca había imaginado.

Había sido derribada, golpeada una y otra vez por quienes no creían que yo fuera capaz de algo más que una sonrisa bonita. Me habían dicho que mi curiosidad era lamentable y me habían despreciado por seguir a mi corazón. Era hora de contarme a mí misma una historia diferente. Una en la que yo era la heroína, una en la que luchaba contra las palabras dañinas y las dudas.

—No voy a tener miedo. —Lo repetí en silencio mientras me ponía de rodillas y componía una mueca de dolor cuando un nuevo recuerdo me asaltó junto a unos puntitos brillantes por el daño que me había hecho. Había olvidado que me había vuelto a romper los huesos. Me palpé la pierna, aliviada de que no se hubiera vuelto a fracturar. Por lo que parecía, solo estaba muy magullada. Decidida a escapar antes de que el diablo volviera, me puse en pie y contemplé todo lo que me rodeaba—. No tengas miedo.

Era una bonita intención, aunque, como en la mayoría de aspectos de mi vida, resultó ser falsa cuando el verdadero horror de mi situación salió a la luz. No estaba sola en aquel sótano.

Sobre una gran losa, como si se tratara de un tributo a los dioses dejado en algún altar impío, había un cadáver femenino. A la mitad de su rostro le faltaban las capas exteriores de la piel, y el rojo y el blanco intensos de la carne y los músculos brillaban bajo la luz mortecina. La otra mitad parecía congelada en un grito eterno.

Me tapé la boca con una mano, rezando por poder ahogar mi propio grito antes de que el diablo me encontrara. Estaba mirando lo que quedaba de la dulce Minnie.

Sin embargo, la desaparición parcial de su rostro no era lo peor que le habían hecho. Cuando desplacé la mirada poco a poco por lo que quedaba de su cuerpo, me di cuenta de que le habían cortado varias tiras de carne, dejando al descubierto el hueso blanco como la leche que había debajo. Me vino a la mente la imagen de la cabra en el distrito de la industria cárnica de Nueva York.

Una de las piernas parecía haber sido introducida en una cuba de ácido sulfúrico, no quedaban más que fragmentos de piel carbonizados y un olor acre a huevos podridos. Azufre. Volví a inhalar y me arrepentí de inmediato, ya que el toque dulce de la descomposición se me quedó grabado en la nariz. Era un aroma repugnante, peor que cualquier otro que hubiera tenido la desgracia de experimentar antes.

Me había despertado en el infierno. Y el infierno olía a carne podrida y desprendía gritos eternos.

Se me aceleró el pulso hasta casi rozar la histeria. Me obligué a concentrarme en el resto de la habitación, todo rastro de la droga desapareció mientras la adrenalina me recorría. Mi cuerpo se sometió a las leyes de la naturaleza: estaba preparado para luchar o huir.

Las sombras y el polvo giraban y bailaban a su propio ritmo macabro, espoleando mi corazón hacia un mayor frenesí. Nathaniel había creado una guarida oculta en nuestra casa para llevar a cabo sus perversas hazañas, pero no había sido nada comparado con aquel castillo construido con sangre y huesos.

Había barriles alineados en las paredes, algunos más grandes que otros. En uno de ellos había cráneos humanos apilados, y me quedé mirando, incapaz de comprender la magnitud de la cantidad de personas que habían tenido que morir para alcanzar ese número de cráneos, que a duras penas cabían en los barriles. Me tragué mi repulsión y continué escudriñando lo que debían de ser cientos de víctimas. Algunos barriles eran lo bastante pequeños como para que cupiera un…

Cerré los ojos con fuerza cuando una calavera pequeña me llamó la atención. ¿Era Pearl? ¿Qué clase de monstruo haría daño a una niña? Supe quién en un instante. El mismo hombre que destripaba mujeres y las dejaba en montones como si fueran basura. Aquel al que habíamos dado caza y asumido erróneamente que estaba muerto. Aquella estancia me recordaba mucho al laboratorio secreto de mi hermano, y sin embargo no se parecía en nada. El de Nathaniel había sido oscuro y retorcido, pero se centraba en la ciencia. Aquello… aquello era solo una cripta llena de muerte. Un tributo y un botín a base de recuerdos. Un lugar de tortura.

Un trozo brillante de metal resplandecía bajo la luz parpadeante. Me acerqué despacio a él y deseé no haberlo hecho. Era el preciado peine de plata de mi hermano. Dejé de respirar. No estaba segura de cómo lo había conseguido Holmes, pero no me cabía duda de que pertenecía a Nathaniel. Lo que significaba que el Destripador se había colado en mi casa de Londres en algún momento después de la muerte de mi hermano.

Aunque era lo último que deseaba hacer, volví a aquella fatídica noche de noviembre en la que me había enfrentado a mi hermano por los crímenes que creía que había cometido, reproduciendo cada detalle en mi mente como si fuera una película en movimiento.

Yo había afirmado que Nathaniel era el Destripador.

Yo lo había acusado de cometer tales crímenes. Pero, como Mephistopheles me había advertido una y otra vez durante aquel carnaval infernal, debía impedir que mi mente conjurara su propia historia. Ahora sabía que había estado inventándome historias, pero ¿por qué mi hermano no había confesado la verdad?

Cerré los ojos y vi aquella noche con más claridad. Al principio, Nathaniel parecía sorprendido, pero se había recuperado con prontitud. Me había respondido una y otra vez, casi como si lo hubiera inventado todo sobre la marcha. Pero, ¿por qué? ¿Por qué reclamar el mérito de algo tan indecible, tan horrible, si era inocente? ¿Lo había coaccionado? La respuesta me llegó tan deprisa que me quedé sin aliento. Era muy simple, pero no podía procesarla. Solo había una fuerza en la tierra con ese poder.

El amor.

No necesariamente amor romántico. Era probable que mi hermano se sintiera tan privado de auténtica compañía que eso lo hubiera llevado a recorrer un camino oscuro y retorcido. Imaginé que el asesino había visto en él el hambre de amor y aceptación de un amigo y había sabido explotarlo. Después de la muerte de mi madre, Nathaniel había quedado emocionalmente destrozado de muchas maneras que yo no había sabido ver, pero que otra persona sí.

Y lo había usado en su contra.

Mi hermano adoraba la ciencia, *Frankenstein* y reanimar a los muertos. Quizá cargar con ese oscuro secreto había sido un peso mucho mayor de lo que yo había imaginado. Podría haber compartido esos deseos con alguien que creyera que lo entendía. Que no lo juzgara. Que alentara sus creencias locas. Todo ello mientras escondía el puñal a su espalda.

Si eso era cierto… el odio se enroscó en mi interior. Me complacería matar a ese demonio no solo por Thomas, sino también por mi hermano. Nathaniel nunca había sido el doctor Frankenstein, había sido transformado en el monstruo. Uno que había cargado con la culpa de su creador.

No sabía cómo lo había conseguido Nathaniel, pero también había engañado a Thomas con sus mentiras. En mi mente, reviví cómo Thomas había bajado a trompicones aquellas escaleras del laboratorio, con expresión frenética, hasta que me había visto. En aquel momento no había reconocido la profundidad de su miedo, cómo habían interferido sus propias emociones.

Yo era tanto la debilidad como la fuerza de Thomas Cresswell.

Cuando temía por mi seguridad, sus deducciones eran apresuradas, menos sagaces que cuando no había vínculos emocionales de por medio. Había afirmado que los cortes en las yemas de los dedos de Nathaniel indicaban que era el Destripador, pero ¿y si había otra razón para ellos? Mi hermano había estado manipulando trozos de metal afilados, fundiéndolos para crear sus artilugios. Esa actividad podía producir las mismas heridas. Abrí los ojos, viendo las pistas bajo una luz completamente nueva.

—Santo Dios. —Pronto me di cuenta de que el terror tenía su propio sabor. Era fuerte y cobrizo, como la sangre. Se me erizó todo el vello del cuerpo, como si este esperara que le salieran alas para echar a volar. Si Nathaniel había recibido ayuda para crear su laboratorio, entonces cualquier deficiencia en el diseño había sido resuelta, eso estaba claro. Aquel sitio era un arma en sí misma, listo para destruir a quienes se atrevieran a cruzar su umbral.

Mi casa había sido el prototipo. Aquella era la gran obra maestra.

Miré de reojo los cráneos y el cadáver de la pobre Minnie, que había sido desollado en algunas zonas. Si aquella cámara se encontraba bajo el hotel, entonces solo era una pequeña parte del laberinto subterráneo. El hotel ocupaba una manzana entera. Por poco caí de rodillas. Salir con vida sería casi imposible. Tal vez aquellla hubiera sido siempre la forma en que debía terminar mi historia, en aquella versión terrenal del infierno. Tal vez, si permitía que me tuviera, sus asesinatos desenfrenados llegarían a su fin.

Dejé de mirar el cadáver destrozado que solía ser la radiante y alegre Minnie. ¿Se convertiría su destino en el mío dentro de poco? ¿Un cadáver destrozado hasta ser apenas reconocible como humano? Una imagen rápida como un relámpago del cuerpo de Thomas desplomado por culpa del veneno luchó contra mi miedo. Había prometido que volvería con él. No dejaría que aquel castillo de la muerte o su dueño ganaran.

Esa vez, cuando escudriñé la estancia, busqué objetos que me ayudaran a escapar. Para mi sorpresa, mi bastón de dragón estaba apoyado conta un barril. Lo recuperé, sin mirar más de lo necesario los restos esqueléticos.

Para moverme con el mayor sigilo posible, rasgué el dobladillo del vestido en varias tiras y las até a la parte inferior de mi bastón. Ignorando al cadáver, que no dejaba de gritar, di una vuelta por la habitación, con la respiración entrecortada por cada golpe sordo de mi bastón contra el suelo. No era lo mejor, pero así sería más difícil que alguien me oyera mientras exploraba.

Me acerqué con sigilo a la puerta y apreté el oído contra el frío metal para escuchar cualquier movimiento que se produjera al otro lado. Me quedé en aquella posición, imitando lo mejor que pude a una estatua, hasta que mi pierna buena se estremeció por culpa de los aguijonazos. No se oía nada en absoluto. Despacio, extendí la mano para probar la manilla.

Me estremecí cuando el metal se deslizó sobre el metal creando un sonido demasiado fuerte para mi gusto en aquel silencio opresivo. Me quedé inmóvil, esperando a que la puerta se abriera de par en par y Holmes se acercara desde el lado opuesto para empujarme hacia atrás, pero esa fuerza no llegó.

Espoleada por mi pequeña victoria, me apoyé en la puerta, añadiendo más peso, dispuesta a regodearme con la libertad… estaba cerrada. Por supuesto. Una parte de mí deseaba darle patadas, golpearla con mi bastón hasta que ella o yo nos rindiéramos a semejante destino.

—Tranquila —me ordené a mí misma como había hecho Liza después de mi boda fallida—. Piensa.

Me di la vuelta y apoyé la espalda contra la puerta, observando la habitación desde esa perspectiva. Había una puerta más pequeña escondida cerca de una esquina, casi oculta por los barriles desbordantes de huesos. A diferencia de la puerta contra la que me estaba apoyando, aquella no estaba cerrada.

Con un rápido recordatorio de que debía ser valiente, me arrastré hacia mi ruta de huida.

50
DE SANGRE Y HUESO

EL CASTILLO DE LA MUERTE
CHICAGO, ILLINOIS
19 DE FEBRERO DE 1889

Cuando me detuve ante la puertecita que salía de mi pesadilla actual, me saludó una aún mayor. De los ganchos del techo colgaban hileras de cadáveres y esqueletos que me recordaron demasiado a las carnicerías de Nueva York.

Los objetos de ese horror estaban espaciados de forma uniforme a ambos lados de la pequeña habitación, dejando un estrecho camino entre ellos. Era lo bastante ancho como para que pasara una persona, pero a duras penas. Me di cuenta de que aquel pasillo de la muerte llevaba a otra cámara. El esqueleto más cercano a mí se movió, y el sonido de sus huesos castañeteando como dientes hizo que unos escalofríos me recorrieran la columna vertebral.

No podía apartar la mirada de los esqueletos. Algunos habían sido despojados por completo de carne y blanqueados hasta lograr que sus huesos brillaran como las calles de la Ciudad Blanca. Otros aún no habían sido tratados del todo. Unos alambres metálicos brillaban en los puntos que se habían usado para unir los huesos. En los esqueletos menos trabajados, los alambres atravesaban piel podrida. Los tejidos en descomposición manchaban los huesos y goteaban hasta el suelo. Un charco viscoso y grasiento empapaba el suelo debajo de ellos. Los gusanos se arrastraban por allí, con sus pequeños cuerpos lechosos repletos de energía, disfrutando de su festín.

El hedor era lo bastante fuerte como para que me lloraran los ojos y no pudiera contener las náuseas. Me di la vuelta y vomité el mísero contenido de mi estómago mientras daba las gracias por no haber profanado ningún otro cuerpo. Me limpié la boca con el dorso de la mano, con una mueca por el sabor agrio de la bilis.

Una única bombilla parpadeaba por encima de mi cabeza, provocando movimiento entre las sombras. La habitación bullía de acción, aunque lo más seguro era que se tratara de un truco de la luz. No había fantasmas observándome, aunque una parte de mí se preguntaba si los espíritus rondaban aquel castillo de la muerte, esperando a que se hiciera justicia.

Se me revolvió el estómago otra vez solo con pensarlo.

Cerré los ojos ante la imagen de un centenar de rostros pálidos emergiendo de la oscuridad. Sin duda, los dueños de esos esqueletos buscaban venganza. ¿Vendrían también a por mí? Pensé en las muchas veces que había hundido mi bisturí en la carne, en la sacudida de alegría que había intentado sofocar sin éxito. Me deleitaba en mi trabajo, me maravillaba con los secretos que me eran revelados. Puede que los muertos no quisieran contarme sus problemas. Tal vez pensaran que yo era tan malvada como el hombre que los había colgado, con sus huesos resonando al son de la suave brisa.

Mi mente se aferró a esa idea con ferocidad. *La brisa.* No debería haber viento allí abajo, a menos que… Giré sobre mí misma, obligándome a ver más allá del bosque de esqueletos. La rapidez de mi movimiento hizo que volvieran a chocar entre sí, y el sonido me puso los pelos de punta. Ignoré el miedo que me subía por la espalda y me concentré. Tenía que haber… ¡ahí! Detrás de un baúl, cuyo contenido me negaba a considerar, había una gran rejilla.

La esperanza resurgió de las cenizas de mi alma. Era pequeño, pero no sería imposible meterme y arrastrarme hasta el exterior. El aire llegaba hasta allí abajo, lo que significaba que también salía. Si podía retirar la rejilla de la… Mi entusiasmo disminuyó a medida que me acercaba.

Me quedé mirando aturdida las gigantescas traviesas que la sujetaban a la pared. No había ninguna posibilidad de abrirla, aunque me destrozara los dedos en el proceso. Consideré la posibilidad de clavar el bastón en la rejilla y utilizarlo como palanca, pero se rompería.

La derrota me tendió la mano, rogándome que me desplomara en sus brazos. Rendirse sería muy fácil. Podía sentarme allí a esperar al Destripador tan tranquila. Si le daba lo que quería, era posible que la cosa acabara rápido. Tal vez se sintiera decepcionado al no encontrarme encogida de miedo.

Me pregunté si eso lo enfurecería hasta el punto de convertir mi cuerpo en su mejor obra de horror. El dolor sería insoportable, pero si se mantenía fiel a sus asesinatos anteriores, me estrangularía o me cortaría la garganta antes de empezar su verdadero trabajo. De cualquier manera, perdería la conciencia en cuestión de minutos, y luego la vida. Tal vez esa era la forma en que la oscuridad siempre había querido reclamarme. Tal vez se suponía que debía haber muerto en el *Etruria*. Si había estado viviendo un tiempo prestado, no me arrepentía de las semanas y meses que había podido pasar con los que amaba. Con Thomas.

Recordé lo que había sentido al compartir todo mi ser con él, la forma en que sus ojos brillaban con el mismo amor que yo sentía. Nuestra boda había sido horrible, pero al menos lo había visto en el altar. Si moría, me concentraría en eso. Su sonrisa radiante, su respiración agitada. Lo cerca que habíamos estado de ser marido y mujer. Mi memoria se burló de mí con imágenes de mi padre. Seguidas de imágenes del tío, la tía Amelia y Liza. Los dejaría a todos atrás.

Me desplomé contra el umbral de la puerta. Ya no oía a los huesos tocar su escalofriante marcha de la muerte. No tenía ninguna esperanza de ganar en una pelea física. Y darme cuenta de que nunca volvería a ver a mi familia ni a Thomas, de que nunca apretaría mis labios contra los suyos ni oiría su corazón latir al ritmo del mío… era casi demasiado para soportarlo. De repente quise gritar, suplicar que la muerte llegara con rapidez.

Pero seguí viendo la cara de Thomas. Escuché la promesa que le había hecho. Y recordé por qué me había aventurado en aquel lugar para empezar. Me enderecé, aparté la desesperanza de un manotazo y me acerqué a la rejilla. *Encontraría* la manera de salir de allí.

Introduje los dedos por las aberturas y tiré, usando todo mi peso, y casi me caí de espaldas. La rejilla no se movió. Me negué a rendirme y volví a probar su resistencia, preguntándome si podría encontrar algo con lo que arrancarla de la pared. Empecé a entretejer los hilos de una idea. El Destripador había cometido un error al dejarme allí. Había imaginado que los cadáveres y los esqueletos me aterrorizarían. Hubiera apostado cualquier cosa a que contaba con ello. Quería que el horror anulara mis sentidos. Estaba segura de que nada le hubiera gustado más.

No debía de darse cuenta de cuánto ansiaba yo el conocimiento oculto entre las capas de carne. Puede que no fabricara cadáveres que tallar como hacía él, pero no disfrutaba menos del proceso. Puesto que comprendía el proceso de la muerte, comprendí cuál era el error más grande que él había cometido hasta el momento.

Aquella estancia se usaba para limpiar huesos. Imaginé que tenía en marcha alguna argucia en la que vendía esqueletos completos a las academias. Era la única razón que se me ocurría para que los cuidara tan bien, para eliminar la mancha de sus pecados de todos esos huesos. Era repugnante el hecho de que no solo asesinara por placer, sino que se beneficiaba de ello. Dejando a un lado el asco que me provocaba, volví a centrarme en la estancia. Si había alambres de metal para unir los huesos, tenía que haber cizallas para cortarlos. Y si había ganchos clavados en la pared, debía de haber un martillo para colocarlos. Y si había un martillo, entonces el extremo opuesto podría ser la palanca perfecta.

Como mínimo, aquel carnicero de mujeres debía de tener un cuchillo decente para desmembrarlas. Si había sido tan descuidado como para dejarme allí abajo con mi bastón, podría haber cometido otro error fatal. Se me aceleró el pulso. Si había un hacha, rompería la maldita pared y le cortaría la cabeza si se atrevía a atacarme.

Coloqué el peso sobre la pierna buena y busqué el objeto que estaba segura de que estaba allí. Por desgracia, aquello parecía ser solo un almacén o algo parecido. No quería aventurarme de nuevo en la cámara que contenía el cadáver de Minnie, pero…

Giré despacio, recordando que ese pasillo de esqueletos conducía a otra sala. Estaba oscuro, no brillaba ninguna luz, salvo un extraño resplandor rojo anaranjado.

Mi valentía se desvaneció. Imágenes de demonios con colas y pezuñas por pies inundaron mis pensamientos. Me obligué a inhalar y exhalar a un ritmo constante. No serviría de nada perder los nervios a aquellas alturas. Haciendo frente a mis crecientes temores, avancé paso a paso por el pasillo de huesos. Por mucho cuidado que tuviera, seguían sonando al pasar.

Se me erizó el vello de los brazos y el cuello. Ya casi estaba en la siguiente habitación y había una nueva y extraña combinación de olores a la que enfrentarme. Me detuve en el umbral, tratando de ajustar mi visión a la extraña luz. Tardé unos instantes, pero los objetos oscuros fueron tomando forma poco a poco. El resplandor infernal no era un fuego del infierno, sino una larga caja metálica con forma de ataúd. Solo tardé un segundo en comprender lo que era: un incinerador.

Me mordí el labio para no hacer ruido. No me extrañaba que no hubiera dejado cadáveres en las calles de Chicago. Había creado el campo de juego perfecto para él. Un lugar en el que podía torturar y deshacerse de sus víctimas sin ser descubierto.

Inhalé con brusquedad y me arrepentí de inmediato. El rastro a gasolina era tenue, pero estaba presente. Entorné los ojos hacia el techo, donde las tuberías se cruzaban formando una telaraña. Las seguí, intentando comprender por qué había tantas y por qué se extendían en distintas direcciones. De cerca, vi lo que parecían ser grifos. Maldije en voz baja.

Esas tuberías de gas eran su nueva arma. Ya no necesitaba ensuciarse las manos con cuchillos y sangre, podía limitarse a apuntar a la habitación de hotel de su elección abriendo una espita y su presa quedaría inconsciente por los gases tóxicos del monóxido de carbono. Igual que me había pasado a mí. No me habían drogado en absoluto. Me habían llevado al borde de la muerte una y otra vez.

Una bota rozó el suelo y el sonido me erizó el vello de la nuca. No era difícil imaginar a los monstruos arrastrando las garras por el suelo, con las uñas cubiertas de sangre. Si quería salir con vida de ese castillo, tenía que convertirme en lo que me aterrorizaba. Respiré hondo y entré de lleno en la sala de incineración.

Al principio no me fijé en él, de pie cerca de la esquina, su cuerpo no era más que una silueta tenue. Había estado allí todo el tiempo. Quieto y en silencio. A la espera. Eso me asustó más que la idea de una muerte inminente. Algo que tenía en las manos brilló en la oscuridad, evocando imágenes de garras metálicas. Me obligué a mirar en la dirección de su figura y a tragarme el pánico al ver los altos y retorcidos cuernos. Era la escena de mis sueños recurrentes hecha carne.

El diablo estaba allí.

Por fin había salido de mis pesadillas y había venido a reclamarme.

Cráneo de cabra con un fondo lleno de humo

51
SATÁN EMERGE

EL CASTILLO DE LA MUERTE
CHICAGO, ILLINOIS
19 DE FEBRERO DE 1889

Salió de las sombras hacia la luz ardiente del incinerador. Su piel estaba teñida de rojo por las llamas, que parecían crecer en su presencia, sus ojos oscuros por culpa de las sombras, que aún no habían renunciado a su dominio en aquel subterráneo. Mi mente tardó un momento en dejar de lado mis demonios y darse cuenta de que había subido el fuego del incinerador. Planeaba quemar otro cuerpo.

El mío.

Sentí un pánico repentino y me dirigí hacia el pasillo de los huesos, maldiciendo como loca cuando me di cuenta de que había tropezado con algo: un torso desmembrado. Lo había interrumpido mientras se deshacía de otra víctima. Caí al suelo, ignorando el dolor que me subió por la columna vertebral mientras me alejaba del Diablo de la Ciudad Blanca.

Clavé los dedos en la tierra compacta y se me astillaron las uñas mientras buscaba un asidero. Me hice un corte en la palma de la mano y estuve a punto de gritar cuando algo cálido fluyó por mi mano. Me mordí la lengua y me llevé la hoja conmigo mientras retrocedía. No me atreví a mirar, pero parecía un cuchillo de cocina largo y delgado. Era justo el arma que mi tío había descrito durante aquella primera lección a la que había asistido sobre los asesinatos de Jack el Destripador. Me aferré a él como si fuera mi única salvación. Estaba casi segura de que no me había visto cogerlo. Estaba cubierto de suciedad, así que era probable que se le hubiera caído hacía tiempo y hubiera olvidado que estaba allí.

Él abandonó su oscuro trabajo y acechó tras de mí. Agradecí la escasa luz: le resultaría difícil percatarse del rastro de sangre que yo sabía que estaba dejando.

Se mantuvo en silencio durante la persecución, sus pasos eran firmes y no denotaban prisa alguna. Necesitaba deshacerme del miedo, pero era difícil cuando me enfrentaba a mi pesadilla personal. Al fin conseguí ponerme en pie y me detuve en el centro del pasillo de huesos. Mi repentina detención hizo que él también parara. No creía que estuviera acostumbrado a que a sus presas les crecieran sus propias garras y contraatacaran.

Se quedó justo en la puerta entre el incinerador y el pasillo de los esqueletos, dándome tiempo para pensar. Tenía que idear un plan. Y tenía que hacerlo en ese instante. Sabía que la puerta de la habitación en la que me había despertado estaba cerrada. No había forma de salir de allí. Si me acorralaba en ese espacio… Me negué a pensar en esos términos. No era una presa, sino un depredador.

—Una máscara de demonio es un poco teatral —dije, sorprendida al escuchar lo suave y poco temerosa que sonaba mi voz. Él inclinó la cabeza hacia un lado y dio la impresión de estar tan sorprendido como yo por mi afirmación—. No creí que te gustaran esas cosas. Pero entonces recordé tus cartas a Scotland Yard. Siempre te ha gustado lo dramático. El diablo… Supongo que en teoría entiendo por qué lo elegiste, pero parece un poco forzado.

Mi burla funcionó tan bien como esperaba. Llevaba demasiado tiempo jugando a aquel juego con Jack. Él podía creer que me conocía, pero yo también me había familiarizado con él. Su vanidad sería su perdición. Contaba con ello. Si conseguía que hablara de sí mismo y de sus crímenes, eso podría darme una oportunidad para tender mi propia trampa.

Un esqueleto que aún no había sido ensartado yacía amontonado cerca de la puerta del incinerador. Si podía engañarlo para que entrara en esa habitación, podría encerrarlo dentro encajando el fémur en el pomo. Eso me daría tiempo para arrancar la rejilla de la pared. Entonces podría huir sin que me capturara y me convirtiera en su último premio.

—¿De verdad es descabellado el concepto del diablo? —Su voz era una pieza más de su engaño. Sonaba agradable. Encantador. Su tono pretendía desarmar, y si no hubiera sabido quién era, yo también podría haberme tragado su fachada. Sin embargo, había aprendido que los ángeles caídos eran criaturas hermosas. Mephistopheles me había recordado que debía tener cuidado con ellos—. Tú más que nadie deberías saber que la oscuridad camina entre nosotros. Satán puede ser una leyenda fantástica destinada a asustar, ¿pero acaso sus actos no son reales?

—No —dije—. Los hombres son monstruos que usan la fantasía para aliviar sus conciencias. Les resulta fácil culpar de sus acciones al bien y al mal. Es mucho más difícil enfrentarse a la verdad: que disfrutan con el dolor y el miedo que infligen, sin otro propósito que su propio placer perverso.

—Todos somos malvados. Más que la carne y la sangre, son nuestras propias almas las que albergan maldad. ¿No lo ves en los cuerpos que diseccionas? ¿En las decisiones que toma la gente? El hombre que pega a su mujer es tan horrible como la persona que difunde mentiras por despecho.

Debí de hacer un ruido de disgusto, porque hizo una pausa.

—¿No? —preguntó—. ¿Quién establece la escala de lo que es peor? ¿Por qué se considera terrible la violencia física y no tanto la agresión a la mente o a las emociones? ¿Qué pasa con la persona que hiere con sus palabras? ¿Qué hay de su deseo de ver al otro sangrar con lágrimas? Ellos también devoran el dolor. Sus corazones laten llenos de odio. Obtienen placer difundiendo su perniciosa negatividad. —Sacudió la cabeza—. Odio. Celos. Venganza. El mal está por todas partes, señorita Wadsworth. En todos nosotros, hay tanto un demonio como un ángel. Ahora mismo, ¿cuál te está hablando?

Echó un vistazo al cuchillo que yo estaba alzando despacio, sin duda reconociendo la determinación que me recorría. Esperaba que retrocediera. Sabía que aprovecharía cualquier oportunidad para matarlo. Y qué dulce sería esa justicia: que una mujer usara el mismo cuchillo con el que él había matado a tantas otras mujeres para acabar con su maldita existencia.

No se movió. Y yo ya había revelado mi mano.

—¿Tu maldad se disfraza de indignación justificada? —preguntó, dando un pequeño paso adelante—. ¿Caminas por esa línea moralmente gris de lo que es «bueno»? Si me clavas tu cuchillo en el corazón, ¿qué mentira te contarás a ti misma por la noche, qué historia te inventarás para presentarte a ti misma como la heroína?

Por un momento, mi determinación vaciló. Me mordí el interior de la mejilla y recuperé el sentido común.

—Al quitar una vida, ¿cuántas otras podrían salvarse? ¿A cuántas has asesinado solo en este castillo del horror? —No aparté la vista de él, pero señalé los esqueletos que traqueteaban como un público morboso—. ¿Cien? ¿Doscientos? ¿A cuántas más te llevarás, matarás y mutilarás para satisfacer tu maldita ansia?

Sonrió. Era el tipo de mirada angelical que convencía a incontables mujeres de que confiaran en él, sin recordar que Lucifer también había sido un ángel. Se acercó, pero tuvo cuidado de mantenerse fuera de mi alcance. Aquel era un hombre que recordaba que mis garras también eran algo que había que temer.

Agarré el cuchillo que había encontrado con más fuerza, lo que solo pareció provocarle más deleite. Thomas estaba en lo cierto: me anhelaba a mí. Había estado saboreando la idea de aquel encuentro durante meses. Quería alargarlo todo lo posible antes de que sus cuchillos probaran mi sangre.

—Tú, querida, puedes ser más villana que yo. Yo acepto mis cuernos, conozco la negrura de mi alma. Nací con el diablo dentro de mí. Pero tú también, señorita Wadsworth.

—No creo en tonterías como el cielo y el infierno.

—Pero sí temes tu oscuridad. —Me encogí y él esbozó una sonrisa cómplice—. La reconocí en ti desde el primer momento en que te vi. Quería ayudarte, ¿sabes? A liberar el potencial que sabía que se retorcía en tu alma. Fue difícil contenerme.

Era un gato jugando con un ratón antes de romperle el cuello. No dejaría que jugara conmigo. Levanté el cuchillo, con la mano firme.

—Acabamos de conocernos aquí en Chicago.

—¿Ah, sí?

Se movió y su máscara de diablo captó la luz. Allí, lejos de la sala de incineración, vi que había oro espolvoreado en ella. Parecía que unas llamas metálicas bailaban sobre su carne. Por más que lo intenté, no pude contener el escalofrío que me recorrió.

—¿Acaso no te conocí por primera vez en un callejón de Londres? —preguntó—. Por un momento, estuve seguro de que me habías visto, acechando en las sombras que ambos amamos. Te acuerdas, ¿verdad? La turbación que se deslizó por tu columna vertebral, el escalofrío que te recorrió a pesar del calor del verano.

—Estás mintiendo. —Eché un vistazo a la habitación y me fijé en una puerta gruesa que no había visto antes, abierta por un lado. Parecía ser una bóveda. Requeriría unas cuantas maniobras, pero si podía guiarlo hasta ella, podría ser incluso mejor encerrarlo allí que en la sala de incineración. Sin embargo, tendría que pasar entre los esqueletos colgantes. Retrocedí con cuidado, rozando con un hombro la extremidad de alguno de ellos, y esperé a que él me imitara.

Él avanzó en dirección contraria, metiéndose entre la fila de esqueletos más alejada de mí. No tuve éxito en mi propósito de arrinconarlo. Era un depredador implacable, un asesino con una habilidad inconmensurable. Si quería vencerlo, tendría que ser más astuta, más despiadada.

Tendría que convertirme en un cebo antes de pasarle mis garras por la garganta.

—Esa noche, quise seguirte a casa. Tu hermano… —Se encogió de hombros—. Digamos que no le gustaba la idea de que tú y yo nos conociéramos. Por eso te mandó a casa con ese molesto compañero suyo. —Una sonrisa apareció en sus labios—. Creo que nunca confió plenamente en mí. Muy inteligente por su parte. Yo a duras penas confío en mí mismo. Tengo ciertos impulsos, ya ves. Son como criaturas salvajes. ¿Sabes lo que es tener algo salvaje e indómito retorciéndose en tu interior? ¿Cazar cosas a las que otros hombres temen?

Cerró las manos en puños a los costados como si estuviera luchando contra la impía transformación en ese mismo momento. Tragué con fuerza, mi sentido de la huida se apoderó de mí. Si no lo atacaba, no saldría viva de aquel castillo de la muerte.

—Deseo sangre como la mayoría de los hombres desean vino y mujeres. Cuando me acuesto por la noche, imagino el éxtasis de ver cómo la vida abandona los ojos de una persona. Ser el que decide quién vive y quién muere es la sensación más embriagadora que existe.

Cerró los ojos y echó la cabeza hacia atrás como si estuviera en pleno éxtasis. Se le escapó un gemido y el sonido me dejó helada. El corazón me instó a correr, pero mi mente me ordenó mantener la posición. Pensé en los depredadores del reino animal, en cómo, con hambre o sin ella, si una criatura huía de ellos, sus instintos de caza tomaban el mando.

Para aquel cazador, mi miedo era su perfume favorito. Hacía todo lo posible para que tuviera miedo. Necesitaba mi terror. Y yo se lo ocultaría por despecho.

—Verás, siento muy poco. A menudo me pregunto si soy humano.

Su mirada siguió mi lenta procesión, calculando y ajustando la postura para que nunca estuviera del todo fuera de su alcance. Aunque tuve cuidado de no chocar con los esqueletos, el movimiento de mi cuerpo fue suficiente para perturbar el espacio que los rodeaba. Los huesos repiquetearon como campanadas macabras. Apreté los dientes, negándome a que aquello me inquietara.

—Si te clavara un cuchillo en el pecho en este momento, señorita Wadsworth, no sentiría nada más que placer al ver cómo te desangras. Es una sensación increíble, muy contraria en sí misma. El calor de la sangre fluye mientras el cuerpo se enfría. La llama de la vida es apagada por la muerte. Pero es todo muy efímero. La satisfacción nunca permanece mucho tiempo antes de que el hambre ataque de nuevo.

—¿Por eso mataste a tantas tan deprisa en Londres? —pregunté, esperando que admitiera su papel como Jack el Destripador. Necesitaba oír que lo confirmaba—. Las estrangulaste y luego las abriste en canal, ¿por qué?

Ladeó la cabeza y entrecerró los ojos tras la máscara. No supe si empezaba a aburrirse de entretenerme. Seguía imitando mis movimientos, como si fuéramos dos imanes girando alrededor de un pequeño círculo. Pronto estaría cerca de la bóveda. Aunque en aquel momento yo volvía a estar más cerca del incinerador. Tendría que ser rápida y alcanzarlo antes de que se alejara demasiado de allí.

—¿Y bien? —pregunté, dejando que la impaciencia se deslizara en mi tono—. ¿Por qué mataste a esas mujeres de una manera y aquí empezaste a asesinarlas de otra forma?

—He descubierto que el método no es lo que me excita. Es la muerte. Tanto si estrangulo a alguien como si lo despellejo y expongo sus secretos más íntimos, o si veo cómo se asfixia lentamente detrás de una puerta cerrada, es su dolor, su incapacidad para vencer a la muerte, lo que me encanta. —Pasó por delante de un esqueleto, sin tanto cuidado como el que yo había tenido al deslizarme entre ellos—. Quería que la idea de usar partes del cuerpo para conquistar a la muerte y reanimar a las personas me entusiasmara, pero no pude. Era el sueño de tu hermano, no el mío.

—¿Qué? —susurré. No había previsto oír hablar de mi hermano todavía. Mi curiosidad se desbordó. *Necesitaba* saber cuán involucrado había estado en todo aquello.

Y el doctor Holmes lo sabía.

Una sonrisa cruel adornó su cara. Era un golpe calculado y había dado en el blanco.

—Tu hermano y yo no compartíamos la misma visión ni el mismo deseo. Esperaba que se uniera a mí, pero entonces te observé a *ti* y no me cupo duda de tu naturaleza. Quería que fueras mía. Dime, señorita Wadsworth, ¿a cuántos has matado tú y luego has mentido sobre ello?

52
CIELO O INFIERNO

EL CASTILLO DE LA MUERTE
CHICAGO, ILLINOIS
19 DE FEBRERO DE 1889

Apenas podía oír nada que no fuera la sangre que me inundaba los oídos.

—Nunca he quitado una vida. —Cerré la boca de golpe. Estaba buscando agujeros en mi armadura emocional, otro lugar donde asestar un golpe, para distraerme. No había asesinado a nadie, pero lo mataría antes de que terminara aquella batalla. Prácticamente gruñí—: ¿Cómo conociste a mi hermano?

Inhaló. Era el tipo de sonido que aludía a que una larga historia estaba a punto de ser contada. O tal vez se sentía frustrado porque su intento de ponerme nerviosa no había dados sus frutos. Supuse que había imaginado ese encuentro un millón de veces y que yo no estaba cumpliendo su fantasía.

Era una pena tener que causarle tamaña decepción.

—Nathaniel y yo nos conocimos en un pub. Él tenía una actitud muy hostil, nunca temió despojarse de su máscara. Sus convicciones eran lo bastante fuertes como para resultar atractivas. Lo vi observar a las mujeres que ejercían el oficio, su repugnancia casi hacía que le vibrara todo el cuerpo. Era un hombre que contenía su rabia a duras penas. Detestaba que las prostitutas transmitieran enfermedades.

Deberías haber oído cómo despotricaba sobre la destrucción de las familias de bien y todas las tonterías religiosas que asociaba con el pecado.

Había oído a mi hermano hablar de esas ideas equivocadas y sabía cómo había nacido ese odio en él. Después de que nuestra madre muriera de escarlatina, Nathaniel se había obsesionado con el contagio de enfermedades. Era un miedo que mi padre nos había inculcado a ambos, aunque yo lo combatía utilizando la ciencia para refutar sus afirmaciones. La solución de Nathaniel había transformado sus buenas intenciones en una bestia retorcida y fea. Había utilizado ese mismo miedo para experimentar, con la esperanza de librar al mundo de la muerte. Se había cebado con aquellas que consideraba la causa, y yo nunca aprobaría lo que había hecho.

—Sin embargo, lo entendía —continuó Holmes—. Reconocí una parte de mí mismo en él. Sabía lo que era intentar luchar contra los impulsos más oscuros. Al observarlo, planté la semilla de una idea. No pude encontrar una buena razón para evitar que ese pensamiento floreciera. No es que me esforzara demasiado en impedirlo.

Sonrió, supuse que al recordar las imágenes que le venían a la mente. Si no hubiera tenido las manos ocupadas, las habría cerrado en puños. Lo único que quería era arrancarle esa sonrisa de la cara. Casi olvidé mi propósito mientras dejaba que la rabia por el desafortunado encuentro de mi hermano con aquel engendro del demonio me consumiera.

Como si percibiera mi furia, continuó su retorcida historia.

—No me costó mucho prepararlo para convertirlo en mi criatura. Estaba muy dispuesto a seguirme, a jugar al espía mientras yo dejaba que mi arma cantara. Bueno, no *mi* arma, exactamente. Tu hermano siempre me prestaba la suya cuando llegaba el momento. Quería encajar. Yo le di ese consuelo.

La bilis me subió por la garganta.

—¿Él… vio los asesinatos?

Se movió un poco hacia la bóveda, apoyándose en la pared. Se me cortó la respiración. Tenía que moverme de inmediato, pero no parecía capaz de hacerlo. El deseo de comprender el papel de mi hermano en aquella traición luchaba contra el de encerrar a aquel villano en sus propios aposentos. Mi vacilación me costó cara. Holmes se hizo a un lado, acercándose ahora a donde yo estaba, cerca de la sala de incineración. Mi estrategia se estaba deshilachando, y todo por culpa de mi maldita curiosidad.

—Resulta que no tenía mucho estómago para el asesinato. Sin embargo, no tenía ningún problema en aceptar los órganos para su ciencia. ¿Te tranquiliza eso? ¿Saber que su perversidad tenía límites?

—Por supuesto que no. —Sacudí la cabeza—. En lugar de entregarte a Scotland Yard, aceptó regalos en forma de riñones, ovarios y corazones. Si no hubieras quemado sus diarios, se los habría entregado a los inspectores al volver a Londres. Pagarás por lo que has robado. Y también mi hermano, fallecido o no. Él odiaba a las mujeres que mataste. Vi ese odio en su corazón y en la forma en que habló de ellas la noche en que murió. Él no era inocente.

En ese momento, una sonrisa lenta y maliciosa se dibujó en su rostro. Levantó una cuchilla, un brillo plateado en la parpadeante oscuridad que hacía juego con el brillo de sus ojos. Era como si estuviera en mi laboratorio viendo a Nathaniel hacer la misma maniobra. Llevaba la hoja escondida en la manga, tal como Thomas había deducido todos aquellos meses atrás. Me sorprendió tanto el choque de recuerdos que apenas podía respirar. Las pesadillas y la realidad se unieron hasta que quise soltar el cuchillo y el bastón y taparme los oídos.

—¿Sabes cuál es el arma más peligrosa, señorita Wadsworth?

De alguna manera, debió de pasar por alto el pánico que se agolpaba en mi interior. Gracias a algún milagro, había mantenido mi expresión en blanco. Relacionarme con Thomas había resultado muy beneficioso. Algo sobre lo que él mismo había bromeado hacía tiempo. Tragué con fuerza, sin osar apartar la atención de Holmes. No me concentré en el cuchillo, recordando mi época en el carnaval. La prestidigitación era jugar sucio. Siempre hacía que te centraras en el objetivo equivocado.

—Supongo que una pistola o una espada. —Me encogí de hombros—. Depende de las circunstancias.

—¿Es eso lo que crees? ¿Que un objeto tangible es lo más temible? —Suspiró, decepcionado—. ¿Qué hay de la mente humana? Es el arma más peligrosa. ¿Cuántas guerras se librarían, con las espadas desenvainadas, los cañones preparados para disparar, sin que esa arma se desplegara primero?

Me miraba con los ojos de un tiburón, sin emoción, pero con mirada de depredador. No pude evitar sentirme como si estuviera vadeando aguas demasiado bravas para sobrevivir. Me negué a sentir miedo cuando entré en la sala de incineración.

El calor me lamió las pantorrillas. Nuestro tiempo juntos estaba llegando a su fin. Solo uno de nosotros saldría vivo de aquel castillo de la muerte. Me imaginé a Thomas de pie en el altar. A mi tío instruyéndonos en su laboratorio. Los ojos brillantes de mi padre mientras me concedía la libertad. Mi tía, mi prima, Daciana e Ileana, las otras dos hermanas a las que había llegado a querer como si fueran de mi propia sangre. La señora Harvey con sus tónicos de viaje y su calidez. Tenía mucho por lo que luchar, aparte de para vengar a las mujeres a las que él había destrozado. No me convertiría en un blanco fácil.

—Una mente es un arma poderosa, pero no tiene que usarse con maldad —dije—. Eso es una elección.

Separó con brusquedad el mar de esqueletos que tenía ante sí, perdiendo ya la paciencia con nuestro juego. Se dirigió hacia mí mientras dejaba que entrechocaran e hicieran ruido en señal de advertencia. No tenían por qué molestarse. Sabía que el monstruo estaba a punto de salir. Huir ya no era una opción. Era el momento de luchar.

—Todos somos malvados. Más que la carne y la sangre mortales, son nuestras propias almas las que albergan el mal, que no conoce ni principio ni final.

Se detuvo en el umbral y yo recé en silencio para que diera un último paso dentro. Lo único que necesitaba era completar nuestro baile. Un último círculo hasta que pudiera encerrarlo allí con su última víctima. La anticipación me recorrió el cuerpo.

A un lado, vi un taburete con una lata de gasolina. Intentaría lanzárselo y huiría. O bien podía lanzarle la lata de metal, parecía lo bastante pesada como para aturdirlo por un momento. Dio un paso adelante y yo retrocedí de inmediato, adentrándome en la habitación en llamas.

El sudor se me acumuló en la frente. Pronto me empaparía el camisón. Me estremecí al pensar que aquel hombre me había desnudado. Sonrió como si me leyera la mente

—Tu alma anhela las mismas cosas que la mía. No te engañes creyendo que eres mejor porque aún no has cruzado esa línea, señorita Wadsworth. Veo tu deseo de acabar conmigo. Es tan fuerte que prácticamente puedo saborearlo. Como un buen vino de mora, tu oscuridad es dulce.

El silencio tenía muchos papeles. Podía ser un villano o un héroe, dependiendo del momento en que fuera llamado para prestar servicio. Decidí mantener la boca cerrada. Dejar que se entretuviera con sus mentiras. Podría desear matarlo, pero no por las razones que él creía.

—¿No tienes nada más que decir? Es una pena. Estaba disfrutando de nuestra charla.

Cuando me desplacé lentamente por el borde exterior de la habitación, no me imitó como había hecho antes. Permaneció donde estaba y supe que era solo cuestión de tiempo que el resto de mi plan se uniera a él en el infierno. Me preparé para lo que viniera a continuación.

—Te vi en Nueva York. Incluso llegué a sostenerte un momento. Quise cortarte la garganta en ese preciso instante. —Sonrió con timidez. Busqué en mi memoria, incapaz de localizar… Tragué con fuerza. Me había tropezado con él. Había sido el joven torpe por el que había reprendido a Liza por su grosería—. Aplazar la gratificación es la base de la euforia.

Sentí la carga en el aire, la presión invisible que se acumulaba antes de que cayera un rayo. Esperaba ser lo bastante fuerte para terminar con aquello. Aferré mi bastón con una mano y el cuchillo con la otra. Utilizaría ambos de la forma que fuera necesaria. Cuando aflojé la presión sobre el pomo de la cabeza de dragón, oí el suave deslizar de la hoja de un estilete. El corazón me dio un vuelco.

Thomas. Mi brillante, astuto y preparado hombre. Había olvidado que había incorporado un arma en el extremo del bastón. Sus regalos eran preciosos y prácticos. ¿Había deducido la necesidad que tendría de aquello antes de que ninguno de los dos entendiera lo importante que sería? No tenía tiempo de sopesar aquella cuestión.

El diablo se había enroscado como una serpiente de cascabel y, aunque esperaba su ataque, cuando se abalanzó sobre mí, me sobresalté. Fue un error que me costó caro. Cogió una calavera del montón que había junto a la puerta y, con un movimiento fluido, atravesó la habitación y la estrelló contra mi cabeza.

Un crujido fuerte y repugnante resonó a mi alrededor. Se me nubló la visión. Unos destellos oscuros teñidos de rojo pasaron ante mis ojos. Era diferente de cuando había perdido el conocimiento en el *Etruria*. Entonces me había visto arrastrada a ese estado intermedio de vigilia y sueño debido a la pérdida de sangre. Era una extraña combinación de manchas blancas que luchaban contra la oscuridad invasora. Era como si el dolor hubiera explotado en mi cerebro, absorbente y terrible.

Cierta calidez se arrastró por mi frente y me llegó a los ojos.

Cuando parpadeé, vi sangre. Nuestra batalla había comenzado y yo ya estaba perdiendo.

53
A LA CAZA DEL DIABLO

EL CASTILLO DE LA MUERTE
CHICAGO, ILLINOIS
19 DE FEBRERO DE 1889

No caería en la oscuridad sin presentar batalla.

El dolor pasó de ser mi tormento a mi aliado. Lo utilicé para alimentar mi rabia. Cada gota de mi sangre era mi hermana de armas. Me la lamí de los labios, el palpitar de mi pulso la bombeaba a raudales. Qué espectáculo debía de estar dando, bebiendo la misma sangre que él derramaba para aterrorizarme.

Volví a pensar en la señorita Eddowes. La señorita Stride. La señorita Smith. La señorita Chapman. La señorita Kelly. La señorita Nichols. La señorita Tabram. Minnie. Julie Smythe y su hija, Pearl. Los nombres de las demás mujeres innumerables que había mutilado se convirtieron en un estribillo silencioso que me urgía a seguir adelante. No estaba sola en esa habitación con ese monstruo. Estaba rodeada de sus víctimas.

Me había equivocado antes: no querían atacarme. Deseaban unirse a mí mientras impartía justicia para ellas. No sabía lo que ocurría después de la muerte, si es que ocurría algo, pero tenía el convencimiento de que estarían esperando para recibirlo cuando pasara de este mundo al suyo.

Era el momento de enviarlo a donde debía estar.

Levanté la cabeza, enseñando los dientes, y un gruñido casi inhumano emergió de mi garganta. No sé de dónde salió, pero el diablo no se lo esperaba. Dio un paso atrás, sobresaltado, y fue suficiente. Más que suficiente. Si deseaba probar mi oscuridad, esperaba que recordara que el veneno también podía ser dulce.

Dejé caer el cuchillo y agarré el bastón con las dos manos, blandiéndolo primero en su dirección con toda la fuerza y rapidez que pude. Oí el satisfactorio sonido de un golpe. La tela se desgarró y sentí cómo el filo se clavaba en su carne mientras seguía con mi ataque.

Algo cálido me roció la cara. Me di cuenta de que era su sangre.

Él gritó y retrocedió mientras se llevaba una mano al costado. La sangre seguía fluyendo caliente por mi cara. En algún rincón de mi mente, sabía que debía preocuparme. Al cabo de un rato me debilitaría. Pero en ese momento, nunca me había sentido más viva.

—La mente *es* la mejor arma. —Sonreí con los dientes manchados de sangre—. Y Thomas Cresswell la maneja bien. Él hizo esto para mí.

Describí un arco con el bastón hacia su garganta y fallé solo por unos centímetros. Grité de frustración, un sonido tan agudo que me desgarró la garganta. Él se echó hacia atrás y derribó el taburete. El olor a gasolina inundó el aire. No necesité mirar hacia abajo para ver que había derramado el contenido del bidón. El líquido extendió sus largos dedos, señalando al demonio que debía destruir. Olí su sangre en el aire, mi atención se centró en el tajo carmesí en forma de sonrisa de mi primer golpe. Su cuerpo se estremeció cuando me acerqué. Su miedo era embriagador.

Tal vez su evaluación había sido correcta, tal vez él y yo fuéramos iguales. La emoción de su retirada vibró al ritmo de mi pulso. Había dejado salir al demonio que había en mí y no podía volver a encerrarlo. Excepto que tal vez no había nacido con el demonio en mi interior como él sugería. Tal vez mi monstruo era más bien de naturaleza vampírica. No ansiaba muerte, ansiaba sangre. *Su* sangre.

—Esto es por la señorita Nichols. —Le clavé el estilete en la pierna, incapaz de controlar mi sed de sangre. Era un tiburón en el agua, dando vueltas alrededor de mi presa mientras olía cómo se escapaba su fuerza vital. Volví a atacar mientras él giraba su propio cuchillo hacia mí. Sentí que la sangre salpicaba mi camisón y quise más—. Y por la señorita Chapman.

Eché los brazos hacia atrás, con la intención de acabar con él de inmediato. Su mano salió disparada, rápida como una cobra, y me arrebató el bastón. En cuestión de segundos, me había desarmado y tenía sus manos alrededor de mi cuello. Se había movido demasiado rápido para esquivarlo. Luché contra él y le clavé los dedos en las cuencas de los ojos. Conseguí quitarle la máscara y sostuve la mirada de esos ojos azul eléctrico que me perseguirían si sobrevivía.

—Embriagador, ¿verdad? —susurró contra mi mandíbula—. El poder. El control. —Jadeé mientras la presión en mi garganta se incrementaba. Mis vasos sanguíneos oculares no tardarían en estallar—. ¿Has conocido los placeres de la carne, señorita Wadsworth?

Prácticamente ronroneó. Unos puntos negros crepitaban en los bordes de mi visión. Le arañé las manos, rompiéndome las uñas en el proceso. De repente, Nathaniel entró y salió de mis pensamientos. Gritó en señal de advertencia. Perdí la noción de lo que me rodeaba y me concentré únicamente en mi hermano muerto. Sus labios se movían, pero no podía oírle. Es extraño que pensara en él antes de morir. Aunque tal vez había ido a buscarme.

—Esto es incluso mejor que eso.

Parpadeé para alejar la alucinación y me centré en el hombre que tenía delante. Tenía los ojos desorbitados, sabía que el final estaba cerca. Nathaniel volvió a aparecer en mi mente. Insistente. Esa vez era un recuerdo de nuestra infancia. Nos vi a los dos jugando en los terrenos de Thornbriar.

Recordé el día con toda claridad: me había enseñado tácticas para luchar contra perseguidores no deseados. El Diablo de la Ciudad Blanca dejó de estrangularme lo suficiente como para traerme de vuelta al presente. Al parecer, mi muerte no sería rápida después de todo. Quería jugar al gato y al ratón.

—Una vez que haya terminado contigo, me ocuparé de tu prometido. Nada me gustaría más que borrarlo de la existencia. Si es que no está muerto ya. No parecía…

Con mi último arrebato de energía, le metí la rodilla en la ingle con toda la fuerza que pude. Era el movimiento que mi hermano me había enseñado hacía tantos años. También me había dicho que no dudara en huir. Solo tendría unos momentos. Me liberé mientras el diablo aullaba de dolor. Cojeé hacia la puerta, pero la cabeza me daba tantas vueltas que no podía andar recto. Cuando me acercaba al umbral, Holmes me tiró del pelo y me arrancó un mechón.

Tenía la garganta demasiado en carne viva para seguir gritando. Sin estar recuperado del todo, pero escupiendo con furia, me inmovilizó contra el suelo con su cuerpo. Sus manos volvieron a rodearme el cuello. Esa vez, sus ojos estaban negros. Sus pupilas parecían haberse tragado el azul por completo. Su rabia era algo con lo que nunca me había topado antes. En ese momento, ya no era humano.

Al contemplar esos ojos ardientes, supe que mi muerte era inminente. Tanteé a mi alrededor para encontrar algo. Un arma. Una plegaria para salir de aquel lugar con vida. Mis dedos arañaron la tierra húmeda. Me estremecí, sabiendo que estaba perdiendo más oxígeno, pero solo me quedaba una oportunidad. Cuando la oscuridad volvió a invadirme, mi mano se cerró sobre el asa de la lata de gasolina. Con la fuerza de mi voluntad y la de las mujeres que habían sido asesinadas antes que yo, se la estampé en el cráneo.

Se apartó de mí y chocó con un interruptor. Se oyó un silbido desde arriba. Había puesto en marcha el gas. Seguía dando tumbos, agarrándose la cabeza, mientras la sangre lo cegaba. Aquella era mi oportunidad. Cojeé hacia la puerta, esperando que estuviera lo bastante distraído para poder escapar. Estaba casi en el pasillo de los esqueletos cuando oí un silbido. Una ráfaga de calor me dio de lleno. Me giré a medias, incapaz de ver qué nuevo horror se dirigía hacia mí.

Mientras iba dando tumbos, de alguna manera había golpeado la puerta del incinerador y se había abierto. Las llamas y la gasolina no eran una buena combinación. A menos que el objetivo fuera crear un incendio o una explosión. Me giré, arrastrando mi maltrecho cuerpo hacia la puerta. La cerré y no miré atrás.

Llegué a la sala de los esqueletos, arranqué un fémur de la víctima que aún no había ensartado y cerré la puerta de golpe, dejándolo dentro con el fuego. Me quedé mirando mientras el humo se acumulaba y se deslizaba por las grietas de la puerta. Sería muy fácil dejarlo allí para que se quemara. Era lo que se merecía. La policía creería que se había tratado de un accidente. Yo sería libre.

Me tragué el nudo que tenía en la garganta e hice una mueca de dolor.

Empezó a gritar. Me quedé mirando el hueso que sostenía. *Dime, señorita Wadsworth, ¿a cuántos has matado?*, se había burlado. La satisfacción de hacerle pagar por sus crímenes era grande, pero si me erigía en su juez y verdugo, estaba robando a las familias de sus víctimas el derecho a ver que lo juzgaban por sus crímenes. Aunque hubiera valido la pena solo por sentir que sangraba.

Mi elección debería haber sido fácil, pero mentiría si dijera que lo fue. A través de la oscuridad, algo que Thomas había dicho una vez volvió a mí, un faro de luz titilante al que aferrarme. *No me convertiré en un monstruo por ti.* Tampoco yo me convertiría en el monstruo de Holmes.

—Soy mi propio monstruo. —Y era el momento de matar esa parte horrible de mí de una vez por todas.

Con un gruñido que volvió a desgarrarme la garganta, abrí la puerta de un tirón, tosiendo a causa del humo negro y rancio que salía del interior. Holmes estaba en el suelo, resollando. Apreté los dientes y me precipité hacia él, metiendo las manos bajo sus brazos y tirando con una fuerza que no sabía que tenía.

Nuestra procesión fue larga y el calor sofocante de las llamas furiosas la hizo más difícil. Apenas podía respirar con tantísimo humo. Conseguí arrastrarlo a la habitación más alejada del incinerador y le saqué las llaves del interior del chaleco. Tanteé hasta que encontré una que abriera la cerradura. Volví a mirarlo, pero ya no estaba incapacitado por el humo. Había rodado sobre el costado, con su fría mirada clavada en mí una vez más. Tenía unos segundos antes de que viniera a por mí de nuevo, y no sobreviviría a otra escaramuza.

Salí a trompicones al pasillo, luchando contra las lágrimas mientras el dolor me subía por la pierna. Sin embargo, no podía dejar de moverme. Las lágrimas me resbalaban por las mejillas, cada paso era más doloroso que el anterior. No tenía ni idea de si estaba avanzando en la dirección correcta, pero esperaba que la escalera llevara a algún lugar bueno.

El dolor me machacaba la cabeza y la pierna, anulando mi capacidad de pensar. Lo único en lo que podía concentrarme era en seguir moviéndome, en seguir adelante. Habría jurado que oía a Holmes arrastrando los pies detrás de mí, pero me negué a girarme. Vi un indicio de luz al final de un pasillo y lo utilicé como guía.

La vida se destila en dos elementos que lo consumen todo: el dolor y la luz. No tenía ni idea de cómo había salido al exterior. Ni siquiera estaba segura de si había salido de la farmacia o si habían hecho un agujero en la pared. En un instante estaba atravesando la oscuridad y al siguiente estaba parpadeando ante el sol poniente. Fue tan sorprendente que me quedé paralizada. No confiaba en que aquello fuera real. El viento dispersó el humo.

Las llamas rugieron detrás de mí y el suelo tembló. Me giré a tiempo de ver cómo se derrumbaba un muro. Los escombros llegaron a menos de diez pasos de donde yo estaba. Si me hubiera retrasado un minuto más, me habría aplastado. El polvo voló a mi alrededor y no pude evitar ahogarme con él. Una parte de mí quería hacerse un ovillo en el suelo allí mismo.

A lo lejos, oí el ulular de las sirenas. Me empezaron a castañetear los dientes.

—¡*Wadsworth*!

Me protegí los ojos contra el brillo del sol y entrecerré los ojos para ver a través de la espesa capa de polvo. Parecía que el invierno había sido desterrado mientras yo atravesaba el infierno. O quizás aquello era el Cielo. Y Thomas venía a recibirme a las puertas. Mi corazón se detuvo por un momento: si no había muerto… Thomas no estaba guardando cama. Estaba bien.

Me tambaleé hacia adelante y luego me detuve. La ceniza y el hollín llovían a mi alrededor, volviendo casi imposible la tarea de respirar. Había tantos escombros que no podía ver más que formas y siluetas lejanas. Pero necesitaba llegar hasta esa voz, hasta esa cuerda a la que mi alma estaba atada.

—¡Audrey Rose! —gritó Thomas, corriendo con tanta energía y tan rápido que casi me aparté de su camino. Se abrió paso entre el humo como un ángel vengador y me cogió en brazos, con lágrimas en los ojos mientras me besaba por todas partes—. ¿Estás bien? Creía… Si él… —Asentí y me abrazó con fuerza contra su pecho, su corazón latía con fuerza contra mí—. ¿Tienes idea de lo aterrorizada que estaba? Me he vuelto loco de miedo, imaginando todas las formas en las que podría haberte hecho daño. —Me pasó las manos por el cuerpo, como para convencerse de que era real—. La idea de no volver a verte, de no oír nunca más tu voz ni verte con los brazos metidos en un cadáver, casi me mata. Si te hubiera hecho daño, habría…

Se habría convertido en los monstruos que combatíamos.

—¡Estás vivo! —Le di un beso largo y profundo. Vertí en él cada emoción, cada revoloteo de anhelo, pasión y disculpa. Cada momento en que había creído que no volvería a verlo. Que nunca más lo abrazaría. Que no volvería a pasarle las manos por el pelo ni a sentir que su cuerpo se amoldaba al mío a la perfección. Me acerqué más a él y me agarró con más fuerza, como si no fuera a dejarme marchar nunca, mientras yo quisiera quedarme.

Oí que otras personas se nos acercaban, pero la sociedad y el decoro y todo lo demás podían irse al infierno. No me importaba quién me viera besando al hombre que amaba. Mi tío ladraba órdenes a la policía y a Noah, cosa que llamó mi atención un breve instante.

—Detengan a Holmes. Intenta escapar a rastras.

Varios hombres, entre ellos nuestro amigo, corrieron hacia el asesino, que había caído de rodillas, ahogado por el humo. Su castillo de la muerte ya no existía. No volvería a hacer daño a otra joven. No había acabado con su vida, pero sí con su vida de asesino. Era una victoria que siempre valoraría.

Noah nos miró y asintió, su expresión reflejaba las mismas emociones que yo sentía mientras ayudaba a arrastrar al asesino.

—¿Wadsworth? —Thomas me tocó la cara como si todavía no pudiera creer que fuera real. Antes de que pudiera preguntar algo, su boca reclamó la mía una vez más. Nos besamos como si nuestras vidas comenzaran y terminaran en ese abrazo. El diablo ya no cazaba en la Ciudad Blanca. Yo le había parado los pies.

Me aferré con fuerza a Thomas y me eché a temblar cuando lo que había hecho por fin me pasó factura y se me pasó la conmoción. O tal vez mis escalofríos se debían a que era invierno en Chicago y solo llevaba un camisón. Thomas se quitó la chaqueta a toda prisa y me la echó por encima.

—Casi lo mato —confesé, con la voz quebrada—. Casi me convierto en el mal contra el que luchamos. Yo...

Thomas me puso las manos a ambos lados de la cara y su mirada se desvió hacia el corte que tenía en la cabeza. Había olvidado que estaba cubierta de mi sangre y de la de Holmes.

—Pero no lo has hecho —dijo Thomas—. Si hubiera estado en tu lugar, no estoy seguro de que hubiera podido afirmar lo mismo. Eres mucho más fuerte que yo, mi amor. Ahora no dudes de tus acciones.

Sostuve la mirada de esos ojos rebosantes de amor. Tenía razón. No podía pensar en lo que *hubiera podido pasar*, en una debilidad pasajera. Al final, había recordado quién era yo. Enterré la cara en su pecho, no quería alejarme nunca más de su lado.

—Por fin se ha acabado.

—Y tú te has ido a divertirte sola otra vez —dijo, fingiendo sentirse herido—. Lo cierto es que es muy desconsiderado por tu parte.

—No es cierto, querido. Tú has experimentado la alegría de ser envenenado. No mucha gente vive para contarlo.

—Ambos sabemos que tú eres la heroína. —Sonrió—. En realidad, verte enfrentarte al mundo hace que mi oscuro corazón se acelere.

—¿Estás sugiriendo que estás impresionado?

—Veamos, Wadsworth. —Thomas llevó la cuenta con los dedos—. Has abierto docenas de cadáveres desde Londres a Rumania y a
América, te han retenido a punta de pistola bajo un castillo que fue
propiedad de Vlad el Empalador, te han apuñalado al derrotar a un
carnaval desquiciado y acabas de capturar al Diablo de la Ciudad Blanca. Todo ello antes de cumplir los dieciocho años. Siento tanto deseo
que estoy mareado. Te ruego que me lleves a la cama ahora mismo,
antes de que pierda la cabeza.

—Te quiero, Thomas Cresswell. —Lo besé con suavidad—. Con
todo mi corazón.

—Más allá de la vida. Más allá de la muerte —me acarició el cuello mientras susurraba—, mi amor por ti es eterno.

—Adoro cuando dices eso. —Sonreí contra sus labios—. Pero
dime, ¿cuánto tiempo has estado practicando para este momento?

Me mordisqueó el cuello, con los ojos rebosantes de alegría.

—Ni la mitad del tiempo que he estado planeando nuestra próxima aventura, cosa deliciosamente cruel.

—¿Ah sí? —Enarqué las cejas—. ¿Cuál será nuestra siguiente
aventura?

—*Mmm*. Está el tema de la señorita Whitehall, con la que todavía
tenemos que lidiar. —Trazó la línea de mi mandíbula, su expresión
repentinamente seria—. Sin embargo, creo que los problemas han
quedado atrás.

Lo agarré con más fuerza, sintiendo que brotaban en mí los primeros resquicios de verdadera esperanza.

—¡No juegues con mis emociones, Cresswell! ¿Por qué crees que
se ha acabado?

—Mi padre envió ayer un telegrama extremadamente perturbado.
Al parecer estuvo en palacio, convencido de que obtendría la bendición de la reina para mis nupcias con la señorita Whitehall, cuando

ella nos deseó a ti y a mí la mayor de las felicidades en nuestro matrimonio. Delante de una sala llena de gente, nada menos. Muchos testigos. A mi padre le fue imposible discutir.

Casi se me paró el corazón.

—¿Eso hizo la reina? ¿Cómo es posible?

Thomas sonrió.

—Su telegrama solicitaba una audiencia con mi padre en cuanto regresara a Inglaterra. Solo decía que era en relación con los esponsales. Él asumió que ella hablaba de la señorita Whitehall, ya que es la hija de un marqués. Imagina su sorpresa cuando anunció nuestros nombres delante de toda la corte. —Suspiró de forma soñadora—. Habría pagado una gran suma por ser testigo de la expresión que debió de poner. No puede ir en contra de la reina. Tu abuela es mi nueva persona favorita.

La emoción se convirtió en preocupación.

—Pero tu herencia y tu título…

Ahora su sonrisa era la de un gato que se ha tragado entero un sabroso pájaro.

—En vista de que hemos obtenido el favor de la reina, mi padre ha retirado todas las amenazas tanto contra mí como contra Daciana. Incluso me ha ofrecido una de nuestras fincas, la mansión Blackstone, como muestra de buena voluntad.

Me quedé mirándolo un momento, intentando asimilarlo todo.

—¿Cómo te las has arreglado para resolver estos problemas? Solo he faltado…

—Cuatro horrendos días. Si el veneno no hubiera estado a punto de matarme, te juro que la idea de perderte lo habría hecho. —Se estremeció y me abrazó—. Quizá deberíamos pensar en tomarnos unas vacaciones. Sin asesinatos. Sin familias enfadadas. Solo nosotros dos. Y *sir* Isaac.

—Mmm. —Sonreí contra sus labios—. Me apetece bastante esa idea.

—¿Dónde le gustaría ir después, señorita Wadsworth?

Me dejó de nuevo en el suelo. El sol convertía en oro las cimas de los edificios mientras se arrastraba tras ellos. A lo lejos vi la resplandeciente Ciudad Blanca, su magia brillaba por fin sin oscuridad. Si hubiera podido ir a cualquier lugar de la tierra, en realidad solo había un lugar en el que anhelara estar en ese momento. Un lugar donde Thomas y yo pudiéramos estar solos. Luchando contra otra sonrisa, me volví hacia él.

—Creo que mencionaste algo sobre una finca en el campo. Si no recuerdo mal, hiciste que sonara como si pudiéramos deshacernos del personal. ¿Dónde…?

Thomas me abrazó de nuevo antes de que pudiera terminar mi frase.

—Esperaba que dijeras eso, porque fui muy inteligente y compré dos pasajes antes de salir de Nueva York. Estuve observando la forma en que mirabas tu anillo. La determinación en tu mandíbula. Ya sabes, ese obstinado gesto en el que levantas la barbilla, el que indica que estás a punto de dar guerra. —Completamente ajeno al hecho de que puse los ojos en blanco, continuó—. Si nos damos prisa, podemos llegar a nuestro barco el fin de semana.

—¿Dónde *está* exactamente la finca? —pregunté, rodeándole el cuello con los brazos—. ¿Inglaterra? ¿Rumania?

—Eso, mi querida Wadsworth, es una sorpresa.

Me había prometido toda una vida llena de ellas, y parecía que el señor Thomas Cresswell, el demonio con corona y el amor de mi vida, cumplía sus promesas. Por fin habíamos salido de la oscuridad que nos había acechado todos esos meses. La noche ya no dominaba nuestras almas.

Eché la cabeza hacia atrás y cerré los ojos contra los últimos rayos del sol, emocionada por el próximo destino. Al igual que las estrellas que brillaban con intensidad en lo alto, el número de nuestras futuras aventuras era infinito. No tenía ni idea de lo que nos deparaba el mañana, pero sabía una cosa con total certeza: no importaba qué nuevo capítulo nos esperara, Thomas y yo pasaríamos la página juntos.

H. H. Holmes, alrededor de 1880/principios de 1890

EPÍLOGO
EL CRIMEN DEL SIGLO

CASA DE LA FAMILIA DE THOMAS
BUCAREST, RUMANIA
UN AÑO DESPUÉS

—H. H. Holmes no confesó los asesinatos de Londres, aunque ha escrito un relato de sus crímenes en su ya famoso castillo de la muerte desde la cárcel. —Mi voz era casi un gruñido mientras le leía a Thomas una parte de sus palabras en voz alta—. Nací con el mismísimo diablo dentro de mí. No pude evitar ser un asesino, igual que el poeta no puede evitar la inspiración de la canción, ni un hombre intelectual, la ambición de ser grande. La inclinación al asesinato era tan natural en mí como lo es la inclinación a hacer el bien en la mayoría de personas.

Cerré el periódico, deseando poder quemarlo con mi mirada fulminante. Incluso después de todo aquel tiempo, Holmes seguía disfrutando del sonido de su propia voz. No importaba que lo que dijera fuera horrible.

—¿Quién le ha permitido publicar semejante basura? —Tiré el periódico sobre la cama—. Está ganando más ahora como preso que con todos sus tejemanejes. ¿No se dan cuenta de que le están dando todo lo que siempre ha querido? Fama. Fortuna. Es espantoso.

—Su *bigote* es espantoso, o… Ay. ¿Soy el único que detesta esa cosa? —Thomas esquivó la almohada que le lancé—. Sabes que podríamos volver a intentar demostrar que es culpable de los asesinatos del Destripador. Quizá no sea el único que pueda escribir un relato de los acontecimientos. ¿Por qué no publicas tu propio relato? Algunas personas podrán creer que es ficción, pero también hay algunas personas que creen que los *strigoi* caminan entre nosotros. Aunque la mayoría sabe que los vampiros no son reales, estoy seguro de que un grupo lo bastante grande nos creería. Podemos seguir luchando hasta conquistar a las masas.

La idea era tentadora. *Siempre* resultaba tentadora. Sin embargo, ya habíamos recorrido ese camino y nadie quería oír la verdad. Había comprendido, en cierto modo, que sin ninguna prueba que apoyara nuestras escandalosas afirmaciones, no había nada que demostrara que el encantador estafador americano fuera también el famoso Jack el Destripador. Había negado con vehemencia cualquier relación con los crímenes y, sin una confesión, no había mucho que se pudiera hacer. La locura del Destripador se había apagado en los corazones y las mentes de la gente, y parecía que nadie deseaba reabrir esas heridas. Al parecer, unas cuantas «putas» muertas ya no eran una prioridad. No comparadas con el crimen del siglo.

Al volver a Londres, incluso había ido a hablar con el inspector William Blackburn de mi hermano y sus diarios. Lo había llevado al laboratorio de la casa de mi familia, y él había afirmado que lo único que demostraba era la afinidad de Nathaniel por la ciencia. Algo que yo debería entender. Me pregunté si el inspector estaba siendo leal a mi padre o si de verdad no podía seguir esa pista.

Mi tío había intentado presionar para establecer la conexión entre los crímenes, señalando las similitudes forenses entre los dos asesinatos. Había mostrado pruebas de que Holmes se hallaba en Londres durante esos asesinatos y en América cuando estos terminaron. Había conseguido muestras de la escritura de Holmes, que era sorprendentemente idéntica a las notas con las que Jack el Destripador había provocado a la policía. A nadie en posición de hacer nada le había importado. Sus colegas se habían reído o burlado de él. Creían que iba tras la fama, que deseaba ver *su* nombre de nuevo en los periódicos. Sentirse tan impotente era abismal.

En los círculos de la clase alta habían empezado a circular rumores que cambiaban el nombre de Thomas por el de criminales más salaces: la realeza. Nadie hablaba del asesino americano, ni les importaba que estuviera en Londres durante el Otoño del Terror.

No les importaba que también hubiera dejado unos cuantos cadáveres en el *Etruria* mientras cruzábamos el Atlántico. Tampoco les importaba el caso de un bruto borracho al que casi habían cortado el cuello en un callejón detrás de la taberna Jolly Jack. Esos casos seguían sin estar resueltos, pidiendo una atención que no obtendrían. Eran hechos desafortunados, terriblemente tristes, pero así era la vida. Al menos eso era lo que me habían dicho.

H. H. Holmes y Jack el Destripador se estaban convirtiendo en algo tan mítico y legendario como Drácula. Eran historias de miedo que se contaban a la hora del té, en salones de alterne y clubes de caballeros. Con qué rapidez se sustituía el miedo por la risa. Siempre era más fácil reírse del diablo cuando creíamos que había sido capturado.

Recogí el periódico del colchón con rabia y pasé al siguiente y ridículo titular. Al parecer, brujas, vampiros y hombres lobo estaban en guerra en Rumania. Los aldeanos achacaban a los monstruos las parcelas quemadas, las cosechas perdidas y las cabras sin sangre. Suspiré. Parecía que la única guerra auténtica se libraba entre la fantasía y la realidad.

—Estás alterada. —Thomas me rozó la cara con suavidad, con expresión amable—. Es comprensible, y estaré a tu lado, luchando por localizar cualquier prueba que podamos encontrar para convencer al mundo de quién es el verdadero Destripador. Dedicaré mi vida a la causa si eso te complace.

No pude evitar la sonrisa que se dibujó en mis labios. Lo cierto era que era muy dramático. Un rasgo muy propio de Cresswell. Y no lo querría de otra manera.

—Creí que querías empezar nuestra propia agencia. ¿Será nuestro único caso? —Sacudí la cabeza—. Nos moriremos de hambre. Aunque supongo que también podemos demostrar que los vampiros no existen.

Thomas me quitó el periódico y lo escaneó deprisa antes de dejarlo a un lado, riéndose.

—¿Sabes? Tengo bastante talento con la espada, Wadsworth. Cazaré la cena para ti. O demonios y hombres lobo. —La burla abandonó sus ojos poco a poco. Tomó mi mano y jugueteó con el enorme diamante rojo. Me lo puso y me lo quitó del dedo, distraído—. ¿Es esa tu respuesta, entonces? ¿Deseas abrir nuestra propia agencia de investigación? Sé que hemos hablado de ello…

Mi atención se desplazó de nuevo hacia el titular y me hizo reafirmarme en mi decisión.

H.H. HOLMES
CRÓNICA DE UN ARCHIDEMONIO

—No quiero que otro caso como este quede «sin resolver» —dije—. Con tus deducciones y mis habilidades forenses, seremos una fuerza a tener en cuenta. Asesorar en investigaciones, no puedo imaginar una vocación más satisfactoria. Nuestra asociación y experiencia combinadas serán beneficiosas para muchos. Si no quieren escuchar la verdad sobre quién es Jack el Destripador, seguiremos buscando pruebas concluyentes, pero también haremos todo lo posible para no permitir que otro asesino quede impune.

Thomas sostuvo el anillo en la mano y entrecerró los ojos como si pudiera hablarle. Después de un momento, se mordió el labio. Una de las señales de que estaba postergando algo.

—¿Y bien? —pregunté—. ¿Qué clase de comentario inteligente e ingenioso estás pensando?

—Te pido perdón, querida Wadsworth. —Se echó hacia atrás, llevándose una mano al corazón—. Estaba imaginando nuestro propio cartel colgado sobre la puerta de nuestra agencia.

Entrecerré los ojos.

—¿Y?

—Estaba intentando imaginar cómo la llamaríamos.

El tono que utilizó era bastante inocente, lo que indicaba que había problemas en el horizonte. Me pellizqué el puente de la nariz. Poco a poco, me estaba convirtiendo en mi tío.

—Por favor. Por favor, no vuelvas a sugerir esa combinación de nuestros nombres. Nadie nos tomará en serio si nos llamamos Agencia Cressworth.

Sus ojos brillaron con picardía. Me di cuenta de que eso era justo lo que esperaba que yo dijera y que le había dado la oportunidad perfecta para mostrar sus verdaderas intenciones. Esperé, conteniendo la respiración, a la verdad.

—¿Y qué opinas de Cresswell y Cresswell, entonces? —Sonó despreocupado, sin embargo, su expresión denotaba de todo menos eso. Sostenía el diamante carmesí, sin apartar la mirada de la mía. Siempre vigilando en busca de la más mínima vacilación. Como si fuera posible que él no me perteneciera por completo para siempre—. ¿Quieres casarte conmigo, Audrey Rose?

Eché un vistazo a la habitación, buscando alguna botella volcada o señales de elixires.

—Creía que ya había aceptado hace años —dije—. Has sido tú el que me ha quitado el anillo del dedo. Me gustaba donde estaba.

Sacudió la cabeza.

—Me he dado cuenta de que nunca te lo había pedido bien. Y después de la debacle en la iglesia… —Su voz se entrecortó mientras miraba el anillo—. Si has cambiado de opinión acerca de tomar mi nombre, no me molestará. Solo te quiero a ti. Para siempre.

—Me tienes. —Toqué la curva de sus labios, el pulso se me aceleró mientras él me mordía de forma juguetona las yemas de los dedos—. ¿No es suficiente que hayamos creado tantos recuerdos felices este último año? ¿Viajando y viviendo como marido y mujer en todos los sentidos?

—Disfruto bastante de esa parte. Ahora si bebes demasiado vino y bailas de forma inapropiada, moriré como un hombre muy feliz.

Su malvada boca esbozó una sonrisa. Salió de la cama, con el anillo en la mano, y se arrodilló. Una dulce vulnerabilidad apareció en sus rasgos mientras me presentaba el diamante carmesí una vez más. *Sir* Isaac Mewton, que hasta entonces había tolerado nuestros movimientos en la cama, movió la cola y saltó al suelo. Nos dirigió una mirada molesta antes de salir corriendo por la puerta. Al parecer, había terminado con las declaraciones de afecto por ahora.

—Audrey Rose Wadsworth, amor de mi corazón y de mi alma, anhelo pasar el resto de mi vida contigo a mi lado. Si me aceptas. ¿Me harás el tremendo honor de...?

Le rodeé el cuello con los brazos y nuestros labios se rozaron mientras susurraba:

—Sí. Un millón de veces sí, Thomas Cresswell. Quiero pasar toda la vida viviendo aventuras contigo.

Mi generosidad es inagotable como el mar,
mi amor, tan profundo; cuanto más te doy,
más tengo, pues ambos son infinitos.

— *Romeo y Julieta*, acto II, escena II

William Shakespeare

EMPIEZA NUESTRA AVENTURA

Audrey Rose

y

Thomas

Solicitan el placer de su compañia con
motivo de la celebración de sus nupcias.

JUNTO A SUS FAMILIARES

16 de octubre a las 7 de la tarde

MANSIÓN BLACKSTONE

ISLA DE WIGHT

MÁS ALLÁ DE LA VIDA, MÁS ALLÁ DE LA MUERTE; MI AMOR POR TI ES ETERNO

FINCA DE LA FAMILIA CRESSWELL EN LA ISLA DE WIGHT
INGLATERRA
UN AÑO DESPUÉS

Thomas y yo esperábamos, uno junto al otro, en los terrenos de la mansión Blackstone, al momento exacto en que el sol se volvía del color de los sueños. Era un rosa somnoliento, el tipo de tono perezoso que se toma su tiempo para desvanecerse en la oscuridad. Thomas había registrado los colores del cielo cada noche durante los dos últimos meses, capturando todos los tonos de mandarina o rosa, calculando al minuto el tiempo que tendríamos antes de que se hundiera en el negro púrpura de la noche.

Las olas golpeaban la orilla y la niebla se elevaba alrededor de los escarpados acantilados. Me recordó a los espíritus y me pregunté si nuestras madres habrían conseguido salvar la distancia entre la vida y la muerte después de todo. Desde luego, estaban representadas tanto en mi anillo como en el relicario en forma de corazón que llevaba.

Oí un resoplido bastante fuerte y luché contra una sonrisa. Esperaba que la señora Harvey estuviera sollozando en su pañuelo; no esperaba ver a mi tía berreando con el brazo de Liza a su alrededor.

Me encontré con la mirada de mi padre y vi que la alegría brillaba en ella. Mi tío estaba sentado a su lado, tratando de ignorar a *sir* Isaac mientras se acomodaba en su regazo. Si no lo hubiera conocido tan bien, habría creído que también se le habían escapado algunas lágrimas. Daciana e Ileana se habían sentado juntas, y sus vestidos brillaban como polvo mágico bajo el sol poniente. A continuación, estaban la señora Harvey y Noah, ambos secándose los ojos.

El invitado más sorprendente era el padre de Thomas. El duque estaba sentado junto a mi abuela y nos dedicó a los dos una pequeña inclinación de cabeza, gesto suficiente para albergar la esperanza de cultivar una mejor relación con él en el futuro. En definitiva, Thomas y yo estábamos rodeados de las personas que más apreciábamos, la ceremonia fue íntima y se centró únicamente en el amor.

Thomas mantenía la mirada fija en la lenta procesión del sol mientras sostenía su reloj de bolsillo en el puño. Un pavo real se contoneaba por el sendero y su cabeza se balanceaba al ritmo de mi corazón. Sonreí. El pájaro había sido idea suya, como era de esperar. Thomas se fijó en mí y su expresión se suavizó.

—¿Lista, Wadsworth? Es la hora.

Inhalé el aroma salado del mar.

—Por fin.

Tomé su mano desnuda entre las mías, mi corazón revoloteó como un pájaro en una jaula de huesos mientras él me sonreía. Todos los recuerdos compartidos pasaron por mi mente. Desde el momento en que lo vi por primera vez bajando las escaleras del laboratorio de mi tío, hasta la primera vez que hicimos el amor, y cada segundo entre nuestra primera aventura y aquel momento. Ese día me robaba el aliento igual que lo había hecho entonces.

Su traje era de color negro noche, ribeteado con espirales de color champán en los puños y el cuello, a juego con mi vestido. Las mangas se agitaban con la ligera brisa marina y me sonrojé cuando Thomas me examinó despacio y su mirada se detuvo en mi escote.

Esa vez, yo misma había diseñado mi vestido. Había elegido un blanco tan puro que rozaba el azul escarcha, lo cual me recordaba a un glaciar iluminado por la luz del sol. En el corpiño llevaba un adorno que parecía una mariposa dorada con las alas desplegadas.

Unos delicados encajes de color dorado y champán caían en cascada por mi cintura en finos bucles antes de desvanecerse en las capas blanco azuladas de mis faldas de ensueño. La parte inferior era mi favorita: el mismo encaje de color champán se reunía en masa en el suelo y se desvanecía cuidadosamente en el diseño más pequeño. Era etéreo en todos los sentidos correctos.

Estábamos frente a frente, con lo que imaginé que eran expresiones similares de emoción sonrojada, mientras el sol descendía lentamente hacia el horizonte, haciendo que los tonos dorado y champán de mi vestido brillaran todavía más. Por fin había llegado la hora.

Esa vez, el sacerdote que habíamos solicitado estaba más que feliz de que pronunciáramos nuestros propios votos.

—Pueden comenzar a intercambiar sus votos.

Thomas respiró hondo y se acercó, con una sonrisa genuina y dulce. Me resultaba sorprendente que, después de esos últimos años en los que habíamos explorado el mundo y cada una de las curvas de nuestros cuerpos, siguiera pareciendo tan tímido. Tan felizmente enamorado.

Ese día me miraba como lo había hecho desde el momento en que ambos habíamos sabido que no había vuelta atrás, que no podíamos luchar contra nuestro destino. Él y yo éramos dos estrellas en la misma constelación, destinadas a brillar juntas cada noche por toda la eternidad.

—Mi queridísima Audrey Rose.

Thomas me miraba sin tapujos, como si su alma se dirigiera directamente a la mía. Unas lágrimas amenazaron con ahogar sus palabras antes de que pudiera decirlas. Le pasé el pulgar por las manos con suavidad, mientras mis propios ojos brillaban.

—Eres mi corazón, mi alma, mi igual. Ves la luz en mí cuando me pierdo en la oscuridad. Cuando estoy frío y distante, eres tan cálida como el sol de otoño, me bañas en tu resplandor. Si yo soy la noche, tú eres las estrellas que iluminan mi interminable oscuridad. —Se le quebró la voz y me desgarró el corazón—. Mi mejor amiga, el amor incondicional de mi vida, ahora y para siempre, te llamo mi esposa.

Esa vez, con solo las nubes doradas y las ramas del árbol de color otoñal meciéndose en la suave brisa del crepúsculo, junto con nuestras familias dichosas en aquella finca privada, no hubo nadie que interrumpiera a Thomas mientras deslizaba el anillo de bodas en mi dedo.

—Más allá de la vida, más allá de la muerte —susurró, su aliento cálido contra mi oído—, mi amor por ti es eterno, Audrey Rose Cresswell.

Se me entrecortó la respiración. El sacerdote se volvió hacia mí, con voz amable y alentadora.

—¿Aceptas a este hombre como esposo, para amarlo y respetarlo, hasta que la muerte os separe?

Miré a Thomas y vi una gama de emociones que eran enteramente suyas: alegría, amor, adoración y un brillo perverso que prometía una vida llena de sorpresas y aventuras.

Le puse el anillo en el dedo, sin dejar de sostenerle la mirada, no quería perderme ni un segundo de ese momento. Esbozó una sonrisita torcida y supe, sin duda alguna, que había leído las mismas promesas en mi rostro. No podía esperar a pasar el resto de mi vida con mi mejor amigo, el príncipe oscuro de mi corazón.

—Sí quiero.

NOTA DE LA AUTORA

Antes de escribir *A la caza de Jack el Destripador*, leí una confesión que escribió en la cárcel Herman Webster Mudgett, alias Dr. Henry Howard Holmes, o H. H. Holmes, el embaucador apodado «el primer asesino en serie de Estados Unidos». Su libro dio comienzo al importantísimo «¿qué pasaría si?» que mi musa ansía. Existen muchas teorías y argumentos sobre quién era en realidad Jack el Destripador, pero había algo en Holmes que siempre me ha hecho preguntarme si podría haber sido el infame asesino en serie que aterrorizó Londres.

Había muchas piezas del rompecabezas que parecían encajar bien con la teoría de «Holmes como el Destripador»: la personalidad, los antecedentes médicos, el hecho de que estuviera en Londres en el momento de los asesinatos, su escritura, que se asemejaba mucho a las cartas que el Destripador enviaba a la policía, un testigo ocular que afirmaba que un estadounidense había sido la última persona vista con una víctima del Destripador y mucho más.

Para los que disfrutan con los detalles: Holmes viajó de verdad en el RMS *Etruria*, el escenario que elegí para *A la caza de Houdini*, antes de empezar a construir el laberíntico castillo de la muerte en Chicago. Era un estafador y un oportunista, muy parecido a Mephistopheles, lo que proporcionó a Audrey Rose la muy necesaria lección sobre los juegos de manos y sus múltiples aplicaciones antes de este enfrentamiento final.

Una de las teorías más interesantes que surgieron sobre la posibilidad de que Holmes fuera el Destripador la inició su tataranieto, Jeff Mudgett, después de haber leído dos de los diarios privados de

Holmes (*Bloodstains*, 2011). Una de las teorías afirmaba que Holmes había entrenado a un ayudante para matar a las mujeres de Londres y que su verdadera misión era extraerles los órganos para poder fabricar un suero que alargara su vida. Sea cierto o no, nunca se encontró confirmación.

Esa posible motivación fue el origen de la idea de Nathaniel de recolectar órganos para engañar a la muerte. Y hablando de Nathaniel, una de las razones por las que hice de *Frankenstein* su novela favorita fue porque al socio de mayor confianza de Holmes, Benjamin Pitezel, se lo llamó su «criatura» en la vida real. Utilicé ese detalle y jugué con sus papeles en los asesinatos del Destripador en *A la caza de Jack el Destripador* y de nuevo cuando se revela la verdad sobre la participación de Nathaniel en *A la caza del diablo*. A Benjamin Pitezel no lo he incluido en estas obras de ficción, pero fue parte de la inspiración del personaje de Nathaniel.

También circulaba el rumor de que este infame asesino se llamaba a sí mismo «Holmes» como homenaje al famoso detective de *sir* Arthur Conan Doyle, lo que también sembró la idea de dotar a Thomas de habilidades de deducción sherlockianas para rastrear a este depredador.

No estoy convencida del todo de que Holmes fuera el Destripador, pero sin duda me ha dado mucho material con el que trabajar a la hora de crear estos libros. Una de las mejores partes de cualquier misterio es investigar y elaborar tus propias teorías. ¿Quién crees *tú* que era Jack el Destripador? Quizás algún día tengamos por fin una respuesta a esa pregunta. Por ahora, me gustaría imaginar que Audrey Rose y Thomas resolvieron el crimen, solo para que el astuto estafador frustrara sus intentos una vez más al quemar su única prueba de la misma manera que incineraba los cadáveres en su castillo de la muerte.

Como Audrey Rose en esta última entrega, tengo un problema crónico. Para mí era importante escribir un personaje que también tuviera un impedimento físico, con la esperanza de que otros pudieran verse reflejados a sí mismos. Considero que ver a personajes de todos los orígenes y con capacidades diferentes protagonizando sus propias historias tiene un valor incalculable. Basé la mayoría de los síntomas de Audrey Rose en los míos propios y estoy muy orgullosa de que una científica gótica con bastón y bisturí haya derrotado al villano definitivo.

Para proporcionar continuidad a la historia de Audrey Rose y Thomas sin un gran lapso de tiempo de por medio, me tomé algunas libertades con la cronología histórica. Aquí expongo algunas de ellas:

La Exposición Mundial Colombina, también conocida como la Feria Mundial de Chicago, fue inaugurada en 1893, no en 1889, y recibió más de veintisiete millones de visitas. La Exposición Mundial de París tampoco se inauguró hasta mayo de 1889, aunque Audrey Rose hace referencia a la Torre Eiffel.

H. H. Holmes comenzó a trabajar en el Hotel de la Feria Mundial, su infame castillo del crimen, a principios de 1887. En 1888 fue demandado por una empresa a la que había despedido sin pagar y a la que había contratado para que construyera parte de él, y ese otoño huyó a Inglaterra durante un breve período.

El asesinato de Carrie Brown tuvo lugar la noche del 23 de abril de 1891, no el 22 de enero de 1889, y su cuerpo fue descubierto el 24 de abril de 1891. Muchos detalles de la autopsia se mantuvieron en secreto, sobre todo porque la policía no quería que la gente entrara en pánico ante la idea de que Jack el Destripador acechara las calles estadounidenses. El interior del Hotel East River descrito en mi historia es ficción.

Tanto Frenchy número uno como Frenchy número dos fueron verdaderos sospechosos, y la policía detuvo a Ameer Ben Ali. Todas las pruebas que señala Audrey Rose son históricamente exactas: no había manchas de sangre que condujeran a su habitación ni nada que no fuera una prueba circunstancial mínima que lo relacionara con el caso.

Thomas Byrnes fue de verdad un inspector de la policía de Nueva York que no tenía buena opinión de Scotland Yard después de que Jack el Destripador se les escapara de entre los dedos.

Como ocurre con todos los buenos misterios, todavía hay muchos debates sobre el número real de cadáveres tanto de Jack el Destripador como de H. H. Holmes. Todas las víctimas mencionadas en esta historia fueron víctimas reales o presuntas. A algunas de ellas les otorgué su propia historia, mezclando realidad y ficción. Por ejemplo, se sabe que Holmes publicaba anuncios en los periódicos con la esperanza de contratar a mujeres jóvenes para trabajar en las tiendas situadas debajo de su castillo de la muerte. Una vez que llegaban allí, por lo general no sobrevivían. El señor Cigrande en realidad no gritaba sobre los demonios ni fue testigo ocular de los crímenes de Holmes, pero su hija fue una de las presuntas víctimas. Se creía que tanto Minnie Williams como su hermana fueron asesinadas por Holmes. Se dice que Minnie fue actriz una vez, por lo que la hice formar parte de la obra de Shakespeare de Mephistopheles. (En la vida real, también fue contratada por Holmes para ser taquígrafa).

La reina Isabel concedió títulos de nobleza a algunas familias indias, aunque solo a una familia se le concedió un título nobiliario hereditario más el de barón en 1919. Fue la primera y única baronía concedida.

Las costumbres que se mencionan en lo referente a bodas y compromisos son históricamente exactas, aunque, como señala Audrey Rose, un compromiso tan breve era inusual.

H. H. Holmes huyó de Chicago en julio de 1894 y se dirigía a construir otro castillo de la muerte en Texas cuando fue detenido y encarcelado durante un breve período de tiempo. Mientras estuvo preso, le habló a un compañero de un plan de fraude de seguros y preguntó por un abogado en el que pudiera confiar si fingía su muerte. El plan fracasó, pero Holmes no se achantó. Volvió a intentarlo con su compañero de fechorías Benjamin Pitezel, pero en lugar de fingir su muerte, asesinó de verdad a su antiguo socio y cobró la póliza del seguro de diez mil dólares. Frank Geyer, un agente de policía de Filadelfia, persiguió a Holmes mientras viajaba de Detroit a Toronto y luego a Indianápolis con los hijos de Pitezel. Holmes acabó matándolos.

Geyer descubrió sus cuerpos en los distintos lugares donde se habían alojado.

Al final, los Pinkertons localizaron a Holmes y lo arrestaron en Boston en 1894. Fue ejecutado en 1896. (Aunque circula el rumor de que llevó a cabo el truco de prestidigitación definitivo y convenció a otra persona para que muriera en su lugar).

Por desgracia, su castillo de la muerte no fue destruido en la feroz batalla contra Audrey Rose, pero en verano de 1895 la policía investigó el edificio y se horrorizó al descubrir toboganes engrasados que bajaban al sótano, un incinerador que alcanzaba los tres mil grados, cubas de ácido, habitaciones y bóvedas insonorizadas y tuberías de gas que Holmes controlaba (entre otros horrores). Un incendio destruyó el edificio en 1895 en circunstancias misteriosas. Fue derribado de forma definitiva en 1938. Para los lectores que puedan estar interesados en visitar su ubicación: en el lugar que ocupaba el Hotel de la Feria Mundial se encuentra ahora una oficina de correos.

Para los aficionados a la historia, recomiendo la lectura de *El diablo en la Ciudad Blanca*, de Erik Larson: es un libro maravilloso que entrelaza la historia de la oscura fantasía de Holmes y el brillante faro de esperanza de Estados Unidos. Una de las historias fue un sueño y la otra una pesadilla, pero ambas tuvieron lugar en el entorno de la Exposición Mundial de Chicago.

Cualquier otra inexactitud histórica no mencionada fue introducida para mejorar el mundo en esta historia ficticia de asesinatos, misterio y romance.

AGRADECIMIENTOS

Cuando empecé a redactar el borrador de *A la caza de Jack el Destripador*, quería escribir una historia sobre una chica que amara la ciencia forense tanto como yo. Aunque Audrey Rose tuvo que superar muchos obstáculos de la época victoriana, también tuvo un equipo de apoyo indispensable en el tío Jonathan, Thomas, Liza, Daciana, Ileana y su padre, que la ayudaron a perseguir sus sueños. Tengo la suerte de contar con un equipo igual de fenomenal que me apoya, y todos sus miembros han desempeñado un papel en ver mis sueños cumplidos.

Mamá y papá, gracias por todos los viajes de fin de semana a la biblioteca y a las librerías mientras crecía, por enseñarme a no rendirme nunca, por muy oscuro que sea el camino, y por vuestro amor y apoyo inquebrantables. No podría haber hecho esto sin vosotros.

Kelli, gracias por dejarme usar el nombre de tu tienda en este libro para los vestidos de Audrey Rose (la boutique Dogwood Lane) y por ser la mejor hermana y mi primera lectora. Estoy muy ilusionada con nuestra colaboración para el *merchandising* de la serie *A la caza de Jack el Destripador* y lo adoro (¡como a ti!) con toda el alma.

A mi familia, Ben, Laura, George, tía Marian, tío Rich, Rod, Rich, Jen, Olivia, Bob, Vicki, George, Carol Ann, Brock, Vanna, gracias por animarme.

Nada de esto habría sido posible sin mi agente, Barbara Poelle. Nunca, nunca habrá palabras suficientes para agradecerte que hayas luchado por mí y que hayas creído en esta historia. Todo el mundo debería tener la suerte de contar con una agente (y amiga) feroz (como Godzilla) que derrame café a su lado y en su vida. Brindo por el *prosecco* en los bares de los hoteles, por las risas interminables, por llorar de repente al terminar esta serie y por todo lo demás. ¡Te quiero, B!

A todo el equipo de la agencia Irene Goodman por todo lo que hacéis cada día. A Heather Baror-Shapiro por hacer que mis libros lleguen a manos de los lectores en tantos países increíbles. A Sean Berard y Steven Fisher de la APA por el tratamiento de estrella de Hollywood que tanto adora Thomas Cresswell.

A Jenny Bak: no puedo creer que haya tenido la suerte de encontrar un hogar con la mejor editora del momento, que además se ha convertido en una amiga maravillosa. Gracias por ser una de las primeras fans de Thomas, por rogarme que añadiera ese beso que lo cambió todo en *A la caza de Jack el Destripador* y por hacer tu magia en mis segundos y terceros borradores... ¡y todo ese contenido extra con el que te sorprendo! ¡Me hace muy feliz que podamos continuar nuestra próxima aventura juntas! La mejor compañera de publicación *de la historia*.

A JIMMY Patterson Books, todavía me pellizco cuando pienso en trabajar con todos y cada uno de vosotros, el mejor equipo editorial que una pueda soñar. Gracias a Julie Guacci (¡también conocida como mamá Julie!) por asegurarse siempre de que los horarios de mis giras y eventos sean razonables. Erinn McGrath, Shawn Sarles, Josh Johns, T. S. Ferguson, Caitlyn Averett, Dan Denning y Ned Rust: sois todos increíbles. Un saludo enorme a Tracy Shaw y Liam Donnelly por no solo una, sino dos portadas para *A la caza del diablo*, además de todas las anteriores. A Blue Guess, al equipo de ventas de Hachette y al equipo de ventas especiales, gracias infinitas por llevar esta serie a tantos lugares para que los lectores puedan elegir. A Linda Arends y al equipo de producción: sois unos magos del formato y me alegro mucho de poder trabajar con vosotros. Muchas gracias a James Patterson, que sigue apoyando lo que escribo y mis libros de forma increíble.

A Sabrina Benun y Sasha Henriques: gracias por cada trocito de magia que ambas habéis ofrecido a esta serie. Ha sido un auténtico placer trabajar con vosotras en los cuatro libros.

Stephanie Garber, no puedo agradecerte lo suficiente todas nuestras sesiones de lluvia de ideas, las charlas sobre la vida al margen del mundo editorial y el regalo de tu amistad. Por nuevas aventuras y por nuestro club de lectura.

A Traci Chee, Evelyn Skye, Hafsah Faisal, Alex Villasante, Natasha Ngan, Samira Ahmed, Gloria Chao, Phantom Rin, Stacee (Book Junkie), Lauren (Fiction Tea), Anissa (Fairy Loot), Bethany Crandell, Lori Lee, Kristen (My Friends Are Fiction), Bridget (Dark Faerie Tales), Brittany (Brittany's Book Rambles), Melissa (The Reader and the Chef), Brittany (Novelly Yours), Gabriella Bujdoso, Michelle (Berry Book Pages) y The Goat Posse, traéis luz a mi vida. Gracias por todas las sonrisas, tanto en línea como en persona. Libreros, bibliotecarios, blogueros, *bookstagrammers*, artistas, Fae Crate, Beacon Book Box, Shelf Love Crate, Fairy Loot y amantes de los mundos de ficción, gracias por enamoraros de estos chicos góticos obsesionados con la ciencia y por demostrar tanto entusiasmo con esta serie.

Y a ti, querido lector. Gracias por acompañar a Audrey Rose y a Thomas en esta última aventura. Llegar a compartir esta serie contigo ha sido un sueño, un sueño loco, increíble y precioso que todavía no puedo creer que se haya hecho realidad.

Te animo a que persigas tus pasiones y vivas la vida con autenticidad, como Audrey Rose. Eres increíble y no hay límites para lo que puedes lograr. Eso es un hecho más tangible que cualquiera de las deducciones de Thomas Cresswell. Más allá de la vida, más allá de la muerte, mi amor por ti es eterno. Besos y abrazos.

SOBRE LA AUTORA

Kerri Maniscalco creció en una casa semiembrujada en las afueras de Nueva York, donde comenzó su fascinación por los ambientes góticos. En su tiempo libre lee todo lo que cae en sus manos, cocina todo tipo de comida con su familia y amigos, y bebe demasiado té mientras discute con sus gatos sobre los aspectos más delicados de la vida. Su primera novela de esta serie, *A la caza de Jack el Destripador*, debutó en el número uno de la lista de los más vendidos del *New York Times*, y *A la caza del príncipe Drácula* y *A la caza de Houdini* fueron ambos éxitos de ventas del *New York Times* y del *USA Today*. Siempre está dispuesta a hablar de sus amores ficticios en Instagram y Twitter @KerriManiscalco. Para enterarte de las novedades sobre Cresworth, visita kerrimaniscalco.com.

ELOGIOS A LA SERIE *A LA CAZA DE JACK EL DESTRIPADOR*, ÉXITO DE VENTAS DEL *NEW YORK TIMES*

«Un misterio maravilloso, aunque algo truculento… Un giro inesperado hace que el final merezca la pena. Imprescindible».
—*School Library Journal* (*crítica destacada*)

«Hay muchos sospechosos y pistas falsas, así como tensas escaladas… Un misterio escénico y retorcido».
—*Kirkus Reviews*

«Maniscalco ha creado en Audrey Rose a una protagonista seria, perspicaz y con visión de futuro, cuya intrepidez hará las delicias de los lectores que busquen un thriller histórico cautivador. Abundantes pistas falsas y una pizca de romance redondean esta truculenta pero absorbente historia».
—*Publisher's Weekly*

«Audrey es una joven deseosa de usar su cerebro y dispuesta a desafiar las normas de la sociedad… Este misterio rinde homenaje a clásicos como el *Sherlock Holmes* de Doyle y el *Frankenstein* de Mary Shelley [y] satisfará a aquellos lectores que busquen misterio histórico, una heroína ingeniosa y un poco de romance».
—*School Library Connection*

«Audrey Rose es una feminista ingeniosa y con recursos que se niega a someterse a las normas de género de la época victoriana. Este panorama oscuro y gótico está poblado de personajes diversos y llenos de matices que mantendrán cautivados a los lectores. Un misterio apasionante con una heroína convincente y el toque justo de romance».

—*Kirkus Reviews*

«Todas las frases de esta novela destilan decadencia. Los escenarios y las actuaciones del Carnaval Luz de Luna son exuberantes y a la vez peligrosos, hermosos y aterradores. Es fácil entender cómo llega Audrey Rose a sentirse tan cautivada por el Carnaval Luz de Luna y sus artistas porque, como lectores, estamos sometidos al mismo hechizo… Una historia magistral».

—*Hypable*

«Audrey Rose Wadsworth prefiere los pantalones a los vestidos de fiesta, las autopsias al té de la tarde y los bisturíes a las agujas de tejer… El retrato que hace Maniscalco de la invención científica en una nueva era industrial hará las veces de una buena primera incursión en los clásicos victorianos».

—*Booklist*

Convertirme en el

Príncipe Oscuro

El príncipe de las tinieblas es un caballero.

—*El rey Lear*, acto III, escena IV

William Shakespeare

ANTES

El granizo tamborileaba contra el ojo de buey de mi camarote, volviéndome medio loco mientras intentaba (sin conseguirlo) contar cada gota. El maldito repiqueteo era demasiado para llevar la cuenta. Me puse de lado, coloqué la almohada con brusquedad bajo mi cabeza y contemplé la furiosa tempestad del exterior. El cielo seguía siendo del peligroso negro azulado nocturno y era probable que siguiera así hasta bien entrado el amanecer. O tal vez el tiempo me sorprendería como lo habían hecho otros acontecimientos recientes.

Fuera, las cuerdas crujían, un sonido parecido al de los fantasmas abriendo puertas. El RMS *Etruria* me inquietaba. O tal vez fuera la vorágine de emociones que se agitaban en mi interior lo que me incomodaba. Los celos eran una amante desagradable. Parecían crecer cada vez que imaginaba la sonrisa seductora que Mephistopheles llevaba como otra máscara más cerca de Wadsworth.

Resultaba especialmente intolerable después de las actuaciones nocturnas del carnaval, cuando se pavoneaba como un rey de los bufones. Y lo que era peor, los pasajeros parecían encantados con su engaño. Como si adoptar el nombre y la personalidad de un demonio de leyenda fuera algo que hubiera que aplaudir. Como si ocultar su identidad con máscaras frívolas dentro y fuera del escenario fuera un delicioso misterio al que hincar el diente.

Odiaba su risa fácil y sus trajes relucientes, que brillaban como estrellas en el cielo nocturno.

Odiaba sus tratos interesados y que lo percibiera todo como un juego.

Odiaba profundamente lo mucho que intentaba encandilar a la chica que yo adoraba. Justo delante de mí.

Pero, sobre todo, odiaba la bestia horrible que las acciones de Mephisto despertaban en mí. En parte por el linaje de Drácula de mi madre y en parte porque parecía proporcionarle placer, mi padre me llamaba monstruo. Lo decía con tanta frecuencia que casi era fácil de creer. En especial una vez que descubrí mi fascinación por el estudio de los muertos. ¿Quién sino una criatura abismal elegiría un destino tan oscuro? Aquella inquietud que me roía por dentro, mezclada con el incómodo conocimiento de mis antepasados rumanos, fue suficiente para plantar la semilla del miedo: que en algún lugar, al acecho bajo mi fría apariencia, aguardaba una bestia con la esperanza de devorar al caballero que fingía ser.

Me pregunté si detestaba aún más a Mephistopheles por las ganas que tenía de liberar a ese monstruo que me arañaba desde dentro. Me pasé una mano por el pelo, sin importarme que sobresaliera de forma caótica en todas direcciones. Dejando de lado el odio personal, el maestro de ceremonias no era lo bastante bueno para Audrey Rose Wadsworth.

Aunque no es que yo tuviera derecho a dar esa opinión.

Seguía sin creer que Wadsworth quisiera al pomposo pavo real que era el maestro de ceremonias y, para ser sincero, sus esfuerzos por conquistarla deberían haber resultado divertidos. Lo cual me hacía preguntarme por la punzada de… algo… que seguía surgiendo en mí cuando pensaba en aquel asunto.

Pronto deduje que el vínculo que se estaba formando entre ellos (al menos por parte de ella) era fruto de un trato, solo que no había resuelto el misterio de qué era lo que él le había ofrecido que fuera tan importante como para que ella omitiera parte de la verdad. Wadsworth era una fuerza imparable mientras investigaba un crimen, pero en aquel momento había algo más que la impulsaba. Algo personal.

Si los espiaba, descubriría los detalles que necesitaba, pero no podía soportar la idea de vigilar a la persona que amaba como si fuera un pervertido. Le había prometido que siempre sería libre de elegir su propio camino y me negaba a actuar de otro modo por culpa de él.

Unas garras imaginarias rozaron mis sentidos, instándome a actuar.

Maldita sea. Necesitaba ayuda. Estaba permitiendo que los pensamientos sobre aquel mentiroso —que se había bautizado a sí mismo con el nombre de un demonio que hacía tratos de la leyenda de Fausto y que obviamente había adoptado ese mismo personaje oscuro encima del escenario— se arrastraran como gusanos bajo mi piel.

Escribir a mi hermana, Daciana, para que me ayudara con aquel asunto sería prudente, pero en alta mar era imposible enviar el correo y, de todos modos, no obtendría respuesta hasta después de llegar a Nueva York. Tendría que desenmarañar esas emociones por mi cuenta. Suspiré y volví a pasarme una mano por el pelo. De todos los rompecabezas complejos que ofrecía el mundo, ¿quién habría imaginado que mis emociones serían el mayor reto de mi vida?

El granizo cesó su asalto de forma repentina, y el silencio que se hizo captó mi atención. Era una pausa en el temporal a la que no pude resistirme. Miré el reloj. Todavía faltaban unas horas para el amanecer, pero debía de llevar más tiempo del que creía pensando en el maestro de ceremonias del Carnaval Luz de Luna. Era un engendro del demonio. Me levanté de la cama con brusquedad y me vestí a toda prisa. Necesitaba aire. Si el cielo se despejaba, tal vez tendría suerte y vería las estrellas. Me apetecía una agradable visita a dos de mis constelaciones favoritas: la Osa Menor y el Cisne.

• • •

No esperaba que hubiera nadie fuera de los camarotes tan temprano (o tan tarde, según las circunstancias), en especial con la amenaza de otra tormenta en el horizonte. Debería haber sabido que no debía aplicar esa regla a Audrey Rose. Nada tan vulgar como el tiempo la mantendría enjaulada cuando tenía un objetivo que alcanzar y el asesinato de una joven que resolver.

Sabía que la forma teatral en que los cadáveres habían sido expuestos para que los descubrieran la enfurecía. Cualquiera con una pizca de compasión hubiera despreciado el estridente homenaje a las cartas del tarot que había utilizado el asesino. Pero Audrey Rose sentía en lo más hondo que la necesidad de corregir toda acción injusta la consumía. Aquello era visible en el fuego de sus ojos verdes como el mar, unas ascuas gemelas que parecían prometer venganza para aquellos que habían sido tratados de forma tan injusta tanto en la vida como en la muerte.

Luché contra una sonrisa. Era una de las cualidades que más me gustaban de ella. Yo…

Me detuve de golpe cuando ella y su prima se acercaron por el extremo opuesto del paseo, sin duda se dirigían a su camarote compartido. Ella parecía relajada, feliz. Tenía el brazo entrelazado con el de Liza, sus sonrisas eran contagiosas mientras reían demasiado fuerte y se hacían callar de inmediato la una a la otra antes de deshacerse en más carcajadas.

Pensé en darme la vuelta antes de que me vieran, cuando me fijé en lo que llevaba puesto. Unas medias de color medianoche dejaban a la vista sus piernas, y el corsé escotado de rayas rojas y negras estaba salpicado del número justo de lentejuelas para atraer la mirada hacia sus curvas de forma estratégica. Tragué con fuerza y maldije en voz baja. Iba vestida como una de las artistas del Carnaval Luz de Luna y era imposible apartar la vista.

Y yo la miraba como un tonto embobado.

Oí la voz de Daciana en mi cabeza, amonestándome por ponerme nervioso por algo tan prosaico como la ropa. Con un gran esfuerzo, me obligué a pensar con claridad y lógica. Y a dejar de mirar la seda oscura que delineaba la forma de sus caderas…

—¡Ah, señor Cresswell!

Liza hizo que ambas pararan en seco. La cara de Audrey Rose reflejó sorpresa cuando levantó la vista y me vio. Estudié su expresión con atención, encantado de ver que era una sorpresa bienvenida. Me preocupaba que pensara que había pasado a propósito por su camarote para ver cómo estaba. La verdad era que no me había dado cuenta de que me dirigía hacia allí. Había estado demasiado ocupado con mis propios pensamientos.

Liza paseó la mirada entre nosotros y se mordió el labio, tratando de mantener la sonrisa en su rostro mientras soltaba a su prima y se apresuraba hacia su puerta. Soltó un bostezo de lo más exagerado, sin engañar a nadie con su cansancio fingido.

—Estoy exhausta —dijo a nadie en particular—. Estaré en mi camarote, profundamente dormida.

Le guiñó un ojo a Audrey Rose y se metió dentro, dejándonos solos. Mi pulso sufrió una curiosa reacción: se aceleró. El miedo y el deseo me invadieron. Una mezcla confusa sobre la que tendría que reflexionar más tarde, cuando estuviera solo. En aquel momento, tenía que recordar que debía respirar y actuar como el caballero que intentaba convencerme de que era.

—Cresswell. —Se inclinó hacia delante y entrecerró los ojos—. ¿De verdad eres tú?

Le dediqué mi mirada más encantadora.

—No te preocupes, Wadsworth. A veces yo tampoco puedo creerme que sea real.

Su mirada bajó hasta mi boca y se quedó en ella. Una expresión cercana al anhelo cruzó su rostro. Era la misma mirada que me había dedicado al besarnos en su camarote hacía unas noches. Recordé el calor de su cuerpo, el tacto de su suave piel, su sabor…

Respiré hondo y me concentré en resolver ecuaciones matemáticas. Pensé en numeradores y denominadores. Conjuré raíces cuadradas. Cualquier cosa, *cualquier cosa* para dejar de notar los fuertes latidos de mi corazón y la forma en que ella me ponía nervioso y me excitaba a la vez.

Y entonces se lamió los labios lentamente, como si hubiera percibido el calor que me atravesaba, aniquilando mi decisión de darle libertad.

Me costó toda mi fuerza de voluntad mantenerme a una distancia decente. Una palabra o una súplica de ella eran lo único que necesitaba. Era más que lujuria. Más que una necesidad física. Adoraba hasta el último recoveco de ella. Si me lo pedía, daría rienda suelta a todos mis deseos para complacerla hasta que supiera con exactitud cuánto la quería.

Una vez que eso ocurriera, no podría negar la profundidad de mis sentimientos. Lo completa y locamente que la amaba. Un hecho más sólido y tangible que cualquier otro en la historia del mundo. Reforcé mi expresión para convertirla en una máscara de hielo y ocultar el infierno en llamas que había en mi interior. Quería que me eligiera sin dejarse influir por mis propios sentimientos.

—¿Thomas? —preguntó ella, con la mirada fija en mi boca.

—¿Sí? —La voz me salió un poco áspera y me aclaré la garganta. Me costaba pensar, *respirar*. Me sorprendió la mirada de sus ojos, la que parecía pasarme mentalmente los dedos por el pelo, tirando con suavidad de mi cabeza hacia atrás para poseerme de forma juguetona. Yo...

Mil novecientos setenta y dos divididos por siete...

—Thomas, ¿estás bien? Pareces un poco alterado. —Ella no era consciente, pero cuando prestaba atención a algo, la fuerza que destilaba era abrumadora—. ¿Por qué andas a hurtadillas tan temprano?

Para estar a salvo de mis demonios. Para liberarme de la jaula que era mi camarote y de los miedos que amenazaban con ser mi perdición. Para sentir el mordisco de la nieve en la cara y olvidar que no había una cura para mi condición actual. Su mirada fue una caricia palpable mientras la desplazaba poco a poco hacia abajo, encendiendo una profunda necesidad masculina que me sobresaltó incluso a mí.

—No ando a hurtadillas, estoy merodeando, Wadsworth. —Le dediqué una sonrisa perezosa. Me esforcé por mantener un tono informal, por evitar intentar yo también despertar su deseo. Aunque, a juzgar por el creciente anhelo en su expresión y la forma en que desplazó su cuerpo hacia el mío, tal vez había avivado esas llamas por su cuenta—. ¿Por qué andas *tú* a hurtadillas?

Iba a burlarme más de ella, a preguntarle si volvía de una cita nocturna, y sentí una violenta e invisible patada en las tripas. Me maldije a mí mismo por aquella atrocidad y me obligué a mantener la mandíbula apretada, para no hacer más el ridículo.

De todos los momentos posibles para imaginarme al maestro de ceremonias rodeándola con los brazos…

—Estás evitando el tema. —Entrecerró de nuevo sus inteligentes ojos, fijándose en mi expresión—. ¿Has descubierto alguna pista? ¿Ha habido otro asesinato?

Sacudí la cabeza, sin confiar de momento en mí mismo para hablar. Todavía me asaltaban las imágenes de ella acurrucada con otra persona, con su cabello desparramado como un secreto sobre el pecho de él. Mantuve la mirada fija en su rostro, negándome a mirar su traje. Y la extensión de piel que revelaba. A pesar de mis esfuerzos, cuando una ráfaga de viento atravesó el paseo, miré. Solo pretendía comprobar si tenía frío y necesitaba mi chaqueta, pero llevaba el corsé tan apretado que la turgencia de sus pechos me robó el sentido. Quise romper los tirantes y recorrer con mi… *novecientos noventa y ocho mil dividido entre veintiséis son treinta y ocho mil, trescientos ochenta y cuatro y…*

Como si mi mente hubiera inventado un cubo de agua helada imaginario, me pregunté de repente quién la habría ayudado a ponerse el traje. Los celos se retorcieron en mi interior y dieron una paliza a todo mi sentido común y decencia. Exhalé despacio y mi aliento se convirtió en zarcillos de humo. Imaginé que me parecía al dragón del que mis antepasados habían adoptado el nombre.

Ese pensamiento me quitó la idiotez de encima. No era un monstruo que escupía fuego, ni lo sería nunca. Tenía que centrarme en ella, no en mi inseguridad. Necesitaba confiar en ella, incluso cuando no entendía cuál era su objetivo. Si podía hacer eso en nuestro trabajo, no había razón para que no pudiera dejar de ser un idiota celoso.

Se acercó.

—¿Estás bien?

Seguía luchando contra el impulso de dar caza al maestro de ceremonias y arrojarlo por la borda, luchando por superar mis inseguridades para poder tener el tipo de relación romántica basada en la plenitud que tanto ansiaba, tratando de resolver una serie de horripilantes asesinatos e intentando evitar convertirme en el monstruo que mi padre me había convencido de que era dejando en libertad a la chica que amaba. Por el momento, esa chica estaba haciendo que la última parte resultara extremadamente difícil cuanto más parecía querer rodearme con sus brazos.

Ansiaba tocarla. Primero su mente, luego su corazón y, por último, su cuerpo. Deseaba adueñarme de cada centímetro de espacio entre nosotros y llenarlo con todas las emociones que alguna vez había reprimido o fingido. Quería desnudar mi alma para que solo ella la viera y luego hacer lo mismo con mi cuerpo, entregarle todo lo que era. Con cicatrices y todo.

—¿Thomas? —volvió a preguntar, con el ceño fruncido por la preocupación—. ¿Estás bien?

Me encogí de hombros.

—Nunca he estado mejor.

Se estremeció y supe que no era mi evidente mentira lo que la había afectado. Me quité la chaqueta y se la puse sobre los hombros, y mis nudillos rozaron por accidente la parte superior de sus pechos cuando cerré un botón sobre ellos. El contacto me hizo sentir un fuego abrasador tan rápido como un rayo. Se quedó sin aliento y levantó la vista. Sucedió tan deprisa que no tuve tiempo de borrar el anhelo de mi rostro.

Retrocedí cuando empezó a caer una mezcla invernal de lluvia y nieve. Ella se movió conmigo, como una cazadora que avista a su presa. El problema era que deseaba más ser atrapado que huir.

—Esta noche he pensado en ti —murmuró, inmovilizándome con una mirada que prometía todo tipo de cosas maravillosas—. He bebido el hada verde y he bailado con abandono. No te preocupes —se balanceó hacia delante y yo me quedé muy quieto mientras apoyaba las manos en mi pecho y las arrastraba lenta y cuidadosamente hasta posarlas sobre mi corazón—, no ha sido inapropiado. Me reservo ese honor solo para ti. ¿Recuerdas?

Tendría que haber estado muerto para olvidar que no hacía mucho tiempo había comentado lo de beber vino y bailar juntos de forma inapropiada. Inspiré despacio, intentando formar un pensamiento coherente, una tarea que no estaba resultando nada sencilla. Los sentimientos en pugna luchaban por la supremacía. Aquella envidia al rojo vivo, persistente y pura, al imaginarla bailando con otra persona, solo superada por la abrumadora satisfacción de que hubiera pensado en mí.

Odiaba los celos: me hacían sentir monstruoso y descontrolado. Ella se merecía algo mejor. Yo también lo merecía. Nuestro noviazgo aún no era oficial; sin embargo, no creía en tener el derecho de mandar sobre otra persona. Era horriblemente anticuado. Prefería que ella me *eligiera* a mí.

—He cerrado los ojos y he imaginado que bailaba contigo —dijo Audrey Rose. Su mirada verde era hipnotizante mientras hacía que me acercara a ella y echaba la cabeza hacia atrás—. Eso ha hecho más fácil… la actuación. No creo que se me dé muy bien. El escenario no es lugar para mí. Pero quería intentarlo. Pensé que podría ayudar a esas mujeres.

Las piezas que faltaban encajaron en su sitio. No se estaba enamorando del maestro de ceremonias, sino que lo estaba fingiendo. La esperanza creció en mí y luego se estrelló contra la orilla de mi inseguridad. La aparté. Ella estaba allí, acercándose, mirando mi boca como si fuera una obra de arte que le encantaría estudiar. Hubiera sido un tonto si arruinaba todo aquello permitiéndole el paso a la duda.

—Quizás deberías dejar de actuar y aprovecharte de mí ahora.

Ella arqueó una ceja, fingiendo sorpresa, pero el agradable rubor de su piel delató sus verdaderas emociones.

—Demonio.

Extendí la mano, con una sonrisa genuina en los labios.

—Mi querida, Wadsworth. Estaba hablando de bailar conmigo. ¿En qué estabas pensando *tú*?

—En besarte.

Abrí la boca, con una ocurrencia preparada, y luego vacilé. Todo indicio de burla desapareció. No esperaba una sinceridad tan cruda. Era un truco que *yo* usaba. Sonrió despacio e inmensamente satisfecha consigo misma mientras yo parpadeaba sin comprender. Había querido sorprenderme y sabía que había logrado su objetivo. No podía negar que había caído más profundamente bajo su hechizo.

Me rozó los labios con la punta de los dedos, con la mirada ensombrecida.

—¿Lo harás?

Mi corazón aceleró los latidos. Lo único que deseaba era capturar su boca con la mía, borrar con un beso la duda que persistía en el fondo de mi corazón, darle el afecto que merecía. Cuando me incliné para darle todo lo que me pedía, olí el más mínimo rastro de alcohol en su aliento. En el último momento, cambié de opinión. Cuando besara a Audrey Rose, quería estar seguro de que ella lo deseaba de verdad.

Malinterpretando su proposición a propósito, la atraje hacia mí y bailamos —muy cerca, pero no lo suficiente— mientras caían copos de nieve. Bailamos un vals por el paseo marítimo arriba y abajo hasta que sus ojos se apagaron, la levanté en brazos y la llevé a su camarote. La metí bajo las sábanas y presioné los labios contra su frente. De alguna manera, nuestra noche bailando bajo las estrellas y la nieve era más significativa que compartir su cama.

—Buenas noches, Audrey Rose.

Lo más probable era que ella no lo recordara por la mañana, pero esperaba que le pareciera un sueño maravilloso. Un recuerdo que algún día podría pintar para poder recordarlo durante mucho tiempo y que me llenara de la misma sensación de calidez y paz que sentía en aquel momento.

En lugar de distraerme con los celos y los tratos que al final carecían de importancia, ojalá hubiera prestado más atención a la pesadilla que estaba a punto de cobrar vida.

En cuatro cortos días, ella estaría en mis brazos, desangrándose. Y al fin me convertiría en el príncipe oscuro que mi padre sabía que era, mientras desataba el infierno sobre todos ellos.

1

SALÓN COMEDOR
RMS ETRURIA
8 DE ENERO DE 1889

La sangre me inundó las manos en chorros cálidos y rítmicos. Durante un prolongado momento, me quedé petrificado, y luego mi mundo se redujo a una ecuación. Estéril. Familiar. Tranquila. Todo lo
contrario de lo que me rodeaba. El caos reinaba en el escenario y yo
solo era consciente a medias de una lucha que tenía lugar a nuestra
espalda.

Jian, el poderoso Caballero de Espadas, estaba ayudando a Mephisto a retener a Andreas contra el suelo, pero el adivino asesino no se
rendía con facilidad. Observé cómo todos los artistas del Carnaval Luz
de Luna luchaban contra él, descargando su rabia y su dolor contra el
hombre que había sacrificado su compañía para llevar a cabo su venganza.

Una rabia oscura e hirviente se apoderó de mí. Nunca había sido
especialmente violento, ya que había optado por utilizar mi talento
para deducir lo imposible con el fin de *acabar* con la violencia, pero
una parte de mí quería meterse en la pelea y atacar con ferocidad al
hombre que había lanzado un cuchillo contra Audrey Rose. También
quería vengar a todas y cada una de las mujeres inocentes a las que
había robado la vida, reproduciendo siempre la muerte de su propia
prometida.

Me quedé mirando el cuchillo que Audrey Rose tenía clavado en la pierna, imaginando cómo me sentiría al abrirle la garganta con él. Nunca había deseado tener la sangre de nadie en mis manos, pero, mientras me aferraba a la chica a la que amaba y su sangre se derramaba sobre mí y sobre el suelo, recé por tener la oportunidad de devolverle el favor multiplicado por diez. Lo destriparía mientras aún respiraba y le daría de comer sus propias entrañas. Jack el Destripador temblaría ante mi crueldad, la brutalidad con la que lo abriría y dejaría al descubierto.

Andreas consiguió dar un puñetazo en la tripa a Mephisto antes de que Jian lo derribara. Estaba tan cerca que casi podía agarrarlo… pero entonces Audrey Rose dejó escapar un sollozo por lo bajo.

Me volví hacia ella. Necesitaba *concentrarme*.

Apreté la mandíbula y examiné la herida. Había demasiada sangre, lo que indicaba que el cuchillo había alcanzado la arteria femoral. No podía arriesgarme a retirarlo hasta que no hubiera detenido el flujo de sangre. Era probable que el arma fuera lo único que impedía que se desangrara.

En ese momento, experimenté un vuelco rápido y repentino en el pecho. Pánico.

Mi mente se convirtió en un arma esterilizada e insensible. Si pensaba en la chica que yacía inmóvil debajo de mí, cuya mirada se desenfocaba poco a poco, el miedo me consumiría. Si permitía que el terror entrara en mi corazón, sería lo mismo que firmar su sentencia de muerte. Mi parte racional lo sabía, pero la emocional me estaba fallando.

—Wadsworth —dije, obligando a mi tono a transmitir una calma que no sentía—, quédate aquí. Quédate aquí conmigo.

Hizo un esfuerzo por mirarme, con los ojos vidriosos y brillantes. Cuando por fin se centró en mi rostro, su expresión se tornó pacífica. Quería desgarrarme la carne y darle todo lo que necesitaba para sobrevivir, incluso si eso significaba sacrificar mi propia sangre.

—No… voy… a ninguna parte.

A lo lejos, fui consciente de que el público se levantaba de sus asientos y de que había voces que gritaban. Mujeres llorando. Una estampida de tacones y botas sobre el suelo de mármol. Puertas que se estrellaban contra las paredes mientras los pasajeros huían hacia el pasillo. Apreté la mandíbula con tanta fuerza que oí un fuerte crujido. Levanté la vista mientras Anishaa, la tragafuegos, lanzaba un trozo de cuerda a Mephisto, y Houdini utilizaba su talento para asegurarla alrededor de Andreas. Distracciones.

—Thomas... —La voz de Wadsworth era débil. Demasiado débil. Una extraña y violenta oleada de emociones me subió por la garganta, amenazando con hundirme—. No me abandones.

Como si eso fuera posible.

—Nunca.

Las lágrimas cayeron sobre ella. Mi mente se hallaba demasiado lejos para considerar que fueran mías. Estaba fría. Tenía los dedos manchados de sangre. Necesitaba detener pronto la hemorragia o ella moriría antes que yo. Cerró los ojos. Por un segundo, su pecho dejó de subir. En mi interior, todo se convirtió en hielo.

Los recuerdos de la pérdida de mi madre, de ver cómo la vida abandonaba sus rasgos antes vibrantes, me asaltaron en aquel momento. Entonces era demasiado joven, demasiado inexperto para salvarla. *No* dejaría que la muerte volviera a robarme a alguien a quien amaba de forma tan injusta. Le di un golpecito en la mejilla a Wadsworth con suavidad. No hubo respuesta. Mi corazón debía de seguir funcionando, porque podía jurar que lo sentí partirse en dos. Volví a darle una palmada en la cara, y otra vez, y sus párpados ni siquiera se agitaron.

—¡Audrey Rose! —grité—. ¡Mírame!

Me arranqué la corbata y la anudé por encima de la herida como una especie de torniquete, con cuidado de no tocar el cuchillo. Tenía que frenar la sangre hasta que la trasladaran a la enfermería y pudieran retirar el cuchillo con seguridad.

Si seguía repitiendo lo que había que hacer, podría mantener la calma.

—¡Audrey Rose! —Mi voz tenía un toque salvaje. No respondía. La muerte era inminente, pero lucharía contra ella hasta que me reclamara primero—. ¡Mephisto! —grité, sobresaltando al maestro de ceremonias, que estaba mirando desde arriba a un Andreas ahora sometido. Se apresuró a venir a mi lado, con su rostro moreno pálido tras la máscara—. Traiga al doctor Wadsworth. Ahora mismo.

A pesar de todos sus defectos, no dudó. Esquivó a los pasajeros que huían, empujando y zigzagueando hasta desaparecer por el pasillo. Me desplacé hacia los demás artistas que se habían reunido en un círculo protector. Jian y Sebastian protegían a Andreas. Anishaa y Cassie (la trapecista que había intentado dejar caer una bolsa de resina sobre Andreas antes de que este pudiera atacar) se arrodillaron junto a nosotros. Se dedicaron a atenderla. Mientras yo me revolcaba en la inseguridad, Audrey Rose había establecido conexiones auténticas a la vez que trataba de resolver el misterio. Me tragué el repentino nudo que se me formó en la garganta.

—Necesito un desinfectante —dije—. Y aguja e hilo. Paños limpios y un recipiente con agua tibia. Si no podemos encontrar alcohol, el fuego servirá para esterilizar la hoja.

Anishaa parpadeó y se secó las lágrimas, y luego ella y Cassie recorrieron el comedor para conseguir los suministros. Tendría que llevar a cabo la operación ya mismo. Allí. Casi se nos había acabado el tiempo.

—Quédate conmigo, Wadsworth. —Le apreté la mano—. Si es necesario, te seguiré más allá de la muerte y te arrastraré de vuelta.

—¡Ten! —Anishaa frenó en seco a mi lado y me entregó una aguja e hilo. Cassie la seguía con una jarra de agua y una botella de licor que debía de haber conseguido en la cocina. Había olvidado que aún estábamos en el comedor. No alcanzaba a entender cómo lo habían conseguido todo con semejante rapidez. El miedo y el amor eran motivadores poderosos.

—Necesito fuego —dije, volviéndome hacia Cassie—. Tome, ejerza toda la presión que pueda sobre la herida. —Me negué a aflojar el agarre hasta que Cassie tuvo las manos bien colocadas. A su favor había que decir que ni siquiera parpadeó ante la sangre que brotaba entre sus dedos. Tenía la mandíbula tensa y su mirada era decidida. Haría lo que fuera necesario, sin importar lo aterrador que fuera.

—Anishaa, cuando retire el cuchillo, necesito que rocíe la herida con alcohol y me dé la aguja y el hilo. El doctor Wadsworth debería llegar pronto y él se hará cargo. —Levanté la mirada—. ¿Tenemos todos claro cómo proceder? Una vez que saque ese cuchillo, se desatará al infierno.

Cassie levantó la mirada.

—¿No estamos ya en el infierno?

—Cierto. —Inspiré hondo para tranquilizarme—. Uno. Dos. T…

—Thomas. —El doctor Wadsworth apareció frente a mí, su rostro sombrío—. Permíteme.

Una parte de mí no confiaba en él, no confiaba en nadie para aquella tarea imposible. Lo cual era ridículo. Él me había enseñado todo lo que sabía sobre cirugía. Me alejé y esperé instrucciones.

—Sujétale la pierna por el tobillo y la parte superior del muslo —ordenó. Hice lo que me dijo, sustituyendo a Cassie. Alguien se movió a mi lado y le sujetó los tobillos. Me concentré en aplicar suficiente presión en la parte superior de la pierna sin dañarla.

El doctor extrajo el cuchillo con cuidado, asegurándose de retirarlo en la dirección exacta en la que había entrado. Quería hacer el menor daño posible al sacarlo. El doctor Wadsworth y yo teníamos mucha práctica en la reimplantación de miembros y dedos gracias a nuestro trabajo secreto, pero suturar una arteria resultaría complicado, incluso para él. Si calculaba mal, podía desatar un sangrado interno.

La hoja salió y la sangre brotó, rociándome la cara. No salía disparada a intervalos uniformes, lo que sugería que su ritmo cardíaco estaba disminuyendo.

—¡Anishaa! —grité. Sin dudarlo, la artista vertió el alcohol sobre la herida y Cassie le entregó un paño húmedo—. ¡Empape la herida con agua!

La sangre se acumuló con demasiada rapidez para que pudiéramos ver bien. Una mano descendió sobre mi hombro, pero me negué a levantar la vista de mi tarea. Tenía que sujetarle la pierna con fuerza para detener la hemorragia, tenía que...

—Thomas. —La voz tranquila del doctor Wadsworth transmitía, sin embargo, una orden. Hice una pausa para mirarlo—. Ya puedes soltarle la pierna. Pon el cauterizador al fuego.

No quería soltarla. Una parte de mí sentía que, si lo hacía, Audrey Rose se me escaparía para siempre. Pero discutir acabaría con la vida de la chica a la que amaba. Sacudí la cabeza en forma de asentimiento y me apresuré a hacer lo que me habían ordenado. El doctor tenía mucha más experiencia con las venas y las arterias. Si alguien podía salvarla, era él.

Las cosas se movían en un borrón de precisión y pánico. Seguí las instrucciones de forma mecánica, ignorando todo lo que no fuera la voz del doctor. En aquel momento no había nada más que ciencia y determinación. Al cabo de un rato, el caos del comedor y el que había en el suelo a mis pies quedaron igualados. El doctor Wadsworth ladró a alguien para que me ayudara a sostenerle la pierna mientras él acercaba el cauterizador a la extremidad. Apenas me di cuenta de quién había acudido a ayudarme. La sangre cesó de repente. Fue como cerrar una espita. El par de manos que habían ayudado a sostenerla desapareció. Después de añadir más desinfectante al interior de la herida, el doctor Wadsworth cosió la piel de forma experta, indicándome con la cabeza que echara un poco de astringente Thayer una vez que hubiera terminado su tarea.

Mephisto se acercó y entró en mi rango de visión. Tenía los brazos cruzados y una expresión cuidadosamente controlada, pero no podía ocultar el temblor de su yugular mientras clavaba la mirada en Audrey Rose. Vi lo que intentaba ocultar: la sangre que cubría sus manos. Así que había sido él quien me había ayudado a sujetarla. Por alguna razón, a pesar de lo mucho que se había esforzado por traer al doctor, eso me hizo querer lanzarme sobre él. No tenía derecho a preocuparse por alguien a quien había intentado ganarse mediante un juego de manipulación. Él y sus malditos tratos y sus intenciones ocultas. Me veía capaz de estrangularlo allí mismo.

—¿Y ahora qué? —preguntó, su tono desprovisto de su burla habitual.

El doctor Wadsworth se subió las gafas hasta el puente de la nariz, lo cual le dejó una mancha carmesí en la cara. Respiró hondo, con una expresión demacrada y agotada.

—Ahora esperamos y vemos qué pasa.

Dejé de imaginar todas las formas en las que estrangularía a Mephistopheles con las cadenas de Houdini y me centré en cambio en la palidez blanquecina que se aferraba a Audrey Rose como un fantasma inoportuno.

A juzgar por el amplio charco carmesí que la rodeaba, si lograba sobrevivir a aquella noche, sería un bendito milagro. Tal y como estaban las cosas, mis posibilidades de convertirme en un asesino experto —un papel del que casi todo el mundo en Londres ya me acusaba— eran mucho mayores que las de que ella volviera a abrir los ojos.

En ese momento, quisiera reconocerlo o no, comprendí, solo un poco, cómo Andreas había tramado y ejecutado su venganza. Si Audrey Rose moría… a la bestia que anidaba en mi interior no le costaría mucho esfuerzo liberarse.

2

Casi veinte horas de insomnio después, los sonidos de los miembros de la tripulación que preparaban el barco para ir a puerto se abrieron paso entre los pensamientos que entraban y salían de mi cerebro mientras velaba en la enfermería. Hacía varias horas que había agotado todos los miedos y ahora había pasado a pensamientos triviales. Imaginé que las tiendas a rayas que el Carnaval Luz de Luna había instalado en la cubierta del paseo, lo que me parecía que había sido hacía unos instantes en lugar de dos días, eran recogidas a toda prisa para ponerlas a disposición de una nueva multitud. En una nueva ciudad.

Por fin habíamos llegado a Nueva York, y no podía sentirme emocionado en lo más mínimo. Había soñado con visitar aquella ciudad desde que tenía memoria, hipnotizado por las promesas de convertirme en alguien nuevo. Reinventarme. Perseguir sueños que a otros les parecían descabellados, pero que eran del todo posibles en Estados Unidos. A veces parecía que nadie quería dejar atrás su pasado tanto como yo.

Nueva York era el lugar perfecto para transformarme en quien quisiera. No tenía que ser el príncipe oscuro del que me acusaba mi padre, ni me sentiría atrapado siendo el joven extraño e insensible que había perdido a su madre demasiado joven. Allí, en Estados Unidos, podía ser solo Thomas Cresswell.

En aquel momento, pensando en las calles bulliciosas y en las posibilidades infinitas, Nueva York ostentaba poco atractivo. ¿De qué servía huir del destino cuando este volvía a por ti y te daba un puñetazo en la mandíbula sin importarle nada? Envidiaba a mi hermana en algunos aspectos. Su asociación con la Orden del Dragón (un antiguo grupo de caballeros nobles que buscaba proteger la cruz y su país de los invasores y que tomaba su nombre de nuestro antepasado Vlad Dracul) le permitía esa misma libertad que yo buscaba. Rechazar la oferta de unirme a sus filas secretas podría haber sido una decisión precipitada. Una de la que todavía no podía arrepentirme.

Dejé de pensar y me centré en el aquí y el ahora. Me senté en una silla que alguien había acercado a la cama en algún momento de la noche. O el profesor o Liza. Toda una vida recordando los hechos más oscuros se había esfumado a causa de mi pánico por vigilar el progreso de Wadsworth. Nada más había importado en esas primeras horas. Nada más que desear que su cuerpo se recuperara, haciendo todo tipo de promesas a Dios para que mejorara.

En aquel momento la miraba con esa misma intensidad y observaba el ligero ascenso y descenso de su pecho. No era mucho, pero había sobrevivido a la noche. Entrelacé mis dedos con los suyos y tragué con fuerza. Su piel era un tono más oscuro que la de un cadáver y estaba casi igual de fría. Un latido lento y constante retumbó en mi pecho. Insistente. Enfadado. Temeroso. A lo mejor nunca despertaba, y todo por salvarme.

—Alma valiente y tonta. —Luché contra el ardor que sentía en los ojos—. Deberías haber dejado que el cuchillo me diera. Si ella muere... *juro que tomaré el cuchillo que usó Andreas y se lo clavaré en su maldito corazón.*

—Y después de apuñalarlo, ¿qué? —preguntó el doctor Wadsworth, con voz ronca. Me contuve para no retroceder. No me había dado cuenta de que estaba en la habitación. Tampoco me había dado cuenta de que había dicho esa última parte en voz alta. Lo miré y negó con la cabeza—. ¿Honrarías su sacrificio haciendo que te encerraran como a un perro? ¿Crees que eso la haría feliz? No creía que fueras tan tonto, muchacho.

—No se está muriendo —casi gruñí. No sabía lo que estaba surgiendo de mi interior, pero el monstruo que había intentado destruir se había levantado en busca de alguien a quien atacar. Conté los segundos que pasaban en el reloj y utilicé la distracción para calmarme. Un momento después, dije con más suavidad—: No puede morir.

El doctor Wadsworth se acercó al borde de la cama, con una expresión amable.

—Todos debemos morir algún día, Thomas. Es un destino que todos compartimos. Hasta el último de nosotros.

Cerré las manos en puños.

—¿Es un destino que todos debemos compartir a los diecisiete años, profesor?

Un destello de seda azul hielo llamó mi atención. Liza se deslizó en la habitación, con rostro solemne.

—He oído voces fuertes y… —Su mirada se dirigió a su prima y su garganta se estremeció al tragarse la pena—. ¿Necesita tomar aire fresco, señor Cresswell? No se ha ido… —Le dirigí lo que creí que era una mirada incrédula, pero que debió de ser más bien feroz. Ella levantó las manos—. Era solo una sugerencia.

Se acercó a los pies de la cama, observando con atención cómo el doctor Wadsworth comprobaba el pulso de Audrey Rose. Yo mismo lo había hecho unos momentos antes de que entraran en la habitación: seguía siendo demasiado lento. El doctor se tocó el bigote, un gesto distraído que indicaba que estaba perdido en sus pensamientos. No necesitaba usar ninguna habilidad de razonamiento deductivo para saber que estaba preocupado. Además de la fractura de la pierna, Audrey Rose había perdido una cantidad de sangre importante.

Me senté de nuevo en mi silla. Imaginé que parecía listo para cruzar la habitación de un salto y arañar a cualquier intruso inoportuno, así que traté de relajarme. Mi mirada fue a parar a la mano intacta de Liza y enarqué las cejas. Con todo lo que había ocurrido en el escenario durante la última actuación, había olvidado la amenaza que había recibido Wadsworth. La carta, acompañada de un espeluznante regalo, era una ilusión más lanzada por un artista del Carnaval Luz de Luna. Otro truco sin sentido para despistar.

—No creí que fuera su dedo —dije—. Estaba empezando a mostrar signos de *rigor mortis*. No había estado desaparecida el tiempo suficiente para que apareciera.

—¿Qué dedo? —Liza frunció el ceño—. No tengo la menor idea de lo que quiere decir.

Mientras el doctor Wadsworth continuaba con su inspección médica, puse rápidamente a Liza al corriente del dedo cortado que se había utilizado como cebo para Audrey Rose. Le expliqué de forma metódica la nota, la amenaza y cómo había sido diseñada para ponernos nerviosos. Cuando terminé, se desplomó contra el marco de la puerta y se llevó una mano a la frente.

—Pobre Audrey Rose —logró decir al fin, con aspecto de sentirse mareada—. No puedo ni imaginar por lo que ha pasado. ¿De quién cree que era el dedo?

Me encogí de hombros y desvié la atención hacia la cama. La respiración de Audrey Rose se entrecortó antes de acompasarse de nuevo. Estuve a punto de lanzarme a su lado, pero me contuve.

—Encontraron otro cadáver en la bodega de carga durante la actuación final. Le faltaba un brazo entero, así que es lógico que se utilizaran partes de él. De hecho, yo…

—Thomas —advirtió el doctor Wadsworth—. Suficiente. ¿Has conseguido que Audrey Rose tomé algo de tónico?

—A duras penas. —Me incliné hacia delante y me froté la frente—. Puede que unas cuantas gotas.

—Si no se mueve pronto, tendremos que considerar…

Conté hasta cien, canalizando mi concentración solo en esa tarea. No quería escuchar nada más y, por fin, me quedé a solas con la mitad moribunda de mi alma.

• • •

—Admito que, si ella despierta, esta vigilia podría estar a su favor. ¿Ha dormido siquiera?

Levanté la mirada con brusquedad, sintiéndome aún demasiado salvaje para tolerar a nadie, y mucho menos a aquel tonto imprudente.

—Es usted un ser humano horrible.

El maestro de ceremonias enarcó las cejas.

—Suena como mi padre y mi hermano. ¿Y ahora por qué, exactamente, soy tan terrible?

—Sigue intentando manipularla mientras se aferra a la vida. Lo único que le importa es ganar premios. Maldita sea, no le importa lo que *ella* quiera.

—¿De veras? —resopló—. He venido a ver cómo les iba a los dos, y eso es una manipulación. —Sacudió la cabeza—. Si es así como quiere verlo, de acuerdo. Dígame, ¿cómo dice esa vieja expresión? «Ganarse su mano». O «ganarse su afecto» o… es un tipo inteligente. Seguro que puede ver el patrón.

—El término operativo que ha utilizado es «vieja». Ganar algo es una forma arcaica de ver el romance. Su corazón no es como una partida de cartas cualquiera. El amor no es un juego. Es una elección.

Una sonrisa odiosa se extendió por su rostro.

—Cuidado, señor Cresswell. Está dejando ver su inexperiencia. Las mujeres disfrutan siendo perseguidas. Las excita.

—No voy a discutir por algo tan ridículo aquí y ahora. —Me acerqué y le retiré un mechón de pelo húmedo de la cara—. Si de verdad la ama o le profesa afecto, ¿por qué no intenta ser sincero? —Lo miré—. Le diré por qué. Porque teme que nadie se enamore del hombre que hay detrás de la máscara. Así que recurre al engaño y a la ilusión. Manipula y lo llama romance. Conseguir que alguien se revuelque con usted en la cama no es algo de lo que se pueda presumir. Es usted quien hace gala de una horrible falta de experiencia en el cortejo y el amor. Si alimenta a alguien con mentiras suficientes, por supuesto que se dejará llevar por ellas. ¿Por qué no quiere a alguien que entienda su verdadero yo?

Él tensó la mandíbula, la mirada dura.

—¿Qué le hace pensar que ella no conoce mi verdadero yo?

Resoplé y ni siquiera me digné a responder. Había esperado más de una semana para confesarle su verdadero nombre. No podía imaginarme otra forma de esconderse más del mundo, de forma literal y figurada.

—Por supuesto, cortéjela si su afecto es verdadero —dije—. Pero hágalo como un hombre digno de recibir su amor. Sin trucos. Sin ilusiones. Desnúdese de sus mentiras y sea vulnerable. ¿Y si no puede lograrlo? No la merece.

Parecía estar considerándolo. Algo que no esperaba cruzó sus rasgos: el arrepentimiento.

—Debe de creerse muy valiente. ¿Debería ir a buscar un brillante caballo blanco para que cabalgue sobre él?

Le dediqué una mirada gélida.

—Esto no es un cuento de hadas. No soy un caballero blanco ni un príncipe de moral incorruptible.

—Si afirmara ser alguno de ellos, sabría una cosa con certeza.

—¿Qué?

—Que es un villano y un mentiroso. Igual que yo.

Después de eso, estuvimos en silencio durante un rato. Se movió hacia el otro lado de la cama sin dejar de mirarla. Era difícil descifrar la nueva expresión de su rostro. No sabía si de verdad se arrepentía de sus actos, o si se arrepentía de no haberlos ocultado mejor.

—¿No se cansa nunca de ser tan admirable? —preguntó—. Es una manera muy aburrida de vivir. Corriendo por ahí, salvando a damiselas en apuros.

—Si cree que hacer lo admirable es fácil o resulta natural, es más ingenuo de lo que pensaba —le dije, en un raro momento de sinceridad con él—. Lucho contra mi egoísmo innato porque la quiero. Quiero ser mejor no solo para ella, sino también para mí. Quiero ser el

tipo de hombre que merezca su confianza y su amor y que luego traba-
je para conservarlos y se convierta en una persona aún mejor.

Mephisto me miró como si acabara de desvelar uno de los secretos
más preciados del universo. Poco después borró su expresión, como si
no hubiera querido exponer tanta vulnerabilidad, pero lo vi de todas
formas. Tal vez sería mejor ahora que lo sabía.

Audrey Rose se revolvió, y el espíritu de lucha que quedaba en mí
me abandonó. Mephistopheles no importaba. Su intento de cortejarla
no importaba. Era menos que nada cuando se comparaba con lo que
yo haría para verla a salvo y feliz.

—Y no necesita que un caballero la salve. Es más probable que
entre a caballo, lo salve a usted y luego lo abofetee por ser un idiota
—dije, levantando al fin la vista. Pero el maestro de ceremonias había
desaparecido de nuevo.

3

ENFERMERÍA
RMS ETRURIA
9 DE ENERO DE 1889

—Thomas.

—¿Sí, doctor Wadsworth? —No aparté la atención de Audrey Rose. Su respiración era cada vez más estable. La última vez que le había comprobado el pulso, hacía cuatro mil trescientos setenta y ocho segundos, también había mejorado. Estaba luchando.

—Te necesitan para hablar con Andreas —dijo. Antes de que pudiera discutir, continuó—: Liza está esperando fuera y se quedará con Audrey Rose mientras nosotros no estemos aquí.

—Yo… —Quería ser la primera persona que ella viera al despertar, pero era una locura egoísta. Debía ayudar a interrogar al hombre responsable de los brutales asesinatos que habíamos investigado. Y el casi asesinato de Wadsworth. Le di un casto beso en la mano y seguí al doctor hasta el pasillo. Me dolían los músculos. Me di cuenta de que no me había movido en varias horas.

Bajamos al vientre del barco, pasamos por las salas que albergaban los arcones del carnaval y nos adentramos más allá incluso de la sala de máquinas. Nos cruzamos con miembros de la tripulación que hacían rodar carros de equipaje por los pasillos, desde donde, sin duda, serían enviados a los hoteles y casas de los ricos.

Cuando llegamos al calabozo, esperaba que hubiera jaulas parecidas a una mazmorra sucia. En realidad, se trataba de una pequeña celda enrejada con una jarra de agua y un vaso, un pequeño catre, un cubo para los desechos, una almohada y una manta decentes. Andreas estaba tumbado en el catre, sin su máscara del carnaval. Tenía la cabeza rubia apoyada en una mano pálida y nos miró cuando entramos.

—¿Y bien? —preguntó, sonando aburrido. Por lo visto, no resultábamos demasiado divertidos para un asesino—. ¿Qué quieren ahora?

Me crucé de brazos para no atravesar los barrotes y estrangularlo.

—Hábleme del cadáver que había en el arcón.

Se encogió de hombros y se desplomó de nuevo en el catre.

—¿Qué pasa con eso? ¿No les he dicho ya el motivo exacto por el que elegí a esas víctimas? ¿O estaba demasiado ocupado llorando por su mujer muerta para recordar los detalles?

Golpeé contra los barrotes, el metal repiqueteó. El doctor Wadsworth me tocó el brazo, pero me aparté. Respiré hondo para despejar mi ira. No dejaría que me pusiera nervioso. Otra vez.

—Recuerdo que es un cobarde. Fue víctima de unas circunstancias desafortunadas y, en lugar de llevar su queja a los tribunales, decidió asesinar y mutilar a mujeres inocentes. No tuvo el valor de luchar con los hombres a los que responsabilizaba de la muerte de su prometida. —Sonreí mientras él salía de la cama, con la cara de un tono rojizo malsano y los puños apretados—. Creo que eso cubre la mayor parte. Ahora, responda a mi pregunta. El cadáver del arcón era diferente. Explique cómo despachó a esa víctima.

Se acercó a la jarra y se sirvió un vaso de agua mientras me miraba con desprecio. Le devolví la sonrisa. No era yo el que estaba encerrado en una jaula. Y a él más le valía desear no tener la desgracia de cruzarse conmigo cuando no estuviera a salvo entre rejas.

—La rajé. Igual que a las otras.

—¿Y el arcón? —pregunté, observándolo de cerca. Estaba mintiendo. Era extraño que ocultara la verdad cuando antes se había mostrado tan arrogante al compartirla—. ¿Por qué dejar su cuerpo allí?

Se quedó mirando su agua, sin mirarme a los ojos. Otra señal de deshonestidad. Había interrogado a muchos hombres culpables y casi todos tenían dificultades para mantener el contacto visual.

—Iba a… —se pasó una mano por la cara—. No sé. No recuerdo haberlo hecho, pero si hay un cadáver, debo de haberlo hecho.

—¿Por qué robó esos trozos de tela de las habitaciones? —pregunté, entrecerrando los ojos.

Miró abajo a la izquierda antes de responder. Otra señal.

—No lo hice.

—Mentira —dije, complacido cuando frunció el ceño—. ¿Por qué se los lleva? ¿Tenían algún significado para usted?

—No —dijo, admitiendo por fin la verdad. Suspiró—. No significaban nada. Yo solo… me los llevé. Me gustaba su aspecto. Q-quería hacerme un traje con ellos para el espectáculo.

Se lanzó a contar una historia sobre pequeños robos en Baviera y cómo aquello había sido un catalizador para unirse al Carnaval Luz de Luna. Lo inspeccioné en busca de alguna de sus costumbres delatoras al mentir. No mostraba ningún signo de ello. Cuando terminó, levanté la barbilla hacia el doctor Wadsworth. A menos que él tuviera más preguntas, yo ya había terminado. Andreas no había asesinado a la persona encontrada en el arcón, lo que significaba que teníamos un problema mayor del que ocuparnos.

Estábamos subiendo las escaleras hacia el siguiente nivel cuando por fin hablé.

—Tenemos un segundo asesino a bordo de esta nave, profesor. Y su método para asesinar es…

—No sigas. —Su tono no admitía más discusiones—. Ya he hablado con el capitán y se niega a reconocer la posibilidad. Se lo mencioné a la policía y parecían más divertidos que recelosos.

Respiré hondo cuando llegamos al siguiente nivel y continuamos por el oscuro pasillo. No me sorprendió: nadie quería creer que fuera posible que existiera otro Jack el Destripador. Sobre todo, en su ciudad y tras otra tragedia indescriptible.

Al doblar la esquina y pasar por la estancia que contenía los arcones del Carnaval Luz la Luna, Mephistopheles apareció en el pasillo y me hizo un gesto.

Qué maravilla. Otra oportunidad de cometer un asesinato antes de que acabara el día. El doctor Wadsworth se detuvo y paseó la mirada entre el maestro de ceremonias y yo, exigiendo en silencio que me comportara como un caballero y no acabara en una celda adyacente a la de Andreas. Era la petición más cruel que me había hecho, pero incliné la cabeza.

—He estado pensando en nuestra conversación —dijo Mephisto, que se cruzó de brazos una vez que el doctor estuvo fuera del rango auditivo. El traje que llevaba ese día era de color berenjena intenso con flecos plateados. Era horrible—. Yo... es posible que haya tergiversado un poco la situación. —Lo miré fijamente hasta que suspiró—. Por lo general, me dedico a hacer tratos y a representar un papel para la gente... —exhaló, e incluso con su máscara de embaucador puesta, vi a la persona real detrás de los trucos y los juegos—. Nunca debería haber hecho ese trato con ella, sabiendo que estaba enamorada de usted. Debería haberme comportado con decencia y haberla ayudado de todos modos, sin ataduras.

Era más de lo que esperaba. A regañadientes, mi respeto por él aumentó un poco.

—¿Cuáles fueron, exactamente, los términos que impuso?

—Le enseñaría prestidigitación y tendría acceso a los artistas, para que descubriera si el asesino era o no uno de los míos. —Extendió una mano y se pasó las uñas por el pecho—. También podría haber endulzado el trato prometiendo separar a Liza y a Houdini. Otra manipulación deplorable, pero el bien general que hubiera supuesto habría sido una buena justificación. Liza tenía que volver a casa con su familia, esta vida de carnaval no es para ella. Por mucho que respete a Houdini, no quería verla tirar toda su vida por la borda.

—Y a su vez, ¿usted qué ganaba? ¿Acceso a Audrey Rose? —Entrecerré los ojos mientras le tomaba rápidamente la medida—. Ah. Quería de verdad que ella resolviera el misterio, ¿no es así?

Me dedicó una sonrisa perezosa.

—Por supuesto. Y no hizo daño que deseara besarla con desesperación. Me comporté mal. No volveré a repetir algo así. —Se enderezó y sacó dos entradas de la nada—. Para usted y la señorita Wadsworth. Si quieren volver a disfrutar del espectáculo, por favor, háganlo gratis. Lo prometo, sin asesinatos, sin tratos indebidos. Solo ofrezco amistad a partir de ahora. Para los dos.

Acepté las entradas y me las guardé en el chaleco.

—Audrey Rose sigue... —No me atreví a decirlo—. ¿Va a esperar para despedirse?

Se quitó la máscara y la arrojó al interior de la habitación. Sin ella, vi que estaba bastante cerca de mi edad. Quizás solo fuera unos meses mayor. Me pregunté por el camino que había tomado su vida, por los problemas a los que debía de haberse enfrentado para perder el sentido de la moralidad siendo aún un joven. Él y yo no éramos tan diferentes. Quizás algún día *pudiéramos* ser cordiales. Desde luego, parecía tan solitario como yo.

—Creo que es mejor que le transmita usted mis saludos —dijo, mirándome por fin a los ojos—. Por si sirve de algo, lamento cualquier agravio que le haya causado, señor Cresswell. Aunque su forma de expresarse necesita mejorar mucho —dijo, volviendo a sonreír—, aprecio su franqueza. Si alguna vez necesita mi ayuda en el futuro, sepa que me gustaría ofrecérsela.

4

En un momento estaba sumido en pensamientos desoladores, culpándome de lo que le había ocurrido a Audrey Rose y, al siguiente, sus párpados se agitaron. Tardó un instante en abrir los ojos del todo y dejó escapar un ruidito de sobresalto cuando me incliné sobre la cama y le cogí la mano.

Su expresión se iluminó todo lo posible y luego ese brillo se desvaneció a toda velocidad cuando su mirada me recorrió. Sabía cuál era mi aspecto. Ojos, inyectados en sangre. Pelo, despeinado. Expresión, salvaje. Habían sido las veinticuatro horas más largas de mi vida.

—Creí… —Me aferré a su mano como si esa fuerza fuera a mantenerla allí, en esa habitación y en este mundo, para siempre—. Creí que te había perdido para siempre, Wadsworth. ¿En qué diablos estabas pensando?

Ella frunció el ceño en lo que parecía un intento por recordar los acontecimientos del último día y medio.

—¿Qué ha pasado?

Casi mueres por mí. Te clavaron un cuchillo en el fémur. Casi me arrancaste el corazón del pecho mientras agonizabas. Respiré hondo.

—¿Aparte de que corriste a salvarme de una muerte segura? ¿De que recibiste una herida de cuchillo peligrosamente cerca de la arteria femoral? —Sacudí la cabeza y me recompuse. No era el momento de enfadarse por tonterías. Tensé la mandíbula—. El cuchillo se hundió tan profundo que se clavó en el hueso, Audrey Rose. Tu tío pudo extraerlo mientras Mephistopheles y yo te sujetábamos, pero no podemos saber con certeza lo dañado que está el hueso. Por ahora, no creemos que esté fracturado.

Se estremeció. Apreté los dientes, pensando que su dolor había reaparecido al mencionarlo. Mi madre se quejaba a menudo de dolores y su expresión era similar. Hubiera dado cualquier cosa por quitárselo, por hacer retroceder el tiempo y evitar que fuera mi heroína a costa de su vida.

—Parece que habéis estado muy ocupados —me respondió, intentando sonar despreocupada—. ¿Qué día es hoy?

—Has estado inconsciente solo una noche. Ya hemos atracado en Nueva York. —Quería decir más, contarle lo desesperado y descontrolado que me había sentido, que mis emociones casi me habían robado todo sentido de la razón y la lógica, pero en lugar de eso me concentré en dibujar pequeños círculos en su mano. El movimiento me tranquilizaba casi tanto como a ella—. Andreas lo ha confesado todo.

Se quedó callada un momento.

—¿Incluso lo del cuerpo que encontramos en el arcón? —Asentí—. ¿Ha explicado por qué esa víctima era diferente de las otras?

Me centré en la manga de su bata y retorcí la tela alrededor de sus muñecas. Quizás no fuera el momento adecuado para hablar de temas estresantes. Acababa de despertarse después de veinticuatro horas de estar inconsciente. La realidad es que era una idiota que no sabía nada de la gente.

—¿Thomas? —preguntó ella, con voz suave—. Estoy bien. No tienes que tratarme como si ahora fuera de porcelana.

Como si no fuera la persona más valiente o fuerte que conocía.

—No es por ti —dije, dejando escapar un suspiro. Nunca era el momento adecuado para hablar de asesinatos, pero Audrey Rose podía soportar lo que iba a decir a continuación. Aunque *yo* no estuviera del todo preparado para ello—. Cuando preguntamos a Andreas por ese crimen, aseguró no saber nada de él. Está en el calabozo hasta que la policía venga a buscarlo. Aún no están seguros de dónde será juzgado, ya que la mayoría de sus crímenes ocurrieron en alta mar. Quizá tengamos que volver a Inglaterra.

Tenía la vista clavada en mí, como si no pudiera asimilar esa complicación. Aunque puede que empezara a ver el mismo patrón que yo.

—Pero ¿por qué no iba a confesar...?

—Tu tío y yo creemos que es posible que haya habido un segundo asesino a bordo —dije, exponiéndolo con rápida precisión. A veces un corte limpio era lo más amable—. Los pasajeros ya han empezado a desembarcar, así que si Andreas no cometió ese asesinato, entonces...

—Entonces de permitir que un asesino que imita al Destripador llegue a Estados Unidos...

Abrió los ojos de par en par cuando se dio cuenta de lo que pasaba. Ninguno de los dos habló. Solo podía imaginar los pensamientos que pasaban por su mente, los miedos. Los recuerdos sobre su hermano de los que tanto intentaba escapar. Había pasado la mayor parte de las últimas horas tratando de encontrar otra explicación plausible, pero había fracasado.

De hecho, cuanto más repasaba los escenarios de los asesinatos, cuanto más me fijaba en los detalles, más claro quedaba que eso era precisamente lo que había ocurrido. Tenía pocas dudas de que un Destripador americano estaba acechando las calles de Nueva York en ese mismo momento.

—Por ahora —continué—, esperemos estar equivocados y que Andreas simplemente se siente poco cooperativo.

Wadsworth salió de su ensoñación y me miró a los ojos. Sabía que era una mentira, pero no insistió. Tal vez ambos queríamos seguir perdidos en el mundo de mentira que el Carnaval Luz de Luna había traído a nuestras vidas. Al menos por el momento.

—¿Fue él quien robó la tela? —preguntó—. ¿O ese delito no estaba relacionado?

—Admitió haberla robado, al parecer es un ladrón de poca monta cuando no asesina por venganza. Es una vieja costumbre que adquirió en Baviera. Solía robar ropa de las personas a las que les leía la buena fortuna. Una mujer reconoció una prenda que le faltaba y lo denunció a la policía, por lo que se marchó y se unió al carnaval.

—Hablando de eso... ¿qué pasa con el Carnaval Luz de Luna? —Dudó un momento—. ¿Cómo están Mephistopheles y Houdini?

—Ambos te envían saludos. —Me impresionó lo suave que sonó mi voz, aunque mi corazón era otra cosa. Mantuve una expresión neutral mientras la inspeccionaba en busca de señales de decepción. En lo que a mí respectaba, creía que Mephisto debía ser enviado al otro extremo del continente hasta que resolviera sus problemas, pero si ella se sentía molesta por su ausencia...—. Mephistopheles te envía sus disculpas y dos entradas gratis para su próximo espectáculo. —Su sonrisa era difícil de descifrar—. Él y Houdini han asegurado que no querríamos perdernos lo que están preparando, va a ser...

—¿Espectacular? —respondió con la misma mirada sardónica. No tenía ni idea de si estaba disimulando su tristeza o si de verdad le parecía bien la marcha precipitada del maestro de ceremonias, pero me reí de todos modos.

—Por su propio bien, eso espero. Tienen que encontrar algo que distraiga a la gente de los múltiples asesinatos cometidos por su famoso vidente. Aunque, conociendo a Mephisto, encontrará la manera. La infamia atrae al público. A todos nos fascina lo macabro. Deben de ser nuestras oscuras y retorcidas almas humanas.

—Me alegro de que todo haya terminado —dijo—. De verdad espero que las familias encuentren algo de paz.

Asentí, pero ella se perdió en sus pensamientos privados, lo que me llevó a preguntarme una vez más si no habría preferido elegir un camino diferente para ella.

—¡Liza! —Se lanzó hacia delante, puso una mueca y luego se desplomó hacia atrás, arrancándome de mis preocupaciones—. ¿Dónde está? ¿Se encuentra bien? Por favor, dime que está viva. No podría soportarlo.

Le indiqué que se inclinara hacia delante y moví las almohadas para que se apoyara mejor en ellas. La empujé hacia atrás con suavidad y no encontré resistencia por su parte cuando se recostó contra ellas. La tensión desapareció de las arrugas alrededor de su boca.

—Se encuentra bien. Andreas la drogó y la encadenó en su camarote. Pero se está recuperando. Mucho más rápido que tú.

Ella soltó un suspiro y se desplomó aún más contra las almohadas.

—No estoy preocupada por mí.

Por supuesto, no lo estaba. Nunca se preocupaba por sí misma. Conté hasta veinte.

—Pero yo sí. Hay algo más que deberías saber… sobre tu herida. —Prefería que me arrastraran sobre brasas ardientes antes que darle esa noticia. Me miré las manos inútiles. Me habían atado y era incapaz de bloquear ese maldito cuchillo—. Podrás caminar, aunque es posible que sufras una cojera permanente. No hay forma de determinar cómo se curará.

Y temía que fuera un recordatorio eterno de la terrible decisión que había tomado. Un repentino y abrumador sentimiento de culpa se apoderó de mí. Lo ahogué. El aire pareció espesarse. Fui a tirarme del cuello de la camisa, para aliviar el miedo que seguía arañándome la garganta con sus garras. Tal vez ella siempre asociaría mi presencia con su herida. Tal vez la sola visión de mí la atormentara. Mi vida empezó y terminó en los pocos latidos que tardó en responder. Sonrió con timidez.

—El precio del amor no es barato —dijo—. Pero el coste merece la pena.

Me levanté de mi asiento, incapaz de mantener mis emociones bajo control, y le solté las manos. Si no me marchaba en aquel preciso instante, solo haría aquello más difícil. El amor nunca, nunca, debería costarle algo a alguien. Debería ser un intercambio gratuito. Pero casi se había destruido a sí misma por mí. Yo no valía todo eso.

—Ahora tienes que descansar. —No pude sostener su mirada inquisitiva de ojos verdes, aunque la sentí sobre mí como un golpe físico—. Tu tío vendrá pronto para discutir los arreglos del viaje. Y sé que Liza también ha estado dando vueltas fuera.

Me moví con rapidez por la habitación antes de perder el valor de hacerlo.

—Thomas… —dijo, su voz suave, dolida—. ¿Qué…?

—Descansa, Wadsworth. Volveré pronto. —Recogí mi sombrero y mi abrigo, necesitaba salir al exterior para que el gélido viento despejara mis pensamientos. Me costó toda mi voluntad colectiva, pero conseguí salir de la habitación sin volverme. Ella necesitaba librarse de mí, era como una toxina que avanzaba despacio y acabaría corrompiéndola con el tiempo. Irme era la acción más desinteresada que había hecho nunca, y me sentí fatal.

5

Me agarré a la barandilla, ignorando el mordisco de la temperatura casi gélida del metal, y me concentré en contar todos los pasajeros que desembarcaban. Llegué a cincuenta y dos antes de echar una mirada a Audrey Rose. Su atención estaba obstinadamente fija en la multitud de abajo, el músculo de su mandíbula tan tenso como su postura. Quería envolverla en mis brazos, apretarme contra ella, inhalar su aroma floral y besarla hasta que volviera a mí desde ese lugar frío y distante al que se había retirado. Pero quería que ella eligiera su camino (Mephisto o yo) sin interferencias.

Aunque me estuviera matando.

Se le entrecortó la respiración y mi decisión de darle espacio se rompió en pedazos.

—Volveré contigo muy pronto, Wadsworth. Ni siquiera notarás que me he ido.

Me quedé quieto, esperando que lo negara. Que me dijera que era un tonto. Que exigiera que me quedara. No lo hizo. En cambio, dijo:

—¿Eso es todo? ¿Eso es todo lo que tienes que decir?

—La realidad es que me necesitan aquí, en Nueva York, como representante de tu tío. —Respiré hondo y me obligué a seguir mirando a los pasajeros. Necesitaba soltarme—. Me reuniré con vosotros tan pronto como pueda.

Con el rabillo del ojo, vi que una lágrima recorría su mejilla.

Mi determinación se desvaneció.

La apartó con rabia, dejándome adivinar sus emociones exactas.

—¿No se supone que debes decir algo como «Te echaré de menos con locura, Wadsworth»? ¿«Estoy seguro de que estas próximas semanas serán una especie de tortura lenta»? ¿O alguna otra frase ingeniosa típica de ti?

La batalla que había estado librando cesó. La miré a los ojos, haciendo lo posible por mantener mis emociones bajo control.

—Por supuesto, te echaré de menos. Sentiré como si me arrancaran quirúrgicamente el corazón del pecho en contra de mi voluntad. —Respiré hondo otra vez—. Preferiría que me atravesaran con todas las espadas del arsenal de Jian. Pero esto es lo mejor para el caso.

Si lo repetía lo suficiente, puede que pronto me lo creyera. La expresión de esperanza de su rostro desapareció. No estaba seguro de si era por la imagen de un cuchillo tan pronto después de su lesión o si la mención del caso la había molestado.

—Entonces le deseo lo mejor, señor Cresswell. —Su tono fue cortante. Su filo cortó mi herido corazón—. Tiene razón. Estar molesta es una tontería cuando pronto nos volveremos a encontrar.

Quería alcanzarla. Atraerla a mis brazos y luchar por su amor. Pero hacer eso iría en contra de todo lo que le había prometido antes. No la manipularía de ninguna manera. Sin embargo, una extraña sensación se enroscaba en mi interior y golpeaba mi conciencia. Algo no me cuadraba en todo aquello, no podía deshacerme de la preocupación de haber perdido un argumento válido.

Dudé, repitiendo los últimos momentos en mi mente, tratando de descifrar cada matiz de su expresión, cada cambio de tono. Tenía que estar perdiéndome algo…

—¿Señor Cresswell? —Un policía se aclaró la garganta con amabilidad, destruyendo el último de nuestros momentos juntos. No pude evitar sentir que había estado a punto de descubrir algo importante y oculté mi irritación. Aparté la mirada de Audrey Rose y lo miré—. Vamos a llevar los cuerpos a tierra. Necesitamos que se dirija al hospital.

Una parte de mí quería decirle que se fueran sin mí. Necesitaba un momento más para resolver aquello. Excepto que no estaba seguro de que otro momento fuera a importar. No me atrevía a preguntarle directamente a Wadsworth si deseaba un cortejo con Mephistopheles. Y no creía que otros sesenta segundos me ayudaran a descifrar el rompecabezas de su oscuro estado de ánimo.

El policía esperó con educación.

Asentí, el movimiento parecía mecánico mientras mi mente giraba en otras direcciones.

—Por supuesto —me escuché decir a mí mismo—. Estoy a su disposición.

El agente sonrió a Audrey Rose y volvió a desaparecer por la puerta. No me atreví a apartar la mirada. No quería enfrentarme a la realidad de nuestra situación. Me encontraba en terreno peligroso: la más mínima insinuación de que le había hecho daño y no podría seguir adelante con mi partida. Apagué toda emoción, congelé ese calor abrasador de mi interior. No sería yo quien hiciera aquello más difícil para ella. Tenía todo el derecho a elegir su propio destino.

Y yo tenía todo el derecho a cerrarme en banda y protegerme del daño.

—Adiós, señorita Wadsworth. —Sentí que mi compostura se hacía pedazos junto con mi corazón—. Ha sido un enorme placer. Hasta que nos volvamos a encontrar.

Necesitaba moverme deprisa, pero parecía incapaz ponerme en marcha. Sentía esa abrumadora sensación de que algo iba mal, pero no sabía si era el monstruo que llevaba dentro, enfurecido por haber perdido aquella batalla. Me incliné, desesperado por robar un segundo más, y luego ordené a mis piernas que se movieran. No sé lo que esperaba, tal vez que ella gritara o me maldijera o me bloqueara el paso.

Que me dijera que era un idiota y luego me besara hasta que ambos recuperáramos el sentido común. Me di cuenta de que mi vacilación era esperanza. La esperanza de que ella hiciera alguna de esas cosas. Pero no las hizo.

Me atreví a echarle una última mirada al pasar. Asintió con la cabeza, con los labios fruncidos. No habría declaraciones de amor. Me estaba dejando ir. La realidad se estrelló contra mí y luché contra un curioso vuelco en el estómago. Volví a avanzar y me detuve en el marco de la puerta. Mis dedos tamborilearon un familiar ritmo de *staccato*. Uno, dos, tres, uno, dos, tres. Egoísmo. Era parte de la bestia que se burlaba de mí ahora. No me sometería a ese monstruo. Ni por ella, ni por nadie.

Entré en el pasillo y bajé las escaleras a toda prisa, con el pulso acelerado por el sonido de mis zapatos al golpear los escalones. Si corría lo suficiente, tal vez descubriría la fórmula para escapar del desamor.

Llegué hasta los muelles antes de darme cuenta de lo idiota que era. El amor era noble. Pero también era un luchador. No se rendía ni huía. No se rendía ante un imbécil pomposo con trajes de lentejuelas y una moral pésima. Sería la peor clase de compañero si no luchaba contra alguien así. Decirle a Wadsworth lo mucho que la amaba no era para nada egoísta. Todo lo contrario. El policía agitó una mano frente a mi cara.

—La comisaría está justo…

—Tengo un asunto urgente que atender —dije, sin lamentar en absoluto haberle cortado—. Lo veré en la morgue en dos horas.

En lugar de esperar una respuesta, prácticamente di la vuelta a la manzana, moviéndome tan rápido como me lo permitían las calles abarrotadas. Los carruajes retumbaban sobre los adoquines, había mujeres con sombreros y hombres con trajes elegantes paseando. A toda prisa, eché un vistazo a las tiendas, recordando que *lord* Crenshaw había mencionado una tienda en aquel barrio que fabricaba algo que yo necesitaba. Tres puertas más abajo, la encontré. *Alza el bastón.*

Una campana tintineó en lo alto cuando empujé la puerta para abrirla. Un anciano tan nudoso como la madera que tallaba me miró de arriba abajo.

—¿Qué puedo hacer por usted?

Eché un vistazo a la pequeña habitación. Había bastones con pomos en forma de serpientes, águilas, grandes bestias como leones y elefantes, y una magnífica rosa de ébano. Saqué ese último del estante y me dirigí al anciano.

—También necesito un bastón a medida. Me gustaría un pomo con cabeza de dragón. En madera de palisandro, si es posible.

El hombre asintió, sacó un diario andrajoso y se quitó un lápiz de detrás de la oreja.

—¿Cuánto mide usted?

Enarqué las cejas.

—Un poco más de ciento ochenta y seis centímetros.

Puso los ojos en blanco.

—En inglés, chico.

No me molesté en señalar que le *estaba* dando la métrica inglesa. Hice un cálculo rápido.

—Seis pies y una pulgada. Pero el bastón no es para mí —añadí mientras bajaba la mano a la altura precisa—. Es para alguien que mide alrededor de… —hice una estimación mental— cinco pies y cinco pulgadas.

—De acuerdo. —El hombre asintió—. ¿Su mujer?

Abrí la boca, dispuesto a soltar una letanía de razones por las que esa frase era ofensiva, pero suspiré.

—Mi compañera. Resultó herida durante una pelea de cuchillos.

El hombre pareció extrañamente impresionado mientras volvía a tomar notas en su cuaderno. Mientras apuntaba, me paseé por la habitación, inspeccionando sus bastones artesanos. Todos eran preciosos. Tosió para requerir mi atención.

—¿Qué le parece esto?

Dio la vuelta al cuaderno para mostrarme un boceto rápido de su diseño. Era casi perfecto.

—¿Le importa? —pregunté, indicando el lápiz. Negó con la cabeza y me lo entregó. Enrollé el cuerpo del dragón alrededor de la parte superior del bastón. Luego añadí dos rubíes donde se encontraban los ojos. Una oda a mi dragón favorito de nuestra casa rumana: Henri. Esbocé una hoja de estilete en el extremo opuesto y luego volví a dar la vuelta al cuaderno—. ¿Puede hacer que al empujar el ojo de rubí se libere una hoja oculta?

Frunció un poco el ceño mientras consideraba la idea.

—¿Se meterá en otra pelea de cuchillos?

Lo pensé durante una fracción de segundo.

—Todo es posible. —Sonreí—. ¿Puede hacerlo?

—Claro que puedo, muchacho. —Parecía sentirse un poco insultado—. Pero Roma no se construyó en un día. Necesito una semana o dos.

Pagué el bastón con el pomo en forma de rosa y dejé un depósito y una dirección para la entrega del que había dejado encargado. El palisandro era un homenaje a mi madre, el dragón, un guiño al hecho de ser descendiente de Drácula. Confiaba en que a Audrey Rose no le importara llevar un símbolo de mi casa, porque esperaba de todo corazón que aceptara convertirse en miembro de ella.

Una vez terminados mis asuntos, salí de la tienda y corrí de vuelta al *Etruria*, esperando no llegar demasiado tarde para decirle a la chica que amaba lo mucho que significaba para mí.

6

—Pero, ¿y si se ha ido por el accidente? —La voz de Audrey Rose sonó muy frágil. Me costó un esfuerzo hercúleo contenerme mientras me situaba detrás de ella. ¿Cómo podía tener miedo de *eso*? Me tragué el nudo que se me formó en la garganta y Liza por fin se fijó en mí al verme por encima del hombro de su prima. Abrió un poco los ojos. Me llevé un dedo a los labios, esperando que no revelara mi presencia todavía—. ¿Y si...?

—Discúlpame —dijo Liza, señalando el extremo opuesto del barco—. Creo que veo a la señora Harvey saludándonos desde allí. Debo ir con ella de inmediato.

Ahogué una risa. Liza era muchas cosas, pero ser actriz no era su mayor talento.

—¿En serio? —Audrey Rose se restregó la cara y, aun sin ver su expresión, me imaginé lo irritada que se sentía. Una parte de mí quería abrazarla y la otra deseaba reírse. En ese preciso instante, se giró, con la molestia grabada en sus rasgos hasta que su mirada encontró la mía. Parpadeó, como si no estuviera segura de que yo fuera real, y luego negó despacio con la cabeza al caer en el motivo de la retirada de su prima. Una lágrima se deslizó por su rostro. Seguida de otra. La ocurrencia con la que estaba a punto de deslumbrarla abandonó mi mente mientras intentaba descifrar el origen de sus lágrimas. Era difícil deducir si estaba contenta o enfadada por mi repentina aparición.

—Cresswell. —Levantó la barbilla y mi perverso corazón dio un vuelco—. Creía que tenías asuntos que atender.

Su tono estaba impregnado de una ira que no había previsto.

—Así era. Verás, se me ocurrió preguntarle a *lord* Crenshaw dónde había mandado hacer ese bastón tan increíble que tiene después de que tu tío y yo finalizáramos nuestra última entrevista. Imagina mi sorpresa cuando dijo que lo había comprado aquí en Nueva York. De hecho, hay una tienda aquí a la vuelta de la esquina. —La distancia entre nosotros era insoportable. Me acerqué un paso más mientras señalaba la calle—. Creo que esta rosa supera a la que intentó entregarte Mephistopheles.

—Yo… —frunció el ceño, a todas luces aturdida por mi encanto e ingenio—. ¿Qué?

Tal vez aún no estuviera del todo aturdida. Lancé el bastón al aire y lo recogí con la mano contraria, cayendo con gracia sobre una rodilla mientras le ofrecía el regalo y mis disculpas. La estudié con detenimiento mientras contemplaba el bastón. Parpadeó dos veces de más y tragó muy deprisa. O le encantaba o en realidad le había recordado su lesión y la había hecho enfadar. De repente, el aire resultó demasiado espeso para respirar. Me esforcé por mantener el miedo apartado de mi rostro.

—Thomas, es…

Si decía que lo detestaba, sería capaz de tirarme por la borda por haber sido tan tonto.

—¿Casi tan apuesto como yo?

Su risa fue cálida e inmediata, y la expresión de euforia en su rostro calmó mis nervios.

—En efecto.

Pensé en las últimas dos horas. Los últimos diez días. A partir de aquel momento tendríamos que ser sinceros con nuestros corazones. No más muros.

—Nuestro trabajo siempre será importante para ambos. Pero mi corazón te pertenece por completo, Wadsworth. Pase lo que pase. La única forma de que deje de ser tuyo será la muerte. E incluso entonces, lucharé con cada fibra de mi ser para mantener tu amor cerca. Ahora y para siempre.

Se levantó despacio y me pasó los dedos por el pelo. Nunca me había sentido tan bien. Casi me incliné hacia su tacto, librando una batalla perdida mientras cerraba los ojos.

—¿Sabes qué? Creo que esta es la rosa más preciosa que he recibido nunca.

—Mi truco de magia también fue bastante impresionante. ¿Crees que Mephistopheles me contratará? Podría practicar. De hecho, *ambos* deberíamos hacer un número juntos. —Le ofrecí el brazo y echamos a andar por el paseo marítimo, con la esperanza de un futuro compartido. Me aferré a ella y presté mucha atención a cómo nos movíamos. No quería que se hiciera aún más daño porque yo estuviera ensimismado—. ¿Qué te parece «Los increíbles Cressworth»? Suena bien.

—¿«Cressworth»? ¿En serio has combinado nuestros nombres? ¿Y por qué tu nombre va en primer lugar? —Hizo una pausa lo bastante larga para ofrecerme una sonrisa burlona. Una chispa prendió en mi interior y de repente me invadió una nueva sensación. Un amor profundo e inquebrantable—. Creo que la parte más sorprendente de nuestra actuación sería no adormecer al público con tus ocurrencias.

—Qué mujer tan diabólica. ¿Qué nombre sugieres?

—*Mmm*. Supongo que tenemos mucho tiempo para descubrirlo.

—*Mmm*. Hablando de eso, he estado pensando.

—Eso siempre trae problemas.

—En efecto. —Ya no pude evitar tirar de ella hacia mí, con la esperanza de no volver a separarme de ella—. Hemos merodeado por callejones londinenses, explorado castillos laberínticos infestados de arañas, sobrevivido a un carnaval mortal… —Me acerqué lo suficiente como para que nuestros labios se tocaran, si ella quería. Recé para que quisiera—. Quizás ahora podríamos probar con una de mis sugerencias. ¿Puedo tentarte con…?

—Bésame y ya está, Cresswell.

Esbocé una sonrisa lenta antes de acercar mi boca a la suya.

Quería que fuera un beso dulce, que simbolizara el amor y la disculpa, pero ella tenía otras ideas que yo me sentí más que feliz de complacer. Me agarró de la solapa con su mano libre y me acercó. Sus labios se entreabrieron ligeramente, invitando a mi lengua a acariciar la suya.

La obedecí, saboreándola por completo, dejándome llevar por la sensación de que era cálida, resplandeciente y estaba viva bajo mi tacto.

7

SALA DE ESTAR

QUINTA AVENIDA, NUEVA YORK

13 DE ENERO DE 1889

La luz del sol se derramaba sobre la alfombra turca del salón de *lady* Everleigh como una botella de brandy volcada. Su calidez me llenaba casi tanto como se sabe que lo hace el licor. Wadsworth y yo estábamos disfrutando de una tarde de lectura. Llevábamos cuatro días de ocio en casa de su abuela y no me cansaba de pasar tiempo con ella, haciendo las cosas más corrientes. Ella estaba absorta en alguna revista científica sobre ingeniería y yo estaba disfrutando a fondo el primero de una nueva saga romántica de uno de mis autores favoritos. Lo único que faltaba era el cariño de una pequeña mascota. Yo sentía predilección por los gatos, pero los perros también eran agradables. No estaba seguro de si era posible sentirse más a gusto, pero...

—Tenemos que hablar de Mephistopheles.

Y ahí se acabó la felicidad. Cinco palabras que me habría gustado borrar para siempre de la faz de la tierra. Esbocé una sonrisa perezosa y dejé mi libro. Podía ser racional y civilizado, sobre todo después de la rama de olivo que el maestro de ceremonias había ofrecido antes de marcharse. Estaba casi seguro de ello.

—Muy bien. Empezaré yo. —Pareció dudar ante mi tono entusiasta, pero asintió. Ensanché la sonrisa—. Si crees que existe un universo en el que no he fantaseado con cien formas diferentes en las que me gustaría probar mis bisturíes con él, creo que no me conoces en absoluto, querida Wadsworth. Nunca he anhelado derramar sangre como lo hice cuando vi lo que intentó hacerte. Ya está. —Exhalé con fuerza—. Me siento mucho mejor.

Me di cuenta de que tenía las manos crispadas y me concentré en calmar mis emociones. Respiré hondo y eché los hombros hacia atrás. Cuando volví a mirarla, esperaba ver miedo. Había derrocado un muro que llevaba construyendo casi una década y ahora todas las partes feas de mí estaban expuestas. Me sorprendió ver ternura en sus rasgos. Bien podía revelar a toda la bestia. Audrey Rose tenía derecho a verme en mi peor momento y a elegir si quería irse.

—Solo puedo imaginar el dulce sabor de la alegría que me proporcionaría destruir aquello que intentó destruirme. Cada día lucho por mantener a ese monstruo enjaulado. Sería demasiado fácil sucumbir a esos deseos y masacrar a todos los que me molestan.

Esperaba que saliera corriendo de la habitación, que cogiera su bastón y me golpeara con él mientras chillaba que había un loco sentado en el salón de su abuela. Se quedó sentada con estoicismo y una expresión pensativa. No era en absoluto la reacción que yo esperaba.

—Ya que estamos siendo brutalmente honestos. Hay algo... —su voz se entrecortó mientras retorcía el anillo de su madre. Empecé a resolver ecuaciones en la cabeza de inmediato, con la esperanza de distraerme de lo que fuera que iba a decir. Respiró hondo y me miró a los ojos—. Ayden me besó. La noche que tú y yo discutimos. Fue solo un segundo, y me aparté... pero... —se miró las manos—. Si te sirve de consuelo, pensé en pegarle.

En mi cabeza, los números cesaron y luego se hicieron añicos. La habitación se sumió en un silencio inquietante, salvo por el incesante latido de mi corazón. No me sorprendió que hubiera intentado aprovecharse de ella. Tampoco estaba enfadado con ella. Me enfurecía que él hubiera esperado a propósito a que ella estuviera lo más vulnerable posible para colarse en su corazón. Era el movimiento de un cobarde.

Bloqueé la mandíbula para no decir nada malo. Cuando volvió a levantar la mirada, se puso rígida.

—Di algo, por favor.

Inspiré hondo. Quería quitarle hierro al asunto, pero tarde o temprano tendríamos que tener una discusión real.

—Es una persona horrible. —Esbocé una media sonrisa, satisfecho de haber sido tan amable. Wadsworth frunció el ceño—. Se aprovechó de tu inexperiencia. Creó una situación en la que podía adjudicarse el papel de consolador y héroe, mientras creaba el caos que te envió en esa dirección. No estoy enfadado contigo, Wadsworth. Pero me encantaría pegar a Mephisto con un bastón por ser tan canalla, aunque hiciera las paces conmigo.

Me estudió con detenimiento, con una mirada fría y afilada como una cuchilla.

—¿Qué quieres, Thomas? —preguntó ella, con la barbilla levantada—. Sin burlas ni bromas. Dime lo que quieres de verdad.

Su pregunta me sorprendió lo bastante como para que contestara sin contenerme.

—Te quiero a ti. Quiero darte placer, tanto mental como físico, todo el día y todas las noches durante el resto de nuestras vidas. Quiero ser la razón por la que sonríes. —Observé satisfecho cómo un ligero rubor ascendía por su cuello. Parecía que ella también anhelaba lo mismo—. Quiero pasar horas y años de mi vida buscando la manera de hacerte feliz. Quiero que tú sientas lo mismo por mí. No porque te lo haya exigido, sino porque cada fibra de tu ser me desea. Quiero que nuestra pasión encienda el mundo a nuestro alrededor y hacer que hasta las estrellas se pongan celosas.

No parecía respirar. Me preocupó haber ido demasiado lejos cuando preguntó en voz baja.

—¿Hay algo más? ¿Qué hay de la ira? ¿Crees que podemos dejar atrás mis errores?

Consideré mis emociones con precisión. Era el momento de desnudar mi alma por completo.

—Odio que exista la posibilidad de que te importe otra persona. Nunca he tenido semejante inquina a algo en toda mi existencia, pero me niego a convertirme en el monstruo que mi padre cree que soy. Nunca me impondré a ti, aunque una bestia indómita y salvaje se agite en mi interior, suplicando una oportunidad de destruir a cualquiera o a cualquier cosa que pueda robarte.

—No soy un objeto que robar, Thomas.

—Cierto. Pero nunca había conocido los celos hasta que me los presentaron a bordo del *Etruria*. Quiero negarlo, fingir que soy una máquina perfecta e insensible a la que no le importan, pero eso es una gran mentira. Me importaban. Me importaban tanto que quería golpear una pared, por muy insensato e idiota que fuera. Consideré la posibilidad de empujar a ese maestro de ceremonias pomposo desde la cubierta, sabiendo que me alegraría que se ahogara. Me producía un placer incomparable imaginar su muerte. No tienes ni idea de la fuerza que se necesita para empujar a esa bestia hacia dentro y recordar que ese no es el tipo de persona que quiero ser. Ni ahora, ni nunca. No me convertiré en un monstruo por ti. El tipo de amor que anhelo no es cruel ni posesivo. No esperes que actúe de ninguna manera. Nunca rogaré ni utilizaré tácticas subversivas para ganarme tu corazón. Me lo ganaré porque tú elijas dármelo por propia voluntad o no lo tendré en absoluto. Nunca te manipularé. Nadie debería hacerlo. ¿Y si lo hacen? No merecen tu tiempo.

—¿Es eso lo que piensas? —preguntó ella, en voz muy baja—. ¿Que me dejé manipular? ¿Te has parado a pensar que yo sabía exactamente el tipo de juego al que estaba jugando? ¿Que intenté seguirle el juego, incluso a pesar de que él escribía las reglas?

Su mirada podría haber congelado el Atlántico.

—No soy perfecta, Cresswell.

No, no lo era. Pero tampoco lo era yo. Ni ninguna otra persona en el mundo. Pero ella era perfecta para mí. Es lo que habría dicho, si Audrey Rose no hubiera continuado su apasionado discurso.

—Cometo errores. Sé qué clase de persona eres y supe desde el primer momento en que lo conocí quién es Mephistopheles. Sí, hasta podía imaginarme siendo amiga suya, incluso después de que intentara manipular la situación. No creo en odiar a alguien porque haya tomado malas decisiones. Tal vez *sea* ingenua, pero siempre espero que gane lo mejor de una persona. Tal vez un día eso cambie, pero por ahora... Me gustaría creer que la redención es posible, aunque eso me convierta en una gran tonta.

Extendí una mano, pero fue inútil.

—Audrey Rose, no quería decir...

—Si tú y yo vamos a avanzar juntos, tendremos que hacerlo sabiendo que tenemos defectos. Te haré daño, Thomas. Espero no volver a hacértelo en el mismo sentido, pero sin duda llegará el día en que lo estropee todo. Y te deseo en todas las formas en que tú me deseas a mí, maldito idiota. Te deseo tanto que me lleva a la más absoluta... —su atención cayó en mis labios, su mente pareció perdida mientras luchaba contra el anhelo que vi en su mirada—, ...distracción.

Su mirada seguía centrada en mi boca y la correa con la que había conseguido dominarme se desató. Me acerqué y la atraje hacia mí, con cuidado de que no se hiciera daño. No quería pelear por gente que no importaba. En todo caso, me alegré de que tuviera más experiencia que aprovechar. De ese modo, sabía con certeza que me había elegido a mí. No porque fuera la única opción disponible, sino porque de verdad me quería *a mí*.

Pensé en el bastón de dragón que había encargado, en la razón por la que quería regalarle ese símbolo en particular. Y sin embargo... no me parecía el momento adecuado para abordar ese tema. Ya habría tiempo para otras discusiones serias. Por ahora...

Le pasé el pulgar por el labio inferior, memorizando la forma de su boca. Podría contemplar la hendidura de su labio superior durante horas, inmovilizado por el hechizo que ejercía sobre mí. Deslicé la mano por su mandíbula y ella cerró los ojos mientras dejaba escapar un sonido de satisfacción.

En respuesta, mi pulso rugió como un río impetuoso, pero me contuve. Deslicé la mano entre su pelo, acerqué su cara a la mía, saboreando cada una de sus respiraciones agitadas, cada salto de mi corazón. Parecía que habíamos esperado un milenio para llegar hasta allí. Y yo me recreaba en la leve tensión antes de nuestro beso. Rocé sus labios con los míos, una, dos veces. Con cada roce aumentaba la presión de forma mínima. Me moví antes de que nuestras bocas hicieran ese contacto final, la besé en la comisura de los labios, en la mejilla, a lo largo de la parte inferior de la mandíbula.

Dibujé círculos lentos por el costado de su corpiño y ella se arqueó ante mi tacto, instándome a bajar. Quería deslizar los dedos por la sedosidad de sus medias, sentir las capas de sus faldas rozándome la piel mientras exploraba su cuerpo como ella parecía rogarme. Volví a acercar mi boca a la suya y le di un beso, lento y lánguido, saboreando su sensación.

Ella respondió con un suspiro, una súplica.

—Thomas. Por favor.

Casi me vine abajo. Nuestro beso se hizo más profundo. Introduje la lengua en su boca, burlona y ligera. Ella gimió y me echó parcialmente encima de ella, tirando los libros del sofá. No pude evitar que se me escapara una risa nerviosa.

—Tranquila, Wadsworth. Yo también querría arrebatarme la virtud, pero si no tenemos cuidado, alertaremos a toda la casa.

—No me importa —dijo, mostrando una sonrisa maliciosa. Me rodeó el cuello con los brazos y me acercó. Esa vez, me pasó las manos por la espalda. Sus caricias me desataron.

Con cuidado, por su lesión, me acomodé entre sus piernas y me centré en cada rincón al que ella me dirigía. Utilicé todos los métodos de deducción que conocía para descubrir lo que le gustaba y repetirlo. Deposité besos suaves y los reseguí con la lengua, adorando la piel de gallina que la ponía en evidencia. Cuando me tomó la mano y la colocó sobre su muslo, dejé de respirar. Sabía exactamente lo que estaba pidiendo. No le negaría nada.

Tracé una línea lenta hasta su pantorrilla y luego me metí bajo sus faldas, con el corazón martilleando mientras subía. Nunca había hecho aquello antes.

—¿Estás segura?

Una sonrisa desconcertante cruzó su rostro.

—¿Tienes miedo? ¿O es demasiado para ti?

—Ninguna de las dos cosas.

Sonreí contra sus labios mientras ella se inclinaba hacia mí, su respiración se tornó errática cuando comencé a trazar dibujos a lo largo de su muslo desnudo. Antes de que pudiera burlarme de ella, su boca estuvo sobre la mía y todos mis pensamientos volvieron a la tarea de deducir cada sutil movimiento de su cuerpo.

Pronto susurró mi nombre como una oración, una y otra vez. No paré hasta que aflojó las manos con las que se aferraba a mi espalda y sus susurros se convirtieron en besos dulces. Nos quedamos tumbados en el salón, respirando con dificultad, sonrojados por los besos y sonriendo como dos locos enamorados. Nunca me había sentido más feliz en mi vida.

—Te quiero, Thomas.

—Por supuesto que sí. Soy el héroe alto y moreno de tus sueños, ¿recuerdas? —Apreté los labios contra su sien y la atraje hacia el círculo de mis brazos—. Yo también te quiero. Por las mismas razones.

Enterró la cara en mi pecho, temblando de risa, y me enamoré un poco más.

Habíamos capeado la tormenta que había supuesto el RMS *Etruria* y nos habíamos vuelto increíblemente fuertes. Eso me daba esperanzas para nuestro futuro. No solo me había demostrado a mí mismo que no era el monstruo de nadie, sino que Audrey Rose me había elegido a mí.

No quería volver a pasar por lo mismo, pero al final, no podía negar que me sentía agradecido por la prueba.

Incluso si los sentimientos homicidas persistían.

Solo un poco.

8

SALA DE ESTAR
QUINTA AVENIDA, NUEVA YORK
14 DE ENERO DE 1889

Wadsworth negó con la cabeza, con los labios apretados en una línea decidida. Liza fue lo bastante inteligente como para no mirar en mi dirección en busca de ayuda. Ya lo había intentado varias veces y Audrey Rose no quería hacerlo. Dejé el lápiz a un lado y miré el boceto de un zapato que había hecho, complacido por las medidas y el estilo.

—Ah, no —gimió Audrey Rose ante la gran peluca empolvada que le tendía Liza—. No, no, no. *No* volveré a ponerme esa horrible peluca.

Me atraganté al toser, con lo que me gané una mirada fulminante de ambas chicas. Enarqué una ceja.

—La peluca empolvada era muy… María Antonieta. Te quedaba bien.

Audrey Rose maldijo. Fue una cadena de improperios de lo más indecentes. Intenté no estallar en carcajadas y fracasé.

—¡No es gracioso, Cresswell! Se supone que me estoy recuperando, tomándomelo con calma. Esto —señaló el revoltijo de vestidos esparcidos por las sillas y el suelo del salón— no propicia la paz.

Liza se cruzó de brazos.

—Si no hiciéramos obras de teatro en tu beneficio, te morirías de aburrimiento. El tío nos ha prohibido llevarte al teatro hasta que la fractura sea menos… cualquiera que sea el término adecuado… así que te hemos traído el teatro a casa. Ahora deja de hacerte de rogar. Esta obra requiere una peluca.

Me escondí detrás de mi cuaderno de dibujo e hice un pobre trabajo intentando evitar que mis hombros temblaran a causa de la risa reprimida. Una almohada voló sobre la mesa de café, separándome de Audrey Rose. Levanté la mirada y me sorprendí al ver que ella misma se deshacía en carcajadas. La tirantez de mi pecho desapareció y sentí un poco de calor en las mejillas. Me encantaba cuando se soltaba.

—¡Uf! —dijo Liza, levantando las manos—. Necesito a una soprano para este papel. Mi voz no alcanza las mismas octavas y sonará ridícula. *Tienes* que ponerte la peluca.

Las chicas se miraron, librando una batalla silenciosa. Admiraba lo mucho que Liza quería a su prima. Nunca la dejaba caer en la desesperación y tampoco la presionaba cuando Wadsworth estaba frustrada de verdad. Liza leía a la gente igual que yo, pero a nivel emocional. Y hacía bien en seguir presionando en aquel momento. Wadsworth había estado especialmente inquieta toda la mañana. Algunos días eran peores que otros, y el descenso de las temperaturas y los cambios en el barómetro siempre parecían causarle más dolor.

En los márgenes de mi diseño experimental para unos zapatos, había estado tomando notas sobre los patrones climáticos de la última semana y las posibles conexiones con los cambios en los síntomas cada vez más acentuados de Wadsworth.

No creía que ella se diera cuenta, pero yo observaba con sutileza cada gesto de dolor, cada leve pausa que hacía mientras se recolocaba en el sofá o en la cama. Sentía un dolor constante cuando se ponía de pie por primera vez. La pierna le preocupaba más de lo que se atrevía a admitir. Personalmente, no tenía nada con lo que compararlo, pero recordaba a mi madre hablando sin tapujos de sus dolores crónicos antes de morir. Me había contado que una de las partes más duras de su enfermedad era que el dolor era permanente e iba minando su estado de ánimo poco a poco.

Entonces era demasiado joven e inexperto para ayudar, pero ese ya no era el caso.

Suspiré y extendí una mano.

—Dame la peluca. Os enseñaré a los dos cómo se hace.

Audrey Rose se enderezó, con los ojos entrecerrados.

—¿Cantas? ¿Desde cuándo?

Desde nunca. Pero estaba dispuesto a intentarlo si eso la hacía reír de nuevo con tanta libertad. Me encogí de hombros.

—Soy un hombre de muchos talentos y misterios, Wadsworth. Por favor, intenta no parecer tan sorprendida. Resulta bastante perjudicial para la fragilidad de mi ego.

Quince minutos más tarde, Liza me tenía sentado en el banco del piano, vestido con la peluca empolvada con lazos rosas y pájaros falsos, los labios pintados de carmesí y un lunar pintado en la mejilla izquierda. Ni siquiera había tenido la oportunidad de deslumbrar a Wadsworth con mi habilidad para cantar antes de que se desplomara por culpa de un ataque de risa.

Me crucé de brazos. Mi traje azul pálido, sacado directamente de la corte del rey Luis XVI, me apretaba en la espalda. Recé para que no se me rompieran las costuras. Nunca lo superaría. Liza se dejó caer en el sofá junto a Audrey Rose, mordiéndose el labio con tanta fuerza que pensé que se haría daño.

—Sois unos seres humanos terribles —dije, manteniendo una expresión casi seria—. No os sorprendáis cuando Satán os lleve a ambas directo al infierno.

El control que habían ejercido sobre sí mismas (que era muy, muy poco) se hizo añicos. Liza agarró con fuerza a Audrey Rose mientras resoplaba de la risa. Fingí sentirme herido y levanté la barbilla, decidido a mantener aquella sonrisa en la cara de Wadsworth a costa de sacrificar la dignidad que me quedaba.

Inspiré hondo, hinché el pecho con gran exageración y comencé a tocar el piano. Canté, con mi voz más alta y clara:

Canta una canción de seis peniques,
Un bolsillo lleno de centeno,
Veinticuatro mirlos,
Horneados en una tarta.

Oculté mi propia risa mientras Audrey Rose se desplomaba de lado, con lágrimas en los ojos. Fingiendo que no me daba cuenta de lo horrible que era mi tono, añadí una floritura a los acordes de la familiar canción infantil al piano.

Cuando se abrió la tarta, los pájaros empezaron a cantar,
«¿No era un plato refinado para presentar ante el rey?»
El rey estaba en su contaduría, contando su dinero.
La reina estaba en el salón, comiendo pan y miel.

Liza se cayó del sofá y aterrizó en un montón de vestidos desechados. Milagrosamente, mantuve una expresión seria mientras terminaba la última estrofa, me puse de pie y realicé una profunda reverencia doblándome por la cintura. Mi maldita peluca se estrelló contra las teclas del piano y las chicas lloraron de la risa.

• • •

Una hora más tarde dejé en la mesa dos pasteles de chocolate y menta. Uno para Wadsworth y otro para mí. Ella miró el postre y sonrió.

—Me estás mimando, Cresswell.

Rompí la capa externa de chocolate del mío y gemí mientras sumergía la cuchara en el relleno de mousse.

—Es por razones puramente egoístas, ya que eso me permite mimarme a mí también.

—Por supuesto. —Sacudió la cabeza—. No tenía ni idea de que pudieras cantar tan... fuerte. Dime —bromeó—, ¿qué gato del callejón te dio lecciones cuando eras un gatito?

Resoplé.

—Debo comunicarte que los gatos callejeros de todo el mundo acaban de sentirse agraviados.

Nos centramos en nuestros postres y yo terminé el mío con una taza de *espresso* fuerte. El amargor del café combinaba bien con el azúcar, y me encontré deseando más de ambos mientras dejaba la taza en la mesa. Puede que solo estuviera nervioso por abordar el siguiente tema.

—¿Y bien? —preguntó, desviando mi atención de los pensamientos sobre pasteles—. ¿En qué estás pensando ahora?

Enarqué una ceja e intenté no dejar traslucir mi sorpresa.

—¿Cómo sabes que estoy reflexionando?

—Miras con anhelo tu plato vacío. Como si esperaras que apareciera algo más, para seguir poniendo en orden tus ideas antes de compartirlas.

Me miró con satisfacción cuando me limité a mirarla y a parpadear. Lo cierto es que empezaba a dársele muy bien lo de leerme. Estiré las piernas para hacer tiempo.

—He estado pensando en lo que hablamos en Rumania. Sobre... —Me pasé una mano por el pelo—. Sobre si te gustaría o no comenzar un noviazgo formal.

Se quedó muy quieta. El corazón se me desaceleró.

—¿Me estás pidiendo permiso para escribirle a mi padre?

—Sí. —Me encontré con su mirada impávida—. Me gustaría que tuviéramos un cortejo formal y público. Me gustaría ser tuyo de forma oficial, si me aceptas.

Se mordió el labio y, por mi parte, no pude descifrar si estaba contenta, aterrorizada o buscaba una excusa para retrasar mi petición. Se apresuró a tomarme la mano y a apretarla contra su corazón. Latía como un tambor de guerra. Arqueé las cejas y ella se rio.

—¡Por supuesto que te acepto, Thomas! —Se llevó mi mano a los labios y la besó, con una sonrisa cada vez más ancha—. Después de todo lo que pasó en el *Etruria*... estaba... —Suspiró—. No estaba segura de que aún quisieras cortejarme. Y como después no dijiste nada... creí... esperaba que me lo pidieras después de que habláramos de Mephistopheles. Cuando pasaron los días y no sacaste el tema, creí que ya no querías.

La estudié con detenimiento.

—¿Creías que había cambiado de opinión sobre nosotros?

—¿Sinceramente? No podía estar segura. —Se encogió de hombros—. Cometí errores que te afectaron. Tienes todo el derecho a cambiar de opinión y a tomar tus propias decisiones a causa de ellos. No podría culparte si no quisieras tener nada más que ver conmigo.

Fui yo el que se quedó muy quieto.

—¿Y me habrías dejado ir?

Abrió la boca y la cerró, considerando sus palabras con cuidado. Se acomodó un mechón de pelo color cuervo detrás de la oreja.

—Tú siempre me has dejado elegir. Habría sido difícil, pero yo habría hecho lo mismo por ti. Siempre.

De alguna manera, cuando no estaba prestando atención, nos habíamos acercado el uno al otro. Nuestras rodillas se rozaron y el contacto me hizo sentir una sacudida. El pulso se me aceleró.

—Sigo eligiéndote, Audrey Rose. —Una lágrima resbaló por su mejilla. La aparté con suavidad—. ¿Te parece bien que le envíe una carta a tu padre solicitando también los esponsales?

Su respuesta fue un beso. De los que echan abajo los muros oscuros y los reemplazan con luz.

9

APOSENTOS DE THOMAS
QUINTA AVENIDA, NUEVA YORK
20 DE ENERO DE 1889

Me quedé mirando el frasco de tinta, con las palmas de las manos curiosamente húmedas mientras hacía rodar la pluma entre las yemas de los dedos. Había pasado la mayor parte de la última semana practicando mentalmente las palabras exactas, explorando los elementos de puntuación precisos y dónde debía colocarlos. Cómo quedaría el pedazo de pergamino con el espacio negativo entre las palabras. Las comas y los signos de exclamación que nunca expresarían de forma adecuada mi entusiasmo. Las pausas que quería hacer, los argumentos a favor de por qué sería un pretendiente perfecto. Puede que no fuera matemáticamente probable, pero estaba seguro de que nadie amaba a otra persona tanto como yo a Audrey Rose.

Querido lord Wadsworth, estimado barón de Somerset,

Le escribo bajo una gran presión. Parece ser que no soy capaz de solicitar un cortejo formal con su hija y alguien debería arrancarme de esta miseria de inmediato. Por favor, envíe crías de murciélagos vampiro para que me despachen lo antes posible. Queda claro que sería una mejora sobre esta carta...

El esperanzado pero estúpido pretendiente de su hija,

Thomas

Arrugué el pergamino y lo tiré a la papelera. No me había costado tanto pedir permiso para asistir a la academia forense de Rumania. Aquello no debería haber sido diferente. Excepto que lo era. Muy diferente. Cerré los ojos y traté de imaginarme hablando con *lord* Wadsworth en persona. Me imaginé soltando que quería casarme con su hija. Quería tomarla en mis brazos, ser egoísta y nunca dejarla ir. Quería despertarme con ella cada mañana y caer juntos en la cama por la noche…

No me pareció buena idea señalar *justo* esos deseos. Dejé la pluma y me froté las sienes. Desesperado. Estaba absolutamente desesperado en los asuntos del corazón. Necesitaba ayuda. Volví a coger la pluma y garabateé otra nota a toda velocidad, una que me resultó mucho más fácil de escribir.

Querida Daci,

Deseo pedir la mano de Audrey Rose y temo hacer el ridículo más absoluto. El sabor del ridículo no me gusta. Ya sabes lo que piensa de los tontos, y yo lo soy, de la peor clase. Por favor, ayúdame.

Tu increíblemente inteligente pero estúpido hermano,

Thomas

Así. Ojalá todas las cartas pudieran ser tan simples y directas. Me sacudí el miedo y la duda de encima. Pensé en lo que Audrey Rose y yo sentíamos el uno por el otro, en lo fuerte que se había vuelto nuestro vínculo. Me imaginé envejeciendo juntos, sentados en el jardín de una casa de campo, con el fresco y relajante aire salado del mar mientras un cadáver nos esperaba en nuestra propia morgue personal.

Quizás algún día habría hijos, si Audrey Rose los deseaba. O quizás tendríamos una camada de gatos y perros a los que mimar. Fuera cual fuera el camino que eligiéramos, lo recorreríamos juntos. Nuestro futuro solo nos pertenecía a nosotros. Nuestros pasados podían habernos moldeado, pero nosotros éramos los dueños de cómo seguirían haciéndolo en nuestro presente. Hubiera sido solo un monstruo si me permitía serlo. También era libre de elegir otro camino. Uno que estuviera lleno de amor, risas y luz.

Sueños. Siempre elegiría los sueños por encima de las pesadillas. La luz por encima de la oscuridad y el amor por encima del odio. Y siempre seguiría haciendo esa elección. Cada uno de nosotros tiene el poder de decidir su propio destino.

Ya no corría el peligro de convertirme en el príncipe oscuro, la amenaza con la que mi padre disfrutaba burlándose de mí. Yo era Thomas Cresswell, y era más que suficiente para pedir la mano de Audrey Rose. Ella y yo viajaríamos juntos por el mundo, como iguales, y aunque era posible que algún día hubiera otro que le permitiera de buen grado esa libertad, ella no necesitaba mi permiso.

Sonreí ante el pergamino, ya no me sentía inseguro. Acerqué la pluma a la página y empecé a escribir. Las palabras brotaron de mí, rápidas y sinceras. Ya no ocultaba quién era ni lo que anhelaba. Antes de terminar el último trazo de la pluma, sabía cómo firmaría la carta. No me guardaría nada y reconocería todos los aspectos de mi persona.

Apreciado lord Wadsworth,

Me dirijo a usted hoy para solicitar formalmente una audiencia a la mayor brevedad posible. Deseo tratar el importante asunto de un posible noviazgo y esponsales con su hija. Es algo poco convencional, así que le pido perdón por ser tan atrevido, pero ya le he preguntado a Audrey Rose si autorizaría mi petición. Me doy cuenta de que sabe tan bien como yo que ella no toleraría menos de un potencial compañero. La igualdad es algo que todos deberíamos otorgar con libertad. O al menos, yo poseo esa firme convicción.

Espero que le complazca, tanto como a mí, que me haya animado a enviarle esta carta de inmediato. Quiero que sepa que estoy perdidamente enamorado de su hija, señor. Sus admirables cualidades van mucho más allá de la belleza, aunque es cierto que podría escribir mil sonetos sobre eso. Su mente y su alma me tienen cautivo, y estoy más que dispuesto a ser prisionero por el resto de mi vida.

Nada me gustaría más que tener a Audrey Rose como compañera de vida para siempre, si nos ofrece su bendición.

Respetuosamente,

Thomas James Dorin Cresswell, hijo de su gracia, lord Richard Abbott Cresswell. Heredero de Drácula

P. D.

Le adjunto dos billetes de primera clase para cruzar el Atlántico en el próximo barco, por si quiere hablar en persona, aunque le deseo un viaje más agradable que el que hemos vivido nosotros recientemente. Esperamos con ansia su llegada a la casa de su suegra aquí en Nueva York.

SAGA A LA CAZA DE JACK EL DESTRIPADOR

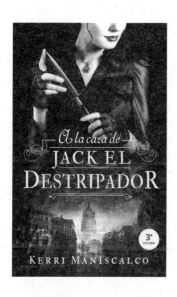

¿TE GUSTÓ
ESTE LIBRO?

Escríbenos a

puck@edicionesurano.com

y cuéntanos tu opinión.

ESPAÑA ⟩ **f** /MundoPuck 🐦 /Puck_Ed 📷 /Puck.Ed

LATINOAMÉRICA ⟩ **f** 🐦 📷 /PuckLatam

▶ /PuckEditorial

¡Gracias por vivir otra
#EXPERIENCIAPUCK!

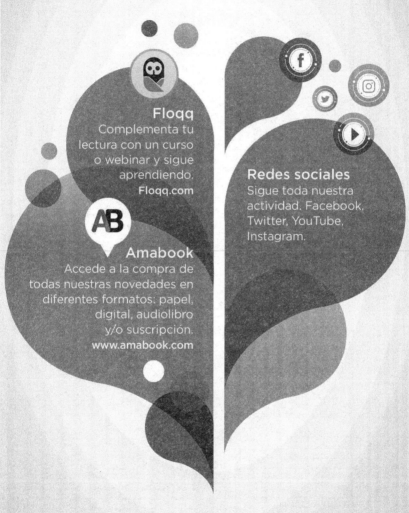